Le cercle de Salem

Du même auteur
aux Éditions J'ai lu

LE PACTE

N° 5936

LA PURE VÉRITÉ

N° 6639

LA COULEUR DE LA NEIGE

N° 8846

POUR QUE JUSTICE SOIT FAITE

N° 8170

MA VIE POUR LA TIENNE

N° 8588

LA COULEUR DE LA NEIGE

N° 8846

JODI

PICOULT

Le cercle de Salem

ROMAN

Traduit de l'américain
par Danièle Darneau

J'ai lu

Titre original
SALEM FALLS

Pour Tom, avec tout mon amour,
pour que le monde entier sache
combien tu comptes pour moi.

Remerciements

Si je pouvais avoir recours aux sortilèges, comme certains personnages de ce roman, ce serait pour me permettre d'acquérir des connaissances illimitées. Après tout, un auteur ne vaut que par la qualité de ses experts lorsqu'il s'agit d'aborder des domaines qui lui sont inconnus. Pour cette raison, j'aimerais remercier les personnes suivantes : mes médecins et psychiatres de service, David Toub, Jim Umlas, Tia Horner, Marybeth Durkin et Jan Scheiner ; Betty Martin, pour toutes les informations touchant au domaine de la toxicologie ; le lieutenant Frank Moran, pour les procédures de police consécutives à une agression sexuelle ; Chris Farina, qui m'a emmenée dans les coulisses d'un café-restaurant ; et Lisa Schiermeier, la spécialiste de l'ADN, qui a réussi à faire comprendre la génétique à un esprit réfractaire à la science – le mien. Merci à Aidan Curran pour le truc du remontant à l'œuf, à Steve Ives pour tout ce qui concerne le base-ball et pour son regard éditorial acéré, à Diana et Duncan Watson pour la scène du sandwich au beurre-laitue-tomate, à Teresa Farina pour sa transcription sous la pression et à Hal Friend pour son tour virtuel du Lower East Side. Je dois aux travaux de Starhawk et de Scott Cunningham de comprendre ce qu'est la religion wiccane. Kiki Keating m'a aidée à donner forme au début de l'intrigue judiciaire ; Chris Keating m'a procuré avec une rapidité incroyable les réponses juridiques nécessaires à la création du livre ; et Jennifer Sternick a fait un travail tellement extraordinaire en m'aidant à construire le procès que je ne me passerai plus jamais de ses conseils juridiques. Merci à Laura Gross, Camille McDuffie et Jane Picoult pour leur contribution à l'élaboration et à la promotion de ce roman. Ma reconnaissance la plus sincère à Joann Mapson, dont les séances de travail privées, chapitre par chapitre, m'ont permis de croire à ce livre, et l'ont fait devenir bien meilleur que je ne l'aurais imaginé. Enfin et surtout, j'aimerais chanter les louanges de Kip Hakala et d'Emily Bestler, de Pocket Books. Si tous les auteurs avaient le soutien indéfectible et le dévouement d'un duo éditorial comme celui-là, le monde de l'édition serait merveilleux.

Mars 2000,
North Haverhill,
New Hampshire

Jack St Bride avait déjà parcouru plusieurs kilomètres à pied sur la Route 10 lorsqu'il prit la décision de renoncer à sa vie passée.

Il était transi. Il avait mis ce matin-là un pantalon kaki, une chemise blanche à col échancré, des chaussures élégantes en cuir, une ceinture souple. C'étaient les vêtements qu'il portait cinq mille sept cents heures auparavant, des vêtements qui lui allaient parfaitement au mois d'août. Mais à présent son blazer bleu était trop grand et son pantalon, trop large à la taille. Jack avait mis un moment à s'apercevoir que ce n'était pas du poids qu'il avait perdu au cours de ces huit mois, mais de la fierté.

Il grelottait sans manteau mais, quand on sortait de prison, on remettait les vêtements avec lesquels on était entré. Tout ce qu'il possédait, c'étaient les quarante-trois dollars qui se trouvaient dans son portefeuille l'après-midi où il avait été incarcéré, un trousseau de clés qui ouvraient les portes de lieux où sa présence était devenue indésirable, et un chewing-gum.

Les autres détenus, à leur sortie, étaient attendus par leur famille et repartaient en voiture. Ou alors ils prévoyaient un moyen de transport. Mais

Jack, lui, n'était attendu par personne, et il n'avait pas pensé au transport. Lorsque la lourde porte s'était refermée derrière lui avec un claquement sec, il était parti à pied, en marchant droit devant lui.

La neige transperçait le cuir fin de ses chaussures et les camions qui passaient aspergeaient généreusement son pantalon d'un mélange de neige fondue et de boue. Un taxi stoppa à sa hauteur et le conducteur baissa la vitre, mais Jack poursuivit son chemin, persuadé que la voiture s'était arrêtée pour quelqu'un d'autre.

— Vous êtes en panne ? lui cria le chauffeur.

Jack se retourna et vit qu'il était seul sur la route.

— Non, non, je suis à pied, c'est tout, répondit-il.

— Faut du courage pour faire de la marche par un sale temps comme aujourd'hui, fit remarquer le taxi.

Jack le regarda, étonné de ces propos ordinaires. Car il y avait bien longtemps qu'il n'avait pas eu une conversation de cet ordre. Là-bas, on avait intérêt à rester sur son quant-à-soi.

— Vous allez où ? insista l'homme.

Eh bien, il n'en avait pas la moindre idée. Cette question faisait partie des innombrables incertitudes d'ordre pratique qu'il n'avait pas envisagées : quel genre de travail prendrait-il ? Quel moyen de transport ? Où habiterait-il ? Il n'avait pas envie de retourner à Loyal, New Hampshire, même pour prendre ses affaires. À quoi bon s'encombrer des souvenirs d'un métier qu'il n'exercerait plus, d'un homme qu'il ne serait jamais plus ?

Visiblement, le chauffeur de taxi n'était pas décidé à l'abandonner.

— Allez, montez ! lui proposa-t-il.

Jack acquiesça d'un signe de tête et resta sur place, à attendre. Mais il n'y eut pas de grésillement, pas de claquement de verrou. Et tout à coup il se rappela qu'il était dehors, que personne n'avait à déverrouiller la porte pour le faire entrer.

I

Jack et Jill sont montés sur la colline
pour aller chercher de l'eau,
Jack est tombé
et s'est cassé le nez,
et Jill, la pauvre gamine,
s'est retrouvée le bec dans l'eau.
Puis Jack s'est relevé et,
à toutes jambes, il a filé
vers la maison,
chez la vieille Dame Rosse,
qui a soigné sa bosse,
avec du vinaigre et du papier marron.

N'y a-t-il donc bonne pénitence
qui ne soit publique ?

Arthur MILLER, *Les Sorcières de Salem*

Mars 2000,
Salem Falls,
New Hampshire

Décidément, ce n'était pas son jour de chance. Voilà que son réfrigérateur et son lave-vaisselle rendaient l'âme ensemble, comme deux amants de longue date qui ne pouvaient imaginer de vivre l'un sans l'autre. Ce genre de pépin ne faisait plaisir à personne, mais pour Addie Peabody, propriétaire du Wagon-Resto, c'était une catastrophe.

La jeune femme posa les mains à plat contre la porte du réfrigérateur et resta longtemps appuyée ainsi, comme en proie à l'espoir insensé de voir le cœur de l'appareil se remettre en route par le miracle de l'imposition des mains.

Des deux maux, quel était le moindre ? Valait-il mieux enfreindre la réglementation sur l'hygiène ou essuyer des pertes ? Elle pouvait toujours se procurer des accumulateurs à la pharmacie mais elle n'obtiendrait pas plus de dix kilos de glace, et ce n'était pas suffisant. Au bout de quelques heures, il ne lui resterait plus qu'à jeter à la poubelle tout ce qu'on avait préparé le matin même, les viandes en sauce, les ragoûts, les soupes au poulet…

— Je pense que je vais faire un bonhomme de neige, déclara-t-elle tout à coup.

— Quoi ? Maintenant ? s'écria Delilah, la cuisinière, en croisant les bras, deux bras costauds de forgeron. Tu sais, Addie, il y a des gens qui disent que tu as un grain, et moi, je les ai jamais crus, mais quand même…

— C'est pour mettre dans le frigo ! Peut-être que ça maintiendra les aliments au froid jusqu'à l'arrivée du réparateur.

— Les bonshommes de neige, ça fond ! objecta Delilah, tandis que l'idée faisait son chemin dans sa tête.

— Eh bien, on en refera un autre !

— Et pendant ce temps-là, les clients seront priés de se débrouiller tout seuls, c'est ça ?

— Mais non, répliqua Addie, on va leur demander de nous donner un coup de main. Va chercher les bottes de Chloé !

Elle jeta un coup d'œil dans la salle. Il était dix heures du matin et pourtant il n'y avait pas grand monde. Deux box seulement sur les six étaient pris : le premier par une mère de famille et son bambin, le second par un VRP occupé à balayer de la main les miettes de muffin tombées sur son ordinateur portable. Affalés au comptoir, deux clients réguliers d'un âge certain, Stuart et Wallace, buvaient leur café en commentant les gros titres du journal local. Elle décida de se lancer.

— Mesdames et messieurs, annonça-t-elle d'une voix claire, j'ai le grand plaisir de donner le coup d'envoi des Grands Jeux d'hiver du Wagon-Resto ! La première épreuve est un concours de sculpture de neige, et si vous voulez bien tous sortir pendant quelques instants, nous allons pouvoir commencer !

— On se les gèle, dehors ! protesta Wallace.

— Évidemment ! J'ai dit que c'étaient les Jeux d'hiver, pas les Jeux d'été ! Le gagnant du concours gagne… un mois de petits déjeuners gratuits !

Stuart et Wallace haussèrent les épaules, ce qui était bon signe. Le bambin se mit à sauter sur la banquette. Mais le VRP ne paraissait pas convaincu. Addie s'approcha de sa table.

— Dites, je ne vais pas m'amuser à faire un bonhomme de neige ! déclara-t-il. Moi, tout ce que je demande, c'est qu'on me laisse déjeuner tranquille.

— C'est que nous ne faisons pas le service en ce moment, nous faisons de la sculpture ! lui répondit-elle avec son plus charmant sourire.

Le charme n'opéra pas. L'homme balança une poignée de pièces sur la table, attrapa son manteau, son portable, et se leva.

— Ça va pas, la tête ! jeta-t-il avant de sortir.

Addie le suivit des yeux et murmura :

— Oui, c'est ce qu'on dit.

Stuart et Wallace s'activaient avec ardeur, en haletant à travers leurs écharpes. Pris par la fièvre de la compétition, ils s'appliquaient à façonner ce qui promettait de devenir un imposant tatou. Delilah avait sculpté un poulet, un gigot d'agneau, des haricots. Le petit garçon, empaqueté dans une combinaison de ski grise, s'était couché sur le dos et agitait les bras pour faire l'ange.

Addie pensa à Chloé qui, un jour, lui avait demandé : « Est-ce que le ciel est au-dessous ou au-dessus de l'endroit d'où vient la neige ? »

— T'as une de ces veines ! intervint Delilah, chassant le souvenir. Et s'il n'y avait pas eu de neige ?

— Un mois de mars sans neige, dans le coin, ce ne serait pas banal ! Et d'ailleurs, moi, je n'appelle pas ça de la veine. Une vraie veine, ce serait que le réparateur ait le temps de venir un jour plus tôt !

Comme pour exaucer son vœu, au même moment, retentit une voix masculine :

— Y a quelqu'un ?

— On est là !

Mais, hélas, ce n'était pas le réparateur tant désiré.

— Salut, Orren, tu viens prendre ton café ? demanda Addie, un peu déçue.

— Euh, non, Addie. Je suis venu à titre officiel.

La tête lui tourna. Était-ce le VRP ? L'avait-il déjà dénoncée aux services d'hygiène ? Un policier avait-il le droit de fermer son établissement ? Mais, avant de lui laisser le temps de formuler une question, le fonctionnaire poursuivit :

— C'est ton père, expliqua-t-il en rougissant. Il a été arrêté.

Addie fit une entrée fracassante dans les locaux de la police et claqua la porte de toutes ses forces, envoyant un courant d'air glacé à l'intérieur.

— Ouh là, ça va chauffer ! fit le sergent de service à l'accueil. J'espère que Courtemanche a trouvé une bonne cachette !

— Il est où ? s'enquit Addie.

— Attends... que je devine... Peut-être aux toilettes. Ou alors il est peut-être plié en quatre dans un casier de la salle de sport... J'y pense, moi, un jour, je me suis caché dans le coffre d'une voiture de patrouille pour échapper à ma femme.

— Je ne parle pas de Courtemanche, prononça Addie entre ses dents serrées. Je faisais allusion à mon père.

— Oh, Roy ? Il est en cellule.

Il ajouta avec une grimace d'excuse :

— Mais si tu es venue pour le faire sortir, il va quand même falloir que tu voies Wes, parce que c'est lui qui l'a arrêté... Tu peux t'asseoir, Addie. Je te préviens dès que Wes est libre, ajouta-t-il en décrochant le téléphone.

— Oh, ça, pas la peine de me prévenir ! Je le reconnaîtrai à l'odeur, comme le putois !

— Eh, dis donc, Addie, c'est des façons de parler de celui qui a sauvé la vie à ton père ?

Sanglé dans son uniforme bleu, avec son insigne qui brillait comme un troisième œil, Wes Courtemanche était suffisamment beau pour alimenter les rêves de toutes les femmes de Salem Falls et leur donner envie de commettre un petit crime. Toutes les femmes, sauf Addie. Celle-ci se contenta de lui jeter un simple regard en pensant – et ce n'était pas la première fois – que certains hommes méritaient d'être mis hors d'état de nuire.

— Arrêter un homme de soixante-cinq ans, tu appelles ça sauver une vie ? riposta-t-elle.

Wes la prit par le coude et la conduisit doucement au bout du couloir, loin des oreilles et des yeux indiscrets.

— Ton père était encore en train de conduire en état d'ébriété, Addie.

Une rougeur envahit les joues de la jeune femme. L'alcoolisme de Roy Peabody était de notoriété publique à Salem Falls, mais il était allé trop loin le mois précédent en encastrant sa voiture dans la statue de Giles Corey, le vieillard étouffé sous les pierres par les puritains, pendant la chasse aux sorcières. On avait retiré son permis au délinquant. Par mesure de prudence, Addie avait bazardé sa voiture. Quant à sa propre Mazda, il n'y avait pas accès. Quel véhicule avait-il bien pu utiliser ?

Comme s'il avait pu lire dans sa tête, Wes précisa :

— Il circulait sur la bande d'arrêt d'urgence de la Route 10, sur sa tondeuse à gazon.

— Sa tondeuse à gazon ! répéta Addie. Wes, cet engin est incapable de dépasser le dix à l'heure !

— Il monte à vingt-cinq, mais là n'est pas la question. L'important, c'est que Roy n'a pas de permis. Et il faut un permis pour circuler sur une route à bord de n'importe quel véhicule à moteur.

— C'était peut-être pour une course très urgente…

— Oh oui, très urgente. Nous avons saisi sur lui une bouteille de vodka flambant neuve.

Wes se tut un instant, puis reprit :

— Il était sur le chemin du retour. Il était allé à la boutique de North Haverhill.

Addie se massa les tempes. Elle était à bout. Le policier lui demanda d'un ton doux :

— Je peux faire quelque chose pour toi ?

— Tu en as fait assez, Wes ! Arrêter quelqu'un en train de circuler sur une tondeuse à gazon ! On va sûrement te décorer pour te récompenser d'avoir pris des mesures aussi radicales en faveur de la sécurité publique !

— Minute, s'il te plaît ! Effectivement, j'assurais la sécurité, celle de Roy ! Et si jamais il s'était fait écraser par un camion dans un virage trop serré ? Et s'il s'était endormi au volant ?

— Je peux l'emmener tout de suite ?

Wes la considéra, songeur. Addie eut l'impression qu'il était en train de trier ses idées à l'intérieur de son cerveau. Elle ferma les yeux.

— Oui, répondit-il. Suis-moi.

Ils longèrent un couloir et il la conduisit jusqu'à une pièce située à l'arrière du poste de police. Outre un grand bureau, elle vit un comptoir surélevé où étaient posés des encriers pour les empreintes digitales et, dans un recoin sombre, trois minuscules cellules. Wes lui toucha l'avant-bras.

— Je ne vais pas rédiger de PV, Addie.

— Tu es trop bon !

Il éclata de rire et s'éloigna. Elle entendit la porte à barreaux s'ouvrir avec un bruit métallique.

— Devine qui t'attend, Roy !

La voix de son père lui parvint, sirupeuse comme du miel :

— C'est ma Margaret ?

— Non, ce n'est pas Margaret. Ça fait cinq ans que Margaret est partie.

Wes réapparut, soutenant un Roy affalé de tout son poids. Roy Peabody était un grand charmeur aux cheveux de neige et aux yeux bleus limpides où semblait flotter en permanence un secret.

— Addie ! croassa-t-il à sa vue. Joyeux anniversaire !

Il se pencha dangereusement en avant. Addie l'arrêta.

— Allez, papa. On rentre.

— Tu veux un coup de main pour l'emmener à ta voiture ? proposa Wes avec un peu d'embarras.

— Non, merci. On y arrivera.

Son père lui parut plus léger et plus immatériel encore que Chloé. Ils avancèrent du pas mal assuré de deux éclopés.

Wes leur tint la porte.

— Tu m'excuses, Addie, si j'ai été obligé de te convoquer ici le jour de ton anniversaire.

— Ce n'est pas mon anniversaire, répliqua-t-elle sans lui accorder un regard.

En se réveillant, ce matin-là, à six heures et demie, Gillian Duncan décida de sécher les cours et fit grimper le thermomètre en le passant à la flamme d'une allumette. Son père, la croyant malade, la dispensa de lycée. Elle put ainsi se prélasser dans sa chambre toute la matinée en écoutant Alanis Morissette, en s'amusant à natter ses longs cheveux roux et en se passant du vernis bleu électrique sur les ongles. À dix-sept ans, elle était assez grande pour se garder toute seule, mais son père avait quand même pris sa journée pour rester avec elle. Elle en était à la fois contrariée et contente. Amos Duncan, le propriétaire des Produits pharmaceutiques Duncan, le plus gros employeur de Salem, était considéré comme l'un des habitants les plus riches et les plus occupés de la ville, mais cela ne l'avait jamais empêché de prendre le temps de s'occuper d'elle depuis le décès de sa mère, quand elle avait huit ans.

Elle commençait à s'ennuyer sérieusement. Au moment où elle s'apprêtait à prendre une mesure draconienne, comme de se plonger dans un cahier, on sonna à la porte. Elle tendit l'oreille et reconnut des voix familières.

— Bonjour, monsieur Duncan ! claironna Meg. Comment va Gillian ?

Sans attendre de réponse, Whitney prit la parole à son tour :

— On lui a apporté des bonbons à la gelée. Ma mère dit que ça fait baisser la fièvre, ou qu'en tout cas ça aide à ne plus se sentir malade.

— On lui a aussi apporté ses devoirs, ajouta Chelsea.

Grande et dégingandée, complexée par sa taille, et timide, c'était une amie récente de Gilly.

— Je suis bien content que vous soyez venues, dit Amos. Gilly n'est pas vraiment elle-même sans vous. Attendez, je vais voir si elle est réveillée.

Gilly se blottit sous les couvertures en essayant désespérément de paraître malade. Son père entrouvrit la porte et passa la tête à l'intérieur.

— Tu te sens d'attaque pour supporter des visites ?

Elle se redressa en se frottant les yeux.

— Oui, peut-être, si ça ne dure pas trop longtemps.

Il acquiesça et héla les adolescentes. Meg en tête, celles-ci gravirent l'escalier avec autant de légèreté qu'un troupeau d'éléphants.

S'arrêtant sur le seuil, Chelsea souffla, impressionnée :

— Je crois que toute ma maison tiendrait dans cette chambre !

— Ah oui, c'est vrai... dit Whitney. Tu n'étais jamais venue au château.

Gillian lança un coup d'œil à son père. En ville, on disait en plaisantant que si la maison des Duncan se trouvait dans la partie orientale, alors que le cœur de la ville était situé à l'ouest, c'était parce que Amos voulait séparer son palais de son royaume.

— Oui, précisa Amos, le visage imperturbable. Nous allons installer un pont-levis au printemps.

Les yeux de Chelsea s'agrandirent.

— Pour de vrai ?

Whitney éclata de rire. Elle l'aimait bien, le père de Gillian ; d'ailleurs, elles l'aimaient bien, toutes autant qu'elles étaient. Au moins, lui, il savait mettre les adolescents à l'aise.

— Si vous me la fatiguez, dit Amos, je vous ferai creuser les douves !

Il adressa un clin d'œil à Chelsea puis ferma la porte derrière lui.

Les visiteuses se posèrent sur le tapis comme des nénuphars sur un étang.

— Alors ? demanda Meg. T'as regardé *Passions* ?

Meg Saxton était la meilleure amie de Gilly depuis toujours. En grandissant, elle n'avait pas perdu ses rondeurs de bébé, et son visage joufflu était entouré de cheveux bruns frisés impossibles à discipliner.

— J'ai rien regardé du tout. J'ai dormi.

— T'as dormi ? Je pensais que tu simulais.

Gillian haussa les épaules et rectifia :

— Je ne simule pas, je joue la comédie, style Actor's Studio !

— Putain, t'as rien loupé, le contrôle de trigo était pourri ! lui apprit Whitney.

Cette dernière, fille unique d'un notable de la ville, n'avait pas la réputation d'avoir froid aux yeux. Elle ouvrit le sac de bonbons et se servit.

— Faudrait écrire une formule magique pour qu'on puisse se payer des 20, poursuivit-elle.

Chelsea jeta un coup d'œil inquiet sur cette vaste chambre si joliment décorée, puis regarda Gillian.

— Tu es sûre qu'on peut faire de la magie ici, avec ton père à côté ?

Aucun problème. Non seulement elles pouvaient faire de la magie, mais elles allaient en faire. Si elles s'étaient réunies, c'était bien dans ce but. Il y avait maintenant près d'un an qu'elles étaient initiées.

— Je ne vous aurais pas invitées si je n'avais pas su qu'il n'y avait aucun risque, répondit Gillian en extrayant un carnet noir et blanc de sa cachette, entre le matelas et le sommier.

Sur la couverture du cahier s'étalait un titre écrit en lettres tarabiscotées : *Le Livre des Ombres*.

Gillian sauta du lit et se dirigea vers la salle de bains adjacente. Ses amies entendirent couler l'eau du robinet. Puis la porte s'ouvrit et elle réapparut avec un grand verre d'eau.

— Tiens, dit-elle en le tendant à Whitney, bois.

Whitney but une gorgée de liquide et la recracha aussitôt par terre.

— Beurk ! C'est dégueulasse ! C'est de l'eau salée !

— Pauvre chérie ! persifla Gillian. Tu sais bien qu'il faut se purifier. Mais tu peux toujours prendre un bain, si tu estimes que tu as le temps...

Whitney obtempéra avec une grimace, puis passa le verre à ses compagnes.

— Aujourd'hui, il faut faire un truc rapide, proposa Meg. Il faut que je sois chez moi à quatre heures et demie, sinon je me fais engueuler par ma mère.

Sans perdre un instant, elle s'assit par terre en face de Gillian, tandis que Whitney et Chelsea formaient les autres angles du carré. Gillian prit la main de Whitney. Un courant d'air froid s'introduisit par la fenêtre entrebâillée. Au moment où la paume de Whitney se refermait sur celle de Meg, la lampe de chevet faiblit. Les pages du cahier se soulevèrent lorsque Meg saisit la main de Chelsea. Et quand Chelsea attrapa celle de Gillian, l'air alourdi devint suffocant.

— Ton cercle est de quelle couleur ? demanda Gillian à Chelsea.

— Il est bleu.

Les yeux de Meg se fermèrent petit à petit et elle murmura :

— Rose.

— Moi, c'est argenté, chuchota Whitney.

— Et moi, il est doré, dit Gillian.

Elles avaient fermé les yeux toutes les quatre, mais leur expérience d'un an leur avait appris qu'il n'est pas besoin d'ouvrir les yeux pour voir. Bientôt, des serpents de couleur vinrent s'enrouler un à un autour des jeunes filles, matérialisés par la magie du pouvoir de concentration.

— Oh, non, c'est pas vrai ! Encore ! gémit Delilah en voyant l'équipage formé par Addie et Roy Peabody faire irruption dans la cuisine.

— S'il te plaît, pas de commentaires ! grinça Addie tout en rattrapant son père, qui venait de trébucher.

— C'est Delilah ? beugla Roy en tendant le cou. Delilah, c'est la cuisinière la plus mignonne de tout le New Hampshire !

Addie parvint à pousser le vieil homme vers l'étroite cage d'escalier qui menait à son appartement. Avant de monter, elle s'enquit :

— J'espère que Chloé ne t'a pas embêtée ?

— Non, pas du tout, ma puce, répondit Delilah avec un soupir. Personne ne m'a embêtée.

En unissant leurs forces, Addie et Roy réussirent à atteindre le sommet des marches. La jeune femme conduisit son père vers le fauteuil usé qu'elle avait toujours connu à cette place et lui recommanda :

— Assieds-toi, papa.

À travers le plancher, elle sentait l'odeur du ragoût que la cuisinière avait préparé pour le soir : les carottes, la viande de bœuf, le thym... Quand elle était petite, elle croyait que c'était parce qu'elle avait toujours respiré l'odeur du Resto que celui-ci s'était enraciné dans son corps au point d'en faire partie au même titre que son sang et ses os. Son père lui aussi était ainsi, avant. Mais il ne s'était plus mis aux fourneaux depuis cinq ans. Elle se demanda s'il ne souffrait pas d'une douleur imaginaire, comme celle que l'on éprouve lors de la perte d'un membre... et si ce n'était pas pour l'atténuer qu'il buvait.

— Papa... chuchota-t-elle en s'accroupissant à côté de lui.

Roy battit des paupières.

— Ma petite fille...

Les yeux d'Addie se remplirent de larmes.

— J'ai besoin que tu m'aides, le supplia-t-elle. Le Resto... j'ai trop à faire pour pouvoir m'en occuper seule. J'ai besoin de toi...

— Oh, Addie ! Je t'en prie !

— Rien que la caisse ! Tu n'auras même pas à aller à la cuisine...

— Tu n'as pas besoin de moi pour tenir la caisse. Tout ce que tu veux, c'est me garder à l'œil.

Addie rougit.

— Non, ce n'est pas vrai, protesta-t-elle.

— Allons, c'est bon, la calma Roy en posant une main sur la sienne. De temps en temps, ça fait du bien de savoir que quelqu'un veut voir ce que je fais.

La jeune femme ouvrit la bouche pour dire ce qu'elle aurait dû lui dire des années auparavant, pendant tous les mois qui avaient suivi la mort de sa mère, quand elle avait été trop bousculée par son travail pour remarquer que Roy était en train de sombrer… mais elle fut coupée dans son élan par le téléphone. C'était Delilah.

— Tu peux descendre ? questionna cette dernière. C'était déjà pas ton jour, mais là, on touche le fond…

— Vous avez dit quelque chose ?

Les yeux du chauffeur de taxi rencontrèrent ceux de Jack dans le rétroviseur.

— Non.

— Vous reconnaissez un peu ?

Jack avait menti au brave homme – il n'en était plus à un mensonge près – en lui racontant qu'il ne se souvenait plus du nom de la ville où il se rendait mais qu'elle était sur la Route 10. Il avait prétendu pouvoir la reconnaître dès qu'il verrait la rue principale. Il y avait quarante minutes de cela.

Il jeta un coup d'œil dehors. Ils étaient en train de traverser un village, petit mais cossu, avec une église blanche au clocher typique de la Nouvelle-Angleterre et des femmes en bottes d'équitation qui se pressaient dans les boutiques pour faire leurs courses. Ce spectacle lui rappelait trop Loyal, et il secoua la tête.

— Non, ce n'est pas là, dit-il.

Ce qu'il lui fallait, c'était un endroit où il pourrait disparaître un moment, un endroit où réfléchir au moyen de recommencer sa vie. L'enseignement… eh bien, c'était hors de question maintenant. Mais c'était tout ce qu'il savait faire. Il avait travaillé à Westonbrook pendant quatre ans… un trou énorme dans son CV, à éviter de mentionner lors de tout entretien d'embauche. Mais cela n'empêcherait pas n'importe quel gérant de McDonald's de lui demander s'il n'avait pas un casier judiciaire.

Bercé par le mouvement de la voiture, il s'assoupit. Il rêva d'un codétenu, Aldo, avec lequel il avait travaillé à la ferme. La copine d'Aldo venait le voir tous les jours à Haverhill et lui déposait des trésors dans le champ de maïs : du whisky, de l'herbe, du café instantané. Un jour, elle s'était installée à poil sur une couverture pour attendre l'arrivée d'Aldo sur son tracteur. « Fais gaffe, va pas trop vite, lui disait Aldo quand ils sortaient aux champs, on sait pas sur quoi on peut tomber. »

— On arrive à Salem Falls, annonça le chauffeur de taxi, le réveillant.

Un panneau bleu écrit à la main indiquait le nom de la ville en précisant qu'elle abritait les laboratoires des Produits pharmaceutiques Duncan. La ville était construite en partant d'un espace vert où se dressait un monument commémoratif qui penchait dangereusement sur la gauche, comme s'il avait été éperonné par le côté. Une banque, un supermarché et un bâtiment administratif s'alignaient le long de l'espace vert ; les façades peintes étaient impeccablement entretenues, les allées débarrassées de la neige. La seule fausse note consistait en la présence incongrue d'un wagon de chemin de fer à l'angle. Jack eut une réaction de surprise mais, lorsque la voiture s'engagea dans le sens unique qui contournait l'espace vert, il comprit que c'était un restaurant.

Un petit panneau était placé sur une vitre.

— Stop, dit Jack. C'est ici.

Harlan Pettigrew, installé au comptoir, était en train de faire un sort à son ragoût. Il avait disposé une serviette au-dessus de sa cravate pour éviter les taches.

Ses yeux firent le tour de la salle et s'arrêtèrent sur la pendule. Au même moment, Addie franchit la porte à double battant.

— Monsieur Pettigrew… commença-t-elle.

L'homme s'essuya la bouche avec sa serviette et se leva.

— Il est temps !

— J'ai quelque chose à vous dire. Euh… j'ai eu quelques petits ennuis avec certains appareils.

Pettigrew fronça les sourcils.

— Ah, d'accord.

Tout à coup, la porte du restaurant s'ouvrit. Un homme en blazer chiffonné entra, l'air perdu et frigorifié. Ses chaussures, inadaptées à la saison, laissèrent quelques petites flaques de neige fondue sur le linoléum. À la vue du tablier rose d'Addie, il se tourna vers elle.

— Excusez-moi… le propriétaire est là ?

Il avait parlé d'une voix profonde, chaude et riche, dont le timbre s'insinuait au plus profond de ses interlocuteurs.

— C'est moi !

— Oh ! émit-il, visiblement surpris. Je… hum… je suis venu parce que…

Un grand sourire vint éclairer le visage de la jeune femme, qui l'interrompit :

— Parce que je vous ai appelé !

Elle lui serra la main sans paraître remarquer sa surprise.

— J'étais justement en train de dire à M. Pettigrew, que voici – c'est le délégué des services d'hygiène –, que le réparateur était en route pour venir s'occuper de notre réfrigérateur et du lave-vaisselle. Venez, c'est par ici !

« Il me prend sans doute pour une folle, se dit Addie, cachant sa nervosité. Mais je m'en fiche, ça n'en fera qu'un de plus ! »

Cette femme était folle. Et, de plus, elle l'avait touché ! Elle lui avait tendu la main, serré la main, comme si c'était une chose normale pour lui, comme si le dernier contact de la peau d'une femme contre la sienne remontait à huit minutes, au lieu de huit mois...

Méfiance ! Si elle était en train de dissimuler quelque chose aux services d'hygiène, c'était que son restaurant était louche et qu'elle risquait une contravention.

Il entreprit une retraite prudente, mais la jeune propriétaire baissa la tête.

Ce fut ce geste, cette capitulation, qui causa sa perte.

La raie qui séparait ses cheveux noirs n'était pas droite et elle était rose comme la peau d'un nouveau-né. Jack eut envie de tendre l'index et de la toucher. Vite, il enfouit ses mains dans ses poches.

Il savait mieux que quiconque qu'on ne pouvait faire confiance à une personne du sexe féminin qui prétendait dire la vérité. Mais... lorsqu'on savait dès le départ qu'elle mentait ?

Il s'éclaircit la voix.

— Je suis venu dès que j'ai pu, vous savez, dit-il en lançant un regard en coin à Pettigrew. Quand on m'a appelé, j'étais chez ma tante, elle fêtait son anniversaire, c'est pour ça que je n'ai pas eu le temps de me changer. Alors, qu'est-ce qu'il y a à réparer ?

La cuisine ressemblait beaucoup à celle de la prison. Jack adressa un signe de tête à une femme imposante qui officiait derrière le gril et essaya désespérément de se remémorer quelques rudiments de technique en matière de lave-vaisselle. Il ouvrit les deux portes, sortit les casiers et passa la tête à l'intérieur.

— C'est peut-être la pompe... ou le robinet d'arrivée d'eau.

Pour la première fois, il regarda vraiment la propriétaire. Petite et menue, elle lui arrivait tout juste à l'épaule, mais son dur labeur quotidien avait dessiné les muscles de ses bras. Ses cheveux bruns étaient noués en un chignon qu'elle maintenait par un crayon, et ses yeux vert clair avaient l'incroyable couleur des péridots, ces pierres dont les Hawaïens disaient qu'elles étaient les larmes versées par la déesse des volcans. Ces yeux, en ce moment, exprimaient la plus intense stupéfaction.

— Je n'ai pas apporté ma caisse à outils mais je peux faire la réparation, disons...

Il fit semblant de réfléchir, tout en essayant de capter le regard de la jeune femme.

— Demain, forma-t-elle avec ses lèvres.

— Demain, annonça Jack à voix haute. Montrez-moi le frigo, maintenant.

Les yeux de Pettigrew se promenaient de l'un à l'autre.

— Ce n'est pas la peine de vérifier le reste de la cuisine s'il faut que je revienne de toute façon, déclara-t-il. Je repasse la semaine prochaine pour faire mon inspection.

Un bref salut, et l'homme disparut.

La propriétaire se précipita sur la cuisinière et la prit dans ses bras en étouffant difficilement un cri de triomphe. Radieuse, elle se tourna vers lui et lui tendit la main... Cette fois-ci, il recula avant de se laisser toucher.

— Je suis Addie Peabody, et voici Delilah Piggett. Nous vous sommes très reconnaissantes. Vous aviez l'air tout à fait authentique !

Elle s'arrêta brusquement car une idée venait de germer dans son esprit.

— Vous ne savez pas vraiment réparer les appareils ménagers, n'est-ce pas ?

— Non. J'ai entendu parler de ça dans mon dernier boulot.

Il vit poindre une ouverture et sauta sur l'occasion :

— J'ai vu votre panneau « On recherche employé » et je venais aux renseignements.

La cuisinière s'écria avec un large sourire :
— Vous êtes embauché !
— Delilah, depuis quand es-tu la patronne ?
Addie se tourna vers Jack et lui sourit.
— Vous êtes embauché.
— Je peux vous demander en quoi consiste le travail ?
— Oui. Nous recherchons un plongeur.
Un sourire contraint se dessina sur le visage de Jack.
— Oui, je sais que vous avez des problèmes de lave-vaisselle… commença-t-il.
— D'accord, mais même si nous le réparons, il nous faudra quand même quelqu'un.
— À temps complet ?
— À temps partiel… l'après-midi. Au salaire minimum.
Le visage du candidat s'assombrit. Il avait un doctorat en histoire et il se retrouvait à postuler pour un poste payé cinq dollars quinze de l'heure. Se méprenant sur sa réaction, Delilah ajouta :
— Ça fait déjà un certain temps que j'ai demandé à Addie d'embaucher un aide-cuisinier. Ce serait un temps partiel pour le matin…
Addie hésita, puis :
— Vous avez déjà travaillé dans une cuisine, monsieur… ?
— St Bride, Jack. Oui, oui.
Il omit soigneusement de dire à quel endroit et de préciser que c'était en tant que pensionnaire de l'État.
— C'est mieux que le dernier que tu as engagé, apprécia Delilah. Tu te souviens de la fois où on l'a trouvé en train de se shooter au-dessus des œufs brouillés ?
— Il n'allait pas signaler ses mauvaises habitudes pendant l'entretien !

Addie se tourna vers Jack.

— Quel âge avez-vous ?

Ah, on y était. C'était maintenant qu'elle allait demander pourquoi un homme de son âge postulait pour ce genre de petit boulot.

— Trente et un ans.

Elle hocha la tête.

— Si vous voulez le poste, il est à vous.

Pas de CV, pas de références, pas de questions sur son précédent emploi. Et l'anonymat. Personne ne s'attendrait à le retrouver en train de laver les assiettes dans un petit restaurant. Pour quelqu'un qui avait décidé de faire table rase de son passé, il était servi. Cette situation paraissait trop belle pour être vraie.

— Oui, j'aimerais beaucoup, parvint-il à articuler.

— Très bien, alors mettez un tablier ! lui enjoignit sa nouvelle patronne.

Tout à coup, il se souvint que, s'il devait désormais résider à Salem Falls, il était soumis à une obligation.

— J'ai besoin que vous me laissiez à peu près une heure pour faire une course, dit-il.

— Pas de problème. C'est bien le moins que je puisse faire pour la personne qui m'a sauvée.

« C'est drôle, se dit Jack. J'étais justement en train de penser la même chose. »

Il y avait un bon moment que l'inspecteur Charlie Saxton jouait avec la radio de sa voiture de patrouille. Il finit par la couper. Mais maintenant il n'en entendait que plus distinctement le bruit mouillé de la neige fondue qui giclait sous les pneus de sa Bronco, et il se demanda une fois de plus s'il avait bien fait de quitter Miami.

Être policier dans sa ville natale, ce n'était pas très facile. En descendant la rue, au lieu de voir une simple supérette, on voit le magasin où un adolescent a poignardé sa copine. En passant devant le terrain de sport du lycée, on pense à la drogue confisquée aux enfants des notables de la localité. Là où un autre aurait vu l'image parfaite de la bourgade de Nouvelle-Angleterre de sa jeunesse, il voyait le bas-ventre de ses habitants.

Sa radio grésilla au moment où il s'engageait dans la rue principale.

— Saxton, répondit-il.

— Inspecteur, j'ai ici quelqu'un qui veut vous voir. C'est vous qu'il veut voir, personne d'autre.

En dépit de la mauvaise réception, Saxton nota que Wes paraissait excédé.

— Il a un nom, ce quelqu'un ? se renseigna-t-il.

— S'il en a un, il le garde pour lui.

Charlie soupira. Ça ne faisait pas de doute, il s'agissait d'un type qui avait commis un meurtre sur le secteur de la ville et qui voulait se livrer.

— D'accord, j'arrive au parking. Dis-lui de s'asseoir.

Il gara la voiture et s'apprêta à rejoindre son visiteur, qu'il trouva en train de faire le pied de grue.

La première pensée de Charlie, en bon enquêteur confirmé, fut de se dire que ce gars-là ne pouvait pas être du coin, car jamais un habitant du New Hampshire n'aurait risqué d'attraper la crève en mettant une veste d'été et des chaussures fines pour sortir dans la boue glacée de début mars. Pourtant, il ne paraissait ni sous le choc, comme la victime d'une agression, ni nerveux comme l'auteur d'un crime. Non, il avait simplement l'air d'un type qui avait passé une mauvaise journée. Charlie lui tendit la main.

— Bonjour. Inspecteur Saxton.

L'homme ne déclina pas son identité et se contenta de demander :

— Pourriez-vous m'accorder quelques minutes ?

Charlie hocha la tête. Sa curiosité était éveillée. Il conduisit le visiteur à son bureau et lui fit signe de prendre place.

— Que puis-je faire pour vous, monsieur... ?

— Jack St Bride. Je m'installe à Salem Falls.

— Bienvenue dans notre ville.

C'était ça ! Un père de famille qui voulait s'assurer que sa femme, ses enfants et son petit toutou seraient en sécurité dans leur nouvel environnement.

— Vous serez bien ici, c'est sympa comme ville. Vous voulez des renseignements particuliers ?

St Bride resta muet un long moment. Les mains crispées sur ses genoux, il finit par lâcher :

— Je suis venu à cause du 651-B.

Charlie mit un certain temps à comprendre que cet homme bien habillé, aux manières policées, était en train de lui parler d'une disposition légale qui exigeait que certaines catégories de criminels se signalent auprès de la police locale, pendant dix ans ou à vie, suivant la condamnation dont ils avaient fait l'objet. Charlie s'efforça de maîtriser son expression jusqu'à la rendre aussi impénétrable que celle de St Bride, jusqu'à ce qu'il fût bien clair qu'il retirait les paroles de bienvenue qu'il avait prononcées. Puis il ouvrit son tiroir et en sortit le formulaire destiné au fichier des délinquants sexuels.

Mars 2000,
Salem Falls,
New Hampshire

— Qu'est-ce que vous faites ?

Jack sursauta en entendant la voix de sa nouvelle patronne et cacha ses poings derrière son dos.

— Rien.

Addie serra les lèvres et rangea son carnet de commandes dans la ceinture de son tablier.

— Écoutez-moi bien, dit-elle. Que les choses soient claires : je ne tolérerai ni drogue, ni alcool, et si je vous attrape en train de voler, je vous fiche à la porte à coups de pied dans les fesses.

Elle tendit sa main ouverte.

— Donnez-moi ça.

En évitant son regard, Jack lui remit la paille de fer dont il était en train de se servir.

— C'est ça que vous cachez ? Un tampon à récurer ?

— Oui.

— Mais… pourquoi ?

— J'avais les mains sales.

Jack déroula lentement son poing et regarda le bout de ses doigts toujours noircis par l'encre utilisée pour prendre ses empreintes digitales. Les lingettes qu'on lui avait données avaient été inefficaces et il n'avait pas eu envie de s'attarder dans les toilettes de la police pour essayer de faire disparaître les taches en lavant ses doigts un par un. L'encre avait séché pendant le trajet et il s'était savonné en vain. Il retint son souffle. Et si elle devinait ?

— De l'encre ! constata Addie. Moi aussi, ça m'arrive, en lisant le journal. Ils feraient bien de trouver un produit qui tienne sur les pages au lieu de se coller sur les doigts !

Soulagé, Jack la suivit dans le petit garde-manger attenant à la cuisine. Elle lui tendit un flacon de détachant industriel.

— C'est un client qui m'a donné ça, un fermier. C'est sans doute prévu pour nettoyer le cuir ou quelque chose dans ce goût-là... mais, en fait, ça nettoie tout ! (En souriant, elle leva les mains, ses mains usées, rouges, craquelées.) Si vous continuez à utiliser les tampons à récurer, vous aurez des mains comme les miennes !

Jack opina du chef et prit le flacon. En réalité, il avait plutôt envie de lui toucher la main, de sentir le bout de ses doigts, pour voir s'ils étaient aussi abîmés qu'elle le disait ou simplement aussi chauds qu'ils en avaient l'air.

Roy se redressa brusquement dans son lit et dodelina de la tête. Oh là là ! Qu'il avait mal ! La pièce tournait, mais ce n'était rien comparé au bruit infernal qui menaçait de lui faire éclater le crâne. Il se leva avec un gémissement. Cette satanée Delilah ! Non, mais qu'est-ce qui lui prenait de jouer au tambour avec les casseroles pendant que les gens essayaient de dormir au-dessus de sa tête ?

— Delilah ! brailla-t-il en dévalant lourdement les escaliers.

La cuisinière n'était pas là. À sa place, devant l'évier, il vit un jeune homme blond et grand, un gars qui avait l'air beaucoup trop bien pour laver la vaisselle. L'inconnu était en train de finir de rincer une marmite, qu'il posa ensuite sur un rayonnage avec un bruit à vous faire exploser les tympans.

— Delilah est allée aux toilettes, le renseigna le garçon en tournant à peine la tête. Elle va revenir dans une seconde.

La cuisinière avait laissé quelques steaks hachés sur le gril. « Ça risque de foutre le feu, nota Roy mentalement. Jamais j'aurais fait un truc pareil, de mon temps. »

— Vous pouvez me dire qui vous êtes ? aboya-t-il.

— Jack St Bride. Je viens d'être embauché pour la plonge.

— C'est pas vrai, nom de Dieu ! Pourquoi vous la faites à la main ? Vous avez une machine juste là, derrière vous !

Jack répondit avec un sourire narquois :

— Merci, je sais. Elle est en panne.

Il resta planté devant le vieil homme, mal à l'aise, se demandant qui il était et pourquoi il était arrivé par l'escalier de derrière. Les effluves d'alcool qui émanaient de sa personne étaient assez puissants pour transformer en concombres confits la garniture que Delilah avait préparée pour les plats.

Jack prit le parti de se remettre à la tâche. Attrapant une cocotte, il la trempa dans l'eau savonneuse et se mit à frotter avec ardeur. Tout à coup, il s'interrompit à la vue de la fumée noire qui s'échappait du gril. Indécis, il regarda ses mains, puis la cocotte, puis le vieil homme.

— Les steaks sont en train de brûler ! dit-il à ce dernier. Vous pouvez les retourner ?

Son interlocuteur se trouvait à deux pas du gril, il pouvait donc aisément attraper la spatule. Mais, de façon étonnante, il recula à bonne distance.

— Non, non, allez-y, faites-le, vous !

Étouffant un juron, Jack arrêta le robinet, se sécha les mains et se précipita vers le lieu de la catastrophe en bousculant le vieil homme au passage.

— C'était si difficile que ça ? l'apostropha-t-il lorsqu'il eut limité les dégâts.

— Je m'occupe pas de la cuisine, répliqua l'étrange bonhomme d'un ton sec.

— Ce n'est que du steak haché ! Personne ne vous a demandé de préparer un bœuf mode !

— Si j'avais envie, je pourrais vous faire un bœuf mode du feu de Dieu !

La porte à double battant qui donnait sur la salle se sépara pour livrer passage à Addie.

— Qu'est-ce qui se passe ? J'entends des cris depuis la salle ! Papa ? Qu'est-ce que tu fais en bas ? Et où est Delilah ?

— Aux toilettes.

Jack, ne se sentant nullement concerné, retourna à son ouvrage devant l'évier. Ses responsabilités se limitaient à la plonge. C'était pour cela qu'il avait été embauché. Que l'autre se débrouille avec la patronne !

Mais cette dernière ignora son plongeur. En réalité, elle paraissait ravie d'avoir trouvé son père à la cuisine.

— Comment ça va ? lui demanda-t-elle.

— Comme quelqu'un qui n'arrive pas à se reposer parce qu'on fait un boucan d'enfer en bas.

Apaisante, Addie tapota la main du grincheux.

— J'aurais dû prévenir Jack et lui dire que tu faisais la sieste là-haut.

La sieste ? Il cuvait son vin, oui !

— Jack, si vous avez une minute… il faut débarrasser quelques box, dans la salle.

Jack acquiesça d'un signe de tête et se munit du seau en plastique que l'on utilisait pour nettoyer les tables. Lorsqu'il pénétra dans le restaurant, son cœur se mit à battre, et il se demanda combien de temps il lui faudrait pour se débarrasser de l'impression angoissante d'être soumis à une surveillance de tous les instants. Mais la salle était vide. Soulagé, il nettoya un box puis alla débarrasser le bar. Il jeta un gobelet à café à la poubelle, avisa une assiette encore pleine et déjà refroidie. Des frites et un cheeseburger avec des pickles. Un client avait payé un repas auquel il n'avait pas touché.

Il mourait de faim. Il avait loupé le petit déjeuner à la prison parce qu'il avait été appelé pour les formalités de levée d'écrou. Il jeta un regard furtif autour de lui… Personne en vue… Il prit une poignée de frites et, d'un geste vif, les fourra dans sa bouche.

— Non.

Il se figea sur place. Addie se tenait derrière lui, le visage blême.

— Ne mangez pas sa part.

Jack battit des paupières.

— La part de qui ?

Elle se détourna sans répondre, le laissant en proie à la perplexité.

À quinze ans, Thomas McAfee attendait encore de grandir. Il savait qu'il grandirait tard, enfin, il espérait grandir, parce que mesurer un mètre soixante-cinq et se trimballer avec des mollets de coq, ce n'était pas marrant !

De toute façon, rien n'était marrant en ce moment, et surtout pas la classe de seconde. En troisième, ils avaient fait l'histoire médiévale, et ses connaissances toutes fraîches lui avaient inspiré une comparaison : le lycée, c'était une joute moderne. Parmi tous ceux qui avaient relevé le gant, seuls survivraient les plus preux, qui auraient ensuite le privilège d'aller jouer au hockey à Colby-Sawyer et à Dartmouth. Les autres seraient relégués aux bancs de touche et condamnés à passer leur vie en spectateurs.

Ce jour-là, en sortant du lycée, alors qu'une fois de plus il ruminait de sombres réflexions, Thomas en vint à penser à Chelsea Abrams, et il se dit qu'il y avait une chance pour que cette fille-là soit du genre à encourager les losers.

Ah, Chelsea... Ce n'était pas une simple élève de seconde. Elle était intelligente, jolie, et elle avait de ces cheveux ! Pendant le cours d'informatique qu'ils suivaient dans la même classe, il passait son temps à admirer sa chevelure qui chatoyait au soleil. Elle ne faisait partie ni des pom-pom girls, ni des intellectuelles, ni des grandes gueules. Par contre, elle était toujours fourrée avec trois autres meufs, parmi lesquelles Gillian Duncan, dont le père possédait la moitié de la ville. D'accord, elles se sapaient un peu bizarrement, avec leurs foulards et leurs fringues noires – un croisement entre le look gothique des mecs de la section artistique et le look des nazes qui se la jouaient gitan –, mais après tout, l'important, ce n'était pas l'emballage, c'était ce qu'il y avait à l'intérieur.

Comme par un fait exprès, Chelsea déboucha à l'angle de la rue, entourée de ses copines, y compris Gillian Duncan, celle qui avait été trop malade pour venir au lycée. Un vrai miracle : elle était déjà rétablie, et même assez pour se balader dehors.

Sous l'effet du froid, l'haleine de sa chère Chelsea se transformait en buée blanche, et il crut voir un petit cœur éthéré sortir de sa bouche à chaque respiration.

Thomas redressa les épaules et lui emboîta le pas. Le parfum de cannelle qui émanait de ses cheveux lui fit tourner la tête. Affectant un ton détaché, il l'aborda sans préambule :

— Tu sais à quoi je pense ?

— Pardon ? fit Chelsea.

— Ouais, je viens de penser que Chelsea et McAfee, ça va très bien ensemble.

Ses copines ricanèrent, et la voix de Gillian Duncan tomba comme un coup de massue :

— Pauvre crétin ! T'aimes ça, prendre un râteau avec une meuf ?

Et Gillian ajouta, en passant le bras sous celui de Chelsea :

— Allez, viens, on se casse.

Thomas sentit la chaleur monter le long de son cou. Chelsea, entraînée par les autres, le planta là sans répondre. Mais... est-ce qu'elle s'était vraiment retournée sur lui ? Ou est-ce qu'elle avait simplement remis la lanière de son sac à dos en place ?

Les quatre filles traversèrent la rue. Il les entendit rire. Toutes, sauf elle.

C'était déjà ça.

Tous les jours, Charlie Saxton déjeunait d'un sandwich au beurre de cacahuète, même s'il avait horreur du beurre de cacahuète. Mais il y avait à cela une bonne raison : c'était Barbara, sa femme, qui, persuadée de lui faire plaisir, lui préparait son casse-croûte tous les matins.

Au moment de la Saint-Valentin, elle avait acheté des petits cœurs en sucre contenant des messages et depuis un mois, tous les jours, il en retrouvait un dans la mie du pain : TU ES LE PLUS SEXY ! TU ME FAIS CRAQUER !

Du bout de l'ongle, il déballa le bonbon du jour et lut le message à haute voix : TU ES MON MEC, ET JE LE DIS À TOUT LE MONDE.

— Pas moi, patron, je ne le dirai à personne, fit la réceptionniste en faisant irruption dans son bureau, munie d'une chemise cartonnée. Oh, il rougit ! Ça fait du bien de voir qu'un gars de plus de quarante ans est encore capable de rougir ! Tenez, on a reçu ça par fax.

Elle referma la porte derrière elle. Charlie parcourut les pages du dossier contenant les comptes rendus d'audience du procès de Jack St Bride. L'homme avait été arrêté après avoir été inculpé d'agression sexuelle avec violence sur mineur... mais il n'avait été convaincu que d'agression sexuelle sans violence, un simple délit.

Charlie appela le bureau du procureur du comté de Grafton et demanda à parler au procureur dont le nom figurait sur le fax.

— Elle est en congé pour quinze jours, lui répondit la secrétaire. Puis-je vous passer quelqu'un d'autre ?

Charlie hésita. La liste des délinquants sexuels était affichée publiquement. Cela signifiait que n'importe quelle personne entrant au poste de police pouvait en avoir connaissance. Ce matin-là, sa liste ne comportait qu'un seul nom, en tout et pour tout. Même si, par son métier, il connaissait la vie secrète de ses habitants, il n'en était pas moins vrai que Salem Falls avait la réputation d'être une ville de Nouvelle-Angleterre sans histoires. Et les résidants entendaient bien que cela continue ainsi. Dès que les représentants du sexe masculin auraient vent de la présence d'un individu convaincu de viol dans les parages, d'un délinquant qui rôderait près de leurs épouses et de leurs filles, la tempête se déchaînerait.

Il pouvait déclencher l'avalanche, ou il pouvait accorder à St Bride le bénéfice du doute et se contenter de l'avoir à l'œil pendant quelques semaines.

— Demandez-lui de me rappeler à son retour, répondit Charlie.

Gillian avait été la première à essayer la Wicca. Elle avait trouvé sur Internet un site destiné aux adolescentes apprenties sorcières. La Wicca n'était pas un culte de Satan, comme le croyaient les adultes. Et elle n'enseignait pas non plus à fabriquer des philtres d'amour, comme le croyaient les enfants. C'était simplement une croyance fondée sur le fait que le monde était mû par sa propre énergie. Pris ainsi, il n'y avait là rien de très mystérieux. Qui n'avait jamais senti vibrer l'air en se promenant dans une forêt ? Ou senti le sol venir à la rencontre de la chaleur de son corps, en marchant dans la neige ?

Elle était très contente d'avoir pu s'adjoindre Meg, Whitney et Chelsea pour former une bande de sorcières, mais celles-ci n'attachaient pas la même importance à leur pratique. Pour ses copines, c'était une sorte de jeu, alors que pour elle ce culte représentait le salut. Et il y avait un rituel auquel elle se livrait en secret, sans les autres, pour réussir un sortilège qu'elle tentait jour après jour, dans l'espoir qu'il finirait par marcher.

Elle s'était enfermée dans sa chambre sous prétexte de faire ses devoirs. Agenouillée par terre, munie d'une bougie – rouge, la couleur du courage –, elle sortit de sa poche une photo de sa mère, abîmée par les multiples manipulations. Elle se concentra et visualisa le moment où sa mère l'avait tenue contre elle pour la dernière fois, jusqu'à sentir l'empreinte des doigts bien-aimés sur son bras.

— J'en appelle au Dieu et à la Déesse-Mère, chuchota-t-elle tout en frottant de l'essence de patchouli sur la bougie, en partant du milieu vers les extrémités. Je m'adresse aux forces de la Terre, de l'Air, du Feu et de l'Eau. Je m'adresse au Soleil, à la Lune et aux Étoiles pour qu'ils m'amènent ma mère.

Elle glissa la photo sous le bougeoir, mit la bougie en place. Elle imagina le rire de sa mère, un rire clair et mélodieux, qui lui avait toujours rappelé les vagues de l'océan. Ensuite, elle répartit des herbes en cercle autour de la bougie : de la sauge, symbole d'immortalité, de la cannelle, symbole d'amour. Peu à peu, la pièce fut baignée de senteurs. Dans le bleu tremblant de la flamme, elle se revit petite fille.

— Ma petite maman, implora-t-elle à voix basse, reviens.

C'est à ce moment que, comme d'habitude, la bougie s'éteignit.

Darla Hudnut fit irruption dans la salle en galopant comme une jeune jument.

— Alors, tu le caches où, Addie ? cria-t-elle tout en déboutonnant son manteau.

Darla était la serveuse extra engagée à chaque fois qu'Addie ne pouvait suffire à la tâche. Aujourd'hui, pourtant, personne n'avait fait appel à elle.

— Qu'est-ce que tu fabriques ici ? s'étonna Addie.

— Tu te souviens, la semaine dernière, tu m'as demandé de venir ! répondit Darla tout en ajustant son uniforme coupé très près du corps afin de mettre en valeur ses formes avantageuses. Tu m'as dit que tu sortais ! Mais avant, tu me racontes tout. Alors, ce beau mec que tu as embauché... ?

— Dis donc, on a placardé la nouvelle sur les murs ?

— Écoute, dans une petite ville comme ça, tout se sait ! Tu n'as qu'à te réveiller le matin avec la marque de l'oreiller sur la joue, et dans la demi-heure qui suit toute la population est au courant. Alors tu imagines, un bel inconnu grand et blond, surgi un beau matin de nulle part... ça fait jaser !

— Ah oui, et qu'est-ce qu'on dit ? interrogea la maîtresse des lieux en entreprenant de frotter vigoureusement les sièges pour dissimuler son trouble.

Darla haussa les épaules.

— De tout ! C'est ton ex-mari, le frère d'Amos Duncan, ou un mec venu te remettre le prix que tu as gagné au concours de mots croisés. Tu as le choix.

Addie éclata de rire.

— Si c'est le frère d'Amos Duncan, je ne suis pas au courant. Pour mon ex-mari, c'est intéressant, parce que je n'ai jamais été mariée. Et je peux te garantir que je n'ai pas gagné un fifrelin aux mots croisés. C'est tout simplement quelqu'un qui est dans la dèche.

— Et ce n'est pas avec lui que tu sors ce soir ?

Addie soupira.

— Je ne sors avec personne ce soir, un point c'est tout.

— Tiens, moi qui étais persuadé du contraire !

Addie sursauta à la voix de Wes Courtemanche qui venait d'entrer, en civil et très élégant.

— Je t'entends encore accepter mon invitation à dîner pour mercredi, poursuivit le policier. Darla, on est bien mercredi ?

— Ben oui, Wes !

— Alors hop, au boulot ! lui enjoignit-il avec un clin d'œil. Addie, tu ne vas pas te changer ?

Mais la jeune femme ne fit pas mine de bouger.

— Tu plaisantes ou quoi ? Tu ne crois tout de même pas que je vais sortir avec le type qui a arrêté mon père ? répliqua-t-elle.

— Ne mélangeons pas le travail et… (Il se rapprocha et baissa le ton en adoptant une voix langoureuse :)… le plaisir.

Mais sa proie ne se laissa pas attraper aussi facilement.

— Je suis occupée ! prétexta-t-elle en commençant à frotter un nouveau siège.

— Tu as Darla pour ça. Et d'après ce que j'ai entendu, un nouvel employé.

— C'est justement pour ça que je dois rester. Pour superviser mon nouveau personnel.

Wes recouvrit la main d'Addie et l'arrêta dans son mouvement.

— Darla, tu te chargeras du nouveau, pas vrai ? décida-t-il.

La serveuse baissa hypocritement les paupières et minauda :

— Oui... je pourrais sans doute lui apprendre quelques petites choses...

— Oh ça, je n'en doute pas, marmonna Addie entre ses dents.

— Donc tout va bien ! conclut le policier. Allez ! Tu ne veux quand même pas me donner l'impression que c'est avec moi que tu ne veux pas sortir ?

Elle le regarda droit dans les yeux.

— Wes, dit-elle, c'est effectivement avec toi que je ne veux pas sortir.

Il rit et répondit :

— Tu sais que plus tu m'envoies balader, plus ça m'excite ?

Addie ferma les yeux. Elle avait déjà eu assez d'ennuis ce jour-là pour y ajouter une confrontation avec Wes Courtemanche. Elle avait droit à un petit répit. Et d'ailleurs, elle savait que si elle s'entêtait dans son refus Wes s'installerait dans la salle et resterait là à lui taper sur les nerfs pendant toute la soirée. Le meilleur moyen de se débarrasser de lui était finalement de sortir avec lui, puis de prétexter un malaise pendant les hors-d'œuvre.

— D'accord, je me rends, dit-elle. Laisse-moi juste une minute pour prévenir Delilah.

Cependant, sans lui laisser le temps de mettre son projet à exécution, Jack apparut, prêt à lui tendre sa parka. À la vue des nouveaux venus, il pâlit et courba la tête.

— Delilah m'a dit de vous apporter ceci, murmura-t-il. Elle a dit que vous avez bien mérité une petite sortie.

— Oh… merci. Vous avez bien fait de venir. Je voulais vous présenter Darla.

Cette dernière tendit la main, mais Jack ne la prit pas.

— Enchantée, dit Darla.

— Et voici Wes, ajouta Addie d'un ton bref, tout en passant son vêtement. Très bien. Une bonne chose de faite. Darla, tu diras à Delilah de coucher Chloé à huit heures, s'il te plaît.

Nul ne sembla prêter attention à ces dernières paroles. Darla alla augmenter le son de la télé derrière le bar et Wes, plissant les yeux, entreprit de détailler le nouvel employé, un nouvel employé qui essayait désespérément de disparaître sous terre.

— On s'est déjà vus ? s'enquit le représentant de l'ordre.

Jack baissa le nez, refusant de rencontrer le regard de son interlocuteur.

— Non, répondit-il tout en débarrassant une table. Je ne crois pas.

Wes Courtemanche n'était pas un mauvais bougre, et le problème était des plus simples : Addie savait qu'il n'était pas l'homme qu'il lui fallait. Seulement, elle avait beau dire et beau faire, impossible de l'en convaincre. Lorsqu'elle sortait avec lui, il ne lui fallait pas plus de vingt minutes pour être démangée par une furieuse envie de détaler à toute vitesse.

Ils se promenaient côte à côte dans les rues de la ville, tenant chacun à la main un gobelet en plastique rempli de chocolat chaud. Addie jetait des regards nostalgiques de l'autre côté de l'espace vert, où les fenêtres éclairées de son Wagon-Resto et leur petit air de fête paraissaient l'inviter à rentrer au bercail.

— Wes, dit-elle pour la sixième fois, il faut vraiment que je rentre, maintenant.

— Trois questions. J'ai juste trois petites questions à te poser pour te connaître un peu mieux.

Elle soupira et acquiesça :

— D'accord. Et après, je rentre.

— Laisse-moi réfléchir deux secondes. Il faut que je m'assure que ce sont les bonnes questions.

Wes attendit quelques instants avant de se lancer :

— Pourquoi ne quittes-tu pas ton Resto ?

Quelle drôle d'idée ! Addie, interloquée, marqua un temps d'arrêt avant de le dévisager. Wes, sous le charme, ne put s'empêcher d'admirer son visage, entouré d'un halo de brouillard qui ajoutait encore au mystère de sa personne.

— C'est sûrement parce que je n'ai rien à faire ailleurs, répondit-elle.

— Comment peux-tu le savoir puisque tu n'as fait que ça toute ta vie ?

Addie lui décocha un regard en coin.

— C'est la question numéro deux ?

— Non. C'est la question numéro un, petit *b*.

— C'est difficile à expliquer, on ne peut pas comprendre quand on n'a jamais fait ce métier. Je suis attachée à ce lieu que nous avons créé. C'est un endroit où les gens se sentent un peu chez eux. Regarde Stuart et Wallace… ou le lycéen qui vient s'installer tous les matins dans le box du fond pour lire Nietzsche. Ou même toi, et les autres policiers, quand vous vous arrêtez pour prendre un café. Si je m'en allais, où iraient-ils ? De plus… d'une certaine façon, le Resto est le seul foyer que ma fille ait jamais connu.

— Addie…

Elle se racla la gorge pour l'empêcher de finir sa phrase et se hâta d'interroger :

— Question numéro deux ?

— Si on te demandait ce que tu aimerais être pardessus tout, qu'est-ce que tu répondrais ?

— Je répondrais que j'aimerais être une mère, dit-elle au bout d'un instant. J'aimerais être une mère…

Wes glissa son bras libre autour de la taille d'Addie et sourit, d'un sourire éclatant comme le croissant de lune qui brillait au-dessus de leurs têtes.

— Tu dois lire dans mes pensées, mon chou, parce que tu me conduis tout droit à ma troisième question !

Il posa les lèvres sur son oreille, et ses mots vibrèrent contre la peau de la jeune femme :

— Les œufs de ton petit déjeuner, tu les aimes comment ?

Non ! Il est trop près ! Un nœud se forma dans la gorge d'Addie et une sueur froide vint la glacer tout entière.

— Je les aime non fécondés ! jeta-t-elle en se dégageant d'un coup de coude.

Elle s'enfuit au pas de course, les yeux fixés sur les fenêtres doucement éclairées du Resto, pareille au naufragé qui, voyant briller la lumière d'un phare, met tous ses espoirs dans cette lueur et nage vers le salut.

La cuisinière et son nouveau marmiton bavardaient tranquillement tout en émincant des oignons, manière de prendre de l'avance sur la préparation du repas du lendemain. Ses yeux attaqués par les émanations laissaient échapper des larmes qui coulaient jusque sur ses joues, mais Jack était prêt à tous les sacrifices pour échapper aux avances de Darla, qui avait passé la soirée à lui faire du rentre-dedans.

Delilah leva la pointe de son couteau et désigna un endroit à quelques centimètres de lui.

— C'est juste ici qu'elle est morte, dit-elle. Elle est entrée, elle s'est mise à gueuler après Roy, et, paf ! elle s'est écroulée.

— Mais ce n'était pas sa faute si Roy avait mis la mauvaise commande sur l'assiette…

— Ça fait rien, répondit Delilah. Roy était débordé et il a pas supporté de se faire engueuler par sa femme. Il a dit : « Tu les veux, tes petits pois ? Tiens, les voilà, tes saloperies de petits pois ! » Et il lui a balancé la gamelle à la tête.

La cuisinière marqua une pause, le temps de glisser ses épluchures dans un seau, puis reprit :

— Il l'avait pas atteinte, ni quoi que ce soit. C'était juste qu'il était énervé. Seulement, la pauvre Margaret, c'était trop pour elle. Le docteur a dit comme ça que son cœur c'était comme une bombe à retardement qui faisait tic-tac dans sa poitrine et qu'il aurait lâché même si elle s'était pas disputée avec Roy. C'est vrai qu'il y a un cœur qui s'est arrêté, ce jour-là, mais moi je dis que c'est celui de Roy. Tout le monde sait qu'il s'en veut à mort pour ce qui est arrivé.

Jack imaginait ce que pouvait ressentir un homme condamné à vivre avec la pensée que sa dernière conversation avec sa femme s'était terminée sur un lancer de petits pois à l'issue tragique.

— Il suffit d'une seconde pour chambouler toute une vie, commenta-t-il.

— En voilà des paroles profondes, pour un plongeur ! constata Delilah.

Elle pencha la tête de côté et lui jeta un regard inquisiteur.

— Et d'abord, d'où tu viens, toi ?

Fort opportunément, la main de Jack glissa et le couteau entailla la pointe de son doigt. Le sang perla à l'endroit de la coupure et il leva la main pour éviter de souiller les aliments.

La brave femme s'empressa de venir à son secours en lui tendant un chiffon propre et insista pour qu'il passe son doigt sous l'eau courante.

— Ce n'est rien, dit Jack en suçant son doigt. Ça a dû être dur pour Addie.

— Hein ? Ah, tu veux dire, la mort de sa mère. Ben, en fait, ça lui a donné l'occasion de se jeter à corps perdu dans le travail, après Chloé… Tu es au courant, pour Chloé ?

À plusieurs reprises, Jack avait entendu Addie s'adresser à une certaine Chloé, en employant les mots tendres et enfantins qu'une mère utilise pour parler à son enfant.

— C'est sa fille ? Je ne l'ai pas encore vue, mais je me suis dit qu'elle ne devait pas être loin.

— C'était sa petite fille. Elle est morte à dix ans. Addie a failli en devenir folle. Elle a passé deux ans enfermée chez elle, elle voulait voir personne. Jusqu'à la mort de sa mère, quoi, et après, elle a bien été obligée de s'occuper de Roy et du Resto.

Jack appuyait le chiffon si fort sur sa coupure qu'il sentait battre son pouls. Il repensa à l'assiette où il avait subtilisé des frites, une assiette pleine que personne n'avait touchée. Il repensa à toutes les fois où il avait entendu Addie parler à une petite fille qui n'existait pas.

— Mais…

Delilah leva la main.

— Je sais. Il y a des tas de gens qui croient qu'Addie est dérangée.

— Pas vous ?

Pendant quelques instants, la cuisinière mâchouilla sa lèvre inférieure en fixant la main de son interlocuteur.

— Moi, finit-elle par dire, ce que je crois, c'est qu'on vit tous avec nos fantômes.

Avant d'éteindre le gril et de partir avec Darla, Delilah avait préparé un hamburger pour Jack. Ce dernier, assis sur un tabouret de bar voisin de celui de Chloé, observait les mouvements d'Addie, qui fermait l'établissement. Se déplaçant de table en table comme une fourmi industrieuse, elle remplissait les sucriers et les bouteilles de ketchup en battant la mesure avec sa tête, au son de la musique des publicités qui défilaient sur l'écran de télévision accroché en l'air.

Elle était revenue de son rendez-vous silencieuse et perturbée, au point que Jack crut tout d'abord qu'elle avait appris la vérité à son sujet. Mais, en la voyant attaquer son travail avec frénésie, il comprit qu'elle faisait pénitence, comme si elle s'était obligée à mettre les bouchées doubles pour expier la faute qu'elle avait commise en prenant quelques heures de détente.

Jack mordit à belles dents dans son hamburger, pendant qu'Addie s'occupait des salières et y introduisait des grains de riz afin que le sel ne prenne pas l'humidité. La musique du générique de *Jeopardy* retentit dans les haut-parleurs de la télévision. Alex Trebek traversa la scène, vêtu de son costume de gala, et salua les trois candidats, puis donna le signal de départ de la première série de questions.

« Le moyen de travailler ce métal était inconnu jusqu'en 1500 avant J.-C. »

— Le fer ? suggéra Jack.

Une candidate du jeu télévisé actionna sa sonnette.

« Le fer ? dit-elle.

— Bonne réponse ! » répondit Alec Trebek.

Addie regarda Jack, puis le poste de télévision, et sourit :

— Vous êtes un fan de *Jeopardy* ?

En haussant les épaules, son nouvel employé confirma :

— Oui, j'aime bien.

« Le 9 novembre 1989, il se passa en Europe un événement qui marqua le début de l'écroulement de l'empire soviétique. »

— La chute du mur de Berlin ?

Addie posa la salière qu'elle tenait.

— Vous êtes plus qu'un simple fan, commenta-t-elle en s'approchant de lui. Vous êtes vraiment doué.

« Neuf chapitres sur les douze que compte ce livre de la Bible se situant pendant l'exil à Babylone tournent autour des rêves et des visions. »

— Isaïe ? proposa Addie.

Jack secoua la tête et rectifia :

— Daniel.

« Dans la version originale en hébreu de ses lamentations, tous les versets en trois chapitres commencent par une nouvelle lettre à partir de la première, aleph. »

— Jérémie ?

— Vous connaissez bien la Bible, observa Addie. Vous êtes prêtre ou quelque chose comme ça ?

Il ne put s'empêcher de rire.

— Non.

— Enseignant, alors ?

Jack s'essuya la bouche avec une serviette avant de répondre :

— Je suis plongeur.

— D'accord, mais hier, qu'est-ce que vous étiez ?

« Prisonnier », lui répondit mentalement Jack. À haute voix, il expliqua en baissant le front :

— Quelqu'un qui n'aimait pas ce qu'il faisait.

Elle sourit, préférant abandonner la partie.

— Tant mieux pour moi, dit-elle.

Elle prit le balai-éponge que Jack avait apporté de la cuisine et se mit à le passer sur le linoléum.

— Laissez, je m'en occupe, protesta son employé.

— Non, non, continuez à manger. J'ai l'habitude.

Jack sentit que c'étaient ces petits gestes de gentillesse qui auraient raison de lui. Déjà, les premières fissures commençaient à craqueler la dure coquille qu'il s'était promis de garder en place pour éviter que quelqu'un ne l'approche d'assez près pour le blesser de nouveau. Mais Addie n'était pas comme tout le monde. Non seulement elle lui faisait confiance, mais elle faisait son boulot à sa place. Et pourtant, d'après Delilah, le destin lui avait joué un sale tour, à elle aussi, et elle aurait eu toutes les raisons d'être aigrie.

Il avait envie de lui dire qu'il compatissait à sa peine, mais, au bout de près d'un an de silence, les mots ne sortaient pas facilement. D'un geste lent, il prit une poignée de frites et les posa sur l'assiette intacte de Chloé. Il réfléchit un instant, puis ajouta son cornichon. Levant la tête, il vit que sa patronne le regardait fixement, les mains posées sur le manche à balai, prête à s'enfuir.

Elle croyait qu'il se moquait d'elle ; il le lisait là, au plus profond de ses yeux, blessés et fragiles ; il le voyait à ses mains crispées sur le manche de bois.

— Je... je lui devais ça depuis cet après-midi, dit-il.

— À qui ? souffla-t-elle dans un murmure à peine audible.

Les yeux de Jack ne quittèrent pas les siens.

— À Chloé.

La jeune femme ne répondit pas. Elle reprit son balai et se mit à frotter furieusement. Elle nettoya le sol jusqu'à ce qu'il brille, jusqu'à ce que les lumières du plafond se reflètent dedans, jusqu'à ce que Jack n'en puisse plus de la regarder s'activer, déterminée et indifférente à tout, parce qu'elle lui rappelait trop sa propre attitude.

Addie ferma la porte et la verrouilla derrière elle. Dehors, il neigeait. Des flocons gros comme le poing, le genre de flocons qui s'accrochent les uns aux autres, pareils à des parachutes dans une démonstration d'acrobatie aérienne... Intérieurement, elle poussa un gémissement. Cela signifiait qu'elle devrait se lever à l'aube le lendemain matin pour dégager les allées.

Jack se tenait à quelque distance, le col de sa veste relevé afin de protéger sa nuque du froid. Addie était déterminée à ne pas creuser la question ; elle était bien placée pour comprendre ceux qui voulaient garder leurs secrets pour eux. Elle ignorait le secret de cet homme qui se promenait sans manteau au milieu de l'hiver du New Hampshire ; de même, c'était la première fois qu'elle rencontrait une personne assez cultivée pour connaître toutes les réponses aux questions du *Jeopardy* tout en étant prête à faire un petit boulot payé comme tel. Si Jack tenait à garder le profil bas, elle pouvait bien faire ça pour lui. Et elle oublierait sa réaction incroyable à propos de Chloé.

— Bon, dit-elle, eh bien, à demain matin !

Jack ne parut pas entendre. Il lui tournait le dos, les bras tendus droit devant lui. Addie comprit, un peu stupéfaite, qu'il attrapait les flocons de neige avec la langue.

Depuis quand avait-elle cessé de considérer la neige comme un plaisir ? Depuis quand n'en voyait-elle plus que les aspects négatifs ?

Elle ouvrit la portière de sa voiture, démarra et sortit le véhicule avec précaution. Rétrospectivement, elle ne sut jamais ce qui l'avait poussée à jeter un coup d'œil dans le rétroviseur. S'il n'y avait pas eu l'œil jaune du lampadaire placé devant le restaurant, peut-être ne l'aurait-elle pas vu, assis sur le bord du trottoir, la tête baissée.

Elle poussa un juron étouffé et fit demi-tour en contournant l'espace vert.

— Vous voulez que je vous dépose quelque part ? proposa-t-elle.

— Non. Merci quand même.

Addie referma les doigts sur le volant.

— Vous ne savez pas où aller, c'est ça ? interrogea-t-elle.

Avant de lui laisser le temps de protester, elle descendit de voiture.

— Justement, il se trouve que je connais une chambre à louer, lui apprit-elle. Vous aurez un compagnon de chambrée au caractère parfois un peu difficile, c'est vrai. Mais pour compenser, les fois où vous aurez une petite faim au milieu de la nuit, vous aurez une super-cuisine qui vous tendra les bras.

Tout en parlant, Addie déverrouilla la porte de l'établissement et franchit le seuil. Elle se retourna et vit que Jack était resté sur place, entouré d'un halo de neige floconneuse.

— Écoutez, ça ferait beaucoup de bien à mon père, insista-t-elle. Il a besoin de compagnie. Vraiment, vous me rendriez service.

Jack ne bougea pas d'un pouce.

— Pourquoi ? se contenta-t-il de demander.

— Pourquoi ? Eh bien… parce que quand il reste seul trop longtemps, il… n'a pas le moral.

— Non, ce n'est pas ce que je veux dire. Pourquoi faites-vous cela pour *moi* ?

Addie sentit très clairement sa suspicion. Elle faisait cela parce qu'elle savait ce que c'était que d'atteindre le fond et d'avoir besoin de quelqu'un qui vous tende la main pour vous aider à remonter. Elle faisait cela parce qu'elle savait à quel point, dans ce monde saturé de téléphones, de courriers électroniques et de fax, on pouvait se sentir seul. Mais elle savait aussi que, si elle exprimait la moindre de ces réflexions, sa fierté pousserait Jack à s'enfuir au pas de charge et que, avant de lui laisser le temps de protester, il serait déjà hors de portée de voix.

Aussi ne répondit-elle pas à sa question. Elle se contenta de s'engouffrer à l'intérieur et d'entamer la traversée de la salle.

Ce soir, au jeu, on avait posé une série de questions sur la mythologie grecque.

« Ce héros obtint la permission de faire remonter Eurydice, sa bien-aimée, des Enfers, mais il la perdit en se retournant trop vite pour voir si elle le suivait. »

Addie ne ferait pas comme Orphée. Elle continua à avancer, la tête haute, jusqu'à ce que le léger tintement des clochettes de la porte lui signale que Jack était entré se mettre au chaud.

Septembre 1999,
North Haverhill,
New Hampshire

Aldo LeGrande arborait sur le front un énorme tatouage qui représentait une tête de mort. Cela suffit pour pousser Jack à choisir la couchette la plus éloignée de la sienne. Il ne réagit pas lorsque Jack posa ses affaires et se contenta de continuer à griffonner dans un cahier violet dont la couverture était délicatement ornée de croix gammées et de cobras.

Jack entreprit de placer quelques objets dans un petit bac qui se trouvait au pied du lit.

— Si j'étais toi, dit Aldo, je ferais pas ça. La Montagne s'en sert pour pisser la nuit.

Jack accueillit l'avertissement avec philosophie. Depuis un mois qu'il y résidait, il connaissait les usages en vigueur à Grafton County. Les nouveaux détenus commençaient par être incarcérés en haute sécurité, puis, au bout de quinze jours de bonne conduite, ils étaient autorisés à postuler pour un transfert en moyenne sécurité. À chaque changement d'unité, il avait eu à affronter une sorte de test de la part des locataires déjà en place. En haute sécurité, on lui avait craché dessus. En moyenne sécurité, on le coinçait dans les recoins obscurs, trop sombres pour apparaître sur les écrans de contrôle, et on le bourrait de coups de poing judicieusement placés.

— Eh bien, tant pis, la Montagne s'en passera, répliqua-t-il sèchement.

Il empila dans une boîte les livres qu'il avait empruntés à la bibliothèque de la prison et poussa le tout sous la couchette du bas.

— T'aimes les bouquins ? s'enquit Aldo.

— Oui.

— Comment ça se fait ?

— Je suis prof, consentit à expliquer Jack.

— Ouais, d'accord, ricana Aldo. Moi, je bosse pour l'État, je pave les routes, mais c'est pas pour ça que je ramène du boulot ici. Je m'amuse pas à peindre une ligne jaune en pointillé là, par terre.

— Ce n'est pas tout à fait pareil, répondit Jack. Ça me plaît, parce que j'aime bien apprendre des choses.

— Pauvre mec ! C'est pas dans les bouquins que t'apprendras à t'en tirer dans la vie.

Jack savait que c'était une chose qu'on n'apprenait pas, de toute façon. Il avait eu un mois pour réfléchir à ce sujet, précisément. Il n'allait pas perdre son temps à discuter avec un Aldo LeGrande.

— Je vois que t'es le genre cul serré, poursuivit ce dernier. T'as qu'à continuer comme ça, et tu vas voir que ton cul, ça sera du gâteau pour les autres.

Jack tenta désespérément d'ignorer son cœur, qui s'était mis à battre la chamade aux mots de son interlocuteur. C'était la première image qui venait à l'esprit quand on évoquait l'incarcération. S'il devait se retrouver victime d'un viol en prison, lui qui avait été convaincu d'agression sexuelle, devrait-il considérer cela comme une ironie du sort ou comme une application de la loi du talion ?

— C'est pourquoi que t'es là ? questionna Aldo en se curant les dents avec son stylo.

— Et toi ?

— Viol, dit Aldo.

Jack ne voulut pas avouer à Aldo qu'il avait été accusé du même crime que lui. Il ne voulait pas se l'avouer à lui-même non plus.

— En tout cas, moi, je n'ai pas fait ce qu'ils disent.

Sa réponse eut le don de mettre son codétenu en joie.

— C'est ce qu'on dit tous, Prof ! Tous ! rigola-t-il.

Constituée de petits groupes de couchettes qui se déployaient comme des pétales à partir de la salle commune centrale, l'unité de sécurité minimale ressemblait à une marguerite. Contrairement aux étages inférieurs, il n'y avait pas de cellules, mais une seule porte verrouillée et un box de gardiens au centre. Les toilettes étaient séparées de l'espace où dormaient les détenus, lesquels étaient autorisés à se déplacer à leur gré.

Jack se rendit délibérément aux toilettes une demi-heure avant l'extinction des feux, pendant que les autres regardaient encore la télévision. Il jeta un coup d'œil à la salle commune en passant. Un Noir, véritable colosse, trônait au plus près du téléviseur, armé de la télécommande qu'il serrait dans son poing. C'était lui qui imposait sa loi, qui choisissait tous les programmes. Les autres étaient disposés suivant leur rang hiérarchique dans ses grâces, ses proches dans l'organisation juste derrière lui, et ainsi de suite par ordre décroissant, jusqu'à la rangée des exclus, qui faisaient leur possible pour éviter de croiser son chemin.

Jack revint à sa couchette, se dépêcha d'enfiler son short et son T-shirt et se faufila dans son lit en se tournant vers le mur. Il s'assoupit et rêva à l'automne, avec son air vif et parfumé, son ciel bleu acier. Son équipe était en train de s'entraîner à la course sur le sol boueux. Les chaussures à crampons soulevaient de petites mottes de terre, labourant le sol. Les filles faisaient voler leurs queues de cheval, rubans au vent.

Il se réveilla brutalement, en sueur, comme toujours lorsqu'il pensait à ce qui s'était passé. Mais, avant même de pouvoir repousser ce souvenir, il eut la surprise de sentir sur sa gorge une poigne de fer qui le maintenait cloué au mince matelas. Au début, Jack ne distingua rien, hormis une paire d'yeux au blanc jauni. Puis son agresseur parla, exhibant des dents d'une blancheur parfaite :

— T'es en train de respirer mon air, merdeux !

C'était l'homme qu'il avait vu dans la soirée, celui qui détenait la télécommande du poste de télévision dans la salle commune, celui auquel Aldo avait fait allusion en l'appelant « la Montagne ». Un paquet de muscles déformait les manches de son T-shirt, et il devait facilement atteindre le mètre quatre-vingt-dix-huit, car ses yeux se trouvaient juste à la hauteur la couchette supérieure. Jack attrapa la main qui fermait sa trachée-artère.

— De l'air, il t'en reste assez, articula-t-il péniblement.

— Y m'en restait assez tant que t'étais pas là, enculé ! Mais maintenant, va falloir que je partage avec toi.

— Tu m'excuses, parvint à émettre Jack, bien qu'à moitié étranglé. Je ne recommencerai plus.

Presque aussitôt, la main du géant desserra son étreinte. Sans prononcer un mot de plus, la Montagne rejoignit sa couchette d'un pas pesant. Jack garda longtemps les yeux ouverts, essayant de ne pas respirer, essayant de ne pas se rappeler l'instant où les gros doigts de l'homme avaient lâché sa gorge pour se mettre à la caresser doucement.

Jack avait été surpris en entrant dans l'étable. À la vue des vaches enchaînées individuellement à leur poste de traite, il avait pensé tout d'abord qu'il s'agissait d'une sorte de plaisanterie cruelle : les prisonniers ne pouvaient s'occuper que d'animaux enchaînés, en prison comme eux. Mais, au bout de quelques jours de travail, il avait compris qu'elles n'étaient jamais détachées, non pas par cruauté, mais parce que c'était ainsi qu'elles étaient à l'aise. En regardant leur expression languide, presque endormie, il se demandait si ce n'était pas là le sort qui l'attendait. Après des mois d'incarcération, peut-être cessait-on de lutter?

Les frères jumeaux qui dirigeaient la ferme l'avaient affecté à l'alimentation du bétail. Il devait mélanger le grain de deux silos différents dans une trémie automatique située en hauteur, puis le transporter sur une brouette jusqu'aux petites mangeoires placées devant les vaches.

Ce matin-là, Jack s'était acquitté de sa tâche, très tôt, avant la traite. À présent, il était quatre heures et demie de l'après-midi, l'heure de recommencer. Il dirigea sa brouette vers l'autre extrémité de l'immense grange. Celle-ci était envahie de toiles d'araignée et l'éclairage y était succinct; le matin même, Jack avait eu la frayeur de sa vie lorsqu'une chauve-souris s'était envolée des chevrons et était venue le frôler de ses ailes en papier pelure.

Le mécanisme du mélangeur était commandé par un interrupteur installé sur une épaisse poutre de bois. Jack l'actionna, puis attendit que le grain remplisse le sommet de la trémie. Les vibrations de la machine émirent un fracas infernal et le grain tomba, retentissant comme une pluie de grêlons.

Le premier coup de poing, assené directement dans son rein gauche, le mit à genoux. Se rétablissant à grand-peine, il tourna la tête vers son assaillant.

— Debout! lui enjoignit la Montagne. J'ai pas fini.

Une visite chez l'infirmière de la prison coûtait trois dollars. La plupart du temps, on ne sollicitait ses soins que parce que c'était l'occasion de rencontrer une personne de sexe féminin. De temps en temps, les détenus s'inventaient donc une petite maladie pour s'offrir une diversion et se rincer l'œil avec ses seins qui bougeaient sous sa blouse blanche. Ceux qui payaient le ticket avaient droit à vingt minutes sur une table capitonnée et à un échantillon gratuit de Tylénol ou autre analgésique.

Jack fut transporté à l'infirmerie par un gardien qui l'informa que cette visite était aux frais de la maison. L'un des jumeaux de la ferme l'avait retrouvé enterré jusqu'au cou dans le grain, avec une tache de sang en forme de cœur dessinée sur la toile bleue de sa chemise. On n'avait posé aucune question au blessé, pas plus que celui-ci n'avait donné d'explications.

L'infirmière rassembla son matériel sur un plateau de métal.

— Vous voulez bien me dire ce qui s'est passé ?

Jack avait du mal à parler, du fait de la douleur fulgurante qui le saisissait à chaque mouvement de tête.

— J'ai saigné du nez, articula-t-il péniblement.

— C'est la première fois que je vois un saignement de nez provoquer une fracture du cartilage nasal. Et qu'est-ce que c'est que cette contusion sur votre colonne vertébrale, et là, sur les côtes ? Ah, mais j'y suis... c'est peut-être une vache qui vous a donné des coups de pied ?

— Oui, c'est ça, acquiesça Jack.

En secouant la tête, elle introduisit des mèches de coton dans ses narines et le renvoya dans son unité. Dans la salle commune, quelques détenus jouaient à des jeux de société. Jack s'assit à une table inoccupée et commença une réussite.

Soudain, à deux tables de là, Aldo se pencha au-dessus du jeu de Scrabble et attrapa son adversaire au collet.

— Tu me traites de menteur ?

L'autre le regarda droit dans les yeux.

— Ouais, LeGrande, j'te dis que t'es un menteur.

Jack évita son regard et prit une reine de pique. La posa sur le tas avec le cinq de carreau…

— Si, j'te dis qu'ça existe ! insista Aldo.

Attiré par le bruit de l'altercation, le gardien de service accourut.

— Qu'est-ce qui se passe, LeGrande ? Y a quelqu'un qui veut pas te prêter ses jouets ?

Aldo pointa le doigt vers le jeu.

— Et ça, c'est pas un mot ?

Le gardien s'approcha.

— O-C-R-E. Jamais vu.

— Oui, ça existe, intervint Jack tranquillement.

Aldo se tourna vers lui avec un sourire supérieur.

— Allez, dis-leur, Prof. Je l'ai lu dans un de tes bouquins.

— Ocre, dit Jack. C'est une couleur. Un peu orange.

— Tu vois ! triompha Aldo.

Son adversaire plissa les yeux en regardant le « Prof ».

— Et tu peux me dire pourquoi que j't'écouterais ?

— Parce qu'il est toujours en train d'étudier des tas de trucs et de machins, expliqua Aldo. Il connaît les réponses à des tas de questions.

— Mais pas aux questions importantes, marmonna Jack, espérant clouer le bec aux belligérants.

C'était l'une des tâches les moins agréables. Pressé d'en finir, Jack se dépêchait de passer la pelle sur le sol de béton en se retenant d'inhaler la puanteur du purin dont il chargeait la brouette. Au fur et à mesure, les vaches tournaient leurs cous musclés pour le regarder de leurs grands yeux marron, le pis déjà gonflé de lait.

L'une des vaches meugla sur son passage en battant des cils, qu'elle avait longs comme le petit doigt. Il fit passer la pelle dans sa main gauche et, de la droite, suivit doucement le dessin marbré de sa croupe et de ses flancs. La chaleur et la douceur qui en émanaient lui serrèrent la gorge.

Sa pelle lui fut arrachée brutalement et il se retrouva face contre terre. Il sentit la griffure du foin contre sa tempe, la flaque de purin fétide sous sa joue et le souffle d'air froid dans le bas de son dos. On était en train de lui descendre son bleu de travail. La voix profonde de la Montagne vint résonner contre sa nuque :

— Alors, comme ça, Einstein, tu sais tout, hein ? Donc, tu sais ce que je vais te faire ?

Les doigts du géant s'enfoncèrent dans son cou. Jack entendit glisser une fermeture Éclair, dent par dent.

— Oh, merde, la Montagne, fit une voix, tu pouvais pas te choper quelqu'un d'autre ?

Sans se troubler, l'interpellé se colla étroitement contre sa proie.

— Ta gueule, LeGrande. C'est pas tes oignons.

— Si, c'est mes oignons ! On a fait un pari avec St Bride. Il a dit qu'il était plus fort que les grosses têtes qui passent à *Jeopardy* et qu'il trouverait les réponses avant eux. S'il se plante, on aura tous une boîte de café.

Jack respirait par la bouche, à petits coups superficiels. L'histoire du pari était une pure invention de la part d'Aldo. Mais il était prêt à dépenser toutes ses économies en café si c'était la solution pour se débarrasser du monstre perché sur son dos.

— On va passer nos commandes demain, et s'il est coincé à l'infirmerie ce soir à cause de toi, on va encore faire ceinture pour notre café pendant une semaine.

Jack sentit que l'autre relâchait son étreinte. Il se redressa et, toujours assis, fit face à la Montagne qui refermait son bleu en l'examinant d'un air suspicieux.

— Je l'ai vu, ce truc, dit le colosse. Y a personne d'assez calé pour trouver les bonnes réponses… Mais moi, ce sera pas du café si tu foires.

— Très bien. Un Mars, alors.

Vif comme l'éclair, la Montagne abattit ses pattes sur ses épaules et le mit debout.

— Si ce soir, t'as les bonnes réponses, je t'emmerde pas, promit-il. Mais tu recommences demain, et après-demain. Et dès que tu merdes, tu passes à la casserole. Dès que tu te plantes, j'te fais ta fête, insista-t-il en lui caressant la mâchoire du bout des doigts.

Jack frissonna. Il suivit des yeux son tortionnaire pendant qu'il s'éloignait, puis ses jambes lâchèrent. Il resta assis dans la paille, le pantalon toujours baissé sur les genoux, essayant de respirer normalement.

— Ça va ?

Il avait complètement oublié la présence d'Aldo. Essuyant son nez sur sa manche, il hocha la tête.

— Merci, répondit-il.

— Ce qu'il aime, la Montagne, à part les culs, c'est trouver un nouveau truc pour passer le temps.

Jack rajusta ses vêtements en sentant une bouffée de chaleur lui monter au visage.

— C'est rien, poursuivit Aldo en haussant les épaules. On est tous passés par là.

Ce n'est qu'alors que Jack se mit à trembler de façon incontrôlée. En prison, on renonçait à tout, à ses biens, à son travail, à sa maison. Mais l'idée que quelqu'un puisse déposséder un détenu de plus encore – d'une chose aussi irremplaçable que la dignité – emplit Jack d'une telle colère que son sang coula plus vite.

Il ne pouvait pas laisser cette ordure de la Montagne l'emporter.

Jack gagna. Et, comme Schéhérazade, il obtint un répit pendant plusieurs nuits. Ses journées prirent un caractère frénétique : il faisait ses huit heures, puis il se rendait à la bibliothèque pour emprunter le maximum de livres et les emportait sur sa couchette. Il lisait avant le repas, pendant le repas, après le repas... jusqu'à ce que la musique familière du générique fatidique retentisse dans la salle commune. Il s'endormait en repassant dans sa tête les ingrédients d'un cocktail Tom Collins; il se réveillait avec les événements historiques de la guerre sino-russe. Mais, bientôt, il ne fut plus seul. Certains détenus, après un premier moment de colère pour avoir été privés du café espéré, s'étaient rangés du côté de Jack. Ils avaient compris que la fierté et l'estime de soi stimulaient autant qu'une dose de caféine. Dans leur désir de lui être utiles, ils faisaient main basse sur les livres de la bibliothèque et lui fabriquaient des questionnaires. Ils venaient le harceler pendant qu'il se brossait les dents, pendant qu'il remplissait son plateau à la cafétéria, pendant qu'il faisait son lit.

Au bout d'une semaine, au sein de la maison d'arrêt, plus personne n'ignorait la joute qui opposait Jack à la Montagne. Les gardiens échangeaient des paris sur le moment où Jack finirait par trébucher. Les quartiers de haute et moyenne sécurité suivaient ses victoires grâce au bouche-à-oreille. Et à dix-neuf heures, chaque soir, tous les postes de télévision de la prison étaient branchés sur *Jeopardy*.

Ce soir-là, Jack, assis à la gauche de la Montagne, selon une coutume dorénavant bien installée, suivait le déroulement du jeu, les yeux rivés sur l'écran. La candidate qui menait aux points était une jeune femme aux cheveux bouclés portant le prénom d'Isabelle.

« Les citations à six cents dollars », demanda-t-elle.

La première question fut formulée ainsi : « L'historien Tacite dit que ces êtres sont du côté du plus fort. »

Les téléspectateurs regardèrent fixement leur champion et guettèrent ses paroles. Le gardien de service lui-même, qui avait abandonné ses mots croisés, s'était rapproché et attendait. Sans prendre le temps de réfléchir, Jack donna la réponse qui lui était venue un peu trop facilement :

— Les anges.

À peine l'eut-il formulée qu'il s'aperçut qu'elle était mauvaise. Il était devenu si sûr de lui qu'il ne prenait plus la peine de peser ses paroles.

— Je voulais dire...

— Les dieux, annonça la candidate.

Un coup de cloche, et la somme de six cents dollars s'ajouta aux gains d'Isabelle. Un silence de plomb s'abattit sur la salle commune.

— Les dieux, répéta-t-il en passant la langue sur ses lèvres desséchées. Je voulais dire les dieux.

La Montagne tourna vers lui ses yeux plats et noirs comme de l'obsidienne.

— T'as perdu, dit-il.

Par sympathie, ses codétenus laissèrent Jack tranquille. Lorsqu'il vomit dans les toilettes, lorsqu'il marcha, raide et muet, vers la cafétéria, ils firent semblant de ne pas le voir. Ils imaginaient qu'il était terrifié au point de ne pouvoir parler, et ils le comprenaient... car chacun, à présent, savait qu'il avait accepté librement l'enjeu du pari. Une chose était d'être violé, une autre de s'offrir en sacrifice.

Mais ce n'était pas la peur qui paralysait Jack. C'était la rage. Il était si furieux qu'il préférait ne pas prononcer un mot, de peur de laisser libre cours à sa colère. Et cette colère, il voulait la garder pour lui, au fond de son être, incandescente comme une braise, dans l'espoir de brûler un jour son tortionnaire, de lui infliger une cicatrice aussi profonde que celle qu'il était sûr de porter bientôt.

Alors qu'il était allongé sur sa couchette, il entendit la voix d'Aldo :

— Tu le fais, et après tu planques ça dans un coin de ta tête et tu te démerdes pour plus jamais y penser. Un peu comme pour la cabane, quoi.

Jack, debout à l'ombre de la grange, gardait les yeux braqués sur les muscles saillants de la Montagne, qui se gonflaient et se tendaient chaque fois que le colosse soulevait un nouveau ballot de foin avec sa fourche.

— Alors, t'as perdu ta langue ? persifla ce dernier en gardant le dos tourné. Enfin, elle est pas perdue pour tout le monde. Tu vas me la donner, et tout le reste aussi !

Le Noir enleva ses gants de travail. La sueur brillait sur son front et des gouttes dégoulinaient sur son T-shirt en y traçant une ligne qui le partageait en deux.

— Je me demandais si t'allais venir payer ta dette, reprit-il en s'asseyant sur un ballot de foin. Allez, vas-y, baisse ton froc.

— Non.

— Dis donc, tu devais faire semblant d'être d'accord, gronda-t-il en fronçant les sourcils.

— Eh bien j'ai fait semblant, répondit Jack d'une voix égale. Mais je m'arrête ici.

À ces mots, le géant bondit sur lui et l'immobilisa.

— Toi qui te prends pour quelqu'un de très intelligent, tu sais même pas quand c'est le moment de fermer ta gueule, vociféra-t-il.

Faisant appel à tout son courage, Jack lui opposa alors la seule réaction à laquelle la Montagne ne s'attendait pas : loin de résister, il resta calme sous son emprise et afficha la plus grande soumission.

— Je suis intelligent, pauvre con, répliqua-t-il d'une voix douce. Je suis assez intelligent pour savoir que tu ne me briseras pas, même si tu me niques trois fois par jour pendant les sept mois qui viennent.

Parce que tu ne m'impressionnes pas. Je ne te considère pas comme un caïd. Je te considère comme un minable, tu me fais pitié.

Son agresseur relâcha son étreinte autour de son cou et répliqua :

— Tu sais rien sur moi ! Tu sais rien du tout.

Pour le punir et le lui prouver instantanément, il l'enserra par-derrière et se frotta contre lui. La toile de son bleu gratta bien la toile du bleu de Jack, mais celui-ci ne sentit chez lui aucune déformation, aucun signe d'excitation.

Jack décida alors de pousser encore un peu son avantage, en évitant toutefois de penser aux conséquences de ses paroles s'il avait le malheur d'aller trop loin :

— À mon avis, t'es pas assez en forme pour m'enculer, dit-il.

Puis il ajouta, vainquant son appréhension :

— Allez, va te faire foutre, je crois que c'est ton tour !

Avec un grondement qui chassa trois moineaux perchés sur les chevrons, la brute le lâcha brutalement et recula. C'était la première fois que la Montagne essayait de prendre de force quelqu'un qui avait cédé sans abandonner sa fierté pour autant. Et c'était cette petite nuance qui, incontestablement, faisait de Jack le plus fort.

— St Bride !

Jack se retourna et croisa les bras sur sa poitrine, en partie pour avoir l'air détendu, et en partie parce que, ainsi, il évitait de s'écrouler.

— J'ai pas besoin de toi, j'peux me farcir tous les mecs que j'veux, fanfaronna la Montagne. Je te laisse partir.

Mais Jack ne bougea pas.

— C'est moi qui m'en vais, dit-il en détachant bien les mots. Ce n'est pas la même chose.

Le Noir inclina légèrement la tête, et Jack lui répondit par le même signe. Ils sortirent de la grange sous le soleil aveuglant, séparés par un espace de trente centimètres aussi infranchissable qu'un mur de pierre.

La Montagne finit de purger sa peine pour cambriolage trois mois plus tard. Le soir de sa libération, les détenus se retrouvèrent dans la salle commune, dans une atmosphère assez agitée. Car, à présent que le colosse était parti, plus personne ne régnait sur les programmes et la bataille pour la télécommande s'annonçait chaude.

— Y a du hockey, espèce d'enfoiré ! cria un détenu.

— Ouais, c'est ça, et c'est ta mère qui fait gardien de but !

Les pas du fonctionnaire qui accourait pour calmer les esprits se répercutèrent le long du couloir. Jack referma le livre qu'il était en train de lire et se dirigea vers la table où les deux adversaires se lançaient des insultes à la figure. Il saisit la télécommande dans la main de son détenteur, s'assit sur la chaise placée sous le téléviseur et mit *Jeopardy*.

« Ce mot hindi signifiant « prince » est dérivé de *rex*, le mot latin signifiant « roi ». »

Du fond de la pièce, une voix s'éleva :

— Raja ?

« Ces deux pays comportent le plus grand pourcentage de musulmans chiites. »

— L'Iran et l'Arabie Saoudite ? proposa Aldo en s'asseyant à côté de Jack.

L'amateur de hockey s'installa derrière eux.

— L'Iran et l'Iraq, rectifia-t-il. T'es vraiment con, toi !

Le gardien retourna à sa place. Jack, qui tenait la télécommande dressée sur sa cuisse comme un sceptre, connaissait toutes les réponses par cœur.

Fin mars 2000,
Salem Falls,
New Hampshire

Depuis trois semaines qu'il se réveillait dans la chambre d'amis, chez Roy Peabody, le premier réflexe de Jack était de jeter un coup d'œil par la fenêtre. Invariablement, le même spectacle lui était offert : celui de Stuart Hollings – un habitué du Resto – promenant sa Holstein tout autour de l'espace vert municipal. Chaque matin, le vieil homme sortait à cinq heures trente en tenant par le licou le placide animal, qui avançait de son pas lent, fidèle comme un petit toutou.

Ce jour-là, lorsque la sonnerie de son réveil se déclencha, Jack alla regarder par la fenêtre comme à l'accoutumée, mais il ne vit personne. Nulle trace de Stuart, pas plus que de sa vache, sur la pelouse.

Un peu perplexe, il passa un T-shirt propre et un caleçon – achetés avec son premier chèque – puis sortit dans le couloir.

Jaillissant de la salle de bains, Roy s'arrêta net à la vue de son locataire.

— Oh ! fit-il avec un sursaut de surprise. Dis donc, j'ai rêvé que tu étais mort.

— Ça a dû être affreux pour toi.

Roy s'éloigna en grommelant :

— Pas si affreux que quand je me suis rendu compte que ce n'était pas vrai.

Jack rit silencieusement et alla prendre son tour dans la salle de bains.

En emménageant, il avait vite compris que Roy n'avait plus partagé son logis depuis belle lurette, ce qui n'était pas son cas, à lui qui avait vécu huit mois de promiscuité. Roy faisait de son mieux pour empêcher son compagnon de se sentir chez lui. Il l'obligeait à faire ses propres courses – y compris à acheter son sel et son ketchup – et à les marquer de ses initiales avant de les ranger à leur place. Il cachait la télécommande de la télévision pour empêcher Jack de choisir les chaînes. Mais comme pour se racheter, tous les matins, il avait la délicatesse de lui préparer ses couverts pour le petit déjeuner. Aussi Jack n'attachait-il pas trop d'importance à ces petites mesquineries.

Avant de s'installer à table, ce jour-là, Jack alla vérifier, par la fenêtre de la cuisine, s'il ne voyait toujours pas Stuart et sa vache.

— Qu'est-ce que tu cherches ? s'enquit le vieil homme.

— Rien, répondit Jack.

Il tira sa chaise et versa du muesli dans son bol, puis posa la boîte devant lui en guise de barrière. Quand il était petit, c'était ainsi qu'il se fabriquait un fort en céréales, comme il disait. Par-dessus le mur de carton, il vit Roy se servir une deuxième ration de Count Chocula.

— Ce truc-là va te tuer, lui dit-il.

— Ah bon ? Et moi qui croyais que ce serait la cirrhose !

D'un geste distrait, Jack enfourna une cuillerée de céréales. L'absence de Stuart l'intriguait. Mais peut-être le brave homme était-il tout simplement parti en vacances…

— Alors, je suis mort comment ? demanda-t-il à Roy, histoire de changer le cours de ses pensées.

— Dans mon rêve, tu veux dire ?

— Oui.

— Ben, t'avais la gale.

— La gale ?

— Ouais. C'est des bestioles qui se fourrent sous la peau. Elles se creusent un passage jusque dans le sang et elles pondent des œufs.

— Merci, répondit sèchement Jack. Je sais ce que c'est, la gale. Mais je ne crois pas que ce soit mortel.

— Oh si, Monsieur Je-sais-tout. C'était quand, la dernière fois que t'as vu quelqu'un qui avait la gale ?

— Je dois reconnaître que je n'en ai jamais vu, avoua Jack en secouant la tête avec amusement.

— Moi, si, quand j'étais dans la marine. Y avait un gars qui l'avait attrapée. C'était comme si on lui avait dessiné une carte sur la peau, mais de l'intérieur. Il avait tout un parcours entre les doigts, les doigts de pied, les dessous de bras, les cuisses, partout, quoi. Il se grattait comme un fou, et ça saignait, et les écorchures se sont infectées, et un beau matin on a dû jeter son corps par-dessus bord.

Jack avait envie de lui expliquer que ce marin était mort d'une septicémie et non pas de la gale. Mais il se garda bien de polémiquer.

— Tu sais comment on attrape la gale, lui signala-t-il d'un ton détaché, en le regardant droit dans les yeux. C'est en vivant avec une personne infectée. Ce qui veut dire que si j'étais vraiment mort de la gale, comme dans ton rêve, ce serait bientôt ton tour.

Roy garda le silence quelques instants, puis il annonça en se levant :

— Tu sais, j'ai réfléchi. C'est pas la peine qu'on achète tous les deux du lait si on arrive pas à terminer chacun nos deux litres par semaine. On pourrait faire comme ça : toi tu achètes le lait une semaine, et la semaine d'après, c'est moi.

— Économiquement, ça paraît intéressant.

— Exactement, approuva Roy en rinçant son bol. Mais tu continueras à laver tes draps.

Jack retint un sourire :

— Évidemment. On ne sait jamais ce qu'on peut attraper dans le linge des autres.

Roy étudia son expression pour voir s'il était sincère ou non. Puis il s'éloigna d'un pas traînant vers le living.

— Je savais bien que si tu me plaisais, c'est qu'y avait une raison, marmonna-t-il.

Roy, qui avait catégoriquement refusé de travailler à la cuisine, tenait le registre des comptes sous l'œil vigilant de sa fille. Addie ne le lâchait des yeux que brièvement et ne lui permettait de quitter le restaurant que dûment prévenu : « Aller à la banque, ça ne prend pas plus de dix minutes. Fais attention, je te surveille. » Le plus souvent, il restait assis à faire des mots croisés en feignant de ne pas loucher vers Darla lorsque celle-ci se baissait pour attacher ses chaussures en exhibant son postérieur.

Il était près de onze heures du matin, une heure calme pour les serveuses, mais à la cuisine c'était l'effervescence. Roy entendait l'huile chauffer dans la friteuse, degré par degré. Parfois, il songeait à l'époque où il était capable de couper des carottes en morceaux de deux centimètres au hachoir, les yeux bandés, en finissant à un centimètre de la main qui tenait le légume en place.

Une pièce tinta contre le Formica à côté de la caisse.

— Un penny pour tes pensées ! déclara Addie en introduisant le reste de la monnaie dans ses poches.

— Elles coûtent vingt-cinq cents !

— Arnaqueur ! De toute façon, je sais à quoi tu pensais.

— Ah bon ?

De temps en temps, Addie, par un geste tout à fait ordinaire – par exemple lorsqu'elle clignait des yeux ou qu'elle repliait ses jambes sous sa chaise –, possédait le don de faire revivre sa mère. Il nota qu'elle avait les yeux fatigués, et, en la voyant frotter le bas de son dos avec ses mains usées, il se demanda si la mort de Margaret n'avait pas conduit Addie à gâcher sa vie.

— Tu penses que tu n'as eu aucun mal à retrouver tes petites habitudes, précisa sa fille.

Roy éclata de rire.

— Quelles petites habitudes ? Rester assis le cul sur une chaise toute la sainte journée ?

— Rester assis le cul sur une chaise au Resto toute la sainte journée.

Il lui était impossible de dire à Addie ce qu'il pensait réellement : que ce restaurant n'était plus rien pour lui, et ce depuis la mort de Margaret. Mais Addie s'était mis dans la tête que garder le Wagon-Resto ouvert lui donnerait un objectif qu'il ne trouverait pas au fond d'une bouteille de vodka. Sa fille ne comprenait pas que rien ne pouvait remplacer ce qu'on avait perdu.

Autrefois, ils fermaient le restaurant une semaine, chaque été, pour emmener Addie en vacances. Ils partaient en voiture à destination de villes portant des noms qui les ravissaient : Cape Porpoise, dans le Maine ; Egypt, dans le Massachusetts ; Paw Paw, dans le Michigan ; Défiance, dans l'Ohio. Pendant le voyage, Roy attirait l'attention de ses passagères sur les curiosités du paysage : un troupeau d'oies du Canada, une montagne violette qui se dressait devant eux, un champ de blé inondé de soleil, et puis il jetait un coup d'œil dans le rétroviseur et s'apercevait que sa fille dormait sur la banquette arrière, indifférente. « Il y a un éléphant dans la file d'à côté ! » criait-il alors pour la réveiller. « La lune est en train de se décrocher du ciel ! » N'importe quoi, pourvu qu'Addie prenne conscience du monde autour d'elle.

— La lune est en train de se décrocher du ciel, murmura-t-il.

— Quoi ?

— J'ai dit que, oui, il y avait des avantages à être ici.

Une cliente entra, faisant tinter le carillon au-dessus de la porte.

— Bonjour ! lui souhaita Addie avec son plus beau sourire de commande.

Elle désigna une table à la nouvelle arrivante. Au même moment, Jack passa la tête par la porte battante.

— Roy, demanda-t-il en chuchotant, tu as vu Stuart aujourd'hui ?

— Stuart, le vieux ? s'enquit Roy, bien que lui-même ne fût guère plus jeune. Non.

— Je... je m'inquiète pour lui.

— Pourquoi ?

— Il n'a jamais loupé un seul petit déjeuner depuis que je travaille ici. Et je ne l'ai pas vu sortir sa vache ce matin non plus.

Addie s'approcha d'eux.

— Qu'est-ce qui se passe ?

— C'est Stuart, expliqua son père. On ne l'a pas vu.

— Il n'est pas venu ce matin, vous avez raison, réfléchit Addie en fronçant les sourcils. Vous avez essayé d'appeler chez lui ?

Jack secoua la tête.

Addie décrocha le téléphone. Son expression devint plus inquiète à chaque sonnerie.

— Il vit tout seul, dans la vieille ferme derrière l'usine pharmaceutique, expliqua-t-elle.

— Peut-être qu'il est parti quelque temps...

— Non, pas Stuart. La dernière fois qu'il est parti, c'était en 1982, la fois où il est allé à Concord. Je vais aller voir ce qui se passe. Papa, tu empêcheras Chloé de grignoter avant l'heure du repas, même si elle te dit qu'elle meurt de faim.

Elle passa les bras derrière sa taille pour dénouer la ceinture de son tablier. Dans ce geste, elle bomba le torse en faisant pointer ses seins. Jack, malgré ses efforts, ne put ignorer le spectacle de ses rondeurs. Dans son trouble, il mit un peu de temps avant de comprendre ce qu'elle lui demandait.

— Tenez, dit-elle en lui tendant son tablier et son carnet de commandes. Vous venez d'avoir de l'avancement.

La ferme de Stuart, située au sommet d'une colline, était entourée de pâturages enneigés qui s'étalaient autour en corolle comme les plis d'une robe de bal. Addie se gara et sortit en trombe de sa voiture. Des meuglements courroucés sortaient de la grange, ce qui éveilla en elle les pires craintes, car le vieil homme prenait soin de sa vache comme de la prunelle de ses yeux.

— Stuart ?

Addie pénétra dans le bâtiment, désespérément vide à l'exception de la vache qui attendait son maître, les pis gonflés. Elle courut jusqu'à la maison en continuant à appeler, en vain. La porte n'était pas verrouillée.

— Stuart, c'est Addie, du Resto. Tu es là ?

Elle avança un peu à l'aveuglette dans ces pièces qu'elle ne connaissait pas, déboucha dans la cuisine.

— Stuart ? répéta-t-elle.

Puis elle poussa un cri.

Il était couché sur le côté dans une mare de sang, les yeux ouverts mais la moitié du visage bizarrement raidie, comme de bois.

— Oh, mon Dieu ! Tu peux parler, Stuart ?

Addie dut s'approcher très près et user de tout son pouvoir de concentration pour comprendre les mots en bouillie qui sortaient de la bouche informe du vieil homme. « Sauce » ? Puis elle comprit que la flaque rouge qui l'entourait provenait d'un pot en miettes qui sentait la tomate.

Le téléphone était un vieil appareil mural datant des années cinquante. Ce ne fut pas sans mal qu'elle obtint le 911 et une ambulance. Elle retourna à la cuisine et se mit à genoux au milieu de la sauce tomate et caressa les fins cheveux argentés qui brillaient faiblement sur la tête de Stuart, tout en priant le ciel de ne pas lui infliger une nouvelle fois l'épreuve de voir mourir quelqu'un sous ses yeux.

Roy dénoua la ceinture de son tablier et le rendit à sa fille.

— C'est toi qui as servi ? Pourquoi ? J'ai pourtant demandé à Jack de le faire !

— Oui, mais c'était la catastrophe. Il se mettait dans tous ses états dès qu'il s'approchait d'un client. Il est timide, tu sais, beaucoup moins charmant que moi, alors j'ai décidé d'abréger son supplice. (Il eut un geste du menton en direction de la porte battante.) Tu vas leur dire, pour Stuart ?

Delilah et Jack levèrent tous deux la tête lorsqu'elle entra dans la cuisine.

— Il va bien, dit-elle sans préambule. Wallace est avec lui.

— Ouf ! Merci, mon Dieu ! s'exclama Delilah en reposant la cuiller en bois sur le bord de sa marmite. C'est le cœur ?

— Non, je pense que c'est une attaque au cerveau. Je n'ai pas bien compris, les médecins ont prononcé des tas d'initiales, AVC, AIT, je ne sais pas quoi.

— Accident vasculaire cérébral, précédé par un accident ischémique transitoire, traduisit Jack. En langage ordinaire, ça veut dire que Stuart a eu toute une série de petites attaques qui ont conduit à une grosse.

Les deux femmes le dévisagèrent avec de grands yeux.

— T'es docteur, ou quoi ? s'étonna la cuisinière.

— Non, répondit Jack, embarrassé, en s'essuyant les mains sur un chiffon à verres. J'en ai juste entendu parler.

Addie s'approcha de son plongeur et le félicita :

— J'ai dit à Stuart que c'était vous qui vous étiez préoccupé de lui. Vous avez été très bien, Jack.

Elle tendit la main et toucha la sienne du bout des doigts. Jack, qui était en train de débarrasser un plateau, se raidit.

— S'il vous plaît… ne faites pas ça, dit-il avec un mouvement de recul, sans la regarder.

S'engouffrant dans le silence qui suivit, il se hâta d'ajouter, de peur qu'Addie ne demande des explications :

— La vache… qui va s'occuper de la vache ?

Sa patronne poussa une exclamation étouffée et s'écria :

— C'est vrai ! Il faut que je trouve quelqu'un qui sache traire les vaches à la main.

— Ne me regarde pas, dit la cuisinière. Tout ce que je sais sur les vaches, c'est que tôt ou tard elles atterrissent dans ma cocotte, dans mon four ou dans ma poêle.

— Allez, Delilah ! Tu connais tout le monde ici. Il n'y a personne dans le coin qui… ?

— Si, l'interrompit Jack, l'air aussi surpris qu'Addie par ses propres paroles. Moi.

Starshine, la propriétaire de la librairie Les Livres de la Wicca, sortit son plus beau sourire en entendant les clochettes d'argent de sa porte signaler l'arrivée d'un client. Quatre adolescentes pénétrèrent dans la boutique en riant et gesticulant avec exubérance. Celle qui dégageait la plus grande aura d'énergie était Gillian Duncan, la fille du chef d'entreprise le plus prospère du comté. Starshine se demanda s'il savait que sa fille portait une petite étoile à cinq branches en or cachée sous son chemisier, symbole de la religion païenne qu'elle avait embrassée.

— Mesdemoiselles, dit-elle en les saluant, est-ce que vous cherchez quelque chose de particulier ?

— On regarde, répondit Gillian.

Starshine hocha la tête et s'effaça avec discrétion. Elle les suivit des yeux pendant qu'elles circulaient parmi les étagères recouvertes de grimoires – les livres de recettes magiques – et les rangées de petites fioles remplies d'herbes – de la myrte, de la racine de mandragore, de l'eupatoire.

— Gilly, proposa Whitney, on pourrait peut-être prendre quelque chose pour guérir Stuart Hollings ?

— Ouais, t'as raison. Pour un sortilège de guérison. Finalement, on a peut-être besoin de vous, dit Chelsea en souriant à Starshine.

Meg vint les rejoindre en courant, serrant contre elle un paquet de six bougies.

— Regardez ! La dernière fois qu'on est venues, il n'y avait pas de bougies rouges ! s'écria-t-elle, hors d'haleine, avant de s'apercevoir que ses amies étaient en train de choisir des herbes. Qu'est-ce qui se passe ?

— C'est pour le vieux mec qui a eu une attaque, expliqua Chelsea. Il faudrait qu'on fasse quelque chose.

Starshine introduisit une petite quantité de ce qui ressemblait à des feuilles de thé dans un sachet en plastique.

— Yerba santa, conseilla-t-elle, et des feuilles de saule. Et je vais vous donner un peu de quartz, ça ne pourra pas faire de mal.

Elle tendit le sachet à l'une des filles et partit chercher le quartz. Elle s'aperçut alors que Gillian Duncan avait disparu de son champ de vision. En fronçant les sourcils, elle demanda à ses clientes de l'excuser un instant. Un jour, une jeune apprentie sorcière lui avait subtilisé une fiole complète de langue de chien.

Elle retrouva Gillian derrière le rideau de soie qui séparait la boutique de la partie privée où elle conservait son stock. La jeune fille était assise par terre, jambes croisées, un gros livre noir ouvert sur les genoux.

— Intéressant, ce truc, dit Gillian en levant les yeux. Ça coûte combien, ce bouquin ?

Starshine lui prit le volume des mains et le reposa sur l'étagère.

— Il n'est pas à vendre.

Gillian se leva en tirant sur son jean.

— Il y a des règles pour ce genre de sortilèges, non ? demanda-t-elle d'un ton détaché.

— C'est vrai. *Si ne fais le mal, fais ce que veux.* Les sorcières ne prononcent pas de malédictions et ne causent pas de préjudices aux autres.

Voyant que l'adolescente ne réagissait pas, elle soupira :

— Si ces livres sont entreposés ici, c'est qu'il y a une raison. Vous n'êtes pas censée les lire.

Gillian leva un sourcil, avec tant d'assurance qu'il était impossible d'imaginer qu'elle n'avait que dix-sept ans.

— Ah bon ? fit-elle. Mais vous, vous les lisez bien !

— Oui, oui, dit Jack d'un ton apaisant, ça va aller, ça va aller.

À la ferme, on ne faisait pas la traite à la main, mais les jumeaux lui avaient montré comment on s'y prenait. Il rassembla ses souvenirs, et, après quelques tâtonnements, il parvint à faire couler un mince jet de lait dans le seau.

— Regardez, elle se sent déjà mieux, murmura Addie.

Elle se demanda si les vaches pouvaient manifester du soulagement ; en tout cas, celle-ci paraissait exprimer quelque chose du même ordre. Addie se souvint de l'époque où elle nourrissait Chloé et du besoin urgent qu'elle ressentait de présenter ses seins lourds et débordants à la bouche avide de son bébé, lorsqu'elle avait été retardée par quelque tâche. Elle fut surprise du plaisir évident que Jack, blotti dans la chaleur de l'animal, semblait prendre à passer sa main sur le pis doux et rose. Et elle comprit que lui qui ne supportait pas d'être touché avait soif de contact physique.

— Vous avez grandi dans une ferme, affirma-t-elle.

— Qui vous a dit ça ?

— C'est vous. Vous faites ça avec tant de facilité !

En secouant la tête, Jack la détrompa.

— Non, j'ai été élevé à New York. C'est une spécialité que j'ai acquise plus tard.

Addie s'assit dans la paille.

— Qu'est-ce que vous faisiez à New York ? interrogea-t-elle.

— Ce que font tous les enfants. J'allais à l'école. Je faisais du sport.

— Vos parents habitent toujours là-bas ?

Il n'hésita qu'une fraction de seconde avant de répondre :

— Non.

— Vous savez, ce que j'aime bien chez vous, plaisanta Addie, c'est que vous êtes d'un naturel causant.

Il lui sourit et, pendant quelques instants, elle respira plus vite.

— Ce que j'aime chez vous, c'est que vous veillez jalousement à la vie privée des autres, répliqua-t-il.

Elle rougit.

— Ce n'est pas ça. Je... euh...

— Vous voulez savoir où j'étais avant de faire irruption dans votre restaurant.

Il lâcha le pis et se leva, faisant passer le trépied de l'autre côté de la vache. À présent, il était caché à sa vue.

— Vous en savez déjà beaucoup sur moi, en fait.

— Que vous avez grandi à New York et que vous êtes un puits de science ?

— Votre père pourrait vous raconter des choses.

— Comme quoi, par exemple ?

— Eh bien, par exemple, que je ne presse pas le tube de dentifrice au milieu.

— Ah, ça, c'est bon à savoir. Je crois que si je ne l'avais pas su, ça m'aurait empêchée de dormir...

Tout à coup, la tête de Jack émergea derrière l'arrière-train de l'animal.

— Addie, fit le plongeur nouvellement promu vacher, taisez-vous et venez par ici. Vous allez recevoir votre première leçon de traite.

La vache meugla, provoquant un repli stratégique de la jeune femme.

— Elle vous aime, vous, dit-elle.

— Son cerveau est gros comme une noix. Elle se fiche éperdument de moi.

Il désigna le pis d'un signe de tête.

Malgré ses efforts, Addie n'en tira pas la moindre goutte de lait.

— Regardez-moi, l'interrompit Jack.

Il s'agenouilla dans la paille et, prenant un pis dans chaque main, il pompa en rythme ; le lait jaillit dans le seau. Addie observa son mouvement régulier, puis posa la main sur la sienne. Il s'arrêta net et tourna vers elle un visage tourmenté, à la fois douloureux et exalté. Son regard s'accrocha au sien.

La queue de la vache, humide et fétide, vint le frapper durement au visage. Ils se séparèrent d'un bond.

— Je crois que j'ai trouvé le truc, dit la jeune femme pour dissimuler son embarras d'avoir vu Jack baisser la garde.

En effet, un mince filet de lait vint la récompenser de ses efforts.

— Addie, murmura Jack, on va conclure un marché.

Ils étaient séparés de quelques centimètres, assez près pour leur permettre à chacun de respirer la crainte de l'autre.

— Un marché ?

— Oui, on va se dire la vérité. Vous allez me répondre sincèrement, et moi aussi.

Addie hocha lentement la tête en signe d'assentiment.

— Qui commence le premier ? demanda-t-elle.

— Vous.

— D'accord... Qu'est-ce que vous faisiez avant ?

— J'étais professeur. Dans une école de filles. Et je les entraînais au foot, aussi.

Il ajouta, tout en passant la main le long de la colonne vertébrale de la vache, puis sur la protubérance des os de sa croupe :

— J'adorais ce que je faisais. J'adorais vraiment.

— Mais... comment se fait-il que... ?

— À vous maintenant, dit Jack en retirant le seau, faisant apparaître un lait fumant et parfumé qui exhala sa chaleur bienfaisante. Qu'est-ce qui est arrivé à Chloé ?

Addie détourna les yeux. Il l'attrapa par les deux bras.

— Addie !...

Il s'interrompit, suivit la direction de ses yeux. Rivés sur ses mains. Qui la touchaient. De leur propre volonté.

Immédiatement, il la lâcha.

— Cette serveuse a un cul comme…

— Thomas !

Jordan McAfee coupa net la parole à son fils, tout en jetant un coup d'œil discret par-dessus le bord de sa tasse pour vérifier. Puis il sourit et approuva :

— Tu as raison. C'est vrai.

Darla, qui était en train de servir le café à la ronde, se retourna.

— Encore un peu ?

Jordan tendit sa tasse. Il se mordit la lèvre, retenant un sourire à la vue de son fils qui plongeait les yeux directement dans le décolleté de la serveuse.

— Tu sais, commenta-t-il, l'air songeur, lorsque Darla les eut quittés pour aller aguicher un autre client, je me sens vieux à côté de toi.

— Allez, papa ! Tu avais quinze ans… quand, déjà ? Il y a à peine quelques dizaines d'années !

— Ça t'arrive de penser à autre chose qu'au sexe ?

— Évidemment ! s'écria Thomas, l'air offensé. De temps en temps, je me fais du souci pour les gens du tiers-monde. Et après, je me dis que s'ils commençaient tous par faire l'amour, ils se sentiraient beaucoup mieux.

Jordan éclata de rire. En tant que père célibataire, il savait que ses relations avec son fils étaient différentes de celles des autres pères. Et peut-être étaitce sa faute à lui. Quelques années auparavant, du temps où ils habitaient à Bainbridge, il menait une vie très libre et amenait à la maison des femmes dont il oubliait le nom le lendemain.

Il posa sa tasse de café.

— Rappelle-moi le nom de l'oiseau rare, déjà ?

— Chelsea. Chelsea Abrams.

Le visage de Thomas s'adoucit et, pendant quelques instants, Jordan fut jaloux de son propre fils. Quand donc avait-il été amoureux pour la dernière fois ?

— Elle a une fantastique paire…

Jordan se racla la gorge.

— … d'yeux, se hâta de terminer l'adolescent. Immenses et bruns. Comme ceux de Selena.

Ce nom seul suffit à contracter le dos de Jordan. Selena Damascus avait été son investigatrice privée à l'époque où il était avocat à Bainbridge. Elle avait effectivement des yeux superbes, d'un brun où on pouvait se noyer. C'était d'ailleurs ce qui avait failli lui arriver. Mais il n'avait plus aucune nouvelle de Selena depuis quatorze mois. C'est-à-dire depuis qu'il vivait à Salem Falls et qu'il avait réduit sa clientèle de façon radicale.

— Donc, reprit-il, revenant au sujet de leur discussion, Chelsea est très jolie.

— Et intelligente aussi. Elle n'a que des bonnes notes.

— C'est bien, ça. Et qu'est-ce qu'elle pense de toi ?

Thomas fit la grimace.

— Ça, c'est dur à dire, avoua-t-il. Je crois qu'elle ne pense pas du tout à moi.

— Bah, c'est le genre de chose qui peut s'arranger.

Thomas considéra ses bras maigres, sa poitrine rentrée.

— Avec mon physique de sex symbol ? persifla-t-il.

— Avec ta persévérance. Crois-moi, je sais de quoi je parle. J'ai essayé des milliers de fois de t'oublier, mais tu continues à venir t'insinuer dans mon crâne !

— Ça, c'est sympa, merci, papa !

— Je blague ! Tu vas l'inviter à la fête du Printemps ?

— Oh non ! Il faut d'abord que je muscle un peu ma persévérance pour éviter de m'écrouler si jamais elle me rit au nez.

Thomas versa un océan de ketchup dans son assiette et écrivit les initiales de Chelsea avec une de ses frites.

— Selena, elle me donnait des tas de conseils pour les filles, fit-il d'un ton rêveur.

— Normal, c'est une fille ! fit judicieusement remarquer son père. Qu'est-ce qui te prend, Thomas ? Pourquoi est-ce que tu la ramènes sans arrêt sur le tapis ?

— Parce que j'aimerais bien savoir ce qu'elle devient.

Par la fenêtre, Jordan suivit des yeux deux chiens qui se poursuivaient en laissant la trace de leurs queues sur la neige.

— Ce serait bien, approuva-t-il, mais pour la retrouver... tu sais bien que j'ai perdu ma meilleure investigatrice il y a plus d'un an.

Au début, quand Addie regardait Jack, elle se disait que c'était parce que c'était un nouvel employé, qu'elle avait besoin de s'assurer qu'il ne rangeait pas le sel à la place du sucre ; qu'elle devait être certaine qu'il chargeait le lave-vaisselle de la bonne façon, afin d'optimiser le lavage et de minimiser les pertes en vaisselle. Puis elle reconnut qu'elle regardait Jack tout simplement parce qu'elle en avait envie. Elle éprouvait une sorte de fascination en le voyant passer le balai-éponge sur le sol à damiers, l'esprit à des centaines de lieues. Ou écouter Delilah, comme captivé, comme si le fait d'apprendre à préparer une bouillabaisse était pour lui un objectif vital. Il était beau, bien sûr, mais les beaux hommes, elle en croisait à foison, dans son métier. Ce qui rendait Jack si séduisant, c'était son exotisme... Il paraissait déplacé en ce lieu, comme une orchidée fleurissant en plein désert, et pourtant il paraissait souhaiter être là, et nulle part ailleurs. Pour elle, qui avait le sentiment de faire partie du Resto au même titre que les murs dont il était fait, et qui n'envisageait pas d'en être séparée, Jack était l'être le plus troublant du monde.

Elle était occupée à étudier une facture, ce jour-là, lorsque Jack, qui était en train d'essuyer le bar, leva la tête, jeta un coup d'œil par la vitre et se précipita dans la cuisine. Par curiosité, elle le suivit et le vit en train de tendre une commande à Delilah.

Addie la prit des mains de la cuisinière.

— Mais il n'y a personne à la table sept ! s'étonna-t-elle.

— Il va y avoir quelqu'un. Vous ne l'avez pas vu ? Le garçon aux cheveux longs, avec son livre de philosophie… il arrive.

Addie comprit immédiatement à qui il faisait allusion. Ce lycéen était un client régulier, nouveau, certes, mais fidèle. Il venait tous les jours à deux heures vingt, sauf le dimanche, se glissait dans le box du fond et sortait un exemplaire écorné de *Par-delà le bien et le mal*, de Nietzsche, des entrailles de son sac à dos. Tous les jours, depuis trois semaines, il commandait invariablement un sandwich beurre-laitue-tomate, avec un supplément de mayonnaise. Deux cornichons. Des frites au fromage, et du café noir.

Delilah poussa le sandwich vers Jack, qui le saisit au vol et se précipita dans la salle. Le lycéen était en train de se glisser dans son box habituel lorsque Jack posa son invariable commande sur la table.

Le jeune homme, qui s'apprêtait à sortir son livre de son sac à dos, s'arrêta dans son geste.

— Ben… qu'est-ce que vous foutez ?

Jack désigna la vitre.

— Je vous ai vu arriver. Et depuis trois semaines, vous commandez toujours la même chose.

— Ah ouais ? aboya le lycéen. Ben, pas de bol ! Aujourd'hui, j'ai envie de me taper un hamburger !

Il balaya l'assiette du revers de la main, l'envoyant valser sur la banquette.

— Va te faire foutre avec tes plans foireux ! vociféra-t-il en se ruant dehors.

Depuis son poste d'observation, près de la porte battante, Addie suivit les gestes furieux de Jack qui avait entrepris de ramasser le contenu du plateau. L'air furibond, il frotta la mayonnaise répandue sur le siège de plastique et empila les débris du sandwich sur l'assiette.

Addie s'approcha de la table.

— Je vais le faire, proposa-t-elle.

Mais Jack secoua sèchement la tête.

— Je vous ai fait perdre un client, je suis désolé.

— Ce n'était pas intentionnel, je le sais, répondit Addie avec un léger sourire. De toute façon, c'était un grossier personnage.

Quelque chose dans la tension des épaules de Jack, dans l'expression vide de ses yeux, lui dit que ce n'était pas la première fois qu'il se faisait vertement remettre à sa place alors qu'il essayait de rendre service à quelqu'un.

— Il y a des gens qui ne savent pas comment réagir quand on leur témoigne de la gentillesse, poursuivit-elle.

Jack la regarda dans les yeux.

— Vous savez, vous ? répliqua-t-il.

« Et quelle sorte de gentillesse me témoignerais-tu ? » lui répondit-elle intérieurement, avant de se reprendre. Jack était un employé. Ils étaient différents comme le jour et la nuit. Mais, au même moment, elle se rappela que, le matin même, il avait pris la place de Delilah au gril et avait confectionné des crêpes en forme de bonhomme de neige, puis les avait posées sur l'assiette de Chloé, sur le bar. Elle songea à la façon dont, le soir, après la fermeture, ils s'activaient en tandem dans la salle vide, nettoyant, rangeant, fermant pour la nuit, dans un ballet si naturel, si harmonieux, qu'ils avaient l'impression de l'exécuter depuis toujours.

Tout à coup, elle eut envie de faire sentir à Jack ce qu'elle éprouvait depuis quelque temps : elle voulut lui faire comprendre que, maintenant, il avait quelqu'un à ses côtés, quelqu'un qui comprenait.

— Stuart vient ici depuis des années, et, chaque matin, je fais semblant de n'avoir pas la moindre idée de ce qu'il va commander. Pourtant, c'est toujours la même chose : du jambon et une omelette au fromage, des pommes de terre sautées, et du café. Jack, je sais que vous vouliez lui faire plaisir. Mais, en général, les clients n'aiment pas qu'on se mette à leur place.

Jack fourra le chiffon sale dans la ceinture de son tablier et lui prit l'assiette des mains.

— Personne n'aime ça, répliqua-t-il en retournant à la cuisine, laissant Addie se demander si sa réponse avait été un mur dressé pour lui faire garder ses distances, ou un indice pour l'aider à comprendre.

Pour Meg Saxton, l'EPS était une forme d'humiliation inhumaine. Pourtant, elle n'était pas vraiment énorme, comme les gens qui n'arrivent pas à sortir de leur lit, par exemple. Sa mère, pour la consoler, prétendait qu'elle était toujours en pleine croissance. Son père, quant à lui, disait que, comme ça, il avait encore plus de choses à aimer en elle. Mais ses parents ne savaient pas ce que c'était que d'aller chez Gap avec les copines en faisant semblant de n'être intéressée par rien pour qu'elles ne la voient pas prendre des vêtements taille quarante-six.

Les deux filles que le prof d'EPS avait sélectionnées s'avancèrent au centre avec une assurance qui révélait que cette place leur revenait de droit. Suzanne Abernathy était capitaine de l'équipe de hockey ; Hailey McCourt avait conduit l'équipe de foot à la victoire lors du championnat du district l'année précédente.

Les deux sportives examinèrent leurs condisciples en faisant mentalement le tri entre les bonnes et les taches.

— Sarah.

— Brianna.

— Leah.

— Izzie.

Gilly fut choisie ; ce n'était pas une athlète, mais elle était vive et intelligente. Le couperet se rapprochait dangereusement, laissant chaque fois un groupe de plus en plus petit de filles recroquevillées peureusement sur elles-mêmes. Meg tremblait à l'appel de chacun des noms, comme si, chaque fois que l'une des filles sélectionnées se détachait, elle perdait une pièce de son armure protectrice.

À la fin, il ne resta que deux élèves : Meg et Tessie, la trisomique qui avait été admise à suivre les cours normaux cette année. Hailey se tourna vers Suzanne.

— Qui est-ce que tu préfères ? La débile ou la grosse vache ?

Cette description, saluée par une cascade de rires moqueurs, atteignit Meg au plus profond de son orgueil. À côté d'elle, Tessie battit des mains, enchantée.

— Tessie, tu es avec Suzanne, annonça le prof d'EPS.

Le coup d'envoi fut donné. Meg décocha un regard haineux à Hailey et lui souhaita in petto les pires calamités : un anthrax, la lèpre et des brûlures au troisième degré, enfin des choses terribles qui lui feraient perdre ses cheveux couleur de miel et sa peau de top model. Puis le ballon lui arriva directement dessus.

— Saxton ! hurla Hailey. À moi !

Meg souleva son pied – comment fallait-il taper là-dedans ? – et frappa si fort qu'elle glissa et atterrit sur les fesses, dans la boue.

Le ballon fut propulsé au ciel comme un missile, pour la plus grande joie des ricaneuses, qui observèrent sa course avec force commentaires moqueurs. Meg se demanda comment elle avait pu l'envoyer à une telle distance, même s'il montait dans la direction opposée à l'endroit où l'attendait Hailey. Le ballon retomba sur le terrain de basket, bien au-delà des limites.

Hailey, marchant à côté d'elle, l'aspergea délibérément de boue.

— Si t'es pas capable de shooter tout droit, t'as qu'à passer le ballon, espèce d'hippopotame !

— Hailey ! la reprit le professeur d'un ton sévère. Meg, va le chercher, soupira-t-il.

Meg partit à petites foulées, sous le regard peu charitable de Hailey, qu'elle devinait posé sur son postérieur. Tête baissée, elle se dirigea vers le terrain de basket en faisant de son mieux pour ignorer les larmes qui brûlaient ses paupières, tout en se promettant de se réincarner un jour sous la forme d'une anorexique, ou d'un mannequin vedette, peut-être les deux à la fois.

— Tiens, voilà, fit une voix masculine.

Quelqu'un qu'elle ne connaissait pas lui tendit le ballon. L'inconnu était grand, il avait un gentil sourire et ses cheveux miroitaient au soleil comme ceux de Gilly. Elle l'aurait trouvé super-beau s'il n'avait eu l'âge de son père.

— Il ne faut pas frapper avec tes orteils, dit-il.

— Comment ?

— Il faut soulever le genou, rentrer les doigts de pied et taper avec tes lacets de chaussure. Sous le ballon. Tu as plus de force dans une seule jambe que cette blonde dans son corps tout entier, ajouta-t-il avec un sourire.

Meg détourna les yeux et marmonna :

— Pff ! Pour ce que j'en ai à faire !

Rentrée sur le terrain, elle laissa l'action se dérouler sans elle. Elle faisait face à sa propre gardienne de but lorsque la balle l'atteignit au creux des genoux. « Il faut soulever le genou, rentrer les doigts de pied et taper avec tes lacets de chaussure », lui dit une voix intérieure. Machinalement, elle lui obéit à la lettre.

Le ballon effectua une longue trajectoire parallèle au terrain en se dirigeant droit vers la gardienne de but de l'équipe adverse. Peut-être fut-ce l'effet de surprise (comment croire Meg Saxton capable d'un tel exploit ?), peut-être était-elle dotée, comme l'inconnu l'avait suggéré, d'une force dont elle n'avait pas conscience... en tout cas, le ballon fila tout droit, traversa la défense et alla se nicher dans le filet.

Pendant quelques secondes, le stade fut plongé dans le silence, et Meg connut un rare sentiment de triomphe.

— Bravo, génial ! la félicita une fille tandis qu'une autre lui tapotait le dos.

Gillian accourut.

— Incroyable ! Tu lui as jeté un sort ?

— Non, répondit Meg, qui n'en revenait pas elle-même d'être parvenue à ce résultat sans avoir eu recours à la magie.

Mais déjà Gillian s'était détournée pour suivre des yeux l'inconnu qui s'éloignait, mains dans les poches.

— C'est lui qui t'a conseillée ? Qui c'est ? s'étonna-t-elle.

Meg haussa les épaules.

— Je ne le connais pas, ce mec.

— Il est mignon.

— Il est vieux !

Avec un rire, Gillian lui suggéra :
— La prochaine fois, tu lui demanderas son nom.

C'était dans la cave du Resto que l'on entreposait les réserves que ne pouvait contenir l'étroite cuisine. Les stocks de petits pains y voisinaient avec le pain à hamburgers, les énormes boîtes de maïs doux, les tubes de ketchup assez grands pour remplir la moitié d'une baignoire. Jack avait été dépêché en ce lieu pour remonter vingt-cinq kilos de pommes de terre. Au moment où il faisait glisser le sac sur l'étagère pour l'en extraire, il se retrouva face à Roy.

Le vieil homme était caché derrière les étagères métalliques, la main refermée sur une bouteille de xérès servant pour la cuisine.

— Et merde ! soupira-t-il.

— Addie va te tuer.

— D'accord, mais seulement si quelqu'un la met au parfum, objecta-t-il en lui lançant son sourire le plus charmeur. Tu pourras regarder tout ce que tu voudras à la télé pendant une semaine si tu fais comme si tu m'avais pas vu.

Jack réfléchit quelques instants et hocha la tête. Puis il balança le sac sur son épaule, gravit les marches étroites et le posa aux pieds de Delilah.

— Commence donc à éplucher, lui dit celle-ci.

— Est-ce que vous avez vu mon père ? demanda Addie, quelques instants plus tard, en entrant en trombe dans la cuisine. Il y a une queue d'un kilomètre à la caisse.

Delilah haussa les épaules.

— Il est pas là, autrement je me serais pris les pieds dedans ! Jack, t'as pas vu Roy à la cave ?

Jack secoua la tête, tout en évitant le regard d'Addie. C'est à ce moment, un moment mal choisi entre tous, que Roy surgit à la porte de la cave, exhibant un visage cramoisi. De l'autre bout de la pièce, Jack sentit son haleine alourdie d'alcool.

Les joues d'Addie s'empourprèrent. Dans la petite cuisine, l'air se chargea de tension. D'un instant à l'autre, quelqu'un allait prononcer des paroles impossibles à rattraper ensuite.

Jack décida d'intervenir. Comme mû par un ressort, le légume qu'il était en train d'éplucher lui échappa et décrivit un arc de cercle par-dessus son épaule pour aller atterrir sur la plaque de cuisson. Il ne restait plus à Jack qu'à se jeter à l'eau. Il inspira profondément et, sous prétexte d'aller récupérer le tubercule, il posa délibérément sa main sur le métal rougeoyant.

— Oh, putain ! hurla-t-il.

Sous l'effet de la douleur, les larmes lui montèrent aux yeux et ses genoux faiblirent.

Delilah le tira pour l'éloigner du feu, puis Addie, accourue, le conduisit vers l'évier et fit couler de l'eau froide sur sa paume avec des gestes précis dus à l'expérience.

— Ça va laisser des cloques. Ça fait très mal ?

Oui, il avait mal, mais pas comme elle le croyait. Ce qui faisait mal, c'était la caresse de ses doigts sur le dos de sa main, c'était sa sollicitude qui se déversait à flots sur lui.

Addie fit toute une histoire à propos des marques rouges qui lui striaient la peau, formant comme une lettre.

— Vraiment, fulmina-t-elle à présent que le danger était passé, tu es aussi imprudent que Chloé !

Jack secoua la tête. Il pressa les doigts d'Addie contre sa poitrine, et son cœur battit dans la paume de sa main.

Thomas leva les yeux et vit la fille de ses rêves se matérialiser à moins de cinquante centimètres de lui.

— Euh, salut... parvint-il à articuler.

« Bravo, génial ! » persifla-t-il intérieurement.

— Ça ne te fait rien si je m'assieds ? demanda Chelsea en balayant les autres tables du regard. Il y a un monde fou aujourd'hui.

— *Mi* table *es su* table.

— Quoi ?

— C'est de l'espagnol. Enfin, plus ou moins. Je ne sais pas comment on dit « table »...

« Calme-toi, mec, te plante pas ! » se recommanda-t-il en pensée.

— Merci.

Chelsea posa son plateau puis agita la main. Et Thomas comprit tout à coup que la princesse venait avec sa cour. Gillian Duncan et le reste du clan s'installèrent à côté d'eux et, dès cet instant, ce fut comme s'il n'existait plus.

Malgré tout, mieux valait manger avec Chelsea Abrams assise à deux pas de lui que manger tout seul. Son cœur manqua un battement lorsque, par erreur, elle prit sa serviette à lui et l'appliqua sur le coin de sa bouche, pratiquement à l'endroit où lui-même avait essuyé la sienne. Il adressa une prière silencieuse au Bon Dieu pour que Chelsea se lève la première, afin de lui éviter de voir la teneur de ses pensées déformer un endroit précis de son pantalon.

— Peut-être que c'est une sorte de pervers, émit Meg.

Thomas, au comble de la confusion, se demanda si son état se voyait en dépit de la barrière de la table. Puis il comprit que Meg faisait allusion à quelqu'un d'autre.

— Je ne vois pas ce que ça peut être, sinon. Y a que des gens louches pour venir mater comme ça du côté du terrain de sport.

— Mater ? Meg, tu ne crois pas que tu dramatises ? tempéra Whitney. On est à Salem Falls, pas à Detroit ni à Los Angeles.

— Mon père, il dit toujours que les statistiques criminelles, les victimes qui font partie des pourcentages, elles s'en foutent. Et ensuite... c'est à moi qu'il a parlé, pas à toi.

— D'accord, fit observer Gillian, mais moi, j'attendrais un peu avant d'imaginer le pire à propos d'un mec qui t'a transformée en championne !

— Vous parlez du mec qui se balade près du terrain de foot ? s'enquit Thomas.

Chelsea se tourna vers lui.

— Tu le connais ?

Thomas sentit les yeux des quatre filles braqués sur lui.

— Oui, dit-il. Il travaille au Wagon-Resto.

Gillian se servit à boire tout en se demandant si le mec en question se promenait toujours dans les parages des terrains de sport.

— C'est pas parce qu'on travaille dans un restaurant qu'on n'est pas un pervers, murmura Meg. C'est tout ce que j'ai à dire.

Cette adolescente était assise au bar depuis tellement longtemps que sa présence en devenait suspecte. Mais ce n'était pas son affaire. Après tout, il n'était pas le propriétaire de l'établissement.

La fille n'arrêtait pas de le regarder. Elle était mince et jolie, gracieuse comme une pouliche, même si elle portait trop de maquillage. Elle était en train d'ouvrir son seizième paquet de sucre et d'en renverser le contenu sur le comptoir.

Jack trônait derrière la caisse, le visage imperturbable. C'était une promotion qu'il avait obtenue par défaut, pour éviter de mouiller son bandage.

Addie fit irruption par la porte battante, une série d'assiettes en équilibre sur les bras.

— Tu me donnes un coup de main, s'il te plaît ? lui demanda-t-elle.

Jack se leva obligeamment et la suivit pour poser les assiettes les unes après les autres aux endroits qu'elle lui désignait.

— Merci, dit-elle. Si je parviens à me dépêtrer de Chloé qui traîne toujours dans mes pattes, je pourrai peut-être arriver à m'en sortir.

Elle s'apprêtait à retourner à la cuisine lorsque Jack l'arrêta dans son élan.

— Cette fille... ça fait trois heures qu'elle est là, lui signala-t-il.

— Elle peut rester là pendant trois ans si elle veut, du moment qu'elle consomme et qu'elle a la carte bleue de son père. C'est Gilly Duncan... la fille du propriétaire de l'usine pharmaceutique.

Jack reprit sa place derrière la caisse et vit Gilly Duncan ouvrir les dix-septième et dix-huitième sachets de sucre pour les répandre sur le Formica. En raison de sa brûlure, c'était Addie qui se chargeait de laver les tables... Il se mit à bouillir intérieurement. L'idée que sa patronne dût nettoyer les cochonneries de cette petite pétasse lui donna le courage de se jeter à l'eau.

— Vous êtes en train de faire des saletés, dit-il.

Gillian leva un sourcil délicat.

— Oh, c'est vrai ? J'ai été maladroite ?

Elle mouilla son index dans sa bouche, puis le trempa dans les grains de sucre et le suça.

— Mmm... c'est sucré, dit-elle avant de recommencer l'opération. Très sucré...

Jack fit un bond en arrière comme si elle l'avait menacé d'une arme.

— Mais je ne veux pas vous donner de travail supplémentaire, poursuivit-elle en ramassant le sucre, qu'elle fit glisser dans le creux de sa main avant de le vider dans sa soucoupe. Voilà ! Au fait, je m'appelle Gilly. Et vous ?

— Moi pas ! répliqua Jack en s'extirpant de sa place et en la plantant là.

Gillian amoncela un petit tas de cannelle dans sa main et prononça la troisième incantation en tournant en cercle autour de ses amies réunies dans le garage de Whitney.

— Faites-moi quitter le monde des hommes. Faites-moi quitter le monde des esprits. Maintenez-moi entre les deux pour que je puisse pratiquer ma magie.

Le dernier petit morceau de cannelle lui glissa des doigts et elle annonça à ses compagnes :

— Le cercle est parfait !

Elle s'agenouilla devant l'autel et passa de l'huile de haut en bas sur la bougie verte qu'elles avaient apportée, en psalmodiant :

— Faites qu'il soit tout à fait guéri ! Faites qu'il soit tout à fait guéri, faites qu'il soit tout à fait guéri !

À l'aide du morceau de quartz acheté aux Livres de la Wicca, elle grava grossièrement un caducée, symbole de santé parfaite.

— Qui a les allumettes ?

Whitney fit la grimace, désignant le capot de la voiture de sa mère, une Volvo couleur argent.

— Merde ! Je les ai laissées là-bas, grogna-t-elle.

Elle attrapa le couteau posé sur l'autel et coupa les limites invisibles du cercle pour le défaire, alla chercher les allumettes et les remit à Gillian.

La flamme montait au fur et à mesure de leur respiration. Les apprenties sorcières se concentrèrent et visualisèrent Stuart Hollings en train de se lever de son lit et de quitter l'hôpital. De la cire glissa le long de la bougie, faisant fondre les serpents du caducée. Au même moment, un vif courant d'air passa sous la porte du garage et éteignit la flamme.

— Vous croyez que ça veut dire qu'il va mieux ? s'enquit Chelsea en chuchotant.

— Soit c'est ça, soit il est mort !

— On devrait peut-être appeler l'hôpital pour savoir.

— On ne nous dira rien, objecta Gillian, nous ne sommes pas des parentes. Il ne reste plus qu'à attendre demain pour voir ce qui va se passer.

Les quatre adolescentes restèrent assises en silence, perdues dans leurs pensées.

— Ce soir, ce n'était pas comme d'habitude, finit par dire Whitney.

— Ouais, c'était comme si je fredonnais intérieurement, renchérit Meg.

— Peut-être que c'était parce que nous ne le faisions pas pour nous, hasarda Whitney. Quand nous faisons le cercle pour avoir de l'argent ou de l'amour… c'est pour nous, pour notre compte à nous. Cette fois-ci, nous avons envoyé toute cette énergie à M. Hollings.

Chelsea fronça les sourcils.

— Mais si nous avons envoyé toute cette énergie ailleurs, comment se fait-il que nous l'ayons ressentie avec tant d'intensité dans le cercle ? s'étonna-t-elle.

— Parce qu'il faut plus de force pour influencer la vie des autres que pour influencer la nôtre, suggéra Gillian.

— Et si ça marche… commença Whitney.

— *Quand* ça marche.

— *Quand* ça marche… de toute façon, c'est que ça concerne une chose dont la personne avait envie, compléta Whitney. Une vraie sorcière peut opérer des charmes pour quelqu'un d'autre.

— Une vraie sorcière peut opérer des charmes *sur* quelqu'un d'autre, rectifia Gillian en levant son doigt coloré par la cannelle… Et si jamais on n'avait pas guéri M. Hollings ? Et si jamais on l'avait rendu encore plus malade ?

Les yeux de Chelsea s'élargirent.

— Tu sais que ça va à l'encontre des lois de la Wicca, Gilly ! s'écria-t-elle, effrayée. Tout ce que tu fais rejaillit sur toi en triple !

— Bon, d'accord. M. Holling n'est pas un bon exemple. Mais si la Wicca c'est uniquement une manière de conserver l'équilibre de la nature, on doit pouvoir utiliser la magie pour ça.

Whitney regarda Gillian d'un air perplexe.

— Je ne comprends pas, souffla-t-elle.

Meg se pencha.

— Elle veut dire que si on aide des gens qui ont aidé les autres, c'est naturel de faire du mal aux gens qui ont fait du mal aux autres. Tu piges ?

Gillian compléta son explication :

— Et de faire en sorte qu'ils ne sachent pas à qui ils le doivent…

Puis, d'une voix douce et persuasive, elle ajouta, faisant tomber les réserves de ses compagnes :

— Ce soir, vous avez senti votre pouvoir en guérissant un malade. Mais imaginez à quel point vous vous sentiriez puissantes si vous étiez capables de détruire la vie d'une personne qui le mérite.

— Hailey McCourt… chuchota Meg.

— C'est ça, approuva Gillian, on peut commencer par elle.

— Où étais-tu passé ? s'enquit Addie lorsque Jack réintégra son lieu de travail.

— Dehors.

La salle était vide, la cuisine calme. Au-dessus d'eux, la télévision diffusait les images de *Jeopardy* sans le son. Jack enleva sa veste pour l'aider à faire la fermeture.

— Je regrette d'avoir à te le dire, mais il est inadmissible que tu quittes ton poste sans explication. C'est peut-être pour ça que tu as été renvoyé de l'établissement où tu enseignais ?

Il garda obstinément les yeux fixés sur l'écran, par-dessus l'épaule gauche d'Addie. *Le cœur d'une pièce de vingt-cinq cents est fait de ce métal.*

« Le zinc », répondit-il mentalement.

— Excuse-moi, dit-il à voix haute.

— Je ne sais pas. J'avais besoin de toi ici ce soir. Je ne te paie peut-être pas très cher, mais...

Le carillon de la porte tinta. Addie adressa un froncement de sourcils réprobateur à Jack, qui avait oublié de fermer la porte derrière lui. Wes Courtemanche entra, en uniforme.

— Un café, Addie ?

— Désolée, Wes. Je viens de nettoyer les cafetières.

— Pas grave, j'ai une superbe machine chez moi.

Jack plongea le balai-éponge dans le seau, qu'il renversa par inadvertance. Un petit filet d'eau vint s'étaler sous les pieds du policier.

— Pardon ! marmonna-t-il en se dépêchant de réparer les dégâts.

— Même si je n'étais pas si fatiguée, je ne pourrais pas, Wes. Chloé s'est endormie, il faut que je l'emmène à la maison.

Wes ne sut que répondre.

— Chloé, répéta-t-il.

— Oui.

— Tu sais, Addie, on m'a déjà envoyé balader avant... mais jamais à cause d'un fantôme.

« Ça ne te regarde pas », ne cessait de se répéter Jack, tout en passant et repassant en cadence le balai sur le sol à damiers.

Celle des sœurs Brontë qui a vécu le plus longtemps.

— Allez, Addie !

« Pas Emily. »

— Non, Wes. Je ne peux pas.

Du coin de l'œil, Jack vit Courtemanche tendre la main, et Addie reculer.

« Charlotte. »

Il essora le balai-éponge et s'inséra entre Addie et Wes, plaquant le policier contre le mur.

— Vous voyez bien qu'elle n'a pas envie !

— Jack, non !

Wes le repoussa violemment, l'envoyant à terre.

— Tu sais qu'avec ça je pourrais t'envoyer en cabane ! brailla-t-il.

Jack ne bougea pas. Wes enfonça sa casquette sur sa tête d'un geste furieux et se précipita dehors. « Addie, se dit Jack, je l'ai fait pour Addie. »

— Tu es fou ? siffla-t-elle en se baissant de façon à mettre son visage à la hauteur du sien, et en le fixant avec des yeux durs et froids. Il est dans la police, Jack. Il peut me rendre la vie impossible, ruiner mon affaire. Sans compter qu'en plus ça va l'inciter à être deux fois plus insistant, la prochaine fois.

Jack se releva d'un bond, attrapa sa veste, et, pour la deuxième fois de la journée, sortit sans dire à sa patronne où il allait, ni pourquoi.

Chloé avait sept ans l'année où Addie avait réussi à rassembler assez d'argent pour l'emmener aux Caraïbes. Elles logeaient à deux pas de la plage, dans une minuscule maison aux volets roses où venaient frapper doucement les feuilles de palmier. Tous les matins, elles trouvaient une nouvelle noix de coco dans le sable.

Un jour, Chloé s'était amusée à effectuer des allers-retours incessants sous l'eau, comme si elle avait décidé de s'entraîner pour une compétition de natation.

« Qu'est-ce que tu fais ? avait fini par lui demander sa mère.

— Je suis une sirène. Viens voir ! »

Addie avait mis son masque et l'avait rejointe. Chloé frétillait sous l'eau en serrant les cuisses et en ondulant, avec ses cheveux blonds étalés dans son sillage. Le soleil s'infiltrait sous l'eau au gré du mouvement des vagues. Au bout d'un moment, Chloé avait tourné vers elle son visage aux yeux agrandis, ses cheveux en auréole autour de la tête, ses bras teintés de bleu par les ombres de la mer.

Addie, elle aussi, à la piscine, faisait semblant d'être une sirène lorsqu'elle était petite. Parfois, elle était sûre que la métamorphose avait bien eu lieu, que ses jambes s'étaient transformées en queue et recouvertes d'écailles, que ses poumons pouvaient désormais absorber l'eau, que les larges cuisses des femmes qui prenaient leur cours d'aérobic s'étaient solidifiées pour devenir des colonnes de corail. Elle se disait que, sous l'eau, le monde était un lieu différent et qu'on pouvait devenir tout ce qu'on voulait. Que, sous l'eau, on se déplaçait lentement, si lentement que, peut-être, on pouvait ne jamais devenir adulte.

Le jour de la mort de Chloé, les infirmières avaient laissé Addie près de sa dépouille pendant une heure, seule dans la chambre. Elle avait bordé les draps étroitement autour des jambes inertes de son enfant. Elle avait vu ses membres menus bleuir par manque d'oxygène ; sur ses joues et ses tempes, elle avait vu briller ses propres larmes à l'endroit où elles étaient tombées... et elle lui avait dit : « Tu es une sirène, mon bébé. »

Elle lui avait aussi dit : « Attends-moi. »

Les neurologues de l'hôpital n'avaient jamais vu une chose pareille : un homme atteint de dommages importants à la suite d'une hémorragie cérébrale qui se levait sans crier gare et qui commençait sa journée comme si rien ne s'était passé. Mais les infirmières étaient témoins : Stuart Hollings, qui ne pouvait ni parler ni faire bouger son corps sur tout un côté, s'était réveillé en réclamant son petit déjeuner... et avait menacé de s'enfuir si on ne le lui apportait pas assez vite.

Trois heures après avoir ingurgité ses œufs au bacon, ses toasts, et subi avec succès ses examens neurologiques, Stuart fut déclaré apte à effectuer sa convalescence chez lui.

La procédure standard prévoyait d'avertir tous les fonctionnaires de service des problèmes potentiels, y compris de la présence de délinquants nouvellement installés en ville, ce qui n'avait jamais posé de problème dans le passé.

Charlie détestait cette partie de son travail. Il était d'avis que si l'on semait la graine du doute dans l'esprit des gens, il y avait de fortes chances qu'il n'en sorte pas qu'une inoffensive pâquerette.

D'un autre côté, St Bride pouvait aussi agresser une fille du lycée. Dans ce cas, Charlie risquait de regretter amèrement de ne pas l'avoir accroché, ce foutu panneau !

Il commença à taper une note destinée à être distribuée le jour même par courrier interne. Il n'avait pas encore dépassé l'en-tête que sa secrétaire ouvrait la porte.

— On vient de recevoir un coup de fil. Vous ne devriez pas être au tribunal ?

— Ah, zut, c'est vrai !

Il avait complètement oublié de se rendre à une lecture de chef d'inculpation. Il sortit précipitamment en se promettant de continuer la note sur St Bride à son retour. Elle attendrait bien jusque-là, en compagnie des deux cents autres corvées en souffrance.

Malheureusement, sa secrétaire n'était pas au courant. Aussi, lorsque, entrant dans son bureau un peu plus tard pour y déposer un fax, elle vit l'ordinateur toujours allumé, elle l'arrêta. Quant à Charlie, lorsqu'il rentra du palais de justice, Jack St Bride lui était sorti de l'esprit.

Les mots dansaient sur la page de son manuel. Hailey McCourt enleva le chouchou qui maintenait sa queue de cheval et le remit en place en le desserrant un peu. Sa mère avait des migraines... peut-être qu'elle avait hérité de ça ? Mais ce n'était pas le jour. Elle avait foot, tout à l'heure, et elle ne demandait qu'une chose, c'était que sa migraine veuille bien attendre la fin de l'entraînement. Après, elle pourrait bien tomber raide morte dans les vestiaires, elle s'en fichait éperdument.

Le professeur lui demanda de venir poser son travail de la veille sur son bureau, un épouvantable devoir de trigonométrie. Hailey avala sa salive et se leva. Rassemblant tout son courage, elle avança en essayant de ne pas perdre l'équilibre mais elle n'alla pas loin : au bout de quelques pas, elle trébucha et s'écroula sur une autre élève.

Il y eut quelques ricanements, et la fille qui l'avait reçue sur la tête lui jeta un regard noir. Au prix d'un gros effort, Hailey parvint jusqu'au professeur, occupé à ramasser des papiers. Lorsqu'elle voulut prendre la craie, celle-ci lui glissa des doigts. Cette fois-ci, toute la classe gloussa.

— Mademoiselle, la réprimanda M. O'Donnell, cessez de nous faire perdre notre temps.

Elle finit par attraper la craie, mais elle eut toutes les peines du monde à la tenir entre ses doigts. Et lorsqu'elle leva les yeux, elle vit toute la classe à l'envers. Elle était bien debout, et le tableau était en face d'elle. Mais ses pieds reposaient sur le plafond, et les élèves étaient suspendus les pieds en l'air.

Elle dut émettre un son car le professeur s'approcha d'elle.

— Hailey, dit-il doucement, vous voulez voir l'infirmière ?

Et merde pour le foot. Et merde pour tout. Les larmes lui montèrent aux yeux.

— Oui, répondit-elle dans un souffle.

Elle voulut partir en courant, fuir ce monde où elle n'était plus chez elle, où elle ne parvenait plus à se déplacer. Ce fut sa dernière pensée avant de foncer la tête la première dans la porte et de s'écrouler sur le sol, évanouie.

Contrairement à la plupart des maisons de Salem Falls, qui se serraient les unes contre les autres, celle d'Addie était isolée dans les bois. Petite et proprette, en pierres usées par les intempéries et surmontée d'un toit vert, c'était une petite maison qui lui allait bien. La fumée qui s'élevait de la cheminée montait apposer sa signature dans le ciel nocturne. Dans le jardin, un portique était en train de rouiller au milieu d'une flaque de boue éclairée par la lune.

Jack s'assit sur l'un des sièges de la balançoire. Le grincement pénible qui résonnait à chaque balancement émettait un craquement de vieux ossements revenant à la vie. À l'intérieur, Addie devait tendre l'oreille…

Lorsque la porte s'ouvrit, Jack vit une succession de sentiments s'inscrire sur son visage : l'espoir, suivi de la déception, lorsqu'elle s'aperçut que ce n'était pas sa fille qui était sur la balançoire ; la curiosité lorsqu'elle se demanda ce qui l'avait amené jusque-là.

En s'approchant, Jack lut une dernière émotion : le soulagement.

— Où étais-tu ?

— Excuse-moi de n'être pas venu travailler aujourd'hui, répondit-il.

En dépit de la faible lumière, il la vit rougir.

— Je l'ai bien cherché, murmura-t-elle. Jamais je n'aurais dû te traiter comme ça l'autre soir. Je sais que tu as cru bien faire.

Jack prit une profonde inspiration. Il en avait besoin pour réussir à sortir l'explication logée au fond de sa poitrine.

— J'ai quelque chose à te dire, Addie.

— Non... C'est à moi de parler, avant.

Elle se tenait devant lui, gauche, la tête baissée.

— L'autre jour, chez Stuart... tu m'as demandé ce qui était arrivé à Chloé.

Jack se tut en retenant son souffle, comme il l'eût fait en voyant un papillon rare se poser tout à coup devant lui.

— Je sais qu'elle est morte, avoua Addie. Je parle et j'agis comme si je ne le savais pas, mais je le sais... Elle s'est réveillée un matin avec un mal de gorge. Voilà... un simple mal de gorge, comme en ont les enfants. Elle n'avait pas beaucoup de fièvre. Et moi... moi, j'avais du travail. Alors je l'ai montée à l'étage avec mon père, devant les dessins animés à la télé, pendant que je faisais le service. Je croyais que c'était un virus, que ça passerait. J'avais pris rendez-vous chez le médecin pour après le coup de feu, au cas où ce serait quand même une angine. J'aurais dû l'emmener immédiatement. Je n'imaginais pas... que c'était si grave.

— Une méningite cérébro-spinale, murmura Jack.

— Elle est morte à cinq heures sept. Je le sais, parce qu'ils ont donné les informations à la télé, et moi, j'ai pensé : « Qu'est-ce qu'ils pourraient bien annoncer de pire que ça ? »

Enfin, son regard rencontra celui de Jack.

— Je perds les pédales dès qu'il s'agit de Chloé. Je sais qu'elle ne mangera pas le sandwich que je lui prépare, que c'est fini. Mais j'ai besoin de le poser là.

Et je sais qu'elle ne viendra plus traîner dans mes jambes pendant que je sers à table, mais j'aimerais tellement... donc je fais semblant.

— Addie...

— Même en faisant mon possible, je ne me souviens plus tout à fait de son sourire. Je ne me rappelle plus exactement la couleur de ses cheveux... tirait-elle plus sur l'or ou sur le jaune ? Ça devient pire... plus dur... chaque année. Je l'ai perdue une fois, avoua-t-elle d'une voix nouée, je ne supporte pas de la perdre encore et toujours.

— Les médecins n'auraient pas pu agir à temps, Addie. Même si tu leur avais amené Chloé dès le matin.

— J'étais sa mère. C'était à moi de savoir ce qu'il fallait faire.

Jack répéta les paroles qu'elle avait prononcées à son propos :

— Tu as cru bien faire.

Mais elle ne répondit pas. Elle gardait les yeux rivés sur l'intérieur de la main de Jack, à l'endroit où la peau brûlée était en train de cicatriser. Lentement, en lui laissant le temps de reculer, elle s'agenouilla et se pencha. La baisa. Il n'y put rien. Il tressaillit.

Aussitôt, elle se releva.

— Ça fait encore mal, dit-elle.

Jack hocha la tête.

— Un peu.

— Où ?

Il mit la main sur son cœur, incapable de parler.

Au moment où Addie effleura sa poitrine de ses lèvres, Jack sentit son corps tout entier l'accueillir. Il ferma les yeux, terrifié à l'idée qu'il pourrait se laisser aller à la prendre dans ses bras, et plus terrifié encore à l'idée qu'elle pourrait le repousser. Elle se blottit contre lui, et il la laissa l'envelopper de sa chaleur.

— Ça va mieux ? demanda-t-elle dans un souffle si chaud que les mots lui brûlèrent la poitrine à travers ses vêtements.

— Oui, répondit Jack, beaucoup mieux.

Avril 2000,
Salem Falls,
New Hampshire

Assis derrière son bureau, Amos déversait un flot de paroles qui coulaient dans son téléphone comme un sirop. Gillian le regardait fixement, et une pensée venait de lui traverser l'esprit : et si elle lui tirait une balle dans la tête, qu'est-ce qui se passerait ?

Sa cervelle giclerait sur le tapis blanc. Sa secrétaire, une femme d'un certain âge qui avait toujours l'air d'avoir avalé de travers, en ferait sans doute une crise cardiaque. Non, tout ça, c'était trop violent, trop visible. Il valait mieux qu'elle l'empoisonne lentement en mélangeant l'un de ses précieux médicaments à ses aliments. Un beau jour, il ne se réveillerait pas, et le tour serait joué.

Cette idée la fit sourire, et son père, croisant son regard, lui sourit en retour. Il posa la main sur le combiné.

— Une petite seconde, chuchota-t-il avec un clin d'œil.

Parfois, ça lui tombait dessus d'un seul coup : elle avait l'impression d'être sur le point d'exploser, d'être trop à l'étroit dans sa peau, pleine d'une colère qui l'envahissait si brutalement et si intimement que sa gorge en était nouée. Parfois, elle avait envie d'envoyer son poing dans une vitre ; à d'autres moments, elle pleurait sans pouvoir s'arrêter. Impossible d'en parler à ses amies : que penseraient-elles d'elle, si elle était la seule à péter les plombs comme ça ? La seule à la comprendre aurait pu être sa mère... mais elle n'avait plus de mère depuis des années.

— Voilà ! s'exclama son père d'un ton triomphant, en raccrochant le téléphone.

Il passa un bras autour de ses épaules, et Gillian baigna dans les senteurs qu'elle associerait à jamais à son enfance : la fumée de bois, la cannelle et le cigare cubain. Fermant les yeux, elle se vautra dans ces parfums délicieux et réconfortants.

— On va faire un tour dans l'usine ? lui proposa-t-il. Tu sais que tout le monde est toujours content de te voir.

Ce qu'il voulait dire, c'était qu'il adorait montrer sa fille. Gilly se sentait toujours très importante lorsqu'elle marchait à ses côtés dans les allées, en saluant les ouvriers qui la dévoraient des yeux avec un sourire poli, tout en se disant, à juste titre, que leur paie mensuelle était moins élevée que l'argent de poche hebdomadaire de la fille du patron.

Ils entrèrent dans l'atelier de fabrication, où, dans un tintamarre assourdissant, d'énormes pistons calibraient les mélanges avec précision.

— On fabrique du Preventa aujourd'hui ! lui cria son père à l'oreille. Une pilule du lendemain.

Il la conduisit jusqu'à un employé qui parcourait l'atelier, la tête surmontée d'un casque de protection.

— Bonjour, Jimmy. Tu te souviens de ma petite fille ?

— Bien sûr ! Salut, Gillian.

Amos la laissa seule un petit moment pour s'entretenir avec Jimmy de stocks et d'expéditions.

Gillian suivit des yeux le mouvement régulier des machines qui dosaient les principes actifs. À côté d'elle, un dispositif acheminait les pilules formées dans une fente située à l'arrière, par quantités qui seraient ensuite enfermées dans des emballages de sécurité.

Il ne lui fallut que quelques secondes pour tendre la main et en attraper quelques-unes.

Sa main était toujours au fond de sa poche, refermée sur son secret, lorsque son père revint à elle.

— Alors, tu n'es pas morte d'ennui ?

Gilly lui sourit.

— Non, le rassura-t-elle, pas encore.

Addie se dit que, logiquement, elle aurait dû avoir peur. On ne s'introduisait pas impunément dans un cimetière aux environs de minuit, sous le regard de la lune qui veillait, pareille à un œil injecté de sang. Mais non. Elle n'avait pas peur de pénétrer dans un cimetière au beau milieu de la nuit, de revoir la tombe de sa fille pour la première fois. Car elle savait que quelqu'un serait auprès d'elle lorsqu'elle franchirait ce pas de géant.

Une chaleur s'élevait du sol, celle des âmes des défunts qui se faufilaient entre ses jambes.

— Quand j'étais à l'université, dit Jack, j'aimais bien aller travailler au cimetière.

— Vous n'aviez pas de bibliothèque ?

— Si. Mais au cimetière, c'était plus calme. J'apportais mes livres, et parfois un pique-nique, et…

— Un pique-nique ? C'est morbide ! C'est…

— C'est ici ? la coupa Jack, Addie comprenant qu'ils étaient devant la tombe de Chloé.

La dernière fois qu'elle l'avait vue, il n'y avait que de la terre recouverte de roses et de corbeilles offertes par des gens, qui, en dépit de toute leur sympathie, ne pouvaient apporter de consolation et compensaient par des fleurs. À présent, il y avait une pierre tombale en marbre blanc : CHLOÉ PEABODY, *1979-1989*. Addie leva son visage vers celui de Jack.

— À ton avis, qu'est-ce qui se passe… enfin… après la mort ?

Jack mit les mains dans les poches de son manteau et haussa les épaules sans répondre.

— Moi, avant, j'espérais que, puisque nous devions renoncer à notre ancienne vie, il nous en serait donné une nouvelle, poursuivit-elle.

Pour toute réponse, Jack se contenta de souffler doucement.

— Après… après… je ne voulais plus de ça. Je ne voulais pas que Chloé devienne la petite fille de quelqu'un d'autre… Mais elle est quelque part, n'est-ce pas ?

Jack s'éclaircit la voix avant de prendre la parole :

— Les Inuits disent que les étoiles sont des trous dans le ciel. Et qu'à chaque fois que nous voyons les gens que nous aimions sourire à travers, nous savons qu'ils sont heureux.

Il sortit deux fleurs de sa poche et les posa sur la tombe. Deux fleurs de ciboulette, celles que Delilah faisait pousser sur le rebord de la fenêtre de la cuisine, qui vinrent apporter une note violette sur la pierre tombale.

À cette heure de la nuit, le ciel était découvert, parsemé d'étoiles brillantes.

— Les Inuits, murmura Addie au milieu des larmes qui roulaient sur ses joues. J'espère qu'ils ont raison.

Addie raccompagna Jack à l'appartement de Roy. Ses mains tremblaient. Et ses mains à lui, tremblaient-elles aussi chaque fois que leurs épaules se touchaient ? Et lorsqu'il entrait dans une pièce où elle se trouvait déjà, sentait-il l'air se raréfier autour d'eux ? C'était nouveau pour elle, cette impression de se sentir à l'étroit dans son corps. Cette constatation que l'on pouvait se trouver en compagnie d'un homme sans être prise de l'envie de fuir à toutes jambes.

Ils étaient arrivés en haut de l'escalier.

— Bonsoir, dit Jack, à demain.

Sa main se posa sur la poignée de la porte.

— Attends ! s'écria-t-elle en recouvrant ses doigts avec les siens.

Comme elle s'y attendait, il se raidit.

— Merci, reprit-elle. D'être venu ce soir.

Jack hocha la tête et s'apprêta à ouvrir la porte. Addie l'arrêta dans son geste.

— Je peux te demander quelque chose ?

— Si c'est de réparer l'isolation de la porte de l'entrée, j'avais l'intention de le faire...

— Non, ce n'est pas ça. Je voulais savoir si tu m'embrasserais.

Devant son expression de surprise, la jeune femme sentit l'appréhension monter en elle.

— Non, répondit Jack d'une voix douce.

Qu'est-ce qui lui avait pris ? Quelle idiote ! Addie, le souffle coupé, les joues brûlantes, recula d'un pas et se heurta à un mur impitoyable.

— Je ne vais pas t'embrasser, ajouta Jack, mais toi, tu peux m'embrasser.

— Moi... moi, je peux ?

Elle avait la sensation bizarre qu'il n'était pas plus sûr de lui qu'elle ne l'était d'elle.

— Tu veux ?

— Non, répondit Addie en se haussant sur la pointe des pieds pour poser ses lèvres sur les siennes.

Jack faisait son possible pour ne pas la prendre dans ses bras. Immobile, il la laissa poser la bouche sur la sienne, il laissa sa langue lui séparer ses lèvres et rejoindre la sienne. Il ne la toucha pas, même lorsque ses mains se posèrent sur sa poitrine, ni lorsque ses cheveux vinrent lui effleurer la nuque, ni lorsqu'il sentit son goût, le goût du café et de la solitude.

« C'est la pire chose à faire, se dit-il. Ça va t'apporter des ennuis. De nouveau. »

Mais il laissa Addie jouer le rôle du destin, décider de la longueur du baiser et l'interrompre. Puis il rentra chez lui, prêt à se glisser au lit et à oublier ces dix dernières minutes. Il venait de s'engager dans le living plongé dans le noir lorsque la lumière s'alluma brutalement. Roy était assis sur le canapé, en robe de chambre et en pyjama.

— Tu as fait du mal à ma fille, dit-il, et moi, je vais te tuer pendant que tu dormiras.

— Je n'ai pas touché ta fille.

— Tu te fous de moi ? Je t'ai vu l'embrasser, par le trou de la serrure !

— Quoi ? Tu as regardé par le trou de la serrure ? Qu'est-ce que tu es, un voyeur ?

— Et toi, qu'est-ce que tu es ? Un gigolo ? Tu te démerdes pour te faire embaucher, et après, tu te tapes la propriétaire, tout ça pour pouvoir lui piquer son fric au milieu de la nuit et te tirer ?

— Primo, c'est elle qui m'a embauché. Et secundo, même si j'étais assez bête pour faire ce que tu dis, tu ne crois pas que j'aurais plutôt visé la fille de la bijouterie ou celle de la banque ?

— Addie est bien plus jolie !

Jack ouvrit la fermeture Éclair de son manteau et, d'un geste furieux, jeta son vêtement sur une chaise.

— Ça ne te regarde pas, mais je te le dis quand même : c'est Addie qui m'a embrassé.

— Qu... quoi ?

— C'est si difficile à croire ?

Le vieil homme se leva et mit le cap sur sa chambre, le visage éclairé d'un sourire.

— Ah oui alors, fit-il, songeur, c'est difficile à croire.

Jordan franchit les portes du palais de justice du comté de Carroll, en s'abandonnant à son réflexe familier, qui était de chercher des yeux les salles dévolues aux audiences, tout en passant en revue les têtes des malheureux témoins qui attendaient leur quart d'heure de célébrité au prétoire. Il se sentait tout nu, avec sa chemise bleu marine et son pull, lui qui, d'habitude, portait des costumes Armani pour plaider.

Pourtant, il n'envisageait pas de quitter le barreau pour toujours ; il avait simplement envie de s'en éloigner pendant quelque temps, et Salem Falls était un endroit comme un autre pour prendre du recul. Il disposait d'assez d'argent pour pouvoir se reposer sur ses lauriers pendant un an ou deux, après les derniers procès qu'il avait plaidés aux environs de Bainbridge, et qui avaient été particulièrement éprouvants. D'affaire en affaire, il s'était senti pris au piège par ce métier qui l'étouffait comme un licou se resserrant un peu plus avec chaque client.

Mais, s'il avait éprouvé le besoin de prendre du recul, peut-être n'était-ce pas seulement à cause de son métier. Peut-être était-ce tout bonnement à cause de ses amours malheureuses avec son enquêtrice.

Si quelqu'un avait dit à Jordan, dix ans plus tôt, que le jour viendrait où il aurait envie de se remarier, il aurait ricané. Si quelqu'un lui avait prédit que l'heureuse élue l'enverrait balader, il aurait ri à s'en décrocher la mâchoire. Pourtant, c'était ce qu'avait fait Selena. Et le meilleur travail d'investigation de son enquêtrice avait eu pour cible Jordan lui-même, révélant des faiblesses humaines qu'il eût préféré ignorer à jamais.

Il se dirigea vers le bureau de Bernie Davidson. Le greffier du tribunal était toujours quelqu'un d'utile à connaître. C'était lui qui tenait le planning des procès, et il était toujours précieux d'y avoir accès. De plus, le greffier avait l'oreille de tous les juges du district, ce qui signifiait que l'on pouvait faire passer son dossier plus rapidement que par les autres canaux, une motion glissée directement dans la main du juge, une audience urgente pour une mise en liberté sous caution insérée dans un calendrier encombré.

Jordan frappa un coup à la porte, puis entra et arbora un large sourire en voyant Bernie à deux doigts de tomber de sa chaise.

— C'est pas vrai… ! Le fantôme de Jordan McAfee !

Jordan serra la main du greffier.

— Comment ça va, Bernie ?

— Mieux que toi, répondit Bernie en détaillant les vêtements élimés de l'avocat et ses cheveux en bataille. La rumeur a couru que tu étais parti t'installer à Hawaii.

— Je me demande pourquoi ce sont justement ces rumeurs-là qui sont fausses !

— Tu habites où, maintenant ?

— À Salem Falls.

— C'est calme, comme coin, non ?

Jordan haussa les épaules et marmonna :

— C'est ce que je cherchais.

Bernie avait l'esprit trop vif pour ne pas noter le ton désabusé de l'avocat.

— Et maintenant ?

Jordan baissa le nez et s'évertua à débarrasser son pull d'une peluche imaginaire. Au bout d'un moment, il releva la tête.

— Maintenant ? répéta-t-il. Je crois que je commence à avoir besoin d'un peu d'animation.

Addie passa la tête par la porte de derrière.

— Dis, Jack, tu peux me donner un coup de main ?

Il était en train d'ouvrir le lave-vaisselle. À travers un nuage de buée, il répondit :

— J'arrive.

Il faisait froid, dehors, la boue se collait aux semelles de ses tennis. Addie disparut derrière la haute clôture du local à poubelles.

— Il y a un problème avec le loquet, expliqua-t-elle.

Dès que Jack l'eut suivie à l'intérieur pour vérifier le mécanisme, elle l'enlaça.

— Bonjour ! murmura-t-elle, la bouche contre le tissu de sa chemise.

Il sourit.

— Bonjour !

— Tu vas bien ?

— Très bien, et toi ?

Le sourire d'Addie s'élargit.

— Encore mieux !

— Bon, ben, à plus tard ! conclut Jack pour la taquiner.

Addie s'accrocha à lui de tout son poids pour le retenir. Il sourit. Il sentit de petites ondes aériennes monter en lui, la légèreté du bonheur. Depuis quand quelqu'un n'avait-il pas désiré sa présence à ce point ?

— Il y a vraiment un problème avec le loquet ?

— Absolument, avoua Addie. Je suis sortie de mes gonds.

Elle l'embrassa et lui prit les bras pour les poser autour de sa taille. Ils étaient serrés l'un contre l'autre, protégés des regards par la clôture. Une odeur nauséabonde de détritus les entourait, mais Jack ne la sentait pas. Tout ce qu'il sentait, c'était le parfum de vanille qui émanait de la nuque d'Addie. Il ferma les yeux et se dit que, s'il devait se raccrocher à un seul moment dans les cinquante années à venir, ce serait à celui-là.

Addie se rapprocha encore, et ce mouvement lui fit perdre l'équilibre. Ils tombèrent à la renverse en faisant dégringoler une rangée de poubelles en métal. Le vacarme dispersa quelques oiseaux qui chuchotaient à leur sujet comme de vieilles commères et qui vinrent se poser en piqué sur les os de poulet et les épluchures de légumes en pépiant leur désapprobation.

Ce fut Jack qui supporta tout le poids de la chute.

— Voilà ce qu'on appelle des amours à risques !

Addie était en train de rire, mais, à ces mots, elle s'arrêta.

— C'est bien ce que c'est ? demanda-t-elle d'une voix d'enfant émerveillée. Tu es mon amour ?

Jack n'eut pas le temps de répondre. La porte de la clôture – sans loquet – s'ouvrit brutalement, et il se retrouva face à l'œil unique et noir d'un revolver.

— Mon Dieu, Wes, range-moi ça ! s'écria Addie avant de se détacher de Jack.

Elle se releva et lissa ses vêtements.

— Je passais prendre un café, et j'ai entendu les poubelles s'écrouler. Je me suis dit que c'était peut-être un voleur, se justifia le policier.

— Un voleur ? Dans le local à poubelles ? Écoute, Wes, ici, on est à Salem Falls, pas à Chicago !

Wes grogna, contrarié de la réaction de la jeune femme.

— Tu es sûre que tout va bien ?

— Avec un peu de savon désodorisant, tout ira pour le mieux. Je me suis pris les pieds dans la poubelle, c'est tout ! J'ai bien vérifié, ce n'est pas un délit, même pas un tout petit.

Mais Wes n'écoutait pas. Il dévisageait Jack, qu'Addie avait aidé à se relever et qui lui tenait toujours la main. Ni lui ni Addie ne firent mine de se lâcher. Et, plus étrange encore, ni l'un ni l'autre ne semblaient s'apercevoir qu'ils se tenaient par la main.

— Oh, fit Wes à voix très basse, c'est donc ça !

— Un mec qui bosse dans un restaurant, dit Whitney en tirant sur sa paille avec un grand bruit d'aspiration. Ton père, tu crois qu'il serait content s'il savait que tu kiffes un mec de son âge qui fait la plonge dans un resto ?

Gillian dessina un J dans la graisse de son assiette.

— La tune, c'est pas tout dans la vie.

— C'est facile à dire quand on en a.

Gilly ne l'entendait pas. Pas de bol, c'était Addie qui faisait le service. Si elle ne voyait pas Jack, jamais son envoûtement ne fonctionnerait. Elle leva le coude et, délibérément, renversa son verre de milk-shake.

— Par ici, il nous faut des serviettes ! appela-t-elle.

Addie poussa un soupir en voyant les dégâts, mais se précipita avec un paquet de serviettes et un chiffon.

— Je vais envoyer quelqu'un pour nettoyer par terre.

Enfin, celui qu'elle attendait apparut en personne, beau, grand et blond… Lorsqu'il se pencha pour éponger le sol sous la table, Gilly put admirer à loisir les boucles de ses cheveux d'or. Elle fut saisie d'un désir subit de les baiser.

— Je suis vraiment désolée, minauda-t-elle. Je peux nettoyer, si vous voulez.

— C'est mon travail.

— D'accord, mais laissez-moi au moins vous aider, insista-t-elle en tendant la main.

Cette fois-ci, elle renversa le Coca de Meg. Jack fit un bond en arrière, aspergé de liquide poisseux à l'entrejambe.

— Oh, mon Dieu ! s'écria hypocritement Gilly.

Vite, elle appliqua le tas de serviettes très haut sur la cuisse de Jack, qui lui retira la main d'un geste sec.

— Je m'en occupe, dit-il en se dirigeant vers les toilettes.

Dès qu'il eut le dos tourné, les adolescentes se mirent à chuchoter avec animation.

— J'y crois pas, Gilly, t'avais vraiment besoin de le tripoter au beau milieu de la salle ?

— T'as fait exprès de renverser mon Coca !... T'as intérêt à m'en payer un autre !

— Il ressemble un peu à Brad Pitt...

— Je vais aux toilettes ! annonça Gilly.

Lorsqu'elle arriva devant la porte, Jack sortait des toilettes pour hommes.

— Excusez-moi encore, fit-elle d'un ton enjoué.

Mais il ne prit pas la peine de répondre et se faufila dans le passage en prenant bien soin de ne l'effleurer en aucune façon. Peuh ! Qu'est-ce que ça pouvait faire ? Il serait absolument incapable de la lâcher dès qu'elle l'aurait envoûté.

Elle se glissa dans les toilettes pour hommes, fascinée par la vue de l'urinoir taché de jaune au fond. Le robinet du lavabo coulait toujours un peu. Elle le ferma à fond, puis plongea la main dans la poubelle et attrapa un morceau de papier qui se trouvait sur le dessus. C'était sûrement celui utilisé par Jack, car il était encore humide. Elle coupa un bout dans la partie dont elle imaginait qu'elle avait touché sa peau. Puis elle ouvrit son petit sac.

À l'intérieur se trouvaient un rouleau de papier où elle avait écrit JACK ST BRIDE, une rose rouge, une rose blanche et un bout de ruban rose. Elle enveloppa le morceau de papier dans le rouleau. Puis elle prit un couteau suisse, cadeau de son père pour ses dix ans, et coupa les roses dans le sens de la longueur. Elle mit ensemble une moitié de rose blanche et une moitié de rose rouge, plaça le rouleau entre les deux et entoura le tout avec le ruban.

— Un pour le chercher, chuchota-t-elle, un pour le trouver. Un pour l'apporter, un pour l'attacher. Toi qui ces deux roses garderas, le grand amour connaîtras.

Elle tourna le robinet – en réalité, il fallait un ruisseau, mais c'était tout ce qu'elle avait sous la main comme cours d'eau – et tint la tête des fleurs assemblées sous l'eau, puis jeta les pétales restants dans la poubelle.

— Qu'est-ce que vous faites ici ?

Gilly sursauta et se retrouva face à Addie Peabody.

— Je me lavais les mains, mentit-elle en essayant de cacher le petit bouquet.

— Dans les toilettes pour hommes ?

— Ah, c'est les toilettes pour hommes ? Je n'ai pas fait attention.

Elle vit que son interlocutrice n'en croyait pas un traître mot, aussi décida-t-elle de passer à l'attaque :

— Et vous, qu'est-ce que vous faites dans les toilettes pour hommes ?

— C'est moi la propriétaire. Et je les nettoie toutes les heures. (Addie fronça les sourcils). Qu'est-ce que vous avez fabriqué, là ? Qu'est-ce que c'est ?

D'un geste vif, Gilly mit sa main derrière son dos.

— Rien.

— Si ce n'est rien, pourquoi essayez-vous de le cacher ? (Addie lui attrapa le bras et lui ouvrit les doigts.) Je vous suggère de payer votre note et de partir avec vos copines.

Sans lui accorder un regard, elle mit le bouquet dans la large poche de son tablier et planta là Gillian.

Wes avait quitté le Wagon-Resto en se sentant investi d'une mission : si le visage de Jack St Bride ne lui était pas inconnu, c'était qu'il l'avait vu au poste de police. Bien sûr, on pouvait se rendre au poste de police pour des centaines de raisons… mais quelque chose lui disait qu'il valait mieux vérifier. Lorsqu'il s'en apercevrait, Charlie Saxton lui demanderait certainement d'expliquer pourquoi il procédait à une vérification des casiers judiciaires sans raison précise. Mais s'il agissait ainsi, c'était pour le bien d'Addie.

Cela n'avait rien à voir avec le fait que tout son être aspirait désespérément à une seule chose : l'avoir pour lui.

Dans une ville comme Salem Falls, les appels d'urgence étaient relativement rares et son emploi du temps n'était pas surchargé. Après avoir fait envoyer une ambulance à la maison de retraite, il tapa le nom de St Bride sur le site du fichier central.

Wes regarda l'écran et ses yeux s'élargirent.

— Oh, Addie ! murmura-t-il.

— Tourne-toi ! exigea Amos Duncan.

Gillian tourna lentement sur elle-même ; sa jupe noire s'évasa autour de ses cuisses, ses barrettes en strass scintillèrent dans ses cheveux.

— C'est mieux. Mais ta jupe est trop courte.

Elle leva les yeux au ciel.

— Papa, tu dis ça même quand ma jupe m'arrive aux chevilles !

— Je n'ai pas du tout envie que tu donnes des idées aux footballeurs.

— Tu parles ! marmonna-t-elle entre ses dents, en se disant qu'il n'y avait aucun risque pour qu'elle se laisse toucher par un de ces petits cons. De toute façon, le père de Meg nous sert de chaperon, ajouta-t-elle.

— Très bien. C'est toujours rassurant de savoir que la meilleure amie de votre fille a des parents dans la police.

La bouilloire commença à chanter dans la cuisine.

— J'y vais ! proposa Gillian.

— Je peux le faire moi-même.

— Non, non, j'y tiens, insista-t-elle avec un sourire. C'est bien le moins que je puisse faire, avant de t'abandonner ici tout seul !

Amos éclata de rire.

— Oh, je vais peut-être trouver de quoi passer le temps. Compter les carreaux de la douche, par exemple, plaisanta-t-il.

— Mais tu les as déjà comptés la dernière fois que je suis sortie !

À la cuisine, elle sortit une tasse du buffet en merisier et y plaça une boule à thé remplie des feuilles du darjeeling préféré de son père. Avant de clore le petit fermoir d'argent, elle y ajouta plusieurs pilules qu'elle avait subtilisées à l'usine et qu'elle tenait cachées dans son corsage.

Dix minutes plus tard, lorsqu'elle ouvrit le filtre, il n'y subsistait plus la moindre trace des pilules. Elle porta la tasse à la bibliothèque où son père l'attendait.

— Tu y vas comme ça ? laissa tomber Jordan, abandonnant son journal.

Thomas but une gorgée de lait en portant directement le carton sorti du réfrigérateur à sa bouche, puis s'essuya les lèvres du dos de la main.

— Ouais, y a un problème ?

— Finalement non, ça se marie très bien avec tes façons de faire.

Sourcils froncés, Jordan détailla l'accoutrement de son fils, sa casquette de base-ball retournée, la visière dans la nuque, son pull élimé, son pantalon descendu si bas sur ses hanches qu'il semblait sur le point de tomber à tout instant.

— Quand j'avais ton âge, on s'habillait pour aller danser, reprit-il.

— Ouais, c'est ça, et après, toi et tes potes, vous montiez tous ensemble dans la calèche qui vous emmenait jusqu'à la jolie petite école en brique rouge...

— Très drôle. Je te parle de mettre une chemise correcte. Et, pourquoi pas, une cravate.

— Quoi ? Si j'arrive avec une cravate, ils m'accrochent au mur avec ! J'ai pas envie qu'ils me prennent pour un de ces mecs qui viennent nous distribuer des tracts sur Jésus à la cafétéria.

— Ah bon ? s'étonna Jordan. Pendant les heures de cours ?

— Attention, papa, tu commences à faire le flic.

Jordan replia son journal et se leva.

— Qui conduit ce soir ?

— Ne t'inquiète pas. On m'emmène.

— Ah ouais ? fit Jordan en souriant. C'est Chelsea Abrams qui est tombée sous le charme légendaire des McAfee et qui a décidé de t'emmener ?

— Non, j'ai trouvé quelqu'un d'autre pour m'accompagner.

Thomas n'eut pas plus tôt prononcé ces paroles qu'il les regretta. L'intérêt qu'il voyait luire dans les yeux de son père était trop vif.

— Tu peux me donner des détails ?

Mais l'adolescent se contenta de hausser les épaules sans répondre.

— Tu ferais mieux de renoncer tout de suite, insista son père. N'oublie pas que c'est mon métier de soutirer des informations.

Par bonheur, Thomas fut sauvé par le tintement de la sonnette.

— À plus, papa. Ne m'attends pas pour te coucher.

Mais Jordan n'était pas du genre à renoncer aussi facilement.

— Attends ! le poursuivit-il. Je veux voir à quoi elle ressemble. Au moins, laisse-moi vivre par procuration, il faut bien que tu me serves à quelque chose. Allez, dis-moi, c'est un bon coup ?

Thomas n'eut pas le temps de répondre. La porte s'ouvrit sur une Noire d'un mètre quatre-vingts à la silhouette sculpturale et aux yeux luisants de colère.

— Je crois que c'est ce que tu pensais, à l'époque,

Jordan, dit Selena Damascus en se frayant un passage à l'intérieur.

D'abord, les mots se mirent à danser sur la page devant Amos Duncan. Puis il eut de plus en plus chaud. Puis il constata que dès qu'il levait les yeux sur sa fille, assise en face de lui et attendant qu'on vienne la chercher, il avait la nausée. Pour finir, en titubant, il se dirigea vers les toilettes, où il vomit par terre.

— Papa ! s'écria Gillian, dans l'encadrement de la porte.

Il resta agenouillé sur le sol, incapable de réagir. Gilly s'approcha par-derrière et lui plaça une serviette humide sur la nuque. Les vomissements le reprirent. Son ventre était tordu par des spasmes douloureux... Au loin, il entendit la sonnette retentir.

— Va à ta soirée... ça va aller... prononça-t-il à grand-peine.

— Non, répondit Gillian d'un ton ferme. Je ne te laisse pas comme ça.

Amos perçut vaguement un bruit de pas qui s'éloignaient, des murmures de voix. Lorsqu'il reprit conscience, il était allongé sur son lit, en T-shirt propre et en pantalon de pyjama. Gillian était assise sur une chaise à son chevet, en jean et pull.

— Comment tu te sens ?

— Ta... soirée...

— J'ai dit à Chelsea d'y aller sans moi, répondit-elle en serrant sa main dans la sienne. Qui va s'occuper de toi, sinon ?

— Oui, qui ?... répéta Amos en lui caressant le poignet.

Il replongea dans le sommeil.

— Tu ne vas pas me dire que c'est Selena que tu as invitée à la soirée du lycée ? hurla Jordan.

Une grosse veine palpitante lui barrait le front. Son fils et son ancienne enquêtrice. Son ancienne maîtresse.

Oui, ils formaient une bonne équipe, avant, lui et Selena... dès lors qu'il s'agissait d'une équipe professionnelle. Ils étaient sur la même longueur d'ondes, une même excitation les gagnait à l'idée de se charger d'une affaire difficile. Mais tout avait changé un an plus tôt à Bainbridge, lors d'une affaire où Jordan avait défendu un adolescent accusé du meurtre de sa petite amie. Il avait franchi une limite en brouillant les frontières entre sa vie privée et sa vie professionnelle, faisant subir le même sort à ses rapports avec Selena. Cette affaire avait failli le tuer; Selena avait été celle qui lui avait presque porté le coup fatal.

— Je n'avais rien de spécial à faire ce soir, expliqua la jeune femme en adressant un sourire complice à Thomas. Je lui avais promis de venir à la fin de l'année, mais quand j'ai entendu parler de cette Chelsea, j'ai compris qu'il fallait prendre le taureau par les cornes. On va leur montrer de quoi on est capables, hein, Thomas ? Il ne doit pas y avoir des masses de gars de ton âge qui se pavanent avec des canons d'un mètre quatre-vingts, couleur chocolat de surcroît !

— On peut peut-être rembobiner la cassette au début ? Est-ce que quelqu'un peut me dire par quel miracle tu te débrouilles pour refaire surface après des mois de silence radio ?

— Pour commencer, répliqua Selena, c'est toi qui m'as laissée tomber. Ensuite, je n'ai jamais gardé le secret sur mes coordonnées. Tu sais parfaitement que je ne suis pas dans l'annuaire. Je pense que si tu t'étais donné un peu de mal pour me retrouver, toi qui es si doué pour les enquêtes, tu aurais résolu la question en moins de dix minutes.

— Ouais, c'est à peu près le temps que ça m'a pris, confirma Thomas avec un haussement d'épaules. Par Internet.

Jordan se laissa tomber sur le canapé et enfouit son visage dans ses mains.

— Tu as vingt-trois ans de plus que Thomas, gémit-il.

— Mais papa, on sort ensemble ce soir, mais pas parce qu'on sort ensemble ! C'est pour ça que tu te mets dans cet état ? Tu es jaloux ?

— Non, je ne suis pas jaloux. Tout simplement, il y a des choses que je ne comprends pas. Tu trouves le fait d'emmener Selena à la soirée du lycée moins bizarre que, par exemple, le fait de porter une cravate, comme nous en avons parlé tout à l'heure ?

Ce fut Selena qui répondit, avec un coup de coude à son chevalier servant :

— C'est parce que la soie Hermès ne bouge pas avec autant de grâce que moi sur une piste de danse, pas vrai ?

Thomas éclata de rire.

— Si, ce sera vrai tant que tu ne m'insulteras pas quand je te laisserai tomber pour Chelsea !

— Mon chéri, tu plaisantes ? C'est justement le but de toute la manip !

Jordan préféra jeter l'éponge :

— OK, OK ! Si vous avez envie de vous conduire comme… comme des enfants, allez-y. Mais moi, je ne vais pas rester là à écouter la femme qui a foutu ma vie en l'air délirer avec mon fils comme si de rien n'était !

Il sortit en trombe de la pièce. Quelques instants plus tard, on entendit la porte de sa chambre claquer violemment.

— On se demande qui se conduit comme un enfant… commenta Thomas.

Selena eut un sourire en coin.

— Je n'ai pas l'impression que nous étions en train de délirer. Et toi ?

— Moi non plus. Pas du tout.

— Tu ne lui as pas dit que je dormirais sur le canapé du salon ce soir, n'est-ce pas ? s'enquit-elle tout en passant son bras sous celui de son cavalier.

Celui-ci secoua la tête en souriant.

— Non.

— Tu ne crois pas que tu devrais le lui dire ? Histoire de lui laisser le temps de se faire à cette idée avant notre retour ?

Pour les fonctionnaires de service aux soirées du lycée, c'était un moment privilégié. La casquette enfoncée bien bas sur la tête, ils s'amusaient à observer les filles nubiles par en dessous et prenaient un plaisir coupable à se laisser charmer par leurs rondeurs aguichantes et leur maquillage couleur bonbon. En revanche, les garçons étaient nettement moins intéressants, toujours en train de se chercher noise à grand renfort de coups d'épaules et de remarques proférées à haute et intelligible voix pour épater la galerie.

— Je te parie dix sacs que le gamin à la casquette Abercrombie & Fitch va déclencher une bagarre avant la fin de l'heure, glissa Wes à l'oreille de Charlie Saxton.

C'était bizarre de voir ce dernier en uniforme ; d'ordinaire, en tant qu'inspecteur, il épinglait son insigne sur des vêtements civils.

— La dernière fois que j'ai vérifié, Wes, les paris étaient interdits dans le New Hampshire.

— C'est une expression.

Charlie le toisa d'un air dédaigneux.

— Merci, j'avais compris !

Wes ne réagit pas. C'était un tout autre sujet qui lui brûlait la langue.

— Au fait, Charlie, si tu veux savoir ce qui se passe réellement sur le secteur, tu n'as qu'à t'adresser aux agents. Tu as déjà entendu parler d'un certain Jack St Bride ?

Charlie poussa un soupir.

— Pfff… Ouais… c'est vrai… Il est venu se signaler.

— Ah oui ?

— Ouais. Et j'ai loupé le coche. J'ai commencé à préparer un mémo, mais je ne sais pas ce que j'ai foutu, après, ça m'est complètement sorti de la tête.

Wes, qui avait espéré faire sensation, en fut pour ses frais.

— Donc, tu étais au courant.

— Ouais.

— Agression sexuelle.

Charlie hocha la tête.

— Les charges pour viol ont été réduites.

— Et tu sais qu'il vit à Salem Falls maintenant.

— Les anciens délinquants doivent bien vivre quelque part. On ne peut pas les enfermer dans des cages.

— On n'a pas non plus à dérouler le tapis de bienvenue, répliqua Wes.

— Je n'ai pas entendu cette dernière phrase, d'accord ?

Mortifié, Wes hocha la tête. Charlie était son supérieur.

— Je continue à penser que les gens ont le droit de savoir qu'un type est un salaud avant d'avoir affaire à lui.

Charlie réprima un sourire.

— Ah ça, je suis d'accord, c'est toujours bon à savoir.

— Je suis content pour toi si ça te fait rire. On va voir si tu rigoleras autant quand l'une des filles, là, se retrouvera en face de toi en larmes et avec les vêtements déchirés parce qu'elle aura eu le malheur de trouver St Bride sur son chemin.

Charlie s'apprêta à répliquer mais, au même moment, le garçon à la casquette Abercrombie & Fitch envoya son poing dans la figure d'un rival.

— Dix sacs, marmonna-t-il en suivant Wes au milieu d'une marée humaine composée d'adolescents pétrifiés.

Thomas dansait avec Selena en sentant peser le poids d'une centaine de paires d'yeux sur ses épaules. Sa partenaire le dépassait bien d'une tête, ce qui ne contribuait pas à le détendre, car il avait la figure appuyée contre ses seins. Après tout, il était un mec ! Impossible de penser à autre chose, même si ce n'était que Selena.

Mais ça, personne ne pouvait le savoir. Un terminale – un salaud qui l'avait coincé dans un vestiaire le mois précédent – était venu lui demander si elle était vraiment Naomi Campbell. Un autre l'avait abordé pour connaître les tarifs des escort-girls ces jours-ci. Mais tout cela n'était que broutille comparé au regard presque comique que Chelsea fixait sur eux depuis le bord de la piste où elle avait retrouvé deux copines.

Thomas leva son visage vers celui de Selena.

— Si tu m'embrasses, je te donne tout le fric que j'ai mis de côté pour mes études à l'université.

— Thomas, mon chéri, s'esclaffa Selena, Bill Gates en personne n'aurait pas assez d'argent pour que je lui permette de m'embrasser ici, au milieu de la piste. D'une part, tu as vu tous ces flics ? Je n'ai pas envie de me retrouver en taule pour détournement de mineur. D'autre part, c'est impossible. Tu es une sorte de neveu pour moi.

La musique cessa, une mélodie sirupeuse et gnangnan. Selena tapota la joue de son « neveu ».

— Tu vas rester ici et imaginer une histoire à propos de notre rencontre. Pendant ce temps, je vais aller nous chercher un peu de punch.

Elle s'éloigna en tortillant son postérieur parfait moulé dans la soie de sa robe. Et ce n'était même pas la partie la plus attirante de Selena. C'étaient son sens de l'humour, sa vivacité d'esprit, son assurance et son sens de la justice qui étaient ses plus grandes qualités. Merde, se dit Thomas, si j'avais été mon père, je l'aurais enchaînée au lit.

— Thomas !

Il pivota sur lui-même et se retrouva devant Chelsea. Le sol se déroba sous ses pieds.

— Salut, émit-il d'une voix faible.

Avant de lui laisser le temps d'ajouter quelques mots cohérents, Selena le rejoignit avec deux gobelets dégoulinants de jus.

— C'est dégoûtant, ce truc, maugréa-t-elle. C'est tellement sucré qu'il y a de quoi tuer un cheval.

Elle tendit un gobelet à Thomas, puis adressa un sourire éclatant à la jeune fille.

— Je suis Chelsea Abrams, se présenta cette dernière en tendant la main.

— Selena Damascus. Enchantée.

— Ça se voit, marmonna Chelsea entre ses dents.

Le DJ reprit son poste et une formidable giclée de décibels se déversa dans la salle.

— Eh bien, proposa Thomas, tu veux danser ?

— J'aimerais beaucoup, dit Selena au moment même où Chelsea répondait « Oui ».

Chelsea rougit et recula.

— Euh… excuse-moi… Je croyais…

— Si, si, la rassura Thomas. C'est…

— Allez-y tous les deux, dit Selena. Je vais finir ma boisson.

Avec une grimace, elle aspira une grande gorgée et sourit par-dessus le bord du gobelet.

Mais Chelsea secoua la tête.

— Mes copines... elles m'attendent, prétexta-t-elle.

Le cœur serré, Thomas la regarda s'éloigner en naviguant au milieu de la foule. Lui qui avait rêvé de la prendre par la main et de l'entraîner sur la piste, de lui dire des trucs pour la faire sourire, en se préparant avec excitation à ce qui pourrait se passer après… Et voilà, une fois de plus, ça foirait. Il fit semblant de croire qu'il n'en avait vraiment rien à faire et se força à arborer une expression détachée avant de se tourner vers Selena.

Mais elle était bien là dans ses yeux, sa déception. Selena sursauta comme si elle avait du mal à croire ce qu'elle voyait.

— Qu'est-ce qu'il y a ? demanda Thomas.

— Rien, répondit Selena avant de reprendre une gorgée de punch. Pendant une seconde, tu as terriblement ressemblé à ton père.

Le Resto était fermé. Mais la porte s'ouvrit, et Jack leva la tête, surpris. Pourtant, il avait bien cru qu'Addie l'avait verrouillée, et il ressentit une bouffée de contrariété. Quel était le malotru qui venait interrompre le moment béni de leur tête-à-tête ?

L'homme qui entra était un client régulier luttant désespérément pour ne pas paraître aussi bourré qu'il l'était.

— Madame Peabody, dit-il, vous pouvez m'injecter un peu de caféine ?

Jack s'avança.

— Je suis désolé, mais nous…

Soudain, la petite main d'Addie se retrouva sur son bras, et il en perdit l'usage de la parole.

— Oui, c'est faisable, monsieur McAfee, répondit la jeune femme à sa place.

Discrètement, elle lui adressa un signe d'intelligence. Tout semblait indiquer que ce pauvre client passait un mauvais moment. Ses cheveux en bataille, les poches cernées de rouge qui ornaient ses yeux et le parfum de désespoir qui bourdonnait autour de lui comme un nuage de moustiques ne laissaient planer aucun doute à ce sujet.

— J'en ai pour une minute, ajouta-t-elle.

« Les personnages de cette œuvre littéraire comprennent les personnages de Chrétien, de Fidèle et d'Évangéliste. »

À la voix d'Alec Trebek, Jordan leva la tête.

— *La Biographie de Jerry Falwell*, claironna-t-il.

Addie sourit et demanda confirmation :

— C'est juste, Jack ?

— Non. C'est *Le Voyage du Pèlerin*.

Le candidat confirma cette réponse, ce qui amusa Jordan.

— Impressionnant ! s'exclama-t-il en prenant la tasse fumante que lui tendait Addie. Dites-moi donc quelle grande œuvre comporte les personnages de Largué, d'Entubé et de Baisé-dans-les-Grandes Largeurs.

Jack adressa un clin d'œil à Addie.

— Eh bien… fit Jordan avec un renvoi sonore, vous avez là l'histoire de ma vie. C'est pas pour dire, madame Peabody, mais les femmes… Les femmes, c'est très dangereux. Aussi dangereux que quand on laisse traîner un bout de verre sur la route. Elles vous découpent un bonhomme en rondelles avant de lui laisser le temps de comprendre ce qui lui arrive.

— D'accord, mais seulement si le bonhomme a l'intention de les renverser, riposta Addie d'un ton sec.

Jordan eut un geste en direction de Jack.

— Vous avez déjà eu des ennuis avec les femmes ?

— Oui, on peut dire ça.

— Vous voyez ?

Addie servit une deuxième tasse de café à son client.

— Et votre fils, il est où, ce soir, monsieur McAfee ?

— À la soirée du lycée. Et il a emmené cette saloperie de bout de verre avec lui.

— Ce… ce bout de verre ?

— Oui, cette femme ! gémit Jordan. Celle qui a bousillé ma vie.

— Je vous appelle un taxi, monsieur McAfee, proposa Addie.

Jack le regardait, appuyé sur le comptoir. Parfois, les gens pleuraient vraiment dans leurs tasses. Pire, Jordan McAfee pleurait dans sa tasse sans même s'en rendre compte.

— Qu'est-ce qu'elle vous a fait, cette femme ?

L'avocat haussa les épaules.

— Elle a dit « non ».

À ces mots, un frisson parcourut l'échine de Jack.

Soudain, la porte s'ouvrit et Wes s'engouffra à l'intérieur.

— Addie, tu as du café pour un pauvre gars qui a été obligé d'écouter du rap pendant quatre…

— Nous sommes fermés, l'interrompit Jack.

Les yeux de Wes survolèrent Jordan et vinrent se poser sur lui.

— Heureusement que tu n'es pas seule avec lui, dit-il à Addie.

Elle sourit.

— M. McAfee a peut-être un petit coup dans l'aile, mais il n'est pas dangereux…

— Je ne parle pas de McAfee, la détrompa-t-il en lui posant la main sur le bras d'un geste protecteur. Tout va bien ?

— Très bien, répondit-elle en se dégageant.

— Oh, d'accord ! Tu laisses une racaille comme St Bride te toucher, mais moi, je n'ai pas le droit…

— Attention à ce que tu dis! l'avertit la jeune femme.

Le policier pivota sur lui-même pour faire face à Jack.

— Et tu la laisses se battre à ta place? Pauvre mec! Tu vas peut-être dire à ta patronne ce que tu ne lui as pas dit le jour où elle t'a engagé?

Pendant quelques instants, le seul bruit audible fut la voix d'Alec Trebek : « Dan O'Brien détenait le record du monde de cette compétition d'athlétisme… »

Jack sentit le sol se dérober sous ses pieds. Il n'osa pas croiser les yeux d'Addie… Addie, qui lui avait fait confiance.

— J'ai été en prison, avoua-t-il. Pendant huit mois.

Elle comprenait tout, maintenant… pourquoi Jack avait surgi de nulle part, pourquoi les affaires d'un homme qui venait s'installer dans une ville inconnue tenaient dans un seul carton, pourquoi il ne possédait pour tous vêtements que ceux qu'il portait sur le dos, pourquoi il ne disait rien de son passé.

Jack, la bouche sèche, attendit qu'elle parle.

— Dis-lui pourquoi! l'aiguillonna Wes.

Non, il ne pouvait pas. Jamais! Pas ça.

— Je suis sûre que si c'est vrai, Jack peut nous l'expliquer, prononça Addie d'une voix tremblante.

— Il a violé une femme. Tu crois qu'il y a une explication à ça?

Tout s'effaça autour de Jack et d'Addie, hormis le petit rectangle de silence qui les enfermait tous deux. Les narines de la jeune femme palpitèrent; dans ses yeux, on vit briller l'incrédulité.

— Jack! murmura-t-elle pour le conjurer de nier, de remettre Wes à sa place.

Jack sut à quel moment exact elle comprit qu'il ne répondrait pas. Addie attrapa son manteau jeté sur une chaise du bar.

— Il faut que je parte, parvint-elle à dire d'une voix étranglée, avant de sortir en trombe.

Jack voulut s'élancer à sa poursuite, mais il fut arrêté par une main posée sur sa gorge.

— Faudra me passer dessus avant, l'avertit Wes d'un ton calme.

— Ne me tentez pas.

L'étau se resserra encore autour de son cou.

— Tu vas répéter ça dans le procès-verbal, St Bride ?

Puis, abruptement, le policier le relâcha.

— Fais-nous plaisir. Tu vas fermer la porte derrière toi, et tu vas marcher tout droit jusqu'à ce que tu sois sorti de la ville.

Après le départ du policier, Jack se laissa tomber sur une banquette et enfouit son visage dans ses mains. Quand il était enfant, son jouet favori était une petite boule remplie de neige artificielle, qui contenait une petite ville, avec des biscuits au gingembre et des bonbons à la menthe en guise de rues. Cet endroit idyllique lui faisait tellement envie qu'un beau jour il avait cassé la boule de verre… et il avait découvert que les maisons étaient en plastique et que les rues en bonbon étaient peintes sur le socle. Il avait toujours su que cette existence qu'il s'était construite à Salem Falls était une illusion, qu'un jour elle se briserait comme cette boule de neige. Mais il avait espéré – ô combien ! – que ce ne serait pas tout de suite.

— Ils ne peuvent pas faire ça, vous savez.

Jack avait complètement oublié la présence de Jordan McAfee.

— Faire quoi ?

— Vous chasser de la ville. Vous menacer. Vous avez payé votre dette à la société pendant huit mois ; vous êtes libre de la rejoindre, maintenant, c'est votre droit.

— J'ai été emprisonné injustement.

Jordan haussa les épaules, comme s'il avait déjà entendu cette phrase des centaines de fois.

— Vous avez passé près d'un an dans cet endroit parce que vous y étiez obligé. Vous ne croyez pas que vous méritez de rester là où il vous plaît de rester ?

— Peut-être que je n'en ai pas envie.

Un faisceau de phares vint balayer l'intérieur du restaurant. Le taxi était arrivé.

— Je crois que je suis assez fin psychologue. Et ce n'est pas du tout ce que j'ai cru comprendre en voyant le regard que vous m'avez décoché quand j'ai interrompu votre soirée avec une certaine dame.

Jordan posa sa tasse derrière le comptoir, dans l'évier.

— Remerciez Addie de ma part.

— Monsieur McAfee, demanda Jack, ça vous dérange si je partage votre taxi ?

La lumière du corridor entourait la tête de Jack d'un halo diffus.

— Je n'ai violé personne, dit-il sans préambule.

Ils étaient séparés par la porte-moustiquaire. Addie gardait une main posée dessus.

Jack plaça sa main de l'autre côté. Addie pensa à la prison et se demanda s'il avait reçu des visites, avec une séparation entre lui et les visiteurs, comme à présent.

— Wes m'a tout raconté, dit-elle. Les comptes rendus d'audience sont enregistrés dans l'ordinateur du poste de police. Il m'a dit que tu es même venu te signaler en tant que délinquant sexuel.

— C'est obligatoire. Ça fait partie de la transaction pour la remise de peine.

— Les innocents ne vont pas en prison, répondit Addie, les yeux remplis de larmes.

« Et les enfants ne meurent pas », ajouta-t-il en pensée.

— Addie, tu sais mieux que personne que parfois, les formules toutes faites ne traduisent pas la vérité. (Il hésita.) Tu t'es déjà demandé pourquoi ce n'est jamais moi qui fais le geste de te toucher ? Pourquoi c'est toi qui m'embrasses, toi qui me prends la main ?

— Pourquoi, dis-moi ?

— Parce que je ne veux pas être l'homme que tout le monde a décrit. Je ne veux pas être un animal déchaîné. Et j'ai peur, le jour où je te toucherai, où je te toucherai vraiment, de ne plus être capable de m'arrêter.

Les lèvres de Jack vinrent effleurer la main d'Addie à travers le grillage.

— Il faut me croire, Addie. Jamais je ne violerais une femme.

— Je ne croyais pas non plus qu'ils le feraient.

— Qui ?

Elle leva la tête.

— Les garçons qui m'ont violée.

Elle avait seize ans. Elle était élève en section littéraire au lycée de Salem Falls. C'était elle qui était responsable du journal de l'école. Addie rêvait de devenir journaliste. Elle travaillait souvent très tard à ses articles, mais, comme ses parents étaient occupés avec le restaurant, ils ne s'inquiétaient pas outre mesure de ses retards.

Il faisait froid pour un mois d'avril, si froid qu'en se retrouvant dehors elle regretta de ne pas avoir mis un jean au lieu de sa jupe trop fine. Elle tira sur son manteau et s'engagea sur le terrain de foot.

D'abord, elle entendit leurs voix. C'étaient trois garçons athlétiques, les leaders de l'équipe de foot. Elle préféra rester sur la réserve – les intellectuels ne se mêlaient pas aux sportifs – et fit de son mieux pour les éviter, en faisant semblant de ne pas avoir vu leur bouteille de Jack Daniels.

— Addie ! la héla l'un d'eux.

Elle fut si surprise de constater qu'il connaissait son nom qu'elle se retourna.

— Viens voir une seconde.

Elle s'approcha d'eux, prudente comme l'oiseau qui sautille vers la nourriture qu'on lui tend, avec un léger espoir, mais prêt à s'envoler au premier geste d'un être humain.

— Tu te rappelles l'article que tu as écrit sur le dernier match de la saison ? Tu as fait du beau boulot. C'est pas vrai, les mecs ?

Ils opinèrent du chef avec ensemble, presque beaux, avec leurs visages empourprés et leurs têtes entourées d'un casque de cheveux brillants. Ils lui firent l'effet de quelque peuplade étrange qu'elle connaissait par ses lectures mais qu'elle n'avait jamais étudiée de près.

— Mais y a un problème, c'est que tu as écrit mon nom de travers, poursuivit celui qui l'avait interpellée.

— Non, ce n'est pas possible.

Addie vérifiait tout. Elle était d'une rigueur irréprochable.

Les garçons éclatèrent de rire.

— Je suis peut-être pas aussi doué que toi, mais je sais comment il s'écrit, mon nom !

Ses coéquipiers, qui semblèrent trouver sa réplique très drôle, se mirent à pouffer en se donnant force coups de coude complices. Puis, magnanimes, ils lui présentèrent leur bouteille.

— T'en veux une goutte ?

Devant son refus, ils insistèrent :

— Ça te réchaufferait !

Elle n'osa persister et elle porta le goulot à ses lèvres. Une boule de feu lui brûla la gorge. Elle se mit à cracher dans l'herbe, les yeux brouillés de larmes.

— Ben, qu'est-ce qui t'arrive ? fit son interlocuteur en la prenant par la taille. Allez, allez, remets-toi. Tu sais, tu n'es pas aussi maigre que t'en as l'air quand on te voit comme ça, commenta-t-il en promenant sa main de haut en bas.

Addie essaya de se dégager et déclara qu'elle devait rentrer.

— D'abord, je veux que t'apprennes comment s'écrit mon nom, protesta le garçon.

Prête au compromis, elle hocha la tête, et il la serra plus fort.

— C'est un secret, chuchota-t-il.

Jouant le jeu, elle pencha la tête, mais ce fut pour sentir une langue à l'intérieur de son oreille. D'un geste vif, elle recula, mais elle se retrouva emprisonnée entre deux bras puissants.

— Maintenant, tu vas répéter, dit le sportif en lui ouvrant de force la bouche avec la sienne.

Addie n'avait plus de souvenir de la suite. Sauf qu'ils étaient trois. Que les gradins, en dessous, étaient peints en orange. Que la terreur exhale une odeur de soufre. Et qu'il y a à l'intérieur de soi un endroit dont on ignore l'existence, où l'on peut se réfugier pour ne plus ressentir la moindre souffrance.

— Tu ne t'es jamais interrogé à propos du père de Chloé ? demanda Addie.

Ils étaient dans son salon. Jack avala à grand-peine, à cause du nœud qui s'était formé dans sa gorge, et posa la question :

— C'était lequel d'entre eux ?

— Je ne sais pas. Je n'ai jamais voulu savoir. Après, j'ai pensé que je méritais qu'elle soit à moi, rien qu'à moi.

— Pourquoi n'as-tu rien dit à personne ?

— Parce que j'aurais été cataloguée comme une fille facile. Et parce que je ne suis pas sûre... je n'ai jamais été sûre… qu'ils se souviennent de ce qui s'est passé. (Sa voix se fêla.) J'aurais bien voulu avoir cette chance, moi aussi… Pendant des années, je me suis demandé ce que j'avais fait pour subir une chose pareille.

— Tu t'es trouvée au mauvais endroit au mauvais moment, murmura Jack.

« Comme moi », pensa-t-il.

Pendant huit mois, il avait haï le système qui accordait aux femmes le bénéfice du doute. Mais devant Addie… On pouvait bien enfermer par erreur un million d'hommes, cela ne changerait rien à la réalité de ce qu'elle avait enduré.

— Est-ce que… est-ce qu'ils habitent ici ?

— Tu veux abattre les dragons qui m'ont attaquée ? demanda-t-elle avec un pâle sourire. Il y en a un qui est mort dans un accident de moto. Un qui a déménagé en Floride. Un qui est resté.

— Qui ?

— Laisse, dit-elle en secouant la tête. Personne n'a jamais su ce qui s'était passé, sauf mon père, et toi, maintenant. Les gens croient que je couchais à droite et à gauche et que j'ai eu des ennuis. Mais tout va bien, Jack. Finalement, de cette horrible histoire, il est sorti quelque chose de merveilleux : j'ai eu Chloé. C'est tout ce dont je veux me souvenir. De cela, et de rien d'autre.

Au bout de quelques instants de silence, Jack lui demanda :

— Tu me crois quand je te dis que je suis innocent ?

— Je ne sais pas, avoua-t-elle dans un souffle.

Elle connaissait Jack depuis si peu de temps que la profondeur de ses sentiments pour lui lui parut disproportionnée, comme si, en ouvrant un robinet, elle avait libéré un geyser. Elle n'y comprenait rien, mais il y avait tant de choses qu'elle ne comprenait pas.

— Je veux te croire, dit-elle.

— Ce sera notre point de départ. (Jack ferma les yeux et se pencha.) Embrasse-moi.

— Je ne sais pas si c'est le moment…

Il entrouvrit les yeux.

— Je veux te prouver que je suis celui que je dis. Je veux te montrer que jamais je ne t'agresserai, quoi que tu dises ou fasses.

— Mais tu as dit…

— Addie, murmura-t-il, fais-le pour nous deux.

Il ouvrit largement les bras, et Addie l'embrassa sur la joue.

— Oh, allez. Tu peux faire mieux que ça !

Elle posa les lèvres sur sa nuque et remonta jusqu'à sa joue. Un picotement délicieusement dangereux les parcourut l'un et l'autre, dessinant le trajet d'une mèche prête à s'embraser à la moindre flamme.

Résister ? Résister à cette tentation, à ce désir ? C'était comme si elle voyait la couleur pour la première fois et remplissait ses poches de violets éclatants, d'oranges puissants, de jaunes brûlants, en craignant d'être surprise en train de voler ce qui ne lui appartenait pas, tout en était certaine qu'elle n'en aurait plus le souvenir si elle ne se servait pas.

Elle était prête. Elle prit les mains de Jack et les conduisit vers le premier bouton de son corsage… mais il baissa ses bras.

« Il ne le fera pas, se dit-elle. Il veut que ce soit moi. »

Jamais encore elle ne s'était déshabillée pour un homme. Son père ne l'avait plus vue nue depuis l'âge de dix ans. Intimidée et gauche, elle ouvrit le premier bouton, puis passa au deuxième. Nichés au creux de la soie rose de son soutien-gorge, ses seins semblaient rougir sous le regard de Jack. Elle défit l'attache et baissa la tête de Jack pour la poser sur sa peau.

— Tout va bien ? chuchota-t-il.

Pour toute réponse, elle couvrit sa poitrine de baisers et descendit peu à peu. Jamais elle ne s'était sentie autant en sécurité.

— Je vais le faire pour nous deux, répéta-t-elle.

Leurs deux corps s'unirent et s'ajustèrent doucement. Il me remplit, se dit Addie, tout étonnée, au moment même où Jack pensait : « Voilà ce qui me manquait. »

Juillet 1999,
Loyal,
New Hampshire

— Jack, dit l'inspecteur de police, il faut que tu viennes au poste.

Jack appuya son téléphone portable contre son épaule et finit de remplir sa serviette.

— Pas le temps. J'ai une réunion cet après-midi. Mais on peut se voir à sept heures et se faire un squash.

Jay Kavanaugh avait été nommé quelque temps auparavant à Loyal, où il était l'unique inspecteur de police. Jack le voyait fréquemment. D'ailleurs, ils partageaient tous leurs loisirs : Jay était devenu le grand frère qu'il n'avait jamais eu.

Pendant les journées chaudes de l'été, ils fuyaient la ville pour partir à la pêche au bar. Mollement installés, canne à pêche en main, ils buvaient de la bière en bavardant. Tôt ou tard, la conversation finissait toujours par porter sur la gent féminine, et les deux amis se plaignaient à l'unisson du manque cruel de femmes célibataires.

De même, après leur partie de squash hebdomadaire – Jay était un excellent partenaire –, ils allaient généralement prendre une bière en échafaudant des scénarios scandaleux pour attirer Sharon Stone dans la petite bourgade de Loyal.

— J'ai besoin que tu viennes maintenant, répondit Jay.

— Mais, ma poule, je ne savais pas que tu en étais à ce point-là ! plaisanta Jack.

— Ta gueule ! répliqua Jay d'un ton coupant. Écoute, je n'ai pas envie de parler de ça au téléphone, d'accord ? Je t'expliquerai tout quand tu seras là.

— Mais...

Il avait raccroché.

— Merde ! marmonna Jack. Il a intérêt à ce que ce soit sérieux.

Dès qu'il entra, Jay se leva pour l'accueillir. L'air affreusement embarrassé, il tournait la tête en tous sens en évitant de croiser son regard.

— Qu'est-ce que tu avais de si urgent à me dire ?

— Viens, on va faire un tour.

— Mais qu'est-ce qui se passe ?

— Suis-moi, s'il te plaît, d'accord ? proposa Jay avec une grimace.

Il conduisit son ami dans une salle de conférences entièrement dénuée de mobilier, à l'exception d'une table, de trois chaises et d'un magnétophone...

— Tu veux que je joue au flic ? s'amusa Jack en croisant les bras sur sa poitrine. Vous avez le droit de ne rien dire, récita-t-il. Tout ce que vous direz pourra se retourner contre vous. Vous avez le droit d'être assisté par un avocat.

Sa voix faiblit lorsqu'il vit Jay fermer les yeux et se détourner.

— Tu peux m'expliquer de quoi il retourne ? demanda-t-il d'un ton neutre.

Jay se retourna et lui opposa un visage impassible.

— Catherine Marsh dit que vous avez une liaison, tous les deux.

— Catherine Marsh dit quoi ?

Tout à coup, Jack prit conscience du décor : la salle nue, le magnétophone… et l'expression de Jay.

— Est-ce que… tu ne m'arrêtes pas, hein ?

— Non. On parle, pour l'instant. Je veux entendre ta version de cette histoire.

— C'est impossible, tu ne peux pas croire… mais, mais… Jay ! C'est une élève ! Je jure, je jure que je ne l'ai jamais touchée ! Je ne sais pas où elle est allée pêcher une idée pareille.

Il n'y pouvait rien, son cœur battait la chamade.

— Nous avons des éléments à charge contre toi et tu vas faire l'objet d'une accusation, annonça Jay d'un ton sec. (Puis, d'une voix plus douce, il ajouta :) Tu veux peut-être prendre un avocat.

— Pourquoi m'as-tu demandé de venir en prétendant vouloir me parler, si tu as l'intention de m'arrêter de toute façon ? s'écria Jack, hors de lui.

Il comprit tout à coup pourquoi l'inspecteur lui avait demandé de donner sa version de l'histoire. Cela n'avait aucun rapport avec leur amitié, cela visait uniquement à le pousser à une confession qui pourrait être utilisée contre lui devant un tribunal.

Loyal était une ville des plus conventionnelles, dotée d'un General Store, le bazar-épicerie réglementaire, d'un pont de bois qui ne l'était pas moins, et d'une rangée de maisons blanches également en bois qui bordaient la pelouse municipale. La maison de Jack était située sur un petit promontoire. De sa véranda, il apercevait celle où vivaient Catherine Marsh et son père, le révérend Ellidor Marsh.

Habiter dans une petite ville comportait des avantages et, surtout, vous préservait de l'anonymat. Il ne pouvait faire deux pas dehors sans saluer une personne de connaissance. Si ce n'était un élève, c'étaient la propriétaire du General Store, le facteur ou les frères jumeaux qui étaient restés vieux garçons et travaillaient côte à côte à la banque, à deux guichets voisins.

Mais, ce jour-là, Jack marchait la tête baissée, avec la crainte de rencontrer quelque silhouette familière. Il croisa des élèves et sentit qu'elles se retournaient sur lui. Il contourna le balai d'une commerçante, et son visage s'empourpra d'embarras lorsqu'il la vit interrompre sa tâche pour le dévisager fixement. « Je suis innocent ! » eut-il envie de hurler, mais il savait que cela ne changerait rien à la chose. Ce n'était pas la vérité qui les intéressait ; c'était le fait que la malchance pût être contagieuse.

La maison des Marsh était décorée d'un lacis de roses pâles qui poussaient sur un treillage. Il tambourina à la porte et recula d'un pas lorsque Catherine apparut sur le seuil.

C'était une jolie jeune fille, avec une peau lumineuse, comme éclairée de l'intérieur. À sa vue, il se remémora les nombreuses fois où il l'avait prise dans ses bras après un but particulièrement réussi sur le terrain, toutes les fois où il avait remarqué le galbe de ses seins sous son sweat.

Elle l'accueillit, le sourire aux lèvres :

— Oh, bonjour !

Il ouvrit la bouche pour parler, pour l'accuser, pour lui demander pourquoi, mais ses questions restèrent coincées dans sa gorge. Un visage apparut derrière celui de l'adolescente : celui d'Ellidor Marsh, défiguré par une fureur de fanatique.

— Révérend...

Il n'en fallut pas plus à l'ecclésiastique. Pendant un court instant, son visage refléta une intense lutte intérieure, puis son poing partit et atteignit Jack à la mâchoire.

Catherine poussa un cri en voyant son professeur s'écrouler sur les marches et atterrir dans un buisson de roses. Les épines traversèrent le tissu léger de son pantalon d'été. Il cracha un mélange de salive et de sang puis se passa la main sur la bouche.

Catherine essaya de venir à sa rescousse mais son père l'en empêcha en la poussant brutalement derrière lui. Jack fronça les sourcils et gronda :

— C'est le Bon Dieu qui vous a dit de faire ça?

— Allez-vous-en, articula Ellidor en détachant chaque mot, allez au diable!

Quelques semaines auparavant, Jack, pendant une session d'été, avait donné un cours sur les guerres du Péloponnèse à des élèves de seconde. Il faisait très chaud en ce mois de juillet, les vêtements collaient au corps.

— Les Spartiates n'étaient pas satisfaits du traité de paix qu'ils avaient signé et les Athéniens étaient démangés par le besoin d'assurer leur prédominance... (Il parcourut des yeux les rangées d'élèves aux visages rouges qui s'éventaient avec des feuilles de papier repliées.) Et personne ne m'écoute.

Une élève ferma effectivement les yeux. Jack fit la grimace. Les cours d'été proposés à Westonbrook aux élèves désireuses de compléter leurs connaissances n'avaient rien d'enthousiasmant pour lui. Les salles de classe de la bâtisse centenaire, véritables étuves, n'étaient guère propices au travail intellectuel.

Catherine Marsh était assise au premier rang. Sa mise était impeccable, le col de son uniforme soigneusement amidonné, ses jambes chastement croisées aux chevilles.

— Monsieur, gémit-elle, c'est si important de connaître une guerre qui s'est passée il y a deux mille quatre cents ans dans un pays lointain? Ce n'est pas notre histoire à nous! Alors, à quoi ça va nous servir?

Les manifestations d'approbation qui s'ensuivirent déferlèrent jusqu'à lui comme une vague. Jack examina les jeunes visages un par un.

— D'accord, dit-il, nous allons nous dégourdir les jambes.

Il n'avait aucun projet particulier, si ce n'était de les débarrasser de leurs uniformes et de les remplacer par une tenue plus confortable. Et la seule tenue confortable, c'était le maillot de bain. Mais il connaissait bien la mentalité des adolescentes de cet âge, prêtes à se faire couper un bras plutôt que d'exposer leurs prétendus défauts physiques devant les autres filles, plus minces, plus grandes, mieux faites, et, surtout, devant un professeur de sexe masculin. Tout à coup, il eut une idée. Une astuce pour les mettre à l'aise, dans une tenue qui, par ailleurs, conviendrait au cours du jour.

Dans la grande salle à manger, il munit chaque élève d'une nappe en expliquant :

— Nous allons faire comme si nous étions en Grèce... (Il attrapa une nappe et se drapa dedans.) Voilà : la toge. Vous allez vous mettre en maillot de bain au vestiaire, et vous allez draper votre toge pardessus. Prenez quand même vos uniformes, au cas où.

— Au cas où quoi ?

Jack précisa avec un sourire :

— Au cas où il nous faudrait battre en retraite devant la police de la mode.

« Ou le directeur », se dit-il.

Les élèves s'exécutèrent en maugréant, peu convaincues. Lorsqu'elles ressortirent des vestiaires, Jack triompha :

— Et alors ? Vous n'êtes pas plus à l'aise comme ça ?

La dernière à sortir fut Catherine Marsh. Elle était en toge, mais... sans costume de bain. Ses épaules nues, douces et bronzées, vinrent effleurer le bras de Jack lorsqu'elle passa devant lui.

Le professeur retint un sourire. Les filles de cet âge, lorsqu'elles avaient un message à faire passer, étaient à peu près aussi subtiles que des rouleaux compresseurs.

Lorsqu'ils furent arrivés sur le terrain de football, il fit aligner ses troupes.

— Bien. Au début, vous vivez tous en harmonie, grâce à un traité de paix signé avec les Spartiates.

Puis il les sépara en deux groupes.

— Vous, vous êtes les Spartiates, dit-il au premier, vous voulez vous battre sur terre, parce que c'est votre spécialité. Et vous (il désigna les « Athéniens »), vous voulez vous battre sur mer, parce que c'est votre spécialité à vous.

— Mais comment on va savoir qui il faut tuer ? s'enquit l'une des élèves. On est toutes habillées pareil.

— Très bonne question. Votre paisible voisin devient votre ennemi du jour au lendemain, parce que la politique l'a décidé. Qu'est-ce que vous faites, dans ce cas ?

— On lui pose la question avant de tirer l'épée ?

Jack se plaça derrière la fille qui avait pris la parole et fit semblant de lui trancher la gorge.

— Et votre interlocuteur en profite pour vous trucider.

— On reste entre soi ! proposa une élève.

— On regarde derrière soi !

— On frappe en premier !

Les idées fusèrent de toute part. Mais bientôt les gestes remplacèrent les paroles et ce ne fut plus qu'un enchevêtrement de corps qui se roulaient dans l'herbe en simulant une bataille en règle. Enfin, les vaillantes combattantes, épuisées, s'écroulèrent jusqu'à la dernière et restèrent un long moment allongées sur le dos, les yeux levés au ciel où les nuages s'étiraient comme de longues jambes de ballerines.

Une ombre vint se pencher au-dessus de Jack. C'était Herb Thayer, le directeur.

— Monsieur St Bride, je peux vous dire un mot ?

Lorsqu'ils furent hors de portée de voix, il donna libre cours à son mécontentement :

— Dis, Jack, tu veux qu'on nous colle un procès aux fesses ?

— Pourquoi ? Parce que je donne un cours d'histoire ?

— Et le programme inclut le strip-tease ?

Jack secoua la tête.

— Mais non, c'est un déguisement. Ce n'est pas pareil ! Les jeunes de cet âge sont comme des petits chiens ; ils ont besoin de s'agiter un peu avant que leurs cervelles commencent à fonctionner. Et on étouffe dans ces classes. (Il offrit son sourire le plus séduisant.) C'est comme si on jouait une pièce de Shakespeare.

Herb passa la main sur son front humide.

— Écoute, en ce qui me concerne, tu peux leur faire courir le marathon si tu estimes que ça leur permettra de retenir tes cours d'histoire. Mais assure-toi qu'elles sont entièrement habillées avant de les envoyer sur la piste.

Il s'apprêta à partir puis se ravisa.

— Moi, je sais ce que tu fais, et pourquoi. Mais le type qui est en train de traverser la rue, là-bas, il est arrivé pendant le deuxième acte. Et il ne voit pas du tout la même chose.

Jack attendit le départ du directeur pour retourner auprès de ses élèves qui l'attendaient, dévorées de curiosité.

— Qui a gagné ? s'enquit Catherine Marsh.

— M. le directeur est d'accord pour la bataille, mais il vous recommande chaudement de vous battre en uniforme.

Un grognement de mécontentement monta des

troupes, qui se mirent néanmoins à rassembler leurs vêtements.

— Non, reprit Catherine, je voulais demander qui avait gagné la guerre.

— La guerre du Péloponnèse ? Personne. Les belligérants étaient convaincus chacun de leur côté que leur stratégie était la bonne, mais, au bout de dix ans, il n'y avait toujours ni vainqueur ni vaincu.

— Vous voulez dire qu'ils sont restés en guerre uniquement parce qu'aucun des deux camps n'a voulu renoncer ?

— C'est ça. Lorsqu'ils signèrent la paix de Nicias, ce ne fut pas pour désigner un vainqueur, ce fut uniquement pour mettre un terme à la guerre... Bien, maintenant, on y va.

Le groupe s'ébranla sans trop se presser. La beauté, c'est la vérité, et la vérité, c'est la beauté, philosopha-t-il en les observant. Tout à coup, il s'aperçut qu'il avait marché sur quelque chose. C'était un morceau de tissu, un soutien-gorge de satin rouge que l'une des filles avait laissé tomber. Une étiquette était cousue à l'intérieur : CATHERINE MARSH. En rougissant, Jack enfouit le sous-vêtement dans sa poche.

Situé au-dessus du restaurant chinois de Loyal, le bureau de Melton Sprigg n'avait rien pour impressionner le visiteur. Il y faisait très chaud et une odeur de poulet *kung po* imprégnait le moindre recoin. Des papiers encombraient le sol, le bureau et l'unique armoire.

— Je n'arrête pas de vouloir ranger, marmonna l'avocat en enlevant une pile de journaux du fauteuil où il invita son visiteur à s'asseoir.

Pendant un court instant, Jack se demanda s'il n'allait pas s'enfuir à toutes jambes. Enfin, au prix d'un gros effort, il posa les mains sur les accotoirs de son siège pour tenter de se calmer.

— Bien, dit Melton, que puis-je faire pour vous ?

Jack s'aperçut qu'il n'avait jamais formulé les mots auparavant. Et ces mots restaient collés sur son palais comme une glu. Enfin, il parvint à prononcer :

— Je pense que je vais être accusé d'un crime.

Melton se fendit d'un sourire.

— Tant mieux. Si vous m'aviez dit que vous vouliez commander du porc *moo shu*, vous auriez été à la mauvaise adresse. Qu'est-ce qui vous fait penser que vous allez être accusé ?

— C'est la police qui me l'a dit. J'ai été convoqué pour... parler... il y a quelques jours. Une jeune fille... une de mes élèves... a laissé entendre que... elle et moi... que nous...

Melton émit un sifflement entre ses dents.

— Je devine...

— Ce n'est pas vrai ! Je n'ai rien fait ! se défendit Jack.

L'avocat lui tendit sa carte.

— On franchira cette étape quand ce sera le moment.

En dépit de la chaleur, Jack alla courir. Vêtu de son vieux haut de survêtement, qui datait de l'université, et d'un short, il emprunta la direction de l'est. Il courut pendant quatre kilomètres, huit, dix. La sueur lui dégoulinait dans les yeux et il respirait avec peine. Toujours au pas de course, il sortit de la ville. Il fit deux fois le tour d'un étang. Et lorsqu'il comprit que, malgré ses efforts, il ne parviendrait pas à se débarrasser de sa peur, il s'écroula sur le bord, enfouit son visage dans ses mains et pleura.

Catherine Marsh se souvenait avec une netteté parfaite du moment où Jack St Bride l'avait touchée pour la première fois.

Elle courait, les yeux fixés sur le ballon, en se préparant à l'expédier dans les filets adverses. Elle était si concentrée sur l'action qu'elle n'avait pas vu l'autre joueuse se précipiter vers elle, non moins concentrée. Leurs deux têtes s'étaient entrechoquées avec un bruit audible, le dernier bruit dont elle eût conscience avant de s'évanouir. Lorsqu'elle était revenue à elle, l'entraîneur était penché sur elle. Ses cheveux d'or formaient un halo autour de sa tête, comme dans les films lorsque le héros vient sauver la pure jeune fille. « Catherine, s'était-il inquiété, ça va ? » Tout d'abord, elle avait été incapable de répondre, trop occupée à goûter la sensation de ses mains qui parcouraient son corps pour vérifier si elle ne s'était pas cassé quelque chose. « Je crois que tu as la cheville enflée », avait-il constaté. Puis il lui avait enlevé sa chaussure et sa chaussette, et examiné le pied comme le prince de Cendrillon. « Parfait », avait-il prononcé. Et Catherine avait pensé : « C'est vrai, tu es parfait. »

Elle savait qu'il y avait entre eux quelque chose de particulier. Il la gardait un peu après l'entraînement pour lui montrer un geste… il lui passait un bras autour des épaules lorsqu'ils rentraient ensemble du terrain de sport… Lorsqu'elle lui avait confié qu'elle pensait faire l'amour avec Billy Haines, c'était lui qui l'avait emmenée à la clinique, dans une ville des environs, pour qu'on lui prescrive la pilule. Oh, il avait commencé par refuser, mais il avait fini par céder parce qu'il l'aimait bien. Et lorsque Billy l'avait larguée, deux jours plus tard, il lui avait permis de pleurer sur son épaule.

Elle se demandait plusieurs fois par jour ce qu'il avait fait du soutien-gorge qu'elle avait laissé tomber après le cours d'histoire ancienne. Il lui avait échappé des mains tout à fait accidentellement… ou alors, c'était le destin, maintenant qu'elle y pensait. Elle s'était aperçue de la chose et avait rebroussé chemin. C'est alors qu'elle avait vu Jack ramasser son sous-vêtement et le mettre dans sa poche. Quelque chose l'avait poussée à repartir sans le lui réclamer. Peut-être dormait-il avec son soutien-gorge sous l'oreiller. Peut-être le faisait-il glisser entre ses doigts en imaginant que c'était sa peau.

La veille, Catherine n'était pas allée en classe. Son père le lui avait interdit. Et c'était sans doute mieux ainsi car elle n'aurait pas su comment se comporter avec son professeur. Elle avait entendu dire qu'il avait été emmené en prison avec les menottes, comme un criminel. Si elle avait été là, elle se serait agenouillée et aurait baisé la moindre parcelle de sa peau en contact avec le métal. Elle aurait demandé à les porter à sa place. Elle aurait fait n'importe quoi pour lui montrer à quel point elle l'aimait. N'importe quoi.

Jack se pencha si près de Melton Sprigg qu'il distingua le tissage du nœud de cravate de l'avocat.

— Je n'ai rien fait, martela-t-il. Ça ne compte pas ?

— Ce que je dis, c'est qu'à notre époque il y a des moyens de faire comprendre à un jury pourquoi un homme d'âge… adulte… peut manifester de l'intérêt pour une jeune fille.

— Bien. Vous pouvez utiliser ces arguments de défense pour quelqu'un qui est coupable.

Jack s'affala dans son fauteuil, soudain découragé. Le jour même, son meilleur ami l'avait accusé d'agression sexuelle. Il avait été inculpé. Son compte en banque avait été soulagé de cinq mille dollars, grâce à la libération sous caution. Il avait un bleu au poignet, à l'endroit où la menotte l'avait serré pendant qu'on le conduisait au tribunal.

— Nous allons nous battre. Le système sert à ça, non ? À donner à chaque partie le droit de parler. Et qui va écouter ce que raconte une fille de quinze ans ?

Melton hochait la tête et souriait pour ménager son client, et ne lui disait pas ce qu'il pensait : que, précisément, tout le monde écouterait Catherine Marsh, pour la bonne raison qu'elle avait quinze ans.

— Je vais taper du poing pour faire cesser tout ça! s'emporta Herb Thayer. C'est drôlement emmerdant.

Enfin, quelqu'un qui était de son côté!

— À qui le dis-tu! répondit Jack. Hier, il a fallu que j'aille au poste de police pour que Jay Kavanaugh puisse me lire mes droits! Mais, bon Dieu, on jouait encore au squash ensemble samedi dernier, et voilà qu'il veut me coffrer! Je n'y comprends rien, Herb. Je ne sais absolument pas ce que cette petite a dans la tête.

— Toi et Catherine Marsh, vous avez un rapport très étroit.

— Tu... tu ne crois pas ce qu'elle a dit, n'est-ce pas?

— Mon Dieu, Jack, bien sûr que non! Ce que je veux dire, c'est que je comprends que... d'autres... aient pu en arriver à cette conclusion.

Jack se leva d'un bond et se mit à arpenter le bureau de long en large. Sur une étagère, derrière lui, se trouvaient quatre coupes gagnées par les footballeuses. Chacune d'elles avait été remportée grâce au rapport très étroit sur lequel Herb semblait s'interroger à présent.

— Je ne l'ai jamais touchée.

Par la fenêtre, Herb vit quelques élèves étaient en train de prendre leur déjeuner dehors.

— Pour moi, dit-il à voix basse, tu es le meilleur professeur de ce collège. Tu sais donner aux élèves l'envie de travailler.

Jack sentit son cœur battre plus vite. Peut-être cette conversation ne prendrait-elle pas le tour auquel il s'attendait, finalement. Peut-être y avait-il encore un petit espoir.

Le directeur saisit un stylo et tambourina sur le bureau.

— Écoute, Jack, je te crois. Mais j'ai des parents qui me demandent des comptes, qui refusent l'idée que le lycée de leurs enfants emploie des enseignants dont la conduite est suspecte. J'ai Ellidor Marsh qui me colle au train…

— Ellidor Marsh est un connard, c'est un intégriste qui n'a pas sa place en tant qu'aumônier d'une boîte privée…

— C'est aussi un père qui pense que sa fille n'a pas à faire l'amour avec un type qui a deux fois son âge !

L'accusation planait entre eux, dense comme une fumée noire.

— Il n'y a aucune preuve, se défendit Jack, à court d'arguments.

Herb n'osait rencontrer ses yeux.

— Essaie de te mettre à ma place, Jack. Pour le bien du collège, je ne peux pas garder un enseignant qui a été accusé de détournement de mineure.

Il fit le tour de son bureau et mit fin à la conversation :

— S'il y a quoi que ce soit que je puisse faire pour toi…

— Merci, je ne demande aucune faveur, murmura Jack, qui sortit avant de laisser au directeur le temps de répondre.

Annalise St Bride fréquentait les personnalités en vue. Une peau de tigre lui servait de descente de lit, c'était son mari qui avait abattu la bête dans un safari. Elle possédait à Upper West Side une maison dont les photographies avaient paru maintes fois dans les revues d'architecture. Mais tout cela n'était que broutille. Si elle sortait de l'ordinaire, c'était parce qu'elle partageait son appartement avec l'ancienne maîtresse de son mari, qui était devenue sa meilleure amie. Ou parce qu'elle connaissait autant de prostituées que de jeunes filles bien sous tous rapports. Sa raison de vivre, c'était la croisade qu'elle menait depuis une dizaine d'années contre la violence envers les femmes. Vingt centres d'accueil pour femmes violées avaient été créés dans les quartiers les plus misérables de New York grâce au carnet de chèques d'Annalise et à sa volonté de fer.

Aussi, lorsque Jack trouva sa mère sur le seuil de sa porte, il n'en crut pas ses yeux.

Elle était venue pour le soutenir, sans même connaître les détails… Jack sentit l'émotion le gagner. En la regardant, il sentit s'effriter le mur qu'il était en train de construire autour de lui. Il se pencha pour l'embrasser mais elle recula.

— Je ne reste pas, Jack. Mais si je suis venue jusqu'ici, c'est pour te dire en personne ce que j'avais à te dire. (Elle lui décocha un regard sévère.) Tu sais dans quel état se trouve une femme après un viol ?

Jack en eut le souffle coupé. Son employeur, ses élèves, son avocat, ses collègues, tous le croyaient coupable. Mais cela ne suffisait pas : sa mère, elle aussi, le prenait pour un violeur.

— Tu… tu ne peux pas croire que je sois coupable… murmura-t-il.

Annalise haussa les sourcils.

— Tu peux me dire pourquoi une femme inventerait une histoire pareille ?

Soudain, un souvenir remonta à la mémoire de Jack. Sa mère l'avait emmené au zoo de Central Park. Il s'était attardé un peu trop dans l'antre noir des chauves-souris, fasciné par leurs ailes déployées à la manière de minuscules parasols. Lorsqu'il s'était retourné, sa mère avait disparu. En dépit de ses sept ans, ce n'était pas pour lui-même qu'il avait eu peur. Non, c'était pour elle qu'il s'était inquiété : elle devait être morte d'angoisse. Mais il l'avait retrouvée dehors, en train de bavarder avec une connaissance rencontrée par hasard. Il s'était collé contre sa jambe comme une sangsue. « Oh, avait-elle dit d'un ton insouciant, comme si elle n'avait pas remarqué son absence, ça y est, on a fait le tour ? »

Jack avala péniblement sa salive.

— Il faut que tu me croies. Je suis ton fils.

— Plus maintenant, répondit Annalise.

Il met ses mains sous mon pull et elles sont brûlantes. Je meurs d'envie de lui. Oh, Jack ! Je sais que cela ne fera pas mal avec lui, parce qu'il me l'a promis. Même quand il entrera en moi. Cela m'est égal, parce que, finalement, nous sommes un.

Jack repoussa les pages photocopiées.

— C'est quoi, cette merde ?

Melton haussa les épaules.

— Ce qu'on a découvert. Les preuves. Apparemment, c'est ce passage-là du journal intime qui a mis le père de Catherine dans tous ses états. (Il feuilleta ses notes.) C'est ça, avec la plaquette de pilules.

— Est-ce que quelqu'un a pris le temps de réfléchir en se demandant si tout ça ce n'était pas de la fiction ?

— Bien sûr, Jack, affirma l'avocat en posant ses demi-lunes sur son nez. Mais elle dit aussi que c'est vous qui l'avez emmenée consulter pour la contraception.

— À mon corps défendant ! Elle m'a dit qu'elle voulait coucher avec son copain et que personne d'autre n'acceptait de l'emmener au planning familial !

— D'après Catherine, elle n'avait pas de copain. Elle dit qu'elle a pris la pilule parce que vous vouliez faire l'amour avec elle.

— Écoutez, elle a le béguin pour moi. Je le savais confusément, même si j'ai fait semblant de ne pas m'en apercevoir. Je ne voulais pas la mettre dans l'embarras, et je me suis imaginé que ça lui passerait. Ça arrive très souvent.

— Il y a une différence entre une mineure qui s'imagine qu'elle est amoureuse d'un homme plus âgé et une mineure qui a des rapports sexuels avec un homme…

— C'est l'inverse ! Elle s'imagine les rapports sexuels ! OK, ils ont son témoignage et ce journal. Et une plaquette de pilules. Je ne vois pas comment on en arrive à la conclusion que j'ai eu des rapports intimes avec elle !

— Je suis d'accord, répondit Melton. Vous auriez été en meilleure posture si la police n'avait pas trouvé quelque chose en perquisitionnant chez vous.

Jack fronça les sourcils. La police était arrivée avec un mandat, et il avait laissé fouiller sa maison, la conscience tranquille, puisqu'il n'y avait rien. Mais l'avocat lui montra une photo.

— Qu'est-ce que c'est ? s'étonna-t-il. Un chiffon ?

— Il semble que ce soit le soutien-gorge de Catherine Marsh. Il était dans votre porte-documents.

Jack étudia la photo. Puis il éclata de rire.

— C'est pas vrai ! Enfin… ils ne croient pas… Je l'ai ramassé parce qu'elle l'avait laissé en classe. Non, attendez… J'avais fait un cours sur la Grèce ancienne, il faisait très chaud, les élèves portaient des toges fabriquées avec des nappes, et…

— Et la police a retrouvé un soutien-gorge avec le nom de Catherine Marsh cousu dessus dans votre porte-documents.

— Mais je peux expliquer sa présence…

— Je sais. Malheureusement, le procureur aussi.

Il fallait absolument qu'il la voie. Il avait lu et relu les conditions de sa libération sous caution, qui stipulaient noir sur blanc que tout contact avec des mineurs lui était interdit, et particulièrement avec Catherine Marsh. S'il était pincé, il y aurait une nouvelle audience. Il serait accusé d'avoir enfreint les conditions de sa libération, et mis à la disposition de la justice. Et il serait sûrement envoyé en prison jusqu'au procès.

S'il se faisait attraper, il ajoutait de l'eau au moulin du procureur. Mais, s'il réussissait son coup, il avait une chance d'arrêter le processus.

Les emplois du temps des élèves de Westonbrook avaient été informatisés deux ans auparavant. Il fallut moins de dix minutes à Jack pour savoir où trouver Catherine Marsh. Une heure plus tard, il l'attendait derrière un immense chêne près du campus et regardait passer les élèves par petits groupes.

Catherine marchait seule. C'était la première fois qu'il avait un peu de chance depuis le début de la catastrophe. À sa vue, il se mit à transpirer. Le soleil qui reflétait la boucle de son sac à dos l'aveugla pendant quelques instants.

Il tendit la main pour l'attraper par l'épaule. Il l'appuya contre le tronc de l'arbre, une main posée sur sa bouche. Les yeux de Catherine, d'abord agrandis par la peur, s'adoucirent soudain. Il la lâcha.

— Monsieur St Bride ! murmura-t-elle en souriant.

Elle avait le culot de sourire, alors qu'elle avait foutu sa vie en l'air !

Il avala sa salive et tenta de se maîtriser, mais la colère fut la plus forte.

— Espèce de petite garce, qu'est-ce qui t'a pris ?

C'était la première fois qu'elle le voyait en colère. Bon, peut-être l'avait-elle vu ainsi une fois ou deux, mais c'était parce qu'une joueuse faisait n'importe quoi. Il lui avait fait peur en l'attrapant si fort par les épaules, mais, dès qu'elle l'avait reconnu, elle en avait été tout excitée. Il était venu pour elle !

Mais, déjà, Jack s'était repris.

— Qu'est-ce que tu leur as raconté ? l'interrogea-t-il d'une voix plus calme.

Elle était tellement contente de le voir ! Autant dire la vérité. Elle se lança :

— Que je vous aime.

— Tu m'aimes, répéta-t-il, les mots ne paraissant pas à leur place dans sa bouche grimaçante. Catherine, tu ne m'aimes pas.

— Si. Et je sais que vous aussi, vous m'aimez.

— Tout ce que j'ai dit ou fait avec toi, je l'aurais fait avec n'importe quelle élève. Catherine, tu vas arrêter de leur mentir. Tu ne comprends pas que je pourrais être envoyé en prison ?

Le cœur de Catherine manqua un battement. Mais non… S'il disait ça, c'était pour la mettre à l'épreuve. Il voulait se protéger, jusqu'à ce qu'elle ait exposé son propre cœur à nu. Elle lui adressa un sourire tremblant.

— Vous n'avez plus à cacher la vérité.

— La vérité ?

— Eh bien… vous savez très bien qu'on va sortir ensemble, tous les deux.

— Ah oui ? jeta-t-il, les yeux furibonds. Avant ou après mon procès pour viol ?

— Oh, Jack ! murmura-t-elle en tendant la main vers lui.

Il recula vivement. À aucun prix il ne voulait ni la toucher ni se laisser toucher. Et c'est ce qui arrêta Catherine. Elle eut beau l'appeler, il continua à reculer, les mains levées dans un geste de défense, comme si, au lieu d'une jolie jeune fille, il voyait devant lui un serpent venimeux qui menaçait de le mordre s'il avait le malheur de baisser la garde.

— Bien sûr qu'elle est capricieuse ! dit le procureur d'une voix apaisante.

Loretta Winwood joignit les mains sur son bureau et reprit patiemment, à l'adresse du révérend Marsh :

— Si elle n'était pas réticente à témoigner, je serais inquiète quant à ses motivations. Mais c'est très courant, chez les jeunes, de rechigner au moment de témoigner. En fait, c'est très bon, quand le témoin est hésitant à la barre. C'est un élément de preuve très convaincant dans les cas de détournement de mineure…

— Mais vous l'avez entendue ! Elle dit qu'elle a monté l'affaire de toutes pièces !

Loretta accorda quelques instants à ce pauvre père pour lui permettre de se reprendre. Quelques jours auparavant, il avait découvert que sa fille avait une liaison avec l'un de ses professeurs, et voilà qu'aujourd'hui il la retrouvait en larmes à ses pieds, en train de se rétracter. C'était dans des moments comme ceux-là qu'elle comprenait pourquoi les avocats étaient considérés comme des conseillers.

— Révérend Marsh, est-ce que vous la croyez ?

— Ma fille est une bonne chrétienne.

— Oui, mais ou bien elle ment à propos de cette relation à caractère sexuel… ou bien elle ment en disant qu'elle ment à propos de cette relation.

Marsh se prit la tête à deux mains.

— Je ne sais pas, madame le procureur…

— Catherine aurait-elle une raison de monter une histoire en prétendant avoir avec son professeur une relation à caractère sexuel consentie par les deux parties ?

— Non.

— Très bien. Maintenant, admettons qu'elle ait été entraînée dans une relation avec M. St Bride, à son corps défendant, comme c'est à supposer. Pour quelle raison Catherine retirerait-elle tout ce qu'elle a avoué ?

Marsh ferma les yeux.

— Pour le sauver, dit-il.

Loretta hocha la tête et reprit :

— L'une des raisons pour lesquelles les relations sexuelles avec des mineurs de moins de seize ans sont interdites par la loi réside dans le fait que les mineurs sont très sensibles à la manipulation. Ce que votre fille vient de me dire… eh bien, je le vois très fréquemment, révérend Marsh. Malheureusement, ces filles sont amoureuses. Et une fois qu'elles l'ont annoncé partout à son de trompe et que l'objet de leur amour se retrouve les menottes aux mains, elles se demandent tout à coup si elles ont bien fait.

— Est-ce que… est-ce que vous pouvez la contraindre à témoigner ?

— Je peux la contraindre à s'asseoir au banc des témoins, mais si elle ne veut pas témoigner, elle ne témoignera pas. C'est pourquoi un grand nombre de cas de ce genre ne vont jamais jusqu'au procès. Si Catherine dit au jury que cette histoire n'est que le fruit de son imagination, je ne peux pas mettre ses déclarations en doute sur la foi de ses précédentes déclarations contraires. Nous avons des éléments de preuve à charge… mais nous n'avons rien d'aussi solide que le témoignage de Catherine. Et je suis désolée de vous dire que cela signifie que Jack St Bride sera certainement acquitté, et qu'il s'empressera selon toute vraisemblance de séduire une nouvelle mineure.

La figure de Marsh vira au cramoisi.

— Un jour, il brûlera en enfer.

On était dans un flou juridique. Si Catherine mentait aujourd'hui en disant qu'elle n'avait jamais eu de relations sexuelles avec Jack St Bride, cela ne disculperait pas automatiquement l'accusé… ce qui impliquait que ses aveux n'avaient pas à être remis à la défense… ce qui signifiait que Melton Sprigg ne saurait pas que Catherine ne voulait pas témoigner contre son client.

— L'enfer, ce serait très bien, dit Loretta. Mais on peut faire quelque chose d'un peu plus immédiat.

— Une transaction ? répéta Jack. Cela ne veut pas dire qu'ils commencent à avoir la trouille ?

L'avocat secoua la tête.

— Dans les affaires qui vont jusqu'au procès, on compte dix pour cent de succès pour les avocats, et dix pour cent d'échecs. Mais le gros des procès – quatre-vingts pour cent – se situe au milieu. Les procureurs proposent toujours des transactions, parce qu'ils sont sûrs d'obtenir une condamnation.

— Alors, où est-ce que je me trouve, maître Melton ? Dans les dix pour cent qui gagnent ou dans les dix pour cent qui perdent ?

— Vous, c'est plus compliqué. Les procès pour viol, Jack… le plus souvent, c'est une parole contre une autre. La condamnation ou l'acquittement peuvent dépendre de l'humeur du jury. Si ses membres ont fait un bon petit déjeuner ou non…

— Je ne prends pas la transaction, décida Jack. Je ne reconnaîtrai jamais une chose que je n'ai pas faite.

— D'accord, mais écoutez quand même ce que je vais vous dire. Parce que je suis tenu de vous le lire. (Melton lui tendit un fax.) Ils vous proposent de réduire l'accusation et de la transformer en délit d'agression sexuelle. Huit mois d'incarcération, pas de mise en liberté sous contrôle judiciaire. C'est une bonne transaction, Jack.

— C'est une bonne transaction pour quelqu'un qui est coupable, bordel de merde ! s'emporta Jack. Mais moi, je ne l'ai jamais touchée ! Elle ment !

— Vous pensez que vous pourrez convaincre douze jurés ? Vous avez vraiment envie de jouer à la roulette russe ?

L'avocat prit la chemise de papier placée sous la tasse de Jack et dessina une ligne au milieu avec son stylo. Au sommet des deux colonnes, il écrivit POUR et CONTRE.

— Voyons ce qui va se passer si vous allez au procès. Meilleur scénario ? Vous êtes acquitté. Pire des scénarios ? Vous êtes convaincu de crime catégorie B. Vous êtes envoyé au pénitencier pour sept ans.

— Je croyais que la peine allait de trois ans et demi à sept ans.

— Seulement si vous êtes libéré sous contrôle judiciaire, Jack. Et pour la mise en liberté sous contrôle judiciaire, il vous faudra suivre le programme de traitement pour les délinquants sexuels.

Jack haussa les épaules.

— Et alors ?

— Vous n'y aurez pas droit sauf si vous êtes entièrement disposé à parler de tous les aspects de votre crime sexuel. Ce qui veut dire que vous serez obligé de commencer par leur dire que vous êtes attiré par les petites filles…

— Conneries !

— Non, pas si vous êtes condamné. Dans l'esprit des autorités compétentes, vous avez commis ce crime. Point. Et vous ne serez pas libéré si vous n'êtes pas prêt à suivre le traitement.

Jack enfonça son ongle dans la table.

— La transaction, finit-il par demander, c'est quoi, le pour ?

— D'abord, votre peine est de huit mois, un point c'est tout. Même si vous passez votre temps à clamer votre innocence, ils vous relâcheront au bout de huit mois, pas avant. Deuxième point, vous êtes incarcéré à la prison du comté, à la Ferme. Vous serez dehors, au travail. C'est très différent du pénitencier d'État. Vous accomplissez votre peine et après vous reprenez votre vie, comme avant.

— Et j'ai toujours une condamnation dans mon casier judiciaire.

— Un délit, fit remarquer Melton. Vous pouvez obtenir son annulation au bout de dix ans, comme s'il n'avait jamais existé. Une condamnation pour viol... vous la traînez avec vous pour le restant de vos jours.

Jack sentit avec effroi les larmes monter à ses yeux.

— Huit mois. C'est un sacré bout de temps.

— Beaucoup moins que sept ans.

Jack détourna les yeux. L'avocat soupira.

— Dommage que ce soit tombé sur vous. Pour une peccadille pareille...

Jack le regarda.

— Je n'ai rien fait !

— Huit mois, dit Melton pour toute réponse. Vous serez sorti avant même de vous en apercevoir.

La salle d'audience avait de quoi rendre claustrophobe. Jack avait le sentiment que les murs se rapprochaient pour l'enserrer. L'air qu'il inspirait entre ses dents se déposait comme un bloc de pierre au creux de son estomac. Flanqué de Melton Sprigg, il gardait les yeux fixés sur le juge Ralph Greenlaw, un homme dont la fille avait été gardienne de but dans son équipe trois ans auparavant. Un procès équitable ? Pas la moindre chance. Chaque fois que le magistrat croisait son regard, Jack le voyait imaginer ce qui aurait pu se passer si c'était sa propre enfant, au lieu de Catherine Marsh, qui s'était retrouvée assise derrière le procureur.

Le juge parcourut la transaction, ce morceau de papier qui portait la signature de Jack aussi sûrement que s'il l'avait signé avec son sang.

— Avez-vous lu ce qui était formulé avant de signer ?

— Oui, Votre Honneur.

— Y a-t-il eu une pression, ou une contrainte, ou une promesse quelconque, exercées sur vous afin d'obtenir que vous plaidiez coupable de ce délit ?

Jack pensa à la chemise en papier, à la liste pour ou contreétablie par Melton. Il l'avait gardée après leur rencontre. Le lendemain, il l'avait jetée dans les toilettes.

— Non.

— Connaissez-vous les droits auxquels vous renoncez en plaidant coupable sans aller au procès ?

« Oui, se dit Jack. Au droit de vivre ma vie à ma guise. »

— Oui, répondit-il.

— Savez-vous que vous avez droit à un avocat ? Savez-vous que vous avez droit à un procès devant un jury ? Savez-vous que le vote des jurés devrait être pris à l'unanimité pour que l'on vous juge coupable ? A-t-on utilisé contre vous une preuve obtenue illégalement pour asseoir cette condamnation ?

Il sentit Melton retenir son souffle en entendant le juge poser la question suivante :

— Plaidez-vous coupable parce que vous êtes coupable ?

Jack ne parvint pas à émettre le moindre son.

Catherine ne supportait pas cela : le poids du corps solide de son père appuyé contre elle, la résignation stoïque de Jack assis à côté de son avocat, le fait qu'elle était celle qui avait mis la machine en route. Et lorsqu'elle avait tenté de l'arrêter, c'était déjà trop tard. Elle avait eu beau insister en disant qu'elle avait tout inventé, ils n'avaient pas voulu l'écouter. Le procureur, son père et le psychiatre chez qui il l'avait traînée lui avaient tous raconté qu'il était tout à fait normal qu'elle veuille épargner la prison à Jack mais qu'il méritait d'être puni pour ce qu'il avait fait.

« C'est moi, se dit Catherine. C'est moi qui mérite d'être punie. »

Elle souhaitait de tout son cœur modifier le cours des choses, mais elle savait désormais que les mots ne pouvaient être repris. Comme on ne pouvait reprendre des œufs tombés par terre, ni ignorer les dégâts qu'ils avaient causés en se fracassant.

Mue par une force inconsciente, elle se leva brutalement de son siège et se mit à hurler :

— Non, ne lui faites pas une chose pareille !

— Assieds-toi, Catherine ! lui ordonna son père en l'attrapant et en la serrant fermement contre lui.

Ni le procureur ni le juge n'interrompirent la séance. Comme s'ils s'étaient attendus à cette réaction de sa part.

Le juge fit un signe de tête à l'huissier.

— Veuillez faire sortir Mlle Marsh, dit-il.

Un homme imposant se présenta tout à coup devant elle et la conduisit doucement au-dehors, là où elle n'aurait pas à être le témoin des conséquences de sa folie.

Ce fut comme si l'intervention de Catherine n'avait jamais eu lieu.

— Monsieur St Bride, répéta le juge, reconnaissez-vous avoir eu un contact sexuel avec Catherine Marsh en toute connaissance de cause, dans le but d'en retirer une excitation ou une satisfaction sexuelles ?

Jack sentait les yeux du révérend Marsh dans sa nuque. Il ouvrit la bouche pour nier, pour vomir les mots qui s'étaient logés dans son estomac, les mots instillés par son avocat : « Vous terminez votre peine et après vous reprenez votre vie, comme avant. »

Il resta muet, comme étouffé par un bâillon, jusqu'à ce que ses yeux se remplissent de larmes, jusqu'à ce que Melton lui tape dans le dos et demande quelques instants d'interruption afin que son client puisse se reprendre. Il toussa, balbutia, émit des sons inarticulés, mais quelque chose bloquait toujours sa gorge.

— Essayez ça, lui chuchota Melton en lui faisant passer un verre d'eau.

Il se contenta de secouer la tête. Même s'il buvait toute l'eau de la mer, jamais il ne pourrait dissoudre sa fierté, restée coincée dans sa gorge.

— Monsieur St Bride, dit le juge, reconnaissez-vous avoir commis ce délit ?

— Oui, Votre Honneur, répondit Jack d'une voix qui n'était pas la sienne.

Fin avril 2000,
Salem Falls,
New Hampshire

Selena Damascus donna un coup de pied dans le pneu de sa Jaguar, avec tant de violence qu'une douleur fulgurante lui traversa la jambe.

— Putain ! hurla-t-elle, si fort que Jordan et le mécanicien sursautèrent.

— Ça va mieux ? demanda Jordan, appuyé contre une caisse à outils.

— Oh, toi, la ferme ! Tu sais combien de fric j'ai mis dans cette saloperie de bagnole ?

— Oui. Tout le misérable salaire que tu touchais par mes soins.

La jeune femme se tourna vers le mécanicien.

— Je pourrais m'acheter une voiture neuve pour le prix que vous m'annoncez.

Le pauvre type paraissait fort mal à l'aise. Jordan le comprenait parfaitement. Selena était merveilleuse quand elle était de bonne humeur. Quand elle était fâchée, elle faisait peur.

— Hum… il y a autre chose, marmonna le mécanicien.

— Attendez, que je devine, dit Selena. Il n'y a personne qui s'y connaisse en Jag à l'atelier…

— Non, moi je peux le faire. Mais il faudra à peu près une semaine pour obtenir la pièce.

Un téléphone sonna quelque part et le mécanicien s'excusa.

— C'est à vous de voir. De toute façon, votre voiture, elle pourra pas vous emmener bien loin.

Selena regarda Jordan.

— Dis-moi que je rêve ! Non, on va faire comme si je retournais vingt-quatre heures en arrière. Ton fils m'appelle, mais je laisse le téléphone sonner.

— Tu pourrais la faire remorquer. Ou tu pourrais louer une voiture.

Selena haussa les épaules.

— Ou tu pourrais rester chez nous pendant ce temps-là, proposa Jordan.

Au moment même où les mots sortaient de sa bouche, il se demanda d'où ils étaient venus. Avoir Selena dans les parages était bien la dernière chose qu'il souhaitait. Il ne tenait pas à ce que sa présence lui rappelle à tout moment ce qui aurait pu être, en d'autres temps et en d'autres lieux.

— Tu ne supportes pas ma vue ! objecta Selena. N'oublie pas que, ce matin, tu as emporté ton bol de céréales dans ta chambre pour éviter de prendre le petit déjeuner avec moi.

Il détourna le regard.

— Sans parler de toute cette… histoire… entre nous, ajouta-t-elle.

Jordan comprit qu'en fait son ton était plutôt interrogatif, et non pas affirmatif. Il y eut un moment de silence. La nuit précédente, il avait veillé pour entendre les bruits annonçant son retour et celui de Thomas. Et au matin, après avoir rangé ses couvertures, il s'était assis sur le canapé en pensant que, désormais, le parfum de Selena en ferait partie intégrante, autant que sa couleur et le tissu qui le recouvrait.

— Si je restais, cela ne ferait que te causer des ennuis, insista Selena.

— Oui, c'est plutôt idiot comme idée, renchérit Jordan.

— Idiot ? grogna-t-elle. Ce serait l'une des plus grandes erreurs dans l'histoire du monde.

Ils rirent en chœur, bien conscients tous les deux d'être déjà en train de se diriger vers la voiture de Jordan, en route vers la maison.

Si Addie fut surprise de découvrir qu'elle aimait faire l'amour, elle fut stupéfaite de constater qu'elle adorait les moments qui suivaient.

Après, elle restait couchée sur le côté, blottie comme une perle précieuse dans la tendre coquille du corps de Jack, enveloppée dans sa chaleur, dans leurs senteurs entremêlées, jusqu'au moment où sa respiration se faisait régulière et où il s'endormait. Mais le bonheur suprême, c'était de savoir que chacun était l'égal de l'autre. Ni l'un ni l'autre n'avait la suprématie, ni l'un ni l'autre n'agissait pour faire plaisir, ni l'un ni l'autre ne dirigeait les opérations. C'était simplement Addie qui écoutait Jack, qui écoutait Addie.

« Où irais-tu si tu pouvais prendre un avion et partir n'importe où ? »

« Quel est ton premier souvenir d'enfance ? »

« Est-ce que tu voudrais vivre éternellement ? »

Tels étaient les propos qu'ils échangeaient quand la nuit se retirait pour laisser la place à l'aube. Sa réticence à évoquer son passé s'était rompue comme une digue. À présent, il lui parlait de son métier de professeur, de son arrestation, de son séjour en prison. Parfois, pendant qu'ils bavardaient, il la caressait en ses endroits les plus secrets. Maintenant, elle appréciait ces gestes qui, au début, la faisaient sursauter.

— Tu peux me poser toutes les questions que tu veux, déclara Jack solennellement, et je te répondrai.

Addie savait qu'il disait la vérité. C'est pourquoi, parfois, elle ravalait une question, celle qu'elle brûlait de lui poser : « Qu'est-ce qui pourrait te faire fuir ? »

Jack était derrière la fenêtre, dans sa chambre chez Roy Peabody, et il souriait de toutes ses dents à la vue de Stuart Hollings promenant sa vache le long de la rue principale. C'était incroyable. Il avait envie de siffler ! C'était l'effet Addie. Il ouvrit la porte et se dirigea en fredonnant vers le living.

— Roy, c'est une si belle matinée que je crois que je pourrais tout supporter, même toi…

Il s'arrêta net à la vue d'Addie en pleine discussion avec son père. Ils chuchotaient tous deux avec animation.

— Bonjour, Jack, dit-elle en rougissant.

— Bonjour, répondit-il.

Il enfouit les mains dans ses poches.

Roy les regarda alternativement et leva les mains.

— Qu'est-ce que vous vous imaginez, vous deux ? Vous croyez que je vois pas ce qui se passe entre vous ? Tu dors pratiquement plus ici, Jack, ce qui fait que j'ose à peine te demander un loyer. Sois pas faux cul et viens t'asseoir à côté d'elle. Mais laisse-moi d'abord prendre mon café avant de commencer à la peloter, d'accord ? À mon âge, il me faut ma dose de caféine pour pouvoir tenir le coup quand il y a certaines choses qui se passent sous mes yeux.

Addie sourit faiblement à Jack.

— Alors, dit ce dernier, qui se sentait gauche comme un adolescent sous le regard perçant de Roy, de quoi parliez-vous ?

— Eh bien… commença Addie, en même temps que son père répondait « De rien ».

Puis Jack remarqua le seau rempli d'eau savonneuse à côté du fauteuil de Roy. Une éponge flottait sur le dessus comme une algue.

— Tu as l'intention de laver ta voiture ?

Roy grogna :

— C'est ça, envoie-moi le coup de pied de l'âne.

— Il n'a pas de voiture, répondit Addie à voix basse. Son permis...

— Ah, c'est le nettoyage de printemps, alors ?

Le père et la fille échangèrent un regard.

— Ouais, dit Roy. Il faut que je fasse mes fenêtres, j'arrive plus à voir au travers. Je sais plus si je vois Stuart ou si je vois sa vache.

— Je vais le faire ! proposa Jack en se levant.

— Non ! s'écrièrent le père et la fille d'une même voix.

— Aucun problème ! Et je promets de prendre mon boulot à l'heure. Maintenant que j'y pense, est-ce qu'il n'y a pas un escabeau en bas, dans la réserve ?

Il contourna le seau et alla ouvrir la porte.

La peinture était encore en train de couler, rouge, couleur colère : GO HOME.

Jack passa un doigt tremblant sur les lettres.

— Ce n'est pas la première fois, n'est-ce pas ?

— Ils sont déjà venus hier, reconnut Roy. Je l'ai enlevée avant que tu te lèves.

— Pourquoi ne m'as-tu rien dit ? Ni toi, Addie ?

— Jack... Fais comme si tu ne voyais rien. Tu les ignores, tout simplement. Ils vont finir par se lasser.

— Non, répondit-il. Si on les ignore, ils vous passent au rouleau compresseur.

Puis il franchit la porte et appuya les mains sur le mur, laissant une trace rouge sang.

Gillian rêva qu'on sonnait à la porte. Elle était au lit, si malade qu'elle ne pouvait lever les paupières, mais la personne qui sonnait ne s'arrêtait pas. Au bout d'un temps infini, elle parvint à déplacer ses jambes sur le bord du lit. Elle dévala l'escalier et ouvrit la porte. Sur le seuil, elle trouva son père, un pistolet à la main. « Gilly », fit-il avant de lui envoyer une balle en plein cœur.

Elle se réveilla brutalement, en sueur, et repoussa sa couette. Il était encore tôt – à peine six heures et demie du matin – mais elle entendait des voix monter du rez-de-chaussée.

Quelques instants plus tard, elle descendait à la cuisine.

— Tout ce que je dis, Tom, c'est que si je vis ici, c'est qu'il y a une raison, expliquait son père.

Il parlait avec le père de Whitney. Elle jeta un coup d'œil à l'intérieur et vit Ed Abrams, et Jimmy, de l'usine pharmaceutique.

— Je ne vois pas ce qu'on peut faire contre, répondit Tom. Et je vois que vous n'avez pas invité Charlie Saxton à cette petite réunion.

— Charlie peut me rejoindre à tout moment, à condition qu'il laisse son insigne doré à la porte.

Ed secoua la tête.

— Quand même, Amos, ce n'est pas comme s'il avait fait quelque chose.

— Qui ça ? demanda Gilly, sortant de sa cachette.

Elle entra dans la cuisine et se servit une tasse de café avec l'assurance d'une maîtresse de maison, puis se glissa sous le bras de son père.

— Bonjour, papa, dit-elle en l'embrassant. Bonjour, monsieur Abrams. Bonjour, monsieur O'Neill. Bonjour, Jimmy.

Les visiteurs marmonnèrent un bonjour en détournant les yeux de son pyjama : un mini T-shirt et un caleçon court appartenant à son père. Une fine ligne de peau rose était visible entre la ceinture lâche du caleçon et le bord du T-shirt.

— Qui n'a rien fait ?

— Voilà, dit tout à coup Amos, voilà pourquoi nous devons tenter le premier pas.

Il saisit le bord du T-shirt de sa fille, le tordit dans sa main et le tira pour le baisser, faisant pointer le bout de ses seins. Gilly se raidit, prise entre l'humiliation et la conscience du pouvoir étrange que lui donnait son corps sur les hommes.

Tom O'Neill se leva.

— Je suis avec vous.

Ed Abrams opina du chef, imité par Jimmy.

Amos raccompagna ses visiteurs en leur chuchotant des paroles qu'elle n'entendit pas. Il s'était passé quelque chose, une chose qu'elle devait découvrir. Elle attendit le retour de son père.

— Papa, tu ne veux pas me raconter ce qu'il y a ?

Amos la dévisagea un moment, puis retrouva sa langue.

— Va t'habiller, se contenta-t-il de lui répondre en la prenant par la main pour l'emmener à l'étage.

Charlie sursauta en voyant la porte de son bureau s'ouvrir brutalement. Le délinquant sexuel qui s'était fait enregistrer, Jack St Bride, apparut sur le seuil, l'air furieux. À un pas derrière lui, sa secrétaire haussa les épaules.

— Désolée, patron, j'ai essayé de le faire attendre, mais…

— Je vais le prendre. Monsieur St Bride, entrez un instant.

Il lui désigna la chaise face à son bureau, d'un geste naturel, sans tenir compte de la fureur de son visiteur, tellement hors de lui qu'on voyait presque la vapeur lui sortir par les naseaux.

— Que puis-je pour vous ?

— Tout le monde est au courant, jeta St Bride d'une voix sèche.

Charlie ne feignit pas l'incompréhension.

— La liste des délinquants sexuels est publique. Si un résident vient la demander, je ne peux me soustraire à l'obligation de la lui donner.

— Combien ?

— Combien quoi ? répéta Charlie.

— Combien de personnes ont demandé à voir la liste depuis que mon nom y figure ?

— Je ne suis pas autorisé à…

— Dites-le-moi. S'il vous plaît.

Charlie fit la moue et s'abîma dans la contemplation d'une craquelure qui traversait le plafond en dessinant un paysage panoramique de pics montagneux.

— Personne, à ma connaissance.

— C'est ça. Personne n'aurait su que j'étais sur cette liste si un de vos fonctionnaires ne l'avait pas diffusée.

L'inspecteur se gratta le nez. Connard de Wes.

— Nous avons des protocoles dans nos services, et nous sommes toujours déçus d'apprendre qu'un membre de l'équipe ne les a pas suivis.

— Vous êtes déçu…

Jack baissa la tête, et, lorsqu'il la releva, il avait les yeux brillants, de rage ou de larmes, Charlie ne savait pas exactement et ne souhaitait pas le savoir.

— Cette petite déception que vous éprouvez… va foutre ma vie en l'air.

Charlie se retint de dire ce qu'il avait envie de lui répliquer : qu'il s'était chargé tout seul de foutre sa vie en l'air.

— Je suis désolé, mais il n'est pas en mon pouvoir d'empêcher les rumeurs de se répandre.

— Et qu'en est-il du vandalisme, inspecteur ? Est-ce que vous pouvez empêcher les gens de peindre de jolis petits graffitis sur la porte de Roy Peabody, avec des messages pour me demander de déguerpir ?

— Vous pouvez porter plainte mais je peux vous dire d'ores et déjà que vos chances d'aboutir sont très minces.

Charlie regarda son vis-à-vis droit dans les yeux.

— Personne, ici, ne peut vous forcer à quitter la ville. Ils peuvent dire ou faire ce qu'ils veulent, si vous avez envie de vivre ici, c'est votre droit le plus strict.

À ces mots, les épaules de St Bride se détendirent un peu.

— Malheureusement, ajouta Charlie, ils ont le droit de dire et de faire ce qu'ils veulent pour vous faire changer d'avis.

— Et s'ils me blessent... s'ils m'envoient à l'hôpital, ou pire... c'est ce qu'il vous faut pour que vous vous mettiez de mon côté ?

— Je suis du côté de la loi. S'ils en viennent à vous agresser, ils seront punis. (Le trombone que Charlie triturait dans ses mains se cassa en deux.) Mais c'est valable dans les deux sens, monsieur St Bride. Parce que je vais vous surveiller, vous aussi. Et si vous jetez ne serait-ce qu'un regard sur une adolescente de Salem Falls, vous vous retrouverez hors de la ville avant même d'avoir eu le temps de dire ouf.

St Bride parut s'effondrer de l'intérieur, comme un immeuble que Charlie avait vu un jour s'écrouler à Boston. D'abord, il ferma les yeux, puis ses épaules s'affaissèrent, puis sa tête se baissa. Il ne subsistait plus rien de celui qui s'était précipité dans son bureau, bouillant de colère. « Cet homme est un criminel », se répéta Charlie. Et pourtant, il éprouvait un sentiment étrange. Comme s'il avait en face de lui une créature à plumes, à pattes palmées et à bec, et qu'il s'entêtait à croire qu'il voyait un chien.

— C'est clair ?

Jack répondit sans ouvrir les yeux :

— Comme de l'eau de roche.

Dès que Mme Fishman eut tourné le dos, Gillian déplia le bout de papier que lui tendait Whitney.

Tituba aurait dû leur jeter un sort à tous, lut-elle. Elle cacha le billet entre les pages de son exemplaire des *Sorcières de Salem*.

— Pourquoi les filles ont-elles accusé les bonnes dames de la ville d'avoir des relations avec le diable ? demanda Mme Fishman. Gillian ?

Elle avait lu la pièce ; c'était le devoir qu'on leur avait donné à faire. Complètement débile. Une bande de puritaines qui racontaient que les bonnes femmes de la ville étaient des sorcières, juste pour qu'une de leurs copines puisse se payer un homme marié sans avoir d'emmerdements.

— D'abord, elles ne voulaient pas se faire attraper en train de pratiquer le vaudou. Alors elles ont essayé de s'en tirer en racontant un mensonge. Mais ce mensonge, finalement, il a permis de dévoiler toutes les autres vérités.

— Telles que... ?

— Que c'est Proctor et Abigaïl qui ont caché le salami ! cria le con qui était derrière elle, toute la classe éclatant alors de rire.

Mme Fishman pinça les lèvres.

— Merci, Frank, je vois que tu as tiré la quintessence du texte. (Elle se mit à arpenter les rangées.) La rumeur dit qu'Abigaïl a fini prostituée à Boston. Elizabeth Proctor s'est remariée après la pendaison de son mari. Et les sorcières New Âge, bien sûr, ne sont plus accusées de fréquenter le diable.

Gillian pencha la tête et fit retomber ses cheveux sur son visage. « T'aurais des surprises », pensa-t-elle.

Il était huit heures du matin, et Addie était déjà tellement fatiguée qu'elle avait du mal à tenir debout.

— Encore un peu de café ? demanda-t-elle en faisant voleter la cafetière comme un bourdon au-dessus de la tasse de Stuart Hollings.

— Tu sais, Addie, les toubibs disent que je devrais arrêter d'en boire parce que c'est pas bon pour mon cœur. Alors, moi je dis que si avec mes trois tasses par jour je suis en pleine forme à quatre-vingt-six balais, je vois pas pourquoi je me priverais.

Addie le servit en souriant.

— Eh bien, espérons que grâce à ça tu vivras quatre-vingt-six ans de plus.

— Ah non, tout mais pas ça ! grogna Wallace à côté de lui. J'espère qu'il cassera sa pipe avant moi, ça me fera toujours quelques années peinard.

Roy ouvrit un rouleau de pièces au-dessus du tiroir-caisse.

— Y a du peuple aujourd'hui, fit-il remarquer à Addie, qui passait pour placer de nouveaux clients.

Elle soupira.

— C'est vrai. Il y a autant de monde que l'été où on a offert un burger gratuit chaque fois que le thermomètre dépassait les trente degrés.

Elle sourit à son père, qui lui rendit son sourire, mais ils savaient tous deux ce qui avait causé ce soudain afflux de clientèle. Des gens qui n'avaient jamais mis les pieds au Resto étaient venus parce qu'il y avait du spectacle : un criminel avait eu le culot de choisir leur ville pour s'y établir, et ils mouraient d'envie de voir de leurs propres yeux à quoi ressemblait un homme aussi gonflé, ou aussi bête. La rumeur s'était répandue avec une rapidité incroyable, si vite qu'il paraissait presque impossible que la nouvelle eût pu filtrer depuis Wes jusqu'à ces hordes de clients. Mais Addie savait par expérience que c'était bel et bien possible. La rumeur courait et enflait, faisant d'un homme accusé d'agression sexuelle un violeur en série et cataloguant comme folle une mère en deuil de son enfant.

La triste vérité était là : rien de tel que les commérages pour faire marcher les affaires.

Pour l'instant, bien sûr, ils en étaient pour leurs frais. Mais, au moment où Addie se livrait à cette réflexion, la porte s'ouvrit et Jack entra. Son apparition électrifia la petite salle : les clients s'arrêtèrent, tasse en l'air, fourchette à mi-chemin de la bouche, pour dévorer des yeux l'homme qui, du jour au lendemain, était passé du statut de plongeur du Resto à celui de violeur.

— Excuse-moi, je suis en retard, murmura Jack.

Addie se planta devant lui et lui barra le chemin.

— Qu'est-ce qui s'est passé ?

— S'il te plaît, Addie, ne parlons pas de ça ici.

Elle hocha la tête et lui dit d'un ton coupant :

— D'accord. J'ai besoin de toi ici pour débarrasser.

Jack saisit à deux mains cette occasion d'échapper à l'interrogatoire.

— Je mets mon tablier.

Lorsqu'il eut disparu derrière les portes battantes, la salle se remit progressivement à bourdonner.

Jack réapparut, armé d'une poubelle de table vide. Il s'approcha d'une table où une famille – le papa, la maman et le petit garçon – venait de terminer son repas.

— Maman, chuchota l'enfant d'une voix cependant audible, c'est lui, le vilain monsieur ?

Addie, qui était à proximité, s'empressa de voler au secours de Jack :

— Je m'en occupe.

Sa voix le sortit de sa surprise. Il hocha la tête et traversa la pièce pour aller débarrasser le bar.

Stuart lui lança un clin d'œil.

— Ah, c'est parce que nous, on risque rien qu'Addie t'a envoyé par ici. Y a pas l'ombre d'un nichon en vue !

Jack rougit jusqu'à la racine des cheveux et prit les couverts sales.

— Oh, je te comprends, va ! T'as déjà regardé MTV ? Faudrait être complètement aveugle pour pas avoir les yeux qui te sortent de la tête, avec l'autre, là, la Britney Spears. Je reconnais que je dirais pas non, si elle me faisait une petite caresse, tu vois ce que je veux dire.

— Ces filles-là, renchérit Wallace, elles le cherchent bien !

Les mains de Jack se crispèrent sur sa poubelle.

— Non, elles ne le cherchent pas !

— T'as raison, rigola Stuart, quand elles voient un gars comme toi, elles le cherchent pas, elles lui demandent à genoux !

Ce fut si rapide que, plus tard, Jack ne se souvint plus du moment où il avait attrapé Stuart par la peau parcheminée de son cou et l'avait soulevé du tabouret d'une seule main. Ni du moment où Roy avait essayé de délivrer l'octogénaire de ses griffes. La curiosité de la clientèle fut satisfaite au-delà de ses espérances par ce spectacle de premier choix.

— Jack ! hurla Addie. Jack, arrête !

Il lâcha sa proie aussitôt. Stuart roula sur le côté, pris d'une quinte de toux. Brusquement calmé, Jack regarda ses mains comme s'il les découvrait pour la première fois.

— Monsieur Hollings, balbutia-t-il, excusez-moi.

— Le toubib avait presque raison, proféra Stuart d'une voix rauque. C'est pas le café qui va me tuer, c'est le gars qui lave les tasses.

Aidé de Wallace, il se remit debout.

— Oh, t'es un vrai caïd, Jack. Faut être un homme, un vrai, pour tabasser un vieux de mon âge… et pour t'envoyer une gamine.

Jack serra les poings mais ne bougea pas.

— Stuart, Wallace, intervint Addie, je suis vraiment désolée.

Elle avança d'un pas en souriant le plus aimablement possible.

— Naturellement, le petit déjeuner est pour la maison. Pour tout le monde.

Un tonnerre d'applaudissements accueillit cette bonne nouvelle et la tension disparut comme un nuage de fumée. Stuart et Wallace se rengorgèrent en savourant leur succès.

Addie se tourna vers Jack.

— Je peux te parler en privé ?

Elle l'emmena dans les toilettes des dames, joliment décorées d'un motif à fleurs et baignant dans un parfum de pot-pourri. Jack évita son regard. Il entra d'un pas traînant et attendit que l'orage se déchaîne.

— Merci, murmura Addie en lui passant les bras autour du cou.

Quelques instants plus tard, avec le goût de ses lèvres toujours sur les siennes, Jack se risqua à lui demander :

— Tu ne m'en veux pas ?

— Je reconnais que j'aurais préféré que ça ne tombe pas sur Stuart. Et j'aurais préféré que ça ne se passe pas devant tous ces gens qui ne sont venus que pour ça. Mais, tôt ou tard, ils vont se demander pourquoi un violeur a pris la défense des victimes.

Elle l'attira plus près, et le visage de Jack se retrouva enfoui au creux de son cou.

— Tu viens me voir ce soir ? chuchota-t-elle.

Et elle sentit son sourire contre sa peau.

Un autel improvisé avait été installé dans un angle de la cafétéria du lycée de Salem Falls. Il débordait d'œillets, de peluches et de cartes faites à la main qui souhaitaient à Hailey McCourt un prompt rétablissement à la suite de son opération : l'ablation d'une tumeur au cerveau.

— On m'a dit qu'elle était grosse comme un pamplemousse, dit Whitney.

Gillian avala une gorgée de thé glacé.

— C'est débile. Ça veut dire qu'elle serait sortie par le côté de sa tête.

Meg frissonna.

— Hailey était pas sympa du tout comme meuf, mais quand même, je souhaite ça à personne.

Amusée, Gillian répéta :

— Tu ne souhaites ça à personne ?

— Bien sûr que non !

— Mais, Meg, si ça lui est tombé dessus, c'est justement à cause de toi ! Tu ne trouves pas que c'est une drôle de coïncidence : on lui jette un sort, et le lendemain, pouf, elle tombe malade ?

— Doucement, Gill, t'as pas à le clamer dans tout le bahut !

Meg jeta un regard inquiet vers l'autel, où deux élèves étaient en train de déposer une énorme sucette en spirale attachée avec du ruban.

— D'ailleurs, ce n'est pas nous qui avons fait… ça. Une tumeur, ça ne vient pas du jour au lendemain.

Gilly se pencha vers elle pour lui chuchoter :

— C'est parce que ça vient de nous.

Meg devint livide.

— Nous ne devons pas causer de mal à autrui ! Gill, si on lui a fait attraper une tumeur au cerveau, qu'est-ce qui va nous arriver ?

— Peut-être qu'on devrait la guérir, suggéra Chelsea. C'est bien à ça que ça sert, les sorcières !

Gillian trempa sa cuiller dans son yaourt et la lécha délicatement.

— Les sorcières, ça sert à faire ce qu'elles ont besoin de faire.

Amos Duncan donna un coup de marteau sur le pupitre placé dans le chœur de l'église de la Congrégation. Le brouhaha qui emplissait les travées cessa instantanément et l'attention se tourna vers l'orateur aux cheveux d'argent.

— Mesdames et messieurs, merci d'être venus en ayant été prévenus si tardivement.

Il survola l'assemblée du regard. Pratiquement tous les participants étaient nés et avaient été élevés à Salem Falls comme lui. Il les connaissait tous. Beaucoup travaillaient dans son usine. Ils avaient été convoqués à cette réunion par un feuillet hâtivement photocopié et déposé dans les boîtes à lettres par de jeunes garçons dynamiques désireux de gagner quelques dollars.

Charlie Saxton se tenait tout au fond, appuyé contre le mur. Pour veiller au maintien de l'ordre, avait-il dit.

— J'ai été informé de la présence d'un étranger parmi nous, commença Amos. Un étranger qui s'est glissé en notre sein sous un prétexte fallacieux et qui attend le moment propice pour frapper...

— Nous ne voulons pas d'un violeur chez nous ! cria une voix de femme du fond de l'église, bientôt suivie d'un bourdonnement approbateur.

Amos leva les mains pour obtenir le silence.

— Mes amis, moi non plus je n'en veux pas. Vous savez tous que j'ai une petite fille. Comme beaucoup d'entre vous, d'ailleurs. Toute la question est là : lequel d'entre nous va devoir souffrir de sa présence avant qu'une action soit entreprise pour chasser cet homme ?

Tom O'Neill se leva.

— Il faut écouter Amos. Ce n'est pas comme si nous parlions sans preuve... il s'agit d'un homme qui a fait de la prison pour avoir agressé une mineure.

Charlie descendit l'allée latérale.

— Bien. Que comptez-vous faire ? demanda-t-il avec une feinte innocence. Vous comptez lui mettre une balle entre les deux yeux ? Le provoquer en duel au pistolet à l'aube ? À moins que vous n'envisagiez de faire brûler son logement quand il se trouvera à l'intérieur ?

Il s'avança jusqu'au podium et adressa un regard sévère à Amos.

— Il est de mon devoir de vous rappeler que personne n'est au-dessus des lois. Ni St Bride ni aucun d'entre vous.

— Nous avons le droit de notre côté ! cria quelqu'un.

— Il s'agit d'enfants innocents !

Une femme en tailleur jaillit de son siège.

— Mon mari et moi avons choisi Salem Falls pour y élever nos enfants. Nous sommes venus ici de Boston précisément parce qu'il n'y a pas de criminels. Pas d'insécurité. Parce que nous pouvons laisser notre porte ouverte. Quelle sorte de message envoyons-nous si nous ne sommes pas décidés à préserver cet idéal ?

— Je vous demande pardon…

Tous les yeux se tournèrent vers le côté gauche de l'église, où Jordan McAfee était assis sur un banc, l'air très décontracté.

— Je viens de m'installer ici, moi aussi, pour échapper à tout ça. J'ai un fils qui a à peu près l'âge de vos filles, celles pour qui vous vous inquiétez.

Il se leva et s'avança vers le chœur.

— Je soutiens l'initiative de M. Duncan. Parce qu'un nombre incalculable de crimes auraient pu être évités si le danger avait été tué dans l'œuf avant même d'exister.

Amos eut un sourire pincé. Il ne connaissait ce McAfee ni d'Eve ni d'Adam. Mais si ce type voulait lui apporter son soutien, il n'allait pas l'envoyer balader.

Jordan monta sur le podium et vint se placer à côté d'Amos.

— Ce qu'il faut faire, à mon avis ? Le lyncher. Au sens figuré... ou littéralement... peu importe. Qui veut la fin veut les moyens, pas vrai ?

Un murmure d'approbation roula jusqu'à lui comme une vague.

— Mais il y a quelques petites choses à faire avant, quand même. Pour être cohérents, si nous prenons l'affaire de cette façon, il vaut mieux commencer par changer nos habitudes. Par exemple, tous ceux qui ont des enfants, ça fait combien, pour voir ? (Une forêt de mains se leva.) Bon, je vous recommande de rentrer et de leur donner une bonne fessée, ou de les priver de sortie... de les punir, quoi. Pas parce qu'ils ont fait quelque chose de mal, ces pauvres enfants, pas du tout... mais qui sait s'ils ne vont pas faire des bêtises plus tard ? (Jordan eut un bon sourire.) Bon, et maintenant, Charlie, tu pourrais venir par ici et commencer à mettre quelques menottes... disons que tu en prends un sur cinq. Parce que je suis bien sûr que tôt ou tard ils auront quelque chose à se reprocher. Et peut-être que tu pourrais aussi vérifier les plaques d'immatriculation sur ton ordinateur et foutre des PV au hasard, parce qu'il y en aura bien quelques-uns qui vont commettre des excès de vitesse...

— Monsieur McAfee, l'interrompit Amos avec aigreur, je crois que vous avez dit ce que vous aviez à dire.

Jordan se tourna vers lui si vivement que son interlocuteur, quoique plus massif que lui, recula en ratant une marche.

— Je n'ai même pas commencé, mon vieux, répliqua-t-il d'une voix sèche. Vous ne pouvez pas juger quelqu'un sur des actes qu'il n'a pas commis. C'est le fondement du système juridique de ce pays. Et ce n'est pas un bled paumé du New Hampshire qui a le droit d'en décider autrement.

Une lueur mauvaise s'alluma dans les yeux d'Amos.

— Je ne vais pas rester là sans rien faire quand ma ville est en danger.

— Ce n'est pas votre ville.

Pourtant, il savait, comme tout le monde, que ce n'était pas vrai. Il s'éloigna, suivi des yeux par Duncan et Charlie Saxton, ainsi que par trois cents habitants en colère. Arrivé au fond de l'église, il s'arrêta.

— Les gens peuvent changer, dit-il. Mais seulement si on leur en donne l'occasion.

Gillian était assise dans la position du lotus sur son lit, en peignoir, les cheveux encore humides de la douche. Les yeux fixés sur son autel de fortune, elle réfléchissait à ce qu'elle avait appris ce jour-là.

Au cours de l'après-midi, la rumeur s'était répandue dans tout le lycée : le plongeur du Resto avait violé une fille dans la ville où il habitait auparavant. C'était de cela que son père parlait avec les pères de ses copines ; voilà pourquoi il lui avait dit qu'elle ne pouvait sortir de la maison après la tombée de la nuit. Gilly revit en pensée Jack St Bride, avec ses cheveux blond doré qui lui tombaient dans les yeux, et un frisson lui parcourut l'échine. Il la faisait vraiment flipper !

Ah, ils étaient marrants, tous ces braves gens qui se réfugiaient dans leurs trous comme des souris affolées ! Les cons ! Ils s'imaginaient que Jack St Bride avait apporté le mal à lui tout seul, alors que le mal était là depuis toujours. Il était peut-être l'allumette qui mettrait le feu aux poudres, mais ce n'était pas à lui qu'il fallait faire porter le chapeau. Plus que jamais, il avait besoin de… d'une amie.

Gillian ouvrit son peignoir et alluma la mèche de la bougie devant elle.

— Que ce charme agisse en mon nom ; que son instrument soit cette flamme ardente. Que soit éloigné tout mal ou toute souffrance ; écoute ces paroles et mets-les à exécution.

Elle avait chaud, maintenant, très chaud, et le feu était en elle. Elle ferma les yeux et fit remonter doucement ses mains de sa taille jusqu'à ses seins, qu'elle enserra en imaginant que c'était Jack St Bride qui la touchait, qui la réchauffait.

— Gilly ?

On frappa un coup rapide à la porte. C'était son père. Vite, elle referma son peignoir et le tint étroitement serré contre elle.

Amos s'assit au bord du lit, à quelques centimètres derrière elle. L'adolescente s'efforça de rester immobile, même lorsqu'il tendit la main pour toucher le sommet de sa tête humide, comme pour la bénir.

— Toi, avec tes bougies, tu vas finir par mettre le feu, un de ces jours, l'admonesta-t-il gentiment.

Sa main glissa jusqu'à l'épaule.

— Tu es au courant maintenant, hein ? poursuivit-il, la voix nouée par l'émotion. Tu sais, j'en mourrais s'il t'arrivait quoi que ce soit.

— Je sais, papa.

— Je vais tout faire pour te protéger.

Gilly tendit la main et entremêla ses doigts aux siens. Ils restèrent ainsi pendant quelques instants, fascinés tous deux par la flamme dansante de la bougie. Puis Amos se leva.

— Bon, eh bien, bonne nuit.

— Bonne nuit, souffla-t-elle.

La porte se referma derrière lui avec un léger claquement. Gilly se replongea dans son monde intérieur et se laissa mentalement consumer par le feu. Puis elle entreprit d'inspecter ses pieds. Les entailles qu'elle s'était faites la semaine précédente sur les voûtes plantaires étaient toujours visibles. C'étaient de fines spirales pareilles à des ouïes de violon. Elle sortit un canif de la poche de son peignoir, et le passa sur l'une des cicatrices. La plaie se rouvrit et du sang jaillit. Gilly poussa un son étouffé. De douleur, et aussi de jouissance morbide.

Maintenant, elle devait rester cloîtrée chez elle, sous peine de souffrir le martyre à chaque pas. Mais… et si elle se traçait une cicatrice bien visible par tout le monde, comment le vivrait-elle ?…

Une image vint éclairer l'écran de l'auditorium du lycée, celle d'une saine adolescente typiquement américaine, blonde, se promenant main dans la main avec un garçon non moins blond, propre sur lui et typiquement américain. APPROPRIÉ. Ce mot s'étalait en lettres rouges sur leurs jambes. Le projecteur cliqua et la même fille apparut. Cette fois-ci, cependant, un homme plus âgé, brun et crasseux, était à ses côtés, une main posée sur son postérieur. INAPPROPRIÉ.

Thomas était en train de faire son devoir d'algèbre. Il leva la tête. Il n'avait que faire du prêchi-prêcha de M. Wood, et il n'était pas le seul dans son cas, à en juger par l'attitude de ses quatre cents condisciples. Ceux des premiers rangs faisaient un concours de boules de papier en essayant d'atteindre les chaussures du conférencier. La pom-pom girl assise devant Thomas était occupée à se faire des nattes. Des ploucs à face blafarde et aux cheveux teints en noir étaient affalés au fond de la salle avec leurs copines.

Il n'aurait pas fait son devoir de maths si le destin ne l'avait placé à côté de Chelsea. La présence de la fille qui alimentait ses rêves, ajoutée au sermon de M. Wood (« Êtes-vous vraiment obligés de rigoler dès que vous entendez le mot *seins* ? »), lui avait provoqué une érection du plus mauvais effet. Et plus il craignait que Chelsea ne s'en aperçoive, plus son trouble allait croissant, de même que la déformation de son pantalon. Il en fut donc réduit à ouvrir un livre pour cacher la matérialisation désastreuse des pensées qui le hantaient, et surtout celle-ci : s'il se penchait un tout petit peu vers la gauche, il aurait une chance de vérifier si elle était aussi douce qu'elle en avait l'air.

— J'ai jamais pigé ça quand j'étais en seconde, lui dit Chelsea en pointant le doigt sur le texte posé sur ses genoux.

« Putain ! S'il n'y avait pas eu le livre, elle m'aurait carrément mis la main dessus ! » s'affola-t-il.

— Avec les *x* et les *y* et toutes ces conneries, chuchota Chelsea, j'ai toujours obtenu le résultat inverse !

— C'est pas si dur que ça. Il suffit de réussir à mettre le *x* tout seul de l'autre côté du signe =.

— Je suis larguée. D'abord, qu'est-ce que c'est, un *y* négatif ?

Thomas rit.

— Un pourquoi pas ! expliqua-t-il.

Chelsea lui sourit. Sur l'écran, c'était toujours le même obsédé. Cette fois-ci, il était en train de foutre une tarte à la fille. INAPPROPRIÉ.

— Il nous prend pour des débiles, ou quoi ? chuchota Chelsea.

— Euh... oui.

— Il paraît qu'il vivait en communauté dans le Vermont. Et qu'il se tapait des brebis.

Thomas regarda l'accoutrement du conférencier, qui portait un poncho mexicain et arborait une queue de cheval grise.

— Ah bon ? Génial, il va pouvoir nous dire l'effet que ça fait quand on est agressé par-derrière !

Chelsea gloussa. La nouvelle diapo s'enclencha sur la fille et le blondinet qui lui posait tendrement un bras sur l'épaule. Mais Thomas avait la nette impression que les doigts du chevalier servant étaient sur le point d'entamer une exploration de terrain.

— Question difficile… murmura-t-il.

— Regarde sa tête à elle : elle en meurt d'envie.

— Approprié ! annonça M. Wood.

Thomas secoua la tête.

— C'est pas ce que j'aurais dit…

— J'ai l'impression que t'es pas encore au point. Tu as besoin de quelques leçons particulières.

— Avec Wood ? Merci beaucoup.

— Avec moi, dit Chelsea.

Thomas en eut le souffle coupé. Elle passa le bras pardessus le livre d'algèbre et lui tâta les côtes. Elle voulait vérifier s'il était vraiment maigre, ou quoi ? Ou alors, c'était pour se payer sa tête ? Elle lui pinça la main sans ménagement.

— Aïe ! cria-t-il.

Plusieurs têtes se tournèrent vers eux. Mais Chelsea fixait l'écran, les bras sagement croisés.

— Inapproprié ! articula-t-elle silencieusement.

Thomas se frotta la main. Merde, elle lui avait sûrement fait un bleu ! Soudain, les doigts de Chelsea cherchèrent les siens et leurs mains se joignirent. Thomas les regarda, le souffle coupé à la vue de cette menotte blottie dans sa main rougie.

Avec appréhension, il chercha son regard. Elle allait sûrement éclater de rire, se foutre de lui. Mais non, elle était très sérieuse, et ses joues étaient rouge pivoine.

— Approprié.

Il avala sa salive.

— C'est vrai ?

Chelsa hocha la tête sans retirer sa main.

Thomas se dit que la pièce allait s'écrouler sur lui d'un instant à l'autre, ou alors que son réveil allait se mettre à sonner. Mais il sentait toujours la main de Chelsea dans la sienne, c'était donc bien réel, aussi réel que les battements accélérés de son cœur.

— Je crois que j'ai compris, maintenant, murmura-t-il.

Chelsea sourit. Une fossette se creusa dans sa joue, comme une invitation.

— Il est grand temps.

— Si je connais la projection astrale ? répéta Starshine en faisant tinter ses boucles d'oreilles en argent. Oui. Tu veux que je te l'enseigne ? Sûrement pas.

— Je peux le faire, insista Gilly. Je sais que je peux.

Starshine était installée dans un rocking-chair et caressait le chat pelotonné sur ses genoux.

— Je n'ai jamais dit que tu ne pouvais pas, répondit-elle. Mais si tu cherches une vision psychique, tu peux obtenir le même effet par la transe. Et si tu cherches un truc pour te défoncer, va voir le dealer du coin.

Gillian ne pouvait révéler à Starshine que ce qu'elle voulait, c'était s'envoler, s'échapper de son corps et vivre dans sa tête. Son destin n'était pas de croupir dans cette petite ville insignifiante, elle le savait. Et elle ne pouvait même pas espérer partir pour l'université, au loin, car son père ne le lui permettrait pas. Ce qui signifiait qu'elle devait prendre les choses en main. Mais aucun des ouvrages proposés aux Livres de la Wicca ne contenait les vieilles recettes d'onguents qui permettaient de s'envoler, l'huile essentielle qui produisait des effets psychédéliques si stupéfiants que les sorcières du Moyen Âge qui se les appliquaient sur le front croyaient s'élever dans les airs. Les nouvelles recettes étaient plus anodines, plus politiquement correctes : un mélange de suie et de benjoin, ce genre de trucs. En d'autres termes, c'était un pauvre substitut.

Starshine regarda l'expression têtue de l'adolescente et soupira.

— Plus personne ne fait d'onguents de projection astrale. Dans la recette, il y avait de la graisse de nouveau-né non baptisé, tu imagines ? Tu ne pourras pas te procurer ça au supermarché !

Gilly releva son menton.

— Ce n'était pas l'ingrédient principal.

— Ah… j'oubliais à qui je parlais… à l'héritière des Produits pharmaceutiques Duncan. Non, tu as raison. Je crois que l'effet était produit avec du haschisch et de la belladone. Et ça, je n'en vends pas, parce que le premier pourrait t'envoyer en taule et le deuxième dans le coma. C'est très dangereux, tu comprends.

La jeune fille la regarda d'un air si déconfit que son interlocutrice lui prit la main.

— Et pourquoi ne fêterais-tu pas Beltane, à la place ? proposa Sarshine. C'est bientôt, et c'est une merveilleuse occasion. Le sabbat de la fertilité et de l'amour, le réveil de la terre. (Elle ferma les yeux et respira à fond.) Tu ne peux pas savoir comme c'est grisant de sauter nu par-dessus un feu de joie.

— Oui, j'imagine que ça doit être génial.

— Il y a aussi la cérémonie des mains unies, qui est fantastique. Cette année-là, quand j'ai célébré Beltane, je n'étais pas beaucoup plus âgée que toi.

— Les mains unies ?

— Un mariage à l'essai. Pour un an et un jour. Une période de probation, si tu veux, avant l'engagement final.

— Et qu'est-ce qui s'est passé après ?

— Au bout d'un an, j'ai choisi de suivre un chemin séparé. Mais ce Beltane… oh !… Nous avons dansé pieds nus avec ma bande de sorcières et nous avons fait l'arbre de mai, et ensuite, nous avons célébré tous les deux le Grand Rite, comme le dieu et la déesse, sur place, dans le pré.

Gilly écarquilla les yeux.

— Quoi ? Vous avez fait l'amour devant tout le monde ?

— Oui, je m'en souviens encore. À Beltane, la première chose qui s'en va, ce sont les inhibitions.

Elle se promenait à travers la petite boutique en attrapant çà et là quelques herbes et fleurs séchées sur les étagères.

— Tiens, voilà. Tu prendras de la primevère, de l'herbe de Saint-Jean, du coucou et du romarin, et tu mettras un peu de jaspe sanguin sur ton autel. Courage, Gillian. Beltane est là pour emplir ton âme et te donner le courage de faire ce dont tu ne serais pas capable autrement.

L'adolescente prit les ingrédients des mains de Starshine. Courage. Si elle devait renoncer à s'envoler, peut-être tenait-elle au moins un substitut.

— Bravo, opina Delilah en secouant la tête. Pour une première, c'est une réussite.

Jack eut une grimace et essaya de nettoyer le gros de la sauce tomate qu'il avait renversée sur ses vêtements. D'accord, il n'avait pas été bien inspiré en laissant la marmite sur le bord de la table pendant qu'il dégageait de la place sur la cuisinière pour la faire chauffer. C'était la première fois que Delilah le mettait aux fourneaux.

— Nous n'avons plus de tomates, annonça cette dernière tout en lui tendant un chiffon propre.

— Heureusement que tu m'as pour aller t'en chercher ! répondit-il du tac au tac.

La porte battante s'ouvrit sur Addie.

— Qu'est-ce qui t'est arrivé ? s'enquit-elle en voyant les dégâts.

— Il a pris une casserole de sauce du mauvais côté. Je l'envoie acheter des tomates, répondit la cuisinière.

— Tu ferais bien de te changer avant. Les gens vont croire qu'on t'a tiré dessus à coups de revolver.

Sans répondre, Jack monta dans sa chambre. Au moment où il se baissait pour saisir une chemise propre dans le tiroir du bas de la commode, la fenêtre explosa juste au-dessus de sa tête.

Il se jeta à terre et sentit des morceaux de verre lui déchirer les mains. Le cœur battant, il se leva avec précaution et risqua un coup d'œil par la vitre brisée.

Ce fut tout d'abord la fumée qui attira son attention. Une brique enveloppée dans un journal enflammé avait atterri sur le tapis, qui avait aussitôt pris feu.

« Au feu ! » voulut-il crier, sans parvenir à émettre un son audible.

Il releva alors la tête et hurla :

— Au feu !

Addie fut la première à arriver. Munie de l'extincteur qu'elle avait décroché à la cuisine, elle répandit la mousse sur les flammes. Jack reprenait à peine ses esprits lorsque Roy et Delilah vinrent les rejoindre.

— Mais qu'est-ce que tu as foutu ? brailla Roy.

Addie plongea au milieu de la mousse et attrapa la grosse brique toujours entourée de ficelle et de résidus de papier.

— Voilà ce qu'on lui a envoyé.

— Il faut appeler Charlie Saxton, dit Delilah.

— Non, émit Jack d'une voix sourde. Et si je n'avais pas été dans la pièce ? Et si nous avions tous été en bas, et si toute la maison avait pris feu ?

Il commença à rassembler ses vêtements : quelques jeans, quelques sous-vêtements, ses T-shirts.

— Qu'est-ce que tu fais ? demanda Addie.

— Je déménage. Je ne reste pas ici, c'est trop dangereux.

— Et tu vas où ?

— Je ne sais pas encore.

Addie s'avança et regarda la modeste garde-robe de l'homme qu'elle aimait. En pensée, elle ouvrit sa propre armoire, dans sa chambre, et rangea ses affaires auprès de ses vêtements.

— Viens vivre avec moi, proposa-t-elle.

Leurs yeux se rencontrèrent et leurs regards s'accrochèrent comme s'ils étaient seuls dans la pièce.

— Je ne veux pas te mettre en danger non plus, Addie.

— Personne ne le saura. Les gens sont loin d'imaginer que je pourrais avoir un… un…

L'un des coins de la bouche de Jack se leva :

— Un amant ?

— Ben merde alors ! souffla Delilah.

Ils se tournèrent vers elle, soudain conscients de la présence de deux autres personnes.

— Si jamais tu dis un seul mot, la menaça Addie, je…

Delilah fit le geste de verrouiller sa bouche et de jeter la clé, puis reconduisit Roy au rez-de-chaussée. Jack se rapprocha d'Addie, une poignée de chaussettes à la main.

— Nous ne sommes pas obligés de… enfin… Je pourrais coucher sur le canapé, proposa-t-il.

— Je sais.

— Tu fais ça pour sauver ton père ? Ou moi ?

Elle lui répondit, en berçant l'extincteur vide dans ses bras, comme un bébé :

— Je le fais pour me sauver moi-même.

Gilly était âgée de cinq ans lorsqu'elle vit fabriquer un médicament pour la première fois. C'était de l'aspirine, obtenue, et c'était très étonnant, à partir d'un arbre. « C'est de l'acide salicylique, lui avait expliqué son père. Un acide qui vient de l'écorce de saule. C'est pour ça que les Indiens fabriquaient de la tisane d'écorce de saule pour faire baisser la fièvre. » Maintenant, c'était le laboratoire pharmaceutique qui représentait le plus gros de l'entreprise Duncan. On y comptait un nombre impressionnant de biologistes chargés de créer des médicaments à partir de composants synthétiques. Gillian n'était pas toujours très rassurée lorsqu'elle traversait le labo, avec ses odeurs, avec les rats et les lapins déformés par les tumeurs qui leur poussaient partout, ou exhibant leur peau mise à nu par les médicaments qu'on leur avait injectés... Mais Gilly savait que c'était l'endroit où son père passait le plus clair de son temps.

— Papa ? fit-elle en passant la tête dans la zone réservée.

Elle avait enfilé une blouse blanche ainsi que des lunettes protectrices et des gants de plastique, tenue exigée pour y pénétrer. C'était calme, ce jour-là. Seuls s'y trouvaient quelques thésards. Ils levèrent la tête en la voyant entrer, sans manifester de surprise car la plupart la connaissaient de vue.

Elle trouva son père, ainsi que la majorité des autres chercheurs, au fond du labo, près des animaux. Il tenait une bassine remplie de ce qui ressemblait à des carottes blanches poilues. De même que ses compagnons, il paraissait retenir son souffle et gardait les yeux rivés sur le chromatographe et le tube capillaire qui contenait la substance testée. Le rayon de lumière envoyé par le spectrophotomètre de masse alla frapper le gaz contenu dans le tube. Le technicien réceptionna la feuille crachée par l'imprimante, un graphique rempli de pics et de creux qui mesurait ce qui flottait à l'intérieur du fil de verre. Il la tendit au père de Gilly, qui la compara pendant de longs instants à un graphique de référence.

— Mesdames et messieurs, annonça triomphalement Amos, voici de l'atropine naturelle !

Les applaudissements crépitèrent, et Amos tapa sur l'épaule de son technicien.

— C'est du bon boulot, Arthur. Vois si tu peux isoler un centième de gramme sur le disque de gélatine.

Pendant que le groupe se séparait, il se dirigea vers sa fille.

— Que me vaut la surprise de ta visite ?

— Je passais, c'est tout, répondit Gilly d'un ton absent. Vous avez fabriqué un nouveau médicament ?

— Non. C'est un médicament très, très ancien, expliqua son père en la raccompagnant dans le couloir. Nous essayons de pénétrer le marché homéopathique, en retournant vers la nature pour retrouver les sources que nous avons reproduites chimiquement. L'atropine est incroyablement bon marché. Tu as vu cette toute petite quantité de gaz ? Eh bien, c'est suffisant pour obtenir dix mille doses de médicament.

Gilly ne l'écoutait plus. Si son père était passionné par son boulot, elle, elle n'en avait rien à faire.

Ils étaient arrivés à son bureau. Elle s'affala sur le canapé blanc, contre le mur du fond.

— Tu as entendu parler de l'incendie au Wagon-Resto ?

— Non, répondit-il en s'asseyant. Qu'est-ce qui s'est passé ?

— Il a pris en haut, dans l'appartement de Roy Peabody. La mère de Meg était en train de déjeuner là-bas quand c'est arrivé.

— Il y a eu des blessés ?

— Pas que je sache, répondit Gilly en prenant un bonbon à la menthe. Mais il paraît que ce n'est pas un accident.

— Je ne sais pas si Addie sera bien remboursée par son assurance, même si elle a incendié toute la maison.

— Non, ce n'est pas elle qui est responsable. Apparemment, c'est quelqu'un d'autre qui a mis le feu. À titre d'avertissement.

Elle regarda fixement son père comme si elle attendait qu'il se confie à elle.

— Gilly, protesta-t-il, choqué, tu ne me crois quand même pas capable de faire ça ?

L'étau qui enserrait la poitrine de l'adolescente se desserra.

— Non. Mais je me demandais si, par hasard, tu connaîtrais quelqu'un qui en serait capable.

— Oh, il y a une bonne centaine de gens qui pourraient l'avoir fait.

— C'est épouvantable ! s'écria-t-elle. Il aurait pu être blessé !

— Plutôt lui que l'une de vous.

On frappa à la porte.

— Monsieur Duncan, demanda la secrétaire, combien de belladone faut-il commander ?

Gilly sursauta et ne put s'empêcher de s'écrier :

— De la belladone ?

— On va commencer par sept cent cinquante plantes, répondit Amos à sa secrétaire.

Lorsque celle-ci fut sortie, il confirma à sa fille :

— Oui, de la belladone.

— Comment se fait-il que vous en ayez besoin ?

— C'est la plante dont on extrait l'atropine. Pourquoi ?

Gilly croyait au destin. C'était le destin qui l'avait poussée à rendre visite à son père le jour où il travaillait avec la belladone, la plante que Sarshine avait mentionnée la veille, lors de leur discussion sur les onguents qui permettaient de s'envoler. Le haschisch et la belladone. Le haschisch, elle pourrait s'en procurer facilement au lycée auprès de n'importe quel plouc. Mais, même si elle s'en passait, peut-être la belladone avait-elle suffisamment de pouvoir pour agir seule. Peut-être pourrait-elle se faire son petit mélange personnel sans rien dire à personne. Et Beltane, c'était le moment idéal pour se payer un trip.

« Courage », se répéta-t-elle.

— Rien, mentit-elle. C'est le nom d'un groupe débile. (Elle se pencha pour embrasser son père.) À plus.

— Tu rentres à la maison, exigea-t-il. Je ne veux pas que tu te promènes dans les rues toute seule.

— Écoute, ce n'est pas Jack l'Éventreur !

— Gilly !

— Oh là là ! marmonna-t-elle, déjà à moitié dehors.

Au lieu de prendre à gauche, vers la sortie, elle retourna au labo. Arthur, le technicien, était en train d'écraser les espèces de carottes blanches qu'elle avait vues… La belladone.

— Mademoiselle Duncan, dit-il sans lever les yeux, que puis-je faire pour vous ?

— Hum… mon père m'a demandé de lui rapporter un échantillon d'atropine à son bureau.

— Pour quoi faire ?

Gilly pâlit. Elle n'avait pas prévu cette question.

— Je ne sais pas, il me l'a demandé, c'est tout.

— Combien ?

Elle montra une petite quantité de produit au fond d'une pipette.

— Il ne me l'a pas dit. Je pense que ça suffira.

Le responsable lui tendit le tube.

— Gardez vos gants. Il ne faut pas toucher ça à mains nues.

— Merci.

Elle enfouit la pipette dans la poche de sa parka, en serrant son trésor dans sa main. Elle rentra tout droit à la maison, comme son père le lui avait demandé.

— Voilà la salle de bains, annonça Addie en rougissant légèrement.

Jack sourit.

— Ce n'est pas la peine de me faire faire la visite guidée.

Il y avait longtemps que la jeune femme n'avait partagé son domaine. À cela s'ajoutait l'intimité forcée dans une relation de fraîche date, flambant neuve, pour ainsi dire… Jack ne put s'empêcher de se demander s'il ne commettait pas une erreur monumentale.

— Et ici, ajouta Addie, la main sur une poignée de porte, c'est la chambre de Chloé.

C'était la seule pièce de la maison qu'il n'avait pas vue. Et c'était aussi la seule pièce en désordre. Des jouets jonchaient le sol, des vêtements pendaient sur le dossier d'une chaise. Un poster représentant un groupe qui n'avait pas enregistré de disque depuis au moins dix ans était scotché au mur, et l'un des angles était décollé. Une ribambelle d'ours en peluche, certains borgnes, alignés sur une étagère, abandonnés. Le lit, recouvert de volants roses, n'était pas fait, comme si Addie y dormait de temps en temps… une pensée qui serrait le cœur, mais moins que l'idée que, depuis le jour fatal, Addie avait tout simplement laissé la chambre en l'état et l'avait considérée comme un lieu de pèlerinage.

Ce n'était qu'un lit, après tout, et les draps, cela se changeait. Les jouets pouvaient être mis ailleurs.

— Je pourrais m'installer ici, proposa Jack. Cela te permettrait de garder ton intimité.

— Non. Je ne veux pas.

Debout près de la chaise, elle caressait le tissu d'une toute petite chemise blanche.

— Addie…

— Je ne veux pas, répéta-t-elle. Ce n'est pas possible.

— Très bien, répondit-il, comprenant qu'il s'agissait d'une ligne qu'il ne pouvait franchir.

Il la suivit et ferma la porte d'un geste rapide comme s'il refermait la boîte de Pandore. Qu'avait-il relâché en brisant le sceau qui fermait la porte ? Et quel était l'espoir qui se trouvait toujours pris à l'intérieur ?

L'odeur de fumée était toujours forte dans la salle de restaurant, mais Selena n'en avait cure.

— Ça sent comme un barbecue, dit-elle en voyant Jordan froncer le nez en s'introduisant dans le box.

— Ouais, sauf qu'on dirait que c'est la baraque qui est en train de griller…

Addie s'approcha de leur table, munie de deux tasses et d'une cafetière.

— De la crème et du sucre, c'est ça ?

Selena sourit.

— Pourrais-je aussi avoir de l'eau chaude et du citron ?

Addie hocha la tête et se dirigea vers le bar.

— C'est dégoûtant de te voir boire ça, commenta Jordan. C'est ce que les gens utilisent pour faire leur vaisselle.

— C'est très bien, comme ça mes intérieurs sont propres ! répliqua-t-elle du tac au tac.

— J'ai eu une cliente qui buvait de l'eau chaude, intervint la jeune femme derrière le bar. Elle a vécu jusqu'à cent six ans.

— J'y crois pas ! s'écria Jordan.

— Si, si, c'est vrai.

— Et elle est morte de quoi ? s'enquit Selena.

— Eh bien, un jour, elle a été servie par quelqu'un qui lui a donné du café au lieu de lui donner de l'eau ! plaisanta Addie en apportant la boisson de Selena. Je reviens prendre votre commande dans un instant.

Selena la regarda s'éloigner.

— Elle a l'air très gentille.

— Oui, elle est bonne comme le pain, confirma Jordan en sortant son journal. Elle ne mérite pas toutes les saloperies qu'on lui fait.

— Par exemple ?

— L'incendie, pardi. Et toutes les agressions contre le type qui travaille à la cuisine.

Jordan leva le journal pour lire les gros titres. Selena abaissa le bord de la page du bout d'une fourchette.

— Coucou ! fit-elle. Tu me remets ? Je suis la fille qui partage ton petit déjeuner.

— Lâche-moi un peu, tu veux ?

— Ne me tente pas. C'est quoi, l'histoire avec le mec qui travaille ici ?

Jordan lui passa le journal, ouvert à la page du courrier. Pas moins de six lettres fustigeaient « le climat malsain » qui s'était installé dans la ville depuis peu et réclamaient l'expulsion de Jack St Bride.

— Qu'est-ce qu'il a fait ?

— Il a violé une jeune fille.

Selena émit un petit sifflement.

— C'est vrai qu'on ne peut pas jeter la pierre à une communauté qui veut se protéger. À mon avis, c'est dans ce but qu'on a voté la loi Megan.

— Oui, mais en même temps, elle est préjudiciable à la personne qui doit se faire enregistrer. Si une communauté entière juge quelqu'un d'après ses condamnations passées, comment veux-tu qu'on en fasse abstraction et qu'on accepte sa présence ?

Selena leva les yeux au ciel.

— Tu sais très bien que les délinquants sexuels sont des récidivistes. Tu peux me dire comment tu réagirais si sa prochaine cible était... voyons... un garçon de quinze ans, par exemple ?

— Les récidivistes, c'est bon pour les affaires ! répliqua Jordan en reprenant la lecture de son journal.

Selena en resta bouche bée.

— Alors ça, c'est bien la remarque la plus inhumaine que j'aie jamais entendue sortir de ta bouche, McAfee, et Dieu sait que j'en ai entendu !

— Ma chère, les avocats ne sont pas censés être humains.

Selena ne mordit pas à l'appât. Elle était bien placée pour savoir que Jordan était humain, trop humain, car elle était celle qui l'avait fait souffrir comme un damné.

— Allez, viens, la pressa Gilly. Qu'est-ce qu'il va nous faire, d'après toi ? Nous agresser au bar ?

Meg plissa les yeux pour regarder l'enseigne au néon qui brillait au-dessus de leurs têtes. La lettre *R* n'avait jamais été aussi brillante que les autres.

— Mon père va me tuer, objecta-t-elle.

— Il en saura rien, ton père ! Allez, amène-toi, Meggie ! T'es quoi, comme meuf ? T'es style je me planque derrière les autres quand ça chauffe, ou t'es style j'y vais quand ça bouge ?

— Ça dépend si j'ai une chance de m'en tirer ou pas.

— Écoute, s'il te fait du mal, je te protège avec mon propre corps !

Meg secoua la tête.

— J'ai même pas envie qu'il me voie !

— Putain, on en a rien à foutre de lui ! J'ai soif, c'est tout. Si ça se trouve, il ne sortira même pas de sa cuisine. On se fait servir nos milk-shakes par l'autre cinglée et on se casse.

Meg recula lentement.

— Non, Gill. Mon père me l'a interdit.

Gillian serra les poings sur ses hanches et cria à sa copine qui s'éloignait :

— Le mien aussi ! Vas-y, tire-toi !

Elle poussa la porte du restaurant. Il était vide, à l'exception d'un vieux bonhomme plongé dans ses mots croisés, à la caisse. Elle s'assit et tambourina nerveusement sur la table.

Quelques secondes après, Addie apparut.

— Vous désirez ?

Gilly lui jeta un regard dédaigneux. Comment pouvait-on vivre une vie aussi étriquée ? Naître, grandir et mourir dans un trou perdu ! Clairement, cette femme n'était pas une gagneuse.

— Un milk-shake, répondit-elle.

Au même moment, au fond du couloir, elle aperçut Jack qui sortait des toilettes avec un grand sac-poubelle. Il ne la remarqua pas.

— Finalement, non, je veux rien, murmura-t-elle en se levant pour sortir.

La lumière était aveuglante. Elle trébucha. Puis elle contourna la maison. Jack se rendait au local des poubelles. Elle entendit un cliquetis métallique et un bruit de plastique.

Gilly se mordilla la lèvre inférieure pour la faire rougir un peu. Puis elle déboutonna sa veste et tira sur la fermeture Éclair de son sweat-shirt de façon à dévoiler la naissance de ses seins. Elle marcha jusqu'à la porte et attendit que Jack remarque sa présence.

Au bout d'un moment, il l'aperçut et détourna le regard.

— Bonjour, l'apostropha-t-elle, qu'est-ce que vous faites ?

— Je fais du ski dans les Alpes. Ça ne se voit pas ?

Elle regarda jouer les muscles de ses bras lorsqu'il souleva un sac pour le jeter dans la poubelle. Elle l'imagina la saisissant par les poignets et lui sautant dessus. Elle se demanda si la fille qu'il avait violée avait aimé, même un tout petit peu.

— Allez donc manger en salle, dit Jack, c'est meilleur qu'ici.

— Je n'ai pas faim.

Putain ! Ses yeux étaient d'un bleu incroyable ! Profond et doux, comme l'intérieur d'un feu. Il devrait y avoir un mot pour cette couleur... bleu jackoise, peut-être... ou...

— Pourquoi êtes-vous venue, alors ?

Gilly baissa les cils.

— Pour skier, bien sûr.

Il secoua la tête, comme s'il ne comprenait pas comment elle pouvait être là, devant lui. Cela ne fit que renforcer sa détermination.

— Je suis sûr que vous étiez le genre d'enfant à embêter les crabes, sur la plage, pour les faire bouger, dit Jack d'un air songeur, même si vous saviez qu'ils pouvaient vous pincer.

— Qu'est-ce que ça veut dire ?

— Ça veut dire : allez vous faire cuire un œuf, répondit-il d'un ton ferme.

Ses yeux s'assombrirent, pris entre les larmes et la colère. Jack voulut partir, mais Gillian bloquait la sortie. Pendant un moment pénible, ils dansèrent l'un autour de l'autre. Jack refusait de la frôler, et Gillian refusait de le laisser passer.

— Gillian !

Le son de cette voix les fit sursauter. Wes Courtemanche apparut à l'angle, vêtu de son uniforme.

— J'ai comme l'impression que ton père ne serait pas ravi de te savoir là, dit-il.

— J'ai comme l'impression que vous n'êtes pas mon père, répliqua Gillian d'un ton de défi.

Mais elle recula pour laisser la voie libre à Jack.

— Tu rentres chez toi, maintenant ! lui intima Wes.

— Je n'ai pas peur de vous. Je n'ai peur de personne!

Comme pour le prouver, elle pivota sur ses talons, frôlant Jack. En passant, elle lui envoya un baiser, d'un geste destiné à lui seul, qui pouvait être interprété comme une promesse, ou une menace.

Sept heures quarante. Il lui restait vingt minutes avant de pouvoir rentrer chez lui. D'ordinaire, à cette heure du soir, les élèves du lycée traînaient par petits groupes derrière le bureau de poste ou paressaient dans leurs voitures sur le parking, mais, ces jours-ci, la rue principale était déserte, comme si les jeunes pensaient que plus ils évitaient les parages du Wagon-Resto, moins ils avaient de risques d'être la proie du délinquant sexuel.

Au bruit de pas qui se rapprochait de lui, Wes tourna la tête, la main posée sur son ceinturon. Il vit arriver un jogger dont la présence était signalée par des bandes réfléchissantes sur le haut de ses chaussettes.

— Salut, Wes, dit Amos Duncan en ralentissant devant le policier, quelle belle soirée!

— Une belle soirée pour quoi?

— Pour courir, bien sûr, fit Amos en essuyant avec le revers de sa manche la sueur qui dégoulinait sur sa figure. Mais il n'y a pas un chat dans les rues, on dirait le couvre-feu.

Wes opina du chef.

— Oui, c'est mort, pour sept heures et demie du soir.

— Peut-être que les gens mangent plus tard, émit l'industriel, même s'ils savaient tous deux que la raison n'était pas là. Bon, je rentre. Gilly doit m'attendre.

— Vous feriez bien de la surveiller de près.

Amos fronça les sourcils.

— Qu'est-ce que ça veut dire ?

— Je l'ai vue cet après-midi au Resto. Elle parlait à St Bride.

— Elle lui parlait ?

— Oui, pas plus.

Amos serra les mâchoires.

— C'est lui qui a engagé la conversation ?

— Je ne saurais le dire, Amos.

Il choisissait ses mots avec soin, car il savait que s'il s'aliénait Duncan il aurait les pires ennuis et tomberait en disgrâce auprès de ses collègues pour des mois.

— J'ai simplement eu l'impression que Gilly... euh... qu'elle ne se rendait pas réellement compte à quel point ce type est dangereux.

— Je vais lui parler, dit Amos.

Mais son esprit était ailleurs. Il se demandait comment quelqu'un pouvait avoir le front de venir s'installer dans une ville où sa présence n'était pas souhaitée et agir comme s'il en avait le droit. Il se demandait combien de conversations innocentes il fallait avant qu'une jeune fille vous suive chez vous, docile comme un toutou. Il vit St Bride en train d'appeler sa fille par son prénom. Il imagina Gilly en train de se retourner, le sourire aux lèvres, son sourire habituel.

Il s'efforça d'en revenir à Wes.

— Vous avez bientôt terminé ?

— Dans un petit quart d'heure.

— Bien, bien, dit-il en hochant la tête. Merci pour le tuyau.

— C'est rien. Juste une question de sécurité.

Amos leva la main pour le saluer et poursuivit son chemin. Wes retourna vers l'espace vert. Il ne remarqua pas qu'Amos, au lieu de s'engager dans la rue qui menait chez lui, courait dans la direction opposée.

Tom O'Neill ouvrit la porte et eut la surprise de découvrir un Amos Duncan haletant sur le seuil.

— Ça va, Amos ?

— Excuse-moi si je vous dérange.

Tom jeta un coup d'œil à l'intérieur, où sa famille rassemblée était en train de dîner.

— Non, pas de problème, dit-il en sortant sur la véranda. Qu'est-ce qui se passe ?

Son visiteur se contenta de le regarder droit dans les yeux.

— Voilà, je t'explique…

30 avril 2000,
Salem Falls,
New Hampshire

Addie se pencha en avant et déposa un baiser sur la nuque de Jack pour essayer de le détourner de l'écran de la télévision. « Ce thé de Formose est plus connu que les variétés d'Amoy, de Foochow et de Canton. »

— L'oolong, dit Jack, qui ne quittait pas l'écran des yeux, pelotonné sur lui-même.

Addie lui lécha doucement le lobe de l'oreille.

— Arrête, arrête ! Je suis en train de gagner ! protesta-t-il.

— Tu pourrais être en train de *me* gagner !

Dans la journée, Jack ne cessait de capter son regard à travers la salle, d'un œil si brûlant qu'elle en trébuchait. Ou alors il s'arrangeait pour la croiser de si près que leurs corps se frôlaient. Mais elle savait que, lorsque c'était l'heure de *Jeopardy*, il était inutile d'espérer lui faire lever les yeux, même en le poussant dans ses retranchements, même en paradant entièrement nue devant lui... Jack était accro à *Jeopardy* ! En trois ans, il n'avait raté qu'une seule émission ; c'était le jour où on l'avait emmené en prison.

Il était enchanté : ils avaient pris leur après-midi pour déménager ses affaires et, ce soir, il allait pouvoir bénéficier des émissions de dix-neuf heures et de vingt-trois heures. Mais Addie, elle, avait d'autres projets.

Elle entreprit de déboutonner sa chemise et, comme prévu, Jack la repoussa doucement :

— Tu ne perds rien pour attendre ! Tu vas voir ce qui va t'arriver pendant la pub !

— Ouh là ! Tu me fais peur !

« Déméter envoya la famine sur la Terre après que cette fille eut été enlevée et conduite aux Enfers. »

— Je parie que tu sais, dit Jack.

Pour toute réponse, elle se contenta de poser la main sur une partie sensible de son anatomie. Il sursauta.

— Addie ! s'écria-t-il, malgré la réaction immédiate qui s'était produite indépendamment de sa volonté.

— Perséphone ? demanda le candidat, sur l'écran.

— Ah, ah ! Trop tard !

— Je connaissais la réponse, j'ai été distrait au moment de la donner… murmura Jack, dont la détermination commençait à faiblir.

« Jefferson dit que « ce n'est pas une excuse, dans aucun pays… parce qu'on peut l'empêcher ». »

Addie s'assit à califourchon sur lui pour l'empêcher de voir l'écran. Vaincu, il lui abaissa le visage et l'embrassa, non sans formuler la réponse dans sa bouche :

— L'ignorance de la loi.

— L'ignorance, répéta Addie. Le meilleur chemin vers la béatitude…

Tout à coup, elle se tut.

— Tu as entendu ?

Mais le fameux pouvoir de concentration de Jack était à présent entièrement tourné vers sa partenaire.

— Non.

Un craquement, suivi d'un bruit de pas précipités. Addie se redressa.

— Tu vois, ça recommence, s'inquiéta-t-elle.

— C'est un animal. Tu habites dans les bois, non ?

Elle se dégagea. Jack essaya de la rattraper par la main en poussant un grognement de dépit, mais elle lui échappa. Par la fenêtre, elle ne distingua que le bord de la balançoire, éclairé par les rayons de lune.

— Je ne vois rien dehors.

— Bon, alors viens voir par ici, dit-il en se levant pour la prendre dans ses bras. Ce sont sans doute des ratons laveurs. Monte là-haut pendant que je les chasse.

— Tu vas rater la finale de *Jeopardy*, le taquina Addie.

— Jamais de la vie, répondit-il, sérieux comme un pape. Il y a une redif à onze heures.

Gilly n'arrivait pas à chasser Jack de son esprit. Elle se repassa une bonne centaine de fois la scène du local à poubelles avec plusieurs scénarios différents : elle aurait pu dire ceci, faire cela... Jack aurait pu l'attraper et l'embrasser si fort que ses lèvres auraient saigné... À chaque fois, elle trébuchait au moment où Jack l'avait traitée comme une petite fille. Son estomac se serrait, les larmes lui montaient aux yeux et elle souffrait mille morts. Puis la rage la prenait et elle trépignait d'impatience : ah, il allait voir ce qu'il allait voir, elle lui prouverait qu'elle n'était pas une petite fille !

Son père l'avait surveillée étroitement pendant tout l'après-midi et toute la soirée. Puis il était allé faire son jogging et il avait exigé qu'elle ne sorte pas de la maison. Elle était occupée à se vernir les ongles en rouge sang lorsque le téléphone sonna. C'était Whitney.

— Gill, à quelle heure, ce soir ?

Gillian soupira. Elle n'avait pas envie de voir ses copines. Sa seule préoccupation était de trouver une solution pour échapper à la surveillance de son père afin de montrer à Jack ce qu'il ratait.

— L'heure de quoi faire ?

— L'heure de la réunion !

— La réunion... ?

— On est bien le 30 avril !

Ah oui !... C'était vrai !

— Oh, Beltane ! s'exclama-t-elle.

— Comment t'as fait pour oublier ?

Gillian n'avait pas vraiment oublié ; elle avait simplement eu d'autres chats à fouetter. Elles avaient prévu de se retrouver dans les bois derrière le cimetière, au pied du cornouiller en fleur. Meg était chargée d'apporter du bois de Géorgie pour le bûcher, Whit avait été investie de la mission de coudre les sachets d'herbes à accrocher sur l'arbre, cadeaux destinés au Dieu et à la Déesse-Mère, et Chelsea devait fabriquer un semblant d'arbre de mai. La tâche de Gilly avait été d'organiser la fête des Simples, le partage de la nourriture et de la boisson au sein du cercle qui devait être formé.

Son père serait fou furieux si elle sortait.

Ses yeux se posèrent sur un petit vase de céramique qui avait appartenu à sa mère. Il y avait une petite branche de chatons de saule à l'intérieur, mais pas d'eau. Bien cachée tout au fond se trouvait la pipette d'atropine qu'elle avait subtilisée au labo.

— On se retrouve à onze heures, répondit-elle.

Ils l'attaquèrent par-derrière. Jack n'eut pas plus tôt franchi les limites du halo de lumière formé par la lanterne près de la porte qu'ils l'attrapèrent et lui tordirent les bras derrière le dos. Il reçut une grêle de coups de poing dans les côtes, le ventre, sur la tête. Le sang coula dans sa gorge. Il leur cracha dessus des glaires ensanglantées. Il aurait voulu voir leurs visages, les imprimer dans son cerveau, mais ils s'étaient recouvert la tête de bas et de foulards. Il ne parvint à distinguer que du noir, des mains, et la haine qui déferlait sur lui par vagues successives.

Addie se brossa les cheveux, puis aspergea de parfum ses poignets, ses genoux et son nombril. Jack mettait beaucoup de temps à rentrer, c'était bizarre. Et ces bruits curieux... Si c'étaient des ratons laveurs, ils devaient être nombreux.

Elle alla à la fenêtre et repoussa les rideaux d'organdi. Il faisait sombre pour huit heures et elle ne distingua pas Jack tout de suite. Puis elle vit apparaître un pied à l'intérieur du cercle lumineux projeté par la lampe de la véranda. Un coude. Enfin, le corps entier d'un homme vêtu de noir, les mains dégoulinantes de sang.

— Jack, souffla-t-elle avant de se baisser pour attraper le fusil qu'elle tenait caché sous le lit.

Elle ne l'avait utilisé qu'une seule fois en vingt ans, pour tuer un raton laveur enragé qui s'était introduit dans le jardin où jouait Chloé. Elle le chargea tout en dévalant les escaliers, ouvrit la porte à la volée et tira un coup en l'air. Cinq têtes se retournèrent, puis cinq silhouettes s'enfuirent en s'égaillant dans les bois qui jouxtaient la maison, laissant derrière eux leurs traces éparpillées.

Jack gisait sur le gravier, inanimé.

Addie posa son arme et se précipita vers lui, au comble de l'angoisse. Elle le retourna avec précaution. Jack toussa en montrant des dents couvertes de sang. Repoussant ses mains, il tenta de s'asseoir.

— Non ! hurla-t-il.

Cette unique syllabe monta vers les étoiles. « Nooon ! »

Son cri de douleur fit frissonner l'herbe tendre qui bordait l'allée ; il poussa les nuages violets qui livrèrent le passage à la lune nue. Sa voix s'éleva et s'ouvrit comme un dais au-dessus de Salem Falls, et les gens, à l'autre bout de la ville, durent fermer leurs fenêtres pour ne plus l'entendre.

Gilly n'avait pas envie de prendre le risque de s'empoisonner. Aussi se brancha-t-elle sur Internet à huit heures et quart en espérant y trouver le bon dosage d'atropine. Grâce au massacre de Columbine, tout le monde savait maintenant qu'on pouvait tout faire, y compris fabriquer une bombe, avec l'aide de la Toile. Trouver la quantité d'hallucinogène requise pour s'envoyer en l'air ne serait sûrement qu'un jeu d'enfant.

Elle fignola ses ongles tout en surfant d'un moteur de recherche à l'autre afin de trouver des informations sur la belladone et le sulfate d'atropine. Enfin, elle finit par trouver un site communiquant les dosages pour adultes. Sous forme de pilule, 5 mg. Pour dilater les pupilles, 0,0012 mg. Et pris en usage interne, de 3,24 mg à 0,648 mg.

Gilly fit la moue. Pas facile. Comment savoir si le dosage était le même pour toutes ? Par exemple, le sien pouvait être à 3,24 mg, alors que Whitney, qui était petite et mince, n'avait peut-être besoin que de 0,648 mg.

Le téléphone sonna de nouveau.

— Gilly, dit son père, je voulais voir si tout allait bien.

— Dis plutôt que tu voulais me surveiller.

— Écoute, ma chérie, tu sais pourquoi j'agis comme ça.

Le cœur de l'adolescente se mit à battre la chamade.

— Tu ne devais pas faire ton jogging ? demanda-t-elle.

— J'ai fini. Je rentre tout de suite.

Et s'il ne la trouvait pas en rentrant ?

— Eh bien, dit-elle, je suis contente que tu appelles. Meg m'a demandé si je pouvais aller passer la soirée avec elle.

— Je ne trouve pas que ce soit une bonne idée, avec tout ce qui se passe en ce moment.

— S'il te plaît, papa ! Sa mère va nous emmener voir un film à dix heures. Tu ne crois quand même pas que quelqu'un se risquerait à me faire du mal pendant que je suis avec la femme d'un policier ?

Devant son mutisme, elle poussa plus loin :

— Mme Saxton a dit que je pouvais passer la nuit chez eux, si tu es d'accord.

Elle s'étonnait elle-même de la facilité avec laquelle tous ces mensonges lui venaient. Mais elle était décidée à fêter Beltane ce soir contre vents et marées, et même contre Amos Duncan.

Elle sentit que la détermination de son père vacillait un petit peu. Effectivement, Amos réfléchissait. Le père de Meg était flic ; sa mère, ils la connaissaient depuis toujours. Gilly serait sûrement plus en sécurité chez les Saxton que chez elle.

— OK, dit-il. Mais je veux que tu m'appelles en sortant du cinéma. Quelle que soit l'heure.

— D'accord. Je t'embrasse.

— Moi aussi.

Gilly garda les yeux fixés sur le téléphone longtemps après avoir raccroché. Elle sourit. Vraiment, rien de plus facile que de tisser sa toile…

Elle arrêta l'ordinateur et se rendit à la cuisine pour aller préparer sa mixture. La projection astrale : c'était la surprise qu'elle réservait à sa bande de sorcières. Les effets en seraient d'autant plus stupéfiants qu'ils seraient inattendus.

Gilly secoua la Thermos pleine de thé glacé et, une fois de plus, examina la pipette qu'elle tenait dans sa main. « Courage », se répéta-t-elle. Elle versa une petite quantité de liquide dans le thé, puis plongea son doigt dans la Thermos pour goûter... rien du tout... c'était toujours du thé, même s'il était un peu amer. 3,24 mg ? 0,648 mg ? Elle haussa les épaules, vida tout le contenu du tube dans la Thermos et vissa le bouchon.

Jack, en se réveillant, aperçut Addie pelotonnée à côté de lui, la main serrée sur un gant de toilette qui laissait couler un filet d'eau sur l'édredon. Il se souleva sur un coude en grimaçant de douleur et effleura sa joue. Avec précaution, il se glissa alors hors du lit.

Quel tournant sa vie aurait-elle pris s'il avait eu quelqu'un comme elle à ses côtés lors du cauchemar de Loyal ? Peut-être aurait-il effectué sa peine, mais en ayant le privilège de la voir chaque mardi soir au parloir. Et ensuite, il aurait pu rentrer à la maison, chez Addie.

Il fit les cent pas dans les pièces plongées dans le noir en se demandant comment il pourrait rendre à la jeune femme tout ce qu'elle avait fait pour lui. Grâce à elle, il ne passait plus son temps à ruminer ses erreurs. Il les avait enfermées dans une boîte dont il avait scellé le couvercle. Mais Addie, de son côté, ouvrait sa propre boîte tous les jours pour en sortir ses souvenirs. Elle les examinait à la lumière, comme un héritage, et son cœur saignait à chaque fois.

Il était arrivé devant la porte de la chambre de Chloé.

Il ne lui fallut que quelques secondes pour débarrasser le lit des draps et des couvertures, enlever les posters des murs. Il empila les jouets dans un carton qu'il trouva dans le placard. En ôtant de sa vue tous ces objets qui lui rappelaient douloureusement l'enfant qu'elle avait perdue, peut-être permettrait-il à Addie de regarder enfin devant elle au lieu de passer son temps à regarder derrière.

— Tu peux me dire ce que tu fous ici ?

La voix d'Addie vibrait comme si elle avait pris un coup de poing.

— Je nettoie. Je me suis dit que si tu ne voyais plus tout ça...

— ... je ne verrais plus son visage tous les matins en me réveillant ? Je ne la connaîtrais plus par cœur ? Mais qu'est-ce que tu t'imagines ? Que j'ai besoin de voir un... une barrette pour me souvenir de la personne que j'aime le plus au monde ?

— J'aimais, la reprit Jack d'un ton calme.

— Ça ne s'est pas arrêté du jour au lendemain parce qu'elle n'était plus là, répliqua-t-elle en se laissant tomber dans les draps jetés en vrac.

— Tu sais, dit Jack, je n'ai pas fait ça pour te blesser. Si nous deux, ça compte vraiment pour toi...

— Jamais, tu entends, jamais tu ne compteras plus pour moi que ma fille.

Jack recula sous l'effet de ces mots qui le meurtrissaient plus cruellement que tous les coups qu'il avait reçus.

Addie courba l'échine et enfouit la tête dans les draps. Puis elle se releva et tourna vers lui un visage humide de larmes.

— Qu'est-ce que tu en as fait ?

— De quoi ?

— De son odeur ! L'odeur de Chloé ! (Elle huma désespérément les draps et les oreillers.) Elle était encore là ce matin... mais elle est partie maintenant.

— Ma chérie, dit Jack d'une voix douce, ça ne sent plus Chloé. Ça fait trop longtemps...

Addie crispa ses poings sur le tissu.

— Va-t'en ! murmura-t-elle au milieu de ses sanglots.

Elle tourna la tête et il referma la porte sans bruit.

Personne ne savait pourquoi ce bar caché aux confins de la ville portait le nom du Crachat du Coq.

Pour toute réminiscence historique, quelques anciens savaient simplement qu'il avait servi de lieu de rencontre à la confrérie des Chevaliers de Colomb dans une vie antérieure, et d'église baptiste dans une autre. À présent, c'était un lieu sombre et discret où on pouvait venir noyer ses ennuis dans le whisky et rouler tranquillement sous la table.

Roy Peabody ferma les yeux pour mieux savourer la bonne chaleur qui coulait dans sa gorge et s'épanouissait au creux de son ventre. Après toutes ces semaines passées sous l'étroite surveillance d'Addie, qui s'était montrée plus féroce qu'un chien de garde, il respirait enfin. Il était seul dans le bar, en dehors de Marlon, le patron, qui astiquait ses verres derrière le comptoir. Contrairement à certains propriétaires de bar qu'il avait connus – et Roy en avait connu quelques-uns –, Marlon le laissait picoler en silence. D'ailleurs, Roy se sentait plus chez lui en ce lieu où on lui fichait la paix que dans sa propre maison.

Lorsque la porte s'ouvrit brutalement, les deux hommes levèrent des yeux surpris. Les gens du coin qui sortaient boire un coup à dix heures un soir de semaine étaient rares, et Roy ressentit une petite piqûre de contrariété à l'idée qu'il aurait à partager ces instants de bonheur avec quelqu'un d'autre.

Difficile de dire lequel des deux fut le plus étonné à la vue de l'autre.

— Qu'est-ce que tu fous ici ? lâcha Jack.

— À ton avis ? répliqua Roy avec une grimace. Allez, cours, va vite me dénoncer à ma fille.

Jack se contenta de s'asseoir lourdement sur le tabouret à côté du sien.

— Je prends la même chose que lui, dit-il à Marlon.

D'un geste sec, le patron posa un verre de whisky devant lui. Jack en avala une bonne rasade sous l'œil curieux de Roy, qui dit pensivement :

— Je pensais pas que t'étais le genre à picoler.

Jack eut un rire silencieux.

— Faut pas toujours se fier aux impressions, répliqua-t-il.

Roy hocha la tête en signe d'approbation. Puis il le dévisagea avec curiosité et constata :

— T'as vraiment une sale gueule.

— Merci beaucoup.

Le vieil homme tendit la main et effleura du bout du doigt la blessure qui ornait l'arcade sourcilière de son interlocuteur.

— Tu t'es cogné dans un mur?

— Et toi, tu bois de la limonade? riposta Jack avec un regard en biais.

— Je suppose qu'Addie sait que t'es là?

— Ouais, comme elle sait que t'es là.

— Je te l'ai dit, St Bride, si tu lui fais du mal...

— Et si c'était elle qui me faisait du mal, Roy? l'interrompit Jack avec amertume. Qu'est-ce que tu ferais pour moi dans ce cas-là?

Roy jeta un coup d'œil aux profonds sillons qui encadraient la bouche de Jack et, sur son visage, lut une expression qui lui était bien trop familière.

— Je te paierais un coup à boire, dit-il.

Gilly savait allumer un feu de joie. Elle avait appris quand elle était en camp de scouts. Pendant que les autres faisaient les marioles en dansant la danse du scalp, elle s'était occupée de nourrir les flammes en y lançant des objets divers : des bâtons et des aiguilles de pin, des lacets de chaussure, des bouts de pain, des pièces de monnaie et même un infortuné crapaud. Elle avait été fascinée par la gloutonnerie du feu, par sa façon de dévorer tout ce qui se présentait à lui. Elle avait fixé le bûcher en se disant : « Je n'ai pas de cœur. C'est un bûcher comme ça que j'ai à l'intérieur de moi. »

Le feu de joie autour duquel elle faisait la ronde en donnant la main à ses compagnes, ce soir-là, était plus petit… ou alors c'était elle qui était plus grande. Mais elle n'était plus Gillian. Chelsea, Whitney, Meg et elle étaient des déesses, des sorcières. Et elle était leur grande prêtresse. Le vent chargé de l'air du printemps se glissait entre ses jambes comme un amant. C'était sa seule vêture ; ses habits gisaient par terre, entassés près du cornouiller. Aux autres filles qui s'étonnaient, elle avait expliqué qu'elle désirait être pure, aussi pure que possible. Whitney avait alors ôté son chemisier. Chelsea frissonnait en slip et soutien-gorge. Seule Meg avait gardé tous ses vêtements.

Gilly regarda ses amies l'une après l'autre. Ressentaient-elles la même chose ? Son corps était vibrant, bouillonnant de vie. Elle rejeta la tête en arrière et les mots vinrent tout seuls, jaillirent de sa bouche en cascade. Sa voix résonna dans le ciel nocturne :

— Vous, les gardiens des tours de guet à l'est, là où naquirent le soleil, la lune et les étoiles, je vous invoque, je vous évoque et je vous appelle ! Passez sur notre peau comme un murmure, caressez-nous. Apportez-nous l'imagination, apprenez-nous la danse. Soyez bénis !

— Soyez bénis ! répétèrent ses compagnes en se balançant d'avant en arrière.

Whitney prit la parole, le visage éclairé par le feu :

— Vous, les gardiens des tours de guet au sud, passionnés et chauds, je vous invoque, je vous évoque et je vous appelle ! Donnez-nous votre chaleur, faites-nous brûler à l'intérieur. Soyez bénis !

— Soyez bénis !

— Vous, les gardiens des tours de guet à l'ouest, poursuivit Chelsea, vous le sang de la terre, je vous invoque, je vous évoque et je vous appelle ! Laissez couler sur nous le flot de votre mystère ! Soyez bénis !

Enfin, ce fut au tour de Meg :

— Vous, les gardiens des tours de guet au nord, nuit de la magie froide, je vous invoque, je vous évoque et je vous appelle ! Enterrez-nous au plus profond de votre sol, donnez-nous le pouvoir de la terre et de la pierre. Soyez bénis !

— Soyez bénis !

— Esprit, cria Gilly, viens jouer avec nous tandis que nous agitons nos rubans ! Chante avec nous tandis que nous allumons le feu. Emporte-nous dans un monde sans mots. Fais que cette nuit soit magique... Sois béni !

— Sois béni !

Elle s'agenouilla devant l'autel, les seins palpitants, et toucha le brûle-encens, l'eau, la terre, puis passa les mains dans les flammes du bûcher.

— Je chasse toutes les impuretés de l'esprit et du monde. Qu'il en soit fait selon ma volonté.

Elle forma le cercle trois fois – avec l'eau et la terre, avec l'encens, et, pour finir, avec l'énergie. Puis elle sourit et dit :

— Le cercle est parfait.

Elle effleura une branche de cornouiller, et une pluie de pétales blancs vint arroser leurs épaules. Elle leva les mains au ciel. Son corps mince miroitait à la lueur bleutée de la lune.

— Ô Déesse-Mère, reine de la nuit, ô Dieu-Père, roi du jour, nous célébrons votre union. Acceptez ces cadeaux.

Elle plongea la main dans le sac de toile et en sortit un sachet rempli d'herbes achetées aux Livres de la Wicca. Il y en avait vingt semblables, tous fabriqués par Whitney.

— À toi l'honneur, proposa Gilly en tendant le sachet à son amie.

Whitney accrocha à une branche le petit ornement rouge coquelicot. Elle remit les autres sachets à ses compagnes, qui en décorèrent l'arbre. Leurs offrandes multicolores vinrent s'ajouter à la profusion de fleurs.

— Aïe, s'écria Whitney, je me suis piquée !

— Tu vois, c'est bien pour ça qu'il ne faut pas se balader à poil ! triompha Meg.

Chelsea s'assit par terre.

— Bon, eh bien, à poil ou pas, j'ai l'impression qu'il n'y a que le Dieu et la Déesse qui prennent leur pied.

— Pourquoi tu dis ça ?

— Beltane, c'est la fête du sexe, on est bien d'accord ? Mais je ne vois pas de Freddie Prinze Jr se pointer à l'horizon. C'est pas pour dire, Gill, mais tu n'es pas équipée comme il faut.

Gillian répliqua :

— Alors que ce petit crétin de Thomas McAfee a ce qu'il faut, lui, c'est ça ?

Les joues de Chelsea s'enflammèrent.

— Il n'est pas comme ça.

— Ah non ? Dis-nous comment il est, alors ! Tu passes tellement de temps avec lui que j'ai cru que tu nous l'amènerais. T'aurais dû, parce que pour dresser un toutou, il ne faut pas le quitter de l'œil !

— Gilly ! intervint Meg, soucieuse de sauvegarder leur bonne entente.

— Bon, on a qu'à évoquer un homme, proposa Whitney. Parce qu'on est toutes jalouses, pas vrai, Gill ?

Mais Gillian ne répondit pas. Ses compagnes échangèrent des regards, ne sachant que dire ni que faire. Whitney se hâta de poursuivre :

— Le problème, c'est qu'on arrivera jamais à se mettre d'accord. Moi, j'aime bien les roux, mais Meg aime les trapus, les costauds courts sur pattes.

— Les Italiens, rectifia Meg. Et ils ne sont pas courts sur pattes.

Enfin, Gilly consentit à sourire. Ses amies poussèrent un soupir de soulagement en secret.

— Peut-être que, si nous sommes de vraies bonnes petites païennes, le Dieu et la Déesse nous feront un cadeau, eux aussi, dit-elle.

Elle se dirigea vers l'arbre jouxtant le cornouiller, un grand pin élancé. Par quelque miracle, Chelsea avait réussi à accrocher de longues bandes de rubans sur une branche placée à trois mètres du sol. Gilly attrapa un ruban d'argent et s'en caressa les seins, le ventre et les cuisses, avant de commencer à danser en ondulant sous les yeux stupéfaits de ses amies.

— Et maintenant, proposa-t-elle, on va faire la fête.

Addie se réveilla, la joue appuyée contre l'oreiller de Chloé. Elle vit en pensée le petit visage de sa fille, ses cheveux fins et souples. Elle posa la main sur le coton élimé en faisant semblant de croire que c'était la peau douce de Chloé qu'elle avait sous les doigts.

« Non, ce n'est pas elle. »

Elle entendit les mots aussi distinctement que s'ils avaient été prononcés par Jack. Cette pensée explosa dans sa tête, dévastatrice comme une grenade. Plus troublante encore était l'intrusion de Jack dans son esprit, malgré ses efforts désespérés pour penser à Chloé. Les seuls souvenirs qui s'imposèrent à elle furent le sourire de Jack, ses bras autour de sa taille, ses yeux sur elle. La vérité, bien que difficile à croire, était pourtant là : elle ne pouvait pas plus envisager sa vie sans Jack qu'elle ne l'envisageait sans Chloé.

Irritée, elle rejeta les couvertures et se mit à marcher de long en large dans la maison. Au bas de l'escalier, elle toucha machinalement la petite photo de sa fille accrochée au mur, fidèle à son habitude chaque fois qu'elle montait et descendait, comme s'il s'agissait d'un parchemin sacré. C'est à ce moment qu'elle comprit son mensonge.

Jack ne compterait peut-être jamais plus que Chloé, mais, oh oui ! il comptait tout autant.

Elle s'assit sur la marche du bas et se recroquevilla sur elle-même. La dernière personne qu'elle avait aimée lui avait été prise. Une seconde chance lui avait été donnée. Elle aurait dû s'y cramponner à deux mains.

— Je l'aime, murmura-t-elle à haute voix. Je l'aime. Je l'aime.

Elle se releva brusquement, étourdie et éblouie, comme un malade venant d'apprendre que son cancer avait disparu. Elle découvrait que son cœur, qu'elle pensait irrémédiablement brisé, avait été réparé. Son âme, qui s'était vidée jusque dans les moindres recoins lorsqu'elle avait perdu Chloé, reprenait consistance à la simple pensée de Jack. Il fallait qu'elle le trouve. Il fallait qu'elle s'excuse.

Elle chaussa ses bottes et enfila un manteau. À mi-chemin de la porte, elle hésita. Avec la résignation d'un condamné se dirigeant vers le gibet, elle remonta l'escalier.

Dans la chambre de Chloé, elle défit le lit. Elle descendit le linge et l'introduisit dans la machine à laver. En sentant le parfum de la lessive monter à ses narines, elle murmura :

— Au revoir.

Amos Duncan, incapable de s'endormir, s'assit dans son lit et alluma la lumière. Il était ridicule, il le savait bien. Il surprotégeait sa fille. Plus d'une fois, il avait entendu quelques mères de famille déplorer qu'il ne se soit pas remarié, pour le bien de Gilly. Mais Amos n'avait jamais rencontré de femme qu'il pût aimer autant que sa fille.

Il était onze heures du soir. Le film qu'elle était allée voir serait sûrement terminé dans une demi-heure. Il valait mieux qu'elle passe la nuit chez les

Saxton, compte tenu de l'heure tardive et de ce qui se passait de l'autre côté de la ville. De plus, Charlie dormait sans doute avec une arme au pied de son lit. Sa femme aussi, d'après ce qu'il savait. Et Jack St Bride lui-même n'était sûrement pas assez bête pour oser s'en prendre à l'enfant d'un policier. Gilly était en de bonnes mains.

Tous ces raisonnements n'empêchèrent pas Amos de se lever à onze heures et demie pour aller chercher sa fille chez les Saxton.

Jack essaya de s'essuyer la bouche du revers de la main mais il dut s'y reprendre à trois fois avant d'y parvenir. Cela le fit rire, et il en attrapa un hoquet qui l'obligea à avaler une autre rasade de whisky pour s'en débarrasser. Il recula sur son siège, mais il s'aperçut alors que son tabouret n'avait pas de dossier. Une seconde plus tard, il se retrouva allongé sur le dos, en train de fixer le plafond.

— Roy, cria-t-il, bien que son compagnon ne se trouvât qu'à quelques centimètres de lui, Roy, je crois que j'ai mon compte…

Il se hissa tant bien que mal, plutôt mal, compte tenu du fait qu'il n'avait plus de sensations en deçà des genoux, et se releva en s'accrochant aux barreaux du tabouret de Roy. Il mit le nez dans son verre vide et bredouilla « Un d… dernier », en le poussant vers Marlon… mais Marlon n'était plus au bar. Tendant le cou, il le découvrit à côté de Roy, qui ronflait, affalé en travers du comptoir, ivre mort.

S'il en avait été capable, il aurait été horrifié.

— Je… je viens t… t'aider, proposa Jack.

Mais, dès qu'il fut debout, la salle entière se mit à tourner à toute vitesse autour de lui.

— Tu aurais dû t'arrêter après le cinquième verre, déplora Marlon.

Son client hocha la tête, une tête qui pesait des tonnes.

— T… tu l'as dit.

Marlon leva les yeux au ciel et chargea Roy dans un chariot.

— Où… où t… tu l… l'emmènes ? protesta Jack.

— Calme-toi, mon pote. C'est pas la première fois que Roy passe la nuit là-dedans.

Il disparut à côté, dans un réduit grand comme un placard à balais. Jack entendit des bruits sourds et pensa vaguement que le patron déversait sa charge sur une couche improvisée.

— Bon, faut q… q… que j'rentre, décida-t-il en le voyant réapparaître. M… mais j'sais pas où…

— Pas de chance, Roy vient de prendre la seule chambre qui me reste. Désolé, mon vieux.

Puis Marlon examina attentivement son client pour jauger son état exact.

— Donne-moi les clés de ta voiture.

— J'en ai pas.

— Tant mieux. T'auras moins d'emmerdements si tu rentres à pied.

— Les emmerdements, ils veulent pas me lâcher, dit Jack en s'extirpant de son tabouret.

Charlie ouvrit la porte en peignoir.

— Tu es peut-être le mec le plus riche de cette putain de ville, Duncan, mais ça ne veut pas dire que tu sois le propriétaire des officiers de police ! Ça ne peut pas attendre demain ?

Il voulut refermer la porte, mais Amos l'arrêta.

— Te fâche pas, Charlie. Je venais juste chercher ma fille. Elle n'est pas encore rentrée, d'après ce que je vois ?

— Mais… de quoi tu parles ?

Ce fut le calme dans la voix de Charlie qui glaça Amos. Charlie, lorsqu'il était sous pression, fonctionnait en baissant son thermomètre émotionnel interne.

— Meg l'a invitée au cinéma. Ta femme… elle est avec elles.

— Ma femme dort là-haut, répondit le policier. Meg m'a dit qu'elle passait la nuit chez vous.

— Charlie…

L'inspecteur lui avait déjà tourné le dos. Amos le suivit dans l'entrée. Charlie parla dans sa radio :

— Saxton, dit-il. On a un problème.

Wes était dans la voiture de patrouille lorsqu'il reçut le message. Disparition de deux adolescentes, peut-être quatre. Elles pouvaient se trouver n'importe où. Oh, putain ! Il y avait de quoi déclencher le branle-bas de combat, surtout avec un violeur dans les parages !

Il alluma son gyrophare et se mit à patrouiller à vitesse réduite dans les rues désertes. Sans doute avait-on alerté les gars en faction, mais pour l'instant il n'y avait que trois policiers en patrouille. S'il était le premier à retrouver les filles, ce serait excellent pour son avancement.

Il venait de tourner à l'angle du Crachat du Coq lorsqu'il aperçut une ombre qui avançait par à-coups sur le bord de la route. Un animal enragé ? De temps à autre, les services de police abattaient un raton laveur. Mais non, l'animal était trop gros. Un daim ?

Wes manœuvra sa voiture de façon que la lumière bleue du gyrophare prenne la créature dans son faisceau.

— Ben ça alors ! marmonna-t-il entre ses dents tout en garant son véhicule.

Jack constatait avec incrédulité que, pratiquement de par leur seule volonté, ses pieds parvenaient à se mettre l'un devant l'autre. De plus, la lune avait la forme d'une pupille de chat… « Le monde est vraiment étrange », se dit-il en avançant tant bien que mal sur la route qui menait au centre-ville. Quelques instants plus tard, il s'aperçut qu'il était suivi par une voiture. Ses phares ressemblaient à des yeux de loup, jaunes et relevés dans les coins. Le moteur qui ronronnait derrière lui le suivait pas à pas.

Jack essaya d'augmenter sa cadence en jetant de temps en temps un regard en arrière. Les hommes qui l'avaient tabassé étaient-ils revenus pour l'achever ? S'ils le tuaient, quelqu'un les verrait-il ? Respirant avec difficulté, il se retourna juste assez pour voir l'homme assis au volant, trop éloigné pour lui permettre de distinguer ses traits, mais il lui sembla que c'était un homme brun... ou alors un homme qui portait une chaussette noire sur la tête.

Mon Dieu, il accélérait. Le bruit du moteur se répercuta dans son cerveau. Il sentit l'angoisse lui nouer la gorge. Affolé, il traversa la rue en diagonale aussi vite qu'il le put pour éviter le véhicule. Il trébucha, se rétablit contre le capot de la voiture et s'échappa en courant.

Lorsqu'il émergea du pâté de maisons, il s'arrêta pour essayer de contrôler les violents tremblements qui l'agitaient. Soudain, il aperçut une voiture de police à trois pas de lui. Il leva les mains pour se protéger de la lumière qui l'aveuglait.

— Hé, cria Wes Courtemanche, ça va ?

Ce fut cette gentillesse toute simple qui fit comprendre à Jack que quelque chose ne tournait pas rond. Wes était bien le dernier dont il pût attendre quelque marque de sympathie. La ville entière voulait le chasser ; rien de plus facile pour un flic que de le descendre en prétendant ensuite que c'était de la légitime défense. Wes avait-il participé au tabassage ? Était-ce sa voiture qui l'avait suivi ? Sans réfléchir davantage, Jack s'enfuit pour mettre le plus de distance possible entre lui et cet être malfaisant, et il disparut dans le champ qui bordait la route.

Jack entendit jurer le policier. Puis le bruit de ses bottes qui heurtaient le trottoir. Il courut se réfugier dans les bois, derrière le cimetière, en espérant que son poursuivant perdrait sa trace dans le noir. Dans sa hâte, il trébucha sur une racine qui sortait de terre et s'écorcha la main en tombant. La blessure de son œil se rouvrit, une branche l'égratigna au visage et il saigna. Mais, en dépit de ces handicaps, Jack, qui était un sportif, échappa facilement à Wes. Il courut pendant cinq minutes, jusqu'à ce qu'il fût certain d'être hors de danger, puis se mit à errer dans les bois sans savoir au juste où il se trouvait.

Il s'arrêta pour reprendre son souffle. Tout à coup, il entendit des rires. La mythologie grecque qu'il avait enseignée à Westonbrook revint à la surface, Apollon poursuivant Daphné, Artémis courant avec son arc. Puis, comme dans un rêve, il vit la déesse en personne : un éclair de peau blanche brillant à travers les arbres, des pieds survolant le sol, des cheveux flottant au vent comme une bannière. Pendant quelques instants, il crut rêver : elle était nue comme une nymphe, mais elle semblait chanter pour lui comme une sirène.

Soudain, il s'aperçut qu'elles étaient au nombre de quatre ; certaines vêtues, d'autres pas. Et la fille qu'il avait observée l'appelait par son nom.

Ce fut lui qui, le premier, entendit les sanglots. Charlie en avait entendu beaucoup au cours de sa carrière, des gémissements dont il espérait chaque fois qu'ils étaient la plainte d'un animal pris dans quelque branche fourchue, mais qui, hélas, étaient poussés par un être humain au désespoir. Il se contraignit à s'arrêter et à écouter plus attentivement, puis s'élança en direction du sud.

L'anorak orange de Meg était voyant comme un drapeau. Animé d'une énergie dont il ne se savait pas capable, Charlie accéléra encore le pas. Les quatre filles étaient agglutinées les unes contre les autres à la porte du cimetière. Leurs cheveux étaient dénoués, et le spectacle qu'elles offraient eût fait honte à n'importe qui, mais Charlie n'en avait cure. Ce fut le soulagement qui l'emporta.

Meg, Whitney et Chelsea entouraient Gillian, qui était en pleurs et paraissait inconsolable, en dépit de leurs manifestations de tendresse et de leurs paroles d'apaisement. Meg aperçut son père et se jeta dans ses bras.

— Papa !

— Chut, Meggie, ma puce, ça va, c'est fini.

En serrant sa fille contre lui, il s'approcha de Gillian.

— Qu'est-ce qui s'est passé ?

Il n'obtint pas de réponse. Il s'agenouilla alors à côté de la jeune fille en larmes et remarqua le sang qui maculait son corsage mal refermé.

— Ma chérie, lui demanda-t-il, ça va ?

Elle leva vers lui un visage pâle et mouillé de larmes. D'une voix étranglée, elle articula péniblement :

— C'était… lui.

Charlie se raidit de tout son corps.

— Qui ?

— Il m'a violée, proféra Gillian d'une voix rauque. Jack St Bride.

II

Quand Jill entra, elle rit, oh, comme elle rit, de Jack
et de son emplâtre de papier.
Sa mère, mécontente, lui donna une claque
pour lui apprendre à se moquer.

Si l'une de vous laisse échapper un mot ou même une syllabe au sujet des autres choses, j'irai vous trouver au plus noir d'une nuit terrible et je vous ferai trembler pour quelque chose.

Arthur MILLER, *Les Sorcières de Salem*

1er mai 2000,
Salem Falls,
New Hampshire

Ils la firent mettre debout sur une feuille de papier et lui demandèrent d'enlever ses vêtements. Des particules de terre et de feuilles tombèrent. Gillian regarda la feuille blanche, immaculée à l'origine, se tacher de plus en plus.

Le médecin, heureusement, était une femme. Elle avait demandé son âge à Gilly, sa taille, son poids, la date de ses dernières règles, et lui avait posé des questions sur ses antécédents médicaux. Elle avait voulu savoir si elle avait déjà été abusée sexuellement auparavant. Puis elle avait demandé où la pénétration avait eu lieu, afin qu'elle puisse recueillir les preuves. Gillian l'avait regardée sans comprendre. « Par voie vaginale, avait précisé le médecin. Ou orale. Ou anale. »

Gillian ne se souvenait plus de ses réponses. Elle avait l'impression qu'une coquille d'acier s'était formée autour d'elle, qui l'empêchait de bouger et d'entendre distinctement ce qu'on lui disait. Elle imagina que la coquille devenait de plus en plus épaisse, et qu'elle finissait par craquer pour ne laisser apparaître que de la poussière à l'intérieur.

— Est-ce que mon père est là ? s'enquit-elle d'une voix sourde.

— Il sera là d'une minute à l'autre.

Le médecin sourit gentiment et posa la fiche qu'elle était en train de remplir. Gilly vit le titre : *Agression sexuelle*. Elle frissonna. Tout en déboutonnant son chemisier, elle supplia :

— Mes chaussettes, je peux les garder ?

Le médecin hocha la tête. Elle examina les traces de sang sur le corsage, qu'elle introduisit précautionneusement dans un sac de papier prévu pour les tests. Elle plaça les sous-vêtements – dont un bikini jaune marqué VENDREDI, bien qu'on ne fût pas vendredi – dans un autre sac. Enfin, elle fit de même avec le morceau de papier sur lequel reposaient les pieds de Gilly. Ensuite, elle tourna autour d'elle et la scruta comme on scrute un cheval proposé aux enchères.

— Je vérifie pour voir s'il y a des plaies et des bleus, expliqua-t-elle en se penchant pour examiner de près une marque sur la cuisse. Ça vient d'où, ça ?

— Le rasoir, murmura Gillian.

— Et ça ? poursuivit la jeune femme en désignant un bleu sur son poignet.

— Je ne sais pas.

On sortit un appareil photo d'un tiroir. On prit une photo. Gilly pensa aux incisions qu'elle s'était faites sous la plante des pieds, laissant des cicatrices qu'ils ne pouvaient voir puisqu'elle avait gardé ses chaussettes. Puis le médecin lui demanda de monter sur la table d'examen. Elle avala péniblement sa salive et serra les cuisses à l'approche de la praticienne.

— Est-ce que vous allez… ?

— Pas maintenant.

Le médecin éteignit les lumières, qui furent remplacées par une lueur violette.

— C'est une lampe à ultra-violets…

Elle tint la lampe au-dessus des bras et des seins de Gilly et la promena au-dessus de sa peau.

Cette teinte violette était très jolie sur ses épaules, son ventre et ses hanches. Elle relâcha la tension des muscles de ses jambes, qui se séparèrent. La lampe vint les éclairer de haut en bas.

— Et voilà !

À l'intérieur de sa cuisse, une petite tache en forme de motif cachemire brilla d'un vert étrange sous la lampe.

— Qu'est-ce que c'est ? demanda Gilly.

— Du sperme desséché, très certainement, répondit le médecin.

Amos Duncan fit irruption à l'hôpital, affolé, les yeux fous. Jaillissant dans le bureau des infirmières, il réclama :

— Ma fille ! Où est ma fille ?

Avant de laisser à l'infirmière le temps de répondre, Charlie Saxton passa un bras autour des épaules de son vieil ami.

— Amos, tout va bien. Elle est ici, on s'occupe d'elle.

À ces mots, l'industriel pâlit et son visage se déforma.

— Il faut que je la voie, dit-il en mettant le cap sur la salle des urgences.

— Pas maintenant, Amos. Écoute, pense à ce qu'elle a subi. Ce n'est pas le moment de te ruer dans la pièce pendant qu'on est en train de procéder à l'examen médical.

— Un examen médical ? Tu veux dire que quelqu'un d'autre est en train de farfouiller partout et de la papouiller ?

— On va faire des tests ADN pour trouver des preuves. Si tu veux que j'attrape ce fils de pute, il faut que j'aie quelque chose en main.

Amos rebroussa lentement chemin.

— Tu as raison, dit-il d'une voix rauque, tu as raison.

Il laissa Charlie le conduire jusqu'à une rangée de chaises qui faisait face à la porte par laquelle Gilly sortirait. Les mains serrées entre les genoux, il se mit à se balancer d'avant en arrière sur son siège.

— Je vais lui couper les couilles, dit-il d'une voix douce qui contrastait complètement avec ses paroles.

Enfin, Gillian sortit, en compagnie d'une jeune femme médecin munie d'un lot de sachets de pièces à conviction. Amos regarda sa fille et sentit ses entrailles se contracter. L'anxiété qui montait en lui le souleva de sa chaise.

— Papa, chuchota Gillian.

Pendant un long moment, ils se dévisagèrent mutuellement et se parlèrent en silence. Puis Gillian se précipita dans ses bras en étouffant ses sanglots dans sa poitrine.

— Je suis là, maintenant, dit Amos. Je suis là, Gilly.

Elle leva vers lui son visage baigné de larmes.

— P... papa... je... je...

Son père posa un doigt sur ses lèvres et lui adressa un tendre sourire.

— Ne dis rien, ma chérie. Ne dis pas un mot.

Ed Abrams et Tom O'Neill avaient ramené leurs filles éplorées à la maison puis étaient retournés à l'hôpital afin d'apporter leur soutien à Amos Duncan. On s'était occupé de Gillian et elle avait été soignée. Charlie pouvait commencer l'enquête. Quant à eux, il ne leur restait plus qu'à rentrer chez eux, auprès de leurs femmes et de leurs enfants.

Ils traversèrent le hall des urgences.

— C'est une honte, gronda Ed.

— Amos va faire pendre ce salopard. Il a les relations pour.

Dehors, la nuit était douce et chaude. Comme s'ils en étaient convenus par avance, ils s'arrêtèrent d'un même mouvement.

— Tu crois que... commença Tom en secouant la tête.

— ... qu'il nous a vus ? termina Ed. Bon Dieu, je n'arrête pas de penser à ça depuis que Charlie nous a dit ce qui s'était passé.

— Mais il faisait sombre, et on était tous en noir.

Haussant les épaules, Ed observa :

— On ne sait pas ce qui a pu lui passer par la tête pendant qu'on lui faisait sa fête. Peut-être que... qu'il a voulu nous rendre la monnaie de notre pièce.

— C'est réussi, commenta Tom. Tu crois qu'on devrait en parler à Charlie ?

— Ça ne va plus rien changer, maintenant, émit Ed en détournant les yeux. À mon avis... à mon avis, il vaut mieux garder ça pour nous. C'est ce que dirait Amos.

— Si moi, on me disait que ma fille a payé pour un truc que j'ai fait, je me foutrais en l'air, murmura Tom. Ça va le détruire.

— C'est bien pour ça qu'il va tuer Jack St Bride.

Charlie frappa à la porte de la salle d'attente avant d'entrer. Amos avait demandé à rester quelques instants en tête à tête avec sa fille, et il n'allait pas rejeter cette requête. Ils étaient assis enlacés sur des sièges de plastique, les doigts entremêlés.

— Gillian, comment vas-tu ?

L'adolescente leva vers lui des yeux dénués d'expression.

— Bien, murmura-t-elle.

Charlie s'assit et lui dit avec ménagement :

— Il faut que tu me racontes tout ce qui s'est passé. (Il jeta un bref regard à Amos.) Mais ça peut attendre demain matin, si tu préfères.

— Elle a envie de s'en débarrasser maintenant, répondit Amos.

— Je vais devoir te demander de nous laisser seuls tous les deux un instant...

— Non ! s'écria Gillian en se cramponnant au bras de son père. Il ne peut pas rester avec moi ?

Charlie la regarda, et ce qu'il vit, ce n'était pas l'adolescente défaite assise en face de lui, mais la petite fille de dix ans en train de jouer au ballon avec Meg dans son jardin.

— Bien sûr, répondit-il tout en sachant que ce ne serait pas une partie de plaisir pour son père.

À sa place, il n'aurait pas voulu entendre le récit circonstancié de ce qui était arrivé à sa fille.

Il sortit un magnétophone de sa poche et le posa sur la table.

— Gillian, dit-il, raconte-moi ce qui s'est passé cette nuit.

Jack ouvrit la porte du restaurant avec la clé qu'Addie lui avait donnée quelques semaines auparavant. Il se demanda comment il avait pu être aussi bête. Se diriger droit vers l'endroit où se trouvaient ces filles, au lieu de courir dans la direction opposée... enfin, peut-être était-ce simplement parce que jamais, en trente et un ans, il ne s'était senti aussi mal. Il empestait l'alcool. Ça cognait dans sa tête, l'écorchure de sa joue lui causait une douleur cuisante. Son œil, celui qui avait reçu un coup de poing, était pratiquement fermé. Sa bouche était affreusement pâteuse. Et, pour couronner le tout, il n'avait plus de toit. Si seulement il avait pu retourner vingt-quatre heures en arrière et tout reprendre à zéro !

Au lieu de monter à l'appartement désert de Roy, Jack choisit de s'installer dans la salle. Avançant dans le noir, il contourna avec précaution l'énorme cuisinière, les plaques chauffantes et les rangées d'aliments en boîte. Dès qu'il eut franchi les portes battantes donnant sur la salle, il vit Addie endormie dans un box.

Il s'agenouilla devant elle, plein de ferveur. Ses longs cils jetaient une ombre sur sa joue, ses lèvres avaient une moue enfantine. Elle était si belle, et pourtant elle ne le savait pas… Lorsqu'il la toucha, elle se réveilla en sursaut et se cogna la tête contre l'angle de la table en Formica.

— Mon Dieu, excuse-moi, Addie ! Excuse-moi.

La douleur avait été si vive que la jeune femme mit un certain temps à comprendre que c'était Jack qu'elle avait devant elle.

— Oh, non, articula-t-elle lentement, la voix encore ensommeillée, c'est moi qui te demande de m'excuser.

Elle embrassa le bout de ses doigts puis les passa sur la tache violette qui ornait son œil enflé.

— C'est toi qui avais raison, Jack. Tu n'es pas ma fille.

— Non.

— Mais tu me la rappelles tellement !

— Ah… ah bon ?

— Oui, expliqua Addie en souriant, parce que je vous aime tous les deux.

À cet instant, Jack sentit quelque chose s'ouvrir en lui. Il avala avec peine et prit une profonde inspiration. Et lui qui savait de quand datait la première carte météorologique, lui qui savait tant de choses ignorées par le commun des mortels, ne sut que répondre.

Il attira Addie contre lui et l'embrassa en tentant de lui exprimer par le toucher tout ce que ses mots étaient incapables de lui dire. Qu'il l'aimait, lui aussi. Qu'elle lui avait rendu sa vie. Que lorsqu'il était avec elle, il se souvenait de l'homme qu'il avait été.

Elle enfouit le visage dans son cou.

— Je crois que nous méritons de vivre heureux jusqu'à la fin de nos jours.

— Si quelqu'un le mérite, c'est bien nous.

Addie fronça le nez.

— Je crois aussi que tu as besoin de prendre une douche. Je ne parle pas seulement de l'odeur du whisky, mais on a l'impression que tu t'es roulé dans un tas de feuilles pourries.

— J'ai passé une… très mauvaise soirée.

— Tu me retires les mots de la bouche. Viens, on rentre à la maison.

— À la maison, répéta Jack avec un grand sourire. Ah oui, ce serait génial.

Meg passa devant la porte de ses parents en marchant sur la pointe des pieds. Entendant sa mère se retourner dans son sommeil, elle s'arrêta. Puis elle descendit sans bruit… et sortit en se faufilant par la porte de la cuisine, parce que le bruit de la serrure était moins perceptible.

Il lui fallut un quart d'heure pour rejoindre les bois au pas de course. Elle avait coincé sous son bras un petit sac de toile qu'elle n'avait plus utilisé depuis des années. Lorsqu'elle arriva au bord du cimetière, elle était hors d'haleine et en sueur.

On ne pouvait grandir dans la maison d'un inspecteur de police sans absorber par osmose quelques rudiments de connaissances en matière de procédure policière. Dans quelques heures, on retrouverait des enquêteurs en train de crapahuter partout dans les bois, à la recherche d'indices qui viendraient appuyer les dires de Gillian. Et les premières choses qu'ils retrouveraient, ce seraient le feu, l'arbre de mai, les sachets, toutes les réminiscences de leur fête de Beltane.

C'était impossible.

L'une des raisons qui l'avaient poussée à devenir une sorcière était la part de mystère et le côté secret, la sensation de connaître des choses sur elle-même que personne ne devinerait jamais. Elle eut un frisson en imaginant ce que diraient ses parents s'ils découvraient le pot aux roses ; ce que penseraient d'elle ses copains du lycée. C'était déjà assez dur de se faire accepter quand on pesait quinze kilos de plus que les autres filles de son âge. Elle préférait ne pas penser aux moqueries qui l'attendaient si cette chose-là devenait de notoriété publique.

Sa tête lui faisait encore un mal de chien. Ce fut grâce au cornouiller en fleur qu'elle parvint à retrouver l'endroit où elles avaient célébré Beltane. Un instant, elle eut devant elle la figure gonflée et mouillée de larmes de Gillian sanglotant contre l'épaule de son père.

Cela la renforça dans sa détermination.

Les gobelets en carton étaient éparpillés partout et la bouteille Thermos de Gillian gisait par terre. Meg ramassa le tout dans son sac, puis décrocha les sachets suspendus dans l'arbre, qui suivirent le même chemin.

Les rubans de l'arbre de mai s'étaient dénoués et dansaient maintenant comme des fantômes. C'était Chelsea, la plus grande, qui les avait suspendus. Meg, la tête levée vers les hautes branches où les rubans avaient été attachés, grimaça. Par bonheur, elle parvint à les décrocher les uns après les autres sans trop de difficulté, à l'exception d'un ruban argenté.

Elle entoura le bout du ruban autour de son poignet et tira dessus de toutes ses forces. Il se déchira si brutalement qu'elle tomba à la renverse et s'étala de tout son long. Dans l'arbre, elle vit briller un petit éclat argenté. Bah, ce n'était pas grave. Personne n'irait regarder là-haut. Avec résolution, elle enfouit le dernier ruban dans le sac.

Elle jeta un coup d'œil circulaire sur la petite clairière, comme sa mère avant de quitter la chambre d'hôtel pendant les vacances, pour s'assurer que personne n'avait laissé traîner son nounours ou son maillot de bain. Et, leur secret fermement coincé sous le bras, elle rebroussa chemin au pas de course.

Homer Rudlow, le chef de la police, était une figure locale. Il avait été autrefois entraîneur de football américain au lycée, et Charlie avait joué dans son équipe. Leurs rapports quotidiens ne différaient pas beaucoup de ceux qu'ils avaient au lycée : Charlie se remuait les fesses pendant que Homer, sur la ligne de touche, donnait les directives.

Charlie était installé dans le salon de son chef, qui portait une robe de chambre à carreaux sur son pyjama. Sa femme, un être dévoué qui le supportait avec une patience d'ange depuis de nombreuses années, avait préparé du café et une assiette de beignets.

— Tous les éléments de preuve ont été mis sous plastique, annonça Charlie. Demain, je les apporte au labo à Concord.

— On a une chance d'avoir son ADN ?

— Ce salopard a mis une capote, siffla Charlie. Mais il y avait du sang sur le chemisier de la victime, j'espère que c'est le sien.

— Ah, ça serait beau, ça, dit rêveusement Homer.

Il prit une grande gorgée de café et berça sa tasse entre ses grosses pattes.

— J'ai pas besoin de te dire qu'on va avoir une sacrée pression sur ce coup-là, poursuivit-il. Avec Amos Duncan aux basques, pas question de merder.

— Ce n'était pas dans mes intentions, répondit sèchement l'inspecteur.

— Ce n'est pas ce que j'ai voulu dire.

— Je sais, je sais. Ça fait des années que je suis au courant, je sais qu'Amos a sauvé la ville grâce à sa foutue usine. (Le visage de Charlie revêtit une expression farouche.) Je vais le faire coffrer, ce salaud, Homer, mais pas parce que j'aurai Amos sur le dos. Je vais le faire parce qu'il aurait aussi bien pu s'en prendre à Meg.

Homer le considéra un long moment.

— Essaie donc la juge Idlinger, finit-il par lui conseiller. Tu as peut-être une chance qu'elle ne te bouffe pas tout cru si tu la réveilles pour obtenir un mandat d'arrêt.

Voyant que l'inspecteur restait assis, tête baissée, sans réagir, il s'étonna :

— Qu'est-ce qu'il y a ?

— J'étais en train de me dire... quand j'étais à Miami... je croyais que ces choses-là n'arrivaient pas à Salem Falls.

Les lèvres d'Homer prirent un pli amer.

— Malheureusement, si, ça arrive partout, soupira-t-il.

La voiture de police s'arrêta à l'angle de la maison d'Addie Peabody. Le passager, Wes Courtemanche, entreprit aussitôt d'ouvrir la portière, pressé de sortir. Mais Charlie secoua la tête et l'arrêta dans son mouvement.

— Attends une seconde, lui recommanda-t-il.

— Non, je ne veux pas attendre. Je veux aller lui coller les bracelets, à ce fils de pute.

— Calme-toi, Wes.

Courtemanche se retourna et regarda Charlie droit dans les yeux.

— Il est là-dedans avec elle, Charlie. Avec Addie.

Charlie connaissait Addie Peabody, bien sûr, comme tout le monde en ville. Il la connaissait même depuis son enfance. Mais, depuis qu'il était revenu, il n'avait eu que peu de contacts avec elle. Wes lui avait parlé de la relation entre Addie et Jack... et il ne lui jetait pas la pierre une seconde. Il était tellement facile de se tromper sur le compte des autres... Charlie était bien placé pour le savoir. Et maintenant, il allait devoir entrer chez elle et arrêter Jack St Bride sous ses yeux.

Il songea à la manière dont son visage se métamorphoserait dès l'instant où il ouvrirait la porte, muni de son badge. Il se souvint d'elle au lycée : toujours les traits tirés, silencieuse, introvertie.

— Allons-y, dit-il avec un soupir, avant de couper le moteur.

Addie considéra son bol de céréales. Oui, elle se sentait bien en compagnie de Jack... oui, elle se sentait prête à passer sa vie entière avec lui. Il était là, devant elle, les cheveux encore humides de la douche... Elle se leva pour lui servir un verre de jus de fruit, et il posa un bras autour de ses hanches comme si c'était la chose la plus naturelle au monde. Et lorsqu'elle retourna s'asseoir en face de lui, l'espace entre eux s'emplit du silence tranquille de ceux qui sont sûrs l'un de l'autre et le seront pendant des années.

Soudain, il leva la tête, et un lent sourire se dessina sur ses lèvres.

— Qu'est-ce qu'il y a ? demanda-t-il.

— Rien.

— Rien ? Et c'est ça qui te fait rougir ? rétorqua-t-il avec un petit rire. Oh, j'ai bien l'impression que tu as une petite idée coquine derrière la tête.

Addie leva un sourcil.

— Tu ne te trompes pas tant que ça, reconnut-elle.

— D'accord, mais il faut qu'on se dépêche d'aller au boulot. Il y a des gens affamés qui nous attendent au Resto. (Mais, tout en parlant, il la prit dans ses bras.) C'est vrai, il y a des gens affamés qui attendent.

Il se mit à lui mordiller le cou, à lui piquer des petits baisers derrière l'oreille... et Addie entendit de la musique. Des sons argentés, très légers, les sons émis par les ailes des anges. Il lui fallut un moment pour s'apercevoir que le bruit était bien réel et qu'il venait de la sonnette.

En ouvrant la porte, elle découvrit Charlie Saxton sur le seuil, avec Wes un peu en retrait. Elle dévisagea les policiers et sentit son sang se figer dans ses veines.

— Charlie, dit-elle avec raideur, qu'est-ce que je peux faire pour toi ?

Il était tout rouge et évitait son regard.

— Eh bien... c'est Jack St Bride que je cherche.

Addie sentit qu'on lui touchait doucement l'avant-bras. Jack vint se planter à ses côtés.

— Oui ?

Charlie montra une feuille de papier puis la remit dans la poche de son manteau.

— Monsieur St Bride, j'ai un mandat d'arrêt contre vous. Vous êtes soupçonné d'avoir commis un délit d'agression sexuelle aggravé contre Gillian Duncan la nuit dernière.

Addie se mit à trembler de tous ses membres.

— Quoi ? s'écria Jack. Je n'étais nulle part avec Gillian Duncan la nuit dernière ! C'est de la folie furieuse !

Ses yeux cherchèrent désespérément ceux d'Addie, s'y accrochèrent.

— Dis-leur ! la supplia-t-il. Dis-leur que je n'ai rien fait !

« Il n'a rien fait », se dit Addie. Puis, tout à coup, elle se souvint. « Il n'était pas avec moi la nuit dernière. Il a bu. On s'était disputés. Il a peut-être fait à Gillian Duncan ce qu'on m'a fait à moi. »

Jack dut le voir dans ses yeux, ce moment de doute qui s'était inscrit sur son visage avant qu'elle parvienne à faire bouger ses lèvres.

— Il n'a rien fait, dit-elle dans un souffle.

Déjà, Jack avait détourné son regard.

— On va faire un petit tour au poste, annonça Charlie.

Il se tint en retrait pendant que Wes passait les menottes au prisonnier, avant de le pousser brutalement dehors jusqu'à la voiture de police.

Addie avait envie de vomir, de se coucher dans son lit et de mourir. Elle n'avait plus envie de revoir Jack St Bride, plus jamais. Et elle avait envie de le serrer contre elle et de lui dire qu'elle croyait en lui.

Elle était si bouleversée qu'elle ne s'aperçut pas tout de suite que Charlie était resté sur les marches du perron.

— Ça va ? s'enquit-il d'une voix douce.

Elle posa sur lui des yeux durs et sombres.

— Comment oses-tu me poser cette question ?

Chagriné, Charlie avança la main pour fermer la porte, puis hésita.

— Ça nous aiderait beaucoup si nous pouvions voir les vêtements qu'il portait cette nuit.

— Faites ce que vous voulez, répondit-elle en pleurant.

Elle ne bougea pas durant les cinq minutes au cours desquelles elle entendit Charlie se déplacer dans sa maison. Et elle ne leva même pas les yeux lorsqu'il sortit en emportant les bottes pleines de boue de Jack, ses vêtements sales et une poignée de préservatifs pris sur sa table de chevet.

Jack St Bride suivit docilement Charlie pour accomplir les formalités d'usage, comme s'il connaissait par cœur les pas d'une danse compliquée apprise longtemps auparavant. Il laissa l'inspecteur photographier la blessure de son arcade sourcilière, son œil enflé, sans proférer un mot ni ébaucher le moindre geste de défense. Charlie examina l'égratignure longue de plusieurs centimètres qui lui barrait la joue, une égratignure que Gillian Duncan avait déclaré lui avoir infligée pendant qu'elle se débattait.

Le policier avait obtenu un mandat contre Jack, lui donnant l'autorisation de prélever du sang et des échantillons de cheveux. Pendant le trajet vers l'hôpital, il jeta un coup d'œil à son prisonnier assis sur la banquette arrière. L'homme regardait dehors, plongé dans ses pensées.

— Tu penses à quelque chose, Jack ? lui demanda-t-il sur le ton de la conversation. Peut-être que tu as quelque chose sur la conscience ?

St Bride rencontra ses yeux dans le rétroviseur.

— Allez vous faire foutre, marmonna-t-il.

Charlie eut un petit rire.

— Plus tard, peut-être. D'abord, on va aux urgences.

Il gara la voiture au parking et sortit pour ouvrir la portière arrière.

— Je ne sors pas, déclara Jack. Vous ne pouvez pas me forcer.

L'inspecteur fut surpris de cette résistance soudaine.

— Eh bien si, je peux. J'ai un mandat qui stipule que je peux faire prélever ton sang et tes cheveux, que tu le veuilles ou non. (Il se baissa, de sorte que ses yeux se retrouvèrent au niveau de ceux de St Bride.) Et à mon avis, si je témoigne à ton procès en disant que tu as refusé de nous donner des échantillons, le jury pensera que tu as quelque chose à cacher. De toute façon, si tu n'as rien fait, tu n'as pas à t'inquiéter, d'accord ?

— D'accord, acquiesça Jack d'un ton sec en s'extrayant de la voiture.

On le conduisit aux urgences, toujours menotté, puis, presque aussitôt, dans une petite pièce sans fenêtre. Une infirmière entra et, d'un geste expérimenté, introduisit un trocard dans une veine de son bras. Charlie réceptionna le tube rempli et Jack s'apprêta à se relever. Mais le policier l'arrêta d'un mouvement de tête.

— C'est pas fini, dit-il.

Enfilant un gant de caoutchouc, il lui arracha brutalement une mèche de cheveux.

— Vous m'avez fait mal ! protesta Jack.

— J'en ai rien à foutre, répliqua Charlie tout en introduisant la mèche dans une enveloppe.

Jack lui décocha un regard meurtrier.

— Ça y est, on a fini ? demanda-t-il.

— Non. Descends ton pantalon.

— Pas question.

Charlie le considéra d'un œil détaché.

— Soit c'est toi qui te prélèves les poils du pubis, soit c'est moi qui m'en charge, précisa-t-il.

Jack tendit lentement les poignets en secouant les menottes d'un air éloquent.

— Te donne pas tout ce mal, ricana Charlie. Ça sert à rien.

Jack souffla avec exaspération. Il déboutonna son pantalon et plongea les mains dans son caleçon. Les menottes se prirent dans les boutons, mais l'inspecteur fit semblant de ne rien remarquer. « Si seulement cette ordure pouvait se couper la queue, ce serait un bienfait pour l'humanité », pensait-il.

Avec une grimace, Jack tira sur le premier poil, qu'il posa sur une feuille de papier blanc placée sur la table d'examen.

— Combien ? s'enquit-il.

Pour l'expertise ADN, le laboratoire n'avait besoin que de quelques poils, de cinq à dix au maximum. Charlie regarda son prisonnier droit dans les yeux.

— Trente, annonça-t-il sans sourciller.

Puis il s'installa confortablement pour mieux voir.

1er mai 2000,
Salem Falls,
New Hampshire

Le procureur adjoint Matt Houlihan possédait l'instinct d'un pitbull et un pouvoir de persuasion hors du commun, combinaison qui aboutissait à un nombre époustouflant de condamnations et amenait la plupart des avocats de la région à rêver de l'étrangler pendant son sommeil.

Il était sept heures du matin, et il patientait devant une salle d'audience du palais de justice du comté de Grafton tout en prêtant une oreille distraite à la discussion animée qui opposait un avocat bruyant et insupportable à son client, non moins bruyant et insupportable. Il ferma les yeux et pensa à Molly.

Matt Houlihan fit aussitôt apparaître la couleur exacte de ses yeux, d'un bleu de bleuet, et le velouté de sa peau, et même la délicate odeur qu'il respirait lorsqu'il enfouissait la jolie frimousse de son bébé dans son cou. Elle l'empêchait de dormir pendant la nuit, mais ça lui était bien égal. Il était fou amoureux d'elle. Et ça durait depuis le jour de sa naissance, six mois auparavant.

Son plus grand plaisir avait toujours été d'obtenir des condamnations mais, maintenant qu'il avait un bébé, cela confinait à l'obsession. Il était saisi de frénésie. Son objectif était de mettre tous les malfrats de la terre à l'ombre, afin de permettre à sa fille d'évoluer dans un monde sans danger. Sydney, sa femme, lui parlait d'hypertension et tentait de lui faire comprendre qu'il n'était pas taillé pour jouer les Superman. « Tu vas bien voir », répondait Matt.

Il croisa les bras, pressé d'en finir au plus vite avec cette affaire. Le prévenu avait été pris en flagrant délit de possession de drogue, et le fait même que Matt lui eût proposé un arrangement était une faveur insigne de sa part, du moins à ses yeux. Son avocat avait argumenté pour obtenir une réduction des charges qui pesaient contre son client. Le procureur avait refusé, en proposant toutefois de sortir dans le couloir afin de le laisser discuter de la question avec son client.

— Non, répéta le client pour la quatrième fois, j'suis pas d'accord.

Levant les yeux au ciel, Matt retourna dans la salle d'audience. Il arracha le formulaire des mains du délinquant et le déchira en morceaux sous ses yeux stupéfaits.

— Fini, plus d'arrangement !

— Mais, bon Dieu, hurla l'avocat, il était sur le point d'accepter !

Vif comme l'éclair, Matt le coinça contre la table.

— Je ne veux pas qu'il plaide coupable, proféra-t-il d'une voix feutrée. Vous allez voir comme je vais vous l'écrabouiller au procès, votre client. Il va regretter de ne pas avoir été plus coopératif, et vous, vous regretterez de ne pas avoir été plus persuasif. Au revoir, ajouta-t-il en tirant sur les pans de sa veste.

Et il sortit sans un regard en arrière. Il consulta sa montre et sourit. Il lui restait deux heures avant de rejoindre son bureau. Avec un peu de chance, il serait rentré à temps pour donner son petit déjeuner à Molly.

La pièce était étouffante et nue, à l'exception d'une table basse, de deux chaises pliantes et d'un magnétophone. Un tube fluorescent accroché au plafond crachait une lumière crue en clignotant par intermittence.

Jack n'arrivait pas à croire qu'il vivait ce moment, que les cercles d'acier qui entouraient ses poignets n'étaient pas des jouets et que l'histoire était en train de se répéter. Il n'avait pas peur, non. Il était presque résigné, comme s'il avait toujours su que cette épée de Damoclès finirait par tomber. Les messages barbouillés à la peinture, au restaurant, et son passage à tabac en étaient les prémices. Mais rien – ni son arrestation, ni les commentaires de Wes, ni même les échantillons prélevés à l'hôpital –, rien ne l'avait marqué plus profondément que le doute inscrit sur le visage d'Addie.

La porte s'ouvrit sur Charlie Saxton. L'inspecteur lui tendit un paquet de cigarettes.

— Tu en veux une ?

Jack refusa d'un signe de tête.

— Ah oui, c'est vrai ! T'es un sportif, toi, hein ?

Devant son silence, Charlie soupira. Il appuya sur la touche d'enregistrement et la cassette se mit en route.

— Vous avez le droit de ne rien dire, lui rappela-t-il. Tout ce que vous direz pourra être retenu contre vous devant un tribunal. Vous avez le droit de parler à un avocat et d'être assisté par un avocat pendant tous les interrogatoires. Si vous n'avez pas les moyens d'engager un avocat, l'État vous en fournira un à ses frais.

Charlie joignit les mains sur la table.

— Vous voulez me raconter votre version des faits, Jack ?

Jack détourna la tête sans mot dire. Charlie opina du chef. Il n'était pas surpris.

— Vous connaissez un avocat ? Vous souhaitez qu'on l'appelle ?

Le dernier avocat auquel Jack avait confié sa vie l'avait envoyé au trou pendant huit mois. Non, il n'allait pas commettre deux fois la même erreur en se plaçant à la merci d'un parasite qui se ficherait pas mal de gagner le procès, pourvu qu'il touche ses honoraires.

— OK, dit Charlie.

Il adressa un signe à un autre fonctionnaire, qui vint chercher le prévenu pour le reconduire dans sa cellule. Ils étaient presque dehors lorsque la voix de Charlie arrêta Jack :

— Vous souhaitez que j'appelle quelqu'un ?

« Addie ! » pensa Jack. Sans répondre, il se remit en route.

En entrant dans la cuisine, Matt trouva sa femme en train de saupoudrer de la noix de muscade sur son fromage blanc.

— Tu savais que ce truc-là était mortel, en intraveineuse ?

— Le fromage blanc ? Oui, je pense.

— Non, la noix de muscade.

Matt trempa la cuiller dans le pot de compote de pêches et la présenta aux lèvres de sa fille. Comme il fallait s'y attendre, Molly recracha la compote.

Sydney s'assit à côté de son époux.

— Je peux savoir d'où tu tiens des connaissances aussi étranges concernant les épices ? interrogea-t-elle.

— J'ai fait boucler une bonne femme qui avait tué son mari diabétique en mélangeant de la noix de muscade à son insuline.

— Eh bien, moi, je ferais bien de mettre la noix de muscade sous clé… parce que le jour où tu me taperas vraiment sur les nerfs… on ne sait jamais, répliqua Sydney en souriant.

Matt passa un gant de toilette sur la figure de Molly et en profita pour s'en frotter également les joues.

— Je crois qu'il va falloir que j'investisse dans une combinaison étanche, grommela-t-il.

— Oh, j'ai bon espoir, le jour où elle se mariera, elle sera capable de tenir une cuiller avec élégance.

Comme pour approuver les paroles de sa mère, Molly éclata d'un petit rire perlé.

— Tu ne te marieras jamais, hein, mon bébé ? roucoula Matt. Pas avant que papa ait procédé à quelques enquêtes préalables…

Ils furent interrompus par le téléphone. Molly tourna la tête en direction du son, en ouvrant de grands yeux curieux.

— C'est pour toi, annonça Sydney. Charlie Saxton.

Il y avait un certain temps que Matt n'avait plus travaillé avec Charlie. Leur dernier contact remontait à un an auparavant, lors d'une affaire de vol qualifié de voiture. En fait, il avait peu de dossiers concernant Salem Falls.

— Bonjour, Charlie, dit Matt en prenant l'appareil. Qu'est-ce que je peux pour vous ?

— Nous avons une affaire de viol. Un type qui vient tout juste d'accomplir une peine de huit mois pour agression sexuelle s'est attaqué à une adolescente la nuit dernière.

— La victime veut qu'on le poursuive ? s'informa prudemment le procureur.

Car, trop souvent, les femmes qui avaient été violées ne pouvaient supporter le traumatisme de la procédure et préféraient renoncer.

— Oui. C'est la fille d'Amos Duncan.

— Duncan, les produits pharmaceutiques ? Rien que ça ! s'exclama le procureur avec un petit sifflement.

— Exactement.

— Bien, répéta-t-il, qu'est-ce que je peux pour vous?

— Vous pouvez nous rejoindre sur les lieux du crime? À neuf heures?

Matt nota les indications du trajet. Lorsque Charlie eut raccroché, pendant un long moment, il écouta sans l'entendre le bruit de la tonalité en caressant le crâne duveteux et vulnérable de sa petite fille.

Meg, Whitney et Chelsea vinrent sonner chez Gillian peu après huit heures du matin.

— Dites, les filles, leur dit Amos en guise d'accueil, vous ne devriez pas être au lycée?

Elles notèrent ses yeux injectés de sang, ses vêtements fripés, mais se gardèrent bien d'y faire allusion.

Whitney fut leur porte-parole :

— Nos parents nous ont dit de rester à la maison.

— On voulait être sûres que Gilly allait bien, ajouta Chelsea d'une voix à peine audible, comme si le fait de parler de ce qui s'était passé risquait d'aggraver encore les choses.

— Je ne sais pas si elle a envie de…

Amos se tut en voyant ses visiteuses fixer un point derrière lui. Il se retourna et ses yeux se posèrent sur sa fille qui était là, fragile comme une fleur des champs, un gros couvre-lit jeté autour des épaules. Elle était pieds nus, comme les enfants, et, à cette vue, l'estomac d'Amos se serra.

— Non, papa, dit Gilly, je veux les voir.

Ses amies l'entourèrent comme des dames d'honneur avec leur reine. D'un même mouvement, elles montèrent dans sa chambre et fermèrent la porte. Aussitôt, Whitney se précipita sur Gillian avec un petit cri et la serra contre elle.

— Ça va?

Gillian hocha la tête, blottie contre son épaule. Avec l'arrivée du jour, les péripéties de la nuit paraissaient irréelles.

— Qu'est-ce qu'ils t'ont fait ? s'enquit Chelsea, les yeux écarquillés.

— Un tas de tests à l'hôpital. Et il a fallu que je parle au père de Meg. (Ses yeux coururent des unes aux autres.) Eh, oh, c'est moi qui ai tout pris, alors pourquoi vous faites cette tronche ?

Ses complices n'osèrent pas répondre, un peu honteuses d'avoir des pensées égoïstes alors que c'était Gillian qui avait dégusté le plus. Whitney se mit à jouer avec un fil du tapis et finit par avouer :

— Ils vont tout retrouver, là-bas, et ils vont être au courant de tout…

— Personne n'a rien trouvé sur place, cette nuit, non ? demanda Gillian.

— Non, mais ils vont y aller aujourd'hui. Ils sont obligés, après ce que tu as dit.

Meg, qui avait gardé un silence inhabituel, secoua la tête.

— Je m'en suis occupée, leur apprit-elle.

Gilly la considéra d'un œil interrogateur.

— Tu t'en es occupée ? répéta-t-elle.

— Oui, j'ai… tout enlevé. J'y suis allée ce matin de bonne heure.

— Génial ! Tu es vraiment un chef, la complimenta Gilly en lui déposant un baiser sur le front.

Meg rougit sous l'effet de la louange en s'épanouissant comme une fleur au soleil.

Puis Gillian plongea la main sous son matelas et en retira leur *Livre des Ombres*.

— Prends-le chez toi, recommanda-t-elle à Chelsea. Je ne peux pas le garder ici, c'est trop risqué en ce moment.

Chelsea parcourut les pages de leur journal de bord, y compris les dernières notes : le récit circonstancié de leur fête de Beltane. Pour la première fois depuis qu'elle pratiquait la Wicca, elle ressentit un vide intérieur.

— Gilly, murmura-t-elle, hier soir…

— Qui est-ce qu'ils vont croire, d'après vous ? la coupa Gillian.

Son regard devint fixe, et, pendant quelques instants, elle parut à des kilomètres de là.

— Après ce qu'il m'a fait, poursuivit-elle d'une voix si basse que ses amies durent tendre l'oreille pour l'entendre, il n'aura que ce qu'il mérite.

Un groupe d'hommes constitué d'Amos, de Charlie, de Matt et d'une équipe de policiers formés spécialement pour isoler les scènes de crime et recueillir des indices suivirent Gillian sur le sentier qui menait du cimetière au bois. Elle était pâle et défaite, même s'ils avaient fait tout leur possible pour la traiter avec les plus grandes précautions. Soudain, elle s'arrêta.

— Voilà, c'est ici que ça s'est passé.

Elle désigna un énorme cornouiller en fleur, dont les pétales tapissaient le sol comme de la neige artificielle. Sous la direction de Charlie, un policier délimita l'endroit à l'aide d'un ruban adhésif jaune en utilisant les troncs d'arbres comme support. D'autres s'agenouillèrent afin de prélever des échantillons du sol et de rechercher tous les indices susceptibles de servir au procès contre Jack St Bride.

Charlie se dirigea vers Amos et sa fille. Cette dernière ouvrait des yeux immenses et tremblait de façon incontrôlée.

— Ma chérie, lui dit Charlie, tu te souviens de l'endroit où il t'a maintenue au sol ?

Le regard de l'adolescente parcourut la petite clairière.

— Là-bas, répondit-elle en tendant le doigt.

C'était un endroit dénué de feuilles, un endroit qui ne se différenciait en rien des autres, mais Charlie savait que les spécialistes seraient capables de détecter des trésors invisibles à l'œil nu. Il y dépêcha deux hommes.

— Tu ferais mieux de la ramener à la maison, suggéra-t-il à Amos. On a l'impression qu'elle va s'écrouler d'une minute à l'autre.

— Elle est costaude, Gillian. Elle…

— … elle n'a pas besoin d'être ici. Je sais que tu veux nous être utile. Et en ce moment, le meilleur moyen de nous être utile, c'est de lui donner un petit tranquillisant. Comme ça, quand ce sera son tour d'entrer en piste, elle pourra tenir le coup.

— Un petit tranquillisant, répéta Amos avec raideur. Oui, je vais lui en donner un.

— Bien. Dès que j'apprends quoi que ce soit… promit-il, avant d'aller rejoindre ses collègues.

Deux hommes examinaient le site du viol.

— Vous trouvez quelque chose ? s'enquit Charlie.

— Pas de pistolet qui fume. Ou qui gicle, puisque c'est de ça qu'il s'agit…

— Épargnez-moi vos fines plaisanteries, grommela Charlie. Vous avez trouvé la capote ? Ou un emballage ?

— Non. Mais on a des empreintes de pas. Peut-être des traces de lutte. Mais il y a des tas de gens qui peuvent avoir marché là. On va prendre des photos.

Matt Houlihan tapota l'épaule de Charlie.

— Venez voir par ici.

Il le conduisit de l'autre côté de la clairière et indiqua une tache noire sur le sol.

— Vous voyez ? Ce sont des cendres.

— Ah oui ?

— On a fait un feu ici.

Charlie haussa les épaules.

— Gillian l'a signalé dans sa déposition. Je vous l'avais déjà dit.

— Oui, mais il vaut mieux avoir une confirmation.

— Vous aviez mis ses déclarations en doute ?

— Vous savez à quel point les procès pour agression sexuelle sont difficiles à gagner… même lorsqu'il s'agit d'un récidiviste. Il me faut tout ce qu'il est possible d'obtenir pour corroborer les déclarations de la fille.

— Elle a dit qu'elle a griffé le type, et j'ai la preuve sur papier Kodak.

— Les photos seules ne pourront pas le faire condamner. Il faut qu'elle soit plus précise. Vous n'avez pas pu obtenir la durée de l'agression ?

— Elle a déclaré que ça a duré entre cinq et dix minutes.

— Ça, c'est la différence qu'il y a entre une compétition pour le record du monde et une rencontre sportive de lycée, Charlie.

— Merde, Houlihan, je crois qu'elle était peut-être un peu trop préoccupée à ce moment-là pour sortir son chronomètre !

Matt baissa le nez avec un soupir.

— Elle va voir un psy ? reprit-il.

— Oui, un certain Dr Horowitz, un psychiatre que son père connaît.

Matt hocha la tête, puis attrapa un bout de bâton carbonisé et se mit à jouer avec, jusqu'à ce qu'un policier le lui prenne des mains avec un grognement pour l'introduire dans un sac.

— Qu'est-ce que vous avez pu obtenir du prévenu, à part des photos ?

— Oh, inutile de dire qu'il n'est jamais venu ici !

— Il vous a dit ça après avoir eu connaissance de ses droits ?

Charlie secoua la tête.

— Ses droits ? Il est resté muet comme une carpe après que je les lui ai lus. Non, il me l'a déclaré quand je lui ai annoncé qu'il était arrêté. Une réponse complètement idiote.

Matt réfléchit. Il y aurait une bagarre pour faire admettre cette déclaration. Mais ce n'était pas la première fois qu'il affrontait cette difficulté, et il s'en était toujours sorti.

— Lieutenant Saxton, appela un fonctionnaire, venez voir par là.

Sous le cornouiller, Matt et Charlie décelèrent une trace de pas très nette sur le sol humide. La trace était bien plus grande que celle laissée par le pied d'une adolescente. Le policier qui avait fait la découverte regarda la botte d'homme qu'il tenait, celle que Charlie avait prise chez Addie.

— Je ne dis pas que ça correspond, c'est à l'expert d'examiner la semelle, dit le policier, mais j'ai l'impression que ça lui ressemble sacrément.

En effet, les traces présentaient le même dessin que la semelle. De plus, la taille correspondait à la pointure de la botte de St Bride. Et St Bride avait affirmé qu'il n'avait été nulle part avec Gillian Duncan la nuit précédente.

Matt exhiba son large sourire aux dents écartées.

— Eh bien, émit-il d'un ton satisfait, voilà un excellent début.

Le juge était un homme. Tout au fond de lui, Jack poussa un soupir de soulagement. Un homme sait sûrement lire dans la tête d'un autre homme. Il garda le regard fixé sur le juge Lucius Freeley, comme si, par ce moyen, il pouvait imprimer son histoire dans son cerveau.

Mais le juge ne parut pas le remarquer. Il jeta un regard indifférent aux caméras installées au fond de la salle d'audience, puis au banc du procureur, où un grand type roux qui ressemblait au garçon de *Happy Days* parcourait ses notes. Enfin, il consacra son attention à Jack et prit un air sévère.

— Nous sommes ici sur plainte de l'État du New Hampshire contre Jack St Bride. Monsieur St Bride, vous êtes accusé d'agression sexuelle aggravée. Il s'agit d'un crime de classe A, et vous avez droit à un avocat. Si vous n'avez pas les moyens, un avocat sera commis d'office.

Le juge regarda le siège vide à côté de Jack d'un air significatif, pour lui faire comprendre qu'il serait idiot de ne pas tirer avantage de cette disposition de la loi.

Jack pensa à Melton Sprigg et serra les mâchoires.

— Monsieur le juge, dit-il, je préférerais ne pas…

Il s'arrêta, sentant les yeux verts et froids du procureur posés sur lui.

— Je n'ai pas les moyens, dit-il, scellant son destin.

Trente minutes plus tard, Bernie Davidson, le greffier, téléphonait aux services de l'aide juridique, au moment où le juge Freeley – qui avait un besoin urgent d'être opéré de la prostate – demandait sa quatrième interruption de séance de la matinée.

— Il faut que vous m'envoyiez quelqu'un, dit Bernie à son interlocuteur.

— J'ai reçu ton fax… mais on n'a personne, répondit le coordinateur. On aurait quelqu'un, mais il a défendu la victime il y a trois ans pour un délit de vol à l'étalage, avant de faire partie de nos services. Et tu sais bien, Bernie, que nous sommes trop petits pour construire une muraille de Chine autour de celui qui assurera la défense de St Bride.

Bernie soupira. On était vendredi, mais cette journée ressemblait plutôt à un lundi matin.

— OK. Je vais voir ce que j'ai sur ma liste. Merci.

Il raccrocha et parcourut un paquet de cartes entouré par un élastique qu'il gardait à portée de main dans son bureau, un groupe d'avocats privés auxquels il faisait appel de temps à autre lorsque les avocats commis d'office avaient un empêchement. Finalement, ses yeux s'arrêtèrent sur un nom. « Et voilà ! » s'exclama-t-il. Le sourire aux lèvres, il décrocha son téléphone.

Au troisième bruit de chute, Jordan posa sa tasse de café et alla voir ce qui se passait. Il traversa le couloir comme un limier attiré par une odeur, jusqu'au moment où il trouva l'origine du bruit : cela se passait derrière la porte de la chambre de Thomas, ce qui était vraiment étrange, compte tenu du fait que Thomas était parti au lycée depuis deux heures au moins.

Un autre bruit. Puis un « Merde ! » sonore. Jordan ouvrit la porte et tomba sur Selena étalée sur le tapis recouvert de journaux. Elle portait un débardeur et un caleçon qui lui appartenaient. Sa peau acajou était couverte de taches bleues, et un rouleau gisait à un mètre de là, baignant dans une flaque de peinture.

— Si c'est un nouveau look que tu essaies… c'est raté, ironisa Jordan.

Selena lui décocha un regard furieux.

— Et si je te lançais un bâton, tu déguerpirais ?

Il ne se laissa pas troubler pour autant.

— Pas avant d'avoir trouvé pourquoi tu peins le plafond de Thomas, dit-il en pénétrant dans la pièce.

Il se tut pour lire l'étiquette de la boîte posée un peu plus loin : *Bleu fumée*.

— Peut-être parce que tu ne l'as pas fait ? suggéra-t-elle. Écoute, Jordan, ton fils a quinze ans. Tu trouves que les œufs de Pâques violets et les petits lapins de ce papier peint sont encore de son âge ?

Jordan examina la chambre de Thomas et la vit d'un œil neuf. Avant leur arrivée, elle avait été celle d'une petite fille. Depuis près d'un an, Jordan promettait à son fils de changer le papier...

Bon, vêtu comme il l'était d'un pantalon de survêtement et d'un vieux T-shirt, il ne risquait rien. Il attrapa le rouleau en disant d'un ton détaché :

— Au moins, moi, je sais grimper sur une échelle. Quand j'ai entendu le boucan, j'ai cru que tu participais à un tournoi au profit du WWF.

— Je sais très bien me tenir sur une échelle, répliqua Selena. C'était le rouleau de peinture qui se cassait la figure chaque fois que je lâchais la poignée.

Jordan peignit un petit rectangle bleu sur le plafond. Selena tenait le seau de peinture à sa hauteur, afin de lui éviter de descendre pour imbiber le rouleau.

— Je n'aurais jamais cru que tu avais besoin d'une échelle, tellement tu ressembles à une amazone, persifla Jordan.

— Très drôle !

— Le sarcasme est un service de plus offert par la maison. Dis-moi, pourquoi as-tu choisi le bleu ?

— Parce que c'est une couleur qui calme. Regarde, tu as loupé toute cette partie. Tu vois ?

Jordan grogna :

— Non, moi, je trouve que c'est très bien.

— J'ai toujours dit que tu étais pratiquement aveugle.

La jeune femme empoigna les bords de l'échelle et entreprit de grimper derrière lui. Il se poussa de côté pour lui permettre de se glisser sous son bras afin de lui montrer l'endroit qui n'avait pas été bien couvert.

— Ici, dit-elle.

Mais Jordan ne l'écoutait pas. Il respirait l'odeur de la peau de Selena, il sentait la chaleur de son corps derrière lui. Il ferma les yeux et inclina la tête vers la sienne.

— Je ne suis pas aveugle, Selena, murmura-t-il.

Ils restèrent enlacés, immobiles, dans l'attente. Et, juste au moment où Jordan se baissait pour l'embrasser, Selena se retourna, et il n'attrapa que sa nuque.

— Jordan, chuchota-t-elle, il vaut mieux pas.

— Cette fois-ci, ça serait différent. Parce que je suis différent.

Elle sourit :

— Ce n'est pas parce que ton zizi grandit que tu grandis aussi.

Il voulut protester, mais il fut coupé dans son élan par la sonnerie du téléphone. Dans sa hâte à s'extraire de sa position inconfortable, il fit tomber Selena ainsi que le rouleau de peinture, mais ils commençaient à en avoir l'habitude. D'un bond, il enjamba la jeune femme pour se précipiter dans le couloir et décrocher.

Quelques instants plus tard, il réapparut sur le seuil de la porte. Selena, qui avait repris sa place sur l'échelle, passait le rouleau sur le plafond. Elle se retourna et lui adressa un regard où il ne lut pas la moindre trace des événements antérieurs.

— S'il te plaît, dis-moi que c'est ce débile de garagiste qui annonce que ma voiture est réparée.

— Non, c'était Bernie Davidson, du tribunal, répondit Jordan, encore un peu sous le choc. On dirait que je reprends du service.

Il regarda Selena, une question dans les yeux.

— Tu peux compter sur moi, dit-elle en descendant de son perchoir.

Comme tous les habitants de Salem Falls ayant dépassé l'âge de huit ans, Jordan savait que Jack St Bride avait déjà été condamné pour agression sexuelle. Le fait qu'il fût maintenant sous le coup d'une accusation de viol ne parlait pas en sa faveur non plus. Une chose était sûre : en tant que récidiviste, St Bride ne pourrait être libéré sous caution. Ce qui convenait fort bien à Jordan, car, quand on était sous les verrous, on n'avait pas le loisir d'aggraver son cas.

Ses cheveux étaient encore humides de la douche lorsqu'il arriva dans le bureau du procureur à Ossipee. Sa priorité était de recueillir le maximum d'informations dans un minimum de temps. Les procès pour viol étaient toujours très difficiles ; plus il en saurait, plus il aurait de chances de retomber sur ses pieds.

Il attendit que la secrétaire prévienne Matt Houlihan, un procureur adjoint que Jordan n'aimait pas, juste par principe. Ce mec avait un toupet monstre, et si lui, Jordan, était de cet avis, cela voulait vraiment dire quelque chose. Jordan ne savait ce qui lui déplaisait le plus : son obstination ou le fait que son crâne ne se dégarnissait pas, même pas d'un cheveu !

Matt apparut devant lui, tout sourire :

— Il est ressuscité !

Jordan lui tendit la main, non moins souriant.

— Les bruits qui ont couru à propos de ma disparition ont été exagérés.

Matt eut un geste en direction de son bureau et s'étonna :

— Mais où étiez-vous passé ? Après l'affaire Harte, vous avez disparu de la surface de la terre.

— Non... j'ai simplement disparu à Salem Falls... C'est peut-être la même chose, en fait, ajouta-t-il avec une grimace.

Il s'assit en face de Matt et lui annonça sans préambule :

— J'ai été désigné pour défendre Jack St Bride.

— Je croyais qu'il aurait quelqu'un de l'aide juridique.

— Apparemment, il y avait un conflit. Voilà, c'est donc moi qui m'y colle.

Les yeux de Matt étincelèrent.

— Les défis, ça me plaît bien.

Jordan préféra ne rien répondre, de crainte que les mots ne restent coincés dans sa gorge. Défendre un mec qui partait perdant à double titre devant Matt Houlihan serait tout sauf une partie de plaisir.

— Je ne vois aucune raison de contester la demande de libération sous caution, attaqua-t-il sans préambule, tout en sachant pertinemment que jamais cette idée n'eût effleuré l'esprit d'un avocat en pleine possession de ses moyens. En espérant que vous pouvez me remettre les rapports de police que vous détenez à l'heure actuelle.

Matt lui tendit un dossier.

— Voici l'accusation, et la déposition de la victime.

C'était une fleur, Jordan le savait. Sans ces éléments, la victime aurait été pour lui une inconnue et il lui aurait pratiquement été impossible de préparer un procès. Il ouvrit le dossier et le nom de la victime lui sauta aux yeux. Mais il ne cilla pas.

— Eh bien, dit-il en se levant, nous en discuterons.

— De quoi ? répliqua Matt en joignant les doigts dans une attitude décontractée en opposition avec la froide détermination de ses yeux. J'ai là une jeune fille qui déclare qu'un voyou l'a violée, un voyou qui vient de faire de la taule pour le même motif. Il n'y a rien à discuter, Jordan. Je vais remettre votre client à l'ombre. Pour vingt ans.

En voyant Jordan McAfee déboucher au bout du couloir, depuis la cellule où il était enfermé dans les locaux du shérif, Jack se leva d'un bond. L'avocat le regarda dans les yeux, chose que les shérifs adjoints évitaient soigneusement de faire.

— Bonjour, Jack, dit-il. Je sais que nous nous sommes déjà rencontrés, mais peut-être faut-il que je vous explique pourquoi je suis ici. Je suis avocat depuis près de vingt ans, et, de temps en temps, je travaille pour l'aide juridique quand le tribunal a besoin de quelqu'un en cas de conflit d'intérêts. On m'a demandé d'assurer votre défense.

Jack ouvrit la bouche pour dire quelque chose, mais Jordan leva la main.

— Nous ne pouvons pas faire grand-chose ce matin, nous allons simplement essayer d'être parés. Nous n'allons pas parler du procès, et nous n'allons rien demander au juge.

— Il faut que vous obteniez ma libération sous caution.

— Jack, vous avez déjà une condamnation antérieure. Vous avez autant de chances de sortir d'ici aujourd'hui que moi d'être élu pape. Il va falloir que vous me fassiez confiance…

— Vous faire confiance ? À vous ? l'interrompit Jack, le regard perdu. Je ne vous connais même pas !

Jordan attendit une seconde avant de répondre. Puis :

— Vous savez que je prends mon café léger et que je lis le *New York Times* et non le *Globe*. Vous savez que je donne vingt-cinq pour cent de pourboire à chaque fois. C'est plus que la plupart des inculpés n'en savent généralement sur leur avocat. Bon, ce n'est pas ma faute si vous êtes dans cette cellule… Visiblement, vous avez été assez grand pour y entrer tout seul.

— Je ne veux pas retourner en prison ! s'exclama Jack, au désespoir. Je n'ai jamais fait ce qu'ils disent.

Jordan regarda les vêtements sales et fripés de l'homme qu'il avait en face de lui, ses yeux égarés, la longue égratignure de sa joue, et ne crut pas un mot de ses dénégations. Il se dit que s'il avait pu recevoir une pièce de cinq cents chaque fois qu'il avait entendu ces paroles, cela lui aurait permis d'amasser suffisamment pour passer une sacrée soirée à Las Vegas.

— Je comprends très bien que vous soyez bouleversé en ce moment. On va d'abord se débarrasser de la lecture de l'acte d'accusation, et ensuite on étudiera vos différentes options.

— La dernière fois qu'un avocat a étudié mes différentes options, répliqua Jack, j'ai passé huit mois en prison.

Jordan haussa les épaules sans mot dire mais en lui répondant mentalement : « Cette fois-ci, ce sera bien pire. »

— J'ai comme une petite impression de déjà-vu, remarqua le juge Freeley en ouvrant le dossier placé sur son bureau. Monsieur St Bride, je vois que vous êtes représenté par Me McAfee, maintenant.

Jordan se leva et boutonna soigneusement sa veste. Aussitôt, il sentit s'animer les yeux des caméras placées au fond de la salle.

— Oui, Votre Honneur. J'ai expliqué l'objet de la plainte à mon client, et il l'a lu et compris. Puis-je demander à la cour de noter que l'inculpé plaidera non coupable ?

— Très bien, répondit le juge. Y a-t-il une demande de libération sous caution ?

Matt Houlihan déplia son corps efflanqué et dévisagea Jack.

— Votre Honneur, il s'agit là d'un crime extrêmement violent. De plus, l'inculpé a déjà subi une première condamnation. Il n'a virtuellement aucune attache dans la communauté : il vient de s'installer ici, n'a pas de famille dans la région, ne possède aucun bien. Tous ces éléments indiquent qu'il existe un risque de fuite. La communauté ne serait pas en sécurité s'il devait être relâché, Votre Honneur. Cet homme est accusé d'avoir agressé sexuellement une jeune fille. Or il a déjà été condamné pour le même motif. La cour peut craindre que, relâché, il ne trouve aussitôt une autre victime. Pour toutes ces raisons, Votre Honneur, le ministère public demande que la libération sous caution soit refusée.

Le juge se tourna vers le banc de la défense.

— Maître McAfee ?

— Je ne vois aucun inconvénient à cette demande, Votre Honneur.

Le juge Freeley hocha la tête.

— Très bien...

— Si je n'éprouve pas la nécessité de contester la demande du refus de libération sous caution émise par l'accusation, l'interrompit Jordan, je ne vous cache pas que c'est pour assurer la sécurité de mon client. Vous avez devant vous un homme dont les droits énoncés au premier amendement ont été bafoués par le poids de la rumeur et des conjectures, un homme qui n'a commis aucun crime et qui, en réalité, est une victime. Votre Honneur, la ville de Salem Falls a tout fait pour avoir la tête de Jack St Bride, et ce dès l'instant de son arrivée.

Le juge accueillit la fin de son petit discours avec un geste en direction des caméras.

— Je suis sûr que l'académie des Oscars apprécierait votre prestation, maître McAfee, commenta-t-il d'un ton sec. Mais veuillez faire grâce de vos talents à ce tribunal. Suivant ?

Le greffier appela l'affaire suivante. Jordan se tourna vers son client, qui le regardait, muet.

— Qu'est-ce qu'il y a ? demanda-t-il d'un ton brusque.

— Je... je ne m'attendais pas à ce que vous preniez mon parti, avoua Jack.

Jordan rangea le dossier de l'accusation avec ses autres papiers.

— Si je vous accorde le bénéfice du doute, peut-être aurez-vous la bonté de faire de même pour moi, répondit-il.

L'huissier s'approcha pour emmener son client.

— Attendez, lui cria Jack en se retournant, quand est-ce que je pourrai vous revoir ?

— Pas aujourd'hui. J'ai un emploi du temps très chargé.

Jordan serra sa serviette sous son bras et s'éloigna en se demandant ce que penserait Jack St Bride s'il savait qu'il n'avait absolument rien au programme pour le restant de la journée.

Novembre 1998,
Loyal,
New Hampshire

Parfois, lorsque Jack regardait ses filles évoluer sur le terrain, il lui semblait que le temps s'arrêtait. Il n'entendait plus rien, hormis les battements de son cœur, il ne voyait plus rien, hormis les petits points cousus sur le sol par leurs crampons pendant qu'elles couraient d'un but à l'autre, et il pensait : « Il n'y a rien de meilleur. »

— Allez, allez ! cria-t-il en frappant dans ses mains. Arielle est démarquée !

Il vit ses attaquantes se ruer sur leurs adversaires dans un méli-mélo de pieds et de boue qui lui cacha le jeu un instant. Puis l'ailière droite centra sur le but adverse, en direction d'Arielle, son milieu de terrain. Arielle, capitaine de l'équipe, était sa meilleure attaquante. Elle était en permanence sur le terrain, relayée de temps en temps par les remplaçantes, mais brièvement, juste pour lui permettre de souffler un peu… et cela uniquement quand la victoire ne faisait plus de doute.

La jeune fille fonça droit sur le but, l'œil rivé au ballon, prête à couper sa trajectoire. Mais, au moment où elle s'élevait pour frapper la balle de la tête, elle heurta de plein fouet une arrière venue à sa rencontre. Le ballon passa pardessus la cage et sortit des limites. Arielle s'écroula aux pieds de la gardienne de but.

Un cri étouffé monta du terrain. Les joueuses des deux équipes s'arrêtèrent et attendirent qu'Arielle se relève.

Mais celle-ci ne se releva pas. L'arbitre siffla et Jack courut à la rescousse de la blessée.

— J'ai mal évalué la distance, gémit-elle en se tordant de douleur, la main crispée sur son épaule.

Pas besoin d'être grand clerc pour en conclure que c'était la clavicule. Jack connaissait : il se l'était brisée trois fois quand il jouait à l'université. Il ne lui restait plus qu'à aider Arielle à quitter le terrain.

Un bras passé autour de sa taille, il la soutint pendant qu'elle sortait sous les applaudissements des supporters des deux camps.

— Peut-être qu'en me reposant un peu je pourrai reprendre tout à l'heure, proposa la jeune fille.

L'entraîneur, touché par ses paroles, refusa néanmoins. L'arbitre leva les mains et attendit qu'il procède au remplacement pour permettre au match de reprendre. Sur le banc de touche, les deuxième et troisième remplaçantes le dévisagèrent avec dans le regard l'expression de deux jeunes filles faisant tapisserie au bal. Les yeux de l'entraîneur passèrent de l'une à l'autre et s'arrêtèrent sur Catherine Marsh, la fille de l'aumônier du lycée. Ses coéquipières paraissaient l'apprécier ; il ne lui avait jamais accordé assez d'attention pour se faire une opinion. Les yeux remplis d'espoir qu'elle levait sur lui illuminaient son visage.

— Très bien, lui dit Jack. À toi de jouer.

« Oh, mon Dieu ! Oh, mon Dieu ! Oh, mon Dieu ! » se répétait Catherine.

Elle occupait le poste habituellement tenu par Arielle, qui avait été emmenée à l'hôpital. Elle était tellement concentrée sur le ballon qu'elle s'attendait à le voir prendre feu d'une minute à l'autre. Entrer à cet instant de la partie ne lui avait pas permis de prendre ses marques. Juste quelques mouvements de décontraction, pendant lesquels elle s'était efforcée de se détendre… en pure perte. « Du calme », s'enjoignit-elle. Mais son cœur n'en battit que plus fort et son sang continua à bouillonner dans ses veines.

Ses yeux suivirent la trajectoire du ballon lorsque son ailière tira au but. La gardienne, une fille massive comme un taureau, la dévia d'un seul coup de sa main large comme un battoir… mais le ballon s'éleva en spirale, rebondit sur le bord de la cage et sortit du terrain.

— Corner ! hurla l'arbitre quelque part derrière elle.

L'ailière posa le ballon à l'angle du terrain. Catherine se rapprocha du but. Elle évalua de l'œil la position de la gardienne, qui la dépassait d'une bonne tête, et se fit mentalement mille recommandations : « Ne perds pas le ballon des yeux. Attends. Tu l'envoies en plein milieu. Allez, faut que t'assures… »

L'ailière shoota, un tir plutôt raté, et le ballon partit en décrivant une courbe dont la trajectoire l'éloignait du but. « Là c'est foutu, j'arriverai jamais à l'avoir ! » se dit Catherine, en même temps qu'un énorme poids tombait de sa poitrine, car elle n'était plus obligée d'intervenir. Le ballon resta suspendu en l'air un instant… puis Catherine vit la sphère décrire une douce courbe au-dessus de son épaule gauche. Instinctivement, elle sauta. Ses épaules s'abaissèrent, ses jambes s'élevèrent dans un mouvement de ciseaux et son pied droit alla frapper le ballon, le renvoyant dans la direction d'où il venait.

Catherine ne vit pas le ballon filer par-dessus son épaule et étirer l'angle supérieur gauche du filet. Elle ne comprit pas tout de suite pourquoi toute son équipe s'était mise à hurler et s'était affalée en tas sur elle, l'empêchant de se relever. Elle resta étendue sur le dos, le souffle court.

L'une de ses coéquipières lui tendit une main pour la remettre debout. Catherine parcourut du regard tous ces visages joyeux, sur la ligne de touche, qui lui faisaient fête... à elle ! Finalement, elle s'arrêta en trouvant celui qu'elle cherchait. M. St Bride la regardait, bras croisés.

— Merci, forma-t-il avec ses lèvres.

Catherine eut un sourire épanoui qui traduisait tout son bonheur.

— Tout le plaisir est pour moi, chuchota-t-elle en retournant au match.

Couvertes de boue, épuisées, mais animées par l'euphorie de la victoire, les filles se dirigèrent vers les vestiaires. Les supporters jaillirent des lignes de touche pour se ruer vers les bâtiments blancs de Westonbrook, où ils pourraient attendre les joueuses qu'ils étaient venus applaudir.

L'infirmière avait fait passer la nouvelle : Arielle avait une fracture de la clavicule ; il se pouvait qu'elle soit immobilisée pour six semaines. Mais, alors que cette information eût démoralisé Jack quelques heures plus tôt, il l'accueillit avec un calme remarquable. Et cela, grâce à Catherine Marsh, un petit génie qu'il n'avait pas remarqué, trop occupé qu'il était à chouchouter la star.

Elle était encore sur le terrain. Sa queue de cheval s'était défaite et ses cheveux blonds retombèrent sur sa figure comme un voile lorsqu'elle se pencha pour prendre ses affaires sur le banc de touche.

— Alors, ça va, Pelé ? lui lança-t-il.

Elle le regarda sans comprendre.

— Oh, c'est vrai ! Tu me donnes un coup de vieux, là. Bon, pas Pelé. Ronaldo, alors.

— Pas tout à fait. (D'un air coupable, Catherine tira sur son maillot.) Vous voyez, je ne me suis pas encore changée. Merci de m'avoir donné ma chance aujourd'hui.

— Le mieux aurait été de laisser le ballon à une coéquipière mieux placée.... En ce moment, je pourrais aussi bien être en train de te demander ce que tu as foutu, au lieu de te féliciter comme la nouvelle star de l'équipe.

— Je sais.

— Si tu es destinée à marquer des buts aussi risqués, je vais t'apprendre à le faire sans te blesser.

Catherine leva brutalement la tête.

— C'est vrai ? se réjouit-elle.

— Ouais. Viens par ici.

Il lui donna un ballon et l'envoya tirer un corner. Lui-même prit la position qu'elle avait tenue, près du but.

— Vas-y.

Elle s'exécuta, mais son premier essai envoya le ballon droit dans le but.

— Pardon, dit-elle.

Jack éclata de rire.

— Il ne faut jamais t'excuser auprès de ton entraîneur quand tu marques un but.

En souriant, Catherine effectua un nouvel essai. Le ballon s'envola vers le point de penalty en décrivant un arc, et Jack s'élança. Les cheveux flottant au vent, il leva les jambes, pédala en l'air pour préparer sa frappe et renvoya le ballon par-dessus son épaule droite baissée. En retombant, il étendit les mains et atterrit à plat sur le haut du dos avant de rouler sur lui-même.

— Waouh ! fit Catherine. Ça paraît trop simple comme ça !

— Comme ça, on se fait moins mal, rectifia Jack en se relevant. Si tu atterris ici, poursuivit-il en posant la main sur le haut de son dos, tu rouleras sur ta colonne vertébrale, donc tu toucheras avec les épaules, les coudes et les avant-bras, et c'est ensuite seulement que tes fesses toucheront le sol.

Ils continuèrent l'entraînement et, au bout de la septième tentative, Catherine atterrit parfaitement. Folle de joie, elle se releva et se jeta au cou de son entraîneur.

— Ça y est, j'ai réussi. Ah, c'est trop cool !

En riant, Jack la détacha de lui. « Si je pouvais mettre en bouteille l'enthousiasme des adolescentes de quinze ans, je ferais fortune », se dit-il tout en lui tendant ses affaires.

— Allez, rentre chez toi, Pelé.

— Je m'appelle Ronaldo, si ça ne vous dérange pas.

Il sourit en la regardant traverser le terrain de sport peu à peu plongé dans l'ombre. Et il se demanda comment il avait pu à ce point sous-estimer Catherine Marsh, depuis trois mois qu'elle faisait partie de son équipe.

Jay Kavanaugh s'arrêta dans son geste et garda la bouteille de Bud à mi-chemin de ses lèvres.

— Tu te fous de moi ! Elle a largement plus de seize ans ! s'exclama-t-il.

— Non, insista Jack, je ne me fous pas de toi.

Ils étaient en train de regarder un clip diffusé par MTV et détaillaient la chanteuse pop qui se trémoussait sur l'écran de la télévision accrochée au-dessus du bar.

— Mais… mais… regarde son visage !

— Tout ça, c'est du maquillage.

— Et elle se fout du coton dans le soutien-gorge, c'est ça ?

Jack avala une gorgée de bière.

— C'est une fleur qui s'est épanouie très tôt.

— C'est pas une fleur, c'est une forêt tropicale ! grommela Jay.

Il attrapa la télécommande sur le bar et zappa. La fille aguichante fut remplacée par Arnold Schwarzenegger en train de casser la figure à un quelconque second couteau, qui saignait comme un bœuf.

— Voilà ! Enfin quelque chose de moins excitant, nota Jay avec satisfaction tout en levant la main pour demander une nouvelle bouteille de bière. Je ne sais pas comment tu fais.

— Comment je fais quoi ?

— Pour résister à la tentation.

— De quoi tu parles ?

— Ben… tu es entouré par… par des chanteuses de pop de seize ans toute la journée.

— Jessica Simpson n'est pas inscrite à Westonbrook.

Jay haussa les épaules.

— Tu sais ce que je veux dire. Je connais des procureurs qui auraient la trouille de reconduire leurs baby-sitters adolescentes chez elles. Comment peux-tu les regarder tous les jours que Dieu fait sans… les remarquer ?

— Parce que je suis leur prof et que j'ai de la moralité. Et toi, tu interroges bien des délinquants toute la journée, ce n'est pas pour autant que tu décides tout à coup de te reconvertir dans le crime ?

Jay dévissa la bouteille que le barman venait de poser devant lui.

— Non… mais, parfois, quand je regarde un dealer sapé en Armani, je ne peux pas m'empêcher de penser : « C'est quand même la belle vie, tant qu'on se fait pas choper. »

— T'as pas tort, reconnut Jack en riant. À moi aussi, il m'arrive de penser ça.

Chez les Marsh, le repas du soir se déroulait dans une atmosphère qu'on aurait pu difficilement qualifier de chaleureuse. Catherine et son père se faisaient face de part et d'autre d'une longue table cirée et avalaient le repas que la jeune fille avait réussi à préparer.

— Tu veux encore des pâtes ? proposa le révérend Marsh en prenant le plat pour se resservir.

— Désolée, mais il n'y a plus de viande.

— Le Seigneur a changé l'eau en vin, mais toi, si tu allais faire un tour au supermarché, ce serait déjà bien.

— Je n'ai pas eu le temps, papa.

— Tu te trompes. Tu avais le temps, mais tu as utilisé ce temps pour faire autre chose.

— Tu ne te rends pas compte ! Pour moi, c'est une chance incroyable de pouvoir remplacer la capitaine. Je ne peux pas me permettre de la laisser passer.

Ellidor entortilla ses spaghettis sur sa fourchette.

— C'est de la barbarie… Toutes ces jeunes filles à moitié nues sous les ordres d'une espèce d'adjudant-chef braillard !

— Papa, on n'est pas à moitié nues. Et M. St Bride n'est pas le diable en personne.

Le ministre du culte épingla sa fille du regard.

— Ce n'est pas pour autant que tu devrais passer ton temps avec ce genre de filles, siffla-t-il. (Il se leva et alla prendre un numéro de *Glamour* qu'il posa sur la table.) Qui t'a donné ce torchon ? Il était dans ton sac de sport.

— Ce n'est pas un torchon…

Ellidor lut les titres de couverture :

— « Comment ressembler à un top model pour moins de vingt-cinq dollars ?… Pouvez-vous continuer à rendre votre homme heureux ?… Dix secrets pour le rendre fou au lit… »

Catherine garda le nez baissé dans son assiette.

— D'accord, celui-ci est pire que les autres, convint-elle. C'est le numéro spécial pour la Saint-Valentin de l'année dernière. Cynthia me l'a passé parce que dedans il y a une coiffure qui me plaît.

— Je t'ai amenée ici à Westonbrook pour que tu sois moins tentée par les choses qui perturbent les jeunes filles. Les magazines comme celui-là ne sont que la première étape. À partir de là, on se laisse tout naturellement entraîner vers les garçons, la drogue, la boisson. (Le révérend soupira.) Catherine, que diraient les gens s'ils savaient que la fille de l'aumônier est une dévergondée ?

— Je ne suis pas dévergondée ! protesta l'adolescente. Et si les gens me voyaient en train de lire *Glamour,* ils penseraient que je suis tout simplement comme toutes les filles de quinze ans.

— C'est bien le problème, répliqua Ellidor en caressant la joue de sa fille. Tu vaux beaucoup mieux que toutes les autres.

Catherine se blottit au creux de sa main. Et se dit : « Et si je n'en avais pas envie ? »

— Oh, s'exclama Jack en voyant Catherine sortir des vestiaires, tu es bien mignonne comme ça.

C'était un euphémisme. Vêtue d'une courte jupe noire et d'un étroit sweat-shirt, elle n'avait plus rien de la sportive couverte de boue qui venait d'arpenter le terrain au pas de course sous ses ordres avec tant d'ardeur qu'il l'avait arrêtée, de peur de la voir s'écrouler. S'il l'avait voulu, Catherine serait allée jusqu'à l'épuisement.

Jack referma le carnet qu'il utilisait pour noter les remarques sur l'entraînement.

— Ton père t'emmène dîner ?

La jeune fille eut un sourire narquois :

— Un soir de semaine ? Ce serait un péché ! ironisa-t-elle.

Jack se demandait de plus en plus souvent comment un homme coincé comme le révérend Ellidor Marsh avait pu engendrer une fille aussi éclatante de santé. Il savait que la mère de Catherine, un esprit libre qui avait refusé de se couler dans le moule d'une femme d'ecclésiastique, avait abandonné son époux et sa fille alors que celle-ci était encore très jeune. Peut-être Catherine avait-elle hérité de sa personnalité.

— Je sors pour dîner, avoua timidement Catherine, mais j'ai rendez-vous avec quelqu'un.

— Ah ! Ton père est au courant, bien sûr.

— Évidemment. (Catherine jeta un coup d'œil sur le carnet de Jack.) Vous écrivez des choses sur moi, là-dedans ?

— Combien tu paries ?

— Qu'est-ce que vous avez écrit ?

— Toutes mes mauvaises pensées, plaisanta-t-il, et les quelques bonnes actions de jeu que nous réussissons de temps à autre.

La porte s'ouvrit et le garçon qui avait invité Catherine entra. Les yeux de l'adolescent s'allumèrent à sa vue.

— Tu es prête ? s'enquit-il.

— Ouais, répondit sa conquête en mettant son manteau.

Elle salua Jack et ils s'éloignèrent. À la porte, le garçon lui mit purement et simplement la main aux fesses.

— Catherine, la rappela Jack, tu peux revenir une seconde ?

Elle obtempéra et revint en s'approchant si près qu'il sentit le parfum de son shampooing.

— Tu le connais bien, ce type ? lui demanda-t-il à voix basse.

— Je suis une grande fille, je suis capable de m'occuper de moi toute seule, répliqua-t-elle avant de retourner vers son soupirant. Mais merci quand même de vous en inquiéter.

— Merde, qu'est-ce qui se passe ? aboya Jack.

Pour la sixième fois ce jour-là, Catherine Marsh avait laissé le ballon lui échapper. Tous ses efforts étaient en train d'être réduits à néant parce que son milieu de terrain avait la tête ailleurs. Jack siffla et s'avança vers elle, furieux.

— Excusez-moi, dit-elle hâtivement.

— Ça ne servira à rien de t'excuser quand tu recevras un ballon lancé à quarante à l'heure en pleine poire ! Ou si on perd le championnat parce que cette équipe est infoutue de se concentrer !

À chacun de ses mots, elle semblait se ratatiner un peu plus.

— Catherine, soupira-t-il, qu'est-ce que tu as ?

— Monsieur, l'appela une joueuse, il est cinq heures et demie. On peut partir ?

Il consulta sa montre. En réalité, il était cinq heures vingt. Mais, pendant tout l'après-midi, l'entraînement avait été un fiasco, parce que le coup de grisou de Catherine avait été contagieux.

— Allez-y ! jeta-t-il.

Catherine entreprit une retraite, mais il lui attrapa le bras.

— Pas toi.

Elle le regarda et se mit à pleurer.

— Il faut que j'aille à Woodhaven, dit-elle d'une voix étranglée.

Il n'y avait pas de transport public pour Woodhaven, à une soixantaine de kilomètres de là, et il n'était pas question pour une fille de quinze ans de se payer un taxi avec son argent de poche. Mais cette ville n'offrait rien qui méritât une visite.

— Tu es obligée d'y aller ? Qu'est-ce qu'il y a là-bas qu'on ne trouve pas à Loyal ?

— Le planning familial.

Il n'en crut pas ses oreilles.

— Catherine, tu n'es pas enceinte ? s'exclama-t-il, incrédule.

Elle devint rouge pivoine.

— Je veux éviter de le devenir.

Avec un père intégriste, il n'était évidemment pas aisé d'aborder le problème. Mais il y avait d'autres solutions qui n'impliquaient pas d'aller consulter en clinique.

— Il ne veut pas en mettre, avoua l'adolescente, lisant dans la tête de Jack. Il dit que ce n'est pas sûr à cent pour cent et qu'il ne veut pas prendre ce risque.

Jack enfouit les mains dans la poche de sa veste, embarrassé. Il fréquentait des adolescents depuis assez longtemps pour savoir que leur vie sexuelle commençait à un âge extrêmement précoce, mais l'idée que Catherine ne fût pas différente d'eux le décevait un peu. Il la considérait comme une Amazone, vive et intacte, qui filait comme l'éclair...

— S'il vous plaît, monsieur, le supplia-t-elle.

— Catherine, lui répondit-il, je ne veux plus en entendre parler.

Et il tourna les talons, bien déterminé à croire que cette histoire ne le concernait pas, ne le concernerait jamais.

Catherine, une excellente élève, loupa un contrôle. Et l'interrogation du lendemain.

— J'ai à te parler, lui dit Jack après le cours. Attends-moi une minute.

Elle l'attendit pendant que les autres élèves sortaient. Sur sa table, elle vit sa feuille couverte de traits rouges, événement sans précédent. Jack vint s'asseoir à côté d'elle.

— Tu connais tout ça par cœur, lui dit-il. Je pourrais te faire faire un contrôle de rattrapage.

Voyant qu'elle ne répondait pas, il sentit la colère l'envahir.

— Tu es trop intelligente pour foutre tes études en l'air à cause de n'importe qui !

Catherine se tourna lentement vers lui :

— Si je dois foutre ma vie en l'air, peu importe la façon dont je m'y prends !

Ses yeux, d'ordinaire si vifs et expressifs, étaient vides de toute émotion. Ce fut cette constatation qui poussa Jack à prononcer les mots qu'il s'était juré de ne pas prononcer :

— Est-ce que vous... est-ce que...

— Non. Nous attendons, par sécurité.

Jack s'obligea à la regarder.

— Tu en es sûre ? Parce que si tu choisis ce moment précis, avec ce type-là, il n'y aura plus de retour en arrière, ce sera pour le restant de tes jours.

Elle fronça les sourcils.

— Comment savoir si c'est le bon moment ? demanda-t-elle.

Que répondre à une telle question ? Pour lui, la première fois s'était passée à l'arrière d'une voiture appartenant à la gosse de riches qu'il avait séduite. Des années durant, il avait été incapable de regarder leur chauffeur dans les yeux.

— Il faut trouver le garçon, le bon, avança-t-il en hésitant, et quand tu l'auras trouvé, tu sauras que c'est lui.

Catherine hocha la tête.

— C'est lui.

— Bon, eh bien, je t'emmène à Woodhaven.

Elle sortit du petit bâtiment en tenant une boîte de pilules.

— Il faut que j'en prenne pendant un mois avant que çà marche, expliqua-t-elle à Jack, qui ne voulut pas en entendre davantage.

Un mois et quatre jours après qu'il l'eut emmenée à Woodhaven, Catherine arriva en retard à l'entraînement. Elle se donna à fond ce jour-là, courut sans ménager sa peine, frappant le ballon si violemment vers le but que, par deux fois, elle expédia au sol sa gardienne. Elle joua comme si elle se punissait.

C'est ainsi que Jack sut que c'était arrivé.

Bien qu'il ne sût pas vraiment pourquoi, il évita de lui adresser la parole, sauf pour lui donner des instructions. De son côté, Catherine ne chercha pas non plus à lui parler. Ils remportèrent quatre victoires de rang. Ils continuèrent à évoluer l'un près de l'autre en faisant leur possible pour s'éviter.

Il lui fallut beaucoup de courage pour aller frapper à la porte de sa classe.

— Entrez.

Catherine prit une profonde inspiration et essuya le mascara qui bordait ses yeux. M. St Bride était devant le tableau, dans la salle vide. Des reproductions de portraits ornaient les murs : Charlemagne, Copernic, Descartes. Elle se dirigea vers l'une d'entre elles, surtout pour ne pas avoir à regarder son professeur.

— Qu'est-ce qu'il a fait de spécial, Alexandre ? s'enquit-elle d'un ton maussade.

— Viens dans ma classe l'année prochaine, et tu sauras.

Il fronça les sourcils et enleva les lunettes cerclées de métal qu'il portait parfois.

— Ça va ? demanda-t-il.

Elle avait toujours trouvé sa voix douce comme une fumée de feu de bois – c'était une comparaison étrange, mais, quand elle était petite, rien ne lui paraissait plus douillet que le nuage bleu d'une fumée sortant de la cheminée, lorsqu'elle rentrait chez elle dans le froid de l'hiver. Il s'avança vers elle, et elle sentit qu'elle perdait pied. Il fallait qu'elle le lui dise, il fallait qu'elle le dise à quelqu'un, et en même temps, si elle le disait, elle mourrait d'humiliation.

— Catherine ?

En l'entendant murmurer son nom, elle tourna la tête et se retrouva face à une carte immense qui recouvrait presque entièrement le mur de la salle de classe. C'était un patchwork de pays et d'océans de tailles différentes, avec des lacs gros comme des diamants et des villes grandes comme des têtes d'épingle. Elle eut envie d'y entrer et de s'y perdre.

Avec un sanglot, elle se retourna brusquement et se jeta dans les bras de son entraîneur. Celui-ci eut un mouvement de recul devant cette étreinte inattendue, mais, voyant ses larmes, il lui tapota doucement le dos pour la réconforter. Peu habitué à jouer ce rôle auprès de ses élèves, il le fit maladroitement, mais, d'une certaine façon, ce geste de consolation n'en était que plus tendre.

— Il m'a laissée tomber. Il… il l'a fait… et puis… et puis…

Elle était incapable de finir sa phrase, mais cela n'avait pas d'importance, parce qu'elle savait qu'il comprenait.

Il posa la main sur sa tête.

— Oh, ma pauvre petite…

— Tout est ma faute, j'ai été trop bête.

Elle se blottit encore un peu plus contre lui. Et, peu à peu, elle remarqua que les petits cheveux de sa nuque étaient d'un blond doré ; que ses mains étaient assez grandes pour l'entourer entièrement. Avec précaution, elle ouvrit la bouche et posa ses lèvres dans son cou, de façon qu'il s'imagine que ce n'était que son souffle. Mais elle sentit le goût de sa peau, salée et épicée, et ses yeux se fermèrent. « Tu avais raison, se dit-elle. Il faut trouver le bon, et quand tu l'auras trouvé, tu sauras que c'est lui. »

Mai 2000,
Salem Falls,
New Hampshire

Quelle que soit la prison, l'odeur est la même. Une mauvaise odeur. Ça sent un peu l'urine et un peu la levure. La sueur; le désinfectant. Et, par-dessus tout cela, le lourd parfum de l'angoisse.

Jack marchait à côté du policier. Les menottes se balançaient entre ses poignets. « Je ne suis pas là, se répétait-il. Je suis couché sur le dos, dans l'herbe, et je dors au soleil, et ce n'est qu'un cauchemar. » Mais à l'idée qu'il était sur le point d'être à nouveau enfermé pour un crime qu'il n'avait pas commis, il tremblait. Comment ajouter foi aux déclarations d'un homme déjà emprisonné une fois pour le même délit ?

— Nom ! aboya le préposé à la mise sous écrou, un homme obèse, collé dans son petit box de verre comme une énorme boulette dans un plat de Pyrex.

— St Bride, répondit Jack, la voix rauque.

— Taille ?

— Un mètre quatre-vingt-huit.

— Poids ?

— Quatre-vingt-six kilos.

Sans lever les yeux, le fonctionnaire continuait :

— Yeux ?

— Bleus.

Jack suivit des yeux le stylo qui gribouillait les réponses sur le registre.

Allergies. Traitement médical. Médecin habituel. Caractéristiques. Personne à prévenir en cas d'urgence.

« Et ça, ce n'est pas une urgence ? » se demanda Jack.

Le gardien conduisit Jack jusqu'à une pièce grande comme un placard. Elle était vide, à l'exception d'un bureau et d'une rangée d'étagères où s'empilaient des vêtements fournis par la maison d'arrêt.

— Désape-toi, dit-il.

C'est à ce moment que tout lui revint : l'impression de n'être qu'un numéro ; l'absence totale d'intimité ; le vide qui se faisait dans votre tête parce que toutes les décisions étaient prises à votre place, de l'heure de vos repas à celle de l'extinction des feux en passant par celle où on vous autorisait à voir le ciel. Il n'avait fallu que très peu de temps pour qu'il soit dépouillé de toute son humanité, à la Ferme. Et tout avait commencé à l'instant même où il avait revêtu l'uniforme d'un condamné.

— Non, je n'ai pas envie.

Le gardien le dévisagea.

— Quoi ?

— Je suis ici en préventive. Je ne suis pas un prisonnier. Donc je n'ai pas à m'habiller comme tel.

Le gardien leva les yeux au ciel.

— Allez, change-toi, lui ordonna-t-il.

Jack balaya des yeux les rangées d'uniformes orange. Passés et élimés par toutes ces années pendant lesquelles ils avaient été portés par d'autres.

— Je ne peux pas, répondit-il d'un ton poli. Ne me demandez pas ça, s'il vous plaît.

— Je ne te demande rien du tout. Je te dis d'enlever tes fringues, OK ?

Jack regarda son T-shirt Hanes, son caleçon rayé et son pantalon de survêtement qu'il avait acheté avec

Addie. Il n'éprouvait pas un grand attachement envers cette tenue hormis le fait qu'il la portait avant d'être arrêté par Charlie Saxton. Il serra les mâchoires.

— Si vous les voulez, ces vêtements, il faudra me les enlever vous-même.

Un instant, le gardien parut réfléchir à cette éventualité. Il dépassait Jack d'une demi-tête. Mais quelque chose dans les yeux de Jack – entre colère et détermination – le fit reculer.

— Merde, grogna-t-il en menottant son prisonnier au bureau, c'est sur moi qu'il faut que ça tombe !

Il sortit. Jack se demanda ce qui allait lui tomber dessus, à lui.

Les yeux de Roy étaient si injectés de sang qu'il voyait rouge. Son jus d'orange coulait rouge dans son verre ! Il plissa les yeux pour lire l'étiquette. Tropicana. Il renifla l'intérieur… et s'aperçut que c'était du jus de tomate qu'il avait versé dans le carton de jus de fruit vide, la semaine précédente, parce que son contenant en verre n'entrait pas dans son frigo. Soulagé, il en but une gorgée, puis cassa un œuf cru dedans et ajouta une bonne rasade de whisky. C'était le meilleur remède contre la gueule de bois, et il s'y connaissait !

La porte s'ouvrit derrière lui. Roy se retourna, mais son geste, trop vif, lui provoqua un haut-le-cœur. Il vit qu'Addie était dans tous ses états, mais cela ne l'étonna pas vraiment.

— Je sais, je sais… commença-t-il. Je me conduis comme un irresponsable… Addie ?

Maintenant qu'elle était plus près, il apercevait les larmes qui inondaient ses joues.

— Ma chérie, qu'est-ce qu'il y a ?

— C'est Jack. Charlie Saxton l'a arrêté.

— Quoi ?

— Il a dit… Oh, papa ! Charlie a dit que Jack avait violé Gillian Duncan la nuit dernière.

Roy se laissa tomber sur une chaise.

— Gillian Duncan, murmura-t-il. Sainte Marie mère de Dieu !

Quelque chose commença à s'agiter dans un recoin de son cerveau, mais il n'arrivait pas à remettre sa mémoire en route. Puis, tout à coup, il se souvint :

— Addie, Jack était avec moi la nuit dernière.

Une lueur d'espoir vint éclairer le visage de sa fille.

— Comment ?

— Tu seras pas très contente, mais on était ensemble au Crachat. On a picolé… Mais vaut quand même mieux se bourrer la gueule que de violer quelqu'un, non ?

— Jack était avec toi la nuit dernière ? Toute la nuit ? Et tu peux dire ça à la police ?

— Il est venu, il était dix heures, par là. Je peux témoigner pour lui jusqu'à onze heures et demie, je pense.

— Et après ?

Roy baissa le nez.

— Je… euh… je me suis écroulé. Marlon – c'est le patron du bar –, il m'a laissé cuver dans l'arrière-salle. Je suppose que Jack est parti quand le bar a fermé.

— À quelle heure ?

— À minuit.

Addie s'assit à côté de lui sur le divan, pensive.

— Je ne l'ai pas vu avant une heure et demie du matin. Où était-il ?

Roy tourna la tête pour ne pas voir la douleur dans les yeux de sa fille.

— Peut-être qu'ils ont fait une erreur, dit-il avec embarras.

Mais en réalité, il pensait : « Peut-être qu'on a tous fait une erreur. »

Il fallait tout payer, en prison. Celui qui voulait une barre chocolatée devait se comporter de façon qu'on lui accorde la permission de se fournir au magasin. Celui qui voulait jouir de la liberté de la moyenne sécurité, où l'on pouvait se promener dans la salle commune à toute heure sauf pendant les heures de fermeture, devait prouver qu'il pouvait se conduire correctement en haute sécurité. Celui qui voulait courir dans la cour devait gagner ce privilège. Le moindre de ces avantages était une étape, une reconnaissance. Donnant donnant.

Inversement, celui qui faisait du grabuge était puni.

Jack, qui se trouvait en détention provisoire à la maison d'arrêt du comté de Carroll depuis moins d'une heure, fut donc conduit dans le bureau du directeur entre deux gardiens pour une sanction disciplinaire.

C'était un homme corpulent à la tête directement posée sur les épaules, aux cheveux argentés rasés, portant des lunettes modèle années cinquante. En fait, il était peut-être bel et bien à cette même place, en train de remuer des papiers, depuis un demi-siècle.

— Monsieur St Bride, dit-il d'une voix si éthérée que Jack dut tendre l'oreille pour l'entendre, vous êtes accusé d'avoir refusé de suivre les instructions d'un gardien. Ce n'est pas un début très prometteur.

Jack fixa son regard sur le calendrier accroché derrière le bureau, le genre de calendrier qui vous est offert par votre banque. Il indiquait le mois de mars 1998, comme si le temps avait été suspendu.

— Votre expérience passée, monsieur St Bride, vous a certainement appris que les transgressions du règlement dans une maison d'arrêt... même les transgressions mineures... peuvent avoir un effet significatif sur la peine qui vous sera infligée si vous êtes condamné. Par exemple, votre petit caprice pourrait vous valoir de trois à sept années supplémentaires d'incarcération. (Le directeur croisa les bras.) Avez-vous quelque chose à dire pour votre défense ?

— Je ne suis coupable d'aucun crime. Je n'ai pas envie de ressembler à un criminel.

Le directeur pinça la bouche.

— Mon vieux, je vous conseille vivement d'arrêter votre petit manège, dit-il de sa voix douce. Le genre je-lutte-pour-ma-liberté n'est pas bien vu ici. Contentez-vous de vous écraser et de suivre le règlement, et votre séjour sera beaucoup plus agréable.

Jack garda les yeux fixés dans le lointain et dédaigna de répondre.

Le directeur soupira.

— Monsieur St Bride, je vous déclare coupable d'avoir violé les lois de cette maison d'arrêt en refusant de porter les vêtements requis, et je vous condamne à trois jours d'isolement.

Il fit signe aux deux gardiens.

— Emmenez-le.

Malgré la passion qu'il vouait à son métier de procureur, Matt Houlihan lui trouvait quelques aspects négatifs, en particulier celui-ci : même quand on gagnait, on ne gagnait pas. Car rien n'était jamais tout blanc ou tout noir. Même s'il parvenait à boucler Jack St Bride pendant vingt ans, cela n'enlevait rien au fait que ce salaud, qui avait déjà été condamné auparavant, avait récidivé. Cela ne changeait rien à cette vérité : Gillian Duncan devrait continuer à vivre avec ce souvenir jusqu'à la fin de ses jours. C'était comme d'enfermer un éléphant après son passage dans un magasin de porcelaine : oui, on pouvait l'empêcher de nuire pendant un certain temps, mais on n'en continuait pas moins à payer les dégâts.

Matt avait choisi de rencontrer Amos Duncan et sa fille chez eux. Normalement, il ne se rendait pas à domicile, mais cette fois-ci il faisait une exception. Convoquer la jeune fille dans son bureau n'aurait réussi qu'à aggraver la bataille juridique qui l'attendait. Et, en ce moment, il était dans l'intérêt de tous que Gillian garde son calme. Ainsi, lorsqu'il aurait à la mettre à contribution, elle se comporterait comme il le souhaiterait face au jury.

Il prit la tasse de café que lui tendait Gillian et en but une gorgée pendant qu'elle prenait place à côté de son père sur le divan.

— Délicieux, ce café. C'est du kona ?

— Oui, confirma Amos.

— Le jamaïcain est très bon aussi. Mais évidemment, au bureau, nous pouvons nous estimer contents avec un Maxwell allongé…

— Je m'occuperai personnellement d'acheter une machine à espresso pour le bureau du procureur, promit Amos, si vous me bouclez ce salopard.

Saisissant la perche, Matt opina :

— Monsieur Duncan, je comprends parfaitement. Et c'est pour cette raison que je suis venu vous voir. St Bride a été inculpé de crime d'agression sexuelle, un crime puni de vingt années d'emprisonnement. J'ai la ferme intention de requérir la peine maximale. Ce qui signifie que cette affaire ne se résoudra pas avec une transaction.

— Est-ce qu'il va sortir ?

Matt ne fit pas semblant de se méprendre sur la question d'Amos :

— St Bride est détenu sans caution, répondit-il, donc il restera en prison jusqu'au procès. Après sa condamnation, il accomplira une peine de vingt ans, à la suite de laquelle il restera sous surveillance pendant toute sa vie. Une troisième récidive l'enverrait en prison à perpétuité. (Il eut un sourire sans joie.)

Donc, non, monsieur Duncan, il n'est pas près de sortir.

Il se tourna ensuite vers Gillan.

— Nous pouvons vous mettre en contact avec des psychologues spécialisés si vous avez besoin d'une aide.

— Nous nous sommes déjà occupés de cela, répondit son père.

— Très bien. Nous sommes actuellement en train d'interroger les témoins. Gillian, connaissez-vous des personnes susceptibles de savoir quelque chose à propos de ce qui s'est passé la nuit dernière ?

— Mes copines. Whitney, Chelsea et Meg, répondit Gillian en regardant son père, qui faisait les cent pas dans la pièce.

Matt hocha la tête.

— Le lieutenant Saxton va leur parler.

— Et les analyses de l'hôpital ? intervint Amos. Vous avez trouvé quelque chose ?

— Nous n'aurons pas de résultat avant quinze jours, monsieur Duncan.

— Quinze jours ? C'est si long que ça ?

— Du moment que nous avons les résultats avant le procès, c'est parfait. J'ai bon espoir. Grâce aux examens médicaux, nous réunirons des preuves pour appuyer le témoignage de Gillian.

— Mon témoignage ?

— Je vais vous faire témoigner à la barre, expliqua Matt.

La jeune fille secoua la tête en signe de désaccord.

— Oh non, je ne crois pas que j'en serais capable.

— Vous en serez capable. Vous vous en sortirez très bien ; il n'y aura pas de surprises.

La nervosité de Gillian allait croissant.

— Mais… et l'autre avocat ? objecta-t-elle en triturant son T-shirt. Vous ne savez pas ce qu'il va poser comme questions… Et si le labo prouve qu'il était sur place, est-ce qu'il faudra quand même que je témoigne ?

C'était une réaction habituelle pour une victime de viol, et particulièrement pour une adolescente. Matt tenta de l'apaiser :

— Ne vous inquiétez pas de ça maintenant, dit-il. Je n'ai pas encore tous les éléments de preuve. Je n'ai pas encore tous les rapports de police. Je n'ai pas encore tous les témoignages. Laissez-moi faire mon travail, laissez le lieutenant Saxton faire le sien… et nous réunirons le meilleur dossier possible. (Il eut un instant d'hésitation.) Mais il y a une chose qu'il faut que je sache : Gillian, je dois vous demander si vous étiez vierge avant.

Gillian leva la tête vers son père. Amos s'arrêta de marcher.

— Monsieur Houlihan… murmura-t-elle.

— Excusez-moi, mais c'est important.

Les yeux fixés sur son père, elle avoua en chuchotant :

— Non.

Amos lui rendit son regard et annonça tout à trac, comme pour changer de sujet :

— Je veux vous aider dans vos investigations.

Cette déclaration soudaine surprit aussi bien sa fille que le procureur, qui s'empressa de répondre :

— Merci de votre proposition. Mais il vaut mieux laisser les professionnels s'occuper des détails, monsieur Duncan. Vous ne voudriez pas courir le risque de faire libérer St Bride pour vice de procédure, n'est-ce pas ?

— Pourrai-je les voir ? demanda Amos.

— Voir quoi ?

— Les procès-verbaux. Les rapports de police. Les résultats de l'expertise ADN.

— Tout au long du procès, répondit Matt, je ferai en sorte que vous puissiez avoir accès à toutes les pièces dès que j'en aurai eu connaissance, et ce le plus rapidement possible. Je vous montrerai tout ce que vous voudrez.

Cette réponse apaisa Amos, qui hocha la tête d'un mouvement sec.

Mais le procureur était plus préoccupé par Gillian, qui paraissait toujours anxieuse à l'idée de témoigner à la barre.

— Gillian, lui dit-il d'une voix douce, je prendrai soin de vous. Promis.

Les lignes qui barraient son front disparurent et elle répondit avec un sourire timide :

— Merci.

Amos s'assit et passa un bras autour de sa fille comme pour lui rappeler qu'il était là pour l'aider, lui aussi. Matt détourna le regard afin de leur donner un instant d'intimité. Et se jura bien de se consacrer entièrement à la cause des Duncan, si c'était le moyen pour eux de retrouver une miette de la vie qu'ils menaient avant, avant l'irruption de Jack St Bride.

La dernière fois que Gilly avait fréquenté le cabinet du Dr Horowitz, elle avait neuf ans. Elle se souvenait d'avoir joué à la poupée pendant que le médecin prenait des notes dans son carnet. Elle se rappelait aussi que la psychiatre lui donnait toujours des biscuits à la menthe quand la séance était terminée. Puis, un jour, son père avait décidé qu'elle avait fait le deuil de sa mère, et elle avait abandonné ses séances hebdomadaires.

— Bonjour, Gillian ! lui dit le Dr Horowitz en guise d'accueil. Ça fait longtemps.

À présent, le médecin mesurait une tête de moins qu'elle. Ses cheveux grisonnaient aux tempes, et elle portait des lunettes à double foyer suspendues à une chaîne. Elle paraissait vieille, ce qui causa un choc à Gilly : si tant d'années avaient passé pour le

Dr Horowitz, cela signifiait qu'elles avaient passé pour elle aussi !

— Je ne sais pas ce que je viens faire ici ! s'écria-t-elle. Je peux très bien m'en sortir toute seule.

Le Dr Horowitz se contenta de hocher la tête en répondant :

— Ce n'est pas l'avis de ton père.

Gillian s'abstint de tout commentaire, mais elle n'en pensait pas moins : « Elle me fout les boules, celle-là. J'ai pas envie de lui parler. Déjà que j'ai le procureur et Saxton qui me prennent la tête... mais eux, au moins, ils me posent des questions pour savoir ce qui s'est passé. Alors que Horowitz... ce qu'elle veut, c'est lire dans ma tête, voir exactement ce qu'il y a dedans. »

— Vous pourriez peut-être en discuter ensemble, pour voir si je peux vous aider ou non, proposa la psychiatre. Comment te sens-tu aujourd'hui ?

Gillian haussa les épaules sans répondre.

— Est-ce que tu as pu manger ? Dormir ? poursuivit le médecin.

— J'avais pas envie.

— Tu as été capable de te concentrer ?

— Me concentrer ! s'exclama l'adolescente. Mais je pense qu'à ça !

— À quoi ?

— À lui.

— Tu n'arrêtes pas de penser à ce qui s'est passé ?

— Oh, ça oui, confirma Gillian. Mais en fait, c'est comme si je n'y étais pas.

— Qu'est-ce que tu veux dire ?

La voix de l'adolescente se fit fluette.

— Eh bien... je suis assise... tout là-haut, et je vois cette fille dans les bois... il l'attrape... et quand il s'enfuit en courant, c'est comme si moi aussi je partais.

— Ça doit être dur pour toi.

Gillian hocha la tête et sentit avec effroi les larmes lui monter aux yeux.

— Excusez-moi. Je vais bien, je vous assure. C'est juste que… que…

La psychiatre lui tendit un mouchoir en papier.

— Écoute, ce n'était pas ta faute. Tu n'as aucune raison d'avoir honte ou d'être gênée de ce qui s'est passé.

Gillian répondit en se recroquevillant sur elle-même :

— Si c'est vrai, alors pourquoi il m'a attrapée, moi, et pas une autre ?

L'un des angles du mitard était décoré d'une rigole d'urine, et des éclaboussures séchées avaient été laissées en souvenir sur le mur de ciment par le précédent locataire. Lorsque la porte se referma à grand bruit, Jack se laissa tomber sur la couchette métallique. « Voyons le bon côté des choses, se dit-il. Je porte mes vêtements. Mes propres vêtements. »

Si la maison d'arrêt du comté de Carroll détenait son corps, en revanche il veillerait à conserver son libre arbitre.

Il tâta les bords métalliques de la couchette et passa la main sous le matelas, au-dessus de la douche et dans l'évacuation, et même sur le pourtour de la cuvette des W-C. « Un stylo, implora-t-il, juste un stylo. » Mais la personne qui avait négligé de désinfecter le mitard avait réussi à le débarrasser de tout ce qui aurait pu être utilisé pour passer le temps.

Jack réintégra la couchette et inspecta ses ongles. Il gratta son jean à l'endroit où un fil s'était défait. Il dénoua le lacet de sa chaussure de sport puis le renoua.

Il ferma les yeux et, aussitôt, il vit Addie. Il la sentait encore sur sa peau, un très léger parfum. Soudain, il ressentit une brûlure dans sa poitrine, des picotements dans son bras. Une crise cardiaque ! Mon Dieu, il faisait une crise cardiaque !

— Un gardien ! se mit-il à appeler en hurlant à pleins poumons, en secouant la couchette, en cognant contre les attaches qui la fixaient au mur. Au secours !

Mais personne ne l'entendit, personne ne vint.

Il s'obligea à penser à autre chose.

Si vous souffrez de pogonophobie, vous les éviterez.

« Concentre-toi, Jack. Les barbes. »

Les mantes religieuses font partie de cet ordre.

« Inspire. Expire. Les orthoptères. »

La Phrygie atteignit son apogée sous son règne.

« Midas. »

Il posa la main sur sa poitrine. Peu à peu, la douleur recula, s'apaisa, cessa. Et il ne fut pas vraiment surpris lorsqu'il se rendit compte qu'il ne sentait plus les battements de son cœur.

Le dernier reste de la flamme s'éteignit et la bougie se liquéfia en formant un petit lac de cire. Le morceau de papier qui portait le nom de sa mère était en train de se réduire en cendres dans une soucoupe d'argent. Gillian regarda la bougie, le petit autel qu'elle avait fabriqué. « Peut-être qu'elle ne vient pas parce qu'elle n'aime pas du tout la personne que je suis devenue en grandissant. »

Ce n'était pas une pensée nouvelle pour elle mais, ce jour-là, elle sentit ses jambes se dérober sous elle. Elle se releva lentement et se dirigea vers le miroir. Attrapant une paire de ciseaux, elle se posta devant la glace et souleva une épaisse mèche de ses cheveux roux. Elle la coupa sur le sommet de sa tête, ne laissant qu'une petite touffe dressée vers le ciel, tandis que le reste tombait en cascade sur le sol comme un foulard de soie.

Elle souleva une autre mèche et la coupa. Et une autre. Jusqu'à ce que son crâne soit couvert de piquants inégaux et courts comme des cheveux de garçon. Jusqu'à ce que ses pieds nus soient recouverts de longs écheveaux emmêlés formant un nœud de serpents auburn. Jusqu'à ce que sa tête lui semble si légère, si libre, qu'elle s'attendit à la sentir se détacher de sa nuque comme un ballon d'hélium pour s'envoler le plus loin possible.

« Voilà, se dit-elle, comme ça, pas de danger qu'il me regarde encore. »

Les pièces où avaient lieu les rencontres entre avocats et prisonniers étaient étroites et inhospitalières, avec leurs vieux livres de droit entassés sur une table, leurs fenêtres condamnées et leur atmosphère surchauffée. Jordan, qui avait pris place sur l'une des deux seules chaises, tambourinait du bout des doigts sur la table en attendant qu'on lui amène son client.

Indéniablement, ce n'était pas avec un gars comme St Bride qu'il avait de grandes chances de remporter un procès. Un type qui se faisait prendre deux fois dans la même situation… et qui, pour couronner le tout, réussissait à se faire boucler au mitard moins d'une heure après son incarcération… le défendre, c'était comme d'essayer de transformer une citrouille en carrosse.

Un gardien ouvrit la porte et poussa Jack à l'intérieur. Le détenu trébucha et tourna la tête vers l'homme qui l'avait traité ainsi.

— Ravi d'apprendre que la convention de Genève ne s'applique pas ici, grogna-t-il.

— Eh non ! Nous ne sommes pas en guerre, Jack, intervint Jordan en se levant. Bien que la rumeur dise que vous vous êtes montré combatif dès l'instant où vous avez mis les pieds ici. Honnêtement, ça ne m'arrange pas du tout de vous retrouver en isolement au bout d'une journée. Il a fallu que j'use de tout mon pouvoir de séduction auprès des gardiens pour pouvoir vous rencontrer en privé dans une salle de réunion. Autrement, j'étais obligé de vous parler à travers la fente de la porte du mitard. Vous avez envie de jouer les rebelles, c'est votre affaire, mais il faut que vous sachiez bien que tout ce que vous ferez et direz ici sera rapporté au procureur, et que vous pourrez en sentir les répercussions pendant votre procès.

Son petit discours avait pour but de terroriser son client, de lui faire passer l'envie de s'illustrer à ses dépens. Mais Jack ne mollit pas.

— Je ne suis pas un prisonnier, dit-il.

Jordan était avocat depuis trop longtemps pour ignorer que la dénégation était une spécialité dans laquelle excellaient ses clients. Il avait même défendu un type qui avait été arrêté au moment même où il plongeait son couteau dans le cœur de sa petite amie, mais qui n'en avait pas moins soutenu mordicus pendant tout le trajet jusqu'au pénitencier que les flics l'avaient pris pour quelqu'un d'autre.

— Comme je l'ai dit hier, vous avez été inculpé d'agression sexuelle aggravée. Souhaitez-vous plaider coupable ?

Jack en resta bouche bée.

— Vous plaisantez ?

— C'est ce que vous avez fait la dernière fois que vous avez été inculpé.

— Mais c'était... c'était... balbutia Jack, que la colère empêchait de formuler clairement ses mots. J'ai été accusé injustement. Et c'est mon avocat qui m'a convaincu que c'était le moyen le plus sûr.

Jordan hocha la tête.

— Il avait raison.

— Vous n'avez pas envie de savoir si j'ai commis ce crime ?

— Pas particulièrement. Ce n'est pas important pour mon travail de défenseur.

— C'est crucial, protesta Jack. (Il se pencha au-dessus de la table et s'approcha du visage de l'avocat, à le toucher.) J'ai déjà donné ! Je n'ai pas besoin d'un nouvel avocat qui ne prenne même pas la peine de m'écouter quand je lui dis la vérité.

— C'est à vous de m'écouter, Jack. Ce n'est pas moi qui vous ai envoyé en taule l'année dernière et ce n'est pas moi qui vous ai fait arrêter cette fois-ci. Que vous soyez acquitté ou condamné, moi, je serai libre en quittant le tribunal. Mon rôle est simplement d'être votre avocat, ce qui veut dire que je suis votre meilleur espoir. Pendant que vous, vous moisirez au mitard, moi, j'irai me battre pour vous. Et si vous voulez bien coopérer avec moi au lieu de me sauter dessus dès que je dis un mot, je crois que je me battrai avec beaucoup plus de conviction.

Jack secoua la tête.

— Non, c'est à vous de m'écouter. Je ne l'ai pas violée. Je n'étais pas à proximité de l'endroit où elle se trouvait cette nuit-là. C'est la vérité, la seule. Je suis innocent. C'est pourquoi je ne veux pas porter leurs vêtements ni moisir dans leur cellule. Je n'ai rien à faire ici.

— Pourtant, vous avez consenti à le faire quand vous avez accepté la transaction, en dépit de votre… innocence.

— C'est bien pour ça, répondit Jack d'une voix brisée. Je ne veux à aucun prix recommencer. Je préférerais me suicider plutôt que de me retrouver une nouvelle fois en prison pour un crime que je n'ai pas commis.

Jordan regarda les vêtements chiffonnés de son interlocuteur, ses yeux égarés. Ce n'était pas la première fois qu'un client s'imaginait que ses véhémentes protestations d'innocence suffiraient à convaincre son avocat. Ces gars-là ne comprenaient pas qu'un bon avocat était capable d'identifier la merde à son odeur.

— D'accord. Vous n'y étiez pas cette nuit-là.

— Non.

— Où étiez-vous ?

— J'étais allé boire un coup, avoua Jack avec un embarras visible.

— Bien sûr, marmonna Jordan tout en se disant qu'il avait vraiment tiré le gros lot avec cette affaire. Avec qui ?

— Avec Roy Peabody. Au Crachat du Coq, jusqu'à la fermeture.

— Et vous avez bu beaucoup ?

— Plus que de raison, répondit son client en détournant le regard.

— Fabuleux, soupira Jordan.

— Ensuite, je suis sorti pour marcher.

— D'accord, une petite marche, à minuit... Quelqu'un vous a vu ?

— Non, répondit Jack après une courte hésitation.

— Où êtes-vous allé ?

— J'ai... fait un tour. Derrière la ville.

— Mais pas près du bois, derrière le cimetière. Pas à proximité de l'endroit où se trouvait Gillian Duncan...

— Je vous l'ai dit, je ne l'ai pas vue du tout, et encore moins touchée.

— C'est drôle, ça. Il y a quand même une égratignure sur votre joue, et dans sa déposition Gillian Duncan affirme vous avoir égratigné la joue.

— Je me suis fait ça sur une branche, émit Jack entre ses dents serrées.

— Ah ! Une branche de la forêt dans laquelle vous n'êtes jamais allé ?

Jetant un regard éloquent sur son visage couvert de bleus, l'avocat insista :

— Quelqu'un vous a frappé ?

— Non. Bon, d'accord. J'ai été tabassé par des types masqués. Ils portaient des lunettes de ski.

— Des lunettes de ski... répéta rêveusement Jordan. Pourquoi des gens portant des lunettes de ski vous ont-ils tabassé ?

— Je ne sais pas.

Jordan poussa un nouveau soupir, puis poursuivit son interrogatoire :

— Quels autres souvenirs avez-vous de cette nuit-là ?

— Je me souviens d'avoir quitté Addie chez elle... et je l'ai retrouvée au Resto.

— Combien de temps s'est-il écoulé ?

— Quatre heures.

— Et qu'avez-vous fait pendant ces quatre heures ?

Devant le silence de son client, l'avocat leva les yeux au ciel.

— Vous ne voulez pas plaider coupable. Vous dites que vous n'étiez pas dans les bois cette nuit-là, mais vous ne pouvez fournir aucun alibi. Ensuite vous me dites... Bien. Qu'est-ce qu'on a en main, exactement ?

— Une menteuse, répondit Jack d'une voix sèche. Je ne sais pas pourquoi elle fait ça, ni ce qu'elle a contre moi. Mais je ne lui ai rien fait, je le jure. Je n'ai pas violé Gillian Duncan.

— Parfait, dit Jordan, tout sauf convaincu. Nous irons au procès.

— Non, dit Charlie.

À l'autre bout du fil, Matt s'arrêta de prendre des notes.

— Qu'entendez-vous par « Non » ?

— Non, je ne peux pas. Je n'ai pas le temps.

Matt posa son stylo.

— Vous avez peut-être oublié comment ça fonctionne, Charlie. Nous avons une enquête en cours, je vous dis ce qu'il me faut, vous me l'obtenez. Et si cela implique que vous devez renoncer à votre casse-croûte pour aller interroger Addie Peabody dare-dare, vous le faites.

— Il faut que j'aille apporter les prélèvements au labo de Concord. Ensuite, j'ai trois adolescentes à interroger. Et au milieu de tout ça, il faut que je trouve cinq minutes pour essayer de retrouver le gugusse qui a eu la bonne idée de piquer le magnétoscope de la salle d'audiovisuel du lycée. Je ne vous ai pas dit que je suis le seul et unique enquêteur de l'équipe de Salem Falls ?

— Je suis désolé que votre budget ne prévoie pas le salaire d'un adjoint. Mais quoi qu'il en soit, vous êtes le seul qui puisse prendre la déposition d'Addie.

— Vous pouvez très bien le faire vous-même, proposa Charlie. Sans compter que ce n'est pas votre bobine qu'elle voit en premier chaque fois qu'elle repasse dans sa tête le moment où son copain a été arrêté. Elle sera sûrement plus coopérative avec vous.

Matt ne pouvait qu'être d'accord : Addie Peabody accepterait de lui parler, à lui. D'ailleurs, tout le monde lui parlait. Après avoir affirmé à cor et à cri qu'ils refuseraient d'ouvrir la bouche, les gens se déballonnaient à la première question. Le problème était de savoir si elle ferait les mêmes déclarations au moment où elle serait appelée à la barre des témoins.

— Elle n'est pas fiable, Charlie. Si elle change sa version des faits entre aujourd'hui et le jour du procès, je ne pourrai pas m'appeler moi-même en tant que témoin pour la récuser.

— Elle ne mentira pas.

— Vous n'en savez rien, rétorqua le procureur. Et si elle a subi un choc lors de l'arrestation ? Ce qui serait d'ailleurs très compréhensible… Elle peut très bien avoir pris la décision de rester sur le même bateau que St Bride jusqu'à ce qu'il coule. Ou jouer les Mata Hari avec les témoins à charge et intriguer pour obtenir son acquittement. C'est exactement le genre de témoin qui va m'empêcher de dormir pendant des nuits entières avant le procès.

— Écoutez, je connais Addie depuis toujours, insista le policier. Je sais qu'elle est capable d'assurer quand il lui tombe une tuile sur la tête. Si cela peut vous tranquilliser, vous n'avez qu'à vous faire accompagner de Wes Courtemanche pendant l'interrogatoire. Il pourra venir témoigner pour vous si vous deviez en venir à récuser Addie. Bien, ça y est, vous avez fini ? Pendant que vous perdez du temps à essayer de m'apprendre mon boulot, moi, j'ai vos échantillons qui m'attendent au frigo.

— J'espère que vous aurez des embouteillages sur la route ! grogna Matt avant de raccrocher d'un coup sec.

Elle était sens dessus dessous. Depuis qu'elle avait pris son service au Resto, elle avait battu des records de maladresse : cassé trois verres, fait tomber un plateau de crêpes sur son tablier, renversé du café sur le journal d'un client.

— Addie, conseilla son père en lui posant la main sur l'épaule, ce qui la fit sursauter au point qu'elle fut à deux doigts de lâcher son plateau, Addie, tu devrais peut-être appeler Darla.

Elle ne l'écouta pas. Elle s'engouffra dans la cuisine sans même prendre la peine de répondre.

— Ah, enfin ! s'exclama Delilah. J'espère que tu es venue me donner un coup de main pour la vaisselle !

— Non, tu vois, répondit Addie en posant une commande sur le comptoir. Je n'ai pas le temps.

La cuisinière prit le papier en maugréant :

— Bon, d'accord, je vais te les faire, tes beignets, mais je vais être obligée de les servir sur une assiette sale.

— Tu veux que je te dise, Delilah ? Tu peux bien les servir dans ta chaussure, si tu veux, j'en ai rien à faire.

Addie se cramponnait à son dernier reste de sang-froid. Elle s'était rendue à son travail dans l'espoir que l'activité l'empêcherait de trop remuer les événements dans sa tête. Après tout, cette tactique avait fait ses preuves, après Chloé. Mais, cette fois, cela ne fonctionnait pas. Ses yeux ne cessaient de chercher Jack, jusque dans le moindre recoin du restaurant, et elle était incapable de penser à autre chose qu'à son absence.

— Addie, insista son père, tu ne vas pas bien du tout. Personne ne t'en voudra si tu rentres prendre un peu de repos.

— Et il y en a ici qui ne t'en voudront pas du tout, du tout, si tu nous trouves un nouveau plongeur, grommela Delilah.

C'était le coup de grâce. Les larmes aux yeux, Addie enleva son tablier et le jeta par terre.

— Vous croyez que je ne sais pas que ça fait trois nuits que je ne dors pas ? Que je ne sais pas qu'il nous manque quelqu'un à la cuisine ? Un homme que… que je croyais pouvoir aimer a été arrêté sous mes yeux pour un viol. Et moi, je suis incapable de savoir si c'est vrai ou faux. Voilà à quoi je pense toute la journée, et je me fous que les assiettes soient propres, et je me fous de renverser les plateaux par terre ! Moi, j'essaie de faire plaisir à tout le monde, mais, merde, qu'est-ce que vous attendez tous de moi ?

C'est une voix inconnue, calme et froide, qui lui répondit :

— Eh bien, fit Matt Houlihan, qui s'était posté derrière elle, flanqué de Wes, on pourrait commencer par une petite conversation.

Houlihan était un homme très gentil en apparence, même s'il s'était fixé pour but de faire incarcérer Jack pour vingt ans. Lorsqu'il souriait, on voyait un espace entre ses incisives, et Addie constata avec surprise que ses yeux étaient emplis d'une bienveillance inattendue. Quant à ses paroles de compassion, elles ne l'étonnèrent pas moins :

— Ce doit être très dur pour vous, madame Peabody.

Dans son coin, Wes poussa un grognement qu'il essaya de maquiller en toux.

— Je suis obligée de vous répondre ? demanda-t-elle.

— Non, bien entendu. Mais j'aimerais que nous ayons un entretien, de façon que vous soyez informée des questions que je vous poserai au procès. Je préfère éviter de vous assigner à comparaître sans préparation… J'ai cru comprendre que vous étiez étroitement liée avec M. St-Bride.

Addie se contenta d'opiner du chef, incapable d'émettre le moindre son.

— Vous pouvez me parler de lui ?

Machinalement, elle attrapa la télécommande de la télévision et revit Jack en train de suivre *Jeopardy*.

— Il est très intelligent, dit-elle. Il adore les jeux de culture générale.

— Depuis quand êtes-vous son amie ?

— Je l'ai engagé il y a deux mois, en mars. Il a commencé à travailler comme plongeur.

— Est-ce que vous saviez à l'époque qu'il avait un casier judiciaire ?

Le feu aux joues, Addie murmura, en faisant son possible pour ignorer le regard de Wes, qui ne la quittait pas des yeux :

— Je pensais… qu'il n'avait pas eu de chance.

— St Bride vous a-t-il dit quoi que ce soit à propos de Gillian Duncan ?

— Non.
— Est-ce que vous les avez vus ensemble ?
— Uniquement quand elle venait ici avec ses copines et que Jack nettoyait leur table.

Tout en parlant, elle passait en revue ces moments où Jack s'était trouvé en contact avec les adolescentes. Est-ce qu'il leur souriait, plaisantait avec elles, s'attardait plus que de raison à leur table ? Qu'avait-elle omis de voir ? Qu'avait-elle sciemment omis de voir ?

— Est-ce qu'il lisait des revues pornographiques ?

Addie releva brusquement la tête.

— Quoi ?
— Des revues pornographiques, répéta le procureur, *Playboy*, par exemple... ou des cassettes... des sites Internet avec des enfants nus ?
— Non !
— Vos relations sexuelles avec lui avaient-elle un caractère pervers ?
— Pardon ?

Encore ce grand sourire troué.

— Madame Peabody, je sais bien que ces questions sont grossières. Mais je suis sûr que vous comprenez pourquoi nous devons posséder ces informations.
— Non.
— Non, vous ne comprenez pas... ?
— Non, l'interrompit la jeune femme, ce n'était pas un pervers sexuel.

On entendit alors un petit bruit sec : Wes venait de briser le bras d'une petite figurine d'argile posée sur la bibliothèque. Il la reposa hâtivement et se détourna en marmonnant une excuse.

— Est-ce que St Bride s'est montré violent envers vous ?

Addie releva le menton.

— Je n'ai jamais rencontré d'homme plus délicat, affirma-t-elle avec conviction.

— Est-ce qu'il buvait ?

Elle pinça les lèvres. Elle savait où le procureur voulait en venir. Mais, même si Jack était coupable, elle n'allait pas contribuer davantage à sa chute.

— Madame Peabody ?

Une fois de plus, elle se souvint : une adolescente avait été violée.

— Ce soir-là, il avait bu, reconnut-elle. Avec mon père.

— Je vois, dit Matt. Avez-vous passé la soirée ensemble ?

— Il est parti de chez moi vers neuf heures et demie du soir. Il est resté avec mon père jusqu'à onze heures et demie. Je ne l'ai pas revu avant une heure et demie du matin.

— Vous a-t-il dit où il était allé ?

Addie ferma les yeux.

— Non. Et je… je ne lui ai pas posé la question.

La balle survola l'océan d'herbe verte et atterrit à proximité d'un chemin sablonneux. Sans perdre une seconde, Jordan en prit une autre et leva son club, prêt pour le swing… et sursauta en entendant la voix de Selena :

— Tu vois quelle tête sur cette petite balle ? Celle de Houlihan… ou celle de St Bride ?

Jordan frappa la balle et la suivit des yeux, sous sa main posée en pare-soleil. Elle tomba très loin de la marque.

— On ne t'a jamais dit qu'il ne fallait pas interrompre un golfeur dans son mouvement ?

Selena enfourna un quartier d'orange dans sa bouche.

— Tu n'es pas un golfeur, Jordan, tu es un dilettante, rétorqua-t-elle.

Se drapant dans sa dignité, Jordan frappa trois balles, puis dit :

— J'ai une question à te poser.
— Vas-y.
— Si tu étais accusée de meurtre, qui prendrais-tu pour te défendre ?
Selena réfléchit un instant
— Je pense que je prendrais Mark D'Amato. Ou Ralph Concannon, si Mark n'était pas libre.
Jordan lui jeta un regard en coin.
— Mark est bon, concéda-t-il.
Elle éclata de rire.
— Oh, Jordan, tu es trop drôle dans le genre impassible. Demande-moi plutôt pourquoi je ne te prendrais pas, toi.
— D'accord... pourquoi ? s'enquit-il en posant son club.
— Parce que tu es le seul mec qui réussirait à me foutre assez en rogne pour que je le tue vraiment, donc tu ne pourrais pas me défendre. Ça y est, tu es content ?
— J'en sais rien, répliqua Jordan en faisant la moue. Je vais y réfléchir.
Selena jeta un coup d'œil aux balles qui lui restaient.
— Tu as évacué assez de stress pour être en mesure de me raconter ta visite de ce matin ?
— Pour ça, il me faudrait deux fois plus de balles. (Il se frotta la nuque.) J'ai comme un pressentiment que ça va pas être de la tarte.
— C'est vrai, et c'est d'autant moins drôle que ce St Bride a interrompu ta paisible retraite. Il va y avoir une transaction ?
— Pas du tout. La consigne, c'est d'aller au procès.
— Sans blague ?
— Tu as bien entendu.
Elle haussa les épaules.
— OK. On a un plan ?

— Nous n'avons strictement rien de la part de notre estimé client, qui est amnésique, comme par hasard. Ce qui signifie que tu devras prouver que la fille ment.

Selena resta muette pendant un temps très long.

— Je sais, compatit-il. Ça frise l'impossible. Tout ce que j'ai vu dans sa déclaration a l'air de se tenir, jusqu'à présent.

— Non, ce n'est pas à ça que je pensais... Qui est le docteur Horowitz ?

— Je n'en sais rien. Peut-être quelqu'un des urgences ?

— C'est le médecin mentionné dans la déclaration de la victime. J'ai l'impression que c'est un psychiatre que Gillian Duncan a consulté autrefois.

Pour la première fois de la journée, la balle de Jordan atterrit à quelques centimètres du drapeau. Il revint du green à pas lents et regarda Selena, qui haussa les sourcils et lui tendit le dernier quartier d'orange. Il le prit et leurs doigts s'effleurèrent.

— Tu as raison, dit-il.

Jack faisait son possible pour regarder le tas de vêtements soigneusement pliés sur la chaise sans se gratter. Pendant ses trois jours passés en cellule d'isolement, il s'était douché méticuleusement. Au début, il s'était séché avec son T-shirt. Ensuite, le T-shirt avait commencé à moisir. Depuis, il se séchait à l'air et restait torse nu. Mais, pour être conduit chez le directeur, il avait dû remettre son T-shirt, qui lui collait à la peau et puait atrocement.

Jack jeta un regard nostalgique aux vêtements.

— Ils sont beaux, non ? ironisa le directeur. Ils sont à vous, ils vous attendent.

— Non, merci.

— Monsieur St Bride, c'est bon, maintenant, vous vous êtes exprimé.

— Vous ne pouvez pas le savoir, vous n'êtes pas à ma place, répliqua-t-il.

— Ces vêtements servent à votre propre sécurité.

— Non, à la vôtre. Vous voulez me faire porter cette combinaison pour que tout un chacun sache ici que j'obéis à votre règlement. Mais dès l'instant où je le ferai, cela signifiera que vous aurez eu le dessus.

Les yeux du directeur luirent. Jack sentit qu'il ne devait pas pousser le bouchon trop loin.

— Nos cellules d'isolement ne sont pas des appartements de grand standing. Vous ne pouvez pas y rester indéfiniment.

— Eh bien, laissez-moi porter mes vêtements dans une cellule normale.

— Je ne peux pas.

Jack effleura du regard les vêtements propres de la prison.

— Moi non plus, répondit-il.

Le gardien fit un pas en avant sur un signe du directeur.

— Mettez M. St Bride en isolement pendant six jours de plus. Et, cette fois-ci, coupez l'eau de sa douche.

Jack fut relevé d'une bourrade. Il lissa le devant de son T-shirt comme il eût caressé une tunique d'empereur.

— Monsieur St Bride, ajouta le directeur, vous n'en sortirez pas gagnant.

Jack s'arrêta et répondit sans se retourner :

— Peut-être, mais je n'ai rien à perdre.

Francesca Martine avait le corps d'un modèle de *Playboy* et le cerveau d'un docteur en physique nucléaire, ce qui posait un léger problème aux hommes assez courageux pour lui faire des propositions. Mais elle avait trouvé la parade : au lieu de leur révéler qu'elle était une scientifique spécialisée dans la recherche en ADN, elle se contentait de dire qu'elle travaillait dans un laboratoire. Ses soupirants supposaient donc qu'elle passait ses journées à aller quérir le déjeuner des *vrais* scientifiques et à nettoyer les cages des souris et des rats.

Elle plaça un échantillon sous son microscope.

— Et ça, Frankie, rigola Matt, c'est un échantillon prélevé sur un de tes petits copains ?

— Bien sûr. Et j'ai si peu à m'occuper ici que je me fais des prélèvements à moi-même pour voir ce qui nage là-dedans, au cas où une totale absence de copain depuis six mois ne suffirait pas à me déprimer... Alors, comment va ta petite merveille ?

— Molly... Ah ! Je ne peux même pas te dire à quel point elle est mignonne. Le mieux c'est d'en avoir un soi-même, tu comprendras ce que je veux dire.

— Pourquoi des gens normaux se transforment-ils en marieurs dès qu'ils sont mariés eux-mêmes ?

— À mon avis, c'est darwinien. C'est pour essayer de perpétuer l'espèce. Sans compter que vous, les génies, vous avez besoin qu'on vous rappelle de temps en temps qu'on peut aussi reproduire l'ADN ailleurs que dans un tube.

— Merci, maman, répliqua Frankie d'un ton sec. C'est pour me parler de ma pauvre vie amoureuse que tu t'es dérangé ?

— Ces échantillons que Charlie Saxton vous a apportés...

— Je ne m'en suis pas encore occupée. J'étais au tribunal, hier, et ce matin je...

— Non, non, je ne veux pas te mettre la pression, l'arrêta Matt avec un sourire hypocrite. Enfin, pas plus que d'habitude... Je voulais simplement te dire ce que je cherche.

— Attends, laisse-moi deviner... Du sperme ?

— Ouais. Et je voudrais aussi savoir d'où vient le sang sur la chemise. Et la terre trouvée sur les bottes. C'est bon, tu me donnes mes résultats dans quinze jours ?

— Trois semaines, négocia Frankie, penchée sur un microscope.

— Oh… ouais… le mieux, ce serait dix jours.

Il mit le cap sur la porte avant de lui laisser le temps de protester.

— Merci ! lança-t-il.

Frankie retourna à son microscope. Des spermatozoïdes congelés, sans queue et immobiles…

— C'est ce qu'ils disent tous, soupira-t-elle.

Addie ne savait pas où elle avait pris le courage nécessaire pour frapper à la lourde porte de la prison du comté de Carroll. « Si personne ne m'ouvre, je m'en vais, pensa-t-elle. Je rentre à la maison et j'essaie une autre fois, quand je le sentirai mieux. »

Un gardien ouvrit la porte.

— Oui, vous désirez ?

— Je… je…

L'homme eut un sourire bienveillant.

— C'est votre première visite ? Entrez.

Il conduisit Addie dans un vestibule où une petite file d'attente s'étirait en serpentant devant un box de verre.

— Attendez ici, dit le gardien. On va vous dire ce qu'il faut faire.

Addie hocha la tête, plus pour elle-même que pour le gardien qui s'était déjà éloigné. Les visites avaient lieu le mercredi soir, de dix-huit à vingt et une heures. Elle n'avait eu aucun mal à obtenir ce renseignement par téléphone. Mais monter dans sa voiture et rouler jusqu'à cet endroit avait été une autre paire de manches. Elle appréhendait terriblement le moment où elle reverrait Jack : qu'allait-elle lui dire ?

C'était après avoir vu Matt Houlihan qu'elle s'était aperçue qu'elle avait omis une chose importante :

demander à Jack sa version des faits avant de croire celle des autres. Elle était terrorisée à l'idée qu'il lui ait menti, que tous les moments passés ensemble n'aient été qu'une extension de ce mensonge. Et plus terrorisée encore à la perspective d'apprendre la vérité dans toute son horreur, à savoir que Dieu avait eu la cruauté de lui laisser donner son cœur à un violeur.

— Suivant !

Addie avança et se retrouva devant un fonctionnaire doté d'un visage ingrat en forme de pomme de terre.

— Nom ? jeta-t-il.

Le cœur battant à se rompre, elle répondit :

— Addie Peabody.

— Nom du détenu que vous êtes venue voir ! aboya-t-il.

— Oh, Jack St Bride.

Le fonctionnaire parcourut une liste de noms.

— St Bride n'est pas autorisé à recevoir des visites.

— Pas autorisé…

— Il est en isolement. Suivant !

Addie ne bougea pas.

— Comment faire pour entrer en relation avec lui ? insista-t-elle.

— Essayez la télépathie, ricana l'homme.

Addie fut poussée vers la sortie.

Le cuir chevelu est composé de cent mille cheveux. Au cours de sa vie, un être humain fait pousser en moyenne onze cent quatre-vingts kilomètres de cheveux.

Jack gratta sa barbe de plus en plus drue, jusqu'au sang, cette fois. Sa raison lui disait que ce n'était pas grave, que se passer de douche pendant une semaine ne le tuerait pas. Et qu'en dépit des sensations qu'il ressentait, sa tête n'avait pas été investie par une colonie de parasites. Mais parfois, lorsqu'il était assis complètement immobile, il sentait de fines pattes creuser sa peau et entendait un bourdonnement diffus.

La proportion d'insectes par rapport aux êtres humains est de cent millions pour un.

Mieux valait consacrer ses pensées à ces questions inutiles que de réfléchir à d'autres sujets, par exemple : Addie viendrait-elle lui rendre visite ? Se souviendrait-il de ce qui s'était passé cette nuit-là ? Serait-il condamné une fois de plus ?

Soudain, il entendit résonner des pas. D'habitude, personne ne s'aventurait dans ces parages après le passage du gardien traînant son balai et sa serpillière, à peine audible avec ses semelles de caoutchouc. Ces chaussures-là, en revanche, appartenaient à quelqu'un qui avançait dans le couloir d'une démarche sûre. Les pas s'arrêtèrent juste devant sa porte.

— Je vois que vous êtes toujours en train de ruminer, dit la voix du directeur. Mais je viens vous apporter quelques informations. Quelqu'un est venu vous rendre visite aujourd'hui. Bien entendu, la visite a été interdite, puisque vous êtes sous le coup d'une sanction disciplinaire.

Une visite ! Addie ?

La simple idée de lui avoir infligé une telle épreuve, en l'obligeant à faire connaissance avec cet endroit terrible qu'elle aurait ignoré toute sa vie s'il n'avait pas été là, lui noua la gorge. Les larmes jaillirent de ses yeux et roulèrent sur ses joues, emportant la crasse et un peu de sa fierté.

Il leva la main et se gratta vigoureusement la tempe.

En moyenne, se dit-il, *une personne avale accidentellement quatre cent trente bestioles par an.*

Son métier d'avocat lui avait fait rencontrer toutes sortes de ratés, tous convaincus d'avoir tiré la mauvaise carte. Son boulot ne consistait pas à les juger pour ce qu'ils avaient commis ou pour leur manière erronée de justifier leurs actes. Mais jamais Jordan n'avait eu la « chance » de tomber sur un client aussi obstinément acharné à s'autodétruire, dans le seul but d'obtenir justice.

Il se recula au fond de sa chaise pliante pour laisser passer devant lui un groupe de détenus qui rentraient de l'exercice, et interrompit la conversation qu'il échangeait avec Jack, de l'autre côté de la porte métallique du mitard.

— Ce ne sont que des vêtements, Jack, reprit-il d'un ton las, pour la dixième fois. Rien que des vêtements.

— Vous connaissez ces insectes qui parasitent d'autres insectes, comme les moustiques ? Ces insectes pondent leurs œufs sur l'abdomen du moustique. Le moustique se pose sur vous. La chaleur de votre corps fait tomber les œufs, qui s'introduisent sous votre peau. Quand les œufs grossissent, vous les voyez à l'œil nu. Vous les sentez. C'est très désagréable. Et tout ça vous tombe dessus à cause d'une simple piqûre de moustique.

« Je pense qu'un examen psychiatrique ne serait pas superflu », se dit l'avocat.

— Qu'est-ce que vous voulez me dire par là, Jack ? Vous avez été infesté ?

— Si je mets leur uniforme, je deviendrai l'un d'eux. Ce ne sont pas que des vêtements. Dès l'instant où ils me toucheront, le système s'introduira sous ma peau.

— Le système… reprit Jordan. Vous voulez qu'on parle du système, Jack ? Le système dit que le jour où M. le directeur décidera qu'il a besoin de votre petite cellule pour y mettre quelqu'un d'autre, il vous transférera au quartier de haute sécurité du pénitencier. Et si vous trouvez qu'être confiné ici n'est pas une partie de plaisir, dites-vous bien que vous n'avez encore rien vu. Là-bas, à Concord, au QHS, les gardiens portent des boucliers, des casques, des masques et des bottes à bouts métalliques. Ils vous escortent dans tous vos déplacements, chaque fois que vous aurez à quitter votre petite unité, c'est-à-dire pratiquement jamais. Et... j'oubliais... les unités sont disposées autour d'un box de surveillance blindé, depuis lequel le gardien suit le moindre de vos mouvements. Vous êtes surveillé pendant que vous mangez, pendant que vous dormez, pendant que vous êtes aux chiottes. Vous êtes surveillé pendant que vous respirez. Vous, Jack, et les trois mecs qui partagent votre cellule, et qui ont été envoyés là-bas pour quelque chose d'infiniment plus violent que le refus de porter une combinaison.

— Je n'irai pas au pénitencier.

— Ils ne vous demanderont pas la permission, bon Dieu ! hurla Jordan. Vous ne comprenez pas ? Vous êtes ici ! Il faut vous rendre à l'évidence ! Parce que chaque minute que je perds à m'inquiéter de votre comportement est une minute perdue pour la préparation de votre procès.

Pendant quelques instants, il n'entendit rien. Il plaça la main contre la porte. Puis une voix se fit entendre, calme, brisée :

— Ils essaient de me transformer en quelqu'un que je ne suis pas. Ce T-shirt... ce pantalon... ce sont les seules choses qui me restent de la personne que je suis. Et j'ai besoin de continuer à les voir, Jordan, pour ne pas me mettre à croire ce qu'ils racontent.

— Et qu'est-ce qu'ils devraient dire, Jack ? le pressa l'avocat. Qu'est-ce qui s'est réellement passé ?

— Je ne m'en souviens pas !

— Mais alors, comment pouvez-vous être sûr que vous ne l'avez pas violée ?

Jordan devait conserver son calme. Il n'allait pas se laisser entraîner dans une histoire de fous. Si son client avait envie d'être transféré à Concord... eh bien, le tribunal lui paierait ses indemnités kilométriques.

— J'ai déposé une motion pour que le procès ait lieu rapidement et le procureur a déjà préparé une assignation à comparaître, dit-il d'un ton bref, pour changer de sujet. Nous devrions recevoir bientôt le dossier psychiatrique de Gillian Duncan.

— Elle est folle. Je le savais.

— Elle a été suivie pendant son enfance. Ce dossier n'a peut-être rien à voir avec notre affaire.

— Qu'est-ce que vous avez d'autre comme carte ?

— Vous.

— C'est tout ?

— C'est peut-être assez, répliqua Jordan en appuyant le front contre la porte. Vous comprenez maintenant pourquoi j'ai besoin que vous soyez à la hauteur ?

— D'accord.

Ce consentement arriva si doucement que Jordan fronça les sourcils en se demandant s'il avait bien entendu.

— Pardon ?

— Oui, je vais le faire. Je vais mettre la combinaison. Mais je vous demande une faveur en échange.

Une fois de plus, Jordan sentit la colère monter en lui.

— Je ne vous dois aucune faveur ! Tandis que vous, de votre côté…

— Un stylo ! C'est tout ce que je veux !

Un stylo. Jordan regarda le Rollerball qu'il avait à la main. Le revirement de son client avait été trop soudain. Il l'imagina saisissant le stylo et se trouant la jugulaire avec.

— Je ne crois pas que…

— S'il vous plaît, insista Jack. Un stylo.

Lentement, Jordan glissa le stylo à travers la fente de la porte. Quelques secondes plus tard, le stylo ressortit, enveloppé dans un bout de chiffon bleu pâle. Un morceau de T-shirt. Jack avait arraché un bout de son précieux T-shirt pour écrire quelque chose dessus.

— Pouvez-vous remettre ça à Addie Peabody ? demanda-t-il.

Jordan le déroula. Un simple mot était écrit sur le tissu, un mot qui pouvait signifier aussi bien une louange qu'une accusation.

— Pourquoi devrais-je vous aider ? demanda-t-il. Vous ne faites rien, vous, pour m'aider.

— Je vais vous aider, lui promit Jack.

Et l'espace d'un instant – le temps que mit l'avocat à se rappeler qui était son interlocuteur – Jordan le crut, effectivement.

La porte se referma violemment. Jordan cligna des yeux sous le choc.

— Merde, Thomas, s'exclama-t-il, tu es obligé de faire autant de bruit ?

L'adolescent s'arrêta en voyant son père allongé sur le canapé, un gant de toilette sur le front. Selena lui toucha l'épaule.

— Ce pauvre petit a dû aller travailler aujourd'hui, gloussa-t-elle. Il est de mauvais poil.

— Il t'entend très bien, et il a très mal à la tête, grogna Jordan.

À la cuisine, Thomas sortit un carton de lait du réfrigérateur. Après en avoir avalé une longue gorgée, il s'essuya la bouche sur sa manche.

— Quelle délicatesse ! commenta Selena.

— J'ai tout appris de mon père, mon modèle, répliqua Thomas en posant le lait sur le bar. C'est Jack St Bride qui lui prend la tête ? C'est quoi, le problème ? Il avait l'air cool, comme mec, au Resto.

— Jack l'Éventreur aussi, il avait l'air cool, marmonna Jordan.

— Jack l'Éventreur a travaillé au Resto ? J'y crois pas !

Découragé, Jordan se releva. Autant renoncer à se reposer.

— Qu'est-ce qu'on raconte, au lycée ? s'enquit-il.

— Des tas de conneries. Il y en a même qui disent qu'il s'est échappé et qu'il a violé une fille de cinquième.

— Il ne s'est pas échappé, et il n'est que soupçonné de viol.

— C'est bizarre, dit Selena, songeuse. Tu as vu comme il défend son client bec et ongles, même si ce client le fait grimper au cocotier ?

— Oh non, c'est pas si bizarre que ça, répliqua Thomas. Il n'arrête pas de dire qu'il m'aime, mais ça l'a jamais empêché de me boucler dans ma chambre pour m'empêcher de sortir.

Il s'assit par terre et tendit la main vers la télécommande, mais son père l'attrapa le premier.

— Attends, dit-il. Je veux que tu m'en dises plus.

Thomas soupira et s'exécuta :

— Il y en a qui plaignent Gillian...

— Et les autres ?

— Ils pensent ce qu'ils ont toujours pensé... que c'est une sale peste.

— Une sale peste ? Gillian Duncan n'est donc pas la reine du lycée ? s'étonna Selena.

Thomas éclata de rire.

— Elle aurait la honte si elle était élue, dit-il. Elle se croit au-dessus de ça et elle ne rate pas une occasion de le faire savoir. Elle ne voit que ses petites copines et elle essaie de les empêcher de se mêler aux autres. Quand j'ai essayé de parler à Chelsea pour la première fois...

— Chelsea ? C'est qui, ça ?

Thomas jeta un long regard à son père.

— Papa, tu le sais très bien.

— Ah, oui, c'est vrai.

— Bon, en tout cas, Gillian a voulu me casser auprès de Chelsea, elle lui a dit que je ne valais pas la peine qu'on perde son temps avec moi. Elle se prend pas pour une merde, cette meuf… elle fait sa princesse… il lui faut toujours sa cour autour d'elle… Mais Chelsea dit que c'est pas vrai, qu'elle est pas du tout comme ça.

— Ah bon ?

— Elle y était ce soir-là, elle a vu Gillian revenir en pleurant… après. Il paraît qu'elle était tellement secouée qu'elle pouvait à peine parler. Et il paraît qu'elle est encore sous le choc.

Jordan roula le gant de toilette en boule. Il échangea un regard avec Selena et dit à son fils :

— Thomas, essaie d'en savoir un peu plus long. Chelsea a sûrement d'autres choses à dire.

L'enveloppe était coincée entre une facture d'électricité et un tract appelant à voter pour George W. Bush. ADDIE PEABODY, lut-elle, en capitales d'une écriture qu'elle ne reconnut pas. Il n'y avait pas de timbre. Quelqu'un avait apporté ce courrier pendant qu'elle était occupée à son travail.

Elle ouvrit l'enveloppe du bout du doigt.

À l'intérieur, elle trouva un petit morceau de tissu enroulé, du même bleu que le T-shirt que Jack portait le matin de son arrestation. Addie le déroula et découvrit un seul mot écrit dessus.

Loyal.

Elle se laissa glisser à terre, sous la boîte à lettres. Qu'est-ce que ça voulait dire ? Elle se mit à triturer le bout de tissu en tournant et retournant ce message crypté dans sa tête. L'accusait-il de ne pas avoir pris son parti au cours de son arrestation ? La suppliait-il de le soutenir ?

Sa mémoire se mit en marche. Peut-être ce mot n'était-il pas un adjectif, après tout.

Le téléphone arracha Jordan à un sommeil lourd et profond. Il tendit une main maladroite vers l'appareil et renversa son radio-réveil au passage.

— Allô, fit-il d'un ton bourru.

— Vous allez recevoir un appel en PCV de la maison d'arrêt du comté de Carroll, prononça une voix. Acceptez-vous de payer les frais de communication ?

— Oh, merde ! marmonna l'avocat.

— Excusez-moi, je n'ai pas compris...

— Oui ! hurla Jordan. Oui, oui !

— Merci.

L'instant suivant, ce fut un St Bride hors d'haleine et surexcité qui lui cria à l'oreille :

— Jordan ? Jordan ? C'est vous ?

— Doucement ! Qu'est-ce qui se passe ?

— Il faut que je vous voie.

— OK. Je viens vous voir demain.

— Non, il faut que je vous voie tout de suite, insista Jack, un sanglot dans la voix. S'il vous plaît. Je m'en souviens, je m'en souviens, maintenant !

— J'arrive, répondit Jordan.

Une heure plus tard, Jack, en sueur, épuisé, terminait son récit. L'horloge suspendue au mur émettait un tic-tac semblable à celui d'une bombe à retardement.

— Bon, reprenons, dit Jordan. Vous voyez des trucs pendre aux arbres.

Jack hocha la tête.

— Oui, accrochés aux branches.

— Des guirlandes ?

— Non, répondit Jack. Des rubans et des petits sachets. Des machins bizarres. Comme dans le film *Le Projet Blair Witch*.

L'avocat croisa les bras.

— Donc, vous avez vu des crucifix fabriqués avec des brindilles accrochés aux branches des arbres, dans le noir, le tout dans une forêt où vous n'avez pas rencontré Gillian Duncan. C'est pour ça que vous m'avez réveillé ?

— Il se passait des choses étranges. J'ai pensé que c'était important pour mon affaire, mais veuillez me pardonner d'avoir interrompu votre sommeil.

— Euh… ce n'est pas important, Jack. Ce qui serait important, c'est que vous vous souveniez d'une personne qui vous aurait vu entre minuit et une heure trente. Ce qui serait important, c'est que vous reconnaissiez avoir couché avec Gillian Duncan.

— Je n'ai pas eu de relations sexuelles avec Gillian Duncan ! Pourquoi ne me croyez-vous pas ?

— Vous étiez ivre ! Qu'est-ce qui est plus facile à croire, d'après vous : qu'un mec bourré soit devenu un peu trop agressif envers une gamine qui se trouvait sur son chemin… ou ce décor façon Halloween planté au milieu de la forêt ? Une mise en scène, je me permets de l'ajouter, dont ni les flics ni mon enquêteuse n'ont trouvé la moindre trace ?

C'est alors que Jack déclara avec détermination :

— Je veux passer au détecteur de mensonges.

Jordan ferma les yeux. « Ces clients ! Quelle plaie ! »

— Même si vous passiez au détecteur avec un résultat en votre faveur, ce ne serait pas reconnu par le tribunal. Vous ne le feriez que pour vous, Jack.

— Et pour vous. Comme ça, vous sauriez que je vous ai dit la vérité.

— Je vous l'ai déjà expliqué, peu m'importe que vous ayez commis ce crime ou non. Je vous défendrai quand même.

Jack pencha la tête et contempla ses mains nouées.

— Si vous étiez à ma place, murmura-t-il, ça vous suffirait ?

Roy fit la grimace et regarda fixement sa fille, certain d'avoir mal entendu. Ce fut Delilah qui formula sa question :

— Tu es en train de me dire que tu vas partir ? Que c'est ce vieil ivrogne qui sera le responsable ?

— Ce vieil ivrogne était déjà le responsable avant que tu sois là ! protesta Roy avec véhémence.

Addie intervint :

— Pas le responsable, Delilah. Ce sera plutôt un genre de père adoptif.

— Ben alors, ma pauvre chérie, tu peux dire adieu à ton cher petit Resto...

— Ce que je ne comprends pas, c'est pourquoi il faut absolument que tu partes faire cette... cette quête, déplora Roy.

Addie essaya d'ignorer la petite voix intérieure qui lui posait la même question. Ironie du sort, c'était Jack lui-même qui lui avait appris, à travers Chloé, qu'elle avait besoin de mettre les choses au clair pour pouvoir trouver la paix de l'âme. Si elle découvrait qu'il lui avait menti, ce ne pourrait être pire que de ne pas savoir avec certitude s'il avait commis cette monstruosité ou non.

— Je ne te demande pas de comprendre. Je te demande simplement de m'aider. Je ne serai pas absente très longtemps.

Roy embrassa la cuisine du regard, s'attarda sur le gril, la cuisinière rutilante.

— Et si moi, ça me dit rien de retrouver tout ça ? objecta-t-il.

— Dans ce cas, je ne sais pas, avoua Addie, qui n'avait pas envisagé cette éventualité. On devra fermer.

— Fermer ! se récria Delilah.

Roy fronça les sourcils.

— Fermer ? répéta-t-il. Nous n'avons pas fermé depuis des années. Nous n'avons pas fermé depuis...

— Depuis que maman est morte, termina Addie. Écoutez, Darla est d'accord pour prendre mon service. Delilah, toi, tu ne changeras pas tes habitudes, simplement ce sera quelqu'un d'autre qui t'apportera les commandes. Et toi, papa, tout ce que tu auras à faire, ce sera d'assumer la responsabilité de l'ensemble.

Roy baissa le nez.

— Tu sais que c'est pas mon point fort.

— Bien sûr que oui, je le sais ! Tu crois que je te le demanderais si je n'y étais pas obligée ? Pendant toutes ces années, je t'ai vu sortir en douce pour aller au café et j'ai fait semblant de ne rien voir. Je comprends très bien que, parfois, les gens fassent ce qu'ils ne devraient pas, parce qu'ils ne peuvent pas s'en empêcher... Alors, pourquoi ne m'accordes-tu pas le même privilège ?

Son père lui recouvrit la main avec la sienne.

— Pourquoi tu te fais du mal comme ça ? Quand il t'arrive une catastrophe, tu grattes jusqu'à ce que la plaie recommence à saigner. Pourquoi ?

— Parce que ! s'écria Addie. Et s'il était innocent ?

— Et si Chloé n'était pas vraiment morte ? Et si ta mère allait entrer tout à coup dans cette cuisine ? (Roy soupira.) Tu n'y vas pas parce que tu veux te prouver à toi-même qu'il est coupable ; un tribunal ne va pas tarder à s'en charger. Tu pars parce que tu ne veux pas croire la vérité que tu as sous le nez.

— Tu ne sais même pas par où commencer tes recherches, souligna Delilah.

— Je vais y réfléchir.

— Et si tu ne trouves pas ce que tu cherches ?

— Eh bien, tout ce que j'aurai perdu, ce sera du temps.

Ce n'était pas vrai, et ils le savaient tous les trois. Mais ni Roy ni Delilah, ni même Addie ne voulurent formuler leur pensée : comment ne pas craindre qu'un cœur mis à mal par tant de chagrins ne se brise définitivement ?

Jordan, vêtu de sa seule serviette, se mirait dans la glace de la salle de bains en passant le rasoir sur sa barbe naissante. Chaque passage de la lame formait une petite clairière sur la mousse à raser neigeuse. Par association, il revit Jack en pensée. Car c'était parfaitement propre et rasé de frais que le détenu l'avait accueilli au milieu de la nuit, pour lui raconter des histoires de crucifix et de trucs bizarres accrochés aux arbres.

Songeur, il tapota le rasoir sur le bord du lavabo et rinça la lame avant de la repasser sur sa joue. Il pouvait toujours essayer une variante de la tristement célèbre tactique des avocats dans l'affaire Twinkie, qui s'était soldée par l'acquittement d'un meurtrier ayant prétendument agi sous l'effet d'une overdose de sucre. Par exemple, il pouvait aussi plaider en se fondant sur les troubles psychologiques induits chez Jack par sa consommation excessive d'alcool, ce soir-là. Il lui suffirait de dénicher un psy cinglé qui affirmerait que la boisson causait des dissociations, ou n'importe quoi, et qui déclarerait son client atteint d'une affection qui le rendait incapable de se rendre compte de ses actes au moment où il les commettait. Une maladie cousine de l'irresponsabilité mentale… non coupable pour cause d'ébriété.

— Papa ?

Surpris par l'intrusion de son fils, Jordan sursauta. Le rasoir entailla sa joue et le sang se mit à couler en s'infiltrant jusque dans son cou.

— Merde, Thomas ! Tu ne peux pas frapper ?

— Oh, putain ! Je voulais juste t'emprunter la mousse à raser !

Thomas examina le visage de son père dans la glace et lui conseilla avec sollicitude :

— Tu ferais bien de te soigner.

Jordan poussa un juron et se rinça les joues à grande eau, en sautillant sur place sous l'effet de la brûlure à l'endroit de la coupure. Puis il se sécha la figure en la tamponnant avec une serviette.

C'était une longue écorchure fine qui lui barrait le milieu de la joue droite.

— Bizarre… prononça-t-il à voix haute, d'un ton songeur. Je ressemble à Jack St Bride.

Il comprima la plaie avec un Kleenex jusqu'à ce que le sang s'arrête de couler, puis fit quelques pas en direction de la porte. Quelques secondes plus tard, il se retrouva face à la glace, en train de scruter sa joue avec attention.

Gillian Duncan avait affirmé qu'elle avait griffé Jack en essayant de le repousser. Charlie Saxton avait photographié l'égratignure correspondante sur la joue de Jack quand il avait été écroué ; c'était dans le dossier. Mais un homme qui avait été griffé par une fille en train de se défendre au cours d'un viol aurait présenté quatre ou cinq marques parallèles… les cicatrices de plusieurs ongles, à l'endroit où ils avaient déchiré sa peau.

Mais Jack n'en avait qu'une.

Mai 2000,
Salem Falls,
New Hampshire

Jack et Gill sont montés là-haut
Pour aller chercher de l'eau.
Jack a culbuté Gill, trop content
De se payer la fille de Duncan.

Charlie roula en boule le petit quatrain qui avait été scotché sur son ordinateur.

— C'est pas drôle ! cria-t-il à la cantonade.

Puis il arbora son sourire le plus chaleureux pour accueillir la première des trois jeunes filles qu'il avait convoquées, accrochée au bras de son père.

— Bonjour, Ed, dit-il. Bonjour, Chelsea. Je suis content de vous voir.

Il choisit de les conduire dans la petite salle de réunion, de préférence à la salle des interrogatoires. Ces pauvres gamines étaient déjà suffisamment nerveuses à l'idée d'être interrogées ; il n'était pas nécessaire de leur infliger un stress supplémentaire.

Lorsqu'ils furent installés, il prit la précaution de demander à Chelsea :

— Tu comprends pourquoi il est très important pour moi d'avoir ta déposition ?

Chelsea hocha la tête en ouvrant de grands yeux bleus.

— Je ferai tout ce qu'il faut pour aider Gilly, déclara-t-elle.

— Très bien. Bon, je vais simplement enregistrer notre conversation d'aujourd'hui, de façon à ce que le procureur puisse constater que tu es une amie très loyale.

— C'est vraiment nécessaire ? s'inquiéta Ed Abrams.

— Hélas, oui, Ed.

Retournant à l'adolescente, le policier mit le magnétophone en route.

— Chelsea, peux-tu me dire où vous êtes allées ce soir-là ?

Avec un regard en coin à son père, elle répondit en hésitant :

— On avait besoin de bouger, c'est tout, quoi.

— Où êtes-vous allées ? répéta l'inspecteur.

— On s'est retrouvées au vieux cimetière, à onze heures. Meg et Gilly sont arrivées ensemble ; Whit et moi, on les attendait déjà. Ensuite, on a pris le petit sentier qui va dans les bois juste derrière.

— Qu'est-ce que vous alliez y faire ?

— Oh, rien, on voulait se retrouver, être ensemble... Et on a fait un feu, comme ça, pour avoir de la lumière. Juste un petit feu, pas un feu pour lequel il faut une autorisation ! s'empressa-t-elle de préciser.

— Je comprends. Combien de temps êtes-vous restées là-bas ?

— Peut-être deux heures. On se préparait à partir quand... Jack St Bride est arrivé.

— Vous le connaissiez ?

— Ouais, de vue, répondit l'adolescente en rejetant une mèche de cheveux en arrière d'un geste brusque. Il travaillait au Resto.

— Il vous avait déjà adressé la parole avant cette nuit-là ?

Elle opina du chef.

— Oui, mais c'était… un peu malsain. Parce que, quand même, c'était un adulte, et il essayait toujours de plaisanter avec nous. Comme s'il voulait absolument qu'on le trouve sympa.

— Comment était-il habillé ?

— Il portait une chemise jaune et un jean, et il avait l'air de s'être battu. Il avait un œil au beurre noir, tout gonflé. (Elle fronça le nez.) Et il sentait l'alcool à vingt mètres.

— Il avait des égratignures sur le visage ?

— Je n'ai pas l'impression.

— Qu'est-ce que tu as ressenti en le voyant ?

— Oh là là ! s'écria Chelsea. Je flippais trop ! Parce que justement, c'est à cause de lui qu'on n'avait pas le droit de sortir !

— Il paraissait en colère ? Ou pas dans son assiette ?

— Non. (Elle rougit.) Quand j'étais petite, ma mère me faisait regarder une pub où on disait qu'il ne fallait pas accepter de bonbons d'une personne qu'on ne connaissait pas. Quand je l'ai vu, j'ai pensé au bonhomme de la pub : il avait l'air tout à fait normal de l'extérieur, mais dès que la petite fille regardait ailleurs, on le voyait en gros plan, ricaner comme un monstre.

— Qu'est-ce qui s'est passé ?

— On lui a dit qu'on était sur le point de rentrer, et il nous a dit au revoir. Et nous sommes parties quelques minutes après.

— Ensemble ?

— Non, répondit Chelsea en secouant la tête. Gilly est allée de son côté pour rentrer chez elle.

— Vous avez entendu quelque chose, après votre départ ?

— Non.

— Pas de cris, pas de bagarre, pas de coups, pas de hurlements ? insista Charlie.

— Non, rien.

— Et après, qu'est-ce qui s'est passé ?

— On a marché un peu, et à la sortie du bois, à l'angle du cimetière, on a entendu des craquements à travers les arbres. J'ai pensé que c'était un daim. Mais en fait, c'était Gilly. Elle a couru vers nous, en larmes. (Chelsea ferma les yeux et avala sa salive avec peine.) Ses... ses cheveux étaient pleins de feuilles, ses vêtements étaient sales. Et elle faisait une vraie crise d'hystérie. Quand j'ai essayé de la toucher, juste pour la calmer, elle s'est mise à me taper dessus. Comme si elle ne nous reconnaissait pas.

Chelsea se recouvrit le poignet avec le bord de sa manche et s'en essuya les yeux.

— Et là, elle nous a dit qu'il l'avait violée.

— Pourquoi avez-vous laissé Gilly toute seule ?

Chelsea baissa la tête.

— Moi, je ne voulais pas qu'elle reste seule. Je lui ai même proposé de la raccompagner chez elle.

— Mais tu ne l'as pas fait.

— Non, répondit la jeune fille. Gilly s'est moquée de moi en me disant que je n'étais pas sa mère. Qu'il ne lui arriverait rien... Mais elle se trompait, ajouta-t-elle en tortillant le bas de son chemisier.

Whitney O'Neill gardait obstinément les yeux fixés sur la table.

— Donc, aucune de vous n'a vu d'inconvénient à laisser Gillian se promener dans les bois toute seule ?

— Dites, est-ce que ma fille est considérée comme témoin ou comme suspect ? s'indigna Tom O'Neill.

— Non, papa, ça va, le tempéra sa fille. C'est une bonne question. Je pense qu'on était toutes crevées, ou peut-être un peu déboussolées de l'avoir vu débarquer comme ça… Chels, Meg et moi, on était déjà en route quand on s'est dit qu'on ferait peut-être mieux de l'accompagner. C'est là que j'ai appelé Gilly.

Charlie rebondit sur sa déclaration :

— C'est donc toi qui as appelé, ce n'est pas Chelsea, ni Meg ?

— Ouais, c'est moi, affirma Whitney, sur la défensive. C'est si difficile à croire ?

Préférant ignorer son attitude agressive, le policier poursuivit son interrogatoire :

— Est-ce que Gillian a répondu ?

— Non.

— Et vous n'êtes pas retournées sur vos pas pour aller voir ? Pour vous assurer que tout allait bien ?

— Non, répondit Whitney dans un souffle, les lèvres tremblantes. Et je peux vous dire que je le regrette.

Quand Meg était petite, elle se cachait sous le canapé chaque fois que son père se mettait en uniforme. Ce n'était pas vraiment parce qu'elle avait peur… mais quand il portait ses chaussures brillantes, sa casquette et son badge rutilant, il n'était pas le même que celui qui lui préparait ses biscuits en forme de Mickey le dimanche, et qui lui chatouillait les pieds le soir pour qu'elle les mette sous la couverture. Quand il travaillait, il paraissait plus dur, plus rigide.

C'était une sensation bizarre que de se retrouver assise sur son lit, au milieu de ses peluches… à côté de son père qui enregistrait ses déclarations sur cassette. Mais le plus bizarre, c'était qu'il paraissait aussi bouleversé qu'elle.

Son cœur battait à se rompre, si vite qu'elle s'attendait à le sentir exploser dans sa poitrine d'un moment à l'autre. Tous ses souvenirs de la nuit tragique se confondaient dans une sorte de brouillard aux couleurs indécises qui s'estompaient en se mélangeant. Une fois de plus, elle regretta de n'avoir pas pu faire sa déposition en présence de ses deux copines. Mais il fallait qu'elle y arrive. Pour se donner du courage, elle ferma les yeux et se rassura en se répétant que personne ne l'avait vue se glisser dans les bois, débarrasser les branches du cornouiller et enlever les rubans de l'arbre de mai.

— Ça va, ma chérie ? s'inquiéta son père.

— Oui, oui. C'est juste que je pensais à Gillian.

D'un geste tendre, il ôta une mèche de cheveux qui lui barrait le visage et la lui passa derrière l'oreille.

— Allez, détends-toi. Ce sera bientôt terminé.

— Tant mieux, parce que je ne suis pas vraiment à l'aise pour parler de ça.

Charlie mit le magnéto en marche et commença son interrogatoire :

— Tu as entendu du bruit après l'avoir quittée ?

— Non.

— Tu n'as pas entendu crier Gillian ? Aucun bruit de bagarre ? Aucun bruit dans les arbres ?

— Non, rien.

— Pourquoi l'avez-vous laissée rentrer toute seule ?

— C'est… J'ai du mal à m'en souvenir vraiment…

— Fais un effort.

— C'est Gilly qui a eu l'idée, avoua Meg à voix basse. Tu sais comment elle est quand elle s'est mis quelque chose dans la tête. Elle lui a parlé un peu, et après, je suppose qu'elle s'est dit qu'elle était assez forte pour avoir la situation en main.

— Quelqu'un a essayé de l'en dissuader ?

— Oui… Chelsea… ou peut-être Whitney, je ne m'en souviens plus vraiment. Quelqu'un lui a dit qu'elle ferait mieux de ne pas rentrer seule.

— Et… ?

— Eh bien… elle n'a pas voulu écouter. Elle a dit qu'elle avait envie d'aller se jeter dans la fosse aux lions pour pouvoir raconter après comment c'était. Parfois, elle est comme ça.

Charlie dévisageait sa fille, très professionnel, et il était impossible de savoir ce qu'il pensait réellement.

— Papa, chuchota Meg, je peux dire quelque chose hors enregistrement ?

Il hocha la tête et appuya sur la touche « stop ».

— Ce soir-là… avoua-t-elle, quand je suis sortie en cachette… (Elle baissa les yeux.) Je n'aurais pas dû.

— Meg, je…

— Tu n'as rien dit quand tu as pris ma déposition sur cassette, se dépêcha-t-elle de poursuivre. Et je sais que tu fais ton boulot d'inspecteur. Mais je veux que tu saches que je regrette d'être sortie. De ne pas t'avoir écouté.

— Et moi, est-ce que je peux dire quelque chose, hors enregistrement ?

Son père détourna les yeux et fixa le plafond, en clignant des yeux comme s'il luttait contre les larmes, mais elle devait se tromper, car jamais encore elle ne l'avait vu pleurer.

— Pendant que je prenais la déposition de Gillian, je n'arrêtais pas d'entendre ta voix. Et j'avais l'impression que tous les éléments de preuve que j'apportais au labo venaient de toi. Je suis horrifié de ce qui est arrivé à ton amie, Meg… mais je suis tellement heureux que ça ne te soit pas arrivé à toi.

Il se pencha pour la prendre dans ses bras. Meg enfouit le visage dans le cou de son père, autant pour y puiser du réconfort que pour s'empêcher d'avouer une chose qu'il ne devait pas savoir.

Les petits pieds roses de Molly s'agitaient avec frénésie, comme pour empêcher Matt de refermer la couche-culotte dont il tenait à l'affubler.

— Dès qu'on la met sur une table à langer, elle se déchaîne comme un beau diable, dit-il.

Charlie plongea la main dans sa poche et en sortit sa plaque dorée, qu'il agita au-dessus des petites menottes avides du bébé, le temps de permettre au procureur de lui passer sa grenouillère.

— Je ne crois pas que Meg ait jamais été aussi petite, dit-il, songeur.

— Et moi, je ne crois pas que Molly devienne un jour aussi grande.

Matt prit sa fille dans ses bras et la porta au salon, avec Charlie dans son sillage.

— Vous n'êtes pas au bout de vos surprises, répliqua le policier. Un soir, vous irez vous coucher en lui chantant une berceuse, et le lendemain matin, elle se réveillera en écoutant Limp Bizkit.

— Limp Bizkit ? Qu'est-ce que c'est ?

— Vous ne perdez rien en ne le sachant pas, répondit Charlie en s'asseyant sur le canapé.

L'heureux papa assit son enfant sous un portique de jeux aux couleurs vives et plaisanta :

— J'ai déjà pensé à faire installer ce genre de portique dans les prisons. On pourrait en suspendre au plafond… ce serait mignon, tous ces petits miroirs, ces petits carillons, ces boutons qui couinent… ça occuperait les détenus ! Pour la plupart, ils ont à peu près le QI d'un enfant de cinq mois… et encore, je pense même que Molly a une longueur d'avance sur eux. Peut-être que ça me permettrait de gagner les millions que je ne risque pas de gagner en tant que procureur !… Allez, bon, au travail, dit-il en saisissant une pile de témoignages sur la table du salon.

Aussitôt, Charlie se prépara à aborder les choses sérieuses.

— C'est une affaire qui paraît très simple, non ? commença-t-il. La victime a pu identifier son agresseur, l'agresseur a un passé, et il y a d'excellentes chances pour qu'on ait des preuves à la suite de l'examen médical. Et de plus, vous avez trois témoignages de témoins oculaires qui corroborent les déclarations de la victime.

— Corroborent, répéta Matt. C'est intéressant, comme vocabulaire.

Le procureur feuilleta le premier procès-verbal et l'ouvrit sur une page où le dialogue avait été souligné au marqueur.

— Vous voyez ça ? demanda-t-il.

Charlie lui prit le document des mains, le parcourut et le résuma ainsi :

— Ouais. Après son départ, Whitney O'Neill a eu des remords et a appelé sa copine. Mais sa copine, qui était en train de se faire agresser, n'a pas répondu.

Matt tendit au policier un second procès-verbal, celui de Chelsea, en résumant à son tour :

— Celle-ci dit qu'elle a proposé à Gillian de la raccompagner avant de la quitter. Mais Whitney O'Neill n'en dit rien dans sa déclaration.

Charlie émit un grognement et objecta :

— Ce n'est pas vraiment un point crucial. Peut-être bien qu'elles ne se souviennent pas des moindres détails de leur soirée. Écoutez, elles sont toutes d'accord sur l'heure à laquelle le type s'est pointé, sur ce qu'il leur a dit, sur son aspect. Elles reconnaissent toutes ne rien avoir entendu après avoir quitté l'endroit. C'est ça qui comptera pour votre jury.

— Votre propre fille, poursuivit Matt sans s'arrêter aux affirmations de l'inspecteur, votre propre fille déclare que Gillian a insisté pour rentrer seule chez elle, qu'elle avait vu ça comme un défi. Je peux vous dire que si j'avais été à leur place, tous les détails de cette putain de nuit seraient restés gravés dans ma tête.

D'un geste sec, il reposa les trois procès-verbaux sur la table.

— Alors, quelle est la bonne version ?

— Vous m'en reparlerez quand elle aura seize ans ! s'insurgea Charlie en désignant le bébé qui gazouillait par terre. N'oubliez pas qu'il s'agit d'adolescentes qui ont eu la peur de leur vie en apprenant que leur amie avait été violée dans les bois au beau milieu de la nuit ! Écoutez, Matt, ce sont des gamines ! Elles se sont retrouvées nez à nez avec le diable en personne et elles s'en sont sorties, mais elles en tremblent encore ! Elles ne se souviennent peut-être pas de tout avec précision, ce n'est pas elles qui ont été agressées. Leurs déclarations ne sont pas aussi primordiales que celle de Gillian. Elles ne servent qu'à vérifier les dires de la victime.

Devant le silence du procureur, Charlie explosa pour de bon :

— Est-ce que ça veut dire que vous m'avez fait mettre ces gamines sur le gril pour rien ? Ces pauvres gosses sont complètement traumatisées. Vous croyez qu'une petite divergence de rien du tout dans leurs déclarations va peser sur la décision du jury ? Une divergence qui n'a aucune importance ?

— Qui n'a aucune importance ? répéta Matt en élevant le ton à son tour. Tout a une importance, Charlie. La moindre chose. Le boulot que vous ferez aura une incidence sur le boulot que je ferai. Nous ne sommes pas en face d'un minable petit voleur à la tire. Nous sommes en face d'un prédateur, et la seule personne qui dispose d'une arme pour l'abattre, c'est moi. Si nous laissons échapper le moindre détail, nous risquons de permettre à ce malfaiteur de sortir libre du tribunal et de recommencer.

— Hé, dites, ce n'est pas ma faute…

— C'est la faute de qui, alors ? Ce sera la faute de qui si Gillian Duncan se réveille toutes les nuits en faisant des cauchemars ? Si ça la rend incapable de faire confiance à un homme pour le restant de ses jours ? Si ça la rend incapable d'avoir des relations sexuelles normales ? Même si à la fin St Bride se retrouve à l'ombre *ad vitam aeternam*, la victime ne pourra plus échapper à ça. Et ça voudra dire que ni vous ni moi nous n'en réchapperons.

La fureur contenue dans sa voix fit peur à Molly, qui se détourna de ses jeux et se mit à pleurer. Matt la prit dans ses bras et la berça contre lui.

— Chut, chuchota-t-il, le dos tourné à Charlie. Papa est là.

Loyal, New Hampshire, était le genre de ville qui apparaissait à son avantage lorsque les feuilles tombaient comme autant de bijoux mordorés ou lorsque la neige posait une couverture blanche sur les collines et les vallées en estompant les aspérités. Maintenant encore, après la fonte des neiges, les maisons peintes en blanc et les écolières en uniforme paraissaient tout droit sorties d'un film.

Addie se gara en face d'un bazar-épicerie où une femme en chaussures de marche et en jupe courte peignait une annonce publicitaire sur sa vitrine. Addie posa la main en visière sur ses yeux et s'approcha d'elle.

— Des bottes pour cinq dollars quatre-vingt-dix-neuf ? C'est une affaire !

La propriétaire de la boutique se retourna et lui décocha un bref regard.

— Ici, c'est la gadoue d'avril à juin, et il y a des filles de Westonbrook qui se sont laissé surprendre.

— Je suppose que vous avez beaucoup de clients grâce au lycée.

— Évidemment, vu que c'est le seul endroit où il y a un peu d'animation. Rien n'a changé depuis la fondation de la ville, en 1888.

— Ah oui ? émit Addie, surprise d'apprendre que l'existence de cette ville remontait à si loin.

La femme éclata de rire.

— On vous fera une présentation complète et on vous donnera de superbes brochures au bureau des inscriptions. Vous êtes venue vous renseigner pour votre fille, c'est ça ?

Parfait, se dit Addie. Son interlocutrice venait de lui fournir un bon prétexte pour demander rendez-vous au directeur du collège. De plus, si elle se faisait passer pour une mère inquiète à propos des rumeurs qui avaient circulé… eh bien, elle trouverait certainement d'autres gens prêts à lui raconter ce qui s'était passé.

— Oui, répondit-elle en souriant. Comment avez-vous deviné ?

— Madame Duncan, n'est-ce pas ?

Herb Thayer, le directeur de Westonbrook, entra dans le bureau. Addie, installée sur un canapé, buvait du thé servi dans une tasse en porcelaine de Limoges, en faisant tout son possible pour cacher ses vieilles bottes usées.

— Oh, je vous en prie, ne faisons pas de cérémonie ! s'écria le directeur en désignant ses propres pieds chaussés de grosses bottes de caoutchouc. Quand William Weston a fondé cette école au bord du ruisseau, il a hélas oublié que les printemps du New Hampshire baignaient dans la boue.

Addie émit un petit rire approbateur en faisant semblant d'apprécier hautement l'humour de cette remarque.

— C'est un plaisir de faire votre connaissance, monsieur Thayer.

— Tout le plaisir est pour moi, repartit le directeur en prenant place en face d'elle après s'être également servi de thé. Je pense qu'on vous a dit, aux admissions, que la date des inscriptions était malheureusement close pour le prochain trimestre…

— Oui. Gillian est à Exeter… mais Amos et moi préférerions qu'elle fréquente un établissement situé un peu plus près de Salem Falls.

— Amos… répéta le directeur, feignant la surprise. Comme Amos Duncan, des Laboratoires pharmaceutiques Duncan ?

— Oui, c'est cela.

Le sourire de Thayer s'élargit encore.

— Je suis certain que nous pourrons lui trouver une petite place, avec un peu d'ingéniosité. Après tout, nous serions navrés de nous passer d'une élève qui serait un véritable atout pour Westonbrook.

« Dis plutôt que ce sont les atouts de son papa qui t'intéressent, avec tout ce qu'ils pourraient te rapporter », lui répondit mentalement Addie.

— Nous sommes très intéressés par votre école, monsieur Thayer, mais nous avons entendu parler de… enfin, nous avons eu des informations dérangeantes. J'espérais que vous pourriez peut-être m'éclairer sur certains points.

— Je vais faire tout mon possible pour vous renseigner, répondit le directeur d'un ton solennel.

Addie le regarda droit dans les yeux.

— Est-il vrai que l'un de vos enseignants a été convaincu d'agression sexuelle ?

Elle vit une rougeur envahir les joues de son interlocuteur, qui s'empressa d'affirmer :

— Je peux vous garantir, madame Duncan, que tous nos enseignants forment un corps d'élite trié sur le volet.

— Vous n'avez pas répondu à ma question, répliqua Addie d'un ton froid.

— C'est un cas malheureux, expliqua Thayer. Une relation partagée de plein gré entre une élève mineure et un membre du corps enseignant. Ils n'ont plus aucun lien d'aucune sorte avec Westonbrook, ni l'un ni l'autre.

Un poids se posa sur la poitrine de la jeune femme. Elle avait espéré que Thayer contesterait les faits. Mais il avait prononcé des mots qui prouvaient que Jack avait vécu ici, qu'il avait fait quelque chose, qu'il avait été condamné.

Cependant, un détournement de mineure, ce n'était pas la même chose qu'un viol. Avoir des relations sexuelles avec une très jeune fille, ce n'était pas un crime comparable au viol. Les deux choses étaient répréhensibles… mais un détournement de mineure, elle pouvait le pardonner.

— Que s'est-il passé exactement ?

— Je ne suis pas autorisé à le dire… il s'agit de la protection d'une mineure, vous comprenez. Je vous garantis que notre école a pris des mesures pour s'assurer que cela ne se reproduirait plus.

— Oh ? Tous vos enseignants ont donc moins de seize ans, maintenant ? À moins que ce ne soient vos élèves qui soient plus âgées ?

À peine eut-elle prononcé ces paroles qu'elle les regretta. Ramassant son manteau et sa dignité, elle se hâta de se lever.

— Monsieur Thayer, Amos et moi allons discuter de tout cela un peu plus en détail, dit-elle sèchement.

Puis elle sortit avant de risquer de commettre d'autres erreurs.

— Donc, quand tu mets la variable de ce côté, en la divisant, expliqua Thomas, c'est comme si tu tirais un tapis sous ses pieds… et elle disparaît de ce côté du signe « égale ».

Chelsea était si près de lui qu'il s'étonna d'être capable de lui expliquer les principes de base de l'algèbre. Rien qu'en sentant le parfum de son shampooing – à la pomme, avec un soupçon de menthe – il avait la tête qui tournait. Quand elle se penchait sur son cahier pour voir ce qu'il avait écrit, ses cheveux venaient caresser les spirales de métal… et Thomas imaginait ces boucles parfumées en train d'effleurer sa peau…

Rassemblant toute sa volonté, il se recula de quelques centimètres afin d'agrandir l'espace qui les séparait. Mais son trouble ne diminua pas pour autant, car ils étaient assis sur le lit de Chelsea… son lit, oui, là où elle dormait, habillée d'un machin rose et vaporeux qu'il voyait dépasser sous son oreiller.

Chelsea lui sourit.

— Ça y est, je commence à piger ! annonça-t-elle.

Et elle se rapprocha, comblant du même coup le vide qu'il avait pris soin d'établir entre eux. Puis elle écrivit hâtivement quelques lignes au crayon et proclama avec un sourire triomphant :

— Regarde : $a = 5b + 1/4c$. C'est ça ?

Thomas approuva d'un signe de tête. Chelsea, enchantée, se mit à pousser des cris de joie. Vite, il entama une nouvelle retraite : il n'était pas venu pour la draguer, il était venu pour l'aider à faire ses maths… Il avala sa salive à grand-peine en essayant héroïquement de regarder ailleurs… de ne pas voir à quel point elle était mignonne quand elle souriait. Pour se donner une contenance, il glissa la main sous les couvertures et tomba sur un objet dur.

— C'est quoi, ça ? l'interrogea-t-il en brandissant le cahier noir et blanc qu'il venait d'extraire des profondeurs du lit.

— C'est rien du tout ! s'écria Chelsea en le lui arrachant des mains, avant de le cacher sous sa jambe.

— Si c'était rien, t'aurais pas si peur !

Elle se mordit la lèvre inférieure.

— C'est mon journal, avoua-t-elle.

Bien, si c'était privé, cela ne le regardait pas… Mais, tout de même, pourquoi ne voulait-elle pas qu'il le lise ? Il était prêt à parier qu'il y avait quelques mots sur lui, là-dedans. Il jeta un regard en coin sur la couverture qui dépassait un peu. « *Livre des…* » lut-il.

Tout à coup, Chelsea se jeta sur lui, le renversa sur des coussins qui exhalèrent son parfum, dans lequel il se trouva pris comme dans une nasse magique.

— Tu vois, c'est la nouvelle façon de payer les cours particuliers de maths, murmura-t-elle.

« Pincez-moi, je dois être en train de rêver », se dit le professeur nouvellement promu. À haute voix, il annonça le tarif :

— Un baiser, et on sera quittes.

Et alors… alors, la bouche de Chelsea se posa sur la sienne. Ensuite, elle recula un instant, comme surprise de se trouver là… comme étonnée de constater que cela lui plaisait. Plus lentement, cette fois-ci, leurs têtes se rapprochèrent. Et Thomas fut si enivré par la douceur du corps souple de la nymphe qui s'allongeait sur lui, par le goût sucré de son souffle, qu'il ne vit pas que Chelsea glissait le journal entre le lit et le mur.

Jordan était plongé dans sa lecture. Il s'agissait du rapport psychiatrique établi à la suite du traitement suivi par Gillian à l'âge de neuf ans. Aussi ne leva-t-il pas la tête lorsque Selena ouvrit la portière du passager pour se glisser à côté de lui avec un regard susceptible de clouer sur place n'importe quel monstre sanguinaire.

— Jamais tu ne vas me croire, grinça-t-elle.

Pour toute réponse, Jordan se contenta d'émettre un grognement.

— L'usine est en grève, fulmina son enquêtrice. Les pièces de rechange ne seront pas là avant je ne sais combien de temps. Merde ! Je crois que je vais louer une bagnole et me tirer.

— Ce n'est peut-être pas le moment, dit Jordan, le nez toujours plongé dans son dossier.

Irritée, Selena le lui prit des mains.

— Qu'est-ce qui te fascine comme ça ? Ah, les rapports psychiatriques sur Gillian Duncan ? Houlihan te les a remis sans moufter ?

— T'occupe, répliqua Jordan. Et écoute ça, c'est magnifique. « Pas de signe de psychose… des informations provenant de sources collatérales contredisent ses affirmations… manipulatrice… propension au mensonge dans ses relations avec les autres… » (Il sourit d'un air satisfait.) Et en plus, elle volait dans les magasins.

— Donne-moi ça, dit Selena en reprenant le dossier pour le feuilleter. Pourquoi a-t-elle vu un psy à l'âge de neuf ans ?

— Elle a perdu sa mère.

— Oh, c'est triste.

— Tu ferais mieux d'être triste pour Jack St Bride, répliqua Jordan.

— Et qu'est-ce que tu vas faire de ça ?

— L'utiliser contre elle, s'il le faut.

— Sans doute qu'elle va mieux, maintenant.

Il leva un sourcil.

— Qui sait si ce n'est pas la façon dont réagit Gillian Duncan sous l'effet d'un stress ? proposa-t-il, dubitatif. Nous avons affaire à une jeune fille qui raconte n'importe quoi pour attirer l'attention.

Selena fit la grimace.

— Je sens que tu veux encore m'utiliser pour tester ta tactique de défense, et tu sais que je n'aime pas ça, dit-elle.

— D'accord, mais qu'est-ce que tu en penses ?

— Le jury ne te suivra pas. Tu es trop dur envers la victime. Tu perdras ta crédibilité.

— Tu crois ? soupira Jordan. Tu as peut-être raison.

— Sans compter qu'il y a toutes les chances pour que le menteur, ce soit St Bride.

— Ouais, reconnut-il. C'est vrai... Bon, on va faire un tour chez Hertz pour te louer une voiture ?

— Oh, rien ne presse, répondit Selena en bouclant sa ceinture de sécurité.

Il avait posé sa main sur elle et elle sentait fondre sa peau à son contact. Sa main passa de sa hanche à sa taille, puis caressa ses seins. Une main brûlante comme une pierre chauffée par le soleil. Elle frissonna, en espérant qu'il arrête, tout en priant le ciel en même temps pour qu'il n'arrête pas...

« Êtes-vous paré à toute éventualité en cas d'accident ? » chuchota-t-on à l'oreille de Meg. Le radio-réveil, qui s'était mis en marche sur cette annonce publicitaire, réveilla la jeune fille instantanément. Elle appuya sur la touche « arrêt ».

On frappa à la porte.

— Tu te lèves ? fit la voix de sa mère.

— Oui, marmonna Meg.

Mais, au lieu de se lever, elle resta les yeux fixés au plafond, à se demander pourquoi elle était baignée de sueur et haletait comme si elle avait couru un cent mètres.

Charlie faisait de gros efforts pour détourner les yeux des cheveux de Gillian Duncan, dont la nouvelle coiffure était un désastre. Son expérience de policier lui disait qu'elle avait choisi ce moyen pour s'infliger une punition. Mais, après tout, cela valait peut-être mieux que de se taillader la face ou, pire encore, de se suicider.

— N'oublie pas que le mot d'ordre, c'est de toujours garder la tête froide, lui recommanda-t-il. Tu pourras prendre tout ton temps au moment de l'identification.

Elle acquiesça, mais Charlie voyait bien qu'elle était toujours nerveuse. Il jeta un coup d'œil à Matt, qui se contenta de hausser les épaules. C'était la première fois qu'ils avaient séparé la victime de son père pendant l'interrogatoire. En l'absence de sa béquille, elle était complètement perdue. Mais Matt avait été formel : aujourd'hui, il ne voulait voir personne qui fût susceptible d'influencer Gillian. Pas même Amos Duncan.

Matt ouvrit la porte. Un policier en uniforme montait la garde pendant le déroulement des opérations. Charlie fit asseoir Gillian devant une table. Lui-même et le procureur se plantèrent à quelques pas derrière elle.

— Bien, dit-il. Tu reconnais celui que tu as vu cette nuit-là ?

Sur la table, ils avaient posé six préservatifs de modèles et de couleurs différents. Matt avait demandé à Charlie d'aller les acheter lui-même. Certains étaient à rayures, d'autres couleur chair, d'autres encore couleur fluo. Dont un de la même marque que ceux que Charlie avait saisis sur la table de chevet d'Addie Peabody.

D'une voix tremblante, Gillian demanda :

— Est-ce que je peux… je peux les toucher ?

— Bien sûr.

Elle tendit la main tout droit vers le modèle de chez Trojan, de couleur violette. Mais sa main vira à gauche, et ses doigts effleurèrent un Contempo, deux LifeStyle et un Durex.

Elle prit le Durex, puis le Prime qui se trouvait à côté.

Tout à coup, elle rejeta le préservatif sur la table et enfouit le visage dans ses mains.

— Je ne sais pas, dit-elle en pleurant, il faisait nuit... et je... j'avais peur... et...

Matt la considérait d'un œil fixe, et Charlie se hâta de passer un bras autour de ses épaules.

— Allez, allez, ma puce. Calme-toi.

— Mais vous vouliez que je le reconnaisse ! Comme preuve.

— Nous avons d'autres preuves, affirma Matt.

Gilly renifla à grand bruit.

— Ah oui ?

— Ouais, répondit le lieutenant. Ça, c'est juste la cerise sur le gâteau. OK ?

Elle hocha la tête :

— OK.

— Tu veux arrêter ?

— Non.

Elle se retourna vers la table, les mains plaquées le long du corps comme si elle s'ordonnait de se souvenir.

— Il était violet, dit-elle quelques instants plus tard. L'emballage était violet.

Elle sourit, et son visage s'en trouva entièrement transfiguré.

— J'ai raison, non ? se réjouit-elle.

— Et comment ! confirma Matt en lui prenant le préservatif des mains.

Charlie la reconduisit jusqu'à la porte.

— Joe, dit-il au policier qui montait la garde, tu veux bien ramener Mlle Duncan chez son père ?

— Bien sûr, lieutenant.

Charlie suivit des yeux la sortie de la jeune fille escortée de l'imposant fonctionnaire, puis il revint auprès du procureur.

— Elle a désigné le Trojan, commenta-t-il en enfouissant les mains dans ses poches.

Matt hocha la tête.

— Malheureusement, ce n'est pas la marque que vous avez saisie chez lui, déplora-t-il.

Jack paraissait sincère.

Cette découverte inattendue frappa Jordan comme un coup dans l'estomac. Oui, il y avait de quoi être estomaqué. Car, parmi les pièces que lui avait communiquées Matt Houlihan, certaines parlaient indiscutablement en sa faveur.

Il souffla un rond de fumée de cigare en direction de ses pieds nus posés sur le bord de la véranda. Le rapport de police de Charlie Saxton était étalé sur ses genoux. À côté de lui, par terre, il avait les témoignages des jeunes filles, témoins oculaires, et le surprenant résultat de l'identification des préservatifs. Les seules pièces manquantes étaient les résultats de l'expertise scientifique, retardée pour raison de surcroît de travail au laboratoire.

Les quinze jours écoulés n'avaient pas convaincu Jordan de l'innocence de son client. Il était persuadé que St Bride prenait ses désirs pour des réalités et que ses dénégations répétées sur le mode « je-n'y-étais-pas » ne reposaient que sur la tactique de la méthode Coué. Et son histoire abracadabrante d'arbres décorés en disait moins sur sa crédibilité que sur la quantité de whisky qu'il avait ingurgitée.

Mais, à présent qu'il avait les pièces en main, Jordan commençait à se demander si Jack ne disait pas la vérité. N'y tenant plus, il se leva et marcha à pas feutrés jusqu'à sa chambre, que, chevaleresque, il avait cédée à Selena. La dormeuse était éclairée par un croissant de lune. Pendant quelques instants, la vue de la jeune femme blottie au creux de son lit, comme autrefois, lui coupa le souffle.

Selena sentit sa présence – ce qui ne le surprit pas – et se réveilla en plongeant instantanément la main sous son oreiller.

— Non, chez moi, tu ne dors pas avec un pistolet à portée de main, chuchota-t-il. Ça vaut mieux pour moi, je suppose.

— Sors de ma chambre, Jordan, marmonna-t-elle dans les couvertures.

— C'est *ma* chambre.

— Je m'en fiche. Et si tu n'as pas compris, c'est une invitation claire et nette à me laisser tranquille. Mais peut-être que ton client t'a donné des cours sur le comportement à adopter vis-à-vis de la gent féminine.

— C'est à propos de Jack. Il faut que je te parle.

Résignée, Selena se retourna sur le dos.

— À trois heures du matin ?

— Il est quatre heures, rectifia Jordan en s'asseyant sur le bord du lit, mais qu'est-ce que ça peut faire ? Tu as vu les pièces à conviction ?

— En partie.

— Eh bien... il y a des trous.

— Des trous, il y en a toujours, rétorqua Selena avec un haussement d'épaule. En tout cas, c'est ce que tu me dis toujours.

— Mais la plupart du temps, je mens. Dans ce cas, c'est vrai.

— C'est-à-dire ?

— La griffure. Tu te souviens de ce que je t'ai dit à ce sujet ? Et les rapports psychiatriques. Et les versions des trois filles qui ne collent pas à cent pour cent.

— Et l'expertise médicale ?

— On n'a pas encore reçu les résultats.

Selena leva les yeux sur lui.

— Et toi, qu'est-ce que tu penses ?

— Moi, je pense que tout ça, ça nous dit peut-être ce que Jack nous raconte depuis le début.

Dans son cauchemar, Matt se trouvait au tribunal. Il regardait les membres du jury comme s'il avait le pouvoir de les hypnotiser, de les convaincre qu'ils ne pouvaient mieux placer leur confiance pour cette affaire de viol. Le juge l'appela :

— Monsieur le procureur Houlihan !

— Oui, Votre Honneur, excusez-moi, dit-il en tirant sur son col pour essayer de desserrer l'étreinte de sa cravate. Le ministère public appelle Gillian Duncan à la barre.

Il y eut des crépitements de flash et un mouvement de foule, car tout le monde voulait voir le témoin vedette de l'accusation effectuer son entrée dans la salle d'audience. Mais les portes ne s'ouvrirent pas ; la jeune fille resta invisible. Matt voulut interroger l'huissier pour savoir où se trouvait son témoin, mais il fut arrêté, une fois encore, par la voix du juge :

— Monsieur le procureur, que se passe-t-il ?

— Mon témoin, répondit Matt. Je ne le trouve pas.

— Elle est là, fit le juge en désignant le box.

Matt ne vit rien derrière les limites du box. Les jambes tremblantes, il marcha droit dessus d'un pas vif et posa sa main sur le rebord sculpté.

— Veuillez donner votre nom, dit-il.

Il n'y eut pas de réponse. Il se pencha alors au-dessus du rebord et vit son bébé, sa petite fille couchée tout en bas du box, souriante et confiante, comme si elle ne doutait pas un instant qu'il allait la sauver.

Jordan éprouva une sorte de plaisir coupable à voir apparaître Jack, accompagné d'un surveillant, les yeux encore bouffis de sommeil.

— Jordan, protesta son client, nous sommes en pleine nuit !

— Ça n'a pas eu l'air de vous déranger, l'autre fois, répliqua l'avocat, les yeux rivés sur le visage du détenu.

— Qu'est-ce qu'il y a ? demanda Jack en examinant sa combinaison d'un œil inquiet, comme à la recherche de quelque tache de sang ou quelque autre preuve irréfutable. J'ai été condamné ?

Jordan réprima un sourire.

— Dans ce cas, nous serions passés au tribunal ensemble. Non, si je suis venu, c'est parce que j'ai eu une sorte de prise de conscience.

Jack lui décocha un regard méfiant.

— Tant mieux pour vous, jeta-t-il d'un ton sec.

— Et pour vous aussi, répliqua Jordan en lui tendant un dossier. Le procureur m'a fait remettre les pièces à conviction aujourd'hui. Il y a tout, sauf les résultats de l'expertise scientifique.

Jack ouvrit le dossier et parcourut les pages. L'avocat s'éclaircit la voix et déclara, un peu embarrassé :

— Ce que je vais dire, je ne l'ai pas dit très souvent, et jamais directement à un client. C'est donc un peu difficile pour moi. Merde ! (Il secoua la tête et une vive rougeur monta le long de sa nuque.) Trois petits mots, et je n'arrive pas à les sortir.

Jack le regarda avec circonspection.

— Vous n'allez tout de même pas m'avouer que vous m'aimez ?

— Ouh là ! Non !... Je vous crois.

Jack réussit à inspirer un peu d'air dans sa poitrine oppressée.

— Vous... quoi ?

— Je crois que la fille ment. Et je ne sais pas où vous étiez cette nuit-là, mais vous n'étiez pas avec elle.

Jordan vit les yeux de Jack s'emplir de surprise. Quant à lui, la tête lui tournait, et il sentait que quelque chose s'était libéré en lui, qu'il était désormais empli d'une force propre à soulever les montagnes.

— Je me serais efforcé de vous en sortir de toute façon, poursuivit-il, mais, maintenant, je *veux* vous en sortir.

Abasourdi, Jack murmura :

— J'y crois pas...

Jordan éclata de rire.

— Jack, dit-il, vous n'êtes pas le seul.

1989,
New York

Il fallait que la fille soit bourrée, ça, c'était la règle numéro un. Le risque, autrement, c'était qu'elle les laisse en plan au beau milieu du jeu. De temps à autre, il y en avait une qui se mettait à ruer dans les brancards et à faire des caprices, mais en général, avec une bière de plus, on arrivait à la calmer. De toute façon, si elles les suivaient, c'était qu'elles étaient d'accord.

L'idée leur avait été donnée indirectement par leur entraîneur qui les avait encouragés à partager leurs loisirs. Et ils appliquaient cette règle en tous points.

L'équipe de football américain de l'université de Columbia était en permanence entourée d'une nuée de filles moins soucieuses de sport que d'être vues en compagnie des champions. D'un tacite accord, celui qui avait marqué le plus de points avait le privilège de choisir parmi leurs admiratrices celle qui partagerait leur soirée. Il prenait toujours soin de la faire boire, même s'il était entendu qu'elle l'accompagnait de son plein gré, prête à tout. Leurs ébats terminés, il lui proposait de lui présenter l'un de ses camarades.

Un jour, une fille avait tourné de l'œil et les onze joueurs en avaient profité pour lui passer dessus.

Jack n'était pas vraiment favorable à cette tradition de partage, mais c'était lui qui avait mené l'équipe pendant toute la saison. Aussi était-il le premier sur le carnet de bal de la fille. En conséquence, cela lui permettait de faire semblant d'être le seul.

Il se fraya un passage au milieu de la foule compacte qui se pressait chez lui, pour essayer d'atteindre le saint Graal, autrement dit le tonneau de bière. Il remplit deux verres de plastique et retourna auprès de la fille. Elle avait les yeux verts et des seins qui paraissaient parfaits. Il ne se souvenait pas de son nom.

— Tiens, lui dit-il en lui lançant son plus charmant sourire.

— Merci.

Au moment où elle prenait son gobelet, quelqu'un la bouscula et elle trébucha contre lui.

— Excuse-moi, il y a tellement de monde ici ! minauda-t-elle en battant des cils.

— Tu veux qu'on se trouve un endroit un peu plus tranquille ? proposa Jack.

— OK.

Il la prit par la main et l'emmena jusqu'à sa chambre, à proximité de laquelle il croisa Chad, son colocataire, qui lui recommanda avec un clin d'œil :

— Tu m'en laisses un peu !

Jack ferma la porte. La fille se promena dans la chambre en touchant les trophées qui garnissaient les étagères, sa veste aux couleurs de son équipe, le ballon de foot usé que son père lui avait offert quand il était petit. Il posa les mains sur ses épaules.

— Ça te plaît ?

Elle se lova dans ses bras.

— Oui, répondit-elle en l'embrassant.

La musique était trop forte. Jack mit un oreiller sur sa tête pour étouffer le son. La basse était insupportable.

La fille gisait à côté de lui, allongée sur le ventre. Sans doute s'était-il assoupi après. Il avait bien envie de rester blotti sous les couvertures, mais ses copains attendaient dehors.

Toc, toc, toc.

— Jack !

La voix de Chad lui parvint, assourdie, à travers la porte.

— C'est moi !

Jack sortit du lit, tout nu, et, d'un pas incertain, alla entrebâiller la porte.

— J'ai presque fini, dit-il.

— Non, non, c'est pas ça. Y a ta mère qui est là.

— Quoi ? Ma mère ?

D'accord, ses parents vivaient à Upper West Side, juste à côté. Mais ils se voyaient rarement, en dépit de cette proximité, car ils ne fréquentaient pas le même milieu. De plus, il était près de minuit, et on était samedi.

Derrière son colocataire, Jack aperçut Annalise, en grande tenue, émergeant telle une délicate fleur de serre parmi les mauvaises herbes. Vite, il plongea dans son jean et passa une chemise. En sortant de sa chambre, il tourna la tête et vit Chad déboutonner son pantalon et s'installer à côté de la fille.

Un vague souvenir l'effleura. Cynthia. Elle s'appelait Cynthia, et elle lui avait raconté que son père, un fermier, faisait les foins en fauchant en spirale, ce qui faisait s'enfuir tous les lapins à partir du centre. « Peut-être qu'elle n'a pas envie, se dit-il. Peut-être qu'il faudrait au moins lui demander son avis, avant qu'elle se réveille avec un mec perché sur elle. »

— Chad ! appela-t-il.

Son colocataire leva sur lui des yeux interrogateurs.

— Jack ? dit Cynthia avant de tendre la main pour attirer Chad vers elle.

Il renonça. « Ce n'est plus mon problème, se rassura-t-il avec un haussement d'épaule. C'est celui de quelqu'un d'autre, maintenant. »

Il chassa bien vite ces pensées et se fraya un chemin parmi la foule. Il y avait peut-être encore plus de monde qu'avant, si c'était possible.

— Ça va, maman ?

Sa mère le regarda et essaya d'articuler quelques mots. Puis elle se couvrit la bouche de ses mains.

— Maman, ce n'est pas ce que tu crois...

Elle leva sur lui des yeux remplis de larmes et l'interrompit :

— Jack, ton père est mort.

Une multitude de financiers, de femmes du monde, ainsi que le maire, Ed Koch, assistaient à la cérémonie funèbre. Jack, vêtu du costume gris sombre qu'il mettait pour ses examens, parcourait les pièces de la maison familiale, serrant les mains et recevant les condoléances. Tout le monde voulait lui parler, lui exprimer sa sympathie, lui répéter que son père avait été quelqu'un de bien.

C'était une crise cardiaque, lui avait appris sa mère. Annalise était toujours sous le choc. Sans doute était-ce parce qu'elle n'avait pas été aux côtés de son époux lorsque cela s'était produit. Elle était rentrée à la maison après une manifestation féministe quelconque, et elle avait trouvé un message lui apprenant qu'il avait été transporté l'hôpital.

Pour échapper à tous ces gens qui lui voulaient du bien, Jack alla se réfugier dans sa chambre. Remplie de trophées acquis au foot, cette pièce ressemblait en tous points à son appartement. Il s'assit sur son lit et entortilla autour de ses doigts un ruban bleu accroché à un montant du lit. La Ligue des Champions. Il avait dix ans.

C'était son père qui lui avait donné ses premières leçons, à Central Park, où ils allaient jouer au foot ensemble le dimanche. Il ferma les yeux et se revit petit garçon, à côté de cet homme jeune qu'était son père, et il se rendit compte tout à coup qu'il était devenu son portrait craché.

Des bruits de pas se rapprochèrent. C'était sans doute sa mère qui venait lui demander de faire bonne figure, de souffrir en public avec elle. Mais le bruit s'arrêta avant la porte de sa chambre, et il reconnut la voix de deux collègues de son père.

— Il était si jeune, dit le premier.

— Ouais, fit le deuxième avec un rire, mais quelle drôle de mort !

Un gloussement étouffé.

— Ah, c'est la plus belle mort. On sent que ça vient… et hop… on se sent partir.

Jack releva lentement la tête. Puis il sortit de sa chambre et bouscula les deux hommes, trop surpris pour réagir. Au salon, il fonça droit sur sa mère.

— Je peux te parler ?

— Une petite seconde, mon chéri, répondit Annalise.

— Non, maintenant.

Balbutiant une excuse, sa mère le suivit dans la bibliothèque de son père, une pièce luxueuse où les rayons de livres s'étendaient d'un mur à l'autre.

— Ce que tu as à me dire est si important que cela ne peut pas attendre la fin ? demanda Annalise d'un ton contrarié.

— Comment est-il mort ?

— Je te l'ai dit, c'est une crise cardiaque. Les médecins ont dit que ça s'est passé brutalement.

— Maman, répéta Jack d'une voix calme, comment est-il mort ?

Elle le dévisagea longuement.

— Ton père a eu une crise cardiaque. Il était en train de faire l'amour avec une prostituée, lui révéla-t-elle.

— Quoi ?

— Je préférerais que les gens ne soient pas au courant. Peut-être que je me raconte des histoires, mais, au cas improbable où ils ne le seraient pas encore, je préférerais que cette information conserve un caractère privé.

— Jamais papa n'aurait fait une chose pareille, s'entêta Jack, refusant la vérité. Il t'aimait !

Annalise lui caressa la joue.

— Pas assez.

C'était un quartier contre lequel sa mère l'avait mis en garde quand il était petit, en lui recommandant de ne jamais s'y aventurer sous peine d'en revenir détroussé, roué de coups, voire dans un linceul. Le taxi s'arrêta devant un immeuble délabré. Annalise paya le chauffeur et remonta le trottoir d'un pas aussi majestueux que si elle pénétrait dans un château.

Il ne la comprenait pas. Lui qui n'avait pas encore pardonné à son père n'était pas du tout prêt à aller rendre visite à la pute qui lui tenait compagnie quand il avait poussé son dernier soupir.

Leur visite n'était pas annoncée, mais Annalise n'en appuya pas moins sur le bouton de la sonnette en prononçant d'une voix claire dans le haut-parleur :

— Je viens vous voir à propos de Joseph.

Aussitôt, la porte s'ouvrit.

La professionnelle les attendait au troisième étage. Elle était mince, usée, ses cheveux roux étaient teints. À la vue de Jack, sa bouche s'arrondit en formant un O inarticulé.

— Vous… vous lui ressemblez tellement ! expliqua-t-elle.

Jack tourna la tête et fit semblant d'inspecter la peinture qui s'écaillait sur les murs du couloir.

Sa mère s'avança.

— Bonjour, dit-elle en tendant la main, je suis Annalise St Bride.

Bien sûr, elle avait l'habitude de ces femmes-là, puisqu'elle se consacrait depuis plusieurs années à les arracher à leur condition. Mais, tout de même, comment pouvait-elle agir avec tant d'assurance ?

La femme accusa le coup.

— Vous êtes A, dit-elle.

— Je vous demande pardon ?

Son interlocutrice se reprit et s'effaça en rougissant.

— Entrez.

L'appartement tout entier eût pu tenir dans le salon de la maison familiale. Le salon était un véritable réduit meublé en tout et pour tout d'un vieux divan recouvert d'un tissu à fleurs et d'un poste de télévision. C'était donc ici qu'ils baisaient… Il avait envie de hurler, de lui dire ses quatre vérités, à cette putain qui lui avait volé son père ! Avec une femme comme Annalise à la maison, c'était avec *ça* que son père passait son temps ?

— J'ai pensé vous appeler, avoua la femme, mais je me suis dégonflée. Il a laissé quelque chose ici… Joseph.

Elle ouvrit un tiroir et en sortit la Rolex en or de son père. Annalise la prit en caressant les mots gravés à l'intérieur : *Pour J, avec mon amour éternel, A.*

Jack les lut par-dessus son épaule.

— Éternel, grommela-t-il.

— C'est gentil à vous de me la rendre, dit Annalise en relevant le menton.

— J'ai plutôt l'impression qu'elle l'aurait gardée si tu n'étais pas venue, marmonna Jack.

— Jack ! le reprit sa mère d'un ton sévère. Mademoiselle…

— Rose, appelez-moi Rose.

— Rose, soit. Je suis venue vous remercier.

— Vous… vous êtes venue me remercier, moi ?

— Le personnel soignant m'a dit que vous ne l'avez pas quitté. Si… moi, je n'ai pas pu être là quand c'est arrivé, je suis contente que quelqu'un d'autre l'ait accompagné.

Annalise hocha la tête, comme pour se confirmer qu'elle avait dit ce qu'il fallait.

— Est-ce qu'il venait… souvent ? poursuivit-elle.

— Une fois par semaine. Mais je ne voulais pas de son argent. Je le lui remettais dans son portefeuille pendant qu'il dormait.

Cette fois-ci, c'en était trop. Jack bondit, fou de rage.

— Espèce de sale putain ! explosa-t-il. Vous croyez que ça lui fait plaisir d'entendre ça ? C'est le comble !

— Jack, ça suffit, intervint sa mère d'un ton ferme. Je ne t'ai jamais frappé depuis tes dix ans, mais si tu continues, je vais finir par le faire. Si ton père m'a trompée, ce n'est pas la faute de cette femme. Et si elle l'a rendu heureux, ce que visiblement je n'ai pas su faire… elle ne mérite pas qu'on l'insulte.

Devant le visage baigné de larmes de sa mère, Jack sentit son cœur se serrer. D'un geste doux, il lui caressa la joue et lui dit d'une voix brisée :

— Viens, maman, on s'en va.

Alors qu'ils s'éloignaient, ils furent arrêtés par la voix de Rose :

— Vous le rendiez heureux. Il me parlait de vous tout le temps, il disait qu'il ne méritait pas quelqu'un d'aussi bien que vous.

Annalise ferma les yeux.

— Merci de me le dire, murmura-t-elle.

Puis elle entreprit de dévisager Rose avec attention. Jack fut aussitôt sur ses gardes. Il avait déjà vu cette expression sur la figure de sa mère : c'était le signe annonciateur d'une nouvelle croisade.

Effectivement, Annalise attrapa la main de la prostituée.

— Vous n'êtes pas obligée de vivre comme ça, dit-elle.

— C'est que j'ai pas beaucoup de qualifications professionnelles…

— Vous pourriez sûrement trouver du travail. Il existe des endroits où vous pourriez recommencer à zéro.

— Je ne veux pas me retrouver dans un centre d'accueil pour anciennes putes.

— Alors, venez chez moi.

Un silence stupéfait accueillit ces paroles, un silence qu'Annalise s'empressa de combler :

— Il me faut quelqu'un pour tenir ma maison, précisat- elle alors que Jack savait fort bien qu'elle avait déjà une gouvernante. Je vous paierai bien, et vous serez logée et nourrie.

— Je ne peux pas… je ne peux pas vivre chez vous. Joseph…

— Joseph ? Il est en train de sourire, là-haut, l'interrompit Annalise.

Il y avait une sorte de justice poétique dans le fait que cette prostituée vienne littéralement nettoyer les dégâts qu'elle avait causés. Et cette générosité d'esprit n'était pas nouvelle chez Annalise, qui avait le cœur si grand qu'elle pouvait y accueillir les gens avant même de leur laisser le temps de s'en rendre compte. Finalement, peut-être agissait-elle par égoïsme, dans l'espoir de ne jamais voir s'estomper la présence de Joseph, grâce au contact permanent avec Rose. À moins que… à moins qu'elle n'envisage tout bonnement de liquider Rose pendant son sommeil…

Annalise attacha la montre de Joseph à son poignet, une montre trop grande pour elle.

— Rose, dit-elle d'un ton chaleureux, je vous présente mon fils.

— Comme c'est un souvenir que je garderai pendant le restant de mes jours… expliqua Annalise à son fils, le soir même. Autant apprendre à l'aimer, cette femme.

— Elle n'a rien d'aimable, répliqua Jack.

— Ce n'était pas l'avis de ton père. Et comme j'approuve son premier choix, celui-ci ne peut pas être mauvais.

— Mais tu n'as pas à t'en sentir responsable ! Même mère Teresa n'aurait pas fait une chose pareille !

— Mère Teresa n'était pas trompée par son mari, rétorqua Annalise, dont les lèvres se mirent à trembler. À la fin, Jack, on te demandera des comptes sur ce que tu as fait, pas sur ce que tu as dit que tu ferais. Ton père l'a découvert trop tard.

Jack embrassa sa mère.

— J'aimerais bien devenir comme toi un jour, dit-il.

Un silence suivit, au cours duquel chacun réfléchit au sous-entendu que contenaient ces paroles.

— Tu deviendras comme moi, répondit Annalise, j'y compte bien.

Le taxi le déposa devant chez lui peu après huit heures. De la rue, Jack aperçut trois silhouettes derrière les fenêtres et entendit le boum-boum des basses. Comme s'il n'était jamais parti, comme si cette soirée s'était poursuivie tout le week-end, alors que son univers s'était écroulé.

Il entra et retrouva Chad assis sur le canapé en compagnie de quelques garçons de l'équipe, une fille vautrée sur ses genoux.

— Salut, dit son colocataire en repoussant aussitôt la fille pour venir à sa rencontre. Je suis vraiment triste pour toi.

— Merci, répondit-il. Je vais dans ma chambre.

Chad lui tendit une bouteille de bière.

— Tiens, prends ça, ça va t'aider à ne pas trop y penser, lui proposa-t-il.

Mais Jack n'avait pas envie de bière.

— Non, je ne suis pas d'humeur, Chad.

— T'es sûr ?

Il eut un hochement de tête, mais se ravisa en regardant la fille. Celle-ci lui sourit.

— Peut-être que tu as raison, dit-il.

Un sourire entendu se dessina sur les lèvres de Chad, qui se retourna ensuite vers ses copains, le visage sombre.

— Le père de Jack vient de mourir, expliqua-t-il.

Aussitôt, Mandy soupira :

— Oh, comme c'est triste !

— Peut-être que ça lui ferait du bien de parler à quelqu'un, insinua Chad.

Sans l'avoir décidé de façon consciente, Jack se retrouva dans sa chambre, avec la fille. Ils s'assirent côte à côte. Il lui prit la main, puis l'entoura de ses bras. Son corps paraissait agir de façon indépendante, sans l'intervention de sa tête. Lorsque les larmes se mirent à couler sur ses joues, accompagnées de gros sanglots qui brisèrent la carapace qu'il s'était fabriquée, Mandy le tint serré contre elle et lui caressa les cheveux.

— Excuse-moi, articula-t-il avec peine, excuse-moi.

À cet instant, il pensa à Rose. Il pensa à la fille avec qui il avait couché le soir de la mort de son père, et il se demanda où elle était et si elle se souviendrait de cette expérience, elle que les membres de l'équipe avaient déjà oubliée. Il pensa aux centres d'accueil de sa mère, débordants de femmes en détresse.

S'il mourait maintenant, que laisserait-il derrière lui ?

Il poussa gentiment Mandy à se lever.

— Viens, dit-il d'une voix douce.

Il la ramena au salon. Les autres levèrent sur lui des yeux surpris.

À la porte, Jack porta sa main à ses lèvres et y déposa un léger baiser.

— Tu vas rentrer chez toi et faire semblant de n'être jamais venue ici ce soir.

Chad, furieux, se mit à déverser un flot de grossièretés. Jack s'efforça de ne pas les entendre et tendit l'oreille vers le bruit des pas de la fille qui s'éloignait. Ils étaient légers comme des flocons de neige, mais ils se répercutaient dans sa tête et prenaient de l'ampleur comme une musique.

— Putain de merde ! hurla Chad lorsque Jack se retourna. Qu'est-ce qui t'a pris de faire ça ?

« Comment aurais-je pu ne pas le faire ? » se demanda Jack.

Juin 2000,
Salem Falls,
New Hampshire

Le sang qui se trouvait sur le chemisier de la victime était incontestablement le sang du suspect.

Matt s'épanouit comme une fleur au soleil.

— Je le savais, murmura-t-il.

À la demande de la jeune femme, ils s'étaient retrouvés dans un restaurant décoré dans le style des années cinquante. Ils étaient installés dehors, sous un vaste parasol vert, entourés de la sollicituese de serveuses virevoltantes qui venaient prendre les commandes, juchées sur des rollerskates.

Frankie regarda Matt droit dans les yeux.

— Je sais que tu meurs d'envie de me le demander… eh bien, oui, il y avait du sperme à l'intérieur de la cuisse.

— Ouais ! s'exclama le procureur en tapant du poing sur la table.

Avec une bonne preuve ADN, l'affaire était dans le sac !

— Laisse-moi terminer, le tempéra Frankie. Qu'est-ce que tu sais à propos de l'ADN ?

— Je sais qu'on n'a pas pu épingler O.J. Simpson avec ça.

— Et encore ?

Matt réfléchit.

— Tu as suivi les cours de biologie à la fac ? reprit Frankie.

— J'étais un littéraire, pas un scientifique !

— OK. Commençons par la génétique de base : toute ta personne est constituée des gènes que t'ont donnés ton papa et ta maman. Maman te donne un allèle, papa t'en donne un autre, et c'est pour cela que tu te retrouves avec les yeux bleus, ou que tu as de bonnes dents, ou les oreilles décollées.

— Ou un charme excessif, comme moi.

— Ben oui, parfois, on tire le mauvais numéro… compatit Frankie. Bien. Toutes ces caractéristiques se trouvent sur les molécules d'ADN. Mais les oreilles décollées, ça n'intéresse pas la médecine légale. Moi, je fais des recherches sur huit localisations dont le grand public n'entend jamais parler, comme le TPOX ou le CSF1P0. Chaque individu va avoir un « type » dans ces localisations, deux allèles, l'un de papa et l'autre de maman. D'accord ?

Matt opina du chef et parcourut les résultats.

Objet	*CSF 1P0*	*TPOX*	*TH01*	*VWA*	*D16 S539*	*D7 S820*	*D13 S317*	*D5 S818*
100	12, 12	8, 11	6, 7	17, 17	12, 14	9, 12	9, 13	12, 12
200	12, 12	11, 1	6, 7	15, 15	13, 13	8, 8	11, 1	10, 12
Chemisier	12, 12	11, 11	6, 7	15, 15	13, 13	8, 8	11, 1	10, 12
Ongles	12, 12	11, (8)	6, 7	17, (15)	12, 14, (13)	9, 12, (8)	9, 13, (11)	12, (10)
Cuisse	Pas de valeur	8, (1)	6, (7)	17, (15)	Pas de valeur	12, (8) (9)	13, (9) (1)	12, (10)

— La ligne 100 correspond à l'échantillon de sang de la victime, expliqua la biologiste. La ligne 200 correspond à l'échantillon de sang du suspect. Ce sont les standards, c'est-à-dire les échantillons connus que nous utilisons pour les comparer aux autres échantillons obtenus. Les chiffres qui sont dans les cases du tableau sont les allèles trouvés à différentes localisations de la molécule d'ADN. L'ADN que nous avons extrait du sang du chemisier, comme tu le vois, correspond au standard du suspect.

— Jusque-là, ça roule pour moi, se réjouit Matt.

— Bien. Pour les ongles, ce n'est pas pareil. Nous trouvons naturellement les cellules épithéliales de la victime, plus quelques cellules qui ne lui appartiennent pas.

— Un mélange ? s'enquit Matt.

— Exactement. Tu vas voir des chiffres qui correspondent à la victime et des chiffres qui correspondent à l'autre partie.

— C'est pour cela qu'il y a des parenthèses ?

— Oui. Ces chiffres d'intensités différentes sont le résultat de la combinaison des allèles de chaque personne. Par exemple, le suspect et la victime ont tous les deux un allèle onze pour la localisation TPOX... mais seule la victime a un allèle huit. La combinaison de leur ADN a donné une bande plus épaisse pour le onze que pour le huit. Voilà ce que montrent les parenthèses.

La serveuse apparut tout à coup, perchée sur ses rollers, et déposa brutalement deux milk-shakes au chocolat sur la table. Trop absorbés par leur sujet, ils ne touchèrent pas à leur verre et Frankie poursuivit ses explications :

— Pour le sperme, malheureusement, les résultats ne sont pas concluants.

Le visage de Matt s'assombrit.

— Pourquoi ?

— Il n'y a pas de résultat pour le système CSF ni pour le système D16. C'est parce que, quelquefois, quand il n'y a pas beaucoup d'ADN, nous ne pouvons pas faire de lecture.

Penché sur les chiffres, Matt fronça les sourcils.

— Tu peux me donner quelques précisions ?

— Oui. Puisqu'il s'agit de sperme, je sais que ce sera un mélange entre la peau de la cuisse interne de la victime et du sperme.

— Comme pour les résidus d'ongles ?

— Oui, confirma Frankie. Compare ces deux lignes.

Matt étudia le tableau puis haussa les épaules.

— Tous les chiffres sont identiques... il n'y a de mélange qu'à quelques localisations. Mais de toute façon, cela signifie que vous ne pouvez pas éliminer le suspect, c'est bien ça ?

— Techniquement, c'est vrai, reconnut Frankie, mais il y a une petite chose qui me fait hésiter.

Matt reposa les papiers et se recula au fond de sa chaise, tout ouïe.

— Vas-y.

— Pense à tous les gens qui peuplent la terre, et pense à tous les allèles dont ils ont hérité. Scientifiquement, deux individus qui n'ont aucun lien de parenté doivent obligatoirement avoir quatre chiffres distincts sur une localisation au moins. On peut penser, par simple calcul de probabilité statistique, qu'à une localisation quelconque, le suspect devrait avoir... disons... un douze et un treize, et la victime, un onze et un quatorze... mais ce n'est pas le cas ici. Regarde, sur l'analyse de la cuisse, les chiffres se recoupent. Il n'y a qu'un petit nombre de localisations où ça ne fonctionne pas.

— Est-ce que ça signifie que le labo a fait une erreur ?

— Merci beaucoup pour ce vote de confiance.

— Peut-être que vous n'avez pas disposé d'assez d'ADN. Est-ce que vous auriez obtenu quatre allèles si l'échantillon avait été meilleur ?

— C'est possible. Mais il y a d'autres choses qui me tracassent. Regarde le système TH01, par exemple. La victime et le suspect ont tous deux une valeur de six, sept, de sorte qu'un mélange de leur ADN devrait toujours donner six, sept.

— C'est le cas.

— Pas pour l'échantillon de sperme. Il y a un sept plus léger avec le six. Ça ne colle pas. Je ne suis pas en train d'essayer de démolir ton affaire. Mais même si je ne peux pas éliminer totalement ton suspect... on ne peut pas dire qu'il corresponde parfaitement.

Matt se tut pendant quelque temps, abîmé dans ses pensées. Puis il se reprit :

— Écoute, Frankie, tu pourrais combiner l'ADN de tous les hommes de Salem Falls avec celui de ma victime sans obtenir un mélange parfait comme c'est décrit dans les manuels.

Frankie réfléchit.

— Ils sont peut-être parents, avança-t-elle.

— Le suspect et la victime ? Aucune chance.

— Eh bien… dans ce cas, le suspect que tu m'as demandé d'analyser… est parent avec un autre gars qui a contribué à l'échantillon de sperme. Les gens qui ont des liens de parenté ont des profils d'ADN qui se recoupent… ce qui peut quelquefois donner des résultats bizarres.

— Donc, d'après toi, ma victime a griffé le suspect comme une folle, lequel suspect a saigné sur son chemisier… et ensuite, elle a fait venir son frère pour la violer ?

Frankie leva un sourcil.

— C'est une possibilité, admit-elle.

— Oui, d'accord, si le suspect avait un frère !

— Ne te venge pas sur le messager, dit Frankie d'un ton sec, en rassemblant ses papiers. Tu n'as qu'à consulter un labo privé qui pourra approfondir la question en pratiquant des analyses plus poussées.

— Et si nous n'avons pas les fonds nécessaires ?

— Je vais vérifier l'arbre généalogique de votre suspect.

Matt prit le temps de finir son milk-shake et sortit son portefeuille, avant de conclure :

— Résumons : est-ce que c'est son sang ?

— Oui.

— Et il y a de bonnes chances pour qu'il ait été griffé par la victime ?

Frankie confirma d'un hochement de tête.

— Et tu ne peux pas affirmer que l'échantillon de sperme ne vient pas de lui ?

— Non.

— C'est tout ce que j'ai besoin de savoir, dit le procureur en posant un billet de dix dollars sur la table.

Les filles firent irruption dans les vestiaires, rouges et en sueur dans leurs shorts de satin, la queue de cheval en bataille, pareilles à un vol de moineaux qui se serait engouffré dans l'ouverture de la porte. Par groupes de deux ou trois, elles se dirigèrent en bavardant vers les douches sans prêter attention à la femme qui examinait les photos de l'équipe championne de l'année précédente.

Jack était là, avec son équipe, et ses cheveux brillaient autant que l'or du trophée brandi par l'une des joueuses. La tête tournée de profil, il couvait ses filles d'un œil admiratif.

— Vous cherchez quelque chose ?

Addie sursauta et sortit de sa contemplation.

— Excusez-moi, dit une adolescente, je ne voulais pas vous faire peur.

— Non… non, ce n'est rien.

— Vous êtes la mère de quelqu'un ? poursuivit la jeune fille.

Addie fut stupéfiée par cette question directe, puis elle s'aperçut qu'elle faisait fausse route. Mais non, cette gamine ne parlait pas de Chloé. Elle pouvait très bien être la mère de l'une des joueuses !

— Je suis une mère d'élève potentielle, expliqua-t-elle.

Sa jeune interlocutrice sourit. Une fossette s'était creusée dans sa joue, lui donnant l'air si candide qu'Addie sentit son estomac se serrer. Ah, si seulement cette enfant avait pu être la sienne !

— Oh, d'accord. Je comprends.

— Qu'est-ce que vous comprenez ?

— Que votre fille vous fait la comédie pour faire partie de l'équipe et que vous voulez parler à l'entraîneur.

Addie rit.

— Et il est où, l'entraîneur ?

Les yeux de l'adolescente se posèrent sur la photo.

— Elle devrait arriver d'une minute à l'autre, répondit-elle.

— Elle ?

— Nous avons un nouvel entraîneur depuis cette année, une femme. Notre ancien entraîneur… a dû… partir.

Addie toussa pour s'éclaircir la voix et l'incita à continuer :

— Ah oui ?

La jeune fille opina du chef et toucha le verre de la photo.

— Il y a eu un gros scandale, un scandale affreux, enfin… Mais moi, je pense que c'était un peu comme dans *Roméo et Juliette*… quand on tombe amoureux de la personne qu'on n'a pas le droit d'aimer. (Elle fronça légèrement les sourcils.) Sauf qu'ils ne sont pas morts à la fin.

— Roméo et Juliette ?

— Non, l'entraîneur et Catherine.

— Eh, les filles ! Je n'entends pas l'eau couler !

Une voix stridente traversa les vestiaires et le nouvel entraîneur fit irruption en claquant des mains pour chasser ses ouailles vers les douches.

— C'est elle, indiqua l'interlocutrice d'Addie. Au cas où vous n'auriez pas compris.

Puis elle mit le cap sur les douches, d'une démarche légèrement ondulante. Son professeur s'approcha en souriant.

— Puis-je vous être utile ? s'enquit-elle.

— Merci, je jetais simplement un coup d'œil. (Addie montra la coupe qui miroitait sur la photo.) Elle est impressionnante !

— Ouais, elles ont bien travaillé. C'est une bonne équipe.

Addie se rapprocha du cadre. Mais elle dédaigna les joueuses. Ce qui l'intéressait, c'était la légende : *De gauche à droite : Suzanne Wellander, Margery Cabot, Jack St Bride, Catherine Marsh.*

La fille placée à côté de Jack portait la coupe. C'était la fille, oui, le doute n'était pas permis, c'était la fille qu'il dévorait d'un regard plein d'admiration.

— Voici une copie de votre déclaration, dit Matt à Gillian en lui tendant un document. Je souhaite que vous l'emportiez chez vous et que vous la lisiez, pour pouvoir vous souvenir de ce que vous avez dit.

À côté d'elle, Amos examina la feuille de papier qui se trouvait entre les mains de sa fille.

— J'ose espérer que votre dossier est plus épais que ça !

— N'ayez crainte, le rassura Matt. Mais les déclarations de votre fille sont la pièce maîtresse de notre accusation.

Il ouvrit un autre classeur et remit à Duncan une copie des résultats de l'expertise scientifique établie par Frankie.

— Ces résultats corroborent les dires de Gillian. C'est son sang qui se trouve sur son chemisier, elle a sa peau sous ses ongles, et on a trouvé son sperme.

— Son sperme ? répéta Gillian d'une voix sourde.

— Oui, confirma Matt avec un large sourire, j'ai été ravi de l'apprendre, moi aussi. Je n'étais pas tout à fait sûr, compte tenu du fait que vous avez déclaré qu'il avait utilisé un préservatif. Apparemment, une trace de liquide séminal a été prélevée sur votre cuisse pour l'analyse d'ADN. Et cela nous aidera grandement à établir le dossier à charge.

— Sur ta cuisse, répéta Amos en serrant la main de sa fille.

Le procureur comprenait tout à fait leur étonnement. Il leur avait dit, en leur expliquant le processus, qu'une condamnation pour viol pouvait prendre beaucoup de temps, et ce fait nouveau changeait radicalement le pronostic.

Matt adressa un large sourire à ses deux interlocuteurs.

— Parfois, dit-il, on a simplement de la chance.

Thomas lança l'enveloppe Airborne Express sur les genoux de son père.

— Pour toi.

Jordan lâcha la manette qu'il utilisait pour jouer et accessoirement battre son fils au Nintendo et ouvrit le paquet.

— C'est sûrement l'ADN, dit-il avant de survoler la brève note que Matt avait écrite en guise de lettre d'accompagnement.

Cette note ne disait pas grand-chose.

Il parcourut la première page, puis la deuxième. Enfin, il jeta le paquet entier par terre en jurant comme un charretier.

— Je sors ! aboya-t-il.

Sur l'écran, Thomas élimina l'un des joueurs de son père.

— Mais tu es en train de gagner ! s'étonna-t-il.

— Oh non ! répondit Jordan.

Les clients mentaient. C'était la première chose que l'on apprenait quand on était avocat, règle sur laquelle Jordan venait de se casser les dents. Après tout, il ne fallait pas s'attendre à ce que le mec qui abattait sa mère de sang-froid ou qui cambriolait une épicerie ouverte tard le soir ait un sens de l'honneur hypertrophié ; ce genre de type était prêt à tout pour sauver sa tête. Ce n'était pas le fait que Jack lui racontait des salades depuis des semaines qui surprenait Jordan. Ce qui le stupéfiait, c'était sa propre naïveté.

Lorsqu'il arriva à la prison, il était loin d'être dans les mêmes dispositions que lors de sa précédente visite. Car il ne se sentait plus investi de la mission d'extraire un innocent des griffes du système judiciaire. Jack nota ce changement dès son entrée. Le sourire s'effaça de son visage.

— Je viens de découvrir que vous m'avez menti, mais ça ne me surprend pas particulièrement, vous savez, attaqua d'emblée Jordan.

— Mais vous... l'autre jour, vous avez dit...

— Après tout, j'en ai rien à cirer. Mais ce qui me fout en rogne, c'est que vous vous soyez mis dans la merde en racontant à Saxton que vous ne vous êtes jamais trouvé à proximité de Gillian Duncan cette nuit-là.

— Mais c'est vrai !

Jordan tapa du poing sur la table.

— Dans ce cas, vous pouvez me dire d'où vient la boue sous vos semelles, Jack ? Et votre sang, qu'est-ce qu'il vient foutre sur son chemisier, et votre peau sous ses ongles ? Et votre sperme sur sa cuisse ? Vous pouvez me l'expliquer ? Mais peut-être préférerez-vous l'expliquer au jury quand vous serez à la barre et que Houlihan vous récusera pour avoir fait une déclaration en contradiction avec les faits ?

Jack se laissa tomber sur une chaise et se tut.

— La première chose que fera le procureur, ce sera de vous décrédibiliser en soulignant cette fausse déclaration. Si j'étais membre du jury et si j'entendais que l'accusé, un gars dont l'ADN a été retrouvé partout, a menti à la police, je voterais sans moufter pour la condamnation. Pourquoi mentir… si vous n'avez rien à cacher ?

D'un geste furieux, Jordan tendit les résultats de l'expertise scientifique à son client et lui laissa le temps de les parcourir.

— Donc, dit-il d'un ton brusque, je suppose que nous allons reconnaître les faits.

Jack releva lentement la tête.

— Quoi ? fit-il.

— Visiblement, vous étiez dans les bois cette nuit-là avec la fille.

— Oui, répondit Jack d'un ton neutre, mais nous n'avons pas eu de rapports sexuels.

— On pourrait arrêter de se prendre pour des enfants de chœur, Jack ? Parce que, franchement, je commence à perdre patience. Vous allez peut-être jouer les Clinton et me sortir une nouvelle définition des « rapports sexuels » ?

— Je n'ai pas eu de rapports sexuels avec elle, Jordan, aucun rapport sexuel d'aucune sorte. J'avais bu, et je les ai vues toutes ensembles dans les bois. Et… elle était nue. C'est elle qui est venue vers moi. (Jack leva les yeux, l'air piteux.) Vous ne comprenez pas pourquoi je n'avais pas envie de vous le dire ? Ni à vous, ni à Saxton ? Vous m'auriez cru, peut-être ?

— J'ai l'impression que ça ne change pas grand-chose, marmonna Jordan.

— Moi, je n'avais qu'une envie, c'était de décamper, mais elle, elle essayait de me faire rester.

— Comment ? Qu'est-ce qu'elle faisait ? Qu'est-ce qu'elle disait ?

— Le problème, c'est que je ne m'en souviens pas. Mon Dieu, j'essaie, pourtant, j'essaie tellement que j'ai l'impression que ma tête va exploser. Donc, j'y étais ? Et alors ? Cela ne veut pas dire que j'aie eu un rapport sexuel avec elle. Je l'ai repoussée, et ensuite je me suis enfui en courant.

Jordan joignit les mains sur la table.

— Et à un certain moment, pendant ce charmant échange, vous avez perdu quelques gouttes de liquide séminal, persifla-t-il.

— Je ne me suis jamais déshabillé. Je ne sais pas à qui appartient le sperme qu'ils ont trouvé, mais ce n'est pas le mien.

— Vous vous rendez compte que ça va paraître complètement invraisemblable à un jury ? Surtout quand ces braves gens auront entendu les experts scientifiques dire que c'est votre sang et votre peau qu'on a trouvés sur les prélèvements ?

— Ça m'est égal. Il se trouve que c'est la vérité.

— Ah, très bien.

Jordan prit ses papiers, les rangea dans son dossier et se leva.

— Pour combien de temps, cette fois-ci, Jack ? décocha-t-il avant de sortir de la pièce sans un regard en arrière.

L'honorable Althea Justice aimait les choses rares. Les tabatières précieuses venues d'Europe, la soie de Chine, l'encre de marronnier d'Inde. Elle vivait dans une maison de verre plus adaptée aux plages de Los Angeles qu'aux forêts de la Nouvelle-Angleterre, conduisait une Pacer millésimée 1973 et possédait un chiot qui était né à des milliers de kilomètres de là, en Biélorussie, et dont on disait qu'il n'existait qu'une trentaine de spécimens à travers le monde. Elle aimait se faire remarquer, ce qui tombait bien. En tant qu'unique juge noir de sexe féminin à la cour subalterne, elle ne passait pas vraiment inaperçue.

Une petite fille nommée Justice ne pouvait choisir d'autre formation que les études de droit, et, bien qu'elle fût la seule de sa famille à avoir fréquenté l'université, le cours qu'avait pris son existence lui paraissait naturel. Gravir les échelons jusqu'à ce poste en tant que femme ou en tant que personne de couleur était déjà remarquable en soi, mais le fait d'allier les deux constituait la preuve de l'égalité des droits en vigueur dans l'État du New Hamphshire, en même temps que la réalisation d'une utopie.

Elle mesurait un mètre quatre-vingt-deux en chaussettes, ce qui était sa manière habituelle d'arpenter le tribunal. Sous la robe noire, on ne voyait pas qu'elle ne portait pas de chaussures et, quand bien même, personne ne se fût risqué à en faire la remarque. Les avocats qui pénétraient dans le prétoire savaient à qui ils avaient affaire. On ne la faisait pas à une femme qui était arrivée là où était arrivée Althea.

Son nouveau secrétaire était un jeune homme qui s'imaginait qu'en lui léchant les bottes il obtiendrait quelque chose... elle ne savait quoi, au juste. Un poste en vue au barreau ? Qu'elle lui fiche la paix lorsque son tour serait venu de plaider devant elle ? Affligé d'une logorrhée verbale, il s'évertuait à lui citer des règles peu connues en vigueur à Trifouillis-les-Oies ou dans quelque bled perdu, comme si le fait de connaître ces petits détails insignifiants pouvait la servir dans l'exercice de son métier. La seule tâche qu'elle lui avait confiée jusqu'alors était d'aller promener son monstre de toutou les jours où elle était coincée au prétoire pendant des heures. Il n'avait pas réellement besoin d'un doctorat en droit pour cela, mais il paraissait considérer cette mission comme une faveur.

Les premières heures de la matinée avaient été pénibles : son bébé biélorusse avait fait pipi devant l'évier, elle était réveillée depuis plus d'une heure et n'avait toujours pas ingurgité de caféine et, pardessus le marché, elle avait ses règles, ce qui signifiait qu'avec son emploi du temps de la journée elle ne pourrait rien avaler en dehors d'une bouteille d'eau chaude et d'une overdose de comprimés anti-douleurs menstruelles.

— Mark, en dix secondes, qu'est-ce que vous avez pour moi ? s'enquit Althea en repliant ses orteils nus sous elle.

— Tenez, un petit noir, répondit son assistant en lui tendant une tasse de café. Exactement comme vous aimez.

Puis il rougit comme une pivoine.

— Euh… ce n'était pas un commentaire à caractère racial.

Althea lui décocha un regard perçant par-dessus le bord de sa tasse.

— Pas avant que vous en fassiez la remarque, en tout cas.

— Excusez-moi, balbutia Mark dont la rougeur s'accentua jusqu'à lui donner des joues couleur tomate.

« Ces jeunes Blancs, quels minables, avec leur figure qui passe par toutes les teintes de l'arc-en-ciel ! ricana-t-elle intérieurement. Bon… je ne vais pas le laisser s'enferrer encore plus, il serait capable de me faire une syncope ! » À voix haute, elle exigea :

— Allez, dites-moi ce qu'on a au programme aujourd'hui.

— L'audition des motions dans l'affaire « État du New Hampshire contre Jack St Bride ».

Elle prit le dossier qu'il lui tendait.

— L'affaire de viol ?

— Oui. (Mark prit une profonde inspiration et se jeta à l'eau :) Si vous y jetez un coup d'œil, vous verrez les recherches que j'ai faites et ce que j'en pense…

— Moi, ce que je veux savoir, c'est s'il n'y en a pas un parmi les avocats qui a essayé de vous tirer les vers du nez pour voir comment je prends la chose, le coupa-t-elle.

« Et que je te passe au rouge cerise, cette fois-ci !... »

— Euh... eh bien, on m'a posé quelques questions...

— Le procureur ou la défense ?

Mark baissa le nez sur ses chaussures bien cirées.

— Les deux, avoua-t-il.

Lorsque Althea Justice souriait, ce qui n'arrivait pas très souvent, son visage s'en trouvait transformé. Évidemment, elle la connaissait, cette affaire : avec les journalistes qui s'agglutinaient sur les marches du palais de justice comme un essaim d'abeilles, l'ignorer était impossible. Avec gourmandise, elle pensa à Matt Houlihan et à Jordan McAfee, l'avocat qui se trouverait en face d'elle dans quelques heures, à la merci d'une grande harpie noire.

— Mark, déclara-t-elle en souriant de toutes ses dents, peut-être que la journée ne sera pas trop mauvaise, après tout.

Couché sur le dos dans les bois, Jordan s'amusait à scruter le soleil qui sautait de branche en branche comme un écureuil iridescent. L'humidité du sol s'infiltrait dans sa peau à travers l'étoffe de sa chemise. Il émanait de la terre une odeur de pourriture, mais l'avocat lui accorda les circonstances atténuantes : peut-être était-ce tout simplement son moral qui troublait ses sens. Son dossier partait à vau-l'eau, sa défense était dans l'impasse et son client refusait de s'engager dans une voie qui pourrait mener à une transaction. Jack St Bride n'avait pas eu de relations sexuelles avec Gillian Duncan à cet endroit-là, en dépit de la présence de sa peau sous ses ongles et de son sang sur son chemisier. Jordan se dit qu'avec un peu de chance, s'il restait couché assez longtemps, les extraterrestres qui étaient descendus sur terre pour violer Gillian reviendraient spécialement pour l'anéantir au rayon laser, et qu'il serait débarrassé du dossier.

— Je le savais bien, que je te trouverais ici ! s'exclama une voix connue.

Jordan s'assit et plissa les yeux.

— Oh, c'est toi, fit-il d'un ton morne.

— Tu trouves que je mérite ce genre de réception ? grogna Selena tout en tirant sur ses bras pour essayer de le mettre debout.

— Qu'est-ce que tu viens faire ? Tu es mon chevalier blanc, mon sauveur ?

— Parfaitement, j'essaie de te sauver. Mais tu ne me facilites pas le boulot.

Pour parvenir à ses fins, elle se rapprocha encore de lui dans une nouvelle tentative pour le relever. Jordan sentit l'odeur de son savon, un mélange de miel et d'une fleur qu'il n'identifia pas, délicieusement mêlée à son propre parfum, Ivory.

— De quoi veux-tu me sauver ?

— De toi-même, répondit la jeune femme. Du désespoir. Du mal qui te ronge. Choisis. (Elle lui jeta un regard songeur.) Alors comme ça, ton audience s'est mal passée ?

— Mal passée ? répéta l'avocat avec un rire. Dis plutôt qu'elle a été catastrophique. Cette juge est une véritable pisse-vinaigre. Elle a refusé ma motion qui visait à annuler la déclaration de Jack disant qu'il n'avait pas été avec la fille la fameuse nuit. Mais elle a accepté la motion de Houlihan qui demande qu'on tienne compte de la condamnation antérieure de Jack pour agression sexuelle.

— On m'a dit que tu avais quand même obtenu quelque chose.

— Ouais, ricana Jordan, la demande d'un procès rapide, que j'ai faite il y a quelques semaines. Avant de savoir que j'avais affaire à un client qui changeait de version plus souvent que moi de chemise. (Il soupira.) Oh, je t'ai dit que j'ai reçu les résultats de l'analyse ADN ?

— Et alors ?

— Il y a du sang de Jack partout sur le chemisier de la fille. Et de la peau de Jack sous ses ongles. Et il y avait du sperme sur sa cuisse, et, même si les résultats ne sont pas tout à fait probants, ce pourrait être son sperme aussi.

— Peut-être que ce n'est pas le sien.

— Ouais, et moi je suis Jimi Hendrix.

Selena eut un sourire en coin.

— Crois-moi, vous n'avez pas tout à fait le même teint. Sans compter que Jimi, lui, ne serait pas couché devant un procureur qui rêverait de le réduire en bouillie.

— Jimi jouait de la gratte, il n'avait pas Jack St Bride comme client.

— On peut pas gagner à tous les coups, Jordan.

— Merci de me le rappeler, parce que ça fait au moins une demi-seconde que cette pensée m'avait quitté.

Jordan fit glisser ses mains le long de l'écorce tachetée d'un arbre. Les marques sur l'arbre lui rappelèrent les taches de vieillesse des personnes âgées, et cette pensée lui rappela son âge. Il vieillissait, et qu'avait-il fait de sa vie jusque-là ? Cette pensée lui rappela Jack St Bride, qui fêterait ses cinquante ans en prison, en continuant sans doute à clamer à pleins poumons qu'il n'avait commis aucun crime.

Il se tourna vers son enquêtrice.

— Et toi, qu'est-ce que tu as fait, de ton côté ?

— Qu'est-ce que tu veux savoir ?

— Qu'est-ce que tu as fait d'autre, à part manger mes réserves et respirer l'air conditionné que je paie très cher... Qu'est-ce que tu as déniché sur cette affaire ?

— Rien. Addie Peabody est toujours absente de la ville. C'est embêtant, parce qu'elle est notre meilleur atout pour donner une bonne image de Jack.

— Si elle en a encore envie, objecta Jordan. Quand on est arrêté sous les yeux de sa petite amie, on a du mal à conserver de bonnes relations. Quoi d'autre ?

Selena soupira.

— Partout où je m'adresse, je tombe sur des gens qui me chantent les louanges de Gillian Duncan. C'est la gentille petite fille à son papa, si intelligente ! Ajoutons cette bonne réputation aux éléments de preuve fournis par les experts... j'ai bien peur de ne pas pouvoir t'aider beaucoup.

Elle aperçut entre ses pieds une fleur de pissenlit séchée.

— Regarde ! Fais un vœu ! dit-elle en la cueillant.

— Un seul ?

— Ne sois pas trop gourmand !

Il ferma les yeux et formula son souhait :

— Je voudrais changer les choses.

Selena retint sa respiration pendant que Jordan faisait s'envoler les graines en soufflant dessus.

— Comment veux-tu qu'elles changent ? s'enquit-elle.

— Je souhaiterais pouvoir échanger ce boulot contre n'importe quoi d'autre. Je souhaiterais que ce ne soit pas le sang de Jack St Bride sur le chemisier de Gillian. Je souhaiterais que toi et moi, nous...

Il se tut, et Selena le regarda dans les yeux.

— Nous quoi ?

— Nous puissions trouver une solution pour faire acquitter notre client.

— Dans ce cas, dit-elle en époussetant son jean, il faut qu'on se bouge. On ne fera pas évoluer les choses en restant plantés ici. Allez, on y va !

Joignant le geste à la parole, elle se mit en route. Mais Jordan ne la suivit pas, et elle ne s'en aperçut pas avant d'avoir atteint la lisière du bois. Contrariée, elle tenta d'apercevoir sa silhouette à travers les arbres, sans succès.

— Qu'est-ce que tu fabriques ? lui cria-t-elle. D'ici à ce que tu sois sorti de cette forêt, j'aurai fait la moitié du trajet !

— Où es-tu ? répondit-il.

— Je t'attends !

Il parcourut en hâte l'étroit sentier qui menait au cimetière. Il compta les pas : trente-trois, trente-quatre, trente-cinq... Lorsque, enfin, il sortit du bois, il se retrouva face à une Selena grognon qui battait la semelle.

— Cinquante et un ! annonça-t-il.

— Alors, ça y est, on peut y aller maintenant ?

— Non. Selena, où sommes-nous ?

La jeune femme lui jeta un regard soupçonneux et s'inquiéta :

— Tu ne te sens pas bien ? Tu t'es cogné la tête contre un arbre, là-bas ?

— C'est ici que Saxton a trouvé Gillian. C'est ici qu'elle est venue rejoindre ses copines après le viol. D'accord ?

— Ouais. Et alors ?

— Je t'ai entendue ! Quand tu m'as appelé, je t'ai entendue.

Selena comprit aussitôt.

— Mais est-ce que tu aurais pu entendre autre chose qu'une voix ? objecta-t-elle. Deux personnes en train de se battre, par exemple ?

— Je ne sais pas. Attends-moi ici.

Il retourna dans la forêt et commença à donner des coups de pied dans les feuilles.

— Tu m'entends ? cria-t-il.

Selena tendit l'oreille. Les sons diurnes – les oiseaux, les bruits de moteur au loin – dominaient tout, mais ils étaient entrecoupés de sons étouffés.

— Plus ou moins ! cria-t-elle à son tour. Mais c'est assez faible, quand même !

Elle revint sur ses pas et rejoignit Jordan dans la clairière.

— Ça fait environ cinquante mètres, estima-elle. On peut entendre un tas de choses à une distance de cinquante mètres.

— Oui, renchérit Jordan, et on peut entendre un tas de choses sur le trajet.

Le voyant poser les doigts sur les boutons de sa braguette, elle eut un mouvement de recul.

— Ne prends pas tes désirs pour des réalités ! dit-il pour la rassurer. Je veux simplement vérifier quelque chose. Va, commence à marcher lentement.

Selena le considéra avec méfiance.

— Qu'est-ce que tu vas faire ? l'interrogea-t-elle.

— Simuler un viol.

Elle braqua les yeux sur son pantalon, puis sur sa main.

— Tout seul ?

— *Simuler*, répéta Jordan. Pas *stimuler*.

Selena se mit en route, en avançant d'un pas lent, beaucoup plus lent que le pas d'une adolescente pressée de rentrer avant que ses parents ne découvrent son absence. Elle s'arrêta une fois pour secouer sa tennis où un caillou s'était engouffré, et une deuxième fois pour observer un crapaud doté de petits yeux noirs en boutons. Enfin, elle atteignit l'orée des bois.

— Ça y est !

— Déjà ?

— Si j'avais marché encore plus lentement, je me serais transformée en mousse.

— Quatre-vingt-sept secondes, annonça Jordan en venant la rejoindre.

— Gillian a dit que le viol avait duré cinq minutes. Et ses copines n'étaient qu'à cinquante mètres quand elle les a rattrapées.

— Et si elles avaient marché aussi lentement que ça…

— … elles auraient entendu un bruit de lutte, termina Selena.

Jordan la dévisagea fixement et murmura :

— En admettant qu'il y ait vraiment eu lutte.

Juin 2000,
Salem Falls,
New Hampshire

Delilah vomit après le coup de feu de midi et avant l'arrivée des clients du soir. Assise à la petite table de la cuisine, elle se reposait, une serviette humide appliquée sur le front.

— Elle est au bout du rouleau, Roy. C'est la chaleur, dit Darla.

— Non, non, je vais très bien, protesta Delilah. C'est la soupe aux palourdes, je supporte pas l'odeur, c'est tout.

— Mais tu étais en train de faire un pain de viande, pas la soupe aux palourdes, intervint Roy en la considérant, les bras croisés.

Posant des yeux rougis et larmoyants sur le vieil homme, la cuisinière parvint à lui sourire faiblement.

— C'est sans doute que je suis malade, patron, admit-elle.

— Alors là, tu m'inquiètes vraiment, dit Roy. Parce que c'est pas ton genre de reconnaître que t'as pas la forme.

La brave femme enfouit son imposante tête dans ses mains.

— Quand les morceaux seront recollés, peut-être que je trouverai la force de discuter de ça, répliqua-t-elle d'une voix faible.

— C'est sûrement un virus, y en beaucoup qui se baladent en été, diagnostiqua Darla.

Elle ajouta à l'adresse de Roy :

— J'espère qu'elle l'a pas refilé à tous ceux qui sont venus ici ce matin.

Roy proposa en hésitant :

— Tu pourrais peut-être la monter chez moi…

— Non, non, j'ai appelé son fils. Il va venir la chercher… Bon, et maintenant, qu'est-ce qu'on fait ?

— Roy va me remplacer, hein, Roy ? intervint Delilah. Autrement, on va être obligés de fermer et on peut pas faire une chose pareille, ça achèverait Addie.

— Je peux pas, murmura Roy. Tu sais très bien pourquoi.

— Des fois, on a pas le choix, parce que la vie nous balance des trucs auxquels on peut pas échapper. Et là, la vie, elle te balance une spatule et il te reste plus qu'à l'attraper.

Au même moment, le fils de Delilah fit son apparition. La cuisinière se laissa docilement emmener par son rejeton, une force de la nature comme elle, non sans une dernière recommandation :

— Et vous allez faire tout ce qu'il faut pour vous en sortir sans moi.

Roy posa les yeux sur la surface plate et noire du gril, sur la vapeur qui montait tout droit vers le ciel. Il ne ferait pas vraiment la cuisine… Il finirait ce que Delilah avait commencé.

Il s'avança à petits pas vers la table où les aliments étaient préparés. Il sentit les rainures dans la planche à découper, là où les couteaux imprimaient leur marque depuis une bonne vingtaine d'années. Et il attendit que son cœur s'arrête, comme celui de Margaret.

Roy, où t'es encore ? Arrête de rêvasser et grouille-toi de me préparer ce croque-madame !

Il entendit très distinctement la voix de sa femme en train d'évaluer en riant le temps qu'il lui faudrait pour faire cuire deux œufs sur le plat et les mettre sur un toast. Il l'entendit entrer sur la pointe des pieds pour poser sa fiche sur le support circulaire. Il sentait encore la cicatrice que lui avait laissée un moment d'inattention au cours duquel il avait posé la main sur le gaufrier ouvert alors qu'elle s'était glissée derrière lui pour l'embrasser.

— Tiens ! dit Darla en lui tendant un tablier de chef si vieux qu'il avait été mangé par les mites à certains endroits. Addie m'a dit qu'elle l'avait mis de côté pour toi.

Roy le prit en hésitant, puis haussa les épaules et le passa. Il fut surpris de constater qu'il lui allait encore. Il croyait avoir pris une taille ou deux autour de la ceinture. Darla le regarda fermer les boutons, puis elle eut un petit sourire.

— Mais tu es superbe comme ça ! dit-elle d'une voix douce.

Elle se racla la gorge, comme pour éviter de se laisser surprendre à livrer ses émotions, et changea de sujet :

— C'est quoi, la spécialité de ce soir ?

Roy prit une cuiller en bois, d'abord avec prudence, puis il l'empoigna fermement.

— Rien de particulier. Tu leur diras que je travaillerai sur commande, annonça-t-il avec fierté.

Addie, assise sur une chaise en rotin en face du révérend Marsh et de sa fille, prit une gorgée de thé glacé.

— Merci, dit-elle, c'est très gentil.

Le révérend était un homme sec comme une trique, doté d'une pomme d'Adam proéminente qui donnait à sa gorge l'aspect d'un tronc noueux. Sa fille fixait un point du plancher de la véranda en gardant les mains sagement jointes sur ses genoux. Disparus, le corps athlétique, les longues boucles brunes et soyeuses, le sourire de gagneuse. Elle flottait dans un T-shirt trop grand et un jean de charpentier, et ses cheveux étaient coupés court. Addie observait la jeune fille à la dérobée, taraudée par une question lancinante : « Est-ce que Jack t'a vraiment infligé cette chose horrible ? »

— Je suis ravi que vous ayez réussi à me trouver, dit le révérend. Parfois, je me dis qu'à l'heure actuelle les journaux ont si peur d'explorer la religion qu'ils prennent des positions par trop athées.

Après avoir appris son nom, Addie avait recherché les coordonnées de Catherine Marsh dans l'annuaire téléphonique. Elle avait découvert la nouvelle adresse du révérend Ellidor Marsh à Goffeysboro, une petite ville à une soixantaine de kilomètres à l'est de Loyal. Elle l'avait appelé en se faisant passer pour une journaliste se livrant à une enquête sur la religion.

— J'ai quelque chose à vous avouer, dit-elle en reposant son verre.

Le révérend sourit en tirant sur son col blanc :

— Non, non, ne vous méprenez pas sur cet accessoire, je ne peux pas vous entendre en confession ! plaisanta-t-il. Adressez-vous pour cela au père Ivey !

— Je ne suis pas journaliste.

Devant cette révélation, Catherine leva les yeux pour la première fois depuis qu'elle les avait rejoints à la demande de son père.

— Je suis venue à propos de Jack St Bride, poursuivit Addie.

Une transformation radicale s'opéra alors sur la personne du révérend Marsh. Ses manières policées furent balayées par une colère froide, si intense qu'Addie le vit très clairement dans le rôle du prédicateur fanatique proférant des menaces de damnation éternelle du haut de sa chaire.

— Ne prononcez pas le nom de cet homme en ma présence, fulmina-t-il.

— Révérend Marsh…

— Pouvez-vous imaginer ce que ressent un homme qui s'aperçoit que sa fille a été souillée par un homme deux fois plus âgé qu'elle ? Par un homme dont l'échelle des valeurs est tellement déréglée qu'il ne voit aucun mal dans le fait de séduire une jeune fille innocente ?

— Papa…

— Non ! tonna le saint homme. Tais-toi, Catherine. Je ne veux rien entendre. Et toi, toi qui es faible comme toutes les femmes… faible comme ta mère… tu croyais l'aimer…

— Révérend Marsh, je voulais simplement savoir…

— Vous voulez savoir qui est Jack St Bride ? C'est un calculateur, un dépravé, un pervers qui a pris ma fille dans ses filets et qui a utilisé son innocence pour la mettre dans son lit. C'est un pécheur de la pire espèce, le genre d'homme qui attire les anges hors du ciel et les entraîne dans sa chute. J'espère qu'il brûlera en enfer, après ce qu'il a fait à mon enfant.

Catherine le regardait fixement, les traits ravagés par la douleur, à moins que ce ne fût par le souvenir. Ellidor se leva brusquement et l'attira contre lui.

— Partez d'ici immédiatement ! aboya-t-il.

Sur ce, il tourna les talons.

La tête d'Addie bourdonnait. Une chose était sûre : Marsh croyait sincèrement que sa fille avait été souillée. Et qui donc connaissait mieux une enfant que ses parents ? Cela voulait dire que la condamnation de Jack n'avait pas eu lieu à la suite d'un malentendu. Un crime horrible avait été commis, et Jack en était l'auteur.

Il lui avait menti à propos de Catherine Marsh. Ainsi que, certainement, à propos de Gillian Duncan.

Pourtant, quelque chose la poussa à rappeler la jeune fille à la dernière seconde :

— Catherine !

Celle-ci se retourna, toujours maintenue par la ferme main paternelle.

— C'est vraiment ce qui s'est passé ? demanda-t-elle.

Catherine jeta un regard furtif à son père. Puis elle hocha la tête avant de se laisser entraîner à l'intérieur de la maison.

Et ce fut cet assentiment qui amena Addie à perdre confiance dans l'innocence de Jack. Elle s'était trouvée dans la même situation que Catherine, des années auparavant. Elle avait survécu à un viol. Et aucune femme ne pouvait choisir consciemment de revendiquer un tel souvenir. Non, l'effroi ressenti était trop profond pour être jamais oublié.

Se relever, c'est trop difficile quand on a la tête aussi lourde. Lourde comme la lune, si lourde qu'elle est tombée sur le sol. Lourde de pensées… lourde de choses qu'elle ne devrait pas faire, de choses dont elle ne parvient pas à se souvenir.

Quelqu'un vient pour l'aider. Une main velue, comme saupoudrée de poivre. Ces mains, ces mains pleines de poivre, la touchent, se posent sur sa poitrine, et elle retombe en arrière. Sa propre main, douce et blanche, se tend vers le renflement de son membre en érection.

Meg s'assit dans son lit, les yeux égarés, en repoussant les couvertures. Les souvenirs, telles des vagues déferlantes, la poursuivaient sans relâche. Malgré tous ses efforts, ils réussissaient à la rattraper et à l'enfoncer toujours davantage dans le sable.

Le tuyau d'arrosage fonctionnait à pleine puissance. Les filles qui entouraient la Range Rover, pieds nus, trempées, poussaient des cris perçants. Meg se détourna de Whitney et de Chelsea pour diriger le robinet sur Gillian, qui courut se mettre à l'abri en hurlant.

— À ce rythme, commenta Charlie qui les observait depuis la terrasse des Duncan, ta voiture ne sera pas propre avant le mois d'octobre. Elles se sont surtout servies de l'éponge pour se laver mutuellement la figure !

Amos arbora un sourire épanoui.

— La Rover, c'est le cadet de mes soucis. C'est elle qui m'intéresse. Regarde-la !

Gillian se tourna vers eux, le sourire aux lèvres, les cheveux dressés sur la tête comme la crête d'un porc-épic.

— Grâce à elles, elle redevient comme avant.

— Je sais, Amos.

Charlie voulut en dire davantage, mais il avait la gorge trop nouée pour parler. Combien de fois s'était-il retrouvé devant une bière avec son vieil ami, pendant que leurs filles jouaient sous leurs yeux ? Qui eût pu imaginer que ces mêmes filles deviendraient adultes en une nuit ? Il posa son verre sur le bras de son fauteuil de jardin.

— Comment va-t-elle ? s'enquit-il.

Amos prit une gorgée de bière et fit la grimace.

— Elle va à ses rendez-vous chez le Dr Horowitz. Parfois, ça la fait pleurer, parfois, ça la met en colère, et parfois, elle a simplement envie qu'on lui fiche la paix. Elle a toujours des cauchemars.

— La pauvre !

— Oui… toutes les nuits.

— Ça doit être dur pour toi aussi. D'être obligé de faire face tout seul.

— Oh non, je remercie le ciel que Sharon soit morte avant de subir ça. Ça l'aurait tuée, si son cancer du sein ne s'en était pas chargé. Parce que… Je suis son père, je suis censé l'aimer et veiller sur elle. Donc comment ai-je pu laisser une chose pareille se produire ?... Je donnerais tout ce que j'ai pour qu'elle me revienne comme avant.

Gilly avait attrapé le tuyau à son tour et lancé une attaque contre ses copines. En riant aux éclats, elle les arrosa des pieds à la tête. Elle ressemblait à n'importe quelle adolescente.

Charlie hésita un peu avant de se lancer.

— Est-ce que tu t'es déjà demandé s'il y avait quelqu'un qui tenait les comptes, Amos ? demanda-t-il. Et si, finalement, on ne récoltait que ce qu'on méritait ?

Amos fronça les sourcils.

— Gillian ne mérite pas ce qui lui est arrivé.

— Non, murmura Charlie en le regardant droit dans les yeux, pas Gilly.

Selena se tenait le raisonnement suivant : une fille qui mentait à son père et se glissait subrepticement hors de la maison avait sûrement d'autres choses à lui cacher. Et une fille dont le père était l'homme le plus riche de la ville avait probablement reçu une carte de crédit de la part dudit paternel aux alentours de son seizième anniversaire.

Le piratage informatique était illégal, mais les enquêteurs savaient comment détourner les lois quand ils en avaient besoin. La première étape, naturellement, était de s'assurer que l'avocat qui vous employait était sorti pour la soirée, et c'était tant mieux si son fils était de sortie, lui aussi. La seconde étape était de passer en revue tout ce que des années d'investigation vous avaient appris... par exemple, le fait que les codes secrets des gens n'étaient pas aussi compliqués qu'ils auraient dû l'être. Selena se dit que la date de naissance de Gillian, même dans un ordre un peu différent, était sûrement la clé de son code d'accès. Son intuition se vérifia. Au bout de trois essais, elle la tenait. Il fut un peu plus difficile de trouver ses achats les plus récents sur Internet. Elle essaya en vain Amazon. com et Reel. com, avant de trouver une boutique de CD avec un compte au nom de Gilly. Il lui fallut encore dix minutes pour décrypter le système de sécurité, au bout desquelles elle découvrit un numéro American Express.

Elle appela le service clientèle.

— Oui, Gillian, lui dit son interlocuteur. Que puis-je faire pour vous ?

— J'ai un petit souci sur mon relevé... (Selena fit semblant de chercher quelques instants.) Le 25 avril, un montant de vingt-cinq dollars soixante, chez Gap.

Bien entendu, son correspondant ne trouva rien.

— Le 25 avril ?

— Oui.

— Je vois deux achats effectués le 25 avril, l'un pour quarante-sept dollars soixante-quinze chez Les Livres de la Wicca, et un autre pour dix dollars soixante-dix chez CVS. Rien chez Gap. Vous êtes sûre que vous avez le bon relevé ?

Selena prenait fébrilement des notes dans un coin du journal de Jordan.

— Oh, mon Dieu, que je suis bête ! J'ai confondu avec ma MasterCard ! s'exclama-t-elle avec un gloussement d'excuse.

— Y a-t-il encore autre chose pour votre service ?

— Non, merci. Et excusez-moi.

Selena raccrocha. CVS... qu'est-ce qu'elle avait bien pu acheter pour dix malheureux dollars ? Un vernis à ongles, des Kit-Kat, un paquet de chewing-gums, et le compte y était. Peut-être aussi une boîte de préservatifs.

Les Livres de la Wicca... voilà qui était plus mystérieux. « Wicca », prononça Selena à haute voix tout en pénétrant dans la chambre de Thomas, où se trouvait le gros dictionnaire Webster. Elle regarda à la lettre W mais ne trouva rien.

Cependant, elle était sûre d'avoir déjà entendu ce mot. Elle se remit devant l'ordinateur et consulta un moteur de recherche, sous sa propre identité, cette fois-ci. *Wicca*, tapat- elle. Sept cent quatre-vingt-six réponses, dont les premières étaient : *La Wicca et le chamanisme – L'essence de la Wicca – Qu'est-ce que la Wicca – Wicca et Magie – La Wicca et les religions néo-païennes…*

Un site attira particulièrement son attention : *Pourquoi avons-nous peur des sorcières ?*

Maintenant, ça lui revenait : elle savait où elle avait entendu ce mot.

— Pourquoi, Gillian ? murmura-t-elle en cliquant sur le site où s'afficha un graphique représentant un chaudron noir et bouillonnant.

Thomas repassait dans sa tête les noms des chefs d'État britanniques. « Jacques Ier, Charles Ier, Cromwell… Charles II, Jacques II, Guillaume et Marie… » C'était la seule façon qu'il avait trouvée pour ne pas perdre la tête à l'idée qu'il baignait dans le parfum de Chelsea et sentait sa peau douce sous ses doigts.

Elle savait embrasser, ah, ça, oui. Elle introduisait sa langue dans sa bouche, en l'avançant et en la retirant savamment, au point qu'il avait déjà oublié qu'une heure avant, à peine, il ne se doutait pas que pareille ivresse pût exister. Dire qu'il était là, avec une fille plus vieille que lui de deux ans ! Dire que cette fille avait accepté de *sortir* avec lui !

Ils se trouvaient sous les gradins du terrain de foot, l'endroit qui accueillait les amours naissantes des lycéens de Salem Falls depuis des générations. Comme Thomas n'était pas en âge d'avoir son permis de conduire, Chelsea était venue le chercher dans la voiture de ses parents. Après le cinéma, ils étaient allés prendre un café. C'était Thomas qui avait payé, comme si cela avait pu leur faire oublier à tous deux qu'elle était plus âgée que lui.

Allongés sous un banc, ils s'étaient lancés à la découverte l'un de l'autre et se touchaient doucement du bout des doigts.

— Thomas, comme ça… chuchota-t-elle en dégrafant son soutien-gorge.

« Putain ! Anne et George Ier, merde… Tous les George, et Guillaume IV et Victoria… »

Soudain, Chelsea eut un mouvement de recul.

« Qu'est-ce qui lui prend, tout à coup ? J'ai déconné, ou quoi ? » s'affola Thomas.

— Tu veux… tu veux arrêter ? balbutia-t-il, au désespoir, tout en prenant la résolution de se flinguer si elle disait oui.

— Et toi ?

Il ne distinguait pas ses yeux dans le noir. Son esprit n'en travaillait que plus fiévreusement : « Elle est peut-être trop nerveuse. Ou alors elle croit que c'est moi qui suis nerveux. »

— Chelsea, répondit-il candidement, moi, je

suis prêt à continuer pendant mes trois prochaines vies.

Les rayons de la lune éclairèrent son sourire.

— Seulement les trois prochaines ? murmura-t-elle en lui mettant ses seins, doux comme de la soie, entre les mains.

« Oh, putain… » gémit-il intérieurement.

Chelsea ouvrit son chemisier et se serra contre lui. Aussitôt, la peau de Thomas s'embrasa là où elle rencontra la sienne.

— Qui sont George et Elisabeth ? demanda-t-elle tout en lui mordillant l'oreille.

— Des bons potes… souffla-t-il.

Chelsea le fit rouler sur le dos. Un médaillon qui pendait entre ses seins lui balaya le visage. Il tendit la main pour l'attraper.

— Laisse béton, dit Chelsea.

Mais le médaillon qui se balançait vint se cogner contre ses dents. Agacé, Thomas le saisit entre ses doigts et l'examina en plissant les yeux.

— Pas mal, commenta-t-il. C'est une étoile juive ?

— Non, les étoiles juives, elles ont six branches. Celle-ci, elle n'en a que cinq. Mais tu crois que c'est le moment de parler de ça ?

— Non, mais j'ai envie d'enlever ce truc.

— Je ne peux pas.

— Je vais le mettre dans ma poche. Je te promets que je ne vais pas le perdre.

Il lui déposa un baiser dans la nuque et entreprit de défaire le fermoir.

— Thomas, arrête. J'ai promis de le porter tout le temps.

— À qui ? À ton ex ?

Elle ne répondit pas. Thomas examina le petit talisman d'argent avec curiosité. C'était la première fois qu'il voyait ce genre de bijou, un symbole religieux hindou, peut-être, l'équivalent de la croix ou quelque chose dans ce genre. Pourtant, Chelsea n'avait pas le look indien.

Pendant qu'il se livrait à ces réflexions, Chelsea gardait les yeux fixés sur lui.

— Tu m'aimes bien, Thomas ? lui demanda-t-elle tout à coup.

Il retint son souffle. Est-ce qu'elle lui posait cette question pour savoir si… Est-ce que c'était une façon de lui dire qu'elle était prête ? Toutes ses bonnes résolutions s'envolèrent. Il pouvait bien se réciter la liste complète des rois et régents britanniques sur le trône depuis les origines, plus rien ne pourrait juguler le déferlement de ses hormones.

Il hocha vigoureusement la tête et avala sa salive.

— Si je te confiais quelque chose, une chose que je n'ai jamais confiée à personne, tu me jurerais de le garder pour toi ? susurra Chelsea.

Oh, putain, elle était vierge, elle aussi. Thomas sentit tout son sang se diriger vers son entrejambe.

— Évidemment, croassa-t-il.

Chelsea fit glisser sa main de sa gorge jusqu'à la drôle de petite médaille.

— Je suis une païenne, lui révéla-t-elle dans un baiser.

Le mot se répercuta en écho dans la tête de Thomas.

— Une païenne ? répéta-t-il. Comme les païens de Stonehenge ?

— Non, ça, ce sont des druides. Une païenne croit au Dieu... et à la Déesse. Et cette étoile à cinq branches... elle représente les cinq éléments que nous célébrons. L'esprit, l'air, l'eau, le feu et la terre.

Elle scruta son visage, attendant son verdict.

— Bizarre, hein ?

— Non, dit-il hâtivement, sans croire lui-même à sa dénégation. Ça veut dire que... t'es pour la nature, c'est ça ?

Chelsea approuva de la tête.

— Ouais, mais il y a des tas de gens qui ne voient pas la chose comme ça. Quand on a formé notre bande, avec Gillian, Meg et Whit, on s'est dit qu'on ne dirait rien à personne. Parce que si les gens l'apprennent, ils comprendront tout de travers.

Soudain, elle sourit.

— Oh, Thomas, tu ne peux pas savoir comme ça fait du bien de pouvoir en parler à quelqu'un ! (Elle l'enlaça et l'embrassa passionnément.) Au moins, toi, je sais que tu ne vas pas chercher mon balai partout, et que tu n'auras pas peur que je te jette un sort.

Thomas se contracta soudain.

— Tu veux dire que...

— Je suis une païenne, une sorcière, comme tu voudras, compléta Chelsea. On est des sorcières, toutes les quatre.

Il cessa de lui caresser le dos. Maintenant, même si elle baissait sa culotte, même si elle lui grimpait dessus, c'était foutu, il ne pourrait plus assurer. Et merde ! Dire qu'il était avec une fille superbe et à moitié à poil, et qu'il ne pouvait penser à autre chose qu'à l'affaire de son père !

Dans le silence de la nuit, le lieu du crime lui parut différent. Des chouettes se répondaient dans le ciel sombre, les criquets jouaient leur symphonie et de petites créatures dansaient le tango dans les aiguilles de pin à ses pieds. Jordan ne savait pas au juste ce qu'il était venu chercher. L'inspiration, peut-être ? Certes, sa défense reposait sur une jambe, à présent, mais c'était une jambe branlante. Les inexactitudes concernant le temps et la distance ne lavaient pas Jack du soupçon de viol, elles signifiaient simplement que Gillian Duncan cachait quelque chose.

S'il avait été joueur, il eût parié que Jack et Gillian avaient fait l'amour et qu'ensuite, mortifiée, elle avait inventé cette histoire pour évacuer ce qui s'était réellement passé. Mais pourquoi les autres filles n'avaient-elles rien entendu de leurs ébats ? Pourquoi Jack ne lui avait-il rien dit, si les choses s'étaient déroulées ainsi ? De plus, il avait déclaré ne jamais avoir touché Gillian. Dans le cas contraire, les autres filles n'auraient pas manqué de remarquer quelque détail qui aurait trahi leur attirance réciproque : un sourire, un frôlement... Mais ni les unes ni les autres n'y avaient fait la moindre allusion. Protégeaient-elles leur amie ? Ou était-ce tout simplement, comme Jack ne cessait de le répéter, qu'il n'avait jamais eu de relation sexuelle avec elle ?

Soit Jack était un menteur qui avait commis un viol brutal – un viol très rapide et très silencieux –, soit Gillian était une menteuse... et il ne s'était rien passé du tout.

Au-dessus de sa tête, dans un arbre, il vit les grands yeux jaunes d'une chouette le fixer de leur regard de sage. « Ouh ! Ouh ! »

— Où ? D'accord, on sait que c'est ici ! Mais est-ce que c'est vrai ? répondit-il à la chouette en marmonnant d'un ton maussade.

Il leva la tête. Ses yeux distinguèrent un petit reflet argenté qui miroitait sur une branche, une étoile tombée du ciel qui avait atterri au sommet de l'arbre. Il se dressa pour mieux voir. En se mettant sur la pointe des pieds, il atteignait tout juste la hauteur de l'objet scintillant.

Zut ! Il était coincé. Jordan serra les dents et tira de toutes ses forces.

Il se retrouva assis par terre, un mince ruban argenté sur les genoux.

— Mais qu'est-ce…

Des rubans et des petits sachets. Des machins bizarres.

Des rubans.

Jordan courut à toutes jambes le long du sentier long de cinquante mètres qui le séparait de sa voiture, puis il se rendit tout droit à la maison d'arrêt du comté de Carroll.

— Réfléchissez ! ordonna Jordan.

Jack arpentait la petite pièce de long en large.

— Je vous l'ai dit, répondit-il. Je me souviens des rubans. Ils étaient attachés autour d'un arbre. Et les bouts étaient lâches. Ils flottaient, autrement dit.

Cela paraissait incroyable. S'il n'avait pas eu un petit bout de ruban argenté dans sa poche, Jordan aurait continué à douter des souvenirs de son client.

— Comme les banderoles au bal du lycée ?

— Non, comme les rubans qu'on attache sur un mât, rectifia Jack. Un arbre de mai.

Jordan n'avait jamais vu d'autre arbre de mai que le mât érigé à la maternelle qu'il avait fréquentée pendant exactement trois semaines. Les arbres de mai étaient devenus ringards.

— Les trucs accrochés aux branches... c'étaient des sortes de décorations ?

— Ce n'étaient pas des boules de Noël, si c'est à ça que vous pensez. C'étaient plutôt des genres de petits sacs que les femmes mettent dans leurs tiroirs à linge.

— Et Gillian Duncan était nue, insista Jordan.

Jack hocha la tête pour confirmer et précisa :

— Deux des filles avaient enlevé leur chemisier, mais elles se sont rhabillées quand elles m'ont vu.

Jordan baissa le nez, troublé au plus haut point.

— Est-ce que c'était une sorte d'orgie ?

— Entre filles ? Je... je ne les ai rien vues faire de ce genre.

— Qu'est-ce qu'elles faisaient ?

Jack réfléchit un moment avant de répondre :

— Elles dansaient. Autour du feu. Comme des Indiens qui dansent leur danse de guerre.

— Ah, c'est ça. Pas de doute, elles avaient abattu un bison, et elles célébraient sa mort.

— Une célébration, dit Jack pensivement. C'est ce qu'a dit Gillian, elle aussi.

Il était deux heures du matin passées lorsque Jordan rentra chez lui sur la pointe des pieds, en veillant à ne réveiller personne. Son cerveau travaillait si intensément qu'il lui fallut un moment pour s'apercevoir que les lumières étaient toujours allumées. Lorsqu'il pénétra dans le salon, il tomba sur Thomas et Selena.

— Jamais vous ne me croirez... commença-t-il, le visage barré d'un sourire épanoui.

— Papa, l'interrompit Thomas, lui coupant ses effets. C'est une sorcière !

III

Maintenant, Jack riait et Jill pleurait,
mais ses larmes séchèrent bien vite.
Puis Jill dit : Et si on faisait
une petite course-poursuite ?

Nous sommes ce que nous avons toujours été à Salem, sauf qu'à présent ce sont les petits enfants égarés qui font tinter les clés du Royaume et que c'est la vengeance populaire qui dicte la loi !

Arthur MILLER, *Les Sorcières de Salem*

Juin 2000,
Salem Falls,
New Hampshire

Addie paya dix dollars pour obtenir une copie de la première condamnation de Jack. Elle se demanda ce qu'elle allait en faire. La garder dans la boîte ignifugée où elle conservait les actes de naissance et de décès de Chloé ? La brûler, dans une sorte de rituel ? L'enterrer dans le jardin, avec tous ses autres rêves ?

Une nuit passée à se tourner et à se retourner dans son lit l'avait convaincue que Jack avait raconté des mensonges avec la facilité d'un ver à soie crachant ses fils, et le résultat était tout aussi beau. Elle ne pouvait le blâmer de lui avoir raconté qu'il n'avait pas eu de liaison avec Catherine Marsh ou qu'il n'avait pas violé Gillian Duncan, ou même qu'il l'aimait. Pour qu'un mensonge soit efficace, il fallait deux protagonistes : l'auteur du mensonge et l'idiot qui avait désespérément envie de le croire.

Le greffier du tribunal de Grafton lui tendit un reçu.

— Tenez, dit-il. *L'État du New Hampshire contre Jack St Bride.*

Addie le remercia.

— Jack St Bride ? répéta une voix à sa gauche.

L'homme qui venait de parler était un policier de haute stature. Il avait des cheveux poivre et sel, un nez trop grand pour son visage, et une quantité de rides au coin des yeux.

— Oui, répondit Addie.

— Vous le connaissez ?

Elle serra le papier si fort dans sa main qu'elle le roula en boule.

— Je croyais le connaître, dit-elle.

Addie avait remarqué qu'au nom de Jack les yeux de son interlocuteur s'étaient voilés de tristesse, exactement comme les siens.

— Je sais, dit l'homme, moi aussi.

C'était la première fois qu'Addie s'asseyait dans un restaurant en tant que cliente. Jay Kavanaugh commanda un petit déjeuner complet. Addie n'avait pas faim. Elle lutta contre l'envie de se lever pour aller chercher son café au bar.

— Ça ne me surprend pas, dit Jay après avoir appris que Jack avait encore été accusé de viol. Les délinquants sexuels ont une propension à devenir des récidivistes. Ce qui me surprend, c'est que je ne m'étais aperçu de rien. C'est bien la première fois que ça m'arrive. Je suis un flic, j'ai un sixième sens très développé ; par exemple, je sens immédiatement quand on me raconte des conneries, excusez mon vocabulaire. Et j'aurais mis ma main à couper que Jack n'était qu'un petit prof de lycée, un homme ordinaire, quoi. J'ai appris ensuite que sa famille était riche comme Rockefeller et qu'il passait ses loisirs non pas à donner des cours mais à séduire ses élèves.

— Comme Rockefeller ? Jack n'a pas un sou, objecta Addie.

Jay leva les yeux.

— Ça, c'est ce qu'il vous a raconté... Je suis bien content d'apprendre que c'est un arnaqueur professionnel. Comme ça, j'ai l'air moins bête.

La serveuse apporta son assiette, mais cela ne tarit pas sa verve :

— Jack était toujours prêt à tout, poursuivit-il. On va escalader une montagne ? D'accord ! Il faut remplacer un prof pendant telle ou telle période ? Pas de problème ! Mais chaque fois que moi, je lui proposais de sortir boire une bière ou de faire une partie de squash après son entraînement de foot, il m'envoyait balader. Il n'avait pas le temps avant telle heure, plus tard dans la soirée, disait-il. Il avait toujours un rendez-vous à sept heures. Et jamais, jamais il n'a dérogé à la règle. Moi, je croyais qu'il avait une réunion de profs, quelque chose comme ça. Bien sûr, après, la fille a dit que c'était à ce moment-là qu'ils se rencontraient. Tous les soirs, à sept heures, dans les vestiaires.

C'était à la fois libératoire et déprimant de rencontrer cet homme, cette autre victime de Jack. Mais quels que fussent les griefs de Jay Kavanaugh, jamais il n'avait laissé Jack abattre ses défenses pour se glisser dans son intimité. Jamais il n'avait entendu Jack dire : « Je t'aime. » Jamais il ne l'avait écouté, dévoré des yeux, ne lui avait accordé sa foi.

— Coucou ! fit Jay. Vous êtes très loin !

— Non, non, je pensais, c'est tout.

— À Jack ?

Addie secoua la tête.

— Non, je me disais que, vraiment, je n'aimais pas les hommes.

— Il ne faut pas juger tous les hommes d'après lui. Il n'y en a pas beaucoup qui aient son intelligence et assez de finesse pour pouvoir ruser comme lui. (Jay sourit faiblement.) Avec le recul, on est beaucoup plus clairvoyant. Et au bout d'un moment, on a moins mal. J'ai eu dix mois pour y réfléchir. Mais je me revois toujours assis à mon bureau, après l'arrestation de mon meilleur ami, en train de me demander comment j'avais fait pour ne pas y voir clair.

Il creva un jaune d'œuf, qui coula sur l'assiette en formant une flaque jaune contenue par une digue de pommes de terre sautées.

— Comment va la fille, maintenant ? demanda Addie.

— Elle a quitté Westonbrook. J'ai entendu dire qu'elle suivait des cours à domicile et qu'elle n'avait plus de contact avec ses amies de Loyal. Je crois qu'elle a envie d'oublier ce qui s'est passé.

C'est alors qu'Addie se souvint que Catherine Marsh avait cru aimer Jack, elle aussi.

— Jamais elle n'y arrivera, murmura-t-elle.

Une fois de plus, Addie se retrouvait dans sa chambre d'hôtel, en train de faire sa valise. Elle plia ses chemisiers et les posa sur ses jeans ; elle rangea ses chaussures dans des sacs en plastique, sous les yeux de Rosie O'Donnell qui souriait sur l'écran de télévision.

« Tu vas voir comment je vais gagner, John ! affirmait la comédienne. Je me suis entraînée comme une malade. »

Addie sentit son cœur se contracter. Elle entendit la voix de Jack : « Ils posent des questions beaucoup moins difficiles quand ce sont des célébrités qui participent à *Jeopardy.* Ça évite à toutes ces stars de se couvrir de ridicule. »

Jack ne risquait pas de se couvrir de ridicule, lui. « Il n'y a pas beaucoup d'hommes qui aient son intelligence », avait dit Jay.

« Donc, ce soir, à sept heures, sur ABC, annonça Rosie. Tu ne me crois pas, John, mais je suis peut-être au début d'une nouvelle carrière. »

Addie réfléchit. Jack lui avait raconté que c'était grâce à ses connaissances qu'il avait évité les abus sexuels en prison. D'autre part, quand il était avec elle, rien ne pouvait le distraire de son émission, pas même les avances très précises qu'elle lui faisait. Devant son refus obstiné, elle se raisonnait en se disant que ce n'était pas le moment, qu'avec le savoir qui lui remplissait la tête il n'avait plus de place pour elle.

Soudain, de grosses larmes vinrent mouiller la documentation de l'hôtel posée sur la table, un petit guide de la région et divers prospectus.

Le journal local gisait au milieu du fouillis des couvertures. Elle en parcourut les pages et trouva ce qu'elle cherchait : la petite grille des programmes de télévision.

À Loyal, *Jeopardy* passait sur ABC. À sept heures du soir.

Addie n'en connaissait pas autant que Jack sur la géographie ni sur les présidents. Elle ne savait pas si un point de divergence comme celui-là était défendable devant un tribunal. Mais elle savait que, pendant une demi-heure par jour, rien ne pouvait distraire Jack de son émission préférée.

Rien. Pas même Catherine Marsh.

Il régnait une odeur de pharmacie dans la boutique de sciences occultes. Des rangées de bocaux de verre munis de petites étiquettes contenaient des produits qui n'intéressaient pas Selena. Les livres étaient entassés sur d'étroites étagères, des livres portant des titres tels que *Le Grimoire d'Anastasia*, *La Transmutation pour débutants* ou le *Guide de la sorcière solitaire*. Un chat qui se déplaçait en faisant tinter une clochette passée dans son collier se promenait sur le comptoir. Le tout était enveloppé dans un nuage d'encens qui flottait dans l'air.

Starshine avisa la tasse de thé intacte de l'enquêtrice.

— Buvez, dit-elle, je vous promets que vous ne serez pas transformée en crapaud !

La propriétaire de la boutique ressemblait à la fois à la Déesse Mère et à une hippie. Des mèches dorées striaient ses cheveux gris et elle avait un anneau autour de chaque orteil. Selena était mal à l'aise. Elle s'attendait à tout moment à être attirée dans le néant ou à voir cette femme tordre le nez.

— Vous avez beaucoup de jeunes qui viennent ici, je suppose ? s'enquit-elle.

— Beaucoup trop, répondit Starshine avec un soupir. Les jeunes sont attirés par la magie. Dès qu'ils entendent le mot « sorcière », ils se voient tout de suite en train de terrasser les caïds de l'école d'un geste de la main ou de s'attirer l'amour indéfectible de la star de l'équipe de basket…

— Quelque chose me dit qu'ils ne se précipitent pas chez papa et maman pour leur raconter qu'ils sont des adeptes de la Wicca.

— Non, reconnut Starshine, mais ce n'est pas un phénomène nouveau. Quand on est une sorcière ou un sorcier, on n'inspire pas confiance. Les gens ne savent pas du tout ce que c'est, en réalité. Et les jeunes adorent cet aspect de la Wicca, c'est-à-dire faire des choses en cachette de leurs parents, même si ce sont des choses parfaitement naturelles et innocentes.

— Est-ce que Gillian Duncan vient souvent ici ?

— Elle vient de temps en temps. Il n'y a pas longtemps, elle est venue acheter de la belladone.

— De la belladone ? Du poison ?

Starshine hocha la tête.

— Elle voulait s'en servir dans une vieille recette employée autrefois pour les expériences extrasensorielles et les visions psychiques, expliqua-t-elle. Inutile de vous dire que j'ai essayé de la remettre dans le droit chemin.

— Comment ?

Le chat vint se blottir sur les genoux de sa maîtresse. Bientôt, il ferma les yeux sous ses caresses.

— Je lui ai dit de célébrer le sabbat qui approchait, à la place.

— Vous vous souvenez de la date à laquelle vous avez eu cette conversation ?

— C'était juste avant Beltane, qui se fête la nuit du 30 avril, précisa Starshine.

— Et si elle l'avait trouvée ailleurs ? demanda Jordan.

Un geai bleu était en train de se battre avec une famille de moineaux à l'entrée de la mangeoire accrochée dans un arbre. Jordan et Selena étaient assis côte à côte sur un banc, dans le jardin, pour le plus grand trouble de l'avocat, que la proximité de son enquêtrice électrisait. Mais Selena semblait sereine. Soit elle ne sentait pas ce qui se passait en lui, soit elle était une comédienne de premier ordre.

— Alors, cette belladone ? demanda la jeune femme.

— Oui. Et si elle avait fabriqué sa potion et l'avait utilisée la nuit du 30 avril ? Jack arrive, bourré, et Gillian, sous effet des hallucinations, imagine l'agression.

Selena fronça les sourcils.

— Dans ce cas, sa drogue, c'était vraiment du premier choix, pour être capable de faire apparaître du sperme sur sa cuisse.

— OK, reconnut l'avocat, c'est là que ça coince. Je n'arrive pas à m'expliquer la provenance de ce sperme. Mais ça, ce n'est pas mon boulot. Mon boulot, c'est d'amener le jury à se poser la question, ne serait-ce que l'espace d'une seconde, et à considérer qu'il y a peut-être une autre explication pour ce qui s'est passé cette nuit-là, à part le viol. Et la crédibilité de la victime sera mise en question si nous prouvons que ses souvenirs sont tronqués par la drogue.

— Jordan, il n'y a pas quinze mille boutiques de ce style dans Main Street. La belladone, c'est du poison. On ne s'en procure pas comme ça.

— Elle peut très bien l'avoir remplacée par une autre substance hallucinogène.

— Achetée à la pharmacie du coin ? demanda Selena d'un ton railleur.

— Non, au dealer du lycée... ou obtenue chez papa.

Le révérend Marsh mit trois heures et demie à sortir de chez lui, trois heures et demie qu'Addie passa assise derrière un petit buisson d'hortensias dans la cour. Elle attendit que sa Buick se fût éloignée puis elle alla frapper à la porte.

— Vous avez menti ! dit-elle sans préambule à Catherine Marsh venue lui ouvrir.

— Je ne sais pas de quoi vous parlez...

— Vous n'avez pas eu de relations avec Jack St Bride. Vous n'avez jamais fait l'amour avec lui. Je ne sais pas pourquoi, Catherine, et je ne sais pas exactement comment, mais vous avez fait circuler cette rumeur, et vous avez réussi à détruire sa vie.

— Il m'a dit... il m'a dit...

— Il ne vous a rien dit d'autre que ce qu'il aurait dit à n'importe quelle élève.

Les protestations moururent sur les lèvres de la jeune fille. Catherine Marsh parut littéralement s'écrouler : les coins de sa bouche s'affaissèrent, ses yeux se fermèrent, toute sa bravade disparut.

— Je ne voulais pas que ça se passe comme ça, avoua-t-elle dans un souffle. Mon père... il a trouvé des pilules dans mon tiroir à linge, et ça l'a rendu fou furieux. Ensuite, il a trouvé mon journal... et il l'a lu. (Catherine avala sa salive.) C'était seulement dans mon imagination. Parce que... toutes, on était amoureuses de lui. Quand mon copain a cassé... c'est

M. St Bride qui a pris soin de moi. Il m'a permis de pleurer sur son épaule. J'ai fait semblant de croire que c'était parce qu'il m'aimait bien... enfin, vous voyez ce que je veux dire. Alors, j'ai écrit sur lui, sur nous.

— C'était de la fiction, dit Addie pour mettre un mot sur les choses.

Catherine hocha piteusement la tête.

— Et quand votre père est allé à la police ? poursuivit Addie. Vous n'avez pas pensé que c'était à vous de leur raconter la vérité ?

— C'est ce que j'ai fait. Mais tout le monde a pensé que j'essayais de lui éviter la prison parce que je l'aimais. (L'adolescente essuya une larme sur sa joue.) Quand je mentais, ils me croyaient. Et quand je disais la vérité, personne ne m'écoutait.

— Catherine...

— J'avais tellement honte ! Je suis tellement malheureuse de lui avoir fait subir une chose pareille !

Addie se maîtrisa à grand-peine.

— Dans ce cas, il faut l'aider maintenant ! parvint-elle à dire d'une voix ferme.

— Eh bien, si je m'attendais à vous voir ici ! s'exclama Charlie en s'effaçant pour laisser entrer Jordan.

— Je ne viens pas avec ma casquette d'avocat, répondit Jordan. J'ai mis ma casquette de père.

Charlie invita son visiteur à prendre place sur un divan à motifs fleuris en avouant :

— C'est vrai, j'oublie que vous avez un enfant.

— Pas de chance, hein ? Les avocats ont la permission de procréer !

Charlie éclata de rire.

— Votre garçon est au lycée, non ? En seconde ? s'informa-t-il.

— Oui.

Jordan sentit la sueur couler le long de son dos, sous son polo à manches courtes. Il n'avait aucune preuve de ce qu'il s'apprêtait à révéler au policier. C'était pure intuition, une intuition dont il espérait qu'elle toucherait une corde sensible chez Charlie. Car il avait besoin de ce pieux mensonge pour avoir la confirmation de ce qu'il pressentait.

— Charlie, pour commencer, mettons-nous d'accord : cette conversation restera entre nous, OK ?

Le policier hocha lentement la tête puis Jordan se lança :

— Thomas, mon fils, est sorti avec Chelsea.

— Oh, elle est très mignonne !

— Je crois qu'il partage cet avis.

Ils éclatèrent de rire en chœur. Puis l'avocat reprit avec un soupir :

— Tout ça est un peu embarrassant, Charlie. Thomas m'a donné une information que je ne peux pas garder pour moi.

Charlie se redressa, tout ouïe.

— Chelsea lui a appris qu'elles avaient pris de la drogue, pendant la fameuse nuit, dans les bois.

Le policier accueillit cette révélation sans bouger d'un cil.

— Ma fille ne… elle ne ferait pas une chose pareille, dit-il.

— Je vous comprends. Et il faut que vous sachiez, compte tenu des circonstances présentes, que je me doute bien que c'est une information qui ne vous fait pas plaisir. Mais, en tant que père… s'il s'agissait de Thomas, eh bien, moi, je voudrais qu'on me mette au courant.

Avant de prendre congé, il prit soin d'ajouter :

— C'est certainement un malentendu.

— Certainement.

L'inspecteur le suivit des yeux, puis le rappela au moment où il s'éloignait :

— Jordan !

L'espace d'un instant, les deux hommes se dévisagèrent en silence.

— Merci, dit finalement Charlie.

Arthur Quince avait trop de travail pour perdre du temps à répondre aux questions oiseuses d'une enquêtrice. Surtout à une enquêtrice qui avait cette drôle de petite lueur dans les yeux, une lueur qui signifiait sans ambiguïté que les Laboratoires pharmaceutiques Duncan étaient mêlés à un délit quelconque. Mais qu'est-ce qui arrivait à leur ville ? D'abord le viol de la fille du patron, et maintenant une affaire de drogue ?

— Je ne sais pas si je pourrai vous être très utile, dit le technicien à Selena. Cette semaine-là, on a peut-être fabriqué six médicaments à la fois.

— Six médicaments ? Quoi, par exemple ?

Et elle était du genre tenace, en plus !

Arthur consulta son écran.

— Ces derniers temps, nous avons fabriqué du citrate de fentanyl, de l'hydrochloride de lidocaïne et du phénobarbitol de sodium.

— Et avant ?

Il parcourut les trois semaines précédentes en commençant par la semaine du 24 avril.

— De l'acyclovir, de la pémoline, et de l'atropine à différents stades de production.

— Est-ce que parmi eux il y a des hallucinogènes ?

— Nous n'avons pas l'habitude de fabriquer de la drogue qu'on vend dans la rue.

— Je comprends. C'est bien pour cela qu'il est impératif de laver les Laboratoires pharmaceutiques Duncan du soupçon d'être à la source de la substance que nous recherchons. (Selena baissa la voix.) Écoutez, monsieur Quince, je ne crois pas que vos laboratoires aient quoi que ce soit à voir là-dedans. Mais quand on trouve ce genre de chose dans les couloirs du lycée de Salem Falls... dans la ville même où il y a une usine pharmaceutique... dans notre propre intérêt... il faut bien s'assurer que ça n'a aucun rapport...

Elle lut les noms inscrits sur l'écran et désigna l'un d'eux :

— Dites, c'est quoi, cette étoile, là ?

Arthur suivit son doigt.

— Nous sommes en train d'introduire une nouvelle gamme de produits homéopathiques... des médicaments d'origine entièrement naturelle. L'atropine en fait partie.

Selena se jucha sur un tabouret à côté de lui.

— D'origine naturelle ? insista-t-elle. D'où provient-elle ?

— De la belladone.

— La belladone ?

— Oui. Vous en avez sans doute entendu parler. C'est une substance extrêmement toxique.

— Est-ce qu'on peut subir des effets secondaires en cas de dépassement de la dose ?

Aussitôt, Arthur fut sur ses gardes.

— Il n'y a pratiquement pas un médicament sur le marché sans effets secondaires, mademoiselle Damascus, répondit-il avec raideur.

— Quels peuvent être ces effets secondaires ?

— La confusion mentale, l'agitation. (Arthur soupira.) Le délire.

— Le délire ? Donc c'est effectivement un hallucinogène.

À ce moment précis, Amos Duncan entra dans le laboratoire. À la vue de Selena, il eut une réaction de surprise. Il avait déjà dû l'apercevoir en ville, mais elle l'avait soigneusement évité. Il ne pouvait donc pas savoir qu'elle était venue pour le compte de Jordan.

— Arthur, cria-t-il de loin en se dirigeant vers eux, il faut que je te voie !

— Je viens de terminer avec Mlle Damascus, se hâta d'expliquer le technicien. Elle est venue recueillir des informations pour une affaire de drogue.

En dépit des craintes d'Arthur, cette nouvelle ne parut pas troubler son patron.

— Vous travaillez pour Charlie Saxton ? Quel courage ! s'exclama Duncan avec un large sourire qui démentait ses paroles.

Selena lui rendit son sourire. Il la prenait pour une collègue de Saxton ? Parfait ! Elle n'allait pas le détromper. Non, il comprendrait sa méprise quand il la verrait au tribunal.

Elles se promenaient à travers les allées du magasin de disques, ignorant les regards qu'attiraient leur beauté éclatante de fleurs fraîchement écloses et l'assurance qui émanait de leurs personnes. Les trois adolescentes, inconscientes de leur pouvoir d'attraction, erraient sans but, le cœur un peu lourd de l'absence de la quatrième complice.

Meg trébucha et fit tomber un rayon complet de CD.

— Oh, merde ! Attendez, je vais vous aider ! dit-elle en guise d'excuse au vendeur boutonneux accouru pour réparer les dégâts.

— Grosse conne ! grommela-t-il dans sa barbe.

Whitney se retourna et lui fit face, les mains sur les hanches.

— Qu'est-ce que t'as dit ?

L'adolescent rougit mais prit soin d'éviter son regard.

— Écoute-moi bien, pauvre mec, grinça Whitney entre ses dents, tu sais qu'il suffirait que je claque des doigts pour que tu te retrouves sans ta petite queue ?

— Oh, t'as raison ! grogna le jeune homme.

— Tu crois peut-être que je bluffe, mais ce que tu ne sais pas, c'est que je suis peut-être une sorcière.

(Whitney eut un sourire suave.) Tu veux que je te le prouve ?

Sans demander son reste, l'employé se sauva à pas rapides dans l'arrière-boutique.

— Whit, la réprimanda Meg, tu n'aurais pas dû faire ça.

— Pourquoi ? Il m'énervait, ce crétin ! D'ailleurs, si je voulais, je pourrais très bien le faire.

— T'en sais rien, intervint Chelsea. Et en plus, c'est interdit. Tu sais très bien qu'on ne doit pas se servir de la magie pour se débarrasser de ce qui nous emmerde.

— Qui a dit ça ? Passer son temps à guérir les autres et toutes ces conneries sur le cycle lunaire, ça devient chiant, à force. Maintenant qu'on sait faire les envoûtements, on ne va pas s'en priver.

— Non, on ne va pas s'en servir, la contredit Chelsea, il faut éviter de faire du mal aux gens.

— Mais tu as vu comment ce petit merdeux s'est foutu de la gueule de Meg ? Comme Hailey McCourt !

— Elle va mieux, maintenant, remarqua Meg. Et elle est plus gentille.

— On lui a donné une bonne leçon. Et ce petit trouduc mérite bien une petite humiliation.

— Et qu'est-ce que vous pensez de Jack St Bride ?

Cette question tombée inopinément de la bouche de Chelsea les paralysa toutes les trois.

— Écoute, finit par répondre Whitney, je crois qu'on ferait mieux de ne pas parler de ça en public.

Mais maintenant que les mots étaient sortis, il était trop tard pour contenir le flot qui lui brûlait les lèvres. Chelsea mit la main devant sa bouche dans une tentative pour s'interrompre, mais elle ne put se retenir.

— Je n'arrête pas d'y penser, avoua-t-elle. Tu ne trouves pas ça bizarre, Whit ? Et toi, tu y penses aussi ?

— Moi, oui, j'y pense murmura Meg. Et même, je ne pense qu'à ça.

— Gillian n'est pas là, reprit Chelsea en regardant Whitney droit dans les yeux, donc elle ne saura pas qu'on en parle entre nous. Mais même si tu ne veux pas le reconnaître, Whit, tu sais que nous n'aurions jamais dû…

— … parler de ça, compléta Whitney d'un ton ferme.

Pour couper court à toute discussion, elle mit le cap sur la sortie, non sans avoir subrepticement glissé un CD dans son sac en macramé. Puis elle franchit la porte du magasin, ses amies dans son sillage.

Charlie savait qu'il ne devait pas. Il était investigateur, il connaissait les méthodes autorisées pour réunir des preuves… Dans certaines affaires récentes, les éléments de preuve avaient été rejetés lorsqu'ils avaient été recueillis sans le consentement d'un adolescent dans la maison de ses parents. Des preuves de possession de drogues illicites.

— Qu'est-ce que tu fais ?

La voix de son épouse l'arracha en sursaut à ses pensées, et il fut à deux doigts de perdre l'équilibre.

— Rien, je regarde, répondit-il.

— Tu cherches une jupe en velours ? insista Barbara.

Il baissa le nez sur le cintre qu'il serrait dans sa main.

— Je cherche une chemise que Meg m'a empruntée.

— Ah bon ! fit Barbara, rassurée. Va voir dans la commode, troisième tiroir du bas.

Elle sortit et Charlie appuya sa tête contre la porte du placard. Il ne voulait pas que sa femme sache ce qu'il cherchait. Il ne voulait pas reconnaître qu'il doutait de sa fille.

Il sentit sous ses doigts le bracelet brésilien usé qui entourait le bouton de la porte, à rayures rouges, bleues et vertes. Ce bracelet, Meg l'avait fabriqué pendant son premier camp d'été. Ah, ce premier séjour loin d'eux!... Pendant deux jours, leur fille leur avait téléphoné toutes les deux heures pour les supplier de venir la chercher. Heureusement, les choses avaient fini par s'arranger.

À genoux, Charlie farfouilla parmi les chaussures trop petites et les accessoires de sport pratiquement intacts; il lui avait fallu environ dix ans pour admettre que sa petite fille ne serait jamais une athlète. Il y avait un ours en peluche borgne et un poster que Meg avait fabriqué, représentant l'oiseau national du New Hampshire, le fringillidé violet, un vieux sac de danse rose et un assortiment de poupées dont elle ne pouvait se séparer. Charlie sourit et en prit une, un baigneur tout nu aux cheveux jaunes, doté d'un unique œil de verre. Une fille qui conservait ses trésors d'enfant ne pouvait pas cacher de la drogue dans la maison de son père...

Son métier lui avait appris que les affaires de drogue obéissaient toutes à un schéma précis : soit il existait entre l'enfant et les parents un manque complet de communication, soit l'enfant avait des griefs contre ses parents, soit les parents étaient trop absorbés par eux-mêmes pour voir ce qu'il était advenu de leur enfant. Aucun de ces schémas ne correspondait à leur cas : Meg et lui avaient toujours été beaucoup plus proches l'un de l'autre que ne le sont en général parents et enfants. Cela, Jordan McAfee ne l'avait pas compris. Peut-être que son fils avait mal entendu. Peut-être que Chelsea, pour une raison ou une autre, avait menti.

Satisfait, Charlie fourra les affaires de Meg en vrac dans le placard, pour éviter qu'elle ne s'aperçoive de son intrusion dans son intimité. Il remit en place l'ours en peluche, la crosse de hockey, les rollerblades. En soulevant le sac de danse, il sentit sous ses doigts un objet cylindrique et rigide.

Le justaucorps, le cache-cœur, les chaussons de danse, les guêtres... en principe, une tenue de danse ne comportait rien de rigide.

Charlie ouvrit le sac rose. Il en sortit une longueur d'un ruban argenté long et soyeux, ainsi que des tasses de plastique et une Thermos.

Les tasses et la Thermos étaient vides, mais elles présentaient un résidu de poudre blanche. De la cocaïne ? Charlie renifla, puis trempa son doigt dans la poudre et le porta à sa bouche pour goûter.

Sans doute n'était-ce rien du tout.

Fatigué, il se passa la main sur le visage et frotta ses yeux las en se promettant de faire examiner cette poudre, juste pour se rassurer. Il avait un copain au labo qui pourrait s'en charger... et qui lui devait un service.

C'est alors que les pupilles de Charlie se dilatèrent et devinrent immenses, au point qu'il se retrouva dans le noir complet.

Addie roulait sans but à travers les rues de Salem Falls. Ses pensées tourbillonnaient dans sa tête, scandées par la chanson des balais d'essuie-glace. Il était grand temps de rentrer, de défaire sa valise, de retourner au Resto le plus vite possible. Mais elle ne pouvait s'y résoudre.

Dans une cabine téléphonique, elle feuilleta l'annuaire pour y chercher les coordonnées de Jordan McAfee. Quelques minutes plus tard, elle sonna à la porte de la maison dont elle avait trouvé l'adresse. Ce fut une jeune femme noire qui lui ouvrit.

— Euh... excusez-moi, balbutia-t-elle. Je crois que je me suis trompée...

Elle s'apprêtait à repartir mais la jeune femme la rappela :

— Vous êtes Addie Peabody, n'est-ce pas ?

Addie hocha la tête et son interlocutrice sourit.

— Je m'appelle Selena et, non, je ne suis pas la bonne. Entrez donc, ne restez pas sous la pluie.

Ce ne fut qu'en pénétrant dans l'entrée qu'Addie se souvint de l'endroit où elle l'avait déjà vue.

— Vous êtes venue au Resto, dit-elle. Vous avez commandé de l'eau chaude avec du citron.

— Impressionnant ! s'exclama Selena tout en débarrassant Addie de son ciré. Jordan va bientôt rentrer. Je sais qu'il aimerait vous parler. Si vous voulez, vous pouvez attendre ici avec moi.

Addie prit place au salon, sur un canapé encombré d'objets.

— Je suis venue à propos de Jack St Bride.

— Je vois.

— Il n'a rien fait.

Selena s'assit sur le bord de la table basse.

— Vous avez un alibi pour lui ? s'informa-t-elle.

— Non. C'est simplement que… je sais qu'il est innocent.

La visiteuse se pencha en avant, les mains crispées sur les genoux, et expliqua :

— Je suis allée faire ma petite enquête à propos de sa précédente condamnation, à Loyal. Cette fille… celle qu'il est censé avoir séduite… elle a menti. Elle n'a jamais eu de liaison avec lui.

— Et elle consent à venir témoigner de cela ?

— Non…

Les yeux de Selena s'adoucirent devant l'expression d'Addie, dont les sentiments étaient inscrits sur son visage aux joues pâles.

— Je vais vous paraître indiscrète, madame…

— Addie, s'il vous plaît.

— Addie. Pourquoi n'êtes-vous pas venue il y a quinze jours ?

La jeune femme prit son temps avant de répondre. Puis elle expliqua de sa voix douce :

— Il fallait que je m'assure par moi-même que Jack était bien celui que je croyais.

— Je sais que vous voudriez lui être utile mais, sans alibi, vous ne pouvez pas apporter grand-chose dans cette affaire.

— Ce n'est pas pour cela que je suis venue, répondit Addie. J'espérais que vous, vous pourriez m'être utile.

— Saxton à l'appareil.

— Salut, Charlie, c'est moi.

Charlie se raidit. Si Albert Ozmander l'appelait, c'était pour une seule raison, et cette raison était directement liée à la Thermos qu'il avait trouvée dans la chambre de sa fille. Oz ne connaissait pas sa provenance et, pour lui, ce n'était qu'un travail de routine qui servirait à fournir un indice quelconque.

Charlie sentit qu'il battait la semelle sous son bureau, si nerveusement qu'il dut se refréner en posant la main sur son genou.

— J'ai trouvé quelque chose, annonça Oz, mais c'est très bizarre. Ne me demande pas pourquoi, mais chez toi, les jeunes ne fument pas des joints et ne sniffent pas de la coke comme le reste du monde civilisé. Ce que j'ai trouvé, c'est du sulfate d'atropine.

— Jamais entendu parler.

— Si, si, tu connais. C'est utilisé comme médicament contre les problèmes digestifs, entre autres. Tu as déjà pris du Diarsed ?

Oui, il en avait pris pendant un voyage à Mexico, avec Barbara. Ils avaient été malades comme des chiens, tous les deux. Ce simple souvenir lui donna la nausée.

— Pourquoi est-ce que les jeunes utiliseraient un médicament anti-diarrhée pour se shooter ?

— Parce que, au-delà d'une certaine dose, on se met à planer. Je t'envoie les résultats tout de suite.

Le fax couina dans l'angle de son bureau. Le papier se déroula et plongea tout droit dans la corbeille à papier placée en dessous.

— Merci, Oz, dit Charlie avant de raccrocher.

Il se recouvrit le visage des deux mains. Meg, qui n'avait jamais menti à son père jusqu'alors. Meg, pour laquelle il était prêt à déplacer des montagnes… Meg était entrée en possession de cette drogue, d'une façon ou d'une autre.

Le cœur lourd, il tapa sur les touches de son téléphone.

— Matt, dit-il au procureur, il faut que je vous voie.

Jack suivait le surveillant qui le conduisait dans la salle où l'attendait Jordan. Tout en longeant les couloirs grisâtres, il se demandait quel pouvait être l'objet de la visite de son avocat. La date du procès approchait. Sans doute lui apportait-il la proposition d'arrangement de l'accusation. Mais c'était inutile. Jamais il n'accepterait. Plutôt écouter un verdict de culpabilité lu à vingt reprises par le jury que de renoncer à sa liberté. S'ils le voulaient, ils l'auraient… mais il continuerait à clamer son innocence et il demanderait justice auprès de la cour d'appel.

— Ce n'est pas la peine, dit-il d'emblée à Jordan dès que le surveillant eut ouvert la porte. Je ne vais pas…

Il s'arrêta net en voyant que Jordan n'était pas seul. À côté de lui, fragile et lasse, et si belle qu'il en eut mal, il y avait Addie.

Jordan se leva.

— Comment avez-vous… balbutia Jack.

— Joyeux anniversaire, dit Jordan.

— Ce n'est pas mon anniversaire.

— Je sais, répliqua l'avocat en sortant de la pièce.

Jack ne sut que faire. La dernière fois qu'il avait vu Addie, c'était lors de son arrestation. Il fit un pas vers elle, le cœur battant à toute allure.

Il avait utilisé sans honte son image pendant ces semaines de prison, de mitard. C'était elle qui lui apportait le réconfort. C'était elle qui lui permettait de survivre en cellule, parce qu'il savait que sans doute, un jour, il pourrait sortir et lui expliquer.

Et si elle était venue lui dire qu'elle ne voulait plus jamais le revoir ?

Addie se détourna et ce geste arrêta Jack dans son élan aussi efficacement que n'importe quelle porte de prison.

— Non, dit-elle.

Puis elle ferma les yeux et se mit à parler :

— Je regrette tellement, Jack ! Ce matin-là, quand Charlie est venu et qu'il a dit ces choses terribles, je n'aurais pas dû l'entendre. Je n'aurais pas dû l'entendre parce que j'aurais dû être trop occupée à t'écouter, toi.

— Addie…

— Laisse-moi finir, s'il te plaît… Je suis allée à Loyal, j'ai vu Catherine. Elle… c'est une très jolie fille… J'ai honte d'avoir dû y aller. J'aimerais pouvoir me dire que ce matin-là, je me suis contentée de répondre à Charlie qu'il se trompait de coupable. J'aimerais pouvoir retourner en arrière et tout recommencer… différemment… sauf pour une chose. (Elle leva la tête et lui sourit à travers ses larmes.) Un homme très sage m'a dit un jour qu'on ne pouvait passer sa vie à regarder en arrière, qu'il fallait laisser le passé derrière soi et faire confiance à l'avenir.

Jack se retrouva dans ses bras, le visage enfoui dans la cascade de ses cheveux. Il se cramponna à cette ancre salvatrice. Ses lèvres caressèrent sa peau, sa gorge se noua. Il avala, puis murmura :

— Tu me crois coupable ?

Addie posa sa main sur sa joue et chuchota :

— Comment peux-tu connaître tant de choses et ne pas connaître la réponse à cette question ?

Jack s'était distingué dans bien des domaines : intellectuellement, physiquement, socialement. Il avait été celui sur qui toutes les têtes se retournaient, et sa chute avait été d'autant plus rude. Mais jamais il ne s'était senti aussi honoré qu'en ce moment où Addie lui remettait sa confiance comme on remet les clés d'or d'une ville.

— J'aurais bien aimé que tu ne me voies pas ici. Comme ça.

— Je ne te vois pas ici. Je te vois allongé à côté de moi sur une couverture, on fait un pique-nique dans mon jardin, un vrai festin que tu as préparé spécialement pour moi. Et je porte… (elle sourit malicieusement)… non, je ne te le dis pas.

— Ne sois pas cruelle !

— Tu vas le voir quand je serai partie.

Il l'attira tout contre lui et la serra très fort ; leurs deux cœurs battirent à l'unisson. Puis il lui chuchota à l'oreille, d'une voix si douce qu'Addie entendit à peine ses paroles :

— À propos du passé, je recommencerais tout. La condamnation, la prison, l'arrestation – tout –, si je n'avais pas eu d'autre moyen de te rencontrer.

Des ombres passèrent sur le visage d'Addie, les spectres du viol, de sa fille, de sa mère.

— Oh, Jack, dit-elle d'une voix tremblante, je t'aime, moi aussi.

Dernière semaine de juin 2000,
Salem Falls,
New Hampshire

On pouvait très bien dormir les yeux grands ouverts. Meg en avait fait l'expérience : au lycée, il lui arrivait parfois de regarder fixement un point sur le mur de la classe et de se retrouver soudain loin, très loin. Et elle était très contente d'avoir la faculté de s'envoler ailleurs en plein jour, parce que maintenant elle passait des nuits atroces, à cause de ses souvenirs. Elle s'efforçait en permanence de chasser cette nuit fatale de sa mémoire mais elle ne pouvait empêcher son père de parler de l'affaire; elle ne pouvait empêcher ses copines de l'évoquer à voix basse. Et c'était tout ça qui lui détruisait le moral.

Tous les jours, en rentrant de classe, elle fonçait dans sa chambre sans dire bonjour à personne, pour aller vérifier le contenu de son placard. Ce jour-là, elle ne faillit pas à sa nouvelle habitude et grimpa l'escalier quatre à quatre. Mais elle ne remarqua pas que sa mère l'avait suivie.

— Meg ! l'appela celle-ci depuis le seuil de sa chambre.

Elle sursauta si fort qu'elle se cogna la tête contre le montant de la porte.

— Ça va, ma chérie ? s'inquiéta sa mère en s'approchant pour lui toucher le front. On aurait dit que tu étais poursuivie par une meute de chiens !

— Non, c'est pas par les chiens que je suis poursuivie, c'est par mes devoirs ! prétexta Meg, se ressaisissant.

— Je me fais du souci pour toi, tu sais. Tu n'as pas l'air bien... Tu es en train de maigrir.

— Ah, ben ça, c'est la meilleure ! C'est toi qui passes ton temps à me dire de faire un régime !

— Je n'ai jamais dit ça. Je pense simplement qu'avec un joli minois comme le tien, c'est dommage d'en détourner l'attention.

Meg leva les yeux au ciel.

— C'est sympa de me dire ça, maman, réponditelle sèchement. Et maintenant, est-ce que je pourrais être un peu tranquille, pour une fois ?

Dès que sa mère eut fermé la porte, elle plongea dans le placard, repoussa fébrilement les poupées et les chaussures... et vit que son sac de danse, qui s'y trouvait encore la veille, n'était plus là.

— Oh, merde ! lâcha-t-elle dans un souffle.

Puis elle sentit ses cheveux se dresser sur sa nuque : son père, qui venait d'ouvrir sans bruit la porte de sa chambre, se dressait à côté d'elle.

— C'est ça que tu cherches ? demanda-t-il.

Et voilà ! Elle était foutue.

Sans attendre de réponse, Charlie s'assit par terre en face d'elle.

— C'est toi qui parles en premier, ou c'est moi ? reprit-il.

Meg était incapable de parler. Elle eut l'impression de se liquéfier, de sentir son cerveau se vider de toute pensée.

— Meggie, insista son père d'une voix si calme qu'elle en eut mal, est-ce que tu as apporté de la drogue dans les bois, l'autre nuit ?

Meg secoua la tête, stupéfaite. Cette Thermos... celle que Gillian avait apportée, remplie de thé glacé...

elle contenait de la drogue ? Et son père croyait que c'était elle la responsable ?

Les réminiscences se succédèrent dans sa tête en une course folle : la forêt qui vibrait devant ses yeux ; les trous de mémoire qui avaient éliminé une bonne partie de ses souvenirs ; leurs sanglots hystériques quand son père les avait retrouvées, toutes les quatre.

Soudain, les digues se rompirent et elle se mit à pleurer.

Elle pleura à gros sanglots, en tremblant de tous ses membres, en poussant des gémissements rauques, si bruyants que son désespoir fit accourir sa mère, affolée.

— Charlie, prononça une voix qui paraissait sortir du plus profond fond d'un tunnel, fais quelque chose !

Meg pleurait pour Gillian, pour l'expression inscrite sur le visage de son père ; elle pleurait au souvenir de ce qui commençait peu à peu à poindre du fond de sa mémoire. Elle pleurait, et elle se débattait, et elle tenait éloignés à coups de pied tous ceux qui voulaient s'approcher.

À la fin, on lui administra une piqûre de calmant. En retombant sur terre, elle sentit les bras puissants de son père qui la maintenaient fermement, et son haleine parfumée de café vint lui caresser la joue.

— Meggie, dit son père d'une voix brisée, dis-moi qui c'était.

Ils ne parlaient pas de la même chose, pas du tout, et Meg le savait confusément. Elle ferma les yeux et murmura, en retombant la tête la première dans les souvenirs de cette nuit de cauchemar :

— Ç'aurait pu être moi.

C'était la première fois que Gillian se trouvait dans le bureau de Matt Houlihan sans avoir son père à ses côtés. D'accord, Amos ne se trouvait pas très loin, puisqu'il était dans l'antichambre. Peut-être même avait-il collé son oreille contre la porte, mais la confidentialité était obligatoire.

— J'espère que vous êtes à l'aise, même si vous êtes seule avec moi, lui dit Houlihan avec sollicitude.

« Oh, mais c'est qu'il est délicat tout plein, ironisa Gillian intérieurement. Il veut être sûr que la victime du viol ne se sent pas menacée par le Grand Méchant Mâle, toute seule avec lui dans une petite pièce fermée. »

— Ça va, répondit-elle en baissant pudiquement la tête.

— Si j'ai demandé à vous voir sans votre père, c'est que nous avons découvert un fait nouveau. Je pense que vous serez plus à l'aise en privé pour en discuter.

Aussitôt sur le qui-vive, elle attendit la suite.

— L'inspecteur Saxton a trouvé une Thermos et des tasses dans la chambre de sa fille. Meg dit qu'elles vous appartiennent.

L'adolescente fut si soulagée d'apprendre la nature du fait nouveau qu'elle faillit éclater de rire.

— C'est vrai.

— Est-ce que les résidus de drogue qui se trouvent dans la Thermos et dans les tasses vous appartiennent aussi ?

Gillian battit des cils.

— Quelle drogue ?

— De l'atropine. C'est un médicament... qui peut avoir les mêmes effets que les stupéfiants.

— Je ne suis pas au courant.

— D'après Meg, c'est vous qui avez apporté les boissons cette nuit-là, avec l'atropine et le reste.

« La salope ! » enragea Gillian.

— Meg a dit ça ? parvint-elle à articuler d'une voix si nouée qu'elle s'attendit à voir ses cordes vocales casser d'un seul coup. Moi, je ne touche pas à la drogue, c'est pas mon genre. (Elle rit, mais d'un rire un peu forcé.) Vous savez, j'ai été élevée au milieu des produits pharmaceutiques. Depuis que je suis toute petite, mon père me met en garde contre les dangers de la drogue. (Elle tourna les yeux vers l'antichambre.) Allez-y, allez lui demander, si vous ne me croyez pas.

— Si ce n'est pas vous qui avez apporté l'atropine, qui est-ce ?

— J'en sais rien, moi ! C'est peut-être Meg.

— Le père de Meg est policier. Je suppose qu'elle a entendu la même rengaine que vous.

— Ça, c'est pas mon problème.

Houlihan soupira.

— Personnellement, je me fiche de savoir qui a fait le dealer dans cette histoire, dit-il. Ça n'a aucune importance pour mon affaire. Mais ce que je dois savoir, c'est si vous avez pris de ce thé ou non, cette nuit-là.

Gillian ne put répondre, car le téléphone sonna au même moment. Le procureur décrocha et échangea quelques mots avec son interlocuteur, avant de s'excuser auprès d'elle :

— Je vous laisse quelques instants, j'ai quelqu'un à voir avant un procès.

Deux secondes plus tard, Gillian se retrouvait seule dans le bureau.

Avait-elle pris de la drogue cette nuit-là ? Oui, évidemment. Mais si Houlihan l'apprenait, ça ne lui ferait pas plaisir. Quand on avait pris un hallucinogène, on n'était pas un témoin très fiable. Cependant, les faits remontaient à près de six semaines. La drogue avait disparu depuis longtemps de son organisme, surtout une drogue ingérée en aussi petite quantité. Houlihan pouvait faire opérer un prélèvement de sang maintenant et ne jamais savoir qu'elle avait menti.

C'est alors qu'un souvenir vint la frapper : on lui avait fait un prélèvement de sang aux urgences ! Le médecin avait rempli un tas de tubes.

Son dossier était là, posé sur le bureau devant elle... Elle n'hésita pas une seconde à l'ouvrir. La première feuille donnait les résultats de l'analyse du kit de viol. Elle parcourut des chiffres et des commentaires bizarres avant d'en arriver à la feuille : VICTIME, ÉCHANTILLON CONNU, avec tous les stupéfiants pour lesquels le test était négatif.

L'atropine n'était pas sur la liste... et sa présence n'avait pas été signalée non plus dans les échantillons de sang.

Elle venait tout juste de reposer le dossier sur le bureau lorsque Houlihan réapparut.

— Je n'ai rien bu du tout, déclara-t-elle.

— Vous en êtes absolument sûre ?

— Oui. Meg m'a emprunté ma Thermos, mais c'est elle qui a apporté le thé glacé. J'ai horreur du thé glacé.

Le procureur la regarda attentivement, puis hocha la tête, satisfait. Il ouvrit un tiroir et entreprit de dérouler lentement un ruban argenté.

— Vous avez une idée de ce que c'est ?

— Non, répondit-elle en le faisant glisser entre ses doigts. Vous l'avez trouvé où ?

— Il était avec la Thermos et les tasses.

— Alors, c'est à Meg aussi, je pense, affirma-t-elle avec un haussement d'épaule.

Addie arriva au Resto après le coup de feu du soir. Elle trouva Darla en train de jouer aux échecs dans la cuisine avec son père.

— Ah, te revoilà, dit Roy.

Un tablier. Son père portait un tablier. Sans lui laisser le temps de se remettre du choc, Darla s'empressa de lui assener :

— Il a fallu que je fasse des heures sup parce que Delilah est tombée malade, alors je te préviens, je vais me les faire payer. Tu peux vérifier !

Puis elle se rendit dans la salle, les laissant seuls.

— Ça alors, papa, tu… ! bafouilla Addie, la gorge serrée.

— Ouais ! renchérit son père en pivotant sur lui-même comme un mannequin. Admire-moi.

— Alors comme ça, suffit que je tourne le dos, et toi tu…

Elle fut incapable d'aller plus loin. Les larmes avaient jailli, des larmes d'épuisement, les larmes qu'elle avait retenues devant Jack pour lui opposer un visage calme et serein. Elle se blottit dans les bras de son père, ces bras qui avaient toujours été pour elle l'endroit le plus rassurant de la terre.

— Ah, Addie, murmura-t-il. Je suis triste pour lui.

La jeune femme se défit de son étreinte.

— Il est innocent, papa.

— Alors pourquoi tu pleures ?

— Parce que je suis la seule à en être convaincue.

Roy lui servit un bol de soupe de poireaux et pommes de terre, et le lui présenta.

— Mange, lui enjoignit-il.

— Je ne pourrais pas, même si je le voulais.

Le vieil homme porta une cuiller à sa bouche et la fit avaler.

— Alors, c'est pas bon, ça ?

Addie opina du chef et prit la cuiller. Pendant qu'elle mangeait sa soupe, son père prépara une énorme assiette de légumes, accompagnés de jus de viande, de farce et de pain, et la posa d'autorité devant elle.

Cette fois, elle n'hésita pas une seconde. Elle se jeta sur la nourriture avec un appétit féroce et dévora tout jusqu'à la dernière miette.

— Ça va mieux ? s'enquit Roy.

Addie s'aperçut qu'elle n'avait plus mal à l'intérieur. Tous ces aliments servis avec amour avaient formé une barrière, un coussin protecteur. Son père l'avait remplie parce qu'il savait mieux que personne que le meilleur moyen de prévenir les peines de cœur était d'amortir le choc en se capitonnant.

— On se calme, dit Gillian en regardant ses copines bien en face, à tour de rôle. Ils ne savent rien du tout.

Elles s'étaient cachées dans un petit jardin, derrière la maison des Duncan, bien à l'abri d'un buisson de roses.

— Mon père va me tuer s'il apprend qu'on a apporté de la drogue… s'affola Chelsea.

— Et pourquoi elle était là, cette drogue? demanda Whitney d'un ton sec. J'aimerais bien le savoir, Gill, parce que c'était toi qui étais chargée d'apporter les boissons. Je ne dis pas que je n'aurais pas essayé… mais j'aurais préféré être au courant.

— C'est pas la peine de le prendre comme ça! riposta l'interpellée, nullement impressionnée par le regard accusateur de trois paires d'yeux fixées sur elle. Y en avait qu'une pincée, une toute petite pincée, ça risquait pas de vous faire du mal. Ça vous a fait moins de mal qu'un verre de vin! Réfléchissez bien. Est-ce qu'il y en a une qui a eu l'impression qu'elle était défoncée?

— Moi, je me souviens très bien que j'ai dansé sans chemise! répliqua Whit.

— OK, mais quand t'as fait ça, t'en avais pas encore bu une seule goutte! la rembarra Gillian.

Meg, qui n'avait pas apprécié sa trahison, lui jeta un regard noir.

— Mon père dit que ça démolit le dossier.

— C'est pas l'avis de Matt Houlihan! objecta Gillian.

— D'accord, mais c'est parce que tu lui as dit que c'était moi qui avais apporté la drogue. Si le jury apprend que tu étais défoncée, il ne croira pas un mot de ce que tu racontes.

— J'étais pas défoncée, Meg. Pas plus que toi.

— Si c'est ça, tu peux me dire pourquoi c'est moi qui dois être la brebis galeuse dans cette histoire ?

— Parce que, si ce n'est pas toi, tu nous fous toutes dedans ! répliqua Gillian, les sourcils froncés.

— Et qui c'est qui a décidé ça ?

Les deux autres filles se firent toutes petites. Il ne fallait jamais mettre Gillian en colère, tout le monde le savait.

— Écoute, Meg, il ne s'agit pas de toi ou de moi, argumenta Gilly. Il faut qu'on se serre les coudes pour que nos versions concordent. S'il y en a une qui déconne, on est dans la merde toutes les quatre.

— Tu sais, tu n'es pas la seule à avoir été traumatisée. Mais la différence entre toi et moi, c'est que toi, tu ne veux pas oublier. (Meg serra les poings.) Tu te crois tellement au-dessus des autres ! Si je dis à mon père que je n'ai jamais vu cette Thermos avant, tu crois qu'il nous prendra pour des sorcières ? Pas du tout ! Il croira exactement ce que je lui dirai... que c'est toi qui l'as apportée pour qu'on puisse se défoncer.

Gillian blêmit.

— Non, tu ne feras pas ça, Meg.

— Ah non ? riposta Meg en tournant les talons. Tu t'es gênée pour m'accuser, toi ?

— Hum, que c'est bon... soupira Matt. Recommence.

Sydney Houlihan, en épouse dévouée, piétinait d'un pas léger le bas du dos de son mari pour le soulager de sa douleur. Le visage tourné vers le tapis, le patient poussa un grognement. Installée à côté d'eux dans son fauteuil de bébé, Molly battit des mains.

— Je ne sais pas si c'est vraiment un beau spectacle à lui mettre sous les yeux, observa Sydney.

— Quoi ? Maman qui marche sur papa ? Elle est un peu jeune pour les métaphores.

Sydney toucha un point sensible, arrachant un nouveau grognement à sa moitié.

— Tu sais pourquoi je t'ai épousée ? questionna Matt.

— Parce que je suis la seule femme qui accepte ce genre de pratiques perverses ?

— Non, c'est parce que tu pèses exactement le poids qu'il faut.

Sydney descendit prudemment de son perchoir et s'assit sur le tapis, jambes croisées.

— Alors, c'est pourquoi, cette fois-ci ? se renseigna-t-elle.

— Quoi ?

— Tu sais très bien que ton dos se met à faire des nœuds quand il y a un dossier qui te stresse.

Matt se retourna pour lui faire face.

— Si je t'ai épousée, c'est aussi pour que tu m'analyses, admit-il. Eh bien… Les copines de Gillian ont pris de la drogue la nuit du viol.

— Et Gillian ?

— Elle dit que non.

— Et alors ?

— Et alors, qu'elle en ait pris ou non, c'est un élément susceptible de disculper l'accusé. Je suis obligé de le transmettre à la défense.

— Cela ne change rien au fait qu'elle ait été violée, non ?

— Non, répondit Matt sans conviction.

— Tu crois qu'elle te ment ? s'étonna Sydney, haussant les sourcils.

— Oh, merde ! jeta Matt en se levant pour arpenter la pièce. Je ne sais pas. Elle dit que c'était sa Thermos mais que c'est la fille de Charlie qui a apporté la dope. Et qu'elle n'a rien bu cette nuit-là parce qu'elle n'avait pas soif. Je peux sans doute amener Meg à avouer que c'est elle qui leur a procuré de la drogue quand elle sera à la barre. Mais... les cinq tasses comportaient des résidus... Il y en avait une pour chaque fille et une pour St Bride. McAfee va se ruer là-dessus.

— Peut-être qu'on lui en avait servi une tasse mais qu'elle n'a pas bu.

— Peut-être.

Au bout de quelques instants de silence, son épouse reprit :

— Tu crois qu'elle ment aussi, pour le viol ?

— Non, j'ai trop de pièces à conviction. Le sang sur son chemisier, les griffures sur la figure de St Bride, le sperme... Bien sûr, du coup, Gillian ne paraît plus innocente comme l'agneau qui vient de naître... mais ça ne m'empêchera pas de faire condamner St Bride.

Sydney se pencha et l'embrassa sur le menton.

— Tu ne te sens pas mieux, maintenant que je me suis occupée de toi ?

À sa surprise, Matt s'aperçut qu'en effet il allait mieux. Il n'avait plus mal au dos et, pour la première fois de la journée, il fut pris d'une furieuse envie de se remettre à préparer son dossier pour le procès.

— C'est la troisième raison qui m'a poussé à t'épouser, répondit-il en lui appliquant un baiser sur la bouche.

— Cinq tasses, ce n'est pas significatif, Jordan, observa Selena.

— C'est un doute raisonnable. Tout ce que je veux, c'est semer la graine.

— Tu peux bien planter un arbre entier, ça ne veut rien dire. Tu ne peux pas affirmer, uniquement parce qu'il y avait une tasse, que quelqu'un a bu dedans. Ta voiture est dans le garage. Est-ce que ça veut dire que c'est moi qui la conduis ?

Thomas leva les yeux. Assis à la table de la cuisine, il se battait avec un problème de trigonométrie.

— Ça vous ferait rien d'aller discuter ailleurs ? grogna-t-il.

Mais sa demande ne fut pas prise en compte.

— Si je dis que Gillian a menti à propos de l'hallucinogène, persista Jordan, cela signifie qu'elle est susceptible d'avoir menti à propos d'un tas d'autres choses. Y compris le viol.

— Qu'est-ce que tu racontes ? Cet argument ne tient pas la route, Matt Houlihan te le foutra en l'air rien qu'en soufflant dessus !

— Tu as mieux, peut-être ? Parce que moi, non. J'ai un client qui affirme que sa victime est venue vers lui, mais il ne peut pas nous donner de détails supplémentaires. J'ai la preuve que la victime est impliquée dans une histoire curieuse de prise de stupéfiants, mais si je la discrédite, je ne fais pas acquitter Jack pour autant. Ce qui veut dire que si tout ce que j'ai à lancer contre Goliath, c'est un petit caillou, eh bien, je vais utiliser toutes les forces que j'ai dans mon petit bras.

— Oh, merde, ronchonna Thomas.

Il ne lui restait plus qu'à prendre la tangente et à aller sc réfugier dans une zone plus calme. Il entreprit donc de rassembler ses affaires.

Tout à coup, Jordan, saisi d'un abattement sans bornes, se laissa tomber sur une chaise en face de son fils et enfouit sa tête dans ses mains.

— Je suis un vrai con.

— Ça, je ne discuterai pas ce point ! approuva Selena.

— Mais tu te rends compte qu'il ne me reste que quatre jours ? Dans quatre jours, on se retrouvera devant le juge. Tout ce que tu as découvert la semaine dernière… bien sûr, c'est génial. Mais quand j'ai pris cette affaire, j'ai cru que c'était un truc simple : une fille dit qu'un mec l'a violée, le mec a déjà été condamné pour les mêmes faits. Inculpation, lecture de l'acte d'accusation, procès. Et voilà qu'il y a sans arrêt du nouveau… ces histoires de sorcières, la drogue, les preuves qui ne collent pas. J'ai été trompé sur la marchandise… Je réclame un an pour me préparer. Et puis zut, non, je n'en veux plus, de cette affaire, parce que, au train où vont les choses, on va sans doute découvrir que Gillian est liée à la mafia sicilienne…

— Non, non, rassure-toi. Je viens simplement de découvrir qu'elle est stagiaire à la Maison-Blanche.

— Très drôle, gémit Jordan. En attendant, je ne sais absolument pas quoi raconter sur le déroulement des événements de cette fameuse nuit.

— Jack a été tabassé quelques heures plus tôt. Tu pourrais dire qu'il était en trop mauvais état pour commettre ce crime.

— D'accord, mais il n'était pas en trop mauvais état pour renoncer à aller se bourrer la gueule dans un bar. (Jordan secoua la tête.) Je peux introduire le doute sur les affirmations de la fille mais je ne peux pas les réfuter. Les seules réminiscences de Jack à propos des événements sont risibles. Des rubans, des bûchers et des gamines à poil.

— À poil ? s'écria Thomas. Chelsea était à poil ?

— Comment faire avaler ça à un jury ? Et lui faire voter l'acquittement ?

— C'est bien pour ça qu'il te faut des preuves, Jordan. Le doute raisonnable, ça marche bien, d'habitude… mais, comme tu le dis toi-même, l'alternative que tu proposes est tellement étrange qu'elle est dure à avaler. Il faut que tu apportes tes propres preuves au jury, de sorte qu'il soit convaincu que Gillian jouait les sorcières dans la forêt cette nuit-là. Et ce n'est pas avec une simple tasse que tu y arriveras.

Thomas prit ses affaires et mit le cap sur le couloir.

— À plus, grommela-t-il. Je suis sûr que je vais beaucoup vous manquer.

— Je sais, soupira Jordan, mais si elle a pris de l'atropine, ça remonte presque à deux mois. L'effet du médicament dure quelques heures. Ce n'est pas comme si on pouvait effectuer un prélèvement de sang ce soir et retrouver l'atropine en train de flotter dedans...

— On aurait dû faire pratiquer une analyse par un labo privé tout de suite après l'arrestation de Jack. Comment n'y avons-nous pas pensé ?

— Nous étions persuadés qu'elle disait la vérité, lui rappela Jordan.

La voix de Thomas leur parvint du fond du couloir :

— Vous avez les analyses qu'ils ont faites aux urgences ! cria-t-il.

— Les tests de routine ne comprennent pas l'atropine !

— D'accord, mais... pourquoi tu n'essaierais pas de faire un nouveau test ? Qu'est-ce qu'ils ont fait du sang quand ils ont fini ?

— Il a été apporté au labo des affaires criminelles avec le kit du viol, répondit Jordan à son fils.

Tout à coup, une idée le frappa de plein fouet :

— Merde, s'écria-t-il, les prélèvements du viol ! Ils ont utilisé le sang prélevé cette nuit-là pour faire les tests d'ADN !

— Et ils ont tout gardé ! renchérit Selena en se levant d'un bond. Il te faut combien de temps pour demander au juge de signer une motion autorisant des analyses complémentaires par un labo indépendant ?

— Tu vas voir ! fanfaronna Jordan en ouvrant son portable.

Roman Chu avait commencé par installer son laboratoire d'analyses médicales dans une partie du garage de ses parents. Ayant acquis la réputation d'être infiniment plus rapide que le laboratoire officiel, il eut vite assez de rentrées pour pouvoir se payer ses propres locaux et engager dix employés qui réalisaient des miracles pour les avocats amenés à faire appel à lui en catastrophe.

— Je te remercie, dit Jordan pour la vingtième fois.

Après que le juge eut signé la motion, Selena s'était procuré les échantillons de sang au laboratoire de la police. Le travail préparatoire avait été effectué pendant l'analyse d'ADN : la sédimentation du sang avait été préparée et le sérum solidifié. Roman n'avait plus qu'à lancer l'analyse par spectrométrie de masse.

Dans l'attente des résultats, les deux hommes gardaient l'œil rivé à l'écran.

— Ce que je veux, c'est des cigares cubains, pas la merde made in Floride que tu m'as apportée l'année dernière, râla Roman.

— C'est comme si c'était fait.

— Et je te facture les heures sup.

L'écran scintilla en vert et, soudain, une série de chiffres s'inscrivit. Roman prit un texte de référence et le compara aux données de l'ordinateur, puis émit un petit sifflement.

— Traduction ? le pressa Jordan.

— Il y a de l'atropine dans le sang, expliqua Roman en pointant un doigt vers les chiffres.

— Tu en es sûr ?

— Ouais. Et même, la concentration est telle que je me demande comment elle n'est pas tombée dans le coma.

Jordan croisa les bras.

— Alors, à ton avis, quels ont été les effets de l'atropine ?

Roman éclata de rire.

— Qu'est-ce que tu crois ? Elle s'est payé un trip d'enfer.

Pour la première fois depuis près de dix ans, Addie s'octroya une pause à l'heure du déjeuner. Delilah et son père vaquant à la cuisine, Darla servant à table, elle se retrouvait à errer sans but, à tourner en rond. Elle était tenaillée par l'envie d'aller voir Jack, mais les visites n'étaient pas autorisées avant le lendemain, veille du procès. Aussi décida-t-elle d'aller rendre visite à Chloé.

— C'était ton époque préférée, dit-elle à sa fille en posant un petit bouquet de carottes fourragères sur la pierre tombale. Tu te souviens qu'on jouait à faire semblant d'être en été en plein mois de janvier ? On préparait un piquenique, on mettait les radiateurs à fond et on plongeait dans la baignoire en maillot de bain...

Elle effleura le granit. La pierre était chauffée par le soleil, presque aussi chaude qu'une peau d'enfant.

— Est-ce que c'est tout le temps l'été, là-haut, Chloé ? murmura-t-elle.

Elle regrettait profondément de ne pas disposer d'un stock de souvenirs inépuisable. Perdre Chloé avait été comme de se retrouver soudain avec des pages vierges au bout des premières pages du livre merveilleux qu'elle était en train de lire. Elle avait été privée de voir sa fille grandir, devenir jeune fille...

— Madame Peabody ?

Une voix juvénile la fit sursauter. Elle se retourna pour se retrouver en présence de Meg Saxton, visiblement aussi surprise qu'elle-même.

— Meg... je ne savais pas que tu étais là.

Leur dernier échange de paroles remontait à l'enterrement de Chloé. Autrefois, Meg et Chloé faisaient de la balançoire ensemble dans son jardin. Mais Meg était là, bien vivante et grandie, tandis que Chloé était morte. Un mur, invisible mais épais, séparait Addie de l'adolescente.

— Comment… vas-tu ? s'enquit-elle poliment.

— Bien, répondit son interlocutrice. (Un silence.) Vous êtes venue lui rendre visite ?

Elles se tournèrent avec ensemble vers la tombe, comme si elles s'attendaient à voir apparaître Chloé.

— J'aurais bien aimé la connaître un peu mieux, avoua Meg. C'est vrai, elle était un peu plus âgée que moi, mais je crois… je crois que si les choses avaient été différentes, on aurait pu être amies.

— Je crois que Chloé aurait bien aimé, répondit Addie d'une voix nouée.

Des larmes jaillirent dans les yeux de la jeune fille, qui se détourna pour essayer de les cacher.

— Meg, ça va ?

— Non ! cria Meg d'une voix brisée par un sanglot. Oh, mon Dieu !

Instinctivement, Addie lui tendit les bras, et Meg s'y réfugia. Elle sentait le shampooing, le maquillage bon marché, l'enfance. Addie, bouleversée de tenir dans ses bras une fille de l'âge de son enfant disparue, ferma les yeux.

Meg chuchota quelques paroles, si bas qu'Addie crut avoir mal entendu :

— Elle a bien de la chance.

— Qui ?

— Chloé.

La jeune femme desserra son étreinte, interdite.

— Tu ne penses pas ce que tu dis.

— Si, affirma Meg en s'essuyant le visage avec le bas de son T-shirt. J'aimerais être morte.

Tout à coup, Addie se demanda ce que Meg était venue faire au cimetière. Elle était retournée à l'endroit où l'agression était censée avoir eu lieu. Jack n'était pas coupable – elle le savait aussi sûrement qu'elle savait que Chloé était enterrée tout près –, mais quelque chose avait secoué Meg cette nuit-là.

— Je crois qu'on devrait partir, proposa la jeune femme. Cet endroit est plein de mauvais souvenirs pour nous deux.

Malgré elle, Meg jeta un regard en direction de la clairière.

— Madame Peabody, murmura-t-elle, piteuse, je crois… je crois qu'il m'a touchée, moi aussi.

— Qu'il t'a… touchée ? répéta Addie, la tête vide de toute pensée.

— Oui, touchée, insista Meg. Vous comprenez ce que je veux dire.

Oh oui, et comment ! Bien sûr qu'elle comprenait !

Être mère, c'était un état qu'on avait en soi, un état latent, prêt à s'enflammer au moindre frottement d'allumette. Et peu importait que l'enfant soit sorti de votre corps ou qu'il ait simplement une place dans votre cœur. L'instinct, c'était l'instinct.

Addie aimait Jack. Elle le croyait lorsqu'il affirmait qu'il n'avait pas agressé Gillian Duncan. Mais elle était une mère, et elle savait ce qu'elle avait à faire. Aussi accompagna- t-elle Meg au bureau de Charlie et ferma-t-elle la porte derrière eux, le visage imperturbable. Puis, en tenant bien fort la main de Meg pour la soutenir moralement, elle écouta ce que cette jeune fille – cette amie de sa fille – avait à dire à son père, ce qu'elle lui avait raconté, à elle, quelques minutes auparavant.

Charlie savait bien que le sol était stable, mais il le sentit bouger sous ses pieds. Pour la centième fois, il s'éclaircit la gorge et avala sa salive, puis mit en route le magnéto placé entre lui et sa fille.

Meggie tremblait de tous ses membres, bien qu'il lui eût passé la veste d'uniforme bleue toujours suspendue derrière la porte de son bureau.

— Où… hum… t'a-t-il touchée ?

Elle parlait sans le regarder, et c'était très bien, car Charlie ne parvenait pas à la regarder, lui non plus.

— Là. Et là.

Charlie dicta d'une voix nouée :

— La victime indique sa hanche gauche et son sein gauche.

Tous ses muscles étaient tendus. Comment raconter cela à Barbara ? Comment faire pour conclure la déposition ? Comment concilier son travail d'enquêteur et son amour paternel ?

— Charlie, dit Houlihan d'une voix forte, vous n'êtes pas obligé de faire ça.

Le policier secoua la tête et poursuivit :

— Meg, est-ce que Jack St Bride s'est exhibé devant toi ?

— Non, répondit sa fille.

— Est-ce qu'il t'a touchée ailleurs ? De quelque façon que ce soit ?

— Est-ce qu'une partie de son corps est entrée en contact avec une partie du vôtre ? questionna Matt.

— Bon Dieu !

Charlie bondit de son siège et envoya un coup de poing sur le bouton d'arrêt du magnétophone. Bon Dieu, pourquoi ne pouvait-il rembobiner sa vie ? Dans sa fureur, il s'éloigna tout au bout de la pièce.

Matt vint le rejoindre.

— Ma petite fille, murmura le policier en s'étranglant, il a fait ça à ma petite fille.

— On va l'avoir, promit Matt. C'est un nouveau chef d'inculpation.

Charlie hocha la tête. Il voulut retourner vers la table mais le procureur l'en empêcha.

— Non, laissez-moi faire.

Molly dormait, roulée en boule dans son petit lit, le pouce dans la bouche. Matt la couvait des yeux, imaginant le chagrin que devait ressentir Charlie au même moment. Il se dit que si quelqu'un devait toucher un jour à un seul cheveu de son enfant, il ne répondrait pas de ses actes.

Il se serait bien passé de ce dernier rebondissement à la veille du procès. Mais les accusations de Meg feraient l'objet d'un procès différent, devant un autre juge, un autre jour… si on disposait de suffisamment de preuves. Sans en parler à Charlie, il se demandait jusqu'à quel point cette confession baignée de larmes était digne de foi. Elle s'était trouvée sous l'emprise d'une substance hallucinogène, cette nuit-là… Il était fort possible que cette agression fût imaginaire.

Et, de plus, ce fait nouveau affectait son affaire courante : il ne pouvait pas prendre le risque de faire témoigner Meg. Si elle déclarait à la barre qu'elle avait apporté la drogue et ensuite qu'elle avait, elle aussi, fait l'objet d'une agression, les jurés la croiraient-ils ? Et, dans le cas contraire, croiraient- ils Gillian pour autant ?

Matt ne savait au juste si Meg lui serait utile ou néfaste, en l'occurrence. Il n'avait pas besoin d'elle pour obtenir la condamnation de Jack St Bride. Donc il devait l'omettre purement et simplement. Il prendrait Chelsea Abrams comme témoin oculaire, à sa place… et même si sa version ne concordait pas aussi bien avec celle de Whitney que celle de Meg, c'était un pari moins risqué.

Matt posa une main légère sur la petite tête de sa fille.

— Bonne nuit, chuchota-t-il, sans faire mine de bouger avant de longues minutes.

La lune se glissait sur le rebord de la fenêtre et jusque sous les couvertures, mais ni Jordan ni Selena ne la voyaient. Ce que la jeune femme voyait, c'étaient ses bras étroitement emmêlés avec ceux de Jordan, juste sous ses seins.

— À quoi tu penses ? chuchota-t-elle.

— Je pense que je plaide l'irresponsabilité mentale temporaire.

— Ah ! fit Selena en se retournant dans ses bras. Tu te sens coupable ?

— Non. Je me sens... je me sens...

Elle lui donna une petite tape sur la main.

— Ouais, je vois comment tu te sens, dit-elle en riant. Sors d'ici.

— Ce n'est pas ce que tu disais il y a dix minutes.

— Peut-être que je plaide l'irresponsabilité mentale temporaire, moi aussi.

Ils s'étaient endormis côte à côte sur le canapé, devant la télévision. Lorsqu'ils s'étaient réveillés, ils étaient couchés dans les bras l'un de l'autre. Il n'en fallut pas plus. Une réminiscence subliminale et impérieuse les avait empêchés de se séparer, et ils avaient eu du mal à atteindre la chambre.

— Dis, Selena ?

— Oui ?

— Pourquoi avons-nous attendu un mois ?

— Parce qu'il y a un mois, on était encore capables de réfléchir. On avait un meilleur self-control.

Jordan lui jeta un regard en coin.

— Tu crois vraiment ce que tu dis ?

Pour une fois, elle ne sut que répondre.

— En fait, finit-elle par avouer, non... Qu'est-ce que tu en penses ? Comment tout ça va-t-il tourner ?

— Je n'en sais rien, répondit-il en secouant la tête.

Selena sourit, blottie contre sa poitrine.

— Tu parles de nous ou du procès ?

— Des deux, mon capitaine, répondit-il avec un soupir. Pour le procès... tout ce que nous avons réussi à prouver, c'est qu'elle joue à la sorcière.

— Une sorcière qui utilise de la drogue. J'y ai réfléchi. Et je peux réfuter toutes les preuves, laver Jack de tout soupçon dans ma tête. Sauf pour ce sperme. Ce n'est pas un truc qu'on laisse derrière soi en faisant simplement la conversation à quelqu'un.

— Le sperme, c'est la preuve la moins concluante que Houlihan ait obtenue. Le jury s'en rendra compte.

— Tu l'espères.

— Je l'espère.

— Jack pourrait continuer à te mentir, remarqua Selena.

— Gillian Duncan aussi.

Ils se turent quelques instants pour mieux s'imprégner de leur chaleur mutuelle.

— À propos de mensonges, chuchota la jeune femme, il faut que je t'avoue quelque chose.

Jordan se souleva sur un coude.

— Quoi ?

— Ma voiture est prête depuis quinze jours.

— Moi aussi, j'ai quelque chose à t'avouer. Ta voiture aurait pu être prête depuis un mois, mais j'ai payé le mécanicien pour qu'il te dise que les pièces avaient du retard.

Selena l'étudia du regard.

— Tu as fait tout ça pour éviter de perdre ta meilleure enquêtrice ?

Jordan se pencha et baisa légèrement ses lèvres.

— Non, répondit-il, j'ai fait tout ça pour éviter de te perdre.

Ils se tenaient la main, assis à une table de cafétéria, entourés de criminels qui avaient assassiné d'autres hommes, battu leurs femmes ou fait brûler des maisons avec des gens à l'intérieur. Un surveillant montait la garde. Addie avait pris Jack dans ses bras, mais le surveillant lui avait tapé sur l'épaule en lui déclarant poliment que ces gestes n'étaient pas autorisés.

Addie regarda le couple voisin. L'homme avait un serpent tatoué autour du cou. Sa visiteuse était une femme aux cheveux verts dressés sur la tête, avec un piercing au sourcil et un collier de chien.

Plus que quinze heures, et le procès commencerait.

— Tu es nerveux ? s'enquit-elle.

— Non. Je me dis que plus vite on sera débarrassés, plus vite je serai avec toi.

Addie baissa la tête.

— Ce serait merveilleux, dit-elle.

— J'y ai réfléchi, tu sais. On ira aux Caraïbes. Nous sommes en juin, c'est la saison des pluies, mais on a besoin de vacances, tous les deux. Je veux être dehors toute la journée. Je veux dormir dehors. On n'aura peut-être même pas besoin de chambre !

Addie eut un rire qui ressemblait fort à un sanglot étouffé. Elle regarda Jack en essayant de sourire.

— Si ça te met dans cet état, ma chérie, on prendra une chambre d'hôtel, dit-il d'une voix douce, en lui caressant la main du bout du pouce.

Un frisson parcourut Addie.

— Et si…

— Ah, Addie, non, s'il te plaît, l'interrompit-il en posant un doigt sur ses lèvres, juste avant que le surveillant ne lui décoche un regard réprobateur. Parfois, quand j'ai peur de perdre la tête, ici, j'imagine que je suis déjà dehors. Je pense à ce qu'on va faire pendant le week-end, je me demande s'il y aura beaucoup de monde au Resto, et j'attends avec impatience l'heure d'aller se coucher pour pouvoir dormir contre toi. Je pense à nous dans six mois d'ici. Six ans d'ici. Le temps d'engranger les souvenirs d'une vie normale.

— Une vie normale, répéta Addie lentement.

— On peut même s'entraîner, dit-il avec sérieux. On essaie ? (Il s'éclaircit la voix.) Bonsoir, ma chérie. Qu'est-ce que tu as fait de beau, aujourd'hui ?

Addie le regarda au fond des yeux, ces superbes yeux bleu océan. Elle pensa à Meg. Et ensuite, elle imagina une plage immense, des vaguelettes qui venaient leur lécher les pieds et un soleil qui se couchait tout doucement pour clore la journée la plus ordinaire du monde.

— Rien, dit-elle en lui dédiant un sourire rayonnant, rien du tout.

1979,
New York

J.T., Ralph et Jack s'étaient retrouvés chez ce dernier. Accroupis sous l'escalier menant au premier, dans le placard à balais qui leur servait également de base clandestine, ils se livraient à une activité de la plus haute importance : l'échange de cartes ornées de la photo de leurs joueurs de base-ball favoris.

— Je te donne Keith Hernandez contre Luis Alvarado, proposa J.T.

— Tu me prends pour une bille ? répliqua Ralph. Hernandez vaut trois White Sox.

— Tiens, j'ai Bruce Sutter, annonça Jack. Je te l'échange contre Hernandez.

— Super.

Les jeunes garçons procédèrent à l'échange, chacun examinant attentivement sa nouvelle acquisition. L'air du réduit embaumait légèrement le chewing-gum.

— J'ai un Don Baylor, déclara J.T.

— Peuh ! California, ils sont nuls cette année ! déclina Ralph. Je prendrai jamais une carte Baylor, même pour ramasser la merde de mon chien dans la rue.

— C'est la star de l'équipe, pauvre mec ! répliqua J.T. en glissant néanmoins la carte dédaignée au fond de sa boîte à chaussures.

Ralph sortit alors de son chapeau le joyau de cet été-là, Willie Stargell, des Pittsburgh Pirates.

— D'accord pour l'échanger. Mais faudra passer à la caisse !

Jack examina le tas de cartes qu'il avait en stock. Ralph ne prendrait pas un Palmer ni un Guidry, ce qu'il avait de mieux à proposer. Il n'avait qu'une seule carte à échanger pour une valeur à peu près égale, même si le joueur n'était qu'un minable extérieur chez les Chicago White Sox, un mec incapable de toucher une balle, même pendue par une ficelle à deux millimètres de son nez. Ce qui donnait tout son prix à cette carte, ce qui excitait l'envie de tout collectionneur, c'était le nom qui y était inscrit.

— Putain, Jack a un Rusty Kuntz ! pouffa J.T.

Les deux copains de Jack se tenaient les côtes.

— Waouh ! Tu as un Kuntz ! parvint à articuler Ralph, entre deux hoquets de rire.

— À moi ! Je le veux ! s'écria J.T. en se roulant par terre de joie.

Ralph tendit la main vers la carte tout en lançant perfidement :

— Ouais, t'en as rien à foutre, toi, de nous donner Kuntz, t'as d'autres compensations !

— Pourquoi tu dis ça ?

Ralph mit sa bouche en cul de poule et minauda d'une voix langoureuse :

— Oh, Jack, tu es le mec le plus génial de tout le collège !

À son tour, J.T. se mit de la partie et ricana :

— Tout le monde le sait, que Rachel Covington est amoureuse de toi !

— Non, c'est pas vrai ! protesta Jack avec véhémence. Je la connais comme ça, c'est tout !

D'accord, Rachel lui collait aux fesses depuis qu'il avait pris un mec dans un coin pour lui demander d'arrêter de colporter partout qu'elle avait eu ses règles à huit ans. La pauvre fille avait de gros seins qui débordaient de son soutien-gorge d'entraînement, ça devait pas être pratique du tout. Sûrement que ça devait être rudement emmerdant de courir avec ces machins qui ballottaient, pendant les épreuves d'endurance...

— Jack et Rachel sont assis sur un arbre... chantonna Ralph.

— Ta gueule ! gronda Jack en lui arrachant la carte Kuntz des mains.

— Hé, qu'est-ce qui te prend ?

— J'aime pas Rachel Covington, OK ?

— J'en ai rien à cirer, marmonna Ralph.

Tout à coup, la petite porte du placard s'ouvrit sur Corazon, l'employée de maison, qui les foudroya du regard, les poings sur les hanches.

— Dehors ! leur ordonna-t-elle. J'ai mon ménage à faire.

Les garçons se faufilèrent hors de leur cachette, leurs boîtes de cartes sous le bras. J.T. et Ralph n'en continuèrent pas moins à se donner des coups de coude complices.

— Je n'ai pas de copine ! hurla Jack en serrant la carte Rusty Kuntz si fort qu'elle se plia en deux.

Jack, juché sur un tabouret de cuisine, suivait des yeux les gestes de Corazon, qui assenait de grandes tapes sur une pâte à pain. Ah, si seulement il avait pu en faire autant sur la tête de Ralph !

— Si tu as tellement envie de pain, pourquoi t'en prends pas du déjà cuit ? proposa la Mexicaine.

— J'ai pas envie de pain.

— Ah bon ? Alors pourquoi tu regardes la pâte comme si tu mourais de faim ?

— C'est parce que moi aussi j'aimerais bien taper sur quelque chose, répondit Jack en posant ses coudes sur le bar.

Corazon poussa la pâte vers lui.

— Eh ben, vas-y !

Elle s'essuya les mains sur son tablier, qui fut aussitôt constellé de taches jaunes.

— J.T. et Ralph n'ont pas fait de vieux os aujourd'hui, constata-t-elle.

Jack eut une moue méprisante.

— Oh, c'est des pauvres cons !

— Oh, *si* ? Pourtant, ce matin, t'as même pas fini ton petit déjeuner, tellement t'étais pressé de les voir.

Bonne fille, elle posa les mains sur celles de Jack, qui s'évertuait à pétrir la pâte.

— Regarde, fais comme moi... Vous vous êtes battus ?

— J'aime pas Rachel Covington. Enfin... je l'aime pas... Non, je l'aime pas, j'aime pas les filles.

— C'est pour ça qu'ils se moquaient de toi ?

— Moi, je l'ai défendue, c'est tout, parce que, elle, elle avait trop peur de se défendre toute seule.

— Ah, ben alors, ça m'étonne plus qu'elle soit tombée amoureuse de toi, *querido*.

Jack regarda la brave femme d'un air dubitatif.

— Cora, pourquoi elles sont comme ça, les filles ? Pourquoi elles peuvent pas dire « merci », tout simplement, et vous lâcher les baskets ?

Corazon répondit par un exemple :

— Tu vois ta mère ? Elle a toute une liste de personnes à qui elle envoie ses vœux à Noël, les gens lui répondent, et chaque année, sa liste devient plus longue...

— Ouais, grogna Jack, et c'est moi qui dois lécher les timbres.

— Respecte ta mère, s'il te plaît, le réprimanda-t-elle. Bon, ben tu vois, l'amour, c'est pareil. Une fois que tu l'as donné, même comme ça, sans le vouloir, tu es sur cette liste pour toujours.

— Et si moi, j'ai pas envie d'envoyer une carte à Rachel ?

Corazon éclata de rire.

— On ne sait jamais. Peut-être qu'elle va continuer à attendre. Mais peut-être qu'un jour elle va te rayer de la liste.

— Moi, j'ai pas envie qu'elle soit amoureuse de moi. Je vais lui dire d'arrêter.

— Tu peux toujours lui dire, ça empêchera rien.

Furieux, Jack donna un grand coup sur la pâte.

— Pourquoi ?

— Parce que c'est son cœur à elle, répondit Cora, et que c'est elle qui choisit celui à qui elle le donne.

Il n'était pas rare qu'Annalise St Bride rentre accompagnée d'une protégée, une femme en robe moulante et hauts talons arrachée à un proxénète de la Septième Avenue. Souvent, la femme en question essayait de cacher une lèvre fendue ou un nez cassé, serrée étroitement dans sa honte comme dans son manteau acheté en solde. Elle restait dans le cocon de la maison des St Bride pendant une semaine, puis, un beau jour, elle émergeait de la chambre d'amis vêtue d'un Levi's et d'une chemise large, les cheveux remontés en queue de cheval, le visage en voie de guérison, dégagé et nettoyé de tout maquillage. Jack était toujours stupéfait de la transformation. Les ouailles de sa mère arrivaient avec un physique de vieille dame et repartaient en adolescentes.

C'étaient des prostituées. Jack n'était pas censé le savoir, parce qu'il n'avait que dix ans et que ses parents faisaient comme si ces choses-là n'arrivaient pas à New York. On niait leur existence, au même titre que celle des agresseurs, des rats à Central Park ou du maire démocrate. Et l'enfant n'était pas autorisé à entrer dans les appartements de ses parents. Telle Florence Nightingale, sa mère se dépensait sans compter, portait de la soupe et des vêtements à ses protégées, ainsi que des livres écrits par des femmes du nom de Betty Friedan ou Gloria Steinem, dont son père avait dit un jour que c'étaient des mal baisées. Mais même s'il était entendu qu'il devait faire semblant de croire que les putains abritées à l'étage étaient des sortes de cousines de passage, et même si son père regardait ailleurs lorsque sa mère s'embarquait dans une aventure de ce genre, il connaissait la vérité… et il en avait conçu un certain malaise.

Comme toujours, lorsque l'appartement était propre et le pain au four, un parfum d'impatience se répandait dans toutes les pièces. Jack s'assit sur les marches de l'escalier et passa en revue ses cartes de base-ball sans les regarder vraiment. On attendait un invité, il le savait. Mais lui, il se demandait sur qui on allait tomber, cette fois.

À quatre heures moins le quart, sa mère rentra. Et la femme qu'elle amenait avec elle n'était pas du tout une femme.

D'abord, elle était plus petite que lui. Ses yeux étaient si grands et si noirs qu'ils dominaient tout son visage, et sa petite bouche blanche avait une moue d'une tristesse infinie. Ses mains s'agitaient sur ses flancs comme si elles cherchaient désespérément à se raccrocher à quelque chose.

— Voici Emma, la présenta sa mère.

Pour toute réponse, la fillette tourna les talons et s'enfuit pour se cacher dans l'ascenseur.

Ce qui la différenciait le plus des autres, c'était qu'elle n'avait pas envie d'être là.

— Très bien, déclara Annalise, dans ce cas, j'irai en prison.

Joseph St Bride soupira.

— Annie, je sais que ça te fend le cœur. Mais tu ne peux arracher une enfant à ses parents sans la permission de la Protection de l'enfance.

— Tu l'as vue ? Qu'est-ce que tu voulais que je fasse d'autre ? (Sa voix devint presque inaudible, de sorte que Jack, qui écoutait à la porte de la bibliothèque, eut le plus grand mal à entendre la suite.) Elle a neuf ans, Joseph. Elle a neuf ans et son oncle de quarante ans la viole.

Jack avait entendu parler du viol. Il était difficile de vivre avec sa mère, la reine de la lutte contre la violence envers les femmes, sans être au courant. Le viol avait un rapport avec le sexe, et le sexe était une chose tellement sale qu'il était interdit d'y penser. Il essaya de se représenter Emma, la fille qu'on avait dû porter en haut, tellement elle se débattait, en train de faire ça avec un adulte. Il en eut des haut-le-cœur.

— Va voir toi-même ! entendit-il hurler sa mère.

Sans crier gare, ils sortirent en trombe de la bibliothèque, si absorbés par leur dispute que, par bonheur, ils ne s'aperçurent pas de sa présence.

Jack monta à leur suite à pas de loup et s'arrêta devant la porte de la chambre où se trouvait Emma. Ils l'avaient enfermée. Jamais, au cours de son activité militante, sa mère n'avait enfermé ses protégées.

Son père frappa un coup léger à la porte.

— Bonjour, Emma, dit-il d'une voix douce, je suis le mari d'Annalise.

Emma répondit par un cri perçant qui se répercuta en écho dans la tête de Jack, un cri si strident qu'il pensa qu'il avait dû briser tous les verres de cristal de la maison.

— Sors ! aboya Annalise. Tu vois bien qu'elle a peur de toi !

Joseph s'exécuta et ferma la porte derrière lui. À la vue de son fils, il dit :

— Je regrette que tu aies entendu ça.

Jack, qui s'était assis sur une marche, répliqua :

— Moi, c'est plutôt pour Emma que je regrette.

Annalise alla devant les tribunaux et obtint la garde temporaire d'Emma. Un mois passa, au bout duquel la fillette commença à manger et à avoir meilleure mine. Mais, toutes les nuits, elle essayait de s'échapper.

Un jour, on la retrouva sous l'escalier, là où Jack et ses copains aimaient à trouver refuge. Un autre jour, ce fut dans le local à poubelles. Une autre fois encore, elle eut le temps d'atteindre le hall de l'immeuble avant d'être rattrapée par Corazon.

Sa mère disait que c'était parce que Joseph lui rappelait trop de mauvais souvenirs.

— Tu ne vas quand même pas me demander de quitter ma propre maison ! avait tonné ce dernier, mettant le feu aux poudres et déclenchant une nouvelle dispute mémorable.

Jack se garda de tout commentaire, mais il se dit que sa mère aurait dû arrêter de s'inquiéter de ce que fuyait Emma et se demander plutôt où elle voulait aller quand elle s'enfuyait.

Il trouva un stratagème. Il tendit un fil de pêche en Nylon devant la porte de la petite fille. Comme prévu, il fut réveillé par un bruit de chute étouffé. Il sauta hors du lit et retrouva Emma étalée par terre, tout habillée.

Elle le regarda comme si elle réfléchissait pour savoir si elle pouvait lui faire confiance ou, au contraire, si elle devait avoir peur de lui.

— T'inquiète, chuchota Jack, je ne dirai rien.

— Merde ! proféra Emma, sourcils froncés.

Ce mot paraissait aussi incongru, sorti de sa petite bouche, que si une nuée de mouches s'en était envolée. Il tendit une main secourable à la petite fille, mais elle se releva en évitant de le toucher.

— Je reste pas ici ! vitupéra-t-elle.

— OK.

— Tu peux pas m'empêcher de partir.

— Je t'en empêche pas, répliqua Jack en croisant les bras pour se donner l'air détaché.

Emma passa devant lui. Il se dit que si sa mère découvrait ce qu'il était en train de faire, ce serait sa fête.

La fillette descendit l'escalier sans bruit.

— Emma ! la rappela-t-il à voix basse.

Elle se retourna.

— T'aimes bien le base-ball ? lui demanda-t-il.

Il n'appréciait pas la compagnie des filles et il aimait encore moins leur offrir des cadeaux ou ce qu'elles pouvaient considérer comme tels. Mais il conclut un marché avec Emma. Chaque fois qu'elle surmonterait son envie de s'enfuir la nuit, il lui donnerait deux cartes de base-ball. Heureusement, il ne perdrait pas ses bonnes cartes, parce qu'elle n'y connaissait rien ; par exemple, elle ne savait pas que Steve Renko et Chuck Rainey étaient nuls.

Assis par terre dans sa chambre, il faisait son éducation en la familiarisant avec les clubs et leurs performances.

Elle n'était pas très bavarde. Lorsqu'elle se décidait à ouvrir la bouche, c'était pour dire des choses bizarres. Elle lui racontait qu'elle entendait des coups dans le mur quand ses parents faisaient l'amour, et il était dégoûté. Elle lui disait que Corazon ne savait plus ce que c'était que d'avoir un homme dans son lit. Il avait l'impression qu'elle voulait le choquer. Chaque fois qu'elle lui tenait ce genre de discours, il la regardait, pétrifié, comme s'il revoyait les mouches sortir de sa bouche, et il ne répondait pas.

Une nuit, il se réveilla et aperçut Emma debout près de son lit.

— Tu t'es pas réveillé ! lui dit-elle.

Il regarda l'heure. Il était deux heures du matin.

— Excuse-moi, murmura-t-il en s'asseyant dans son lit.

Puis la mémoire lui revint : il n'avait plus de cartes à lui donner.

— Je t'ai donné la moitié de mes cartes, Emma. Je n'en ai plus d'autres.

— Oh ! fit-elle, toute petite dans la robe de chambre qu'il lui avait prêtée et dont la ceinture faisait deux fois le tour de sa taille.

Jack s'assit sur le bord du lit.

— Bon, ben si tu veux partir, vas-y.

Emma baissa la tête. C'était une enfant étrange, toujours en train d'étudier les détails les plus infimes. Elle connaissait exactement le nombre de taches de rousseur qu'il avait sur l'oreille, et elle savait que, sur la troisième marche de l'escalier, il y avait une fente en forme de W.

— Peut-être la nuit prochaine… répondit-elle.

Une semaine plus tard, ils étaient couchés côte à côte sur son lit. Mais leurs corps ne se touchaient pas. Emma laissait toujours un espace de quelques centimètres entre elle et tous ceux avec qui elle entrait en contact. Jack l'avait noté dès le début.

— T'as une copine ? s'enquit la petite fille.

— Non.

— Pourquoi ?

Jack haussa les épaules.

— J'aime pas les filles.

— Mais moi, tu m'aimes bien.

Ouais, peut-être. C'était vrai. Il la regarda. Il se décida à lui poser la question qui brûlait ses lèvres depuis le début.

— Si tu partais, tu partirais où ?
Elle ne fit pas semblant de ne pas comprendre.
— Chez moi. Où tu veux que j'aille ?
De toutes les réponses possibles, il ne s'était pas attendu à celle-là.
— Mais… tu ne peux pas, balbutia-t-il. Tu t'es sauvée !
Emma battit des cils.
— C'est ta mère qui m'a emmenée de force, répliquat- elle. Tu crois que c'est moi qui voulais partir ?
Jack sentit la chaleur monter dans sa nuque.
— Tu n'étais pas en sécurité là-bas. Ton oncle…
— Il m'aime, l'interrompit-elle avec véhémence. Il m'aime.
Jack aurait parié toutes les cartes de base-ball qui lui restaient qu'Emma ne se rendait même pas compte qu'elle pleurait.

Jack retrouva Corazon dans la buanderie, en train de séparer le blanc des couleurs.
— Dis, maugréa-t-elle, si je te répète pour la deux millième fois de retourner tes affaires à l'endroit avant de les mettre dans le panier à linge, tu le feras ?
Négligeant de répondre, il s'assit d'un bond sur le sèchelinge et se mit à balancer les jambes.
— Je peux te poser une question ? dit-il.
— Vas-y.
— Comment on sait si on aime quelqu'un ?
Corazon s'interrompit dans sa tâche.
— Ben, c'est pas facile, comme question, avoua-t-elle. D'habitude, on s'en rend compte tout seul.
— Quand on aime quelqu'un, on a envie de prendre soin de cette personne, non ?
Elle eut un sourire furtif et s'enquit, malicieuse :
— Est-ce que t'aurais changé d'avis à propos de Rachel Covington ?

— Et quand on aime quelqu'un, on ne veut pas lui faire du mal ? insista-t-il.

— Non, mais, de toute façon, on lui fait toujours du mal sans le vouloir.

D'accord. Tout ça, c'était clair comme du jus de chaussettes. Jack remercia Cora et monta à l'étage. La porte d'Emma était fermée, comme d'habitude. Mais il vit qu'elle avait réussi à sortir sans bruit quand tout le monde avait eu le dos tourné, car un paquet de cartes de base-ball soigneusement ficelé avait été glissé sous la porte de sa propre chambre.

C'est ainsi qu'il sut qu'elle projetait de partir.

Jack se dit que les paupières, ça devait peser vraiment très lourd, parce qu'il n'arrivait pas à les garder ouvertes après minuit. Le seul moyen, c'était de bouger. Il fit une nouvelle série de cinquante pompes, puis se mit à arpenter sa chambre. Il ne pouvait courir le risque de s'endormir maintenant. Ses parents venaient de se coucher, et il savait qu'Emma s'assurerait qu'il étaient bien endormis avant de prendre la poudre d'escampette.

À une heure vingt, il s'exhorta au courage et se dirigea vers la chambre de la petite fille. C'était la première fois qu'il pénétrait dans son espace au lieu de la laisser venir dans le sien. Et, bien qu'il n'eût qu'une vague idée de ce qui avait dû se passer entre Emma et son oncle, il supposait que cela avait dû avoir lieu dans son lit à elle.

De deux choses l'une : soit sa tactique fonctionnerait, soit elle se mettrait à hurler si fort que tout l'immeuble se retrouverait sens dessus dessous.

Il tourna la clé dans la serrure et se glissa dans le rai de lumière venu du couloir. Il fallut une seconde à Emma pour tourner vers lui des yeux immenses. Il la vit se contracter.

— Chut, fit-il, ce n'est que moi.

Mais la petite fille n'en parut pas plus rassurée. Elle resta couchée dans son lit, raide et muette.

— Je peux m'asseoir ?

Elle ne répondit pas. Avec un serrement d'estomac, Jack comprit que jamais personne ne lui avait demandé la permission. Le matelas s'affaissa sous son poids, faisant rouler le petit corps rigide contre son genou plié.

— Je voudrais te montrer quelque chose, chuchota-t-il. Je voudrais te montrer qu'on n'est pas forcé de te faire du mal quand on t'aime.

Il se jeta à l'eau et lui prit la main.

Elle se raidit de plus belle. C'était la première fois qu'ils se touchaient, en dehors de contacts accidentels. Elle s'attendait évidemment qu'il fasse autre chose, quelque chose de dégoûtant qu'il n'avait pas envie de se représenter dans sa tête. Mais il se contenta de rester assis immobile auprès d'elle, avec ses doigts mêlés aux siens. Au bout d'un moment, l'autre main d'Emma vint recouvrir la sienne et, bientôt, elle se blottit dans ses bras, comme une enfant, l'enfant qu'elle avait oublié d'être.

29 juin 2000,
Prison du comté de Carroll,
New Hampshire

Jack fit un nœud coulant à sa cravate et le serra étroitement, en essayant de toutes ses forces de ne pas penser à l'image que ce geste évoquait. Non, il n'était pas en train de se mettre la corde au cou. Les yeux rivés à ceux de l'étranger qu'il voyait dans la glace, il lissa la soie de sa cravate. Un blazer bleu, un pantalon kaki, des mocassins, une cravate... Cette tenue était devenue son uniforme de procès. Et l'homme qui lui rendait son regard était quelqu'un qui savait que le système judiciaire ne fonctionnait pas.

Il entendit cogner contre le mur de la salle de bains.

— Grouille-toi, cria un surveillant, tu vas être en retard !

Jack cligna deux fois des yeux. L'homme du miroir cligna deux fois des yeux. Il leva la main vers son front, là où ses cheveux commençaient à friser sous l'effet de l'humidité. Il se dit qu'il était temps d'y aller.

Mais ses pieds ne bougèrent pas, coulés dans le sol de ciment. Il se cramponna au bord du lavabo et essaya de bouger une jambe, mais en vain. Il était paralysé par la peur.

Le surveillant passa la tête dans la pièce. Humilié, Jack rencontra ses yeux dans la glace et voulut parler mais il s'aperçut qu'il en était incapable.

Le gardien posa une main légère sur son bras et le tira pour l'aider à se mettre en marche.

— Excusez-moi, murmura Jack.

L'homme haussa les épaules.

— T'es pas le premier à qui ça arrive, dit-il.

— Et n'oublie pas de dire le plat du jour à Darla quand tu te seras décidé, recommanda Addie.

Roy la prit par la taille.

— On s'en sortira très bien sans toi.

Il était fier de sa fille, très jolie avec son ensemble bleu pâle, ses talons plats et ses cheveux bruns coiffés en arrière, attachés par une barrette dorée. Comme ça, elle ressemblait à une femme d'affaires, pas du tout à une serveuse.

— Tu es drôlement belle, lui dit-il. Jack, il pourra pas te quitter des yeux.

— Jack ne me verra même pas. Je ne serai pas autorisée à entrer dans la salle d'audience, en tant que témoin.

Se ravisant soudain, elle enleva sa veste d'un geste brusque.

— Et puis zut ! fit-elle en prenant son tablier derrière le comptoir. Ça ne sert à rien que j'y sois toute la journée, ça va me rendre folle. Au moins, ici, je serai occupée...

— Occupée ? l'interrompit Roy. Mais tu passeras ton temps à penser à ce qui se passe au tribunal ! Faut que t'y ailles, Addie. Toi, tu représentes quelque chose... tu es comme un phare qui montre la lumière aux autres. Ou alors, disons que tu es une ancre, on s'accroche à toi pour pas perdre pied. C'est grâce à toi qu'on reste debout. Et en ce moment, Jack, il a rudement besoin de pouvoir s'accrocher à quelque chose. (Il lui tendit sa veste.) Allez, vas-y.

— Il n'est que six heures et demie, papa. Le tribunal n'ouvre qu'à neuf heures.

— Alors, t'as qu'à pas rouler vite.

Il retourna à sa cuisine. Addie se retrouva seule dans la salle éclairée par le pâle soleil du matin. Peut-être que si elle arrivait de bonne heure, elle pourrait trouver l'entrée par laquelle on amenait les détenus. Peut-être pourrait-elle être là quand on introduirait Jack et échanger un regard avec lui.

Tout à coup, sous le tabouret de bar sur lequel elle aimait à installer Chloé en pensée, elle aperçut quelque chose. Un genre d'herbes marron ratatinées, desséchées. Elle mit un moment à reconnaître le petit bouquet qu'elle avait confisqué un jour à Gillian Duncan, enfoui dans son tablier et oublié. Inexplicablement, lorsqu'elle porta ces fleurs mortes à son nez, elles dégagèrent un parfum aussi odorant que des fleurs fraîches.

Amos Duncan dévala les escaliers tout en aplatissant sa cravate contre son ventre.

— Gillian, cria-t-il par dessus son épaule, on va être en retard !

Il mit le cap sur la cuisine. Il lui fallait sa tasse de café avant d'affronter l'épreuve qui les attendait. Gillian serait le premier témoin cité à comparaître par Houlihan. À la pensée de voir sa fille témoigner devant des centaines d'yeux, y compris celui d'une caméra de télévision, plus ceux des douze hommes et femmes composant le jury… eh bien, il avait envie de tuer quelqu'un, St Bride en particulier.

Il aurait donné n'importe quoi pour témoigner à sa place, mais, hélas, il ne pouvait que la regarder subir cette épreuve. Il devrait se contenter d'être spectateur, comme tout le monde, et d'attendre le dénouement.

Il fut accueilli par une odeur de café lorsqu'il pénétra dans la cuisine. Gillian était déjà installée, vêtue de la tenue blanche, virginale, que Houlihan lui avait conseillée. Cachée derrière une barrière de boîtes de céréales multicolores, elle mangeait ses corn-flakes. Amos se servit son café, noir, comme il l'aimait. Puis il s'assit en face de sa fille réfugiée derrière son rempart en carton.

Il repoussa la boîte de Life Cereals. En le voyant déplacer les Lucky Charms, Gillian s'arrêta de mâcher. Lorsqu'il eut enlevé les corn-flakes, il l'aperçut enfin. Elle avait les joues rouges.

– Gilly, murmura-t-il, faisant passer tout ce qu'il avait à lui dire dans ce simple mot.

Gillian prit les boîtes une à une et les replaça devant elle en reconstituant la barrière que son père avait détruite. Elle reprit ensuite sa cuiller et continua son repas comme s'il n'existait pas.

— Sydney ! hurla Matt à pleins poumons.

Il tenait Molly à bout de bras, une Molly braillante et baveuse qui voulait à toute force lui donner le biscuit qu'elle était en train de mâchouiller.

— Non, pas ça, espèce de petit monstre ! C'est mon seul costume mettable.

Sa femme apparut, les bras encombrés de linge.

— Qu'est-ce qui t'arrive ?

— Tiens, prends ça, répondit-il en déposant le bébé au milieu du linge. Je n'ai pas envie qu'elle me bousille mon costume, on m'attend au tribunal.

Sydney effleura la tête de son enfant du bout des lèvres.

— Mais elle voulait juste te donner son porte-bonheur, hein, mon bébé ?

— J'en veux pas, de son gâteau !

La jeune femme le regarda avec commisération.

— Je connais quelqu'un qui va le prendre très, très mal si le jury prononce un acquittement, soupira-t-elle.

Matt ramassa ses dossiers et les rangea dans son porte-document.

— Non, je suis à la bourre, c'est tout ! répliqua-t-il.

Il se pencha pour l'embrasser et passa une main légère sur le duvet qui recouvrait la tête de sa fille.

Sydney le suivit jusqu'à la porte d'entrée et recommanda à Molly blottie dans ses bras :

— Allez, dis au revoir, bébé, papa va faire enfermer les méchants.

Charlie inspira profondément et frappa au battant de la salle de bains. La porte s'ouvrit, laissant échapper un nuage de vapeur jusque dans le couloir. Sa fille apparut, tout humide encore de sa douche.

— Qu'est-ce que tu veux ? C'est pour la fouille corporelle que tu viens, c'est ça ? l'apostropha-t-elle.

Elle ouvrit la porte en grand et écarta les bras, faisant glisser la serviette dont elle s'était entourée.

Charlie ne sut que répondre. Il ne reconnaissait pas cette fille qui ne se conduisait plus comme sa fille. Il opta donc pour le pratique, le fonctionnel, en feignant de croire que le mur qui s'était élevé entre eux n'existait pas.

— Tu n'as pas vu mon insigne ? prétexta-t-il. J'en ai besoin pour le tribunal.

— Non, je ne l'ai pas vu, répondit sèchement Meg en lui tournant le dos.

Charlie ne renonça pas pour autant. Il passa la tête à l'intérieur en balayant la pièce des yeux.

— Qu'est-ce qu'il y a, papa ? s'étonna sa fille. Ah, d'accord. Tu ne me crois pas, c'est ça.

— Meg...

Il la croyait, là était le problème. Il lui suffisait de la regarder pour la revoir, secouée de sanglots, évoquer le souvenir de l'agression sexuelle dont elle avait fait l'objet. Il regrettait amèrement de ne pouvoir remonter la machine du temps. Il avait envie de retourner fouiller le placard de la chambre et de ne jamais retrouver cette foutue Thermos. Il avait envie de l'enfermer à double tour pour que jamais il ne lui arrive le moindre mal.

Il n'avait pas abordé le sujet de l'atropine. Lui qui avait déjà du mal à échanger avec elle des paroles anodines n'osait évoquer un sujet aussi épineux.

— Finalement, c'est peut-être bien moi qui l'ai, ton insigne, poursuivit Meg, les yeux pleins de larmes. Peut-être que je l'ai caché au fond de mon placard.

Charlie, désemparé, fit un pas vers elle.

— Meg, ma chérie, tu entends ce que tu dis ?

— Pour quoi faire ? Et toi, tu entends ce que je dis ?

Sur ce, elle éclata en sanglots si déchirants que Charlie en ressentit une douleur dans la poitrine. Il la prit dans ses bras comme lorsqu'elle était petite et qu'elle croyait que des monstres se cachaient sous son lit. « Les monstres n'existent pas », lui répétait-il à l'époque, alors qu'il aurait dû lui dire : « Les monstres n'existent pas ici. »

Soudain, elle se raidit dans ses bras.

— Ne me touche pas ! dit-elle en se détachant de lui. Ne me touche pas !

Elle le repoussa et courut se réfugier dans sa chambre.

Au moment où elle ouvrait la porte à la volée, il vit un objet briller par terre. Son insigne, qui avait dû tomber lorsqu'il s'était lavé les mains. Il le ramassa, l'accrocha, puis s'examina dans la glace. L'insigne brillait en jetant des reflets argentés, bien fixé à l'endroit requis sur sa poitrine… comme un bouclier qui recouvrait son cœur, mais qui s'était révélé incapable de le protéger.

— Merde, fit Jordan, ils nous ont pris de vitesse.

Selena eut un mouvement de surprise à la vue des marches du palais de justice envahies de photographes et de cameramen.

— On peut entrer par-derrière ? lui demanda-t-elle.

— Je ne peux pas me défiler, répondit-il en coupant le moteur, tu le sais très bien.

Ils sortirent de la voiture. Selena remonta ses chaussettes et Jordan enfila sa veste.

— On y va ?

Les journalistes formaient une espèce pire que celle des mouches noires, ces insectes répugnants qui déboulaient du Nord-Est chaque été pour quelques semaines et qui se posaient sans vergogne sur votre nez, dans vos oreilles et dans vos yeux comme s'ils étaient chez eux.

Jordan arbora un sourire de façade et entreprit de gravir les marches de pierre creusées par les pas de tous les gens qui les avaient montées et descendues pleins d'espoir ou parfaitement désemparés.

— Maître McAfee, l'apostropha une voix féminine, pensez-vous que votre client sera acquitté ?

— Oui, bien sûr, répondit-il d'une voix onctueuse.

— De quels arguments userez-vous, sachant qu'il a déjà été emprisonné une première fois pour agression sexuelle ? cria une autre voix.

— Vous n'avez qu'à me suivre à l'intérieur, vous verrez bien ! répliqua Jordan avec un sourire.

La presse l'aimait. Il était insolent et photogénique, et il maîtrisait l'art de l'interview éclair. Il se fraya un passage au milieu des appareils photo et des micros tout en se demandant si Selena était loin derrière.

À une marche du sommet, une femme en turban rouge vif l'arrêta.

— Maître McAfee, glapit-elle, est-ce que vous savez que rien qu'aux Etats-Unis, il y a eu cent trente-deux mille plaintes pour viol l'année dernière, et qu'en faisant une estimation du nombre de cas n'ayant pas fait l'objet d'une plainte, on peut dire que, dans notre pays, il y a eu sept cent cinquante mille femmes violées ?

— Oui, répondit Jordan en rencontrant son regard, mais pas par mon client.

Jack était assis au fond de la petite cellule installée près du bureau du shérif, sous le palais de justice. Son avocat le surprit en train de se ronger l'ongle du pouce, les yeux baissés sur le bout de ses chaussures.

— Bonjour, Jack, dit Jordan d'une voix douce.

Il fut impressionné par la tenue élégante de son client. Mais il était vrai que les blazers BCBG, avec cravate et mocassins assortis, faisaient partie des signes distinctifs de sa classe sociale.

— Ça va ? Vous êtes prêt ? poursuivit-il en affichant un sourire confiant.

— Je pense que oui.

— Je n'ai pas à vous dire ce qui va se passer, vous avez déjà vécu cette épreuve. Vous allez entendre une quantité d'absurdités, et l'important est que vous conserviez votre calme. Si vous avez le malheur d'exploser, le procureur saisira aussitôt cette perche pour prouver que vous n'attendez que l'occasion de laisser éclater votre violence.

— Je n'exploserai pas.

— Et rappelez-vous que c'est nous qui passons en dernier, ajouta Jordan. C'est ce qu'il y a de bien dans notre boulot de défenseur.

— Et moi qui croyais que ce qu'il y avait de bien dans votre métier, c'était qu'il vous donnait l'occasion de fraterniser avec des gens fascinants !

Jordan émit un rire surpris, mais il vit que son client posait sur lui un regard sévère et intense.

— Savez-vous que la peine moyenne infligée à un délinquant convaincu d'un délit avec violence est de cent cinq mois ? demanda Jack.

— Et vous tenez ça d'où ?

— C'est le Bureau des statistiques judiciaires qui le dit. Plus d'un million d'adultes ont été condamnés l'année dernière.

— Peut-être que cette année ils ne seront que neuf cent quatre-vingt-dix-neuf mille neuf cent quatre-vingt-dix-neuf.

Un silence embarrassé s'installa entre eux, ponctué par les quintes de toux d'un détenu, à deux cellules de là. Jordan soupira.

— Je me dois d'insister une dernière fois, Jack. Vous ne m'avez toujours pas donné beaucoup de grain à moudre. Mais vous savez qu'il y aura six hommes dans le jury. Tous ces hommes se seront déjà trouvés dans une situation où, au moment de passer à l'acte avec une femme, la femme aura changé d'avis à la dernière minute. C'est facile à utiliser comme défense contre une accusation de viol... Vous êtes absolument certain de ne pas vouloir plaider le consentement ?

— Jordan, vous voulez me rendre un service ?

L'avocat opina du chef et Jack lui décocha un regard froid.

— Ne me posez plus jamais cette question, dit-il.

Matt farfouilla dans son porte-documents à la recherche de ses notes et les retrouva collées par les reliefs desséchés d'un biscuit écrasé. Dodelinant de la tête, il entreprit de détacher une à une les pages de son bloc.

— Oh, fit Jordan McAfee qui passait devant le banc de l'accusation. La dernière fois que j'ai vu un truc pareil, c'était à la fac de droit. Un mec avait mis ses gâteaux dans le porte-documents du juge à qui il allait servir de greffier.

— C'était un copain à vous, sûrement, grommela Matt.

— En fait, je crois qu'il est devenu avocat. (Jordan réprima un sourire en voyant une feuille se transformer en dentelle.) Doucement, ce serait dommage de détruire votre aide-mémoire à mensonges.

— McAfee, je pourrais gagner ce procès même en dormant.

— En effet, je crois que c'est ce que vous faites, puisque vous êtes en train de rêver tout haut...

Jordan plongea la main dans sa serviette et en sortit un paquet de mouchoirs en papier qu'il posa devant le procureur.

— Tenez, dit-il, une proposition de paix.

Matt prit un mouchoir et essuya les miettes de biscuit sur son bloc. Puis il rendit le paquet à l'avocat en lui décochant :

— Gardez ça pour consoler votre client après sa condamnation.

Une porte latérale s'ouvrit sur Jack, escorté d'un policier qui le conduisit jusqu'au siège voisin de celui de Jordan. Les menottes déparaient quelque peu son blazer et sa cravate. Lorsque le policier les défit, Jordan remarqua que son client, très nerveux, transpirait abondamment.

— Détendez-vous, lui recommanda-t-il.

Ce conseil frisait l'impossible. La salle était comble. Des journalistes venus du fin fond du pays s'apprêtaient à rendre compte du procès, et un bon nombre d'habitants de la région s'étaient déplacés pour s'assurer que les mœurs de la ville de Salem Falls étaient toujours aussi pures qu'avant. Amos Duncan, depuis sa place derrière le banc de l'accusation, gardait les yeux braqués sur Jack. Il pouvait bien y avoir près de deux cents personnes dans le prétoire, toutes hostiles au prévenu.

— Jordan, chuchota Jack, visiblement en proie à la panique, je le sens.

— Vous sentez quoi ?

— À quel point ils me haïssent.

Jordan se souvint alors que Jack n'avait jamais subi de véritable procès. Sa condamnation avait fait suite à une transaction : une audience désagréable, mais infiniment moins cruelle que celle qui allait suivre. Le système judiciaire paraissait bon sur le papier, mais en vérité, tant que Jack serait assis à côté d'un avocat, toute personne suivant son procès le considérerait comme coupable jusqu'à ce qu'il prouve son innocence.

Les six hommes et les huit femmes formant le jury ainsi que les remplaçants entrèrent solennellement par une porte latérale. Avant de choisir un siège, ils se tournèrent tous vers l'accusé et le dévisagèrent. Sous la table, Jack serra ses genoux dans ses mains.

— Mesdames et messieurs, la cour !

L'honorable Althea Justice fit son entrée et alla s'installer à sa place. Ses yeux gris et froids parcoururent la salle d'audience, détaillant les appareils photo, les caméras, les journalistes munis de leurs téléphones portables et la foule des habitants de Salem Falls.

— Mesdames et messieurs, déclara-t-elle, je vois que nous avons beaucoup de monde aujourd'hui. Nous allons donc commencer par mettre les choses au point. Au premier signe de comportement inapproprié (elle jeta un regard à l'un des photographes) ou à la première manifestation bruyante (elle regarda Amos Duncan), vous serez reconduits à la porte de la salle d'audience et vous resterez dehors pendant toute la durée du procès. À la moindre sonnerie de bipeur ou de téléphone cellulaire pendant un témoignage, je me chargerai de ramasser personnellement tous les appareils électroniques et de les faire brûler à l'extérieur du palais de justice. Enfin, je demande à tout le monde, y compris à la défense, de ne pas oublier que nous sommes dans un tribunal et non dans un cirque.

Baissant ses demi-lunes sur son nez, elle leva la tête.

— Monsieur le procureur, dit-elle, nous vous écoutons.

— En cette soirée du 30 avril 2000, Amos Duncan sort pour faire son jogging après avoir dit au revoir à sa fille âgée de dix-sept ans. Il s'inquiète bien un peu, chaque fois qu'il la laisse seule, mais il ne se fait pas trop de souci, car s'il a choisi de vivre à Salem Falls, c'est parce que c'est un endroit sûr, un endroit où on peut élever ses enfants en toute tranquillité. En quittant sa fille, Amos Duncan ne s'attend pas à la retrouver en larmes et en pleine crise d'hystérie, avec des vêtements déchirés, du sang plein le corsage, des cellules épithéliales sous les ongles, du sperme sur la cuisse. Il ne sait pas qu'elle sera amenée à déclarer à la police qu'elle vient d'être violée dans les bois de Salem Falls.

Matt s'avança lentement vers le jury.

— Grâce aux pièces à conviction que le ministère public va vous présenter aujourd'hui, nous établirons que, le 30 avril 2000, Gillian Duncan est sortie de chez elle à vingt heures quarante-cinq. Qu'elle a rejoint ses amies et qu'elle s'est rendue avec elles dans les bois, dans une clairière située derrière le cimetière de Salem Falls. Qu'elles ont allumé un petit feu de camp et qu'elles ont passé un moment ensemble, en s'amusant comme toutes les adolescentes. Et qu'au moment où elles s'apprêtaient à partir, peu après minuit, elles ont été surprises par l'irruption de cet homme.

Matt pointa le doigt vers Jack.

— Cet homme, Jack St Bride, s'est approché de l'endroit où s'étaient installées les jeunes filles. Il ne tenait pas bien sur ses jambes. Son haleine était chargée d'alcool. Il les a abordées en leur parlant sur le ton de la conversation, puis il a fini par s'asseoir auprès d'elles, par s'incruster au sein de leur groupe. Mais les jeunes filles étaient sur le point de rentrer, et lorsqu'elles l'en ont informé, il s'est levé et il est parti. Quelques minutes plus tard, Gillian et ses amies se sont séparées pour prendre des chemins différents. Gillian, par souci de sécurité, a décidé de rebrousser chemin pour aller jeter un peu de terre sur les braises encore fumantes du feu de camp. C'est à ce moment que Jack St Bride a surgi de l'ombre, l'a jetée à terre et l'a violée avec brutalité.

Matt se tourna de nouveau vers le jury.

— Mesdames et messieurs les jurés, mon nom est Matt Houlihan et je suis procureur adjoint de l'État du New Hampshire. Nous avons fait connaissance lors de la sélection du jury, mais je souhaite me présenter à nouveau, parce qu'il m'appartient, en tant que représentant du ministère public, d'apporter la preuve indubitable de ce crime. Jack St Bride a été accusé de viol contre Gillian Duncan… et ce n'est pas *moi* qu'il faut écouter.

Il sourit, de son sourire le plus convaincant, destiné à faire comprendre aux membres du jury qu'ils étaient en d'excellentes mains.

— Non, je vous engage plutôt à écouter Gillian Duncan, qui vous fera le récit de ce qu'elle a subi entre les mains de Jack St Bride. Vous écouterez également ses amies qui étaient présentes cette nuit-là. Vous écouterez l'inspecteur qui a retrouvé Gillian après l'agression, et qui a enquêté sur les lieux du crime. Vous écouterez le témoignage d'un expert qui a procédé aux analyses de l'ADN des éléments de preuve recueillis sur les lieux du crime. Vous écouterez le médecin qui a examiné Gillian Duncan après l'agression. (Matt dévisagea les membres du jury les uns après les autres.) Vous écouterez tous ces intervenants avec attention, mesdames et messieurs, car au terme du présent procès, je vous demanderai de déclarer M. St Bride coupable... et je ne doute pas que tous ces témoignages vous auront convaincus de sa culpabilité.

Matt retourna s'asseoir, sous le regard appuyé de Jordan. Les membres du jury savaient qu'après cet exposé liminaire son tour était venu d'intervenir, et tous les yeux étaient tournés vers lui. Il s'accorda cependant quelques instants de silence, comme s'il voulait, lui aussi, se pénétrer des paroles de Houlihan.

— Vous savez, dit-il sur le ton de la conversation, si les seules preuves qu'il vous sera donné d'entendre sont celles que M. le procureur a énoncées dans son exposé, je suis d'accord avec lui à cent pour cent. À en juger par tout ce qu'il a dit... ah ça, oui, il ne fait aucun doute que c'est bien Jack St Bride qui a commis ce crime. Cependant, il y a toujours deux versions d'une même histoire. Et vous n'allez pas entendre uniquement la version du ministère public sur les événements de cette nuit-là, vous allez également entendre la version de M. St Bride.

Il posa une main légère sur le rebord du box du jury et reprit :

— Je m'appelle Jordan McAfee, et je suis ici pour représenter Jack St Bride. Et, de même que M. le procureur Houlihan, je vous demande d'écouter attentivement tout ce qui sera dit ici... mais je voudrais également vous rappeler qu'il ne faut jamais se fier aux seules apparences...

Sans crier gare, il se pencha sur l'une des jurées en faisant le geste d'attraper un objet dissimulé derrière son oreille. Puis il recula en brandissant une pièce de monnaie, sous le regard stupéfait de la brave femme rougissante.

— Objection ! cria Matt. Assistons-nous à un exposé liminaire ou à un spectacle d'illusionnisme ?

— Maître McAfee ! intervint la juge. N'ai-je pas dit tout à l'heure que nous nous trouvions dans une salle d'audience et non au cirque ?

— Je vous demande pardon, Votre Honneur, mais je voulais simplement faire une petite démonstration. (Jordan exhiba la pièce en souriant.) Nous savons tous que cette pièce, je ne l'ai pas sortie de la tête du juré numéro trois. Et pourtant, c'est tout à fait l'impression que nous avons eue. Comme je viens de le dire, il ne faut pas se fier aux apparences. Même lorsque vous êtes impliqués vous-mêmes.

Il lança la pièce en l'air en lui imprimant un mouvement de rotation, et elle parut disparaître purement et simplement.

— Gardez toujours cela à l'esprit lorsque vous écouterez les témoins oculaires produits par le ministère public.

Matt bondit.

— Objection !

— Pour quelle raison, monsieur le procureur ? s'enquit la juge.

— Votre Honneur, la crédibilité des témoins se trouve entre les mains du jury. Ce n'est pas à maître McAfee de décider quels sont les témoignages crédibles et ceux qui ne le sont pas... particulièrement lors d'un exposé liminaire.

Elle leva un sourcil.

— Monsieur le procureur, pourrions-nous en passer par cet exposé liminaire sans nous éterniser ?

— Je demande que mon objection soit prise en compte, Votre Honneur, insista Matt d'un ton sec.

— Objection rejetée. (Elle se tourna vers Jordan.) Poursuivez.

Jordan s'exécuta.

— Écoutez bien tout ce qui sera dit, recommanda-t-il aux membres du jury. Mais ne croyez pas tout ce que vous entendrez. Mettez en images dans votre tête les déclarations des témoins… mais ne partez pas du principe qu'elles correspondent à ce qui s'est réellement passé. Comme l'a dit M. le procureur, votre rôle, en tant que jurés, est crucial. Mais là où le procureur voudrait vous voir agir comme une éponge, je voudrais, moi, vous voir fonctionner comme un filtre. Je voudrais que vous vous demandiez qui était sur place. Que vous vous demandiez ce que les témoins ont vu. Et qu'ensuite vous vous demandiez si vous les croyez.

« Les pires, ce sont les victimes de viol », se dit Matt. Dans les affaires de vol et d'agression, au moment où les victimes se retrouvaient à la barre, elles étaient furieuses contre leurs agresseurs. Dans une affaire de meurtre, on ne pouvait évidemment faire témoigner la victime. Non, c'était uniquement dans les affaires d'agression sexuelle que les victimes devaient affronter leur agresseur à quelques centimètres d'eux, alors qu'elles subissaient encore le traumatisme de ce qu'il leur avait infligé.

— C'est lui, dit-elle, répondant à la dernière question du procureur, tout en pointant un doigt tremblant.

— Votre Honneur, reprit Matt, je souhaite qu'il soit établi pour les minutes que le témoin a identifié l'accusé.

Il alla se placer en face de l'adolescente, de façon à l'empêcher de voir St Bride.

— Gillian, que s'est-il passé ce soir-là ?

Gillian baissa la tête.

— J'ai dit à mon père que je rentrais chez moi, mais en réalité ce n'était pas vrai, avoua-t-elle. Nous avons toutes menti pour pouvoir sortir. Nos parents nous avaient interdit de sortir… à cause de tout ce qui se disait… mais c'était comme un défi pour nous.

— Où êtes-vous allées ?

— Dans la forêt, derrière le cimetière. Il y a un grand cornouiller… On a allumé un feu de camp et on s'est assises autour, en racontant des blagues, et en essayant… en essayant de tester notre bravoure.

— Qui était avec vous ?

— Meg. Et Whitney, et Chelsea.

— Quelle heure était-il ? demanda Matt.

— À peu près onze heures.

— Que s'est-il passé ensuite ?

— Après minuit, on a décidé… qu'il était temps de partir. On était en train d'éteindre le feu quand il est arrivé.

— Qui, Gillian ?

— Jack St Bride, répondit-elle dans un murmure.

— Comment était-il habillé ?

— Il avait un T-shirt jaune. Un jean et des bottes.

— Vous a-t-il dit quelque chose ?

— Il a souri, il a dit bonsoir.

— Lui avez-vous répondu quelque chose ?

— On avait peur. Parce que… on pensait à ce qu'on racontait sur lui… qu'il avait violé une fille…

— Objection, intervint Jordan. Ce ne sont que des rumeurs.

— Objection retenue. (La juge regarda le jury.) Veuillez ne pas tenir compte de cette dernière déclaration.

— Vous aviez peur, la pressa Matt.

— Oui… et tout d'un coup, il s'est approché de nous. Il avait un drôle d'air. Alors, nous, on n'a rien dit. On avait trop peur.

— Que s'est-il passé ensuite ?

Gillian parut revivre la scène et faire remonter tous ses souvenirs.

— Il a regardé le feu, dit-elle, et il s'est assis. Il nous a demandé si on faisait fondre des marshmallows. Je me souviens que j'ai pensé… que c'était une question vraiment innocente. Cet homme, on disait qu'il était dangereux, alors moi, je m'attendais à ce qu'il soit… un peu plus dangereux.

— Et ensuite, que s'est-il passé ?

— Je lui ai dit que nous étions sur le point de rentrer chez nous. Il a dit que c'était dommage. Ensuite, il a dit « Bonne nuit » et il est parti vers le bois.

— Vous souvenez-vous du chemin qu'il a emprunté ? demanda Matt en désignant une carte ouverte à côté d'elle.

Gillian mit le doigt sur une ligne qui partait vers le nord et ne menait pas au cimetière.

— Ce chemin-là.

— Et ensuite ?

— Quand il est parti, on s'est regardées, on était là, à se dire des choses du genre : « J'y crois pas, c'était lui ! » (Elle baissa les épaules d'un air abattu.) Ensuite, on est parties aussi.

— Quel sentier avez-vous emprunté ?

Gillian indiqua un chemin qui menait vers le nord-est, à l'extrémité du bois.

— J'ai pris par là, dit-elle, parce que c'est un raccourci pour rentrer chez moi. Mais les autres sont allées vers le cimetière, parce que c'était le chemin le plus rapide pour rentrer chez elles.

— Vous sentiez-vous nerveuse à l'idée de rentrer seule chez vous ?

— Non, répondit l'adolescente. Ce type, je savais bien qu'on le décrivait comme le diable en personne, mais comme il était parti, je n'avais plus de raison d'avoir peur.

— Qu'avez-vous fait ensuite ?

Les larmes jaillirent des yeux de Gillian. Matt, remué, regretta amèrement d'avoir à lui faire revivre ce cauchemar.

— J'avais déjà fait un petit bout de chemin, mais alors je me suis rappelé que je n'avais pas vérifié si le feu était éteint. D'accord, on l'avait recouvert, mais il fumait toujours un peu quand on est parties. Alors je me suis dit qu'il valait mieux que je retourne vérifier. (Sa voix faiblit.) Quand je suis arrivée à la clairière, elle était vide. J'ai jeté de la terre sur le feu, et c'est là que, d'un seul coup, il... il m'a attrapée par-derrière. Il s'était sans doute caché... ou alors... il m'avait suivie.

— Et ensuite, que s'est-il passé, Gillian ?

Elle émit un bruit de gorge étouffé, insupportable à entendre.

— Il m'a renversée par terre... et il a mis sa main sur ma bouche. Il m'a dit que si je faisais du bruit, il me tuerait. (Gillian tourna la tête et ferma les yeux.) Il m'a plaqué les mains au sol, au-dessus de ma tête, et il a déboutonné mon jean. Il... il a sorti un préservatif de sa poche et il m'a dit de le lui mettre.

— A-t-il libéré vos mains ?

— Oui. (Les larmes roulèrent le long de son visage, venant mouiller le col de sa robe.) J'ai fait semblant d'ouvrir la boîte, et je l'ai griffé sur la joue. J'ai essayé de me dégager. Mais il m'a attrapée par les poignets et il m'a renversée par terre, et il a mis le préservatif lui-même.

— Et ensuite ?

— Et ensuite... ensuite...

Elle se ratatina sur son siège et articula péniblement :

— Et ensuite, il m'a violée.

Matt laissa sa déclaration faire son effet avant de poser la question suivante :

— Combien de temps cela a-t-il duré ?

— Une éternité, murmura Gillian.

— A-t-il introduit son pénis dans votre vagin ?

— Oui.

— A-t-il éjaculé ?

— Je… je crois que oui. En tout cas, il s'est arrêté.

— Est-ce qu'il a dit quelque chose pendant ce temps ? demanda Matt.

— Non.

— Et vous ?

— Moi, je pleurais. Je ne pouvais pas le regarder.

— Avez-vous essayé de bouger ?

Gillian secoua la tête.

— Il me maintenait au sol, expliqua-t-elle. De toutes ses forces. Et à chaque fois que j'essayais de me dégager, il me plaquait encore plus fort par terre.

Les membres du jury écoutaient attentivement les paroles de la jeune fille, les yeux fixés sur elle.

— Que s'est-il passé quand ça a été fini ? poursuivit le procureur.

— Il s'est levé et il a remonté la fermeture de son pantalon, répondit Gillian en se recroquevillant sur ellemême. Il m'a dit que si j'en parlais à qui que ce soit, il me le ferait payer.

— Qu'avez-vous fait ?

— Je l'ai regardé partir, et après, j'ai compté jusqu'à cent et j'ai commencé à courir.

— Il est parti dans quelle direction ?

— Il a pris le sentier qui menait vers chez moi, répondit Gillian. Alors, j'ai couru dans l'autre direction. Vers le cimetière. Par où étaient parties mes copines.

— Combien de temps avez-vous mis pour rattraper vos amies ?

— Je ne sais pas. Quelques minutes, peut-être.

— Que s'est-il passé quand vous avez retrouvé vos amies ?

— Je pleurais, je n'arrivais plus à m'arrêter. Et mes jambes… elles m'ont lâchée. Je me sentais sale… et je n'arrivais pas à comprendre ce qui s'était passé.

Matt se dirigea vers le banc de la défense et demanda :

— Aviez-vous déjà vu Jack St Bride avant ?
— Oui.
— Quand ?
Elle effleura Jack du regard puis baissa les yeux.
— Il travaillait dans un restaurant, en ville. De temps en temps, j'y allais avec mes copines.
— Lui aviez-vous déjà parlé avant ?
— Parfois, il venait à notre table et il engageait la conversation.
Matt opina du chef.
— Lui avez-vous laissé entendre que vous aimeriez avoir des relations avec lui ? demanda-t-il.
Gillian secoua la tête avec véhémence.
— Non !
— Gillian, êtes-vous sûre, sans l'ombre d'un doute, que l'accusé est l'homme qui vous a violée un peu après minuit le 1er mai ?
Gillian serra les mâchoires.
— Je sens toujours son corps sur moi. Je sens encore son odeur, parfois, quand il n'y a personne dans la pièce. Et la nuit, je me réveille et je n'arrive plus à respirer, parce que je crois que ça recommence. (Ses yeux parcoururent la salle et vinrent s'accrocher à ceux de son père.) Je n'ai pas le moindre doute. C'était lui.
— Ce sera tout, dit Matt.
Puis il s'assit.

Jordan se leva. Il marchait sur la corde raide. Il devait, certes, discréditer Gillian, mais en opérant avec la plus grande prudence. Matt avait passé une demi-heure à lui attirer la compassion de la salle d'audience tout entière ; si lui, en revanche, était trop abrupt, le jury se retournerait contre lui au lieu de se retourner contre Gillian.
Il lui donna quelques instants pour se reprendre et s'approcha d'elle à pas lents, sachant d'expérience

que les plus attendrissants des petits chiens battus pouvaient changer radicalement d'humeur et vous mordre.

— Mademoiselle Duncan, quand vous étiez dans les bois avec vos amies, est-ce que vous avez eu peur à l'idée de vous trouver à proximité de M. St Bride ?

— Oui. On nous répétait depuis des semaines qu'il fallait l'éviter à tout prix.

— Mais vous avez également déclaré que, si vous vous êtes rendues dans les bois, c'était pour vous prouver votre courage. Vous vouliez défier vos parents, qui faisaient des tas d'histoires à propos de M. St Bride. Le fait de vous trouver aussi près de lui, c'était le défi extrême, n'est-ce pas ?

Gillian secoua la tête.

— Jamais je n'aurais fait une chose pareille, s'insurgea-t-elle.

— Vous êtes parties dès que vous l'avez vu ?

— Oui.

— Mais, d'après vos propres déclarations, mademoiselle Duncan, il vous a adressé la parole en demandant si vous faisiez fondre des marshmallows, et il s'est assis avec vous, c'est bien cela ?

Une lueur passa dans les yeux de Gillian.

— Oui, mais je lui ai dit tout de suite qu'on était sur le point de partir, parce que c'était la façon la plus rapide de se débarrasser de lui.

— Vous débarrasser de lui ? Parce que vous aviez toujours peur ?

Elle releva le menton.

— Oui !

— Mais vous avez dit qu'une fois qu'il a été parti, vous n'aviez plus peur.

— C'est vrai.

— Vous n'avez jamais pensé qu'il pourrait vous agresser ?

En secouant la tête, Gilly répondit :

— Si j'y avais pensé, je serais restée avec mes copines.

— Vous n'avez jamais pensé qu'il pourrait vous agresser ? Alors que vos parents et vos amis n'avaient cessé de vous mettre en garde en vous disant qu'il n'attendait qu'une occasion pour agresser des jeunes femmes ?

Elle se trouvait prise entre le marteau et l'enclume, et elle le savait. Jordan attendit patiemment sa réponse.

— N… non, dit-elle enfin.

— Très bien. Vous vous êtes donc dirigée vers votre domicile, puis vous êtes retournée sur vos pas pour vous assurer que le feu était bien éteint ?

— Oui.

— Et vous étiez arrivée très loin, à ce moment-là ?

— Non. J'étais partie depuis quelques secondes.

— Et vous dites que M. St Bride vous a agressée quand vous êtes retournée à la clairière ?

— C'est ça.

— Est-ce que vous l'aviez vu se cacher, avant de lever le camp avec vos amies ?

— Non. Il a pris un sentier.

— Et combien de temps après son départ avez-vous quitté les lieux toutes ensemble ?

— Quelques minutes, peut-être. Pas longtemps après.

Jordan hocha la tête.

— S'il s'attendait à ce que vous quittiez la clairière, mademoiselle Duncan, pourquoi aurait-il fait demi-tour pour vous agresser ? Pourquoi ne pas se mettre à l'affût sur un autre sentier, là où il avait une meilleure chance de vous intercepter ?

Gillian le regarda fixement.

— Je ne sais pas, répondit-elle.

— Si vous n'aviez pas décidé de vérifier les cendres, vous ne seriez jamais retournée à la clairière, c'est bien cela ?

— Oui.

— Est-ce que M. St Bride vous a ôté vos vêtements ?

— Il a descendu mon jean et mes sous-vêtements, murmura Gillian.

— Et votre pull ? Est-ce qu'il vous l'a enlevé ?

— Non.

— Déboutonné ?

— Non, répondit la jeune fille.

— Et a-t-il enlevé ses propres vêtements ?

— Il a baissé son pantalon.

— A-t-il baissé son pantalon avant ou après avoir descendu le vôtre ?

Des larmes perlèrent à ses yeux, et elle secoua la tête.

— Mademoiselle Duncan, intervint doucement la juge, j'ai besoin que vous répondiez à la question.

— Je ne m'en souviens plus, répondit Gilly dans un souffle.

— A-t-il descendu son pantalon avant ou après vous avoir demandé de mettre le préservatif ?

— Avant.

— Maintenait-il toujours vos mains au-dessus de votre tête quand il a enlevé son jean ?

— Oui.

— Comment ?

— Il gardait une main sur mes poignets, expliqua l'adolescente. Il a utilisé l'autre main pour descendre son pantalon.

— Donc, bien que vous vous défendiez, il a réussi à utiliser la partie inférieure de son corps pour vous plaquer au sol, à vous maintenir les poignets d'une main, à défaire son pantalon et à le descendre sur ses hanches ?

— Oui.

— Racontez-moi comment vous avez fait pour griffer M. St Bride ce soir-là.

— Ça s'est passé quand il m'a jetée par terre, dit Gillian. Après, quand il a lâché mes mains et qu'il m'a dit de mettre le préservatif, j'ai visé ses yeux, mais ça a raté et je lui ai griffé la joue.

— Laquelle ?

— La droite.

— Avez-vous utilisé un seul doigt ?

— J'ai utilisé toute la main, comme ça, fit-elle en formant une serre avec la main.

— Vous l'avez griffé avec quatre doigts ?

— Je ne sais pas. Je lui ai simplement envoyé ma main dans la figure en le griffant pour essayer de me dégager. Après, il m'a attrapé la main et m'a jetée par terre très durement.

— Vous avez dit qu'après avoir été violée par M. St Bride, vous avez compté jusqu'à cent, et qu'ensuite, vous avez couru rejoindre vos amies. C'est bien cela ?

— Oui.

— Comment avez-vous compté ?

Gillian le regarda sans comprendre.

— Qu'est-ce que vous voulez dire ?

— Eh bien, à quelle vitesse ? Est-ce que vous avez compté un-deux-trois... ou un... deux... trois... ? Peut-être pourriez-vous compter jusqu'à dix pour nous, comme vous l'avez fait cette nuit-là.

Elle jeta un regard à Matt Houlihan, qui haussa imperceptiblement les épaules.

— Un, compta lentement Gillian, deux... trois...

Lorsqu'elle fut arrivée à dix, Jordan, qui suivait sur sa montre, leva les yeux et fit un rapide calcul.

— Donc, vous avez attendu environ quatre-vingts secondes avant de quitter la clairière ?

— Je suppose.

— Est-ce que vous êtes retournée auprès de vos amies en marchant normalement ? En marchant lentement ? En marchant sur la pointe des pieds ?

— J'ai couru. Aussi vite que j'ai pu.

— Et vous avez mis plusieurs minutes à rejoindre vos amies ?

— Oui.

— Vous en êtes certaine ?

Gillian hocha la tête.

— J'ai mis à peu près cinq minutes, précisa-t-elle.

Sur la carte, Jordan indiqua le sentier qui menait au cimetière.

— C'est bien ce chemin que vous avez pris ? s'enquit-il.

— Oui.

— Avez-vous une idée de la distance que couvre ce sentier, mademoiselle Duncan ?

— Non.

— Cela fait quarante-huit mètres. Pouvez-vous me montrer à quel endroit, sur ce chemin, se trouvaient vos amies lorsque vous les avez rattrapées ?

Elle montra le bord du cimetière.

— Juste ici. À l'extérieur de la forêt.

— Et le lieutenant Saxton vous a retrouvée à l'endroit exact où vous vous êtes arrêtée ?

— Oui.

— Pendant que vous étiez dans les bois avec vos amies, vous n'avez consommé ni alcool, ni drogue, est-ce exact ?

— Oui.

— Vous n'avez rien mangé, ni rien bu, pendant toute l'heure que vous avez passée là-bas ?

— J'ai pris des biscuits. C'est tout.

— Est-ce que vos amies ont bu quelque chose, cette nuit-là ?

— Oui, répondit l'adolescente. Du thé glacé.

— Avez-vous entendu parler d'une substance appelée l'atropine ?

— Oui.

— Que savez-vous de cette substance ?

— Mon père en fabrique dans son laboratoire.

— Savez-vous comment se prend l'atropine ?

— Non.

— Avez-vous pris de l'atropine cette nuit-là dans les bois ?

— Non, répéta Gillian.

— Savez-vous que des traces d'atropine ont été retrouvées dans la Thermos contenant le thé glacé apporté par vos amies ?

— Oui. M. Houlihan me l'a dit.

— Mais vous témoignez sous serment que vous n'en avez pas pris ?

— Non, je n'en ai pas pris. Je ne me drogue pas.

Jordan s'approcha d'elle.

— Est-il possible qu'on vous en ait donné par accident ?

— Je n'ai pas bu de thé glacé.

— Cette drogue a-t-elle pu être introduite dans une autre boisson que vous auriez absorbée cette nuit-là ?

— Non, démentit Gillian d'une voix ferme. La seule chose que j'aie bue, c'était un soda, avant de partir de chez moi. Je n'ai pas pris de ce truc-là, je le jure.

Jordan se détourna d'elle.

— Vous savez, mademoiselle Duncan, vous nous avez raconté beaucoup de choses sur le déroulement des événements de cette nuit-là… mais vous n'avez pas toujours dit la vérité, n'est-ce pas ?

Gillian fronça les sourcils.

— Si ! protesta-t-elle.

— N'est-il pas vrai que vous avez un passé de mythomane ? Qu'après la mort de votre mère, votre père vous a fait suivre par une psychiatre parce que vous aviez une forte propension au mensonge ?

— J'avais neuf ans, se défendit Gillian. Et j'étais très perturbée à cette époque. J'ai complètement changé, maintenant, et mon père et moi, on est très proches. Je lui raconte tout.

— Tout ? répéta Jordan.

— Oui.

— Dans ce cas, pourquoi ne lui avez-vous pas dit où vous aviez l'intention de vous rendre, ce soir-là ?

Les joues de Gillian s'empourprèrent.

— Je... je...

— C'est bien, mademoiselle Duncan, dit Jordan en se glissant à sa place près de Jack. Nous connaissons déjà la réponse.

La juge Justice demanda une interruption de quinze minutes. Jack se tourna vers son avocat.

— J'ai une envie pressante, dit-il.

Il jeta un regard anxieux derrière lui, vers les journalistes qui se précipitaient hors de la salle pour faire le compte rendu du témoignage de Gillian à leur rédaction.

Compréhensif, Jordan demanda au shérif :

— Pouvez-vous conduire mon client aux...

— Non, l'interrompit le fonctionnaire. C'est là-bas, dans la cellule, et le plombier est en train de les réparer.

Jordan fit la grimace. Il n'avait pas envie d'extraire Jack du cocon de la salle d'audience et de le livrer en pâture à la meute des journalistes et des curieux. Mais, nom d'une pipe, une envie pressante, c'était une envie pressante !

— Venez, je vais vous accompagner.

Dès qu'ils eurent mis le pied dehors, les appareils photo se mirent à crépiter et ils clignèrent des yeux, aveuglés.

— Pas de commentaire. Un peu d'intimité, s'il vous plaît ! dit-il l'avocat en conduisant Jack jusqu'aux toilettes, où ils s'engouffrèrent en refermant la porte sur eux.

Jack s'avança vers l'urinoir.

— Qu'est-ce que vous en pensez ? interrogea-t-il.

— Je pense que c'est un peu trop tôt, répondit Jordan.

Soudain, une chasse d'eau coula, et une porte s'ouvrit.

— Monsieur Duncan... se hâta d'intervenir Jordan, soucieux d'éviter tout incident.

Mais le père de Gillian leva une main pour l'arrêter et s'approcha à quelques centimètres de Jack, qui tentait désespérément de remonter la fermeture de son pantalon.

— On aurait dû te la couper ! jeta-t-il avant de sortir.

— Docteur Paulson, avez-vous eu l'occasion de traiter une patiente du nom de Gillian Duncan, le 1er mai ?

La jeune femme, médecin urgentiste, était très à l'aise à la barre.

— Oui.

— À quelle heure ?

— À environ une heure trente du matin.

— Étiez-vous en possession d'un dossier médical la concernant lorsque vous l'avez prise en main ?

— Oui. Une infirmière avait recueilli son passé médical. Sa tension était de quinze/huit, son pouls était rapide. Elle était toujours sous l'effet de la frayeur, mais ne se trouvait pas en état de choc. Elle était venue faire constater une agression sexuelle avec pénétration vaginale.

— Comment avez-vous procédé à son examen ?

— J'ai commencé par la déshabiller sous un drap, répondit le Dr Paulson. Ensuite, j'ai procédé à un examen général de routine. L'examen au stéthoscope s'est révélé normal. L'abdomen était souple, non sensible et non ballonné. Le poignet droit présentait quelques contusions. J'en ai pris des photos.

Matt demanda la permission de s'approcher du témoin et lui tendit les photos.

— Reconnaissez-vous ces photographies ?

— Oui. Ce sont des photos que j'ai prises de la patiente.

— Représentent-elles de façon juste et exacte les ecchymoses de Gillian Duncan cette nuit-là ?

— Oui.

— Je souhaite les verser au dossier du ministère public en tant que pièces à conviction n° 2 et n° 3, annonça Matt. Docteur, à quels autres examens avez-vous procédé cette nuit-là ?

— J'ai procédé à un examen gynécologique. Les parties génitales externes étaient normales, sans signe visible de pénétration de force. J'ai utilisé un colposcope, c'est-à-dire un appareil comportant un verre grossissant et une lampe, afin de pouvoir examiner l'intérieur du vagin.

— Qu'avez-vous trouvé ?

— La cavité vaginale était normale, exempte de lésions et de sperme. Le col de l'utérus était fermé et indolore. L'utérus était petit, antéversé et antéfléchi, et indolore, et les annexes étaient indolores et non palpables. La patiente n'ayant pas déclaré de pénétration anale, nous avons renoncé à l'examen rectovaginal. (Le médecin adressa un sourire aux membres du jury.) C'est du jargon médical, mais, en gros, cela signifie que tout était normal.

— Est-il inhabituel de ne trouver ni lésions, ni ecchymoses, ni anomalies à l'examen gynécologique d'une patiente présumée avoir subi une agression sexuelle avec violences ?

— Non, répondit le médecin. Parfois, nous avons des contusions, et parfois non. La fonction du vagin est prévue pour les rapports sexuels et, très franchement, il est très résistant. Parfois, des rapports traumatisants peuvent avoir lieu sans laisser de traces visibles sur le vagin.

— Dans ce cas, comment peut-on savoir qu'il y a eu rapport sexuel ?

— Uniquement par la présence de sperme. Cependant, l'absence de sperme ne signifie pas qu'il n'y a pas eu de rapport. Il y a peut-être eu utilisation d'un préservatif. L'homme peut avoir subi une vasectomie.

— Avez-vous examiné d'autres zones, docteur ?

— Oui. J'ai examiné les cuisses et l'aine de la patiente.

— Qu'avez-vous trouvé ?

— À l'aide d'une lampe ultraviolette, j'ai décelé la présence de ce qui s'est révélé être du sperme.

— Qu'avez-vous fait ?

— J'ai pratiqué un prélèvement avec un tampon stérile que j'ai pris dans le kit de tests biologiques utilisé dans les cas d'agression sexuelle.

— Qu'en avez-vous fait ?

— J'ai mis le prélèvement dans l'enveloppe incluse dans le kit. J'ai écrit mon nom, la date et le nom de la patiente dessus, puis je l'ai scellé et j'ai inscrit mes initiales sur le scellé.

— Avez-vous effectué d'autres prélèvements sur Gillian cette nuit-là ?

— Oui. J'ai prélevé des poils de son pubis et je les ai introduits dans le kit. Je lui ai coupé les ongles et j'ai déposé les ongles un par un dans une enveloppe blanche stérile séparée, également incluse dans le kit. Enfin, j'ai prélevé un échantillon de sang sur la patiente, je l'ai marqué et ajouté au kit.

— Après avoir marqué et scellé toutes ces enveloppes, ces tampons et ces tubes, qu'avez-vous fait du kit ?

— Je l'ai remis à l'inspecteur Saxton. C'est lui qui m'avait amené la patiente.

— Entre le moment où vous avez rassemblé tous ces éléments de preuve et celui où vous les avez remis à l'inspecteur, quelqu'un y a-t-il eu accès ?

— Non.

— Avez-vous traité Gillian ?

— Oui. Nous lui avons administré une dose massive d'antibiotiques afin de la préserver des maladies vénériennes, et une pilule pour éviter la grossesse.

Matt alla se planter en face du jury.

— Docteur Paulson, lorsque vous êtes entrée dans la salle des urgences... lorsque vous avez vu Gillian... comment était-elle ?

Pour la première fois, le médecin se défit de son attitude professionnelle.

— Elle était très pâle, immobile. Léthargique. Et elle ne me laissait la toucher qu'avec réticence.

— Est-ce un comportement que vous avez déjà observé dans l'exercice de votre métier ?

— Malheureusement, oui, reconnut le Dr Paulson. Chez les victimes d'abus sexuels et de viol.

— Docteur, dès lors qu'il n'y a pas de sperme dans le vagin, vous ne pouvez pas en déduire à l'examen gynécologique qu'il y a eu un rapport sexuel récent... c'est bien cela ?

Le médecin adressa un regard froid à Jordan.

— Non, on ne peut pas le dire, c'est exact, confirma-t-elle.

— Et il n'y avait pas de sperme visible à l'examen gynécologique de Gillian ?

— Non, il n'y en avait pas.

— Vous n'avez pas trouvé non plus de lésion à l'intérieur du vagin de Gillian, est-ce exact ?

— C'est exact.

— Vous n'avez pas trouvé de blessures sur ses organes génitaux externes ?

— Non.

— Avez-vous constaté la présence de blessures sur son visage ?

— Non.

— Sur son cou ?

— Non.

— Et sur ses bras, sur ses cuisses ?

— Non. Uniquement sur son poignet, maître McAfee.

Jordan poursuivit, tourné vers le box du jury :

— Avez-vous trouvé du sperme à l'intérieur de la cuisse de Mlle Duncan ?

— Oui.

— Saviez-vous que la victime avait déclaré à l'inspecteur Saxton qu'elle avait une vie sexuelle active à l'époque où se sont produits ces événements ?

— Cela ne relevait pas de mes investigations, répondit le médecin.

— Donc vous ne pouvez pas savoir si le sperme que vous avez recueilli sur la cuisse de Gillian Duncan avait un lien avec ce viol présumé ou s'il se trouvait là à la suite d'un rapport sexuel antérieur et récent.

— Non.

— Docteur, aucune preuve médicale ne permet donc de conclure avec certitude que Mlle Duncan a effectivement subi un rapport sexuel avec violence cette nuit-là, est-ce exact ? Tout ce dont nous disposons, ce sont les déclarations de Gillian, est-ce exact ?

— C'est exact.

— Disposez-vous d'un moyen quelconque pour savoir si elle a menti ?

Le Dr Paulson secoua la tête.
— Non.

Whitney O'Neill était dans un état de nervosité désastreux. En la voyant se ronger les ongles jusqu'au sang, Jordan se demanda comment elle avait réussi à tenir le coup jusque-là. Sa présence à la barre des témoins tenait du miracle

— Donc dix secondes après votre départ de la clairière avec Meg et Chelsea, vous avez appelé Gillian ? l'interrogea-t-il.

Whitney se mordit la lèvre inférieure et confirma :

— Ouais, mais elle a pas répondu.

— Et personne ne l'a empêchée de partir toute seule de son côté ? En lui disant, par exemple, qu'il valait mieux rester groupé dans les situations dangereuses ?

— Non, répondit la jeune fille.

— Vous avez donc appelé Gillian. Combien de temps a-t-elle mis pour vous rejoindre en courant ?

— Hum… peut-être dix minutes, un quart d'heure.

Jordan avança jusqu'à la carte apportée par Matt.

— Savez-vous quelle est la distance entre le bord du cimetière et l'endroit où vous avez allumé votre feu de camp ?

— Non.

— Quarante-huit mètres, mademoiselle O'Neill. Cela équivaut à la moitié de la longueur d'un terrain de foot. (Jordan fit quelques pas.) Vous vous rendez compte que vous avez dû marcher vraiment très lentement pour mettre un quart d'heure à couvrir une distance de quarante mètres ?

— Je… hum… peut-être…

— Vous auriez pu avoir les yeux bandés, avancer en crabe, en marche arrière, cela vous aurait pris cinq minutes tout au plus.

— Objection ! soupira Matt. Il harcèle mon témoin.

— Faites attention, maître McAfee, intervint la juge.

— Mes excuses, dit Jordan à l'adolescente, tout en la regardant avec une expression qui démentait ses paroles.

— Peut-être qu'on n'a pas mis exactement un quart d'heure, murmura Whitney.

— Si je comprends bien, vous venez de me mentir ? Sous serment ?

Whitney pâlit.

— Non, c'est que... ça m'a paru une éternité. Ou un quart d'heure.

Jordan haussa les épaules.

— Vous savez, on va faire un compromis, proposa-t-il. On va dire dix minutes. C'est une bonne solution, non ?

L'adolescente hocha vigoureusement la tête en signe d'assentiment.

— Vous avez donc mis dix minutes à parcourir quarantehuit mètres, et, pendant ce temps-là, votre amie était censée se faire violer à quarante-huit mètres de vous. Compte tenu de cette distance extrêmement faible, ne croyez-vous pas que vous auriez dû entendre qu'il se passait quelque chose ?

Whitney avala sa salive.

— Je n'ai rien entendu. C'était trop loin.

— Vous n'avez pas entendu crier votre amie ?

— Non.

— Vous n'avez pas entendu des craquements de branches ? Ou un bruit de lutte ?

— Non.

Jordan la considéra un instant. Puis il demanda la permission d'approcher du bureau du juge.

— Votre Honneur, il me faudrait une petite liberté de manœuvre pour une démonstration...

La magistrate fronça les sourcils.

— L'intimidation mentale ne vous suffit pas ? demandat- elle d'un ton réprobateur.

— Je voudrais que le jury ait une représentation un peu plus réaliste de ce point particulier.

— Votre Honneur, intervint Matt, il n'est pas opportun que maître McAfee recrée le scénario de la nuit en question.

La juge les regarda l'un après l'autre, puis regarda le témoin. Enfin elle prit sa décision :

— Monsieur Houlihan, j'autorise la démonstration. Allez-y, maître McAfee.

Jordan prit un mètre que lui remit Selena dans la salle et expliqua ses intentions :

— Je vais mesurer une distance de quarante-huit mètres.

Armé de son instrument, il remonta l'allée, passa la double porte, sortit dans le couloir. Il dépassa les rangées de chaises, le bureau du greffier, ainsi que quelques machines automatiques. Enfin, il frappa un coup de bâton sur le sol et cria :

— Mademoiselle O'Neill, vous m'entendez ?

Il la vit hocher la tête, former le mot « oui » avec ses lèvres. Il retourna alors dans la salle d'audience.

— Merci, dit-il. C'est tout.

Whitney s'apprêta à fuir le lieu de son supplice, mais Matt l'arrêta en intervenant, hors de lui :

— Remettons les choses à leur place, Votre Honneur, aboya-t-il. Mademoiselle O'Neill, avez-vous entendu maître McAfee vous appeler à quarante-huit mètres d'ici ?

— Hum… oui.

Matt indiqua le fond de la salle.

— Si maître McAfee s'était trouvé à quarante-huit mètres d'ici, mais couché par terre avec une main appuyée sur la bouche et en train de se battre contre un violeur, croyez-vous que vous l'auriez entendu ?

— Non, dit Whitney.
— Plus de questions, conclut Matt.

Le matin, au petit déjeuner, Thomas avait demandé à son père s'il comptait faire subir un contre-interrogatoire à Chelsea Abrams.

« Je ne sais pas encore, avait répondu Jordan. Ça dépend de ce qu'elle va dire à l'interrogatoire direct. »

Les épaules de l'adolescent s'étaient voûtées et sa figure avait pratiquement disparu à l'intérieur de son bol de céréales.

« Tu veux me faire plaisir ? avait-il demandé. Essaie de pas être trop dur avec elle. »

Eh bien, il allait ne faire qu'une bouchée de Chelsea. Parce que la jolie jeune fille qui le regardait avec un petit sourire au coin des lèvres voyait en lui le père de Thomas.

— Mademoiselle Abrams, dit-il en s'approchant d'elle, répétez-moi qui se trouvait dans les bois cette nuit-là.

Les yeux de Chelsea se voilèrent lorsqu'elle comprit que l'affaire était sérieuse.

— Meg, Whitney, Gilly et moi.
— Et Jack, mon client ?
— Ouais.
— Et Jack est parti le premier ?
— Oui.
— Mais vous, les filles, vous êtes restées ensemble quelques instants avant de rentrer ?
— Oui.
— Donc, si l'une de vous avait dit quelque chose au moment de partir, vous l'auriez entendu toutes les quatre ?
— Bien sûr.
— D'après votre témoignage, vous avez demandé à Gillian si elle voulait que vous la raccompagniez chez elle.

— Oui.

— Où se trouvait Whitney quand vous lui avez posé la question ?

— À côté de moi.

— Après votre départ, avec Whitney et Meg, l'une de vous a-t-elle dit quelque chose ?

— Non, répondit l'adolescente. On a marché sur le sentier à la queue leu leu.

Il regarda les jurés en espérant ardemment qu'ils se souvenaient du témoignage de Whitney, qui ne concordait pas.

— N'est-il pas exact que la nuit du 30 avril, cette nuit où vous vous êtes retrouvées dans les bois, était la nuit de Beltane ?

Force était de le reconnaître : le regard que lui jeta Chelsea était parfaitement dénué d'expression.

— Quoi ?

— La nuit du 30 avril n'est-elle pas la nuit du sabbat de Beltane, célébré dans la religion wiccane, cette religion de la nature ?

— Ça, j'en sais rien du tout.

— Objection ! intervint Matt. Le témoin n'est visiblement pas en mesure de répondre à ce genre de question.

— Votre Honneur, si vous m'accordiez quelques instants…

— Pour vous permettre de mesurer la distance d'ici au Kentucky, cette fois-ci ? siffla Matt entre ses dents.

Jordan reprit, l'air renfrogné :

— Cela va dans le sens de mon argumentation, Votre Honneur.

— Je vous accorde une seule question, maître McAfee, avertit la juge.

— N'est-il pas exact, mademoiselle Abrams, que vous vous êtes rendue à la clairière avec vos amies dans le but de célébrer Beltane, comme toutes les sorcières à travers le monde, au même moment ?

Jordan vit que Matt Houlihan était en train d'avaler sa glotte sur son siège. À moins qu'il ne fût en train de se retenir d'éclater de rire.

— Objection !

Mais Chelsea intervint avant de laisser au juge le temps de répondre. Les joues rouges de colère, elle le fusillait des yeux avec une expression qui ne laissait planer aucun doute sur ses sentiments vis-à-vis de l'avocat.

— Je ne sais pas de quoi vous parlez. Je ne sais pas ce que c'est que ce Beltmachin. Mes copines et moi, on voulait juste s'éclater. Point barre.

— Maître McAfee, dit la juge, passez à la question suivante. Et tout de suite !

Le jury lançait à Jordan des regards presque aussi furieux que ceux de Chelsea. D'accord, peut-être y allait-il un peu trop fort… et visiblement, il se plantait. Il ne lui restait plus qu'à renvoyer le témoin. Avec un peu de chance, tout se terminerait bien et Thomas ne lui en voudrait pas.

Thomas.

Jordan adressa des excuses silencieuses à son fils.

— Mademoiselle Abrams, portez-vous des bijoux ?

Encore ce regard ! Est-ce que c'était un nouveau truc qu'on leur apprenait au lycée ?

— Non, répondit-elle.

— Pas de boucles d'oreilles ?

— J'en porte de temps en temps.

— Pas de bracelet, de collier ni de bague ?

— Non.

— N'est-il pas exact que vous portez un collier en ce moment même ?

— Si, répondit-elle d'un ton sec.

— Et n'est-il pas exact que vous ne vous défaites jamais de ce collier ?

— Ben…

— Pourriez-vous nous le montrer ?

Chelsea regarda le procureur pour lui demander la permission. Puis, des profondeurs de son chemisier, elle sortit une longue chaîne où était accrochée l'étoile à cinq branches.

— Qu'est-ce que c'est que ce symbole, mademoiselle Abrams ?

— J'en sais rien. Je trouve ça joli, c'est tout.

— Savez-vous que l'étoile à cinq branches est un symbole des religions païennes… les religions qui célèbrent Beltane la nuit du 30 avril ?

Chelsea rentra la chaîne sous son chemisier.

— C'est un collier, c'est tout.

— Bien sûr… et vous et vos amies, vous aviez simplement envie de vous *éclater*, cette nuit-là…

— Objection !

— Je retire ce que j'ai dit, se hâta de déclarer Jordan. Ce sera tout.

Plus tard, le même jour,
tribunal du comté de Carroll

C'était vraiment affreux de le voir là.

Dès le moment où elle fut introduite dans la salle d'audience, les yeux d'Addie errèrent à la recherche de Jack. Son cœur lui faisait si mal qu'elle dut glisser la main sous sa veste pour la poser à l'endroit de la douleur. Lorsqu'elle le vit lui sourire, comme pour l'encourager à tenir bon, Addie crut qu'elle allait éclater en sanglots.

« Mon Dieu, pria-t-elle lorsqu'on lui demanda de prêter serment, faites qu'il y ait juste un tout petit tremblement de terre. Un incendie. N'importe quoi, pourvu que cesse tout ce cauchemar, là, maintenant. »

Au même moment, les portes de la salle s'ouvrirent brutalement et livrèrent le passage à son père.

— Papa ! s'écria-t-elle.

Il portait un énorme panier d'où montait un délicieux arôme. Un peu de vapeur s'échappait d'un tissu bleu à carreaux qui recouvrait le contenu de la corbeille.

Roy remonta l'allée au pas de course et lança un clin d'œil à sa fille en passant.

— Tu les auras, ma puce ! dit-il, plein d'entrain. Attends, je distribue tout ça pendant que c'est encore chaud.

Posant le panier à côté de la sténotype, il souleva le napperon et la salle s'emplit du parfum des muffins tout juste sortis du four.

— Voilà, Votre Honneur, dit-il à la juge. C'est vous la chef ici, alors à vous l'honneur.

Althea Justice retrouva enfin la voix :

— Monsieur... ?

— Peabody, pour vous servir. Vous pouvez m'appeler Roy.

— Monsieur Peabody, vous ne pouvez pas faire irruption au beau milieu d'un procès...

— Oh, je fais pas irruption, répliqua Roy tout en disposant quelques muffins devant Jordan et Jack.

Puis il servit le procureur, ainsi que les jurés qui tendirent docilement la main l'un après l'autre.

— On a qu'à dire que je suis la cantine ambulante.

— Peu importe... est-ce que c'est du *beurre de cacahuète* ?

— Vous avez tapé dans le mille, m'dame ! C'est des muffins au beurre de cacahuète. Mais les miens, y sont bien meilleurs que les autres, parce que moi, je mélange le beurre de cacahuète à la pâte, au lieu de le mettre au milieu comme la gelée. Voilà. J'ai pensé que ça pourrait pas vous faire de mal, que ça va vous requinquer un peu.

Il souleva son panier et se tourna vers l'assemblée en annonçant :

— Et ça, c'est pour vous. Sauf que j'avais pas pensé qu'y aurait tant de monde. Y vous reste plus qu'à partager avec vos voisins.

— Votre Honneur, protesta Matt, furibond, ce personnage n'a pas le droit d'être ici. C'est un témoin, bonté divine ! Il n'a rien à faire dans cette salle.

Jordan se hâta d'avaler sa bouchée avant de répondre :

— Allez, Houlihan, ne faites pas tant d'histoires. Il nous apporte un petit réconfortant, ce n'est pas un crime.

— C'est une grossière manœuvre destinée à influencer le jury ! glapit le procureur. Regardez-les donc !

Effectivement, les jurés étaient tous qui en train de se battre avec le papier entourant sa pâtisserie, qui en train d'en enfourner une bouchée.

— Monsieur Peabody, intervint la juge, la bouche pleine, je suis obligée de vous demander de quitter la salle, jusqu'à ce que vous soyez appelé à la barre par la défense.

— Je comprends, Votre Honneur.

— Vous n'auriez pas apporté de lait, par hasard ?

Roy eut un large sourire.

— La prochaine fois, promit-il. Sans faute.

— Il n'y aura pas de prochaine fois ! tonna Matt. Je demande que l'on note pour les minutes que j'oppose une objection à cette... cette manigance imaginée par McAfee.

— Qui, moi ? s'écria Jordan. Ce n'est pas moi qui lui ai demandé de jouer les cantinières !

— Monsieur Houlihan, votre objection sera notée dès que la greffière aura terminé son petit en-cas, répondit la juge. Mais, vraiment, je suis bien certaine que cet épisode n'a rien de prémédité. C'est une gentillesse dont on nous a fait la surprise, rien de plus. Allez, mangez, et ensuite nous reprendrons avec votre témoin.

— Je n'y toucherai pas, s'entêta Matt.

La juge haussa les sourcils.

— Comme vous voudrez, monsieur Houlihan. Nous sommes dans un pays libre.

Roy agita la main en signe de remerciement et sortit.

— Votre Honneur, pourrions-nous nous approcher de la cour ? demanda Jordan.

Lorsque les deux hommes furent près d'elle, la juge s'enquit :

— Oui, maître McAfee ?

— Si le procureur ne veut pas de son muffin, pourrait-il me le donner ?

La juge Justice secoua la tête en répondant :

— Je crains de ne pas être compétente en la matière.

— J'espère que vous profitez bien de votre petite plaisanterie, jeta Matt à Jordan. J'espère que vous dormirez sur vos deux oreilles en sachant que vous avez transformé en farce un procès pour viol.

Il retourna à sa place au pas de charge et posa ostensiblement sa pâtisserie intacte du côté de la défense.

— Le ministère public appelle Addie Peabody, dit-il.

Pendant plus de dix minutes, Addie avait évité tout contact visuel avec Jack, en essayant de se donner du courage pour affronter l'épreuve qui l'attendait.

— Vous n'êtes pas venue ici de votre plein gré, n'est-ce pas, madame Peabody ? l'interrogea Houlihan.

— Non, reconnut-elle.

— Vous êtes toujours l'amie de Jack St Bride.

— Oui.

— Lorsque vous l'avez retrouvé gisant inconscient dehors, pouvez-vous nous dire ce qui s'est passé ensuite ?

Addie répondit en se tordant les mains :

— Quand il est revenu à lui, je l'ai monté dans la chambre. Je l'ai lavé avec un gant de toilette, et nous nous sommes endormis tous les deux.

— Vous avez bien examiné son visage ?

— Oui. Il avait des blessures sur tout le visage et un œil enflé, à moitié fermé.

— Sur quelle partie du visage se trouvaient ces blessures ?

— Sur son œil, sur son front.

— Avait-il des égratignures sur la joue ? poursuivit le procureur.

— Non.

— Combien de temps avez-vous dormi ?

— Deux heures.

— Qu'est-ce qui vous a réveillée ?

— Je ne sais pas. Je crois que c'est parce qu'il ne dormait plus à côté de moi.

— Qu'avez-vous fait ?

— Je l'ai cherché… et j'ai entendu du bruit dans la chambre de ma fille.

— Était-ce inhabituel ?

Addie prit une inspiration avant de répondre :

— Oui. Ma fille est morte il y a sept ans.

— Êtes-vous allée voir dans la chambre ?

Addie se mit à tirer un fil sur l'ourlet de sa jupe. Involontairement, elle songea que dans la vie c'était la même chose : il suffisait d'un point décousu pour faire lâcher la couture la plus solide.

— Il était en train de mettre les affaires de ma fille dans un carton, expliqua-t-elle à voix basse. De défaire son lit.

Houlihan hocha la tête d'un air compatissant.

— Et vous vous êtes disputés ?

— Oui, quelques minutes.

— Avez-vous échangé des coups ?

— Non.

— Comment s'est terminée la dispute ?

Elle avait prêté serment, et elle savait qu'on en arriverait là… à ce moment où ses mots seraient autant de flèches lancées droit au cœur de Jack.

— Je lui ai dit que je voulais qu'il s'en aille.

— Est-il parti ?

— Oui.

Et si elle ne l'avait pas forcé à partir, il ne se serait pas trouvé dans les bois cette nuit-là. Il ne se serait pas trouvé à proximité de Gillian Duncan. Combien de fois ne s'étaitelle pas adressé ce reproche... Comment le blâme avait-il pu retomber aussi lourdement sur Jack, alors que c'était sur elle que pesait la faute ?

— Quelle heure était-il quand M. St Bride est parti ?

— Environ dix heures moins le quart.

— Quand l'avez-vous revu ?

— À une heure et demie du matin environ, murmura Addie. Au Resto.

— Pouvez-vous décrire son aspect physique ?

La mort dans l'âme, elle s'exécuta :

— Ses blessures... elles avaient recommencé à saigner. Il avait la joue tout égratignée, ses vêtements étaient sales et il sentait l'alcool.

— Que vous a-t-il dit ?

Addie respira à fond.

— Que la soirée avait été rude, répondit-elle.

— Madame Peabody, poursuivit Matt, M. St Bride était-il avec vous entre vingt et une heures quarante-cinq et une heure du matin ?

Elle poussa un profond soupir, mais ne répondit pas.

— Madame Peabody ?

La juge se pencha vers elle.

— Veuillez répondre, dit-elle.

Addie avait envie de répondre, mais elle voulait que la réponse soit la bonne. Elle avait envie de regarder le procureur dans les yeux et de lui dire qu'il avait coincé un faux coupable, que le Jack qu'elle connaissait n'était pas la personne qui avait commis cet horrible crime.

Elle avait envie de le sauver, comme il l'avait sauvée.

Elle leva la tête et dit :

— Oui, il était avec moi.

Le procureur la regarda, visiblement estomaqué.

— Je vous demande pardon ?

— Oui, répéta Addie d'une voix plus forte. Il était avec moi pendant toute la nuit.

Houlihan plissa les yeux.

— Vous savez que vous déposez sous serment, madame Peabody. Le parjure est un délit.

Addie le regarda, les yeux brillants et humides.

— Il était avec moi.

— Ah oui, répondit le procureur. Où donc ?

Addie mit la main sur son cœur.

— Ici.

— Quand la police est venue arrêter Jack, qu'avez-vous pensé ?

Addie regarda Jordan droit dans les yeux.

— Je ne savais pas ce que je devais penser. Je n'étais pas en état de penser.

— Que voulez-vous dire ?

— J'étais sous le choc. Des rumeurs avaient circulé...

— Des rumeurs ?

— On disait que Jack avait fait de la prison.

— Vous avait-il dit qu'il avait été condamné pour agression sexuelle ?

— Il m'avait dit qu'une adolescente l'avait accusé à tort d'avoir eu des relations intimes avec elle. L'une de ses élèves. Et qu'il avait accepté une transaction sur les conseils de son avocat, parce que c'était le meilleur moyen d'accomplir la peine minimale et d'être débarrassé de toute cette affaire.

Jordan fronça les sourcils.

— Mais a-t-il spécifié clairement qu'il n'était pas coupable ?

— Il n'a pas arrêté de me le répéter, répondit Addie.

— Et vous l'avez cru ?

— Oui, je n'ai pas douté un instant, affirma-t-elle avec élan. Mais il y avait tellement de gens, en ville, qui… enfin, ils se comportaient comme des vautours, ils lui cherchaient noise. Et je crois que j'ai entendu tellement de choses que j'ai été influencée, et que, quand la police est arrivée, je… j'ai réagi comme tout le monde, d'abord. Ensuite, plus tard, j'ai pris le temps de réfléchir et je me suis dit : « C'est Jack qu'ils ont pris. Jack. » Dès lors, j'ai su qu'il n'avait pas pu faire ce qu'ils avaient dit.

— Madame Peabody, vous avez été témoin de l'agression dont Jack a fait l'objet, cette nuit-là, lorsqu'il a été passé à tabac par cinq individus ?

— Oui.

— Est-ce qu'il s'est défendu ?

— Non, il était évanoui.

— Avez-vous appelé la police ? demanda Jordan.

— Non.

— Pourquoi ?

Addie regarda Matt Houlihan puis le juge. Elle se pencha en avant et chuchota quelque chose à Althea Justice, qui hocha la tête.

— Je n'ai pas appelé la police, déclara Addie, parce que je pensais qu'elle était de mèche.

Lorsque la cour interrompit la séance, ce jour-là, Jordan tendit son porte-documents à Selena.

— Essayez de vous reposer un peu, conseilla-t-il à Jack.

Un policier mit les menottes à l'accusé et le conduisit en silence à travers les sous-sols qui menaient à la prison. Lorsqu'on leur eut ouvert la porte, un gardien apparut, chargé de redonner à Jack l'aspect d'un prisonnier. Il l'emmena dans la pièce voisine pour lui permettre de se changer et prit son pantalon.

— On va l'apporter de ce pas au pressing, plaisanta-t-il en le pliant soigneusement sur son bras.

Lorsque Jack fut nu, le gardien procéda à l'inspection de sa bouche, de ses narines, de ses oreilles et de son anus, à la recherche d'éventuels objets de contrebande.

Ce n'était plus le Jack St Bride qui avait franchi la porte deux mois auparavant, en détention préventive. Nulle trace de révolte sur son visage. Il se défit de ses vêtements civils comme un serpent se débarrasse de sa peau, comme s'il savait qu'ils ne lui iraient plus dans cette nouvelle étape de son existence. Pendant qu'on l'inspectait au plus secret de son intimité, il ferma les yeux et fit ce qu'on lui disait.

Plus rien n'avait d'importance, désormais. Il avait vu le visage des hommes et des femmes du jury... Il les avait vus pleurer avec Gillian Duncan, il avait vu les regards obliques qu'ils lui lançaient comme autant de couteaux en s'imaginant qu'il ne les sentirait pas. Il avait vu son avocat quitter la salle, partir pour aller rejoindre sa maison, sa vie qui n'était en rien affectée par l'innocence ou la culpabilité de Jack St Bride, et qui ne changerait pas, quel que soit le verdict.

Jack emboîta le pas au gardien et marcha, docile comme un toutou, vers sa cellule. Il n'était pas encore condamné, mais ce n'était qu'une question de temps.

— Oh là là, dit Gillian en se redressant dans son lit à la vue de Meg, tu ne peux pas savoir à quel point je suis contente de te voir !

La porte s'entrouvrit encore un peu plus, et Gillian aperçut son père derrière Meg.

— Papa ! s'exclama-t-elle, réprobatrice.

Les yeux d'Amos étaient sombres, ses paupières tombantes.

— Je ne savais pas si tu étais d'humeur à recevoir de la visite.

— Si, si, s'empressa de répondre Gillian.

Elle attrapa Meg par la main et l'attira à l'intérieur, puis attendit que son père ferme la porte et les laisse seules.

Leur conflit à propos de la bouteille Thermos paraissait oublié. Gillian, tout agitée, bourdonnait comme un insecte et babillait à propos du procès et des témoins.

— J'ai trop envie de voir Whit et Chelsea, tu peux pas savoir ! Mais j'ai pas le droit, parce que je peux être de nouveau convoquée au procès. Mais il paraît que Whit flippait et que le père de Thomas a été dégueulasse avec Chelsea.

— C'est son boulot, répliqua Meg, la bouche sèche.

Gillian alla se planter devant elle.

— Et sur moi, ils ont dit quoi, les gens ? s'enquit-elle.

— Rien.

— Ah, c'est vrai. T'as pas encore témoigné, toi. Tu crois qu'ils vont t'appeler demain ? En fait, c'est pas si terrible, tu sais. Y a une femme dans le jury qui a un grain de beauté absolument immonde sur le cou. J'arrêtais pas de le regarder, je pouvais pas m'empêcher…

— Je ne vais pas témoigner, annonça Meg d'une voix à peine audible.

— Quoi ?

Elle secoua la tête.

— M. Houlihan a changé d'avis, précisa-t-elle.

Abasourdie, Gilly dévisagea son amie.

— Si tu as fait ça à cause de cette histoire d'atropine…

— Putain, Gilly, tu t'imagines peut-être que tu es le centre du monde ? s'emporta Meg. Non, si je ne témoigne pas, c'est parce qu'il m'a touchée, moi aussi. Il m'a tripotée en foutant ses mains partout sur moi, je m'en suis souvenue après.

Gillian se transforma en statue de pierre.

— C'est pas vrai. Il ne t'a rien fait du tout, proféra-t-elle d'un ton bref.

Elle détailla le corps informe de son interlocutrice d'un œil furieux, son double menton, ses bras pleins de cellulite. Ses narines frémirent.

— Alors tu peux me dire pourquoi je m'en souviens ? s'écria Meg. Pourquoi je sens ses mains sur…

— Non !

Gillian la gifla avec tant de force que la tête de Meg vola en arrière et que la forme rouge d'une main vint s'imprimer sur sa joue.

— Il ne t'a pas touchée, dit Gillian. Est-ce que tu comprends ?

Meg, les joues ruisselantes de larmes, le nez humide, se hâta d'opiner du chef.

— C'est moi qu'il a touchée. (Gillian attrapa le bras de Meg et le serra de toutes ses forces.) Dis-le.

— C'est toi qu'il a touchée.

— Bon.

La colère qui brillait dans les yeux de Gillian s'éteignit. Elle prit alors Meg dans ses bras, la berça, la serra contre elle. Elle lui caressa la joue jusqu'à ce que la marque rouge eût disparu, puis déposa un baiser dessus.

— C'est bien, chuchota-t-elle. Ne l'oublie pas.

Les membres du jury manquaient visiblement d'entrain. Et ce n'était pas le premier témoin, un spécialiste de l'analyse des sols, plus vieux que Mathusalem, qui risquait de les stimuler. Le brave homme acheva de les endormir en les ensevelissant sous des termes techniques pour expliquer que la terre retrouvée sous les semelles des bottes de Jack correspondait à l'échantillon de sol prélevé sur le lieu du crime.

Lorsque le ministère public appela son expert en médecine légale pour parler de l'ADN, Jordan en eut presque de la peine pour ledit expert. Le risque était grand que le jury au complet ne sombre dans un coma léthargique. La juge ajournerait-elle le procès pour vice de forme, dans ce cas ?

Jordan avait imaginé un expert en ADN classique, un surdoué au crâne dégarni jonglant lui aussi avec les termes techniques. Or ce fut Frankie Martine qui s'avança à la barre. Et Frankie Martin était une personne digne d'être exposée, quel que soit l'endroit, avec ses lèvres pulpeuses, ses longs cheveux blonds et sa plastique de sex symbol.

À sa vue, les jurés se redressèrent d'un même mouvement, soudain ragaillardis, l'œil vif, l'oreille aux aguets. Même s'il prenait à cette créature de rêve l'envie de leur réciter l'annuaire du téléphone en japonais, elle était assurée de leur pleine et entière attention.

Sans se soucier de l'effet qu'elle produisait sur eux, la belle spécialiste prit la parole :

— La moitié de notre ADN nous est transmis par notre mère, et l'autre moitié par notre père, commença-t-elle. C'est pour cela qu'on dit : « J'ai le nez de ma mère… le menton de mon père. » De même, nous héritons de milliers de caractéristiques génétiques que tout le monde ignore, à l'exception de ces drôles d'oiseaux que sont les experts en médecine légale. (Elle adressa un sourire aux jurés.) Vous me suivez ?

Tous hochèrent la tête avec ensemble. Et le président du jury, un chauve ventru, souligna son assentiment d'un clin d'œil, ce qui ne manqua pas de faire sursauter Jordan.

Frankie poursuivit, imperturbable :

— Par exemple, monsieur Toulemonde ne sait pas qu'il est un CSF1PO type douze, treize… mais ces données pourraient devenir vitales s'il venait à être accusé d'un crime dont l'auteur a laissé des traces d'ADN CSF1P0 du type dix, onze.

À ce moment, Jordan fut à deux doigts de tomber de son siège en voyant le président du jury adresser un nouveau clin d'œil au témoin.

— Objection ! dit-il en se redressant.

Matt Houlihan leva sur lui des yeux égarés : rien de ce qu'avait dit Frankie Martine n'était sujet à objection.

— Pour quelle raison, maître McAfee ?

Jordan sentit la chaleur monter dans son cou mais n'en répondit pas moins :

— Pour des raisons de distraction, Votre Honneur.

La juge fronça les sourcils.

— Veuillez approcher, messieurs.

Jordan et le procureur s'exécutèrent en hésitant quelque peu devant le visage renfrogné de la juge, qui apostropha l'avocat :

— Vous pouvez me dire ce qui vous prend ?

— Votre Honneur, je crois que le témoin distrait certains membres du jury, se hâta d'expliquer Jordan.

— Quels membres ?

« Ceux qui ont un chromosome Y », répondit Jordan in petto.

— Le président du jury, en particulier. Je crois que les... avantages de Mlle Martine lui ont... tapé dans l'œil.

Matt Houlihan se mit à rire.

— C'est une blague ! Le témoin est une professionnelle, une scientifique experte en médecine légale !

— Elle est aussi... très séduisante.

— Qu'est-ce que vous voulez que j'y fasse ? Que je lui demande de témoigner avec un sac en papier sur la tête ?

— Le président du jury n'arrête pas de lui faire des clins d'œil, expliqua Jordan. J'ai toutes les raisons de croire qu'il n'est pas concentré sur sa tâche.

— Franchement, je me demande pourquoi c'est à moi que ça arrive, soupira la juge. Je ne vous permettrai pas de parler du témoin en ces termes, maître McAfee. Vous avez peut-être des pensées interlopes, mais je suis convaincue que les membres du jury, de leur côté, sont tout à fait capables de résister. Votre objection est rejetée.

Jordan retourna s'asseoir. Le procureur s'approcha de son témoin en dodelinant de la tête et prit la parole :

— Mademoiselle Martine, pourquoi utilise-t-on l'ADN pour recueillir des pièces à conviction ?

— Je vais essayer d'être simple. Vous vous rendez au travail en voiture et vous êtes embouti sur le côté par un autre véhicule qui prend la fuite. Vous faites une déclaration à la police, qui vous demande de décrire la voiture. Plus vous lui donnerez d'informations, plus elle sera en mesure de retrouver la voiture en question. Si vous vous contentez de dire à la police que la voiture était bleue, les recherches seront difficiles, car des véhicules bleus, il y en a de toutes sortes, de toutes marques et de tous modèles, que ce soient des voitures particulières ou des véhicules utilitaires. Mais si vous signalez que c'était une Acura bleue de 1991 avec un hayon arrière, un toit pare-soleil et un autocollant DITES NON À LA DROGUE, elle aura moins de difficultés, non seulement à retrouver une voiture correspondant à cette description, mais encore à déterminer que c'est effectivement la voiture qui vous a accroché. Plus vous donnerez de caractéristiques, plus réduit sera le nombre de suspects. De la même façon, plus je pourrai vous donner de caractéristiques génétiques sur les résultats obtenus, plus je pourrai éliminer de gens. Par conséquent, lorsqu'on retrouve une personne qui correspond au profil, il est très peu vraisemblable de trouver quelqu'un d'autre présentant exactement les mêmes critères.

— L'analyse est-elle complexe ?

— Oui, très complexe, répondit Frankie. Par sa nature, elle doit être extrêmement fine.

— Quelles précautions prenez-vous pour éviter la contamination pendant votre analyse des pièces à conviction ? s'enquit Matt.

— Je ne travaille que sur un élément à la fois, je l'étiquette immédiatement et je l'enferme avant de commencer à travailler sur un autre élément. Je travaille toujours sur l'élément de preuve avant de travailler sur l'échantillon de sang connu, et je nettoie mes instruments et mon plan de travail entre les échantillons. Je change fréquemment mes blouses et mes gants de laboratoire, et j'utilise autant de matériel jetable que nécessaire, en sorte qu'il n'y ait ni déplacement ni contamination d'ADN. Enfin, j'ai des échantillons témoins qui ne contiennent pas d'ADN ajouté intentionnellement. Si, à un moment quelconque de la procédure, je détecte de l'ADN dans ces échantillons, j'en déduis que tous les échantillons sont contaminés et je recommence depuis le début.

Le procureur enfila une paire de gants de plastique. Puis il fit apparaître un chemisier maculé de sang.

— Reconnaissez-vous ceci ? demanda-t-il.

— Oui. C'est le chemisier qu'on m'a demandé d'analyser.

Matt fit ajouter le chemisier aux pièces à conviction, puis demanda à Frankie d'identifier les tampons, les enveloppes et les pipettes du kit de prélèvements.

— Quels sont les résultats de l'analyse de tous ces objets ?

Frankie introduisit un tableau dans un projecteur. D'ordinaire, c'était le moment où l'expert en médecine légale perdait son auditoire. « Malheureusement, regretta intérieurement Jordan avec une grimace, pas cette fois ci. » Le jury avait vue sur les jambes de l'intervenante, des jambes divines, il était bien forcé de le reconnaître.

Frankie dévoila le tableau ligne par ligne au moment où elle donnait les explications correspondantes.

Objet	*CSF 1P0*	*TPOX*	*TH01*	*VWA*	*D16 S539*	*D7 S820*	*D13 S317*	*D5 S818*
100	12, 12	8, 11	6, 7	17, 17	12, 14	9, 12	9, 13	12, 12
200	12, 12	11, 11	6, 7	15, 15	13, 13	8, 8	11, 11	10, 12
Chemisier	12, 12	11, 11	6, 7	15, 15	13, 13	8, 8	11, 1	10, 12
Ongles	12, 12	11, (8)	6, 7	17, (15)	12, 14, (13)	9, 12, (8)	9, 13, (11)	12, (10)
Cuisse	Pas de valeur	8, (1)	6, (7)	17, (15)	Pas de valeur	12, (8) (9)	13, (9) (11)	12, (10)

— Sur la ligne 100, dit-elle, vous voyez tout ce que je peux vous dire sur l'échantillon de sang prélevé sur la victime. Et chacune de ces huit combinaisons bizarres de lettres et de chiffres que vous apercevez sur la ligne est une localisation dans la chaîne ADN. Imaginez qu'il s'agisse de cette voiture qui a embouti la vôtre sur le côté... la première colonne, c'est la marque de la voiture. La deuxième colonne, c'est le modèle. La troisième, c'est la couleur... et ainsi de suite jusqu'à la huitième colonne, l'autocollant. À chaque localisation, la victime a reçu un allèle de sa mère et un allèle de son père. Par exemple, à la localisation CSF1P0, Mlle Duncan a hérité un allèle douze de chacun de ses parents. Sur la ligne 200, c'est l'échantillon de sang prélevé sur le prévenu… Sur le chemisier que M. le procureur a montré, j'ai extrait de l'ADN des taches de sang. Vous constaterez qu'à chaque localisation, le profil des taches correspond au profil de M. St Bride.

— Combien d'autres personnes sont susceptibles d'avoir un profil qui corresponde aux éléments de preuve ?

— Il n'est pas possible de tester l'ADN de tous les habitants de la planète, donc j'ai appliqué une formule mathématique pouvant m'aider à prévoir la réponse à cette question. D'après mes calculs, ce profil ne se retrouvera qu'une fois sur plus de six milliards, chiffre qui correspond approximativement à la population mondiale.

— Pouvez-vous nous expliquer la rangée suivante ? demanda Matt.

— Je sais que le profil ADN retrouvé sous les ongles de Mlle Duncan est le résultat d'un mélange, parce que, à certaines localisations, nous trouvons trois chiffres - or nous n'héritons que de deux allèles. Ce n'est pas surprenant. La contribution de Mlle Duncan au matériel génétique de ce mélange est impossible à éliminer, car on trouvera obligatoirement des cellules provenant de ses mains. Ce qui nous intéresse, c'est de savoir quel est l'ADN mélangé avec le sien. Et compte tenu des chiffres du profil de M. St Bride - rangée 200 -, il ne peut pas être éliminé.

— Qu'est-ce qui aurait pu l'éliminer ?

— Le fait de trouver un chiffre à une localisation ne figurant pas dans son profil génétique.

— Ce n'est pas le cas dans ce mélange particulier ?

— Non, répondit Frankie. Il est deux cent quarante millions de fois plus probable que l'accusé soit le co-donneur de cet échantillon qu'un individu choisi au hasard dans la population.

— Et la ligne du tableau correspondant à la cuisse ?

En fronçant les sourcils, elle répondit :

— C'était un échantillon de sperme trouvé sur le tampon de prélèvement de la cuisse. Ici, j'ai analysé deux localisations qui ont donné des résultats non concluants.

— Qu'est-ce que cela signifie ?

— Nous ne disposions pas de suffisamment d'ADN pour profiler les huit localisations, répondit la biologiste. Pour les six localisations subsistantes, M. St Bride ne peut pas être éliminé. Il y a sept cent quarante mille fois plus de chances que M. St Bride ait contribué à l'échantillon de sperme plutôt qu'une autre personne choisie au hasard dans la population.

— Merci, mademoiselle Martine, conclut le procureur.

Le président du jury lui lança un clin d'œil.

D'abord, la chatte était morte.

Bien sûr, ce n'était pas un grand malheur en soi. Car Magnolia avait du diabète depuis trois ans, et vivre jusqu'à douze ans, c'était déjà pas mal pour un chat diabétique. Mais elle était morte pendant qu'elle, elle était au tribunal et qu'elle témoignait pour cette pauvre Gillian.

Ensuite, quelques heures après, son petit frère était tombé de la cage à poules, au parc de jeu, et il s'était cassé le bras en trois endroits.

« Un malheur n'arrive jamais seul », avait commenté son père.

Mais il n'était pas au courant de la loi des Trois ; il ne savait pas qu'il suffisait d'une seule pierre pour déclencher une avalanche aux conséquences épouvantables. Tout ce que l'on faisait vous retombait dessus en trois fois plus fort… le bon comme le mauvais. C'étaient peut-être des conneries, mais il n'y avait pas de doute : elle avait prêté serment au tribunal, elle avait témoigné à la barre, et le résultat était là. Son chat, son petit frère… Immanquablement, une troisième catastrophe l'attendait pour réparer le mal qu'elle avait fait.

Chelsea dévisagea ses parents. Sa mère devait passer une mammographie le lendemain. Découvrirait-on un cancer? Son père prévoyait de retourner travailler ce soir-là… aurait-il un accident de voiture? S'arrêterait-elle de respirer, juste comme ça, dans son sommeil? Se réveilleraitelle pour découvrir le diable assis à côté d'elle?

— Chelsea, fit remarquer sa mère, tu n'as rien mangé.

C'était terrible de ne pas savoir à l'avance ce qui l'attendait.

Elle se leva précipitamment de table et courut se réfugier dans sa chambre. Là, elle ferma la porte à clé et farfouilla dans ses tiroirs. Enfin, elle trouva ce qu'elle avait si soigneusement caché.

Pouvait-on effacer ses mauvaises actions en les remplaçant par des bonnes? Elle devait tenter le tout pour le tout. Chelsea ferma donc le petit paquet en faisant trois nœuds bien serrés et l'introduisit dans une enveloppe capitonnée qui avait contenu un CD acheté sur Internet. Elle écrivit une nouvelle adresse dessus, ajouta des timbres et sortit en courant de la maison, avec dans son sillage les questions inquiètes de ses parents sidérés par son comportement.

Elle courut jusqu'à l'extrémité du pâté de maisons, là où se trouvait la grande boîte à lettres bleue. « Heures des levées : 10 h et 14 h », lut-elle. D'une main tremblante, elle jeta le paquet dans la fente. Elle ne pensa pas à Gillian. Elle ne pensa à rien qui pût la faire changer d'avis. Non, elle ne pensa qu'à s'accrocher à la petite lueur d'espoir qui lui promettait que, le lendemain à midi, sa vie changerait peut-être de cap.

— Vous avez analysé les poils de pubis contenus dans le kit des pièces à conviction, n'est-ce pas, mademoiselle Martine ? demanda Jordan en se levant.

— Oui.

— Qu'avez-vous trouvé ?

— Aucun poil présentant de l'ADN différent de celui de la victime.

Jordan haussa les sourcils.

— N'est-il pas difficile de violer sauvagement quelqu'un sans laisser un seul poil de pubis ?

— C'est fréquent. Normalement, nous n'effectuons pas de test sur les poils du pubis lorsque nous avons de l'ADN, car les poils peuvent être transmis de la manière la plus innocente. Par exemple, lorsque vous êtes allé aux toilettes après la dernière session, maître McAfee, vous en êtes probablement revenu avec des poils de pubis ne vous appartenant pas sur vos chaussures, et pourtant, je pars du principe que vous n'avez pas commis de viol.

« Qu'elle est mignonne, se dit Jordan, particulièrement quand elle se fout de moi. »

Abandonnant cette stratégie de défense, il reprit :

— Vous avez témoigné que le sang trouvé sur le chemisier de la victime correspondait à celui de l'accusé, n'est-ce pas exact ?

— Non. J'ai témoigné que les localisations que j'ai testées correspondaient.

— Peu importe, fit Jordan en balayant la distinction d'un revers de manche. Pouvez-vous dire si le sang que vous avez analysé provient d'une égratignure sur la joue de l'accusé… ou d'une blessure au-dessus de son œil ?

— Non.

— Est-il possible de déterminer si le sang trouvé sur le chemisier provient d'une égratignure provoquée par un être humain ou provoquée par une branche ?

— Non, répondit Frankie. Mais son ADN a été retrouvé sous les ongles de la victime. La contribution de l'accusé à ce mélange ne peut pas être éliminée.

— La victime portait-elle du vernis à ongles ?

La biologiste eut un petit sourire.

— Effectivement, elle en portait. Rouge vif. Et ses ongles étaient très longs, ce qui a permis de prendre un très bon échantillon de cellules épithéliales.

— Est-il obligatoire de griffer quelqu'un pour obtenir ses cellules épithéliales sous les ongles ?

— Pas nécessairement.

— On peut obtenir ses cellules épithéliales en lui massant le cuir chevelu, n'est-ce pas ?

— Oui, je suppose.

— Ou si on lui caresse doucement le bras en l'embrassant ?

Frankie fit une grimace trahissant clairement ce qu'elle pensait de ce scénario.

— C'est possible.

— Et maintenant, examinons quelques éléments de preuve, poursuivit Jordan. Le sperme et les résidus d'ongles… ce sont tous les deux des mélanges d'ADN ?

— Oui.

— Ce sont des mélanges présumés des deux échantillons connus que vous avez là. Ceux de Mlle Duncan et ceux de M. St Bride ?

— Selon toute probabilité, oui.

— Dans ce cas, comment se fait-il que les deux lignes ne soient pas identiques ?

— Vous avez noté les différences d'intensité : les chiffres qui sont entre parenthèses, et ceux qui ne le sont pas. Ceux-là peuvent provenir de toute une variété de sources, expliqua la jeune femme. Si nous avions procédé au mélange d'ADN en labo, il aurait été très précis : deux gouttes de sang de chacun des donneurs. Mais un mélange qui nous a été apporté pour que nous l'analysions peut ne pas avoir été divisé de façon égale entre les deux donneurs. Il est évident que dans le mélange des résidus d'ongles, je n'ai pas détecté autant d'ADN du co-donneur que d'ADN de la victime.

— Mais en ce qui concerne le sperme, ne devrait-il pas y avoir là une bonne quantité d'ADN du mâle ?

— Cela dépend de la quantité de sperme fabriquée par ce mâle, répondit Frankie. S'il s'agit d'un éjaculateur fréquent, il n'aura pas beaucoup de sperme. S'il s'agit d'un toxicomane accro au crack, il n'aura pas beaucoup de sperme. S'il s'agit d'un alcoolique ou d'un diabétique, il n'aura pas beaucoup de sperme. Il y a beaucoup de facteurs qui entrent en jeu.

— À votre connaissance, l'accusé est-il un éjaculateur fréquent ?

— Je n'en ai pas la moindre idée.

— Savez-vous s'il est accro au crack ?

— Non.

— Savez-vous s'il est alcoolique ou diabétique ?

— Non plus.

Jordan arbora un air dubitatif.

— Donc, à la vue de ces deux profils de mélange différents… vous n'avez pas été dérangée par toutes les incongruités que vous avez trouvées ?

Elle hésita avant de justifier :

— Une différence d'intensité n'est pas vraiment une incongruité. Parfois, nous voyons apparaître entre parenthèses un chiffre auquel nous ne nous attendions pas, mais cela peut provenir d'un tas de facteurs... du pourcentage d'ADN de chaque donneur dans le mélange... de la parenté éventuelle des donneurs... Nous n'excluons pas un suspect sur la base d'une différence infinitésimale comme celle-ci.

— Il y a une grosse différence entre le fait d'avoir deux cent quarante *millions* de fois plus de chance qu'un autre d'être un co-donneur – comme dans l'échantillon des ongles – et celui d'avoir sept cent quarante *mille* fois plus de chances d'être un co-donneur, comme dans l'échantillon de sperme.

— C'est exact.

— Et si vous aviez eu des résultats pour les deux localisations qui n'ont pas été exploitées ?

— Ça, c'est un si avec un grand *S*, maître McAfee, répondit Frankie. Peut-être votre client aurait-il pu être exclu. Peut-être, également, aurait-il continué à être inclus.

— Est-il exact que certains labos analysent plus de huit localisations ?

— Oui. Le FBI effectue treize analyses.

— N'est-il pas possible qu'en analysant plus de systèmes, vous en arriviez à exclure Jack en tant que suspect ?

— Si. (Elle regarda le jury.) Si vous affinez la recherche en l'étendant à une Acura bleue de 1991 avec un hayon arrière et un toit pare-soleil et un autocollant... et un parebrise craquelé et une aile cabossée et des pneus contact, le groupe de suspects potentiels se réduit de plus en plus.

— Le ministère public vous a-t-il demandé de procéder à ces tests supplémentaires ?

— Notre laboratoire n'est pas encore équipé pour cela.

— Mademoiselle Martine, me permettez-vous d'ajouter une ligne à votre tableau ?

Elle hocha la tête et Jordan introduisit une feuille manuscrite dans le projecteur, ajoutant un nouveau profil.

Objet	*CSF 1PO*	*TPOX*	*TH01*	*VWA*	*D16 S539*	*D7 S820*	*D13 S317*	*D5 S818*
Nouveau	N/A	8,8	6,6	17, 15	N/A	8 12	11 13	10, 12

— Mademoiselle Martine, cet échantillon est-il différent de l'échantillon de Jack St Bride dont vous avez fait le profil ?

— Oui.

— Donc il viendrait d'une personne différente ?

— Théoriquement, oui, répondit Frankie.

— Et maintenant, si vous permettez... pourriez-vous nous montrer ce que nous pourrions obtenir avec un mélange de la ligne 100 et du nouvel échantillon... Gillian Duncan avec un hypothétique suspect ?

Frankie prit un stylo et se mit à écrire au dos de son tableau.

Objet	*CSF 1PO*	*TPOX*	*TH01*	*VWA*	*D16 S539*	*D7 S820*	*D13 S317*	*D5 S818*
Nouveau	N/A	8,8	6,6	17, 15	N/A	8,12	11, 13	10, 12
100	12, 12	8, 11	6, 7	17, 17	12, 14	9,12	9, 13	12, 12
100+ Nouveau	N/A	8 (11)	6, (7)	17, (15)	N/A (8)	12, (9)	13, (9), (11)	12, (10)

— Mademoiselle Martine, demanda Jordan, que vous rappelle cette ligne ?

— Le profil du sperme.

— Donc la personne qui a donné cet hypothétique échantillon de sang a pu être un donneur du mélange de sperme ?

— Oui, cette personne ne serait pas exclue.

— Donc il est possible qu'il y ait quelqu'un d'autre que Jack St Bride qui se promène dans les environs… quelqu'un qui a cet ADN particulier, par exemple… qui pourrait être inclus comme suspect ?

Frankie le regarda dans les yeux.

— Tout est possible, maître McAfee, mais mon labo travaille sur des pièces concrètes. Je n'ai pas eu en main cet échantillon de sang hypothétique, et je ne connais pas cet hypothétique suspect. Mais, si vous le trouvez… faites-moi signe, je pratiquerai les tests.

Charlie essayait de se concentrer sur les questions du procureur mais, en dépit de tous ses efforts, il ne parvenait pas à détourner son attention d'Addie Peabody.

Elle était assise derrière la défense, derrière Jack St Bride, sur la nuque duquel elle gardait les yeux fixés comme pour y creuser un trou. Quelques mèches de cheveux s'échappaient de son chignon, et son ensemble – le seul qu'elle possédait, il l'aurait parié – était chiffonné comme une peau de nouveau-né.

Il n'avait pas envie d'être là. Il avait envie d'être chez lui, en train de démêler le mystère que constituait sa fille. Il avait envie d'attraper Addie et de la secouer jusqu'à ce que les vérités que Meg lui avait avouées tombent par terre à ses pieds.

— Comment se comportait-elle à ce moment-là ? entendit-il.

La voix de Matt lui parvenait depuis les profondeurs d'un long tunnel.

Elle avait peur. Elle était repliée sur elle-même. Hébétée.

Après le témoignage de Chelsea, il avait eu envie de courir à la maison, d'attraper Meg et de lui demander si elle était une sorcière, elle aussi. Mais il l'avait déjà accusée une fois, et il avait vu où ça l'avait mené. Que se passerait-il s'il recommençait ? Combien fallait-il commettre d'erreurs avant que le lien entre un père et sa fille soit irrémédiablement rompu ?

Rompu.

Il s'aperçut qu'il avait parlé à voix haute en entendant Matt lui poser une nouvelle question.

— Après avoir pris sa déclaration, qu'avez-vous fait ?

— Je suis allé au poste et j'ai établi une demande de mandat d'arrêt, répondit Charlie.

— Avez-vous obtenu ce mandat ?

— Oui.

— Où vous êtes-vous rendu pour l'exécuter ?

— Chez Addie Peabody, répondit Charlie, qui, bien qu'il eût évité de la regarder, la sentit se raidir sur son siège. J'ai demandé à voir M. St Bride et j'ai dit à celui-ci qu'il était arrêté pour un crime d'agression sexuelle aggravé sur la personne de Gillian Duncan la veille au soir.

— Que s'est-il passé ?

— Il a dit qu'il ne s'était pas trouvé à proximité de Gillian Duncan durant la nuit.

— Êtes-vous retourné à la clairière derrière le cimetière ?

— Oui, le matin suivant.

— Qu'avez-vous trouvé ?

— Les restes d'un feu de joie, répondit le policier. Les feuilles avaient été piétinées par endroits. J'ai aussi trouvé l'empreinte d'une botte.

— Avez-vous trouvé un préservatif ?

— Non.

— Un emballage de préservatif ?

— Non.

— Avez-vous revu Gillian le lendemain ?
— Oui, murmura Charlie. Je suis passé chez elle pour la voir.
— Comment était-elle ?
« Comme Meg aujourd'hui », pensa-t-il.
Il plongea dans les yeux sombres et vides de Jack St Bride, et il sentit qu'il se noyait.

Jordan s'avança d'un pas digne vers le témoin, sans attendre que le procureur eût rejoint sa place.
— En dehors des investigations que vous avez menées au cimetière, vous avez procédé à d'autres investigations sur cette affaire, n'est-ce pas ?
— Oui.
— Vous avez également procédé à des recherches dans la chambre de votre fille, et vous avez trouvé des éléments de preuve dont vous avez pensé qu'ils étaient liés à cette affaire, est-ce exact ?
Un souvenir commun leur revint : celui de Jordan assis sur le bord du divan, chez Charlie, avouant avec embarras ses soupçons au policier.
— Oui.
Jordan prit un objet sur la table du procureur, un objet qu'il lui avait demandé d'apporter.
— Reconnaissez-vous ceci ?
— Oui. C'est un ruban que j'ai trouvé.
— Où ?
— Dans le placard de ma fille.
— Qu'avez-vous encore trouvé, en dehors de ce ruban ? demanda Jordan.
— Des tasses en plastique, et une Thermos.
— Avez-vous trouvé des résidus de poudre dedans ?
— Oui.
— De la poudre que vous avez fait tester ?
Charlie hocha la tête.
— Oui.
— Cette poudre, c'était de l'atropine, n'est-ce pas ?

— C'est ce qu'on m'a dit.
— Savez-vous ce qu'est l'atropine ?
— Un médicament, répondit Charlie.
— Est-il exact que l'atropine peut produire occasionnellement des effets secondaires analogues à ceux des substances toxiques illicites ?
— Oui.
— Donc, inspecteur, les seules pièces à conviction que vous ayez découvertes pour prouver l'existence d'un acte criminel, vous les avez trouvées dans la chambre de votre fille, n'est-ce pas ? Parce que vous n'avez rien trouvé au cimetière qui soit susceptible d'indiquer qu'un viol s'y est déroulé, n'est-ce pas ?
— Non, rien de spécifique.
— Est-il vrai que vous avez demandé à Mlle Duncan d'examiner plusieurs préservatifs pour vérifier si elle pouvait retrouver celui que M. St Bride aurait utilisé la nuit en question ?
— Oui.
— Mais elle n'a pas pu l'identifier, n'est-ce pas ?
— Non… mais j'imagine qu'elle n'était pas en train de faire des tests comparatifs au moment du viol…
La juge adressa un regard sévère à Charlie.
— Veuillez vous contenter de répondre aux questions, inspecteur.
— Lorsque vous avez retrouvé les jeunes filles, cette nuit-là, elles étaient aux abords du cimetière ?
— Oui.
— À quelle distance de l'endroit où le feu de joie avait été allumé ?
— La clairière se trouve à environ cinquante mètres, répondit Charlie.
— Combien de temps avez-vous mis pour y arriver ?
— Je ne me suis pas chronométré.
Jordan s'avança vers Charlie.
— Plus de trente secondes ? insista-t-il.

— Non.

— Il n'y avait pas de rocher à escalader ? Pas de fossé où vous auriez pu tomber ?

— C'est un chemin plat, sans aspérités.

À présent, Jordan se trouvait presque face à face avec le policier.

— Après son arrestation, mon client vous a dit qu'il était innocent, n'est-ce pas ?

— Oui, dit Charlie en haussant les épaules, comme la majorité des suspects.

— Mais, contrairement à la majorité des suspects, vous n'avez pas obtenu d'aveux de la part de mon client au poste. En fait, mon client n'a cessé de nier son implication dans ce crime, n'est-ce pas ?

— Objection ! cria Matt.

— Retenue.

Jordan ne cilla pas.

— Lorsque vous avez retrouvé Gillian Duncan aux abords du cimetière, quel aspect avaient ses vêtements ?

— Ils étaient sales, couverts de feuilles. Son chemisier était boutonné de travers. (Charlie jeta un regard à Jack.) Comme si on le lui avait arraché.

— J'ai devant moi la transcription du témoignage qu'a fait Mlle Duncan hier. Pourriez-vous lire le passage que j'ai souligné ? demanda Jordan en tendant une feuille de papier au policier.

— « Et votre pull ? Est-ce qu'il vous l'a enlevé ? – Non. – Déboutonné ? – Non. », lut Charlie.

— Merci.

Jordan montra une photo de Jack qui avait été placée parmi les pièces à conviction.

— Est-ce vous qui avez pris cette photo de M. St Bride ?

— Oui.

— Est-ce une représentation juste et conforme de son aspect lorsque vous l'avez arrêté ?

— Oui.

— Regardez l'égratignure sur sa figure. Y a-t-il une seule égratignure ou cinq égratignures ?

— Une seule.

— Est-il possible de n'avoir qu'une seule égratignure lorsqu'on vous laboure le visage avec cinq doigts ?

Charlie se rappela soudain les mains de Gillian se tordant sur ses genoux, et celle d'Amos se tendant vers l'une d'elles pour la tenir. Elle avait de longs ongles rouge vif, la même couleur de vernis que sa fille lorsqu'elle était passée voir Gillian chez elle, cette semaine-là.

— Je n'en suis pas sûr, murmura-t-il.

Jordan reposa la photo d'un geste vif.

— Plus de questions.

La chambre de Gilly était plongée dans un nuage d'encens. L'adolescente respira profondément, imaginant qu'elle dérivait avec la fumée, qu'elle se dissolvait en même temps que s'élevait l'énergie. La cannelle parsemait la joue de sa mère de taches de rousseur, sur la photo jaunie glissée sous une bougie.

— Je m'adresse à la Terre, à l'Air, au Feu, à l'Eau, chuchota-t-elle. Je m'adresse au Soleil, à la Lune et aux Étoiles.

Elle ne savait pas ce qui se passait au tribunal, et, à la vérité, elle s'en fichait. Elle ne pensait pas à son père, assis derrière Matt Houlihan comme un dragon veillant sur la vertu de sa fille. Elle ne pensait pas à Jack St Bride. Du plus profond de son âme, Gillian appelait la présence de sa mère.

Juste au bord du cercle, elle la vit, silhouette translucide, et son rire résonna au creux de son oreille. Cette fois-ci, il se passa quelque chose. Contrairement à d'habitude, sa mère ne disparut pas avec la bougie qui se consumait. Mais elle la regarda droit dans les yeux et chanta son nom d'une voix cristalline qui tinta comme un carillon. « Ce n'est pas bien », dit cette voix, et la flamme de la bougie jeta une lumière si vive qu'elle en devint aveuglante.

La silhouette disparut. Gillian s'aperçut alors que le tapis avait pris feu. Vite, elle étouffa les flammes, mais ne réussit pas à sauver la photo. Elle était carbonisée. Il ne subsistait qu'un bout de la main de sa mère.

Gillian se jeta par terre à côté des cendres et inhala la fumée en sanglotant. Elle ne sut que plus tard qu'elle s'était brûlé les mains en éteignant le feu et que ses ampoules cicatriseraient en prenant la forme d'un cœur.

Matt Houlihan était fatigué. Il avait envie de rentrer, d'endormir Molly dans ses bras pendant que Syd lui masserait les pieds. Il avait envie de boire pour oublier. Lorsqu'il serait au bord de la perte de conscience, il n'aurait plus à voir le visage de Gillian Duncan.

Il avait presque fini.

Ce fut cette pensée qui le fit se lever. Il sortit un morceau de papier d'une enveloppe et le tendit à McAfee, qui savait, depuis l'audition des motions, que ce moment arriverait.

— Votre Honneur, le ministère public n'a plus de témoins à produire pour cette affaire. Cependant, je voudrais présenter maintenant une copie certifiée conforme de la condamnation de Jack St Bride pour agression sexuelle, délit pour lequel il a plaidé coupable le 20 août 1998 dans le comté de Grafton, New Hampshire. M. St Bride a reconnu avoir commis une agression sexuelle sur une mineure de quinze ans et a été condamné à une peine de huit mois d'incarcération à la maison d'arrêt du comté de Grafton.

Les membres du jury regardèrent Matt, puis l'inculpé, et ils pensèrent à nouveau ce que tout homme ou toute femme raisonnables eût immanquablement pensé à la vue d'une telle pièce à conviction : « S'il l'a déjà fait avant, il l'a sûrement refait. »

Matt plaça la pièce à conviction sur le bureau du greffier, puis regarda Jack St Bride en face, en souhaitant ardemment que ce salaud souffre mille morts à se voir ainsi, à son tour, livré à la merci d'un autre, de quelqu'un qui détenait toutes les cartes.

— Votre Honneur, ajouta Matt, le ministère public a terminé.

1969,
New York

Le matin même, pendant qu'elle dégustait son café importé de Sumatra, Annalise St Bride avait lu un article dans le *New York Times* relatant le calvaire d'une femme qui avait accouché dans un arbre. Cette femme, une Mozambicaine victime des inondations qui ravageaient son pays, avait dû choisir ce refuge pour échapper aux eaux qui avaient emporté sa case. Le bébé était en bonne santé, c'était un garçon, et il avait été secouru par hélicoptère le jour suivant.

Annalise se cramponnait à l'idée que ce qu'avait vécu cette pauvre Africaine était certainement pire que ce qui lui arrivait.

Elle se trouvait à Astor Place en train de faire des courses, et elle venait de choisir une robe de baptême absolument adorable, lorsqu'elle avait perdu les eaux. Avec quinze jours d'avance.

L'ambulancier lui annonça qu'il ne pourrait la conduire à Lenox Hill, la clinique prévue pour son accouchement, pour cause de trafic bloqué par un défilé d'un côté, et par une rupture de canalisation de l'autre.

— Je ne veux pas aller à Saint-Vincent ! répéta-t-elle aux deux ambulanciers qui l'installaient dans leur véhicule.

— Bon, très bien, madame, vous avez qu'à faire votre bébé ici.

Une douleur irradiante monta dans son bas-ventre et lui coupa le souffle. En haletant, elle fit une ultime tentative :

— Vous savez qui est mon mari ?

Mais, déjà, l'ambulance avait démarré et filait dans les rues, toutes sirènes hurlantes.

Par la vitre, Annalise vit défiler la ville, une palette d'angles gris et de piétons pressés. Au bout de quelques minutes, ils stoppèrent devant l'hôpital le plus épouvantable de New York.

Des grappes de drogués et de clochards étaient affalées le long des façades du bâtiment. Ici, les patients mouraient dans les couloirs avant d'avoir été pris en charge. On était à mille lieues de Lenox Hill, avec ses appartements luxueusement aménagés, conçus pour donner aux couples l'impression d'être à la maison.

Saint-Vincent ? Mieux valait naître dans un arbre, cela vous avait une autre classe que de naître à Saint-Vincent.

Lorsque les ambulanciers déchargèrent le brancard, elle était prête à tout mettre en œuvre pour fuir cet endroit. Mais, au moment où les roues atterrirent sur le trottoir, elle sentit le choc se répercuter dans son corps tout entier. Sa colonne vertébrale était en train de se briser… ses vertèbres craquaient, oui… Dans son ventre, elle sentit un énorme poing remuer, tirer sur des ficelles comme un marionnettiste, si fort et si longtemps qu'elle se cabra et se débattit contre son propre corps.

« Je vais mourir », se dit-elle.

Lorsqu'elle ouvrit la bouche, ce fut pour demander :

— Allez chercher Joseph.

On la fit passer avant les ivrognes aux yeux vitreux et les mères assorties d'une marmaille hurlante accrochée à leurs jupes, la morve au nez. La pièce entourée de rideaux sentait l'alcool et les produits de nettoyage. Annalise détonnait dans ce décor comme une porcelaine de Meissen dans un intérieur garni de meubles préfabriqués.

— Elle est à huit centimètres, annonça le médecin, un Asiatique aux cheveux dressés sur la tête comme une crête de coq.

— Je veux attendre mon mari, croassa Annalise, coupée en deux par les contractions.

— Je ne crois pas que votre bébé soit d'accord, murmura une infirmière en venant se placer derrière elle pour lui soutenir les épaules.

Joseph et elle avaient fait le tour des chambres de Lenox Hill et avaient été charmés par les parures de lit en soie et les fausses cheminées. Leur restaurant italien préféré était juste à côté. Joseph avait promis de lui apporter des *penne alla diavolo*, la spécialité du restaurant, le lendemain de son accouchement.

Soudain, il y eut un remue-ménage. On amenait une patiente dans le box voisin de celui d'Annalise.

— Maria Velasquez. Trente-trois ans, primipare, grossesse de vingt-sept semaines, annonça une voix. Tension treize/sept, fréquence cardiaque 105. Elle a été tabassée par son mari.

Annalise regarda fixement le rideau qui la séparait de cette femme. L'infirmière lui détourna doucement le visage.

— Occupez-vous de vous, lui conseilla-t-elle.

— Vous avez des contractions ?

La question était posée de l'autre côté du rideau, ce rideau qu'Annalise ne pouvait quitter des yeux, au point qu'elle s'attendait à le voir se décrocher d'une minute à l'autre par un effet de psychokinésie.

— *Sí, las tengo*, gémit la femme.

— On dirait qu'elle saigne. Ce pourrait être un placenta previa. Appelez l'obstétricien.

Annalise passa la langue sur ses lèvres desséchées.

— Que… qu'est-ce qui se passe de l'autre côté ? Qu'est-ce qu'elle a, cette femme ?

Du bout de la table de travail, son médecin lui dit :

— Poussez, maintenant.

Elle poussa de toutes ses forces, en serrant les yeux si fort que la pièce tourna autour d'elle et que les mots qui filtrèrent à travers le rideau lui parvinrent assourdis et tremblants.

— *No puedo !*

— Ça vient… vite, donnez-moi une blouse et des gants !

— Sa tension baisse. Elle a 90 au pouls.

— Merde ! Elle perd trop de sang.

— Respirez, madame Velasquez. *No empuje.*

— *Primero salve mi bebé ! Por favor, salve mi bebé !*

Annalise sentit qu'elle s'ouvrait progressivement de l'intérieur. De façon incongrue, l'image de Joseph s'imposa à elle : il passait un pull à col roulé et la laine s'étirait au fur et à mesure que sa tête émergeait lentement du col, qui livra le passage à son sourire, à ses cheveux emmêlés.

— C'est parti, dit le médecin.

— Lactate de Ringer, à fond la caisse. Faites son groupe sanguin. Qu'est-ce qu'il fout, l'obstétricien, bordel ?

— Faut qu'on y aille maintenant. *Ahora*, madame Velasquez. *Empuje*.

— Le pédiatre est arrivé.

— C'est pas trop tôt. Prenez le bébé.

— *El se llama Joaquîn !*

— Oui, madame Velasquez. C'est un joli prénom.

— Allez, on pousse encore une fois, dit l'infirmière à Annalise, et vous aurez votre petit bébé, vous aussi.

— Aspirez l'enfant... Je veux qu'il soit intubé et ventilé, oxygène à cent pour cent...

— *No quiero morir...*

— Saturation oxygène 98 %. Fréquence cardiaque 150.

Un roulement de chariot.

— La mère perd tout son sang.

— Faites-lui un massage de l'utérus. Fort. Plus fort !

— Faites une perf de syntocinon avec deux unités de O négatif ouverture maximum.

— Mais qu'est-ce qu'il fout, l'obstétricien, nom de Dieu ? Mettez un cathéter central.

Annalise attrapa l'infirmière par le col et l'attira à elle.

— Je ne veux pas mourir, dit-elle.

— Vous n'allez pas mourir. Allez, on pousse une dernière fois. Un bon coup.

Annalise serra les dents, poussa... et, tout à coup, son fils fut là.

— L'abdomen du bébé se remplit d'air.

— Vous avez intubé son œsophage. Recommencez.

— Saturation oxygène 63 %. Fréquence cardiaque 70.

— Mettez un cathéter ombilical. Donnez-lui 1 cc d'atropine, 0,3 d'épi et 3 milliéquivalents de bicar.

— Faites les gaz du sang.

— Elle nous lâche !

— Il est en fibrillation ventriculaire !

Épuisée, Annalise contempla le petit paquet vigoureux qu'elle tenait dans ses bras et le serra étroitement contre elle.

De l'autre côté du rideau, on menait deux batailles séparées, l'une pour sauver la femme qui avait presque été battue à mort par son mari, l'autre pour permettre à son enfant de vivre. De temps en temps, le rideau s'arrondissait du côté d'Annalise, et l'effervescence s'introduisait jusque dans son espace vital.

Elle distinguait deux voix, celle du médecin qui s'occupait de la mère et celle du médecin qui s'occupait de son nouveau-né.

— On commence le massage thoracique.

— Envoyez du 350 watts… intubez-la !

Un bruit de secousses. Un moteur qui s'évertue à faire repartir un organisme.

— Redonnez-lui 1 mil d'épi.

— Redonnez-lui 0,3 d'épi.

Nouvelle secousse.

— Asystolie.

Un instant plus tard :

— Asystolie.

Puis les deux médecins, d'une même voix :

— On arrête tout.

Annalise aurait dû être emmenée chez l'obstétricien mais, dans l'effervescence, on l'avait oubliée. Les voix qui avaient fait enfler le rideau une demi-heure plus tôt s'étaient tues.

L'horloge pendue au mur comptait bruyamment les minutes. Avec précaution, Annalise descendit de la table de travail, marcha jusqu'au berceau et prit son fils au creux de son bras. Elle était endolorie et mal assurée sur ses jambes, mais elle ne s'était jamais sentie aussi forte. Elle repoussa le bord du rideau qui la séparait du corps inerte de Maria Velasquez.

La femme était allongée sur le dos. Un tube sortait de sa gorge comme un périscope. Son visage et son cou étaient couverts de blessures et de bleus. Annalise descendit le drap bleu qui recouvrait sa poitrine et vit une ceinture de marques violettes sur son ventre toujours gonflé.

Deux heures auparavant, elle n'eût imaginé pire destin que celui d'accoucher dans un endroit comme Saint- Vincent. Elle avait pleuré parce qu'il n'y avait pas de papier peint au mur de la salle de travail, parce que le médecin qui avait été la première personne à toucher son fils n'avait pas été élevé dans une famille arrivée au Nouveau Monde à bord du *Mayflower*. Car elle avait voulu offrir à son enfant une naissance digne de son rang, afin de lui donner toutes les chances de devenir comme elle.

Savoir placer ses invités à table sans commettre d'impair, savoir rendre les invitations dans les règles de l'art, s'assurer que la bonne ne buvait pas pendant son service, telles étaient les préoccupations majeures des amies d'Annalise. Lorsqu'il leur arrivait de croiser des malheureux qui vivaient dans la misère, elles détournaient rapidement la tête pour éviter ce spectacle susceptible de leur donner mauvaise conscience.

Maria Velasquez vivait dans une ville qu'Annalise ne connaissait pas, une ville où les femmes étaient violées et battues, puis abandonnées à leur désespoir. Annalise avait entendu mourir cette femme.

Le corps sans vie du bébé reposait dans un berceau. Il était minuscule, ses os recouverts d'une fine pellicule de peau étaient légers comme ceux d'un moineau. Annalise, portant son fils au creux d'un bras, prit l'enfant mort-né de Maria Velasquez dans son autre bras.

Naître à Lenox Hill, à Saint-Vincent ou naître dans un arbre, quelle importance ? Elle regarda le corps martyrisé de Maria Velasquez et avala sa salive. L'important, c'était d'avoir une chance d'aimer et d'être aimé.

— Qu'est-ce que vous fabriquez ici ?

Elle sursauta à la voix de l'infirmière.

— Je… je…

Annalise inspira profondément et releva le menton.

— J'ai simplement pensé qu'il fallait que quelqu'un le tienne dans ses bras au moins une fois.

L'infirmière, qui s'apprêtait à la tancer vertement, s'arrêta. Sans mot dire, elle hocha la tête et s'éloigna en fermant le rideau derrière elle.

L'infirmière qui avait présidé à l'accouchement entra dans son box, accompagnée d'un Joseph à l'air complètement égaré. Discrète, elle s'éloigna, laissant l'heureux papa admirer son fils. Le bébé bâilla et sortit un petit poing de la couverture.

— Oh, Annie, chuchota Joseph, j'arrive trop tard.

— Non, tu es juste à l'heure.

— Quand je pense que tu as atterri ici !

Annalise ne répondit pas. Joseph, émerveillé, dit d'un ton incrédule :

— Tu ne trouves pas qu'il est extraordinaire ?

— Oui, je trouve aussi.

Il s'assit à côté de la jeune maman et s'empressa de l'informer :

— Je vais te faire sortir d'ici tout de suite. J'ai déjà appelé le Dr Post à Lenox Hill, et il…

— Non, je préfère rester ici, l'interrompit-elle. Le Dr Ho est très bien.

Joseph ouvrit la bouche pour discuter, mais, en voyant l'expression de sa femme, il hocha la tête et caressa la tête du nouveau-né.

— Est-ce que… est-ce qu'il a un nom ?

El se llama Joaquín.

— Je crois que j'aimerais l'appeler Jack, dit Annalise.

3 juillet 2000,
prison du comté de Carroll

Tenir la main de l'homme qu'on aime... Pas simplement par réflexe, en signe du lien qui vous attache à lui... non, en l'enserrant véritablement, en sentant votre pouls battre à l'unisson du sien, avec vos doigts qui palpent ses jointures et ses ongles comme si vous vouliez apprendre la géographie de cette main par cœur...

Addie tendit la main vers celle de Jack comme pour s'y raccrocher, comme si elle était en train de se noyer, et leurs mains se joignirent par-dessus la vieille table, dans le sous-sol de la prison du comté de Carroll. Elle toucha la peau de son bien-aimé avec toute l'émotion qu'elle avait gardée en elle depuis son témoignage. Elle la toucha un millier de fois, pour chaque instant où elle avait eu envie de se précipiter vers lui au banc de la défense et de poser une main sur son épaule, de déposer un baiser sur sa nuque. Elle la toucha et s'aperçut que ce contact, un contact aussi innocent que celui de leurs doigts entremêlés, possédait le pouvoir de la faire frissonner et d'accélérer les battements de son cœur.

Et elle s'adonnait avec tant de félicité à ce moment qu'elle ne s'aperçut pas que l'homme qu'elle chérissait luttait contre l'envie désespérée de s'enfuir.

Ce ne fut que lorsqu'il démêla doucement ses doigts des siens qu'Addie leva la tête.

— Il faut qu'on parle, dit-il.

Addie le dévisagea. La mâchoire volontaire, les lèvres douces, le fin duvet doré qui recouvrait ses joues – tout était là, bien en place. Mais ses yeux, ses yeux bleu et noir… ils étaient vides.

— Je trouve que ça marche bien, tu ne trouves pas ? affirma-t-elle en souriant si fort qu'elle en avait mal aux joues.

Elle mentait, et ils le savaient tous les deux. Suspendu au-dessus d'eux comme une tempête imminente, il y avait le souvenir de Matt Houlihan lisant aux jurés sa condamnation précédente. Si ce nuage noir avait suivi Jack et Addie, il ne faisait aucun doute qu'il avait pareillement suivi les jurés, tous autant qu'ils étaient.

— Jack, dit-elle en savourant le plaisir de prononcer son nom, si tu veux parler de mon témoignage… excuse-moi. Je n'ai jamais voulu être citée comme témoin. (Elle ferma les yeux.) J'aurais dû mentir pour toi quand Charlie est venu, ce matin-là. C'est ça, hein ? Si j'avais menti, tu aurais eu un alibi. Tu serais libre maintenant…

— Addie, l'interrompit Jack d'une voix douloureusement monocorde, je ne suis pas amoureux de toi.

Addie sentit le sol se dérober sous ses pieds et dut s'agripper au bord de la table. L'homme qui venait de prononcer ces paroles était celui dont, à l'entendre, la veille encore, elle éclairait la vie, au fond du trou noir où il se trouvait. À quel moment, entre la veille et le jour présent, la rupture s'était-elle produite ?

Parfois, quand j'ai peur de devenir fou ici, j'imagine simplement que je suis déjà dehors.

Les larmes lui montèrent aux yeux, des larmes brûlantes.

— Mais tu m'as dit…

— Je dis un tas de choses, l'interrompit Jack, amer. Mais tu as bien entendu le procureur. Ce n'est pas toujours la vérité.

Elle tourna la tête vers l'unique fenêtre du sous-sol, un petit carré de verre sale placé juste en dessous du plafond. Elle garda les yeux grands ouverts, pour ne pas pleurer devant Jack. Une image lui revint, celle de son père, des années auparavant, après la mort de sa mère. Il était dans son salon, à jeun pour une fois, entouré de papiers et de souvenirs. Il lui avait tendu une boîte remplie de bibelots.

« Tiens, c'est mon testament. Et quelques... quelques petites choses qui te reviennent. La première lettre que j'ai écrite à ta mère, ma médaille de la guerre de Corée... »

Addie avait farfouillé dans la boîte. Elle y avait trouvé des objets, ceux qu'il avait rassemblés après l'enterrement, comme elle-même l'avait fait après la mort de Chloé. Pour dénouer les fils de la vie des disparus, de façon à pouvoir continuer à avancer.

Son père avait déposé sa belle montre en or dans le coffret et elle comprit : il mettait ses affaires en ordre, pour lui éviter d'avoir à le faire elle-même.

« Tu n'es pas en train de mourir », avait-elle protesté en lui rendant la boîte.

Roy avait répondu avec un soupir :

« C'est tout comme. »

Lentement, Addie tourna la tête vers Jack. Il n'avait pas de testament à lui offrir, ni de médailles, ni de souvenirs. Mais il lui rendait son cœur, afin que, lorsqu'il sortirait de sa vie, les fils soient rompus.

— Non, répondit-elle d'un ton ferme.

Jack cligna des yeux.

— Pardon ?

— Oui, tu peux me demander pardon. Me mentir comme ça ! Mais écoute, Jack, si vraiment tu avais voulu rompre avec moi, tu aurais choisi une excuse un peu plus plausible. Par exemple… tu aurais pu me dire que je suis trop bien pour toi. Ou que tu ne veux pas que je souffre avec toi. Mais me dire que tu ne m'aimes pas… eh bien, c'est simple, je ne te crois pas.

Elle se pencha vers lui et lui dit, les yeux dans les yeux :

— Tu m'aimes, j'en suis sûre. Et j'en ai marre de voir les gens que j'aime se tirer avant que je sois prête à les voir partir. Je ne veux pas que ça se reproduise.

Elle se leva d'un mouvement déterminé. Puis elle se dirigea vers la porte où était posté un gardien et le planta là, sans se retourner.

— Dors, maintenant, sinon, demain, tu ne seras bon à rien.

Il était deux heures du matin, et ils étaient couchés côté à côte, les yeux fixés au plafond.

— Tu es complètement noué… même si ça semble impossible, après ce qu'on vient de faire.

— Je n'y peux rien. Je n'arrête pas d'entendre Houlihan lire cette saloperie de condamnation.

Selena réfléchit un instant.

— Bon, très bien, alors je vais détourner le cours de tes pensées…

— Selena, j'ai quarante-deux ans. Tu vas me tuer.

— Arrête de penser plus bas que la ceinture, McAfee. (Elle s'assit en tailleur et se mit le drap sur les épaules.) C'est l'histoire du type qui est traîné devant les tribunaux parce que son facteur s'est cassé le petit doigt en glissant sur une plaque de verglas dans sa descente de garage. Deux jours plus tard, sa femme lui envoie une lettre de menaces via l'avocat chargé de son divorce. Il en a tellement marre des avocats qu'il va se soûler la gueule dans un bar.

— Eh ben, ça commence bien, commenta Jordan.

— Après dix verres de tequila il est rond comme une queue de pelle. C'est là qu'il se met à hurler à pleins poumons : « Les avocats sont tous des connards ! »

— Bravo. Et c'est comme ça que tu veux me détendre ?

Imperturbable, Selena poursuivit :

— Alors, un mec lui répond, de l'autre bout de la salle : « Fais gaffe à ce que tu dis ! » Et le mec bourré lui demande : « Ah bon ? T'es avocat ? »

Jordan termina la blague :

— « Non, je suis un connard. »

Selena s'écria, vexée :

— Tu la connaissais avant !

— Ma puce, cette blague, j'aurais pu l'inventer ! (Il soupira.) Tu sais quoi ? Ce qu'il me faudrait, c'est un bon petit boulot bien pépère. Peut-être qu'ils recrutent en ce moment à l'IRA.

— Tu devrais essayer de travailler pour un avocat que je connais, répliqua Selena.

Jordan sourit, puis passa à autre chose :

— Dis, tu vas me poursuivre pour harcèlement sexuel ?

— Peut-être. Et toi, tu vas me poursuivre ?

— Oh, j'ai d'autres trucs à faire avec toi, murmura Jordan.

Mais, au lieu de tendre les bras vers elle comme elle s'y attendait, il se tourna de l'autre côté.

Selena se pencha sur lui, en lui caressant l'épaule du bout de ses nattes.

— Jordan ?

Il l'attrapa par la main, en regrettant de ne pouvoir retenir le reste de sa personne avec la même facilité.

— Est-ce que tu vas encore me quitter, Selena ?

— Est-ce que tu vas encore m'étouffer, Jordan ?

— Je t'ai demandé de m'épouser. Je ne savais pas que c'était un crime.

— Jordan, tu n'avais pas envie de m'épouser. Tu étais encore sous le coup de l'affaire Harte. Tu t'es raccroché à moi parce que j'étais là.

— Ce n'est pas à toi de me dire ce dont j'avais envie. Je sais ce dont j'avais envie. De toi. Et c'est toujours le cas.

— Pourquoi ?

— Parce que tu es intelligente et que tu es belle et que tu es la seule femme au monde capable de raconter une blague débile sur les avocats à un avocat, et cela, à deux heures du matin. (Il enserra son poignet encore plus fort.) Parce que tu me donnes le sentiment qu'il y a des choses qui valent la peine qu'on se batte pour elles.

— Le fait de coucher avec moi, ça fait peut-être de toi un avocat plus heureux, Jordan, mais cela ne te fait pas travailler davantage pour tes clients... Tu as toujours mêlé ta vie professionnelle et ta vie personnelle. Et tu m'as entraînée là-dedans.

— Reste avec moi, Selena. Je te le demande maintenant, pour que tu voies que cela n'a rien à voir avec l'issue de cette affaire.

— Peut-être qu'il vaudrait mieux, répliqua-t-elle d'un ton léger, en espérant s'en sortir par une plaisanterie. Peut-être que nous devrions demander au jury de prendre la décision, puisque ni toi ni moi n'en sommes capables.

— Des jurys qui prennent la mauvaise décision, il y en a à la pelle.

Elle scruta son visage.

— Et tu crois qu'ils vont se tromper, cette fois-ci ? demanda-t-elle.

Jordan se demanda si elle parlait du verdict pour Jack St Bride ou de leur relation. Il porta sa main à ses lèvres et la lui baisa délicatement, en lui promettant :

— Pas si j'ai mon mot à dire.

À trois heures du matin, non seulement Gillian en était à soixante-quinze mille moutons, mais elle était passée à d'autres animaux de la ferme, pour changer. Le temps s'écoulait avec une lenteur exaspérante. Mais elle avait des raisons d'être anxieuse. Dans six heures, le procès reprendrait, et elle courait le risque que l'avocat de Jack St Bride défasse tout le travail accompli par le procureur.

Elle s'était tellement tournée et retournée que ses draps s'étaient emmêlés. En soupirant, elle rejeta sa couverture et livra sa peau à la caresse de l'air frais. Un bruit de pas l'alerta.

La lumière s'alluma. Gillian serra les poings. De l'eau coula, une lame de parquet craqua. Tout doucement, elle remonta sa couverture pour s'y enfermer comme dans un cocon.

Lorsque son père ouvrit sa porte, elle était tournée sur le côté et faisait semblant de dormir. Elle sentit le plancher trembler sous le poids de son visiteur. Amos s'assit sur le bord de son lit et posa une main suppliante sur sa tempe.

— Mon bébé, chuchota-t-il, d'une voix douloureuse qui la remua.

Elle ne bougea pas. En prenant bien soin de respirer régulièrement, elle continua à donner le change, même lorsqu'une larme se glissa entre la main de son père et sa joue, les unissant aussi sûrement qu'un point de colle.

C'était triste mais c'était vrai : le moment le plus palpitant de la journée de Thomas, c'était l'heure du courrier. Pourtant il n'attendait rien de particulier. De temps en temps, on lui proposait une carte de crédit, ou alors c'était encore une relance du magazine de scoutisme débile qu'il avait annulé à l'âge de douze ans et qui avait réussi à suivre sa trace d'adresse en adresse. Mais quand on avait quinze ans et qu'on vivait des choses aussi excitantes que bouffer des céréales périmées au petit déj, lire des bouquins assommants pour le cours d'anglais et sortir prendre le courrier, c'était incontestablement cette dernière tâche qui était la plus intéressante.

L'emballage, léger et volumineux, lui rappelait trop la souris morte que lui avait envoyée le frère d'un mafieux, client de son père, qui avait été condamné. Thomas ouvrit fébrilement un côté de l'enveloppe… et en sortit un petit cahier.

Interloqué, il examina sa trouvaille. Un cahier d'écolier blanc et noir, un objet très ordinaire. Mais celui-ci était entouré d'un ruban argenté, comme un cadeau. Sur la couverture, il lut : *Le Livre des ombres*.

Il défit le nœud et ouvrit le cahier. *Comment faire venir l'argent à vous. Envoûtement d'amour n° 35*. Les rubriques étaient présentées comme des recettes de cuisine : les ingrédients, suivis du mode de préparation. Elles étaient écrites à la main, mais il semblait y avoir différents auteurs, car l'écriture variait. Dans les marges, de petites notes et des dessins humoristiques.

Une rubrique plus longue : *Imbolc 1999*. Cela ressemblait à une pièce écrite pour quatre acteurs, avec des répliques pour chacun. Mais comment il était bizarre, ce texte ! Fronçant les sourcils, Thomas commença sa lecture.

— Vous comprenez donc à quel point vos réponses sont importantes, murmura Jordan en dévisageant anxieusement son interlocutrice.

Avec ses cheveux argentés en bataille et ses sandales de corde, ses boucles d'oreilles et ses bracelets tintinnabulants, on pouvait dire qu'elle sortait de l'ordinaire… C'était le genre de personne qu'on s'attendait plutôt à rencontrer à un concert de Grateful Dead que dans un prétoire.

— Tout à fait, maître McAfee, le rassura Starshine.

Plongeant la main dans sa poche, elle en sortit un petit sac bleu autour duquel était noué un ruban mauve.

— Pourriez-vous remettre ceci à votre client ?

— À Jack ? Qu'est-ce que c'est ?

— Un charme, si vous voulez. Ce sont des herbes, une petite pomme de pin, du tabac, et également des graines de moutarde, au cas où. Et, bien sûr, un dessin représentant un œil ouvert.

— Bien sûr, répéta Jordan d'une voix faible.

— Pour que la justice le regarde d'un œil favorable.

Que répondre à cela ? Jordan glissa le petit sac dans sa poche de poitrine comme un mouchoir, et Starshine monta au front.

Aussitôt, elle capta l'attention du jury. Extrayant sa main de la large ouverture de sa manche, elle la posa sur la Bible.

— Je jure de dire la vérité, toute la vérité, rien que la vérité, et que le Dieu me vienne en aide. (Elle sourit.) Et la Déesse aussi.

Puis elle se tourna vers la juge.

— Vous permettez un instant ?

Althea Justice, visiblement sous le choc, se contenta de faire un signe d'assentiment.

Starshine ouvrit un sac de chanvre qu'elle avait apporté à la barre et en sortit une Thermos, une bougie verte, une tasse, un sachet de sucre et un flacon d'épices marqué SAFRAN.

— Et c'est reparti, grommela Matt Houlihan.

À haute voix, il protesta :

— Objection, Votre Honneur !

— Retenue, répondit la juge. Madame, vous me voyez dans l'obligation de vous demander ce que vous faites.

Le témoin était en train de se balancer légèrement d'avant en arrière, les bras écartés et les yeux clos.

— Je fais monter l'énergie, Votre Honneur, rien de plus, répondit Starshine. C'est le rituel pour créer un espace de sécurité.

— Je vous demande pardon ?

— Est-ce que je peux retourner la chaise ? Il faut que je me mette face au sud.

Au banc de la défense, Jordan enfouit son visage dans ses mains.

La juge s'en remit au procureur, dont le visage se fendit d'un sourire.

— Oh, après tout, dit Matt, s'il nous faut un espace de sécurité, allons-y pour un espace de sécurité ! N'interrompons pas le rituel !

Starshine alluma la bougie, puis versa quelques gouttes du liquide de la Thermos dans la tasse qui y était attachée.

— Ce n'est que du lait, expliqua-t-elle avant d'y ajouter les deux sachets. Mélangé à un peu de safran et un peu de sucre.

Elle porta la tasse à ses lèvres et inhala profondément, en fermant les yeux. Puis elle prononça à l'adresse de personnages qu'elle était la seule à voir :

— Je suis avec vous depuis le début.

Elle but.

Un calme étrange se posa sur la salle d'audience, un calme ressenti par tous. Quelques murmures de surprise parcoururent les rangs. Starshine s'imprégna en esprit du pouvoir magique, retint le sortilège et défit le cercle.

— Je pense que ça va nous protéger, conclut-elle.

Althea Justice se tourna vers Jordan.

— Amusez-vous bien, maître McAfee, lui souhaita-t-elle.

Jordan se leva en dodelinant de la tête. D'un côté, les tours de passe-passe de cette folle servaient bien sa défense, parce que Gillian pratiquait la Wicca, elle aussi. D'un autre côté, si cette Starshine était vraiment trop timbrée, le jury ne croirait pas un mot de son témoignage.

— Connaissez-vous Gillian Duncan ? demanda-t-il pour commencer.

— Oui. Elle vient très souvent dans ma boutique. (Le témoin se tourna vers le jury pour expliquer, d'un ton très professionnel :) Je tiens Les Livres de la Wicca, une librairie occulte.

— Une librairie occulte ? Qu'est-ce que c'est ?

— Nous vendons des livres, ainsi que des charmes et des herbes pour les gens qui pratiquent des religions fondées sur le culte de la nature.

— De quand date la dernière visite de Mlle Duncan dans votre boutique ?

— Du 25 avril.

— Que cherchait-elle ? demanda Jordan.

— Objection ! cria Matt. C'est une déposition concernant la foi d'autrui.

— Votre Honneur, mon but est de mettre en doute la crédibilité de Mlle Duncan concernant le déroulement des événements, opposa Jordan.

— Objection rejetée, monsieur le procureur. Je veux entendre ce que le témoin a à dire.

Starshine poursuivit :

— Elle voulait des onguents utilisés par les sorcières pour pouvoir voler.

— Voilà qui mérite quelques explications complémentaires, commenta Jordan, feignant de n'y comprendre goutte. Des sorcières ?

— Oui. C'est comme ça qu'on appelle les adeptes de la religion wiccane.

— Pouvez-vous nous dire à quoi croient les… wiccans ?

— C'est très simple. D'abord, il ne faut nuire à personne mais suivre sa volonté. Ensuite, toutes les sorcières ont le pouvoir de faire surgir l'énergie, de jeter des sorts, de pratiquer la magie et de communiquer directement avec la Déesse.

— Objection, Votre Honneur, s'insurgea Matt. Nous instruisons un procès pour viol, nous ne tournons pas un épisode de *Ma sorcière bien-aimée*.

— Votre Honneur, pourriez-vous m'accorder quelques instants, histoire de poser quelques bases ? demanda Jordan.

La juge accéda à sa demande.

— Y a-t-il beaucoup de sorcières ? s'enquit Jordan.

— On estime qu'il y en a entre trois et cinq millions à travers le monde, mais il n'y en a pas beaucoup qui s'en vantent, répondit Starshine. (Elle regarda la juge.) Parce que cette dame en personne pourrait se cacher dans le fameux placard à balais !

— N'y comptez pas ! répondit sèchement Althea Justice.

— Les vieilles habitudes ont du mal à disparaître et la discrimination est très réelle, même si les sorcières, loin de causer du mal, font honneur aux femmes en respectant l'environnement. Il arrive très souvent qu'on les rende responsables des malheurs qui fondent sur une ville ou qu'on les accuse de s'adonner au culte de Satan. Il suffit de regarder la statue de Giles Corey à Salem Falls pour se rappeler l'hystérie collective de 1692.

— Vous avez déclaré que Mlle Duncan avait demandé des onguents pour pouvoir voler. Qu'est-ce que cela signifie ?

— Au Moyen Âge, les sorcières utilisaient des onguents de projection astrale pour obtenir des effets hallucinatoires. Ces onguents contiennent des éléments tels que le haschisch et la belladone, qui produisent les mêmes effets que les stupéfiants ; ça fait planer, si vous voulez. Inutile de vous dire que nous ne les utilisons plus de nos jours. Gillian est venue dans ma boutique pour me demander si j'avais une recette d'onguent.

— Que lui avez-vous dit ?

— Que c'était illégal. Je lui ai conseillé de rediriger son énergie et de célébrer Beltane à la place.

— Beltane ? Qu'est-ce que c'est que ça ?

— C'est le dernier des trois festivals de printemps dédiés à la fertilité, un sabbat qui marque les noces du Dieu et de la Déesse. En un mot, maître McAfee, ça concerne le sexe.

— Y a-t-il une manière traditionnelle de célébrer Beltane ?

— Les sorcières suspendent aux branches d'un arbre des offrandes de nourriture et d'herbes destinées au Dieu et à la Déesse. Souvent, au cours de Beltane, on saute par-dessus un feu de joie pour chasser les inhibitions.

— Un feu de joie ? répéta Jordan.

— Oui. Et il y a un arbre de mai, et souvent aussi, il y a une union par les mains…

— Une union par les mains ?

— Oui, un mariage à l'essai. On tient celui qu'on a choisi par la main et on saute par-dessus les flammes. On est alors liés l'un à l'autre pour un an… pour une période test, si vous voulez. Et, naturellement, après l'union par les mains, il y a toujours le Grand Rite. (Elle rit devant l'expression égarée de Jordan.) On fait l'amour, maître McAfee, en plein air, dans les champs de notre mère la Terre.

— Bien, émit Jordan en rougissant un peu, ça paraît fantastique comme fête !

Starshine lui adressa un clin d'œil.

— Attendez d'avoir essayé avant de vous moquer !

— Est-ce qu'on célèbre Beltane à une date précise ?

— À la même date tous les ans. À minuit sonné, le 30 avril, au moment où on tourne la page du calendrier à la date du 1er mai.

La première personne citée comme témoin par McAfee n'avait causé aucun dommage. Gillian Duncan pouvait bien s'adonner au paganisme, au bouddhisme ou au chamanisme, Matt s'en moquait éperdument. En dépit des tours de magie, des bougies et de l'espace de sécurité, rien ne pouvait effacer le fait que Gillian Duncan avait été violée cette nuit-là.

— Mademoiselle Starshine, demanda Matt, avez-vous un moyen de savoir si Gillian Duncan est une sorcière, en dehors de ce qu'elle vous a dit ?

— Je ne suis pas dans sa bande, si c'est ce que vous me demandez.

— Étiez-vous dans la clairière derrière le cimetière au moment de Beltane ?

— Non. Je célébrais Beltane ailleurs.

— Vous n'avez donc pas vu Gillian cette nuit-là, n'est-ce pas ?

— Non.

— Et vous n'avez pas vu non plus M. St Bride ?

— Je ne l'avais jamais vu avant aujourd'hui, précisa Starshine.

— Donc vous ne pouvez pas savoir si l'accusé et Mlle Duncan étaient ensemble la nuit du 30 avril ?

— Non.

Matt amorça un retour vers sa place, puis se ravisa.

— Cet espace de sécurité que vous avez créé ici, est-ce une pratique connue de toutes les sorcières ?

— Sous une forme ou une autre, le sortilège de protection est une pratique courante, oui.

— De quoi est-on protégé ?

— De l'énergie négative, expliqua Starshine.

— Mais si l'accusé se levait à ce moment même et vous attrapait…

— Objection ! cria Jordan.

— … s'il vous jetait à terre et vous plaquait au sol…

— Retenue !

— ... est-ce qu'un sortilège de protection pourrait empêcher une sorcière d'être violée ?

— Monsieur le procureur ! s'époumona la juge en frappant sa table du plat de la main. Arrêtez immédiatement !

— Je retire ma question, dit Matt. Je n'ai plus rien à ajouter.

Le Dr Roman Chu portait une tenue de skate-boarder, ses cheveux étaient dressés sur sa tête et il arborait un T-shirt noir traversé de l'inscription BLACK ANGELS. Si Jordan ne l'avait pas connu personnellement, il aurait eu tendance à imaginer que Roman était un gamin ramassé dans la rue et payé pour jouer un rôle.

Mais le spécialiste en toxicologie rassura tout le monde en prêtant serment et en exposant toute la liste des qualifications et certificats requis.

— Mon travail consiste à établir les preuves d'absorption des drogues par le moyen de l'isolation, de l'identification et de la quantification des substances toxiques dans un matériel biologique. Disons que je suis un limier qui coûte très cher.

— Un expert en toxicologie travaillant pour la médecine légale peut-il dire si un produit est pris en dosage thérapeutique, ou en surdose accidentelle ou intentionnelle ? demanda Jordan.

— Oui. Nous utilisons des procédures d'analyse modernes telles que la chromatographie et la spectrométrie pour mesurer les produits toxiques, et nous identifions ensuite la relation entre ces mesures et la réponse clinique pour comprendre l'effet pharmacologique. (Il sourit au jury.) Nous fréquentons aussi les bancs de la faculté, où nous apprenons à utiliser des mots qui ne comptent jamais moins de six syllabes.

Le rire des jurés vint, une fois de plus, conforter Jordan dans son choix d'avoir utilisé les compétences de Roman.

— Docteur Chu, avez-vous analysé un échantillon prélevé sur Gillian Duncan ?

— Oui.

— Quels sont vos résultats ?

— L'échantillon que j'ai analysé a fait apparaître la présence d'atropine.

Jordan vit Matt se figer sur son siège. Le jury se pencha en avant, abasourdi par la révélation du mensonge de Gillian.

— De l'atropine ? répéta Jordan. Qu'est-ce que l'atropine ?

— Une drogue utilisée à des fins médicales pour détendre les muscles de l'intestin, pour accélérer le rythme cardiaque, pour réduire les sécrétions durant l'anesthésie et, occasionnellement, dans le traitement de l'asthme.

— Combien de temps faut-il à la drogue pour faire effet ? demanda Jordan.

— L'effet est très rapide, avec un pic de concentration de plasma en l'espace d'une heure, et des effets qui durent entre deux et six heures.

— Pour vous permettre de trouver de l'atropine dans un échantillon de sang, combien de temps auparavant la personne doit-elle l'absorber ?

— Le prélèvement doit être effectué dans un laps de temps de vingt-quatre heures après l'absorption.

— La quantité d'atropine trouvée dans le sang de Mlle Duncan était-elle compatible avec un dosage normal ?

— La dose thérapeutique usuelle est de 0,1 à 1,2 milligramme. Son test a révélé une quantité de 23 nanogrammes par millilitre, environ quatre heures après absorption. La moitié de la durée de vie de la drogue étant de trois ou quatre heures, cela correspondrait à une quantité de 46 nanogrammes dans le sang la première heure. En prenant en compte les paramètres du poids de Mlle Duncan, du tissu adipeux et de l'heure approximative de l'absorption, cela indique une dose de 10 milligrammes d'atropine… En gros, dix à cent fois la norme.

— Qu'est-ce que cela signifie ?

— Que Mlle Duncan a pris une dose beaucoup trop élevée, répondit Chu.

— Cela peut avoir affecté son organisme ?

— Oh oui ! Avec une simple dose de 2 milligrammes, le sujet présente une accélération du rythme cardiaque, une sécheresse de la bouche, une dilatation des pupilles, des troubles de la vision. Au-delà d'une dose de 5 milligrammes, le sujet présente des signes d'agitation, des troubles de la parole et des difficultés de déglutition, des maux de tête, une sensation de chaleur, une réduction du péristaltisme intestinal. Lorsque l'on prend 10 milligrammes d'atropine, comme Mlle Duncan, viennent s'ajouter à tout cela : l'accélération et la faiblesse du pouls ; l'altération de la vision ; la rougeur de la peau ; des signes d'agitation et de surexcitation ; des troubles de la marche et de la parole ; des hallucinations ; des signes de délire et un coma.

— Les effets sont-ils durables ?

— Non. C'est un trip assez court, précisa Chu avec un sourire ironique.

— Mais les hallucinations sont probables ?

— Oui. Il faut savoir que récemment, en Hollande, on a trouvé quatre marques d'ecstasy contenant de l'atropine, pour cette raison, justement.

— Certaines personnes, donc, utilisent l'atropine comme une drogue hallucinatoire par pur plaisir ?

Chu confirma par un hochement de tête.

— Selon mes informations, oui. En fait, ce sont ces hallucinations qui mettent les médecins sur la voie d'un empoisonnement à l'atropine.... parce que l'atropine ne se décèle pas à l'analyse toxicologique de routine. De plus, compte tenu du fait qu'elle affecte la mémoire à court terme, il est très difficile de savoir si, ou quand, cette drogue a été absorbée.

— Sait-on si les hallucinations peuvent correspondre à des souvenirs réels ou non ?

Chu haussa les épaules.

— Le sujet est incapable de le dire. Comme tous les hallucinogènes, l'atropine altère les perceptions.

— Est-il possible qu'une personne se trouvant sous l'effet d'un hallucinogène imagine une agression physique ?

— Objection ! cria Matt. Cette question n'entre pas dans le cadre du témoignage de cet expert.

— J'autorise cette question, répondit la juge.

Chu sourit.

— Pensez à tous ces gens qui se grattent jusqu'au sang après s'être défoncés, parce qu'ils sont persuadés d'être la proie d'une armée d'insectes mal intentionnés. Quand on utilise une drogue hallucinogène, l'imaginaire devient vrai.

— Une dernière question, ajouta Jordan. L'atropine estelle un dérivé d'une substance particulière ?

— L'atropine provient de l'extrait liquide d'une plante utilisée depuis des lustres comme poison, comme anesthésiant, et qui induit un état de transe. Vous vous souvenez de ce breuvage que boit Juliette pour s'endormir, dans la pièce de Shakespeare ? C'est la même plante.

— Quel est son nom, docteur Chu ?

— Eh bien, répondit le témoin, il s'agit de l'*atropa belladonna*.

Matt demanda une interruption d'un quart d'heure et quitta la salle d'audience hors de lui. Il grimpa l'escalier quatre à quatre pour se rendre dans la petite pièce où l'on hébergeait la victime pour le cas où il aurait besoin de refaire appel à elle. Il trouva Gillian penchée sur une grille de mots croisés.

— Ne vous avisez plus jamais de me mentir! l'apostropha-t-il sans préambule.

Elle posa son crayon.

— Qu... quoi?

Il appuya ses deux bras sur la table et la regarda bien en face.

— Vous m'avez parfaitement entendu, jeta-t-il d'un ton furieux. Alors, comme ça, vous n'avez rien bu pendant la fameuse soirée?

— Je ne sais pas de quoi vous parlez.

— L'atropine, Gillian. On en a trouvé dans votre sang.

Elle le regarda, sidérée.

— Mais... mais le test, aux urgences...

— Il n'était pas concluant, l'interrompit Matt. Le toxicologue de la défense a pratiqué des analyses plus affinées. Et maintenant que le jury sait que vous avez menti en prétendant ne pas avoir pris de drogue... il va se demander quels autres mensonges vous avez pu raconter.

Les yeux de l'adolescente se remplirent de larmes.

— Je n'ai pas menti à propos du viol. Non! Tout le monde me prend déjà plus ou moins pour une pute depuis que ça m'est arrivé... alors je n'avais pas envie qu'on me prenne pour une droguée en plus. C'est la seule et unique fois, je le jure.

Elle leva un visage ravagé vers le procureur.

— Vous croyez qu'il va s'en sortir? Uniquement à cause de ma connerie?

Matt voyait le combat lui échapper peu à peu et il n'avait pas envie de lui donner de faux espoirs.

— Je ne sais pas, Gillian.

— Il ne sera pas acquitté.

Au son de cette troisième voix, Matt et Gillian se retournèrent. Amos Duncan se tenait sur le seuil de la pièce, mal à l'aise.

— M. Houlihan ne le permettra pas, dit-il en s'avançant pour poser une main sur l'épaule de sa fille. C'est peut-être un sale coup, mais ce n'est pas un coup fatal. N'est-ce pas, monsieur Houlihan ?

Matt songea au jury et à ce qu'il venait d'entendre.

— Ce n'est pas moi qu'il faut convaincre ! lança-t-il avant de sortir.

— N'est-il pas exact, docteur, que les hallucinogènes produisent des effets de toutes sortes ? demanda Matt.

Chu eut un petit rire.

— C'est ce qu'on m'a dit, mais il va falloir que je me réclame du cinquième amendement si vous voulez que je sois plus précis.

— Est-il possible qu'une drogue puisse avoir des effets très agréables sur certains, et amener d'autres à… comme vous l'avez dit… se gratter jusqu'au sang ?

— Oui. Cela dépend du dosage, de la puissance, de la personnalité de l'utilisateur, et de l'environnement dans lequel la drogue est prise.

— Donc, en absorbant cette drogue, on n'a pas obligatoirement des hallucinations ?

— Pas nécessairement.

— Avez-vous vu Gillian Duncan dans les premières heures du 1er mai ?

— Non, répondit Chu, je ne la connais pas.

— Donc vous ne connaissez pas sa personnalité.

— Non.

— Vous ne savez pas dans quel environnement elle se trouvait alors ?

— Non.

— Vous ne connaissez même pas la puissance de cette drogue en particulier, n'est-ce pas ?

— Non.

— Avez-vous vu la victime après son transfert aux urgences en vue de subir des examens consécutifs à une agression sexuelle ?

— Non.

— Donc vous ne savez pas si elle souffrait d'hallucinations ?

— Non.

Matt s'avança vers le témoin.

— Vous avez déclaré que la drogue ne restait dans la circulation sanguine que pendant quelques heures, est-ce exact ?

Chu opina du chef.

— Oui.

— À quelle heure l'échantillon que vous avez examiné a-t-il été prélevé ?

— À environ deux heures du matin, répondit le toxicologue.

— Mlle Duncan est arrivée dans les bois avec ses amies à environ onze heures du soir. Avez-vous le moyen de savoir si Mlle Duncan a pris la drogue avant d'être allée dans les bois ?

— Non… mais vu la quantité qu'elle avait dans le sang à une heure et demie du matin, si cela avait été le cas, elle serait morte, maintenant.

— Cependant, compte tenu de ce laps de temps de deux à six heures, la drogue aurait pu être prise après le viol, n'est-ce pas ?

— Je suppose.

— Et cela affecterait votre calcul du dosage, n'est-ce pas ?

— Oui.

Matt hocha la tête.

— Vous ne savez pas qui a apporté l'atropine ce soir-là, n'est-ce pas ?

— Non.

— N'est-il pas possible que cette drogue ait été apportée dans les bois par M. St Bride et qu'il lui ait proposé d'en prendre ?

— C'est possible.

Matt s'approcha du box du jury.

— Peut-on sentir l'atropine lorsqu'elle se trouve dans une boisson ?

— D'ordinaire, non.

— Peut-on sentir son goût ?

— Non.

— Donc, si M. St Bride a tendu à Mlle Duncan une boîte de soda ouverte avec cette drogue déjà mélangée dans la boisson, elle pourrait l'avoir bue sans même savoir qu'elle ingérait une substance illégale ?

— Je suppose.

Matt hocha pensivement la tête.

— Docteur Chu, avez-vous déjà entendu parler du Rohypnol ?

— Oui.

— Pouvez-vous expliquer ce que c'est, pour ceux d'entre nous qui l'ignorent ?

— C'est une drogue qu'on appelle drogue du viol, expliqua Chu. Il y a eu quelques affaires récentes. Certaines femmes ont été violées après avoir absorbé une boisson dans laquelle leurs violeurs avaient versé cette substance pour les rendre inconscientes.

— D'où vient l'efficacité du Rohypnol, et, de ce fait, sa dangerosité ?

— Du fait qu'il est sans odeur et sans goût. Habituellement, la victime ne s'aperçoit de rien. Et cette drogue est indétectable à l'analyse de routine en hôpital.

— Toutes ces propriétés que vous nous décrivez ne peuvent-elles pas s'appliquer également à l'atropine ?

— Si, convint Chu, il se trouve que c'est le cas.

Inutile de lutter contre le somnifère qu'on lui avait prescrit. Au moment même où ses yeux se fermaient, Meg se retrouva là-bas, une fois de plus.

Le bois dérivait, comme plongé sous l'eau, et des éclairs roses et scintillants tournoyaient sans relâche autour d'elle tels les personnages d'un jeu vidéo. Sa tête était légère comme un ballon; chaque fois qu'elle ouvrait la bouche, il en sortait des sons complètement idiots… des sons qui n'étaient pas des mots, et qui n'étaient pas sa voix…

— Venez, venez, disait Gilly en leur faisant signe d'approcher, venez féliciter le jeune couple.

Whitney obéit à son injonction d'un pas chancelant, mais Chelsea était trop occupée à cueillir les étoiles dans l'air léger.

— Toi aussi, Meggie! lui ordonna Gilly, et ses jambes acceptèrent de la porter jusque-là.

Matt Houlihan avait tiré un coup de canon sur le meilleur argument présenté jusque-là par l'avocat de Jack. Addie ne s'en remettait pas. Sa main tremblait si fort que lorsqu'elle prit le gobelet de la machine à café, au sous-sol du tribunal, elle le renversa par terre en tachant sa jupe.

— Oh! s'écria-t-elle en se baissant pour réparer les dégâts, avant de s'apercevoir qu'elle n'avait pas de serviette.

— Attends, j'ai ce qu'il faut.

Une paire de bottes noires et impeccablement lustrées entra dans son champ de vision. Elle vit Wes Courtemanche s'accroupir pour essuyer la flaque de café par terre avec son mouchoir.

Embarrassée, Addie sentit le rouge lui monter aux joues.

— Merci, dit-elle avec raideur en lui prenant le mouchoir des mains.

— Addie… murmura-t-il en lui effleurant le poignet.

Elle mit plusieurs secondes avant de trouver le courage de lever la tête.

— Je suis désolé, poursuivit Wes. Je ne savais pas que ça prendrait cette tournure. Et... enfin... je n'ai jamais eu l'intention de t'entraîner là-dedans.

— Tu n'y es pour rien, Wes. C'est moi, toute seule. (D'un geste énervé, elle roula le mouchoir en boule.) Je le lave et je te le rends.

— Non, répondit-il en le lui prenant des mains. Il fut un temps où j'aurais donné n'importe quoi pour t'entendre me proposer ça, mais il faut se rendre à l'évidence, tu n'étais pas destinée à faire ma lessive.

Addie nota ses yeux sérieux, son corps vigoureux, sa loyauté indéfectible.

— Wes, un jour, tu trouveras une femme qui ne demandera pas mieux que de mélanger son linge au tien.

Elle se mordit la lèvre et ajouta :

— Je regrette de ne pas avoir été cette femme.

Wes opina du chef, puis lui lança un sourire nostalgique.

— Pas tant que moi, dit-il avant de l'aider galamment à se relever.

Jack était planté devant la fenêtre de la petite salle de réunion.

— Vous avez déjà entendu parler d'un type qui s'appelait Boris Yetzemeloff ? demanda-t-il à Jordan.

— Non.

— Ce type-là a violé quarante femmes dans les années quarante, à Mexico. Il a été condamné à la prison à vie. Au bout de vingt ans, il a fait un infarctus et il a été déclaré mort pendant vingt minutes. Mais on a réussi à le ressusciter. Et ensuite, on l'a libéré, en considérant qu'il avait accompli son temps de prison à vie.

Jordan se gratta le nez.

— Moi, je ne suis pas très fort en jeux style *Jeopardy*. Mais je connais une réponse, quand même : il est interdit de franchir les limites de l'État de l'Iowa avec un canard sur la tête !

Jack resta de marbre.

— C'est bon à savoir, dit-il d'un ton bref.

— Qu'est-ce que vous êtes en train de me raconter, Jack ? Que vous vous considérez déjà comme condamné à la potence, avant même d'être passé à la barre ?

— Pouvez-vous m'affirmer en toute sincérité que mon témoignage va changer quoi que ce soit ? demanda Jack d'un ton résigné. Ce n'est même pas un témoignage, d'ailleurs. C'est le trou total.

— Je vous ai expliqué ce qu'a dit le Dr Chu. Si vous avez bu de leur thé, vous pouvez très bien ne plus jamais avoir aucun souvenir de la soirée.

Jack donna un coup de pied furieux dans une chaise.

— Je veux me souvenir, merde ! Je ne demande que ça ! Je veux me souvenir de ce qui s'est passé, ne serait-ce que pour pouvoir me le remettre en tête de temps en temps, quand je moisirai en prison, et me rappeler que je suis innocent !

— Vous le sentez avec vos tripes, Jack, soupira Jordan. Ça va être suffisant.

Ils se turent tous les deux, perdus dans leurs pensées. Au-dessus de leur tête, une lampe fluorescente grésillait.

Jack s'assit en face de son avocat.

— Je peux vous demander quelque chose ? dit-il.

— Bien sûr.

— Vous, est-ce que vous croyez en mon innocence ?

Jordan détourna le regard.

— Cela n'influence en aucune façon mon travail d'avocat, de...

— Je vous ai posé une question. Pas de client à avocat. D'homme à homme. (Jack planta ses yeux dans ceux de Jordan.) Je vous en prie.

Jordan savait ce dont Jack avait besoin ; il savait que sa responsabilité, en tant qu'avocat, était de permettre à son témoin clé de conserver son calme, quelle que soit la minceur du témoignage qu'il avait à apporter.

— Bien sûr. Je vous crois, répondit-il. Selena aussi. Et Addie. (Il parvint à sourire.) Vous voyez, vous avez toute une série de gens qui sont avec vous.

Mais il n'y en a probablement pas un seul parmi les jurés, ajouta-t-il in petto.

Le Dr Flora Dubonnet avait une tête de moineau, un corps de cigogne et la voix d'une Minnie Mouse gonflée à l'hélium. Jordan faisait tout son possible pour éviter de grimacer chaque fois qu'elle répondait à l'une de ses questions, sans se priver d'envoyer des regards meurtriers à Selena, qui avait trouvé cet expert pédopsychiatre sur Internet… certainement pas par téléphone.

— Avez-vous étudié des documents concernant cette affaire ? demanda Jordan.

La réponse consista en une sorte de grincement suraigu.

Les membres du jury eurent le même mouvement de recul que s'ils avaient entendu des ongles crisser sur un tableau noir.

— Docteur, intervint la juge Althea Justice, je regrette vraiment, mais je suis dans l'obligation de vous demander de parler plus fort.

— J'ai dit « oui », répéta le Dr Dubonnet.

— Quels documents avez-vous examinés ? reprit Jordan.

— Les comptes rendus psychiatriques de Gillian Duncan, depuis ses neuf ans.

— Selon votre opinion d'expert, que révèlent ces comptes rendus ?

Elle se tourna vers l'auditoire et pépia son interprétation :

— Cette enfant présentait des tendances pathologiques au mensonge.

L'impact de ces paroles, prononcées avec une voix pareille, était singulièrement diminué.

— Pouvez-vous donner quelques exemples précis qui vous ont conduite à ce diagnostic ?

— Oui. Il se trouve que, dans certains cas, ses affirmations étaient très souvent contredites par des sources collatérales. Dans d'autres cas, ses déclarations étaient tout bonnement impossibles à croire. Par exemple, elle s'entêtait à nier des vols à l'étalage, alors qu'elle tenait les objets dans ses mains. Elle se livrait à l'automutilation, se tailladait les bras et refusait de le reconnaître, même présentée à un médecin. Il lui est arrivé également de répandre des rumeurs à l'encontre d'une fillette de son quartier pour l'ostraciser, puis elle a nié toute participation, alors que de nombreux témoignages la désignaient comme étant à l'origine des rumeurs.

— Quelles sont les raisons qui peuvent pousser un enfant à agir ainsi, docteur ? demanda Jordan.

— Dans le cas de Mlle Duncan, il s'agissait probablement d'un désir de se faire remarquer. La mort de sa mère a provoqué la pitié et concentré l'attention sur elle. Dans son esprit, le meilleur moyen de conserver sa place au centre de l'attention était de causer des scandales.

— Selon vous, docteur, lorsqu'un enfant présente une propension pathologique au mensonge, que se passe-t-il lorsque cet enfant grandit ?

— Objection, Votre Honneur, intervint Matt. Nous n'avons que faire d'une projection d'expert sur les enfants en général dans le cas qui nous occupe, et qui est le viol de Gillian Duncan.

— Objection rejetée, murmura la juge.

— Suivant un principe de base en psychiatrie, les garçons qui mentent présentent des troubles du comportement et deviennent des sociopathes… tandis que les filles qui mentent présentent des troubles de la personnalité et deviennent des manipulatrices.

— Merci, répondit Jordan. Rien à ajouter.

Matt bondit immédiatement de son siège.

— Docteur, vous n'avez jamais parlé à Gillian Duncan, n'est-ce pas ?

— Non.

— Vous n'avez rien fait de plus que lire des comptes rendus qui remontent à des années ?

— Oui.

— Votre principe de base… vous ne pouvez affirmer que tous les garçons et toutes les filles suivent ce schéma, n'est-ce pas ? Vous vous contentez de faire une estimation de ce qui se passe souvent ?

— C'est exact.

— Et vous n'avez aucun moyen de savoir si c'est ce qui s'est passé pour Gillian, n'est-ce pas ?

— Non.

— N'est-il pas vrai que Gillian a perdu sa mère à l'âge de neuf ans ?

— C'est ce que j'ai compris.

— Et que c'est pour cette raison qu'elle a commencé une thérapie, et non parce qu'elle mentait de façon compulsive ?

— Oui.

— Vous avez dit que si vous étiez encline à croire que Gillian était une menteuse pathologique, c'était parce que, pendant son enfance, elle avait répandu des rumeurs à propos d'une fillette, puis qu'elle avait tout nié.

— Entre autres.

Matt sourit.

— Pardonnez-moi, docteur, mais quand j'étais enfant, on appelait tout simplement cela être une fille.

— Objection !

— Retiré ! se hâta de dire Matt. Et pourtant, n'est-ce pas typique des filles ? Les garçons font le coup de poing et les filles répandent des rumeurs...

— Objection ! répéta Jordan. Je voudrais savoir quand M. le procureur a passé son doctorat en psychologie clinique.

— Retiré. Docteur, vous avez aussi mentionné un incident de vol à l'étalage, vol nié par Mlle Duncan ?

— C'est exact.

Matt se retourna et regarda Jack droit dans les yeux.

— Eh bien... n'est-ce pas une chose tout à fait commune que de voir une personne qui a commis un crime nier ce crime ?

— Ah... souvent...

— N'est-ce pas une chose tout à fait commune que de voir une personne qui a commis un crime nier ce crime, même lorsque des preuves tangibles indiquent sa participation ?

— Je... je suppose que oui.

— Donc il n'est pas tellement inhabituel, docteur, de mentir pour se sortir d'une situation délicate ?

— Non.

— Cela fait-il de la personne un menteur ou une menteuse pathologique ?

Le Dr Dubonnet soupira.

— Pas nécessairement.

— Rien à ajouter, dit Matt.

Il sentait la sueur et le sang, et son sourire était doux. Meg se dit qu'il ne savait sans doute pas dans quel genre de cérémonie il avait été entraîné. Obéissante, elle posa ses lèvres sur sa joue et, presque aussitôt, perdit l'équilibre. Elle tomba en l'entraînant, l'entendit pous-

ser un cri étouffé lorsque son corps lourd vint s'affaler contre le sien. « Ça va ? » *lui demanda-t-il tout en essayant de la relever. Dans cette tentative, il fit maladroitement glisser ses mains sur sa poitrine et sur son vaste postérieur avant de pouvoir faire levier pour y parvenir.*

Il arrive que nos désirs soient très éloignés de leur objet. Et parfois notre imagination s'empresse de jeter un pont entre les deux sans nous laisser le moyen de nous rendre compte qu'il ne tiendra pas sous le poids.

Il ne l'avait pas caressée ; il avait interrompu sa chute. Mais elle aurait souhaité le contraire, ô combien ! Elle comprit alors qu'elle n'avait pas été la seule.

Roy avait apporté des sandwiches, cette fois. Il avait préparé du rosbif en croûte, de la salade de thon, et même de la pita aux légumes pour les végétariens. La juge, le jury et Jack lui-même se régalèrent sans état d'âme, mais Matt, raide comme un piquet, dédaigna le sandwich à la dinde posé sur le bord de la table.

— C'est de la ciboulette, avoua Roy au greffier qui lui avait posé une question à propos des ingrédients introduits dans la salade de poulet. On ne s'y attend pas, ça vous prend par surprise.

Matt, la tête dans la main, s'enquit d'un ton accablé :

— Votre Honneur, ce témoin a-t-il quelque chose à apporter à la défense, en dehors d'un bon taux de cholestérol ?

— Ça aide à tenir le coup, grommela Roy en se préparant à l'épreuve.

Il arrangea sa cravate, se racla la gorge et lança à Matt, renfrogné :

— Les gens maigres, c'est jamais des joyeux drilles.

Tenant son sandwich d'une main et ses notes de l'autre, Jordan se leva.

— Pouvez-vous décliner vos noms et adresse pour les minutes ?

— Roy J. Peabody. J'habite au-dessus du Wagon-Resto, à Salem Falls.

— Où avez-vous passé l'après-midi du 30 avril, monsieur Peabody ?

— Je travaillais, répondit Roy.

— Vous savez qui est Gillian Duncan ?

— Ouais.

— L'avez-vous vue ce jour-là ?

— Ouais.

Jordan mordit dans son sandwich et demanda, la bouche pleine :

— Où ?

— Elle est venue au Resto. Y devait être dans les trois heures et demie.

— Jack travaillait, à cette heure-là ?

— Bien sûr.

— Vous les aviez déjà vus ensemble ? reprit Jordan.

— Ouais.

— Vous pouvez m'en parler ?

Roy haussa les épaules.

— Elle est entrée et elle a commandé un milk-shake. Après, elle a changé d'avis et elle a dit qu'elle avait pas faim, et elle est sortie. Et moi, je l'ai vue faire le tour et elle a suivi Jack vers le local à poubelles.

— C'est ce que vous avez vu ?

— Ben ouais, vu que ma caisse est juste à côté de la fenêtre, expliqua le vieil homme.

— Qu'avez-vous vu exactement ?

— Je pense qu'elle a dû lui dire quelque chose, parce qu'il a levé la tête et qu'ils ont commencé à causer.

Tout avare de paroles qu'il était, Roy savait drôlement bien faire passer des messages sans avoir l'air d'y toucher. Jordan réprima un sourire.

— Pendant combien de temps ont-ils parlé ?

— Je pense que ça a duré à peu près dix minutes, parce que, pendant ce temps, j'ai fait ma caisse. C'est long, avec tous ces billets et toutes ces pièces.

— Merci, Roy, dit Jordan. Pour tout, ajouta-t-il en levant son sandwich.

Dès que Matt se fut levé pour son contre-interrogatoire, Roy se tourna vers la juge.

— Est-ce que je peux lui poser une question, à lui ?

Bien que visiblement surprise, Althea Justice acquiesça :

— Allez-y, monsieur Peabody.

— Vous pouvez me dire ce que vous avez à reprocher à mon muffin ? interrogea le vieil homme d'un ton sec.

— Pardon ?

— Vous l'avez pas mangé, hein ? Et aujourd'hui vous avez pas mangé mon sandwich.

— Ne le prenez pas pour une offense personnelle, monsieur Peabody. Par ce refus, j'exprimais ma désapprobation.

— Quoi ? Vous voulez dire que ce que je sers, c'est pas assez bon pour vous ?

— Quand on accepte des muffins de la part d'un témoin, on est plus disposé à le croire.

Roy cligna des yeux, déconcerté.

— Bon, disons que je suis au régime sans gluten, proposa Matt avec un soupir. Ça ne vous fait rien si je vous pose quelques questions à mon tour ?

— Allez-y. J'ai pris mon après-midi pour vous.

Matt leva les yeux au ciel.

— Monsieur Peabody, étiez-vous à l'intérieur quand vous avez vu Gillian sortir ?

— C'est ce que j'ai dit.

— Et Gillian a fait le tour pour aller derrière le restaurant ?

— Oui.

— Est-ce que votre fenêtre était ouverte ?

— Non, Addie veut pas qu'on gaspille l'air conditionné.

— Donc, vous ne savez pas qui a appelé l'autre ?

— Non. Mais j'ai bien remarqué qu'elle était furibarde quand elle est partie.

Monsieur Peabody, qu'est-ce qui vous a amené à croire qu'elle était en colère ?

— Elle levait tellement le nez que j'ai eu peur qu'elle se casse la figure sur le trottoir. Et elle filait à toute vapeur en soufflant comme un soufflet de forge.

Jordan arbora un sourire épanoui. S'il gagnait ce procès, il se jurait bien d'aller déjeuner tous les midis au Wagon- Resto. Et il inclurait Roy parmi les destinataires de ses pourboires…

— Monsieur Peabody, savez-vous pourquoi elle était en colère ?

— J'en sais rien.

— Et si, par exemple, il lui avait fait des avances ? Est-ce qu'elle ne l'aurait pas mal pris ?

Roy loucha vers Jack.

— Ben, je pense que si.

— Peut-être s'est-il livré à des attouchements coupables ? C'est peut-être pour cela qu'elle a pris la fuite ?

Le vieil homme hésita, puis admit :

— Peut-être.

Matt retourna à sa place et prit son sandwich. Il mordit dedans à belles dents et dit en souriant, après avoir avalé son énorme bouchée :

— Merci, monsieur Peabody. Ce n'est pas tous les jours qu'on voit un témoin de la défense pourvoir aux besoins de l'accusation.

Meg n'avait plus du tout envie de pratiquer des envoûtements pour essayer d'avoir le contrôle sur une tierce personne. Quand l'envoûtement fonctionnait, l'énergie et le pouvoir passaient de vous à l'autre personne, ce qui faisait qu'une liaison avait été établie entre vous, que vous étiez connectées. Ce qui signifiait par conséquent que si vous lui faisiez passer du mal, ce mal finissait par vous revenir.

Mais, tout de même, on pouvait pratiquer la sorcellerie sans utiliser la magie pour détruire. Après tout, lorsqu'elles avaient pratiqué un envoûtement pour le vieux Stuart Hollings, elles l'avaient fait pour essayer de le guérir : il fallait empêcher la maladie de s'installer. Aujourd'hui, c'était la même chose : une personne qui menaçait sans arrêt la sécurité des autres devait être empêchée de continuer à nuire. Il fallait donc la ligoter avec un envoûtement.

C'était la première fois qu'elle construisait un cercle toute seule. Elle s'agenouilla au milieu des buissons, dans le jardin, en priant le ciel pour que sa mère ne rentre pas de son travail plus tôt que prévu. Elle avait placé devant elle une bougie noire qui se consumait lentement, ainsi qu'un bâton d'encens posé dans un cendrier qu'elle avait trouvé au grenier.

Elle était censée utiliser une figurine, une poupée de cire ou de chiffons fabriquée par ses soins pour représenter la personne qu'elle voulait arrêter dans son entreprise maléfique. Mais elle n'avait jamais été douée de ses mains et ne savait pas fabriquer les poupées. Elle avait donc pris l'une de ses vieilles poupées Barbie. Déshabillée, la poupée était obscène, et ses cheveux en bataille pelucheux. Meg l'aspergea d'eau salée et chuchota les mots qu'elle avait copiés dans un grimoire aux Livres de la Wicca :

— Sois bénie, ô toi, créature fabriquée… euh… en Chine… et viens à la vie. Tu n'es pas en plastique, mais tu es de chair et de sang. Tu es entre les mondes, et dans tous les mondes, qu'il en soit ainsi.

Elle prit la poupée entre ses mains et imagina un filet d'argent tombant du ciel. Puis elle sortit une longueur de ruban rouge de la poche de son short et en entoura les mains, la bouche et l'entrejambe de la poupée. Enfin, elle rassembla toute l'énergie qui la faisait trembler et nourrissait sa peur et la détourna vers la poupée, jusqu'à ce que la petite figurine lui échappe des mains et tombe à ses pieds.

— Par l'Air et par la Terre, par l'Eau et par le Feu, sois ligotée comme je le désire.

Désormais, elle ne souffrirait plus. Elle ne laisserait plus personne la faire souffrir. Le pouvoir des mensonges n'agissait que sur les imbéciles qui les croyaient. Mieux valait le comprendre avec du retard que rester dans l'ignorance.

Armée d'une pelle, elle alla enterrer la poupée sous un buisson de géraniums. Par-dessus, elle posa une pierre si lourde qu'elle eut le plus grand mal à la traîner jusque-là. Et lorsque la figurine représentant Gillian Duncan eut disparu sous terre, Meg tapota le monticule d'un air satisfait.

Au beau milieu du contre-interrogatoire de Roy Peabody, Jordan eut la surprise de recevoir une note de la main d'un huissier. « C'est une plaisanterie ! » se dit l'avocat en roulant le message en boule dans sa main, après l'avoir lu. Il attendit que le procureur eût terminé, puis demanda à s'approcher de la cour.

— Votre Honneur, pourriez-vous nous accorder une interruption de dix minutes ? demanda-t-il.

— Vous avez eu tout le temps qu'il vous fallait pour vous concerter avec votre client, protesta Matt.

— Je ne vais pas me concerter avec mon client. Si ça peut vous faire plaisir, vous pouvez vous asseoir à côté de lui et le couver des yeux pendant tout le temps de mon absence. (Jordan se tourna vers la juge.) C'est une affaire personnelle, Votre Honneur.

Althea Justice hocha la tête et accéda à la demande de Jordan, qui se hâta de prévenir Selena avant de sortir de la salle d'audience.

Dehors, il retrouva Thomas qui l'attendait.

— Tu as intérêt à avoir un bon motif, lui dit-il sans préambule.

— Je crois que c'en est un, répondit son fils en lui tendant un cahier. Tiens, c'est arrivé au courrier pour toi.

Jordan dévisagea son fils avec incrédulité.

— Et tu as ressenti le besoin urgent de venir me l'apporter au milieu d'un procès ?

— *Le Livre des ombres*, lut Selena en prenant le cahier des mains de Thomas. J'ai vu cet ouvrage aux Livres de la Wicca.

— Si Starshine avait envie de m'envoyer un cadeau, j'aurais préféré que ce soit un grigri pour me porter bonheur.

— Je ne crois pas que ce soit Starshine qui l'ait envoyé, rectifia Selena en tirant sur le ruban argenté que Thomas avait utilisé comme marque-page.

Jordan fit glisser le ruban entre ses doigts. Puis il ouvrit le livre pour le parcourir. La dernière page, qui comportait un commentaire écrit, retint longuement son attention.

C'était une disposition peu connue, mais, dans un procès, les témoins étaient autorisés à utiliser tous les moyens – absolument tous les moyens – pour rafraîchir leurs souvenirs.

Captivé, Jordan ne pouvait détacher ses yeux de la note finale. Il toucha la page avec recueillement.

— Qui a envoyé ça ?

Thomas réfléchit un moment avant de répondre :

— Une bonne sorcière.

Assis au banc des témoins, Jack regardait l'ennemi avec méfiance.

Son avocat.

Au début, Jordan avait décidé de ne pas le faire témoigner, convaincu d'être mieux armé que lui pour parler en son nom. Mais il fallait reconnaître qu'il n'avait rien de mieux à présenter pour sa défense qu'une sorcière, une paire de toxicologues, un psy et Roy. Cet énoncé ressemblait plutôt à la chute d'une histoire drôle. Jack, de son côté, avait une bonne élocution, il était propre sur lui, cultivé. Même s'il ne détenait rien de tangible pour contester la version de Gillian Duncan, il ferait bonne impression à la barre.

Par une ironie du sort, la dernière personne à qui Jack faisait confiance était la seule qui fût en mesure de l'aider en ce moment. Depuis sa place, il observait les bouffonneries de Jordan – sa façon d'agiter les mains, ses froncements de sourcils calculés en direction du jury – et pensait : « Ils sont tous pareils. Une bande de menteurs. J'ai déjà été entubé par un avocat, et cette fois ce sera pareil. »

« Ne vous montrez ni sur la défensive ni en colère, parce qu'ils vous croiront capable de violence, lui avait recommandé Jordan quelques instants auparavant. Suivez simplement mes consignes. C'est mon métier, je suis payé pour ça. » Mais comment lui faire confiance ? Jack ressentait la même appréhension que s'il s'était trouvé au pied d'une falaise, encouragé à l'escalader par son avocat qui lui promettait de le rattraper en cas de chute… Hélas, les plaies et les bosses de sa dernière chute, elles étaient toujours là !

Jordan se pencha vers lui, de sorte qu'il fut le seul à voir son air furieux.

— Écoutez-moi, merde, siffla l'avocat entre ses dents. Je ne peux pas faire ça sans vous.

Puis une expression agréable vint transformer ses traits et il dit :

— Que s'est-il passé ensuite ?

Jack se retrouva là-bas et il entendit leurs rires éclater au-dessus de sa tête comme les étoiles scintillantes d'un feu d'artifice, suffisamment proches pour qu'il pût les attraper.

— J'étais à l'orée d'une clairière, dans les bois, expliquat-il, et c'est là que j'ai vu un groupe de jeunes filles. Nues.

À ce simple mot, le silence s'installa dans la salle.

— Attendez, s'étonna Jordan en secouant la tête. Vous êtes en train de nous dire que vous êtes tombé sur un groupe de jeunes filles nues ?

— Je sais. C'est exactement ce que je me suis dit, moi aussi. Que j'avais tellement bu que j'avais des hallucinations.

— J'imagine très bien. Et que vous rappelez-vous d'autre ?

— C'était… enfin, je n'avais jamais rien vu de tel. Il y avait des bougies. Et des rubans qui pendaient aux arbres.

Jordan se dirigea vers la table des pièces à conviction et en souleva une.

— Des rubans comme celui-ci ?

— Oui. Mais plus longs.

— Avez-vous d'autres souvenirs ?

Jack ferma les yeux en luttant pour retrouver la mémoire.

— Des bribes de souvenirs, dit-il. Par exemple, quand je ferme les yeux, je vois le feu de joie. Ou quand je me réveille le matin, il m'arrive de sentir un goût sucré sur ma langue, un goût qui me rappelle cette fameuse nuit. (Il secoua la tête avec une moue de contrariété.) Mais il y a beaucoup de choses qui ne sont que du vide, et les choses qui me reviennent n'ont aucun sens.

Jordan avança vers son client.

— Revoyez-vous des objets, par exemple, des objets épars ? demanda-t-il.

— Objection ! cria Matt. Si le témoin nous décrit une feuille blanche, maître McAfee n'est pas autorisé à nous faire un dessin avec son propre crayon.

— Retenue !

Sans se laisser démonter, Jordan maintint Jack sous son regard.

— Ressentez-vous de l'agacement à l'idée d'être incapable de vous rappeler ce qui s'est passé cette nuit-là ? reprit-il.

— Oh oui, vous pouvez me croire ! Je sais que je n'ai pas fait ce qu'on dit. Je le sais, c'est tout. Mais je n'arrive pas à revoir les choses clairement.

— À votre avis, qu'est-ce qui pourrait raviver votre mémoire ?

— Ça, je ne le sais pas, avoua Jack. Et pourtant, j'ai tout essayé.

— Moi, il suffit que je prenne en main un objet souvenir quelconque et, hop, je me retrouve en situation, raconta Jordan en souriant. Par exemple, j'ai chez moi une balle qui a atterri sur mes genoux au septième jeu d'un match du championnat de l'American League de 1986, le jour où Henderson a atteint trois tours et éliminé Donnie Moore, des California Angels. Chaque fois que je la vois, je me rappelle la façon dont les Sox ont remonté et ont gagné leur place en finale du championnat…

— Une fois de plus, Votre Honneur, objection ! Même si j'adore entendre maître McAfee nous raconter l'histoire palpitante de sa vie, elle est hors sujet…

— Mais non, Votre Honneur. J'aimerais faire entrer ce cahier dans les pièces à conviction et laisser le témoin l'utiliser pour se rafraîchir la mémoire.

Jordan prit le cahier noir et blanc des mains de Selena.

— Pouvons-nous nous approcher de la cour ? cria Matt en bondissant de son siège.

— Très bien, maître McAfee, que sortez-vous de votre chapeau, cette fois-ci ? demanda la juge Justice.

— Votre Honneur, la loi stipule que je peux rafraîchir la mémoire de mon témoin avec tout document en ma disposition. J'ai là un certain *Livre des ombres*, un ouvrage de sorcellerie, si vous voulez, qui relate le rituel païen qui a eu lieu la nuit du crime supposé.

La juge Justice fit tourner le cahier dans ses mains, le feuilleta, puis le tendit à Matt pour qu'il l'examine.

— C'est inapproprié, Votre Honneur, insista Matt. Le témoin n'a pas écrit une seule page de ce cahier… il n'a jamais eu connaissance de ce qui s'y trouve. Sa mémoire ne sera pas rafraîchie en le lisant… au contraire, cela ne servira qu'à lui en créer une nouvelle ! (Il regarda Jordan en plissant les yeux.) Maître McAfee est en train de trouver un moyen de souffler les mots à son client.

— Même si le client n'a pas pris part à cette œuvre, monsieur le procureur, la défense est autorisée à utiliser cet objet pour provoquer ses souvenirs.

Puis la juge s'adressa à Jordan :

— Moi, j'ai gardé un souvenir de la finale de 1975, sixième jeu, où la frappe de Carlton Fisk est restée à l'intérieur des limites pour quelques centimètres, et tant que je verrai une certaine affreuse tasse en plastique, je me souviendrai de ce moment magique. Objection rejetée.

Dès que Jordan eut remis le cahier à son client, la main de celui-ci se mit à trembler.

— Je me souviens, murmura Jack, elle était en train d'écrire là-dedans, sous le cornouiller.

— Et alors ?

— Elle s'est levée, poursuivit lentement Jack, elle s'est levée et elle m'a appelé par mon nom.

S'il avait été moins ivre, il aurait tourné les talons et il se serait enfui. Mais Jack était incapable d'avoir les idées claires. Il avait la tête encombrée par toutes les choses troublantes qu'il voyait là : des rubans suspendus à des endroits bizarres ; un couteau planté perpendiculairement dans une bougie blanche ; un parfum de cannelle. De plus, elle l'avait accueilli en lui disant :

— Tu es pile à l'heure. On t'attendait.

Oui, il était en train de dormir et tout cela n'était qu'un rêve. Un mauvais rêve. La voiture qui le poursuivait ; sa rencontre inattendue avec Wes ; et maintenant, ces filles à moitié à poil. Oui, tout cela s'expliquait. C'était un tour que lui jouait son cerveau.

Il se sentit plus tranquille, sachant que rien n'était réel.

Lorsque Gillian lui prit la main, il sursauta violemment.

— Oh, dit-elle d'une voix apaisante, en passant ses doigts dans ses cheveux, mon pauvre Jack.

Elle effleura les blessures de son sourcil et de sa joue, puis ramassa son chemisier qu'elle avait jeté par terre et épongea son sang avec.

Ses beaux seins ne se trouvaient qu'à quelques centimètres de la bouche de Jack, et ils paraissaient bien réels. Un obscur instinct, niché au plus profond de sa conscience, lui dicta de se défendre.

— Je ne peux pas… Il faut que…

— … je reste ici, termina Gillian à sa place.

Elle sourit à ses amies.

— Il y a une chose que nous n'avons pas faite cette nuit.

La bouche de la fille petite et rondouillarde qui était près d'elle s'arrondit.

— Non, tu ne feras pas ça, Gilly !

Jack vit soudain la scène comme s'il la surplombait de très haut. Il vit cette fille qui lui tenait la main, il vit les rubans qui flottaient derrière eux. Quelque chose en lui le mit en garde : « Tu ne peux pas rester ici, parce que... » mais il ne put penser sa phrase jusqu'au bout. Il commanda à ses pieds de bouger, mais il était trop ivre. Sauve-toi, s'ordonna-t-il, sans se rendre compte qu'il avait parlé tout haut. Gillian lui demanda :

— Tu ne nous aimes pas ?

— Il faut que je parte, articula-t-il difficilement.

— Oui, mais d'abord, il faut que tu m'aides, d'accord ? Il me faut un homme pour ça.

Jack essaya de se donner du courage : « Allez, un petit effort, secoue-toi, et tu réussiras à partir. » Mais la volonté de Gillian fut plus forte que la sienne. Elle mêla ses doigts aux siens et l'attira en courant vers le feu, et il ne put faire autrement que de la suivre et de l'imiter : il sauta par-dessus les flammes avec elle.

Ils retombèrent sur le sol. Le visage de Gillian était rouge.

— Maintenant, tu es uni à moi pour un an, déclara-t-elle.

Jack ne comprit pas, mais il ne comprenait rien à rien, de toute façon. La forêt tournait autour de lui. Il vit les filles se servir dans une bouteille Thermos, se passer des biscuits.

— Pour toi, dit Gillian.

Peut-être aurait-il bu si l'une des filles n'avait perdu l'équilibre et n'était tombée sur lui.

— Doucement ! fit-il.

Il la regarda. Cette fille le couvait du regard avec la même attente dans les yeux que Catherine Marsh. Le cœur de Jack se mit à battre la chamade, et il se tourna vers l'autre fille, la plus grande, puis vers Gillian... Elles avaient toutes la même expression. Ce désir, cet épouvantable désir à sens unique qui avait déjà failli le détruire une fois.

Jack se releva péniblement et se fraya un chemin à travers les bois. Il retrouva le sentier qu'il avait emprunté pour venir. Il s'y engagea d'un pas incertain et marcha pendant une minute environ, avant d'être rattrapé par Gillian. Elle était au bord des larmes, elle avait les cheveux en bataille.

— Le feu, on n'arrive pas à l'éteindre. On va faire cramer toute la forêt. S'il te plaît, viens m'aider.

Il la suivit jusqu'à la clairière. Il n'y avait pas de feu... et ils étaient seuls. Avant de lui laisser le temps de lui demander ce qui se passait, elle lui jeta les bras autour du cou et appuya sa bouche contre la sienne. Il lutta pour reprendre sa respiration et recula. Gillian se frotta contre lui et prit sa main pour la lever jusqu'à sa poitrine, sans le lâcher du regard, pour bien lui faire comprendre qu'elle s'offrait à lui.

— Non, murmura-t-il, non.

Il posa les mains sur ses bras et la repoussa.

— J'ai dit non, répéta-t-il d'une voix plus ferme. Non.

Les aiguilles de pin se mirent à trembler, les étoiles s'éteignirent, l'histoire se répéta. Ce n'était pas Gillian Duncan qu'il avait devant lui ; c'était Catherine Marsh. Mais, cette fois-ci, Jack pouvait se défendre, contrairement à la première fois, un an auparavant.

— Tu me lâches, gronda-t-il, et tu ne t'avises plus de m'approcher.

Mais Gillian Duncan, qui avait toujours obtenu ce qu'elle voulait, s'agrippa à lui.

— Tu es envoûté, insista-t-elle. Je t'ai appelé, et tu es venu à moi.

— C'est toi qui es venue à moi, rectifia Jack. Et moi, je m'en vais.

D'une bourrade, il l'envoya par terre et il courut sur le sentier, si loin et si vite que, pour la première fois depuis des mois, il parvint à fuir son passé.

— Jack, demanda Jordan, avez-vous violé Gillian Duncan durant la nuit du 30 avril ?

— Non.

— Comment se fait-il qu'on ait retrouvé vos cellules épithéliales sous ses ongles ?

— Elle essayait de me retenir, pendant que j'essayais de me dégager. Elle m'agrippait de toutes ses forces. Et quand elle... m'a embrassé, elle a passé les doigts sur ma tête.

— D'où vient cette égratignure sur votre figure ?

— D'une branche qui m'a griffé pendant que je courais. Je l'avais déjà avant d'arriver à la clairière.

— Comment votre sang a-t-il pu se retrouver sur ses vêtements ?

— Elle a utilisé son chemisier pour me tamponner la joue.

Jordan croisa les bras.

— Savez-vous qu'il sera difficile aux douze personnes qui sont devant vous de croire à votre version des faits ?

— Oui. (Ses yeux se posèrent sur les membres du jury, un à un, pour les inciter à l'écouter.) Je pourrais vous mentir et vous raconter une histoire plus facile à croire... vous dire, par exemple, que nous étions devenus intimes et qu'elle avait changé d'avis à la dernière minute... mais ce n'est pas ce qui s'est passé. La vérité, c'est ce que je viens de vous dire. La vérité, c'est que je ne l'ai pas violée.

— Et pourquoi Gillian aurait-elle inventé une histoire pareille ?

— Je ne sais pas. Je ne la connais pas du tout, contrairement à ce qu'elle a affirmé. Mais si j'avais dix-sept ans et si j'avais été surpris dans les bois en train de faire des choses pareilles, je n'aurais pas voulu que mon père le sache... Je suppose que j'aurais inventé une histoire, moi aussi. Et si j'avais été vraiment intelligent, j'aurais imaginé une fable qui aurait détruit la crédibilité de l'intrus qui m'aurait surpris... pour que personne ne le croie, même s'il disait la vérité.

Jack rencontra le regard de son avocat. On a fait de notre mieux, lui communiqua silencieusement Jordan.

— Le témoin est à vous, dit-il, livrant Jack au sacrifice.

Matt se retint pour ne pas éclater de rire. C'était bien la plus mauvaise défense qu'il lui avait été donné d'entendre. L'affaire était dans le sac : même s'il se mettait maintenant à parler en swahili, il le gagnerait, ce procès.

— Des rubans, des bougies, des filles nues… vous êtes bien sûr, monsieur St Bride, que vous n'avez pas vu des éléphants roses, en plus ?

— Je suis sûr que je n'aurais pas eu de problème pour m'en souvenir s'il y en avait eu, répondit Jack d'un ton sec.

— Mais vous dites vous-même que c'est difficile à croire.

— Je suis sincère, c'est tout.

— Sincère, répéta Matt avec un grognement pour faire comprendre à l'accusé ce qu'il pensait de son affirmation. Selon votre témoignage, vous étiez très ivre. Comment pouvez-vous savoir que ces souvenirs sont exacts ?

— Je le sais, tout simplement, monsieur le procureur.

— N'est-il pas possible que dans votre… état d'ébriété… vous ayez violé Mlle Duncan, et qu'ensuite vous ayez fait le black-out dans votre mémoire ?

— Si j'avais été assez ivre pour souffrir d'un black-out, j'aurais sûrement été trop ivre pour être capable d'avoir un rapport sexuel.

Matt se tourna, surpris par le défi lancé par l'accusé.

— Donc votre explication est simple : Gillian Duncan, en proie à une crise d'hystérie, en larmes, a déclaré que vous l'aviez violée, s'est rendue à l'hôpital pour y subir un examen intime et des prélèvements destinés à prouver une agression sexuelle, a porté plainte pour viol et est venue témoigner devant un auditoire d'étrangers en décrivant avec force détails gênants pour sa pudeur la façon dont vous l'avez violée... tout cela, parce qu'elle avait peur de son *père* ?

— Je ne sais pas. J'ai simplement raconté ce qui s'était passé.

— Très bien, répondit Matt. Vous nous avez donné votre explication de la présence de votre peau sous les ongles de Mlle Duncan... Parce qu'elle vous agrippait pour vous empêcher de partir, c'est cela ?

— Oui.

— Ce n'est pas Mlle Duncan qui vous a griffé la figure ? Cette blessure vous a été causée par une branche, dans les bois ?

— Oui.

— Votre sang maculait ses vêtements parce qu'elle a essayé de nettoyer votre égratignure en l'essuyant avec son chemisier ?

— Oui.

Matt fronça les sourcils.

— Dans ce cas, quelle est votre explication pour le sperme correspondant au vôtre que l'on a retrouvé sur sa cuisse ?

— Objection ! cria Jordan en se levant d'un bond, furieux. Je demande à m'approcher !

La juge fit un signe dans ce sens aux deux hommes de loi.

— Le sperme ne correspondait pas, dit Jordan avec colère. L'expert du ministère public lui-même a déclaré les résultats comme étant non concluants.

Matt contre-attaqua :

— Elle a dit que l'accusé avait sept cent quarante mille fois plus de chances d'avoir été le donneur du sperme que n'importe qui d'autre. Ce sont de sacrées présomptions !

— Mais c'est trop préjudiciable, intervint la juge. Le jury est en possession de cette information concernant le sperme. Il peut en faire ce qu'il veut. Je regrette, monsieur le procureur, mais je ne vais pas vous permettre de poursuivre dans cette direction. (Elle se tourna vers les jurés.) Vous ignorerez cette question.

Mais les mots de Matt restaient suspendus en l'air, acérés et menaçants comme une lame de guillotine.

— Monsieur St Bride, reprit Matt, vous tombez dans les bois sur quatre adolescentes qui non seulement ont envie de faire l'amour… mais qui, de plus, sont nues… et pourtant, vous ne vous enfuyez pas en courant ?

— J'ai dit et répété qu'il fallait que je parte.

— Oui, mais vous avez déclaré que vous aviez sauté pardessus un feu, en tenant la main de l'une d'entre elles. Et que vous étiez assez près pour pouvoir distinguer des choses suspendues aux arbres.

— J'ai dit aussi que c'était Gillian Duncan qui était venue à moi, affirma Jack en se contrôlant pour éviter d'élever le ton.

— Y avait-il quelqu'un d'autre près de vous lorsqu'elle vous a agressé ?

— Non.

— Où se trouvaient les autres jeunes filles ?

— Je ne sais pas.

— Comme c'est pratique ! Était-elle toujours nue ?

Jack secoua négativement la tête.

— Elle s'était habillée.

— Et c'est ensuite qu'elle s'est jetée sur vous ?

— Oui.

Matt croisa les bras.

— Cette fille d'un mètre soixante et de cinquante kilos vous a maintenu de force ?

— Je me suis dégagé le plus rapidement possible. J'ai dit non, je l'ai repoussée et je suis parti en courant. Point.

— Donc… c'est la deuxième fois en l'espace de deux ans qu'une adolescente vous a faussement accusé d'agression sexuelle ?

— C'est exact, répondit Jack en sentant une chaleur grimper dans sa nuque.

Matt leva les sourcils.

— N'êtes-vous pas en train de demander au jury de croire que vous êtes l'homme le plus malchanceux de la planète ?

Jack inspira profondément.

— Je demande au jury de me croire.

— Vous croire, répéta le procureur. Vous croire, vous ! Hum. Monsieur St Bride, vous avez entendu l'expert qui a attesté que de la terre prélevée sur vos bottes correspondait à la terre de la clairière ?

— Oui.

— Et vous avez entendu la spécialiste de l'ADN témoigner que votre sang se trouvait sur les vêtements de Mlle Duncan et que vos cellules épithéliales se trouvaient sous ses ongles ?

— Oui.

— Vous avez entendu Mlle Duncan témoigner que vous étiez avec elle cette nuit-là ?

— Oui.

— Et vous avez entendu Mlle Abrams et Mlle O'Neill corroborer ses dires ?

— Oui.

— Vous avez vu de nombreux éléments de preuve vous situer sur les lieux du crime, est-ce exact ?

— Oui.

Matt pencha la tête d'un air dubitatif.

— Dans ce cas, comment se fait-il que, lorsque la police est venue vous arrêter, la première chose que vous ayez faite ait été de mentir à propos de votre présence sur place ?

Jack ouvrit la bouche puis la referma sans parvenir à formuler des mots.

— Je… je ne sais pas, finit-il par dire. C'était une réponse instinctive.

— Mentir, c'est une réponse instinctive pour vous ?

— Ce n'est pas ce que j'ai voulu dire…

— Pourtant, c'est ce que vous avez dit, lui opposa le procureur. Avez-vous ou n'avez-vous pas menti une fois sur l'endroit où vous vous trouviez cette nuit-là ?

— Oui, murmura Jack.

Le procureur le transperça du regard et prononça lentement :

— Dans ce cas, pourquoi voulez-vous que le jury vous croie maintenant ?

— Il est fort, commenta Selena, songeuse. Il est très, très fort.

Jordan claqua la portière de la voiture et remonta l'allée, le visage fermé.

— Si tu le trouves si bien que ça, tu n'as qu'à coucher avec Matt Houlihan, ce soir ! cracha-t-il.

La défense avait terminé et la suite du procès avait été renvoyée au lendemain. La plaidoirie et le réquisitoire commenceraient le lendemain matin, ce qui signifiait que Jordan disposait d'environ dix-sept heures pour trouver des arguments imparables et prouver son génie. Contre son cœur, il sentait le petit sachet que Starshine lui avait remis pour l'assister dans la défense de Jack. Il allait dormir avec ce foutu truc sous son oreiller. Au point où il en était, tous les moyens étaient bons.

Il savait et le procureur savait – et le jury lui-même savait – qu'il n'avait pas assuré la défense de son client. Il avait simplement essayé de montrer que Gillian n'était pas la petite princesse dont elle voulait donner l'image. Mais une sorcière pouvait très bien se faire violer. Une consommatrice de drogue pouvait très bien se faire violer. Et s'il avait fait partie du jury lui-même, il n'aurait pas été enclin à croire Jack. Vraiment pas.

À la porte, il essaya d'introduire sa clé dans la serrure et n'y parvint pas.

— Putain ! lâcha-t-il en faisant une nouvelle tentative. Putain de merde !

Il réessaya, la clé se bloqua. En tirant un grand coup, il parvint à la sortir. Avec un juron, il jeta son trousseau tout entier dans les buissons. Puis il fixa l'endroit où il avait atterri, tremblant de tous ses membres.

— Jordan, dit Selena en lui posant la main sur le bras.

Il se réfugia dans ses bras en enfouissant son visage dans son cou, et en s'excusant silencieusement auprès de Jack St Bride.

Addie voulait rester seule pour fermer le Resto.

— Allez, viens, monte avec moi, la pressa Roy à travers la porte des toilettes des dames pendant qu'elle se changeait. On va se taper un bon petit thé glacé et on va regarder la télé.

— Papa, il faut que je le fasse, dit-elle en sortant. Je veux le faire.

Ce qu'elle voulait, en réalité, c'était cogner dans le tas, casser quelque chose. Nettoyer le sol, briquer le comptoir, récurer le gril. S'activer.

Addie entra dans la cuisine. Elle eut l'impression de pénétrer dans une ville fantôme baignant dans tous les tons de gris et hantée par les odeurs des plats qui y avaient été préparés.

Saisissant la paille de fer, elle entreprit de gratter le gril d'un mouvement brusque, mécanique.

— Attends, je vais te donner un coup de main, proposa son père en remontant ses manches.

— Papa, s'il te plaît, j'ai besoin d'être seule.

— Ah, Addie !

Roy s'avança et la prit dans ses bras. Il la serra fort contre lui, jusqu'à ce qu'elle lâche sa paille de fer et donne libre cours à ses sanglots.

— Je ne vais pas pouvoir aller lui dire au revoir, murmura-t-elle lorsqu'elle se fut un peu reprise. Il n'y a pas d'heures de visite avant mercredi prochain. Et d'ici là… d'ici là, il pourrait être transféré à la prison de Concord.

— Eh bien, t'iras le voir à Concord. On ira tous les jours après le boulot, je te conduirai, si tu veux.

Addie lui adressa une esquisse de sourire.

— Avec quoi, papa ? Avec la tondeuse à gazon ? Peut-être que je vais monter prendre du thé glacé avec toi. Laisse-moi juste un peu de temps pour que je puisse faire le tri dans ma tête.

Elle prit une bouteille d'eau de Javel sur une étagère et se mit à frotter les éviers et le plan de travail en inox. Sa mère disait qu'un peu d'eau de Javel vous aidait à donner de l'éclat aux choses les plus miteuses.

Sa mère n'était pas amoureuse de Jack St Bride.

Lorsque Roy fut monté, elle attaqua la cuisine. Elle frotta, récura, gratta et lava jusqu'à ce que ses jointures se retrouvent en sang dans ses gants de caoutchouc, tant et si bien qu'elle dut entourer ses mains dans un chiffon humide pour calmer la douleur.

Elle travaillait avec une telle frénésie qu'elle n'avait pas entendu la porte s'ouvrir.

— J'espère que tu te donnes un bon salaire, dit Charlie.

Addie poussa un cri de surprise et sursauta si fort qu'elle se cogna la tête.

— Oh, merde, Addie, ça va ?

Charlie se précipita vers elle pour l'aider, mais, au moment où il allait la toucher, ils se figèrent tous les deux. Addie recula, la main sur le front.

— Très bien. C'est ma faute. (Elle croisa les bras.) C'est à propos de Jack ?

Charlie lui fit signe que non.

— Est-ce que… est-ce qu'on pourrait s'asseoir une minute ?

Hochant lentement la tête en signe d'assentiment, Addie le suivit dans la salle à manger. Ils s'installèrent face à face à une table. Cette barrière entre eux leur était utile, sans compter qu'en échappant aux vapeurs de l'eau de Javel, Addie avait l'esprit plus clair. Mais Charlie ne prononça pas un mot.

— Comment va Meg ? lui demanda-t-elle au bout d'un moment.

— Très bien. Merci… Mais après tout ce qui a été dit au procès, je me demande ce qu'elle va devenir.

— Il faut prendre les choses les unes après les autres, lui conseilla Addie, la gorge nouée.

— Addie, poursuivit Charlie, je te dois des excuses.

Addie s'efforça de croiser son regard.

— Pourquoi ? s'enquit-elle.

— J'ai écouté les témoignages. Et depuis des semaines, j'aide l'accusation. Tout ça fait que… tout me revient avec plus de clarté que jamais. Putain… je fais un sale boulot… (Charlie se frotta la figure.) J'avais pensé faire ma vie à Miami, trouver un boulot dans la police, oublier Salem Falls. Mais le commissaire Rudlow m'a invité à revenir dans le Nord, et je m'étais dit que le temps avait passé, assez de temps pour effacer les souvenirs. Au bout de presque dix ans, je croyais que si je n'y pensais plus, plus personne n'y penserait non plus. (Il se tenait penché au-dessus de la table, comme s'il en tirait de la force.) Mais toi, tu y as pensé tous les jours, hein ?

Addie ferma les yeux puis hocha la tête.

— Je savais ce qui se passerait sous les bâches quand Amos t'a appelée. J'étais bourré, bien sûr, mais je savais ce que je faisais. Et pour des raisons auxquelles je ne peux même pas supporter de penser, j'ai participé à ça… et après, j'ai fait comme les autres, j'ai fait comme si rien ne s'était passé. (Charlie baissa les yeux.) Addie, comment demander pardon à quelqu'un de lui avoir bousillé sa vie ?

La jeune femme mit un certain temps avant de pouvoir répondre :

— Tu n'as pas bousillé ma vie, Charlie. Tu m'as violée. Ce n'est pas pareil. Je n'ai pas pu éviter que ça se produise, d'accord… mais j'en ai fait quelque chose. (Elle pensa à Chloé, à Jack.) Quand on réussit à surmonter la douleur, la braise qui vous brûle se transforme en diamant.

Les yeux de Charlie étaient bordés de rouge.

— Je ne vais pas te demander de me pardonner, et je sais que je ne peux pas te demander d'oublier, dit-il. Mais je veux que tu saches, peu importe ce que ça vaut, que je ne peux pas me le pardonner… et que je n'oublierai jamais non plus.

— Merci, murmura Addie.

Elle entendit le carillon de la porte qui se refermait sur lui et resta assise, incapable de bouger, attendant que son cœur s'arrête de battre la chamade. Au bout de tant d'années, quelqu'un reconnaissait la vérité, quelqu'un la reconnaissait, elle. Au bout de tant d'années, le simple fait d'entendre ces mots lui donnait le sentiment de pouvoir repartir à zéro.

Elle fut tirée de ses pensées par le bruit de la porte qui s'ouvrait à nouveau. Sans doute Charlie avait-il oublié quelque chose. Mais, avant d'avoir le temps de se retourner, Addie entendit une voix féminine et le bruit mat d'une valise que l'on posait par terre.

— On m'a dit que je vous trouverais ici.

Et, soudain, Addie vit Catherine Marsh en face d'elle.

5 juillet 2000,
tribunal du comté de Carroll

Le lendemain matin, dans la salle d'audience, l'air était lourd, si chargé d'impatience qu'il perlait au front des journalistes et embuait les lentilles des équipes de photographes. La juge Justice alla s'asseoir à sa place avec l'air d'un magistrat dont la tête est déjà prise par l'affaire suivante.

— Je crois que nous allons commencer la journée avec les conclusions, dit-elle. Maître McAfee, êtes-vous prêt à commencer ?

Jordan se leva.

— Votre Honneur, je ne suis pas encore prêt à conclure.

Quelques secondes plus tard, il se retrouvait devant le bureau de la juge en compagnie de Houlihan.

— J'ai un nouveau témoin, expliqua-t-il. Un témoin inattendu, dont le témoignage est capital pour la défense.

— Puis-je savoir pourquoi vous n'étiez pas informé avant ? s'étonna la juge. Le ministère public connaît-il ce témoin et l'objet de son témoignage ?

— Non, je ne suis pas au courant, s'irrita Matt. La défense a déjà présenté tous ses témoins. Moi, je ne me suis jamais amusé à produire une brochette de nouveaux témoins devant la cour après la fin d'un procès !

— Votre Honneur, insista Jordan, il s'agit de la victime de la condamnation précédente de mon client. Elle se rétracte.

— C'est irrecevable. C'est trop tard ! tempêta Matt.

La juge dévisagea ses deux interlocuteurs tour à tour, puis s'adressa au jury :

— Mesdames et messieurs les jurés, vous vous souvenez certainement que la défense a terminé hier. Cependant, la cour va autoriser maître McAfee à appeler un ultime témoin.

Jordan lissa sa cravate et leva les yeux vers le fond de la salle.

— La défense appelle Catherine Marsh.

Elle était perdue et tremblante, au point que Jordan se demanda si elle atteindrait la barre sans encombre. Mais ses craintes étaient vaines, car Catherine prononça son serment d'une voix forte.

— Quel âge avez-vous, mademoiselle Marsh ?

— J'ai seize ans.

Jordan jeta un coup d'œil en direction de son client.

— Connaissez-vous Jack St Bride ?

C'était la première fois que Catherine avait l'occasion de revoir son ancien professeur. Elle rencontra son regard et dans ses yeux il lut une muette contrition.

— Oui, murmura-t-elle.

— Comment l'avez-vous connu ?

— C'est à cause de moi qu'il a été condamné pour agression sexuelle, l'année dernière.

Une exclamation étouffée traversa la salle comme une vague déferlante.

— Pourquoi êtes-vous ici aujourd'hui ?

Les yeux baissés sur ses mains nouées, Catherine expliqua :

— Je l'ai laissé condamner la première fois, et je ne veux pas être responsable une deuxième fois en me taisant.

— Que voulez-vous dire ?

— Jack St Bride ne m'a jamais agressée sexuellement. Il ne s'est jamais livré sur moi à des attouchements. Il n'a jamais rien fait de mal. Il a été le meilleur professeur que j'aie jamais eu… C'est moi qui ai pensé à lui de cette façon-là et c'est moi qui voulais qu'il soit attiré par moi… mais lui, il ne l'a jamais été.

— Pourquoi l'avez-vous laissé condamner, dans ce cas ? demanda Jordan.

Catherine prit une profonde inspiration et laissa couler la larme qui mouillait sa joue.

— M. St Bride était mon entraîneur, il croyait en moi et il était gentil avec moi. Quand j'ai eu un copain et que j'ai eu envie de faire l'amour pour la première fois, c'est M. St Bride qui m'a conduite à la clinique pour que je puisse avoir la pilule. Il avait commencé par refuser, mais il a accepté quand même parce que c'était très important pour moi. Et quand mon copain m'a laissée tomber, je me suis dit que j'aurais souhaité qu'il soit comme M. St Bride – plus mûr, plus attentif à moi, plus… Jack. Et alors, je me suis mise à écrire sur lui… sur nous… dans mon journal. J'ai inventé une histoire, l'histoire dont je rêvais. Et quand mon père a trouvé mes pilules et qu'il a lu mon journal… eh bien… j'avais tellement envie que ce soit vrai que, pendant quelque temps, j'ai fait comme si. J'avais envie de croire ce que mon père croyait… que M. St Bride était attiré par moi, au lieu que ce soit le contraire… Quand j'ai voulu retirer ce que j'avais dit, c'était devenu tellement énorme et tellement affreux que ça m'a dépassée. Je me suis aperçue que je n'étais qu'une petite fille qui jouait avec des poupées et que ces poupées éprouvaient des vrais sentiments et avaient des vraies vies qui pouvaient être détruites. (Elle baissa la tête.) Mon père, le procureur et le juge… tout le monde a pensé que je voulais le protéger parce que je l'aimais. (Catherine se tourna vers le jury.) La dernière fois que j'ai dit la vérité au tribunal, personne ne m'a crue. Il faut que vous me croyiez maintenant.

— Merci, mademoiselle Marsh, dit Jordan. Le témoin est à vous.

Matt écoutait attentivement, penché en avant, les coudes sur les genoux, les mains jointes. Il se leva.

— Très bien, commença-t-il. Où étiez-vous durant la nuit du 30 avril ?

— À Goffeysboro, répondit Catherine.

— Vous n'étiez pas dans la clairière, derrière le cimetière de Salem Falls, n'est-ce pas ?

— Non.

— Donc vous ne savez pas s'il est arrivé quelque chose à Gillian Duncan cette nuit-là ?

— Non.

— En fait, poursuivit Matt, tout ce que vous savez, c'est qu'il y a un an vous avez commis une terrible erreur ?

— Oui.

— Et il y a un an, vous étiez tellement amoureuse de cet homme que vous ne vouliez pas qu'il lui arrive du mal, est-ce exact ?

— Oui, murmura Catherine.

Il se radoucit tout à coup et lui adressa un sourire amical.

— Vous auriez souhaité que cela se termine différemment pour M. St Bride, votre entraîneur, n'est-ce pas, mademoiselle Marsh ?

— Vous ne pouvez pas imaginer à quel point.

— Maintenant non plus, vous ne voudriez pas qu'on lui fasse du mal, n'est-ce pas ?

Entraînée dans son élan par ses questions, Catherine secoua la tête avec véhémence.

— Bien sûr que non. C'est pour ça que je suis ici aujourd'hui.

Catherine quitta la barre, sous les yeux de Jordan, qui conclut :

— Votre Honneur, c'est terminé pour la défense.

— Ça va être dur, lança Jordan.

Il marcha jusqu'au box où les membres du jury se préparaient à suivre sa plaidoirie avec attention.

— Lorsque vous entendez une jeune fille comme Gillian Duncan déclarer qu'elle a été violée, vous avez envie de la croire, poursuivit-il. Vous n'avez pas envie de découvrir qu'elle a tout inventé ou qu'il y a des incohérences dans son discours. Vous avez envie de croire qu'une jeune fille comme elle relate ce qui s'est réellement passé… mais le problème, c'est que vous ne pouvez pas vous contenter de supposer que les déclarations de Gillian Duncan correspondent à la vérité. Gillian Duncan avait reçu des instructions formelles de la part de son père lui demandant de ne pas sortir le soir, à cause de la présence d'un homme dangereux qui rôdait dans les parages. Et qu'a-t-elle fait ? Elle a essayé de voir ce qu'elle pourrait tirer de cette situation. Elle ne savait pas que tout cela allait lui échapper… et c'est pour cette raison que nous sommes ici aujourd'hui.

Jordan posa les mains sur le rebord du box et se pencha vers les jurés.

— Le juge vous a recommandé, et vous recommandera encore, d'écouter attentivement tout ce qui a été dit et sera dit à propos des éléments de preuve… de ne pas écouter uniquement le témoignage de Gillian. Et les éléments de preuve, dans cette affaire, démontrent qu'il y a trop d'incohérences pour que vous puissiez juger Jack St Bride coupable du crime d'agression sexuelle aggravée dont on l'accuse.

Jordan fit le geste de compter sur ses doigts.

— Premièrement, Gillian vous a dit qu'elle était allée dans les bois pour se balader avec ses copines, mais, en réalité, elle s'était rendue auparavant dans une librairie occulte où elle s'est entretenue avec la propriétaire au sujet d'une fête dite de Beltane. Deuxièmement, Jack vous a dit qu'il avait vu des rubans, des bougies, un autel... des choses étranges et difficiles à croire, dont on peut difficilement être sûr... Mais, plus tard, on a bel et bien retrouvé des rubans argentés sur le lieu du crime, ainsi que dans le placard de Meg Saxton.

Continuant à compter, il poursuivit :

— Troisièmement, Gillian a déclaré qu'elle et ses amies se sont séparées et qu'elle a pris une autre direction pour rentrer chez elle. Mais elle était arrivée entourée de ses amies, justement parce qu'elle craignait de rencontrer Jack St Bride, réputé dangereux. Après s'être retrouvée face à face avec lui, pourquoi a-t-elle tenu à rentrer seule et à courir le risque de le rencontrer de nouveau ?

Jordan désigna du geste l'allée centrale.

— Quatrièmement, Gillian a déclaré qu'après le viol elle a compté jusqu'à cent et couru le plus vite possible pour rattraper ses amies. Mesdames et messieurs les jurés, la distance qui sépare cette clairière de l'endroit où se trouvaient ses amies équivaut à peu près à la moitié de la longueur d'un terrain de football. Un lycéen qui joue arrière met environ six secondes pour accomplir cette distance. Bien, Gillian n'est pas arrière... mais, suivant son témoignage, il lui a fallu cinq minutes pour accomplir cette distance. Cinq minutes, plus le temps qu'il lui a fallu pour compter jusqu'à cent. Est-il vraisemblable qu'une jeune fille terrorisée, en pleine crise d'hystérie et courant à toutes jambes se soit déplacée avec une telle lenteur ? Est-il vraisemblable qu'à une distance équivalant à la moitié d'un terrain de foot ses amies n'aient entendu aucun bruit de lutte ?

Jordan s'approcha de la table des pièces à conviction et montra la photo de la joue égratignée de Jack.

— Vous avez entendu que l'ADN de M. St Bride a été retrouvé sous les ongles de Gillian. Nous ne contestons pas cela… mais il vous a dit qu'elle se cramponnait à son bras pour l'empêcher de partir. Il a dit que cette unique égratignure avait été causée par une branche… et, en effet, cette blessure correspond davantage à la trace laissée par un rameau unique qu'à une griffure produite par cinq ongles longs laqués de rouge. Vous avez aussi appris que ces jeunes filles avaient absorbé de la drogue cette nuit-là. Quelle sorte de drogue ? Une drogue qui n'est pas décelable à l'analyse toxicologique effectuée dans un hôpital. Une drogue que Gillian Duncan n'a pas mentionnée devant la police lorsqu'elle a fait sa déposition. Une drogue qui efface la mémoire à court terme et cause des hallucinations.

Jordan secoua la tête.

— Cela ne tient pas debout. Et si cela ne tient pas debout, c'est soit que Gillian n'a pas de souvenirs très clairs, soit qu'elle ne veut pas que nous sachions. Effrayée à l'idée de la réaction de son père lorsqu'il découvrirait qu'elle avait pris de la drogue et qu'elle s'adonnait à la sorcellerie, Gillian Duncan a préféré accuser l'homme qui est tombé par hasard sur ses secrets. Elle a menti à propos de Jack St Bride avant de lui laisser l'occasion de dire la vérité. Le seul crime qu'ait commis Jack St Bride est de s'être trouvé à la mauvaise place au mauvais moment. Cela s'est produit une première fois avec une jeune fille du même âge. Une grave erreur judiciaire. Jack est venu s'installer à Salem Falls dans l'espoir de commencer une nouvelle vie… mais il a été perçu comme une souillure sur la face sans tache de la communauté. Les gens l'attendaient au tournant pour le faire tomber et le chasser… et l'accusation de Gillian est tombée à pic. Il y a eu une chasse aux sorcières à Salem Falls, conclut Jordan en se tournant vers son client, mais la victime, tout du long, aura été Jack St Bride.

Matt sourit au jury et prit le relais :

— Nous avons entendu parler de sorcières, nous avons entendu parler de Beltane… Le seul élément manquant dans ce prétoire est le diable… sauf, bien entendu, si vous incluez Jack St Bride. Ce qui importe, dans ce procès, n'est pas de savoir si Gillian est une sorcière, si elle a rampé sur le ventre pour rejoindre ses amies ou même si elle a pris une substance illégale. Ce qui compte, ce sont les preuves, les faits intangibles qui prouvent que Jack St Bride a commis un viol. Des preuves, comme l'ADN de l'accusé trouvé sous les ongles de Gillian Duncan. Des preuves, comme son sang retrouvé sur le chemisier de la victime. Laissons maître McAfee trouver des explications, si ça lui plaît. Mais il ne peut expliquer cette goutte de sperme trouvée sur la cuisse de Gillian. On ne laisse pas ce genre de souvenir derrière soi sans qu'il y ait eu un contact intime. Suivant l'expert qui a témoigné, la probabilité pour sélectionner un individu non parent autre que l'accusé dont l'ADN corresponde à l'ADN des zones testées sur le lieu du crime est de un sur sept cent quarante mille. Chiffre impressionnant. Soyons réalistes : d'où peut provenir ce sperme, sinon de M. St Bride ?… Des preuves… Vous avez entendu Gillian Duncan parler de cet acte de barbarie dont elle a été victime, vous l'avez entendue dévoiler son intimité, alors qu'il était visible que cette démarche lui était très pénible vis-à-vis d'étrangers, avec des appareils photo braqués sur son visage et un juge suspendu à ses paroles. Vous l'avez entendue décrire la façon dont on rassemble des éléments en vue de prouver l'agression sexuelle… un examen extrêmement éprouvant pour une jeune fille. Et vous avez entendu les témoignages de deux jeunes filles, d'un inspecteur de police, d'un médecin urgentiste, qui, tous, s'accordent à dire que Gillian était sujette à une véritable crise d'hystérie lorsqu'ils l'ont retrouvée.

Matt poursuivit sa démonstration en haussant les sourcils :

— D'un autre côté, aucun témoin oculaire ne vient appuyer le témoignage de M. St Bride. Il a trouvé une explication pratique pour ses bleus et son égratignure. Il a trouvé une explication pratique pour la raison qui l'a poussé à aller s'enivrer dans un bar. Il a trouvé une explication pratique pour la raison qui l'a conduit dans les bois. Mais il n'a fourni aucune preuve, mesdames et messieurs les jurés. Tout ce qu'il a fourni, c'est sa version des faits… qui, pour utiliser les termes de maître McAfee, ne tient pas debout. (Matt regarda fixement le jury.) Jack St Bride a plus de raisons que n'importe qui dans ce prétoire de vous mentir, parce qu'il a plus à perdre que n'importe qui. Il a déjà été en prison, et il sait qu'il ne veut pas y retourner… L'accusé a choisi de sortir et d'aller s'enivrer. Est-ce son ébriété qui a embrumé son jugement suffisamment pour qu'il viole une jeune fille ? Peut-être. Est-ce sa nature violente qui l'a conduit à violer une jeune fille ? Peut-être. Peu importe. Ce qui importe, c'est l'acte qu'il a commis. Ce qui importe, c'est que le ministère public l'ait prouvé, au-delà de tout doute raisonnable. Maître McAfee vous a proposé toute une série de descriptions extravagantes des actes et du comportement de Gillian… parce qu'il ne peut pas vous proposer la vérité. (Matt s'approcha de Jack et agita ses doigts devant son visage.) Mais la vérité, c'est que cet homme est allé dans les bois le 30 avril 2000. Cet homme a renversé Gillian Duncan, lui a arraché ses vêtements et l'a forcée à avoir des relations sexuelles avec lui. Cet homme est celui que je vous demande de condamner aujourd'hui.

Jack fut ramené au bureau du shérif en attendant le verdict. Le policier de garde au bureau était un homme d'un certain âge, à la moustache blanche, qui vaquait à ses occupations en sifflotant. Il lança un signe de tête à l'accusé lorsque celui-ci passa devant lui pour aller rejoindre la cellule d'un mètre quatre-vingts sur un mètre quatre-vingts qui commençait à lui paraître affreusement confortable.

Jack enleva sa veste et sa cravate, puis s'allongea sur la couchette métallique en appuyant les poings sur ses yeux. Le témoignage de Catherine Marsh était-il susceptible d'avoir une influence quelconque ? Jordan lui avait dit que tout dépendait de la volonté du jury de le prendre en compte ou non. Mais Jack, quant à lui, trouvait que le témoignage d'une petite jeune fille confessant ses amours d'adolescente était un bien maigre motif d'acquittement.

Dès que le jury aurait prononcé sa condamnation, il serait transféré directement au pénitencier de Concord. S'il était condamné à la peine maximale, il aurait cinquante et un ans lorsqu'il sortirait. Ses cheveux seraient devenus gris, son ventre aurait ramolli, sa peau serait ridée. Il aurait des taches de vieillesse sur les mains, serait marqué par toutes les années perdues.

Ce qui lui manquerait, ce serait la sensation de la neige lui caressant la figure. Et le goût du whiskey irlandais. Ce qui lui manquerait aussi, ce serait le dessin de la porcelaine de sa mère et le luxe inouï de pouvoir dormir dans un lit à deux places, et la fine ligne orange annonçant le jour naissant.

Ce qui lui manquerait, ce serait Addie.

Au loin, il entendit les sons étouffés d'une conversation dans le bureau du policier de garde. Peut-être

Jordan était-il venu lui dire le verdict. Ou peut-être avait-on amené un autre prisonnier, ici, au purgatoire, pour attendre.

Les épaisses semelles du policier couinèrent sur le lino et s'arrêtèrent devant sa cellule.

— Je vais faire un tour, annonça l'homme.

— Tant mieux pour vous.

— Si je vous dis ça, reprit le policier, c'est parce que je n'ai aucun moyen de contrôle sur la personne qui va venir ici quand je serai parti, si vous voyez ce que je veux dire.

Jack ne voyait pas.

— Oh, vous savez, si c'est parce que vous avez peur qu'un psychopathe rapplique et m'abatte de sang-froid, rassurez-vous, je lui dirai sans doute merci.

Le policier éclata de rire, déjà loin dans le couloir. Jack se coucha sur le dos et se recouvrit les yeux avec son bras.

— Jack!

Ce n'était pas vrai, ce n'était pas possible. Addie était là, de l'autre côté des barreaux, si près qu'il pouvait la toucher.

Sans un mot, il s'élança vers elle et passa les bras à travers les barres de métal, pour l'entourer tant bien que mal. Elle approcha son visage, son nez et sa bouche pour pouvoir rencontrer les siens. Elle s'appuyait si fort qu'il vit des marques rouges se dessiner sur ses joues.

Jack lui prit le visage entre ses mains, attira son front contre le sien.

— Je n'espérais pas avoir le bonheur de te voir, avoua-t-il.

— J'ai acheté le policier de garde contre une tarte au chocolat, dit Addie. Pour cinq minutes.

Il l'embrassa sur les sourcils.

— Qu'est-ce qu'il aurait fait pour un repas complet?

Il la maintint à distance, alors qu'elle aurait voulu s'approcher encore, qu'elle aurait voulu sentir ses doigts suivre la ligne de son visage et se poser sur son nez, sur ses lèvres…

— Que… qu'est-ce que tu fais ?

Il caressa ses sourcils, le V formé par l'implantation de ses cheveux sur son front.

— Je t'emmène avec moi, expliqua Jack.

Une paix indicible l'emplit alors. Non, il ne serait pas comme les autres prisonniers du pénitencier. Il ne serait jamais comme eux, parce qu'il avait vu la beauté et qu'il l'avait absorbée. Pour le restant de ses jours, il la porterait en lui, en secret, il la garderait jalousement.

— Je ne t'oublierai jamais, Addie, murmura-t-il en baisant sa bouche.

Elle aspira le chagrin qui émanait de lui et lui insuffla l'espoir.

— Non, tu ne risques pas. Je serai là à t'attendre, lui promit-elle.

Au bruit des pas du policier se hâtant dans le couloir, Addie recula, sans retirer les mains de celles de Jack.

— Je m'excuse de vous interrompre, dit le fonctionnaire, mais il faut y aller.

— Je comprends, répondit Addie, la gorge serrée.

— Pas vous, ma petite dame. Le verdict est prêt.

Certains membres du jury le regardèrent, d'autres non.

— C'est normal, affirma Jordan, ça ne veut rien dire.

— Monsieur le président, s'enquit la juge Justice, êtes-vous parvenus à un verdict ?

Les appareils photo crépitèrent derrière Jack, qui dut se concentrer très fort pour ordonner à ses muscles de faire leur travail. S'il devait être immortalisé pour la postérité, il voulait être sûr de tenir sur ses jambes.

— Oui, Votre Honneur, répondit le président du jury.

— L'accusé peut-il se lever ?

Jordan passa un bras ferme sous celui de Jack pour le relever. En dépit de la faiblesse de ses genoux, Jack parvint à se maintenir debout.

— Monsieur le président, dites-nous votre verdict. Considérez-vous l'accusé comme coupable du crime d'agression sexuelle aggravée ?

Jack regarda les membres du jury. Tous conservaient un visage impénétrable. Le président consulta le papier qu'il tenait dans les mains. Au bout d'un laps de temps qui lui parut interminable, il lut :

— Non coupable.

L'exclamation indignée d'Amos Duncan fut recouverte par le cri de joie poussé par Selena Damascus, qui se jeta dans les bras de Jordan. Quelques secondes plus tard, Addie était dans les siens, et Jordan lui serrait la main en lui assurant que, depuis le début, il savait qu'il en serait ainsi.

Le monde tourna sur lui-même, dans un tourbillon de regards de jurés et d'objectifs d'appareils photo.

— L'accusé est libre ! cria la juge par-dessus la mêlée.

Ce mot vint se planter dans la conscience de Jack et fleurit, effaçant tous les bruits, la joie et la surprise de l'instant. Libre. Libre de rentrer chez lui. Libre de se poster sur la pelouse municipale et de clamer son innocence. Libre de reprendre le fil de sa vie.

Jack, en homme libre, se retourna, le sourire aux lèvres, et se retrouva face aux bonnes gens de Salem Falls, qui, maintenant, avaient encore plus de raisons de le haïr.

Amos Duncan avait envie d'écharper le procureur.

— Vous m'aviez dit qu'il serait bouclé pour des années, gronda-t-il. Et maintenant, il va falloir que je supporte sa vue dans les rues de la ville où on habite, ma fille et moi ?

Duncan le vouait aux gémonies, mais Matt n'avait pas besoin de lui pour y être déjà. Perdre un procès était toujours décevant… mais perdre un procès gagné d'avance, c'était accablant.

— Que voulez-vous que je vous dise ? répondit-il avec humilité. Amos, Gillian, je suis désolé.

Il rassembla ses notes, ses papiers, et les enfouit n'importe comment dans sa serviette.

— J'espère que vous porterez ça comme une croix, Houlihan, vitupéra Duncan. J'espère que vous ne pourrez pas fermer l'œil, la nuit, en sachant qu'il rôde dans les alentours.

Contrairement à son père qui laissait exploser sa fureur, Gillian parla d'une voix douce et ferme :

— Vous nous aviez dit que c'était sûr.

Matt la regarda. Il regarda aussi son père. Puis il repensa à la plaidoirie de McAfee, à l'atropine trouvée dans le sang de Gillian, au témoignage de Catherine Marsh affirmant qu'elle avait eu peur de son père.

— Il n'y a jamais rien de sûr, grommela-t-il.

Il les planta là et remonta l'allée, pressé de rentrer chez lui.

Le bouchon de la bouteille de champagne fit « pop » et alla heurter le plafond. La mousse jaillit et coula sur le sol de la véranda, mouillant les orteils de Selena.

— À la justice ! s'écria-t-elle en remplissant les verres.

— Qu'elle continue à être obligeamment aveugle ! enchaîna Jordan.

Thomas sourit en levant son verre.

— Et sourde et muette quand tu en as besoin.

Ils burent, étourdis par le goût euphorisant de la victoire.

— Je savais que j'avais envie de recommencer à plaider, dit Jordan sans s'apercevoir que, derrière son dos, Selena et Thomas levaient les yeux au ciel. Mais, bien sûr, jamais je n'aurais réussi sans vous.

— Puisque tu es dans ton jour de bonté, peut-être pourras-tu expliquer à Chelsea que je ne suis pas si con que ça...

— Oh, ça, c'est facile ! affirma Selena. Tu n'as qu'à lui dire que tu tiens de ta mère.

— Thomas, promit Jordan en passant un bras autour des épaules de son fils, on va l'inviter à dîner, et je vais faire jouer mon charme... sans jeu de mots.

Selena se servit une deuxième coupe de champagne et proposa :

— Elle pourrait nous apporter quelque chose à boire... ou alors quelque chose à mettre dans notre boisson.

— Très drôle, marmonna Thomas.

Mais Jordan, lui, adressa un large sourire à sa compagne.

— Peut-être que je vais me procurer un peu d'atropine pour la mettre dans ton eau chaude, et je te dirai que nous sommes unis par les liens sacrés du mariage.

— Peut-être que tu n'auras pas besoin de me droguer pour ça, répliqua Selena d'un ton léger.

Ces mots firent leur effet. Il y eut un silence.

— Tu veux... balbutia Jordan en la dévisageant.

Le sourire de Selena, discret au début, s'épanouit progressivement, et on vit luire une rangée de dents éclatantes.

— Oui. Je veux.

En les voyant se laisser tomber sur la balancelle dans un enchevêtrement de bras, de jambes et de bonheur, Thomas s'éclipsa avec discrétion.

Dans la chambre de son père, il s'assit sur le lit et enleva les deux taies d'oreiller. Il dut fouiller un peu, mais il finit par les trouver : les deux petits sachets d'herbe magique que Chelsea lui avait donnés quelque temps auparavant. Des sachets en tissu rouge contenant des fleurs au parfum délicat et un penny, attachés avec un ruban bleu noué à sept reprises. « On ne peut pas forcer quelqu'un à aimer quelqu'un d'autre, l'avait prévenu Chelsea quand il lui avait demandé le secours de sa science. Mais le charme sert à ouvrir les yeux d'une personne et à l'inciter à regarder autour d'elle. »

Thomas avait commenté :

« Pour eux, je pense que ça devrait suffire. »

Son père et Selena étaient toujours dehors, étroitement enlacés. Thomas remit les talismans dans leurs oreillers. Puis il leva sa coupe à sa propre santé et finit son champagne.

Charlie frappa à la porte de la chambre de sa fille.

— Salut, fit-il en passant la tête à l'intérieur. Je peux entrer ?

— Depuis quand tu demandes ? répliqua Meg sans le regarder.

Cette fille à l'expression furieuse, vautrée sur son lit, n'avait plus rien de l'enfant qui, autrefois, le suivait partout, un badge en papier alu épinglé sur sa robe, histoire de ressembler à son père. La trahison se dressait entre eux comme un monstre gigantesque.

— Je suppose qu'on t'a dit que Jack St Bride avait été acquitté, commença-t-il.

Meg opina du chef.

— Ouais, je sais, Gillian déprime assez, répondit-elle.

L'inspecteur soupira.

— Ça se comprend... (Il prit une profonde inspiration.) On peut encore engager de nouvelles poursuites, si tu veux.

Sa fille secoua la tête, les joues en feu.

— Non, murmura-t-elle.

— Meggie...

— Je le savais, finit-elle par avouer. Je savais que Gillian faisait ça uniquement pour faire du mal à Jack. Au début, ça m'était égal, à cause de ce que... du souvenir que j'avais. Mais maintenant, je sais qu'il ne m'a rien fait du tout.

Le visage rond et doux de Meg était tourné vers le sien, dans l'attente qu'il arrange les choses, comme lorsqu'elle était petite et qu'elle s'était écorché le genou. Un sparadrap, et un baiser. Hélas, ce n'était plus suffisant quand on grandissait !

— Gilly a menti, poursuivit-elle... et elle nous a demandé de mentir aussi... et on l'a fait, parce qu'on avait très peur de ce qui se passerait si on ne le faisait pas. Peut-être aussi qu'on était curieuses de voir si on pouvait y arriver.

— Arriver à quoi ?

Meg se tritura les ongles.

— À le punir. À foutre sa vie en l'air. À le forcer à quitter Salem Falls. Gillian voulait le chasser, pas pour ce qu'il lui avait fait, mais pour ce qu'il ne lui avait pas fait.

Elle savait donc que Gillian mentait ? Et elle ne lui avait rien dit ?

— Pourquoi n'es-tu pas venue me voir, Meg ?

— Tu crois que tu m'aurais écoutée, papa ? Les gens n'entendent que ce qu'ils ont envie d'entendre.

Charlie était bien la dernière personne à avoir le droit de lui donner des leçons de morale. Le visage d'Addie Peabody traversa sa tête comme un éclair. Il posa la main sur celle de sa fille.

— Peut-être devrions-nous parler à quelqu'un, dit-il. À quelqu'un qui puisse nous aider à régler tout ça, à un professionnel.

— Un psy, quoi ?

Charlie hocha la tête.

— Si tu veux.

Meg parut soudain très, très jeune.

— Tu viendrais avec moi ? demanda-t-elle d'une toute petite voix.

Charlie lui tendit les bras, et sa fille s'y blottit, retrouva sa place. Il lui caressa le dos et enfouit sa figure dans ses cheveux.

— J'irai avec toi partout où tu voudras, aller et retour, lui promit-il.

Pendant un court moment d'angoisse, Addie crut l'avoir perdu. Elle l'appela désespérément en parcourant toute la maison, en se demandant si elle avait rêvé son acquittement ou si c'était vrai.

Finalement, elle découvrit Jack assis sur le portique de Chloé. Elle traversa le gazon pieds nus et alla s'asseoir sur une balançoire à côté de lui.

— Tu veux que je te pousse ? proposa-t-elle.

Jack lui sourit.

— Non, merci. Je sauterai quand je serai prêt.

Lâchant la chaîne, il mêla ses doigts à ceux d'Addie. Ils restèrent assis dans le silence de l'été, rempli du crissement des criquets et de la caresse du vent chaud qui s'infiltrait à travers le feuillage.

— Alors, qu'est-ce que ça te fait comme effet ?

Jack porta les poings à sa poitrine.

— J'ai l'impression que le monde entier est là-dedans.

Elle sourit.

— C'est parce que tu es chez toi, expliqua-t-elle.

— Addie, le problème, c'est que ce n'est pas vrai. Je ne peux pas rester ici.

— Mais bien sûr que si !

— Ce que je veux dire, c'est que je ne peux pas rester à Salem Falls. On ne veut pas de moi ici.

— Si, moi je veux de toi, répondit-elle doucement.

— Oui, murmura-t-il en déposant un baiser sur sa main. C'est pour ça que je vais partir... Tu as bien vu les réactions aujourd'hui, quand nous avons quitté le tribunal... La femme qui a tiré son enfant par le bras pour l'éloigner de moi, dans la rue. Le mec, au Resto, qui est sorti dès qu'il m'a vu. Je ne peux pas vivre comme ça... et toi non plus. Comment veux-tu continuer à tenir un commerce ici, si les gens commencent à te mettre à l'écart, toi aussi ?

Peut-être était-ce la chaleur qui diminuait avec la nuit qui tombait, peut-être était-ce le souvenir de sa fille qui jouait ici, autrefois, peut-être était-ce tout simplement qu'elle avait trop souffert pour renoncer sans se battre... Addie n'hésita pas un instant avant de prendre sa décision. Elle se leva, planta ses deux pieds de part et d'autre de Jack pour l'empêcher de bouger.

— Je te l'ai déjà dit, tu ne partiras pas sans moi, prononça-t-elle d'un ton ferme.

— Mais, Addie, je ne suis plus chez moi nulle part, alors que toi, tu sais où est ta place.

— Oui, avec toi, répliqua-t-elle en l'embrassant.

Lorsqu'elle leva la tête, elle vit que Jack la regardait en souriant.

— Et le Resto ? murmura-t-il en l'attirant contre lui.

— Mon père peut s'en occuper. Ça lui fera du bien. Et moi, j'ai... oh, environ quarante-deux semaines de vacances à prendre.

Ils se balancèrent paresseusement au soleil couchant dont les derniers feux venaient lécher les ardoises du toit, avant de céder peu à peu la place aux étoiles. Jack rêva d'emmener Addie en

Grèce, au Portugal, dans la vallée de la Loire… Il la vit au bord de la fontaine de Trevi, dans les Rocheuses du Canada, au sommet de l'Empire State Building.

— Je vais te présenter à ma mère, dit-il tout à coup. Je crois qu'elle sera contente de te connaître.

— Elle habite à New York ?

Jack hocha la tête. Il se dit que c'était un endroit aussi bon qu'un autre pour une happy end.

Peu après minuit, Amos Duncan se réveilla. Son sixième sens lui disait que quelque chose n'allait pas.

Il enfila son peignoir et se glissa jusqu'à la chambre de sa fille. La porte était grande ouverte, les couvertures rejetées.

Il la trouva dans la cuisine, assise à la table, dans le noir, un verre de lait devant elle, intact. Sa tête reposait lourdement dans le creux de sa main ; ses yeux étaient dirigés sur quelque chose qu'elle était la seule à voir.

— Gilly, chuchota-t-il, afin de ne pas l'effrayer.

Elle émergea de sa rêverie, cligna des yeux, surprise de le voir devant elle.

— Oh, fit-elle en se troublant. J'étais… je n'arrivais pas à dormir.

Amos hocha la tête et mit les mains dans les poches de son peignoir. Puis il dit d'une voix douce :

— Je sais. Je comprends. Mais, Gillian… peut-être que c'est mieux comme ça.

Elle tourna vers lui un visage qui ressemblait terriblement à celui de sa mère, dans la pénombre…

— Peut-être qu'on devrait essayer de repartir du bon pied, poursuivit-il. Essayer d'oublier tout ça. Reprendre nos habitudes d'avant.

Voyant Gillian détourner les yeux, il lui effleura la joue.

— Tu sais que tout ce que je fais, c'est pour toi, insistat-il en lui souriant avec tendresse. Qui est-ce qui t'aime le plus au monde ?

— C'est toi, murmura Gillian.

Amos lui tendit la main, et elle y déposa la sienne. Puis il l'attira contre lui, dans une étreinte qu'elle ne connaissait que trop bien. Gillian ferma les yeux. Elle avait dépassé les larmes depuis longtemps. Son esprit s'était déjà envolé à des années-lumière, lorsque la bouche de son père se posa sur la sienne, scellant leur accord une fois de plus.

Composition
CHESTEROC

Achevé d'imprimer en France (Malesherbes)
par CPI BRODARD ET TAUPIN
le 15 mars 2009. 51792

Dépôt légal mars 2009.
EAN 9782277003397

1er dépôt légal dans la collection : juin 2005

ÉDITIONS J'AI LU
87, quai Panhard-et-Levassor, 75013 Paris

Diffusion France et étranger : Flammarion